HEYNE BÜCHER

Tip des Monats

In derselben Reihe erschienen
außerdem als Heyne-Taschenbücher:

Alistair MacLean · Band 23/1
Johannes Mario Simmel · Band 23/2
Sandra Paretti · Band 23/3
Willi Heinrich · Band 23/4
Desmond Bagley · Band 23/5
Victoria Holt · Band 23/6
Michael Burk · Band 23/7
Marie Louise Fischer · Band 23/8
Will Berthold · Band 23/9
Mickey Spillane · Band 23/10
Robert Ludlum · Band 23/11
Susan Howatch · Band 23/12
Hans Hellmut Kirst · Band 23/13
Colin Forbes · Band 23/14
Barbara Cartland · Band 23/15
Louis L'Amour · Band 23/16
Alistair MacLean · Band 23/17
Victoria Holt · Band 23/18
Jack Higgins · Band 23/19
Utta Danella · Band 23/20
Desmond Bagley · Band 23/21
Caroline Courtney · Band 23/22
Robert Ludlum · Band 23/23
Gwen Bristow · Band 23/24
Heinz G. Konsalik · Band 23/25
Leon Uris · Band 23/26
Susan Howatch · Band 23/27
Colin Forbes · Band 23/28
Utta Danella · Band 23/29
Craig Thomas · Band 23/30
Daphne Du Maurier · Band 23/31
Robin Moore · Band 23/32
Marie Louise Fischer · Band 23/33
Johanna Lindsey · Band 23/34
Alistair MacLean · Band 23/35
Philippa Carr · Band 23/36
Joseph Wambaugh · Band 23/37
Mary Stewart · Band 23/38
John D. MacDonald · Band 23/39

3 Romane in einem Band

Caroline Courtney

Das Geheimnis des Blutes
Die russische Affäre
Die Herzogin in der Maske

WILHELM HEYNE VERLAG
MÜNCHEN

HEYNE TIP DES MONATS
Nr. 23/40

CAMILLA – DAS GEHEIMNIS DES BLUTES/
LOVE IN WAITING
Deutsche Übersetzung von Iris Foerster
(Der Titel erschien bereits in der Allgemeinen Reihe
mit der Band-Nr. 01/6047.)

AMANDA – DIE RUSSISCHE AFFÄRE/
THE TEMPESTUOUS AFFAIR
Deutsche Übersetzung von Iris Foerster
(Der Titel erschien bereits in der Allgemeinen Reihe
mit der Band-Nr. 01/5995.)

CLARINDA – DIE HERZOGIN IN DER MASKE/
DUCHESS IN DISGUISE
Deutsche Übersetzung von Iris Foerster
(Der Titel erschien bereits in der Allgemeinen Reihe
mit der Band-Nr. 01/5789.)

Printed in Germany 1989
Umschlagzeichnung: Walter Wyles/Agentur Luserke
Umschlaggestaltung: Atelier Ingrid Schütz, München
Gesamtherstellung: Presse-Druck Augsburg

ISBN 3-453-02962-3

Inhalt

Das Geheimnis des Blutes

Erstes Kapitel

Mrs. Fernaby hielt die schlanken, beinahe durchsichtigen Hände der Wöchnerin und murmelte leise, ermutigende Worte. Endlich hatte die junge Frau es geschafft und brachte mit einem gurgelnden Schrei ihr Kind zur Welt. Sie schloß erschöpft die Augen, während Mrs. Fernaby das Neugeborene zärtlich aufnahm. Sie beugte sich über die reglos daliegende Mutter.

»Schauen Sie, Sie haben eine wunderschöne, kleine Tochter! Sie ist wirklich makellos!«

Mrs. Fernaby wusch das Kind und hüllte es in Windeln und ein weiches Tuch. Das alles hatte sie einmal hoffnungsvoll für ein eigenes Kind angeschafft. Aber nach fast sechs Ehejahren hatte sich Mrs. Fernaby bekümmert damit abgefunden, daß sie kinderlos bleiben würde.

Sie und ihr Mann Thomas besaßen ›The Crown‹, eine Taverne in Cheapside, dem Herzen des Londoner East End. Ihre Ehe war nicht glücklich. Thomas Fernaby hatte sich im Laufe der Jahre immer mehr dem Alkohol zugewandt, und da seine Frau Hannah keine Anstalten machte, ihm starke, kräftige Söhne zu gebären, behandelte er sie immer gröber, besonders wenn er betrunken war. Hannah hatte ein gutes Herz und versuchte, gelassen mit ihm umzugehen, aber allmählich verlor sie ihre einstmals unerschütterliche Kraft.

An einem kühlen Morgen, als sie die Hintertür öffnete, um Wäsche in den Hof zu tragen, hatte sie dort ein schönes, junges Mädchen ohnmächtig auf ihrer Türschwelle gefunden, das offensichtlich kurz vor der Niederkunft stand. Mrs. Fernaby war von Mitleid erfüllt worden, und da sie von kräftiger Statur war, hatte sie den zarten Körper in die kleine

Dachkammer, neben derjenigen, die sie mit ihrem Mann bewohnte, hinauftragen können.

Nachdem das Mädchen einen starken, heißen Tee zu sich genommen hatte, erholte sie sich ein wenig und öffnete beklommen die Augen. In stockendem Englisch versuchte sie, ihre Dankbarkeit auszudrücken.

Mrs. Fernaby setzte sich neben die junge Frau, rieb ihre kalten Hände und versicherte ihr, daß sie von jetzt an nichts mehr zu befürchten hatte. Sie würde gut für sie sorgen.

Die junge Frau richtete sich abrupt auf und sagte mit angsterfüllter Stimme:

»Sie sind gut... *mais* isch 'abe kein Geld... *ne pas* einen 'eller... isch...«

»Eine kleine Französin, wie?« fragte Hannah Fernaby lächelnd. »Wir haben genug zu essen, und ich lasse Sie nicht gehen, bis Ihr Kind geboren ist.«

Da Thomas Fernaby jeden Abend betrunken zu Bett ging, konnte sie die Tatsache, daß ein nicht zahlender Gast in seinem Haus weilte, vor ihm verbergen.

Mrs. Fernaby fühlte sich zu der unglücklichen Frau seltsam hingezogen. Es gelang ihr immer besser, sich trotz der Sprachbarriere mit ihr zu verständigen. Zu ihrem Erstaunen erfuhr sie, daß die junge Frau eine französische Aristokratin war, eine Gräfin de Courville, und daß sie und ihr Gatte François erst kürzlich aus Frankreich geflohen waren, nachdem ihre Besitztümer in der Nähe von Paris und ihr ganzes Vermögen von der neuen Republik konfisziert worden waren.

»Wir... wir 'offten, wir finden unsere... unsere *amis*... Freunde, ist das richtig? Aber jetzt, da mein François *est mort*... tot ist...« Sie vergrub ihr Gesicht in das Kissen und weinte.

Mrs. Fernaby streichelte ihr langes, seidiges Haar und schwieg eine Weile.

»Wissen Sie den Namen Ihrer Freunde?« fragte sie schließlich. »Soll ich jemanden benachrichtigen?«

Die Gräfin schüttelte den Kopf und sagte leise: »Nein. Wir 'aben...«

Hannah Fernaby schloß die junge Frau und ihr ungeborenes Kind in ihr Herz und füllte so die Leere in ihrem eigenen Leben.

»Ihnen wird nichts Böses mehr geschehen, das verspreche ich bei allem, was mir heilig ist. Sie haben schon eine Freundin gefunden.«

An diesem Abend setzten die Wehen ein. Die Gräfin war kaum zwanzig Jahre alt, aber der Mut, den sie an den Tag legte, bewies, wieviel Leid sie bereits durchgemacht hatte. Es war glücklicherweise keine schwere Geburt, wie Mrs. Fernaby gefürchtet hatte. Sie dauerte kaum acht Stunden, doch die junge Mutter hatte nicht die Kraft, sie zu überleben.

Als Mrs. Fernaby ihr das gewickelte Kind reichen wollte, wandte sie sich ab und sagte:

»Nehmen Sie sie bei sisch auf, Mrs. Fernaby.« Sie atmete schwer. »Und nennen Sie sie Camilla. In meinem Koffer ist eine *pacquette*... geben Sie es ihr später...«

Sie richtete sich halb auf, ihr schönes Gesicht verklärte sich. Dann fiel sie mit dem Schrei: »François!« in die Kissen zurück. Sie war tot.

Danach konnte Mrs. Fernaby die Wahrheit vor ihrem Mann nicht länger verbergen. Leichenträger wurden gerufen und brachten den in Leintücher gewickelten Körper der jungen Frau auf den Armenfriedhof.

Auch die gebieterischen Schreie des Neugeborenen konnten nicht länger verheimlicht werden.

Als Thomas Fernaby feststellte, daß seine Frau ein Kind angenommen hatte, noch dazu ein Mädchen, das Männer wie er ohnehin als puren Ballast betrachteten, da man es später nur bei Hausarbeiten einsetzen konnte, behandelte er seine Frau noch herzloser als zuvor.

Aber Mrs. Fernaby entwickelte einen Mut, den sie vorher nicht gekannt hatte. Camilla war jetzt ihr Kind, das sie sich so sehnlichst gewünscht hatte. Von nun an hatte ihr Leben einen Sinn, einen Mittelpunkt, auf den sie all ihre Liebe und Sorge richten konnte.

Camilla Fernabys achtzehnter Geburtstag stand kurz bevor. Sie war auf dem Heimweg von dem eleganten Geschäft in Mayfair, wo sie eine Lehrstelle gefunden hatte. Es war eine Strecke von drei Meilen, aber ihr schlanker Körper war durchtrainiert, und sie hatte sich schon lange daran gewöhnt, morgens und abends zu Fuß zu gehen. Sie verlangsamte ihren Schritt, als der Boden unter ihren Füßen von den makellos gesäuberten Gehwegen in grobes Kopfpflaster überging und die Rinnsteine vor Verstopfung überliefen. Unbeweglich hielt sie den Kopf nach vorne gerichtet, als ein paar Straßenjungen ihr unzüchtige Worte nachriefen. Diese Jungen verstanden darunter den Ausdruck von Liebe und Verlangen, doch die groben Worte stießen sie nur ab. Sie wurden von denselben Jungen geschrien, die sie, als sie noch Kinder gewesen waren, gnadenlos wegen ihrer sauberen, hübschen Kleider und den hochgesteckten Unterröcken, die ihre Mutter für sie genäht hatte, gehänselt und laut verspottet hatten. Hätte ihr Charakter einen Rückhalt gebraucht, so hätten die Kämpfe ihrer Kindheit ihn gestählt. Doch ihr war der starke Charakter schon angeboren. Anfeindungen bedeuteten für Camilla eine Herausforderung.

Die Mädchen, die sich damals an dem grausamen Spiel beteiligt hatten, sahen Camilla schweigend vorübergehen, und ihre Blicke waren halb bewundernd und halb neiderfüllt.

Denn aus dem hübschen Kind Camilla war eine außerordentlich schöne junge Frau geworden, mit leuchtendem dunkelgoldenen Haar, großen grauen Augen unter geraden Augenbrauen und einer Magnolienhaut, die ihre zarten Gesichtszüge noch verschönerte. Ihr Mund war bezaubernd. Er lachte gern und schimmerte verführerisch in blassem Rot. Diese Schönheit hatte Mrs. Fernaby veranlaßt, Camilla nach

Mayfair in die Lehre zu geben, doch dieselbe Schönheit hatte drei Monate vorher ihren Mann auf die Idee gebracht, daß man damit Geld verdienen konnte.

An jenem schicksalhaften Abend war Mrs. Fernaby nach dem Essen ausgegangen, um eine kranke Freundin zu besuchen. Camilla war allein mit ihrem Vater in der Küche geblieben und hatte das Geschirr gespült.

Immer, wenn sie allein mit ihrem Vater war, stieg Angst und zugleich Schuldgefühl in ihr auf. Sie wußte, wie schlecht er ihre Mutter behandelte, denn die Wand zwischen den beiden Dachkammern war dünn. Aber sie selbst hatte bis jetzt keinen Grund, sich zu fürchten, und doch konnte sie dieses Gefühl nicht unterdrücken.

Mr. Fernaby stützte sich auf die Stuhllehne und starrte Camilla lauernd an. Er war nicht betrunken, obwohl er einige Krüge voll Bier zu sich genommen hatte, denn seine Kumpane kamen immer mittags zwischen ein und drei Uhr in die Taverne. Am Abend nahmen junge, wohlhabende Stutzer ihren Platz ein, die in letzter Zeit auf ihrer ständigen Suche nach neuem Amüsement die Crown entdeckt hatten. Sie tranken eher Wein als Bier und brachten gutes Geld in Thomas Fernabys Taschen. Deshalb war er auch sehr zufrieden damit. Er hatte für die Zukunft ehrgeizige Pläne, zumal die übertriebenen Extravaganzen des regierenden Prinzregenten neue Höhepunkte erreicht hatten, und die Söhne der Wohlhabenden nichts Besseres zu tun hatten, als ihr Geld für immer abwechslungsreichere Vergnügungen auszugeben.

»Möchtest du etwas, Vater?« fragte Camilla.

»Du bist ein hübsches Mädchen geworden, das kannst du mir glauben. Ich finde, es ist langsam an der Zeit, daß du für Kost und Logis bezahlst. Du wirst ab heute am Abend in der Schankstube mithelfen.« Er musterte sie abschätzig von oben bis unten. »Du wirst unseren Kunden gefallen.«

Camilla erblaßte. Sie nahm ihren Mut zusammen und sagte: »Ich will für meinen Unterhalt gern arbeiten, Vater. Aber ich werde nicht in der Schankstube bedienen! Ich habe, als ich fünfzehn war, schon einmal in der Schankstube beim Bierausschenken geholfen, wenn du dich daran erinnerst. Die Männer wurden aufdringlich, und deshalb hat Mama es verboten!«

Thomas Fernaby lachte heiser. »Immer noch prüde, eh? Verdammt noch mal, Hannah hat dir wahrhaftig Flausen in den Kopf gesetzt. Du bist hier in Cheapside groß geworden, und plötzlich will sie aus dir eine feine Dame machen. Ich war es, der dich in der ›Crown‹ beköstigt und bekleidet hat, und deshalb möchte ich jetzt meinen Anteil zurück! Angel dir einen reichen Schnösel, der dich heiratet und uns ein Vermögen bringt. Denke darüber nach!«

Er stand auf, nahm seinen schwarzen, mit dunkelgrünen Borten besetzten Mantel vom Haken und legte eine Hand auf die Türklinke. »Ich gehe jetzt zum Hahnenkampf. Das ist ein guter Zeitvertreib, du solltest mitkommen. Beschäftige dich gefälligst mal mit Leuten deiner Art.«

Er musterte sie anzüglich. »Zieh inzwischen dein bestes Kleid an. Ich sehe dich heute abend Punkt sieben in der Schankstube.«

Thomas Fernaby ging hinaus und schlug die Tür hinter sich zu.

Camilla sank unglücklich auf einen Stuhl. Ihre Knie zitterten. Sie würde nicht noch einmal in der Taverne servieren. Die Erinnerung an die derben, lüsternen Hände, die nach ihr gegriffen hatten, wenn sie vorüberging und eine Karaffe auf den Tisch stellte, ließen sie vor Ekel erschauern. Und doch hatte Thomas Fernaby die Macht, seinen Befehl durchzusetzen, weil er ihr Vater war.

Camilla hatte sich noch nicht wieder gefaßt, als Mrs. Fernaby nach Hause kam.

»Was ist los, mein Liebling?« fragte sie, noch ehe sie die Haube und ihren Schal abgelegt hatte.

»Ich soll heute abend in der Schankstube servieren«, sagte Camilla tonlos. »Vater sagt, ich muß für meinen Unterhalt aufkommen.«

»Das wirst du nicht tun! Du wirst diese jungen Dandys nicht bedienen, nur damit mein Mann noch mehr Geld scheffeln kann. Du bleibst hier in der Küche! Aber jetzt mache ich uns erst einmal Tee.«

Hannah Fernaby schimpfte leise vor sich hin, während sie den Tee aufbrühte. Zum hundertsten Mal wünschte sie, sie hätte einen Zufluchtsort, wo sie und ihre geliebte Pflegetochter in Frieden leben könnten, für immer befreit von ihrem geldgierigen Mann. Aber sie sah keinen Ausweg. Sie hatte viele Freunde, aber alle waren arm, und so sehr sie es auch wünschte, sie wußte nicht, wie sie Camillas aristokratische Familie ausfindig machen sollte.

Camillas erste Reaktion auf die Worte ihrer Mutter war Dankbarkeit, aber dieser folgten rasch Bedenken, als ihr bewußt wurde, wie schwer Thomas Fernaby seine Frau für einen solchen Ungehorsam bestrafen würde. Es mußte eine andere Lösung geben.

»Ich könnte Vater sagen, wie schwer ich arbeite, Mama«, sagte sie eifrig. »Ich weiß, verglichen mit dem, was du tust, ist es wenig. Aber ich mache die Betten, putze im oberen Stock die Zimmer und die vier Räume im Erdgeschoß, in denen die Gäste übernachten. Ich schrubbe die Treppen und fege in der Schankstube den schmutzigen Sand aus und streue neuen auf den Fußboden. Und das alles, bevor Vater aufsteht. Vielleicht wird er es schätzen, wenn er es weiß. Dazu helfe ich dir ja auch noch in der Küche.«

Mrs. Fernaby brachte die Teekanne zum Tisch, auf den Camilla Tassen und einen Krug Milch gestellt hatte.

»Es ist zwecklos, Liebling. Er wird sagen, das sei deine Pflicht und keine rechte Arbeit. Es geht ihm nur um Geld, um immer mehr Geld.«

Hannah Fernaby nippte an dem heißen Tee und versuchte, die Niedergeschlagenheit von sich abzuschütteln, die sie in letzter Zeit so oft überkam.

Camilla beobachtete sie besorgt. Sie liebte ihre Mutter von ganzem Herzen und wollte sie aufheitern und beschützen. Sie verdrängte ihre eigene Furcht vor dem Abend und täuschte eine Unbeschwertheit vor, die sie nicht empfand.

»Liebste Mama, Vater hat recht, ich sollte wirklich Geld verdienen. Aber ich werde es nur für dich tun, und eines Tages kaufe ich dir ein schönes Haus, in dem du den ganzen Tag bedient wirst, schöne, seidene Kleider trägst und die Damen der Gesellschaft dich besuchen, um mit dir Tee zu trinken.«

Die Fantasie ging mit ihr durch, und begeistert fuhr sie fort: »Wie fangen wir das an? Als erstes werde ich keine Fußböden mehr scheuern, sondern ein höheres Ziel anstreben, ein viel höheres.« Sie dachte einen Augenblick nach, während Mrs. Fernaby von ihrer Begeisterung angesteckt wurde und die Grazie bewunderte, die mit jeder Bewegung die aristokratische Abstammung des Mädchens zu beweisen schien.

Glücklich fuhr Camilla fort: »Warum kann ich eigentlich nicht die Zofe einer vornehmen Dame werden, Mama? Bitte nimm deine Tasse mit zum Schaukelstuhl und sieh, ob ich es richtig mache.«

Lächelnd tat Mrs. Fernaby, worum sie gebeten worden war.

Camilla machte zwei zierliche Schritte auf sie zu und sagte: »Haben Sie geläutet, Mylady? Darf ich Ihnen den Tee bringen? Ihre Abendrobe ist schon gerichtet, und ich habe mehrere Paar Tanzschuhe für Sie bereitgestellt, damit Sie wählen können. Ich glaube, es wird ein großer Abend werden, und wir sollten an Ihre Bequemlichkeit denken...« Camilla unterbrach sich, und ihre Augen leuchteten. »Ist das der richtige Ton, Mama? Ich glaube, es würde mir Spaß machen, einer Dame zu dienen, und außerdem würde ich dabei viel lernen.«

Plötzlich richtete sich Mrs. Fernaby kerzengerade in dem Schaukelstuhl auf. »Ich bin sicher, du würdest es großartig machen, mein Kind. Aber du hast mich eben auf eine Idee gebracht. Würdest du wirklich gern in der höheren Gesellschaft arbeiten?«

»Sicher!«

»Gut, dann geh und ziehe dein neues Ausgehkleid an. Seine Farbe paßt vorzüglich zu deinem Haar und bringe deinen besten Mantel und die Haube mit. Wir gehen sofort aus. Der Vater ist beim Hahnenkampf, sagst du?«

Camilla nickte, und ihre Aufregung wuchs.

»Mama, kannst du mir wirklich so rasch eine Stelle besorgen?«

Hannah Fernaby stand auf. »Ja, wenn du nicht weiter redest. Wir haben nicht viel Zeit, bis Thomas nach Hause kommt, und zum West End ist es ziemlich weit.«

Man mußte Camilla nicht zweimal bitten. Sie lief rasch in ihre Dachkammer hinauf, und ihr Herz schlug wie wild. Ins West End! Das war ein legendärer Ort, der Stadtteil Londons, in dem nur die allerhöchsten Kreise der Gesellschaft wohnten, Damen, die nicht vor Mittag aufstanden, in eleganten Kutschen ausfuhren, seidene Gewänder trugen und Besuche machten, während die jungen Männer, stattlich und hochmütig – sie hatte sie abends in der Taverne durch die Vorhänge beobachtet – Brokatröcke, weiße Seidenhosen und Schnallenschuhe trugen. Ihr glänzendes Haar war zu Zöpfen geflochten und mit Bändern zusammengehalten.

Drei Minuten später erschien Camilla wieder in der Küche. Ihr Ausgehkleid war so frisch wie der Frühling, und ein paar vorwitzige Löckchen ringelten sich unter ihrer Haube hervor.

Mrs. Fernaby, mit schwarzer Haube und schwarzem Schal, verbarg ihre Nervosität, denn sie widersetzte sich schamlos den Wünschen ihres Mannes, und die Strafe würde hart sein.

Camilla sah so bezaubernd aus, daß Mrs. Fernaby ihre Befürchtungen zuerst einmal beiseite schob. Wenn ihr Plan erfolgreich war, konnte sie Camilla in jene Welt einführen, der sie rechtmäßig angehörte.

Sie schob Camilla rasch zur Hintertür hinaus.

»Wohin gehen wir, Mama? Bitte sage es mir, sonst sterbe ich noch vor Neugier.«

Während sie sich eilig vom Haus entfernten, sagte Mrs. Fernaby:

»Ich hatte als Mädchen eine gute Freundin, Thomasina Prosser hieß sie damals. Wir hatten natürlich Träume, wie alle jungen Mädchen, von einem wohlhabenden Ehemann.« Sie lächelte wehmütig. »Das waren närrische Träume, weil solche Männer nicht nach Holborn oder Cheapside oder ähnlichen Stadtteilen kamen, denn sie fürchteten sich vor Straßenräubern und Dieben.«

Sie gingen eine Weile schweigend durch enge Gassen und ignorierten dabei die beißenden Gerüche der Armut. Dann fuhr Mrs. Fernaby fort: »Als ich siebzehn wurde, verliebte ich mich in Thomas Fernaby. Damals war er ein netter, junger Mann. Das dachte ich wenigstens. Er war groß und stark und noch nicht dem Alkohol verfallen. Wir heirateten. Thomasina aber wartete auf ihren Traummann. Wir waren nicht mehr so eng miteinander befreundet, denn ich hatte viele Pflichten. Thomas hatte von seinem Vater die Crown-Taverne geerbt. Aber eines Tages kam Thomasina zu einer Tasse Tee bei mir vorbei und erzählte mir, sie habe den Heiratsantrag eines Apothekerlehrlings angenommen. Samuel Castle hieß er und arbeitete in einem Hinterzimmer in der Strand. Ich war überrascht, denn das war nicht das, was Thomasina sich erträumt hatte. ›Du hast also deine ehrgeizigen Pläne aufgegeben‹, sagte ich. Sie lächelte. ›Überhaupt nicht, Hannah, du wirst sehen.‹«

»Und was geschah dann?« fragte Camilla. Sie war ein wenig atemlos, weil es ihr schwerfiel, mit ihrer Mutter Schritt zu halten.

»Das kannst du bald selbst feststellen«, sagte Hannah lächelnd. »Das heißt, wenn Thomasina mich nicht vergessen hat.«

Zum erstenmal klang in ihrer Stimme Besorgnis mit, doch dann schob sie ihre Zweifel beiseite.

»Aber nein, wir waren zu gute Freundinnen. Sie wird mir zuhören, da bin ich ganz sicher.«

Sie eilten schweigend weiter, und Camillas Augen wurden immer größer vor Staunen. Nun gingen sie durch gepflegte Straßen, zu deren beiden Seiten prächtige Herrenhäuser standen.

Elegante Kutschen fuhren vorüber, und als zufällig eine Haustür aufging, trat ein Diener mit gepuderter Perücke respektvoll vor den Eingang.

»Mama, lebt deine Freundin wirklich hier?« flüsterte Camilla.

»In einer noch schöneren Gegend«, nickte Mrs. Fernaby. »Ich habe Thomasina seit ihrer Hochzeit zwar erst einmal besucht, und das war vor vielen Jahren. Aber sie ist eine gute Seele. Ihr Charakter wird sich nicht verändert haben.«

Jetzt stiegen in Camilla Zweifel auf. Ihre Sehnsucht, ihr Leben in einer so reichen Umgebung zu verbringen, wurde mit jeder Minute größer. Aber wie sollte das für sie, ein Mädchen aus Cheapside, möglich sein?

Sie liefen jetzt durch die prächtigsten Straßen, die man sich vorstellen konnte, dann zum Berkeley Square, wo die Messinglampen und die Kutschen auf Hochglanz poliert waren und mit den schimmernden Fellen der kastanienbraunen, schwarzen oder grauen Pferde wetteiferten. Auf dem breiten Gehweg gingen Herren mit brokatbesetzten Mänteln, Kastorhüten und Spazierstöcken mit goldenen Knaufen.

»Mama, wohnt deine Freundin wirklich hier?« fragte Camilla ehrfürchtig.

»Gleich um die Ecke, mein Kind. Nun sei aber nicht nervös, denn ich möchte, daß Thomasina den besten Eindruck von dir bekommt, sonst stellt sie dich nicht ein.«

Sie kamen zur Curzon Row, einer schmalen Straße mit eleganten kleinen Läden – Modistinnen, Schneiderinnen, Hutmacherinnen, Juwelieren –, und endlich standen sie vor einem bezaubernden, bogenförmigen Fenster mit einem Schild: ›Maison Castle – Parfums‹.

Mrs. Fernaby holte tief Luft, öffnete die Tür und setzte dadurch ein Glockenspiel in Gang. Noch ehe Camilla die Wunder, die hier ausgestellt waren, betrachten konnte, ging an der Rückseite des Ladens eine Tür auf, und eine kleine, elegante Frau mit einer weißen Musselinhaube und einem mit blauen Rüschen besetzten Gewand kam auf sie zu. Sie hinkte ein wenig und stützte sich auf einen Ebenholzstock.

»Thomasina?« fragte Mrs. Fernaby, denn sie war nicht ganz sicher, ob dies wirklich ihre alte Freundin war.

Einen schrecklichen Augenblick lang sah Mrs. Castle sie verständnislos an, dann aber rief sie freudig: »Hannah! Um alles in der Welt! Bist du es tatsächlich? Ich bitte dich, komm in meinen Salon.«

Während sie sprach, hatte Camilla herrliche Düfte wahrgenommen, und sie wünschte aus ganzem Herzen, hier, in dem Geschäft mit dem hübschen blauen und silbernen Dekor, arbeiten zu dürfen.

Auch Mrs. Castles kleines Heiligtum war entzückend möbliert, mit zwei Polstersesseln zu beiden Seiten des Ofens, auf dem leise ein Silberkessel summte. Schneeweiße Spitzenvorhänge zierten das Fenster, von dem aus man in einen kleinen Hof hinaussah, und auf dem Tisch stand ein silbernes Tablett mit zarten Porzellantassen, kleinen Tellern und einem silbernen Sahnekännchen.

Mrs. Castle bat Mrs. Fernaby auf einem der Stühle Platz zu nehmen. Camilla blieb schweigend neben dem Fenster stehen.

»Du bist wahrhaftig hochgekommen, Thomasina«, sagte

ihre Freundin und lächelte. »Ich hätte dich schon längst besucht, aber die Taverne ist neuerdings in Mode gekommen. Ich dürfte eigentlich auch jetzt gar nicht hier sein, weil mich mein Mann ausschimpft, wenn ich mich nicht um meine Pflichten kümmere.«

Mrs. Castles Lächeln erinnerte Camilla an eine zufriedene Tigerkatze.

»Ja, es geht mir in der Tat sehr gut. Mein Mann ist sehr liebevoll«, sagte sie und wartete sichtlich darauf, daß Mrs. Fernaby auf den Zweck ihres Besuches zu sprechen kam.

»Ich habe dich aufgesucht, weil ich dich um einen Gefallen bitten möchte, Thomasina«, begann Mrs. Fernaby. »Darf ich dir meine Tochter Camilla vorstellen? Komm her, mein Kind.«

Während Mrs. Castle das schöne Mädchen mit zusammengekniffenen Augen musterte, sprach Mrs. Fernaby weiter: »Ich habe sie gut erzogen und bin sicher, daß sie sich tadellos benehmen kann. Sie ist jetzt fast achtzehn Jahre alt und... und wenn du zufällig ein Lehrmädchen brauchen solltest, könntest du sicher sein, daß du in ihr eine wohlerzogene, fleißige und ausgezeichnete Kraft hättest.«

»Sie ist dir in der Taverne sicher eine große Hilfe?«

»Das schon. Aber mein Mann möchte, daß sie ab sofort in der Schankstube arbeitet, und ich finde das nicht schicklich. Die jungen Herren sind guter Herkunft, aber bei ihrer Schönheit fürchte ich, sie könnten glauben, sie hätten mit Camilla leichtes Spiel, wenn sie betrunken sind.«

Sie hielt inne und konnte ihre Sorgen nicht verbergen. Mrs. Castle nickte verständnisvoll.

»Eine Schankstube ist wirklich nicht der richtige Ort für ein hübsches Mädchen. Komm zu mir, mein Kind. Ich habe dich noch nicht sprechen hören. Würdest du gern in einem Geschäft wie diesem hier arbeiten?«

Camilla machte einen kleinen Knicks und erwiderte mit

ihrer wohlklingenden Stimme: »Ja, Madame. Ich habe noch nie so etwas Schönes gesehen wie Ihr Geschäft.« Sie schlug ihre schönen grauen Augen auf und sah Mrs. Castle ernst an. »Ich würde sehr gern für Sie arbeiten, und ich scheue mich auch nicht vor einer langen Arbeitszeit.«

Mrs. Castle nickte, und ihre silbernen Löckchen schimmerten unter der weißen Haube. »Mein Rheumatismus wird immer ärger, Camilla, und deine jungen Beine wären eine große Hilfe für mich im Geschäft. Aber ich möchte dich warnen. Du wirst viel lernen müssen, denn wir können uns keine Ungeschicklichkeiten leisten. Mr. Castle stellt teure Parfums her und außerdem Pomade für die Herren und teure Toilettenartikel für die Damen. Ich kann dir einen Shilling in der Woche geben.«

Mrs. Fernaby wollte protestieren, weil ihre Freundin Camilla einen unfairen Handel anbot. Sie hatte gehofft, ihrem Mann sagen zu können, daß das Mädchen mindestens zwei Shilling nach Hause brachte. Aber Camilla kam ihr zuvor. Wenn sie jeden Tag in dieser schönen Umgebung verbringen und regelmäßig durch die vornehmen Straßen gehen durfte, war dies ein Vorzug, für den sie sogar ganz umsonst gearbeitet hätte.

»Das ist sehr großzügig von Ihnen, Mrs. Castle«, sagte sie rasch. »Ich werde mir Mühe geben, immer zu Ihrer Zufriedenheit zu arbeiten, und ich bin nicht ungeschickt.«

Mrs. Castle strahlte sie an. »Ich sehe, du bist nicht nur schön, sondern auch klug, meine Liebe. Ich erwarte dich morgen früh um acht.« Sie wandte sich an Mrs. Fernaby. »Darf ich dir eine Tasse Tee anbieten, Hannah? Es ist ein weiter Weg nach Cheapside.«

Aber Mrs. Fernaby war schon aufgestanden. Sie schwankte zwischen Erleichterung und Enttäuschung über das knauserige Angebot ihrer Freundin. »Nein, danke. Wir haben nicht mehr viel Zeit, bis die Taverne geöffnet wird.«

Camilla spürte die Kühle in der Stimme ihrer Mutter und

fügte besonders freundlich hinzu: »Sie sind die Güte selbst, Mrs. Castle. Ich werde morgen pünktlich sein.«

Als sie gegangen waren, suchte Thomasina sofort ihren Mann auf, der von früh bis spät in seinem großen Laboratorium arbeitete, seltene Kräuter, Gewürze und Blüten in einem großen Mörser zerstampfte und neue Düfte erzeugte, um die vornehme Gesellschaft zu erfreuen.

»Ich habe einen guten Handel gemacht, Mann«, sagte sie. »Für nur einen Shilling in der Woche – kaum der Preis für ein Stück Seife – habe ich das reizendste Geschöpf, das du je gesehen hast, als Ladenhilfe angestellt. Sie hat gute Manieren und eine ordentliche Aussprache.«

Während sie ihm erzählte, was geschehen war, liefen Mrs. Fernaby und Camilla in größter Hast zur ›Crown‹ zurück.

»Mama!« sagte Camilla, und ihre Augen leuchteten vor Begeisterung. »Ich werde dir abends noch mehr helfen, denn daß du mir so eine Chance gegeben hast, kann ich kaum wieder gutmachen. Ich werde die großen Damen und Herren der Gesellschaft bedienen. Noch nie habe ich ein so hübsches Geschäft gesehen.«

Ihre Mutter brachte es nicht über sich, ihre Enttäuschung über ihre alte Freundin laut zu äußern. Wenn Thomas darauf bestehen sollte, daß Camilla heute abend in der Schankstube bediente, würde sie Thomasina bitten, dem Mädchen Kost und Logis zu gewähren, sobald sie gezeigt hatte, was sie wert war.

Als sie die Küche betraten, erwartete Thomas sie mit hochrotem Gesicht. »Herumschwänzeln, wie? Keinen Tee gemacht und das Feuer herunterbrennen lassen! Unerhört! Ich dulde das nicht noch einmal. Geh an deine Arbeit, Frau, und du, Mädchen, mach dich hübsch für die Herren!«

»Ich werde nicht in der Taverne arbeiten, Vater«, sagte Camilla mutig. »Ich habe heute eine gute Anstellung im West End bekommen, und in der Zeit, die mir noch übrig bleibt, helfe ich Mama wie gewöhnlich im Haus und in der Küche.«

Er riß wütend seine geröteten Augen auf.

»Verdammt noch mal, ich habe gute Lust, dich zu verprügeln! Wenn ich etwas befehle, gehorcht man mir!« Er schlug mit der Faust auf den Tisch. »Ich sage dir, du wirst hier arbeiten! Für mich! West End? Wahrhaftig, das sind die Hirngespinste deiner Mutter, wie? Ich war gut genug, dein Vater zu sein, o ja, das war sehr bequem. Du bist eine undankbare Göre, und heute abend bedienst du in der Schankstube oder es geht dir schlecht!«

Mrs. Fernabys Augen funkelten wie die einer Tigerin, die ihr Junges verteidigt. »Sie wird nichts dergleichen tun. Sie hat jetzt eine gute Stellung, und sie wird gutes Geld nach Hause bringen. Das ist es doch, worauf es dir ankommt!«

»Wieviel?« fuhr er seine Frau herrisch an.

Ehe Camilla etwas sagen konnte, murmelte ihre Mutter: »Drei Shilling die Woche.«

Das war viel Geld für ein junges Mädchen, und es überraschte ihn.

»Nun, du wirst es mir jeden Freitag abliefern, Mädchen. Du schuldest mir eine Menge Geld über all die Jahre. Und, Frau«, fuhr er höhnisch fort, »da sie dir weiterhin in der Küche helfen wird, sollten wir abends in der Taverne schmackhafte Pasteten und ähnliches servieren. Die jungen Herren sind dünn wie Bohnenstangen, aber sie essen, was das Zeug hält. Wußtest du, daß im ›Prinzen‹ jeden Abend achtzehn verschiedene Gerichte serviert werden? Also ab an die Arbeit! Du machst Fasanenpastetchen, und ich lasse die jungen Dandys dafür bezahlen.« Er ging hinaus.

»Oh, Mama, wie soll ich ihm drei Shilling in der Woche geben?« rief Camilla aufgeregt. »Und er bürdet dir noch mehr Arbeit auf.«

»Ich schaffe es schon«, sagte Mrs. Fernaby beschwichtigend. »Außerdem werde ich das Extrageld mit Nähen verdienen. Und was die Pasteten anbelangt, so wird er eben kein so gutes Essen mehr vorgesetzt bekommen, denn ich habe dafür dann keine Zeit mehr. Liebling, ich möchte nur das Beste für dich, und bei Thomasina wirst du die Leute deines Standes kennenlernen.«

»Meines Standes? Das verstehe ich nicht.«

Mrs. Fernaby wandte sich rasch ab, verwirrt über ihren Versprecher. Geschäftig hängte sie die Haube und ihren Schal auf. Camilla würde ihre wahre Herkunft bald erfahren müssen, aber sie wollte nicht vor ihrem achtzehnten Geburtstag in drei Monaten mit ihr darüber sprechen. Es war selbstsüchtig von ihr, das wußte sie, aber sie fürchtete, daß Camilla, sobald sie die Wahrheit kannte, ihr Vorwürfe machen könnte, weil sie sich nicht um eine aristokratische Familie bemüht hatte, die sie erzogen hätte, und das würde sie nicht ertragen.

»Wir müssen uns jetzt um die Pasteten kümmern«, sagte sie kurz angebunden. »Ich bereite den Teig zu, und du gehst rasch auf den Markt und kaufst, was Mr. Potts übrig hat, Fasan, Ente oder Hase, es ist ganz egal. Ich werde es gut würzen.«

In dieser Nacht schlief Camilla wenig. Sie fragte sich unablässig, ob sie Mrs. Castle zufriedenstellen würde und wie sie ihrer geliebten Mama helfen könnte. Sie träumte abwechselnd von stattlichen jungen Herren auf dem Berkeley Square und den bösen, geröteten Augen Thomas Fernabys. Von jetzt an würde sie in zwei Welten leben.

Zweites Kapitel

Camilla verließ am nächsten Morgen um sieben Uhr das Haus. Es war ein herrlicher Apriltag. Weiße Wolken segelten über einen azurblauen Himmel, und das Sonnenlicht tauchte sogar die schäbigsten Gebäude in Gold. Ihre Mutter hatte ihr ein kleines Päckchen mit Pasteten mitgegeben, die vom vorangegangenen Abend übriggeblieben waren.

»Ich fürchte, Thomasina ist geizig geworden, und sie wird erwarten, daß du dein eigenes Essen mitbringst«, sagte sie. Dann umarmte sie Camilla, was eine seltene Geste war, und fügte hinzu: »Mache es gut, mein Liebling. Du wirst den vornehmen Herrschaften gefallen.«

Der Weg zum Maison Castle schien kürzer zu sein als am Tag zuvor, und Camilla summte leise vor sich hin, denn heute brauchte sie keine Treppen zu scheuern, und sie war im Begriff, in eine neue, märchenhafte Welt einzutreten, in der die wichtigsten Leute des ganzen Landes ein und aus gingen.

Wen würde sie wohl als erste bedienen? fragte sie sich. Eine Herzogin? Aber nein, die standen später am Tag auf. Vielleicht einen jungen Herrn? Sie lächelte. Sie würde einen kleinen Knicks machen und ihm eine Auswahl der allerfeinsten Pomaden vorlegen. Sie hoffte, daß er dunkelhaarig sein möge, denn Männer mit schwarzen Haaren und braunen Augen waren ihr immer stärker erschienen als deren ebenso stattliche blonde Altersgenossen.

Als sie ins West End kam, wunderte sie sich über die höflichen Grüße, mit denen man sie bedachte, als wäre sie dort schon bekannt. Ein junger Diener, der einen Messingtürklopfer polierte, hielt inne, sah sie an und rief ihr fröhlich zu: »Warum so eilig, Miß? Keine Zeit für einen Kuß?«

Sie warf den Kopf zurück und ging mit geröteten Wangen weiter. Bald gewöhnte sie sich daran und sah es als Beweis dafür, daß sie hübsch war. Ein Junge, der Obst und Gemüse austrug, warf ihr einen Apfel zu.

»Das ist mein schönster, aber du verdientest einen Pfirsich«, rief er lachend.

Camilla fing die Frucht auf und lächelte. Jetzt bin ich eine von ihnen, dachte sie, als sie die fröhlichen Annäherungsversuche abwehrte. Ich arbeite hier! Und es erfüllte sie mit Stolz, denn diese schönen Straßen würden ihr bald so vertraut sein wie die in Cheapside. Sie kam zehn Minuten vor der Zeit in Maison Castle an.

Mrs. Castle trug noch ihren Morgenmantel und eine Spitzenhaube.

»Du bist pünktlich, Camilla, das ist gut. Mein Rheumatismus plagt mich heute früh wieder einmal schrecklich, deshalb setze ich mich lieber hin, während ich dir deine Pflichten erkläre. Wir öffnen das Geschäft erst um neun Uhr. Gute Kunden sind um diese Zeit sowieso selten unterwegs, und nur die Crême der Gesellschaft gibt uns die Ehre.«

Sie lächelte zufrieden, weil sie billig ein Mädchen eingekauft hatte, das die lästigen Aufgaben übernehmen würde.

Aber ihre Augen waren nicht unfreundlich, und Camilla gab sich Mühe, ihren Ansprüchen standzuhalten. Alles in dem eleganten kleinen Geschäft gefiel ihr – der Charme des silber-blauen Dekors, die herrlichen Düfte, die Sauberkeit, die sich so sehr von dem Sand auf dem Fußboden in der Taverne unterschied, und vor allem der Gedanke an die Kunden.

Mrs. Castle nahm auf einem Stuhl hinter dem Ladentisch Platz und gab Befehle: »Hinten, in der Küche, direkt hinter meinem Salon, findest du frische Staubwedel über dem Herd. Hole sie und staube jedes Parfümfläschchen auf den Regalen sorgfältig ab, und dann alles andere. Zweimal in der Woche räumst du die Regale aus und wäschst alles gründlich.«

Camilla arbeitete flink und befolgte alle Anweisungen genau. Die Flakons waren exquisit, kleine Fläschchen aus blauem Bristolglas mit silbernen Stöpseln und exotischen Namen auf den Etiketten: Hibiskus, Primula, Akanthus, Weißer Flieder und viele andere. Einige trugen die Namen von Göttinnen, wie zum Beispiel ›Eau d'Aphrodite‹ und andere, die sie nicht kannte. Die Preise ließen sie den Atem hanhalten. Einige Parfums kosteten zwei Guineen!

Sie wurde neugierig auf Mr. Castle. Er schien ein Künstler zu sein, denn die wohlriechenden Seifen waren wie Blumen geformt, und die Pomaden und Haaröle für die Herren wurden in winzigen Kristallkaraffen angeboten.

Als sie alles zu Mrs. Castles Zufriedenheit ausgeführt hatte, stand diese auf.

»Das war ein guter Anfang, Camilla. Es ist erst halb neun. Während ich mich ankleide, kümmere dich bitte um dein Haar. In der Küche ist ein Spiegel. Für ein erstklassiges Ladenmädchen sind Löckchen *comme il faut*. Und offen gesagt, ist dein Kleid ganz abscheulich und altmodisch. Sage bitte Mrs. Fernaby, daß ich ein hellblaues Bedrucktes wünsche mit Reifrock und einem weißen Musselintuch über den Schultern.«

Camilla besaß nichts dergleichen. Stolz richtete sie sich vor Mrs. Castle auf und ihre grauen Augen blitzten, als sie sagte: »Ich fürchte, das geht nicht, Mrs. Castle. Mama arbeitet schon jetzt viel zu schwer in der Taverne. Sie kann nicht Ihnen zuliebe noch länger aufbleiben und Kleider nähen. Und für einen Shilling in der Woche kann man kaum bedruckten Stoff und Musselin kaufen.«

In diesem Augenblick war es ihr egal, ob Mrs. Castle sie entließ. Spannung lag in der Luft.

»So, du fühlst dich deiner Mutter verpflichtet und hast dazu noch einen aufsässigen Geist. Lege diese Haltung nicht vor den Kunden an den Tag. Sie ziehen höfliche, zurückhaltende Manieren vor, gleichgültig, wie mißgelaunt sie selber sind. Aber ich fürchte, es bleibt mir nichts anderes übrig, als dich zu meiner Schneiderin zu schicken, damit sie dir die passenden Kleider näht. Ich werde ihr Anweisung geben, daß sie den billigsten Stoff verwendet. Ich glaube, ich habe noch einen alten Spitzenvorhang beiseite gelegt, den du als Stola tragen kannst. Nun kümmere dich um deine Frisur.«

Sie ging energisch hinaus und stützte sich dabei auf ihren Stock.

Camilla lächelte befriedigt. Mrs. Castle würde zu jeder List greifen, um Geld zu sparen, aber sich ihr zu widersetzen, war anscheinend ungefährlich.

Als sie in der Küche vor dem kleinen Wandspiegel stand, versuchte sie vergeblich einzelne Haarsträhnen zu Locken zu wickeln. Ihr Haar war so kräftig und üppig, daß Mrs. Fernaby es immer nur nach hinten gekämmt und mit einem breiten Band zusammengehalten hatte. Selbst als Camilla nun das Haar am Wasserhahn anfeuchtete, wollte es nicht in Form bleiben. Sie stampfte ärgerlich mit dem Fuß auf.

»Es ist zwecklos! Es wird mir nie gelingen!«

Eine sanfte Stimme hinter iher erschreckte sie, und sie fuhr herum. »Nichts ist ›zwecklos‹, mein Kind. Was bekümmert dich?«

Ein großer, schlanker Mann mit silbernem Haar, das über seinen kahler werdenden Kopf gekämmt war, stand vor ihr.

»Du mußt Camilla Fernaby sein. Gestatte, wenn ich mich vorstelle, ich bin Samuel Castle.«

Seine hellen Augen waren so sanft wie seine Stimme.

»Kann ich dir irgendwie helfen?«

»Sie sind sehr freundlich, Mr. Castle, aber ich glaube, das kann niemand. Mrs. Castle wünscht, daß ich Locken trage, aber mein Haar ist dafür ganz ungeeignet.«

Er berührte ihr Haar, ohne vertraulich zu werden und lächelte. »Du hast außerordentlich schönes Haar, mein Kind, aber das einzelne Haar ist zu fein für Locken. Setze ich auf diesen Stuhl. Ich bin sicher, daß dir eine andere Frisur gut stehen wird. Ich bin Apotheker und verstehe eine ganze Menge von Haaren.«

Camilla empfand sofort große Sympathie für den alten Herrn.

»Ich weiß, Sie stellen all die wunderbaren Dinge her, die es in Ihrem Geschäft zu kaufen gibt, nicht wahr? Alle Parfums und Toilettenartikel.«

»Ja, aber es nicht nur Arbeit, sondern auch ein Vergnügen«, sagte er, während er ihr Haar zu einem Knoten am

Hinterkopf aufsteckte. »Jetzt muß ich mir aus dem Laden meiner Frau Nadeln und eine Haube holen.«

Schließlich war er fertig. Eine von Mrs. Castles schneeweißen Musselinhauben vervollständigte die Frisur. Er nahm den Spiegel von der Wand und hielt ihn Camilla hin.

»Ich hoffe, das Ergebnis findet deinen Beifall.«

Camilla hielt vor Überraschung den Atem an. »Ja, das steht mir ausgezeichnet. Aber... wird Ihre Frau nicht ärgerlich sein?«

In diesem Augenblick humpelte Mrs. Castle herein und musterte Camilla.

»Ich bin Camilla zufällig in der Küche begegnet, meine Liebe«, sagte er. »Die Locken wollten ihr nicht gelingen, und da ich ein wenig von Haaren verstehe, habe ich mich um sie gekümmert. Sieht sie nicht bezaubernd aus?«

Camilla entging nicht, wie sehr Mrs. Castle ihren Gatten schätzte, und daß sein Wort für sie das Evangelium war. Sie betrachtete zufrieden das Ergebnis und nickte.

»Wie geschickt du bist, Samuel. Die Frisur ist ungewöhnlich und wunderschön.«

Mr. Castle hatte die Haube weit nach hinten geschoben, so daß nur ein kleiner Teil des schönen dunkelgoldenen Haares bedeckt war. Zwei Löckchen kringelten sich zart zu beiden Seiten, und der Knoten war die Perfektion selbst.

So begann Camilla ihren ersten Tag als Ladengehilfin.

Als eine silberne Glocke neun Uhr schlug, wies Mrs. Castle Camilla an, die Ladentür, die sich zwischen zwei hübschen, bogenförmigen Fenstern befand, zu öffnen. Blütenweiße Vorhänge, die mit blauen Bändern eingefaßt waren, rahmten die Schaufenster ein, in denen Waren ausgelegt waren.

Als Camilla den Riegel zurückschob und den schweren Schlüssel im Schloß herumdrehte, war sie ein wenig nervös. Sie betete inbrünstig darum, daß Mrs. Castle die ersten Kunden bedienen möge, damit sie selbst sah, wie man es richtig machte.

Aber niemand kam. Die Zeit zog sich hin, bis es zehn Uhr schlug, und immer noch war kein Kunde erschienen. Dies steigerte Camillas Nervosität. Mrs. Castle saß ruhig da und las die ›Court News Sheet‹. Allmählich wurde das Schweigen bedrückend.

Endlich klingelte die Ladenglocke, und zwei junge Herren kamen herein. Der eine gähnte, ohne die Hand vor den Mund zu halten.

»Wenn man mit Prinny im Carlton House Karten spielt, ist man hinterher immer ganz erledigt, nicht wahr, Christopher?«

Sein Begleiter, ein gedrungener, hellblonder Mann, antwortete grinsend: »Du hast wohl verloren, wie, und zu viel Rotwein getrunken?«

Sein Freund seufzte. »Fünfzig Guineen, die Hälfte meines monatlichen Taschengeldes. Seine Königliche Hoheit mogelt fürchterlich. Aber sein Rotwein ist nicht übel.«

»Wenn du es nicht übertreibst, kannst du dir immer noch Castles Pomaden leisten«, sagte der blonde Mann.

»Mein lieber Bonzo, ich bin heute abend bei Lady Ankerton eingeladen, und du weißt, man kann nicht ohne auf dem Ball erscheinen.« Er gähnte wieder, trat lässig an das Regal mit den Pomaden und fuhr im Plauderton fort: »Ihre Anstrengungen, um dieses dumme Huhn von Tochter unter die Haube zu bringen, sind einfach lächerlich. Aber ihr Champagner ist verdammt gut.«

Er nahm ein kleines Kristallfläschchen nach dem anderen in die Hand, und Camilla, die still und mit gesenktem Blick im Hintergrund stand und ihn durch ihre langen Wimpern hindurch beobachtete, fürchtete, er könnte eines fallen lassen.

Doch der Herr traf seine Wahl rasch und schlenderte dann zum Ladentisch, wo Mrs. Castle Camilla zu sich rief, damit sie dem Abschluß des Handels beiwohnte.

Camilla wickelte das Päckchen in blaues Papier und verschnürte es mit einem silbernen Band. Sie war dabei etwas verlegen, da die fröhlichen Augen des blonden Herrn beifällig auf ihr ruhten.

Sie machte einen kleinen Knicks und überreichte seinem Freund das Päckchen. »Das macht eine Guinea, bitte, Sir.«

»Verdammt, eine Guinea!« sagte er murrend und zog seine Börse. »Es ist ein Glück für Mr. Castle, daß er so *à la mode* ist. Aber ich bin sicher, er bekommt bald eine billigere Konkurrenz.«

Als Camilla an Mr. Castles freundliches Wesen dachte, hätte sie am liebsten eine bissige Antwort gegeben, aber Mrs. Castle behielt sie im Auge, und deshalb blieb sie stumm.

Nachdem die beiden Herren gegangen waren, wandte sie sich an Mrs. Castle. »Haben alle jungen Herren so schlechte Manieren und reden so schamlos über unseren Prinzregenten?«

»Achte nicht auf sie, mein Kind«, riet Mrs. Castle. »Das sind unwichtige Leute, aber zum Glück zahlen sie. Und was den Prinzregenten anbetrifft, so wirst du von unserer Kundschaft viel Klatsch über ihn hören. Sie scheinen alle zu glauben, das Ladenpersonal hätte keine Ohren.«

»Es kann doch nicht wahr sein, daß er beim Kartenspiel mogelt«, sagte Camilla irritiert. Mrs. Fernaby hatte sie mit großem Respekt vor dem Königshaus erzogen.

In diesem Augenblick läutete die Ladenglocke wieder. Es war inzwischen elf Uhr geworden, und um diese Zeit gingen die jungen Damen aus, um ein paar Kleinigkeiten zu besorgen, ehe sie ihre Morgenschokolade tranken. Die drei Mädchen, die den Laden betraten, waren ungefähr in Camillas Alter. Ihre Morgentoilette erfüllte Camilla mit Bewunderung. Sie trugen lange, zweireihige Mäntel aus farbigen Stoffen über knöchellangen Röcken, teure Pelzpelerinen gegen den frischen Frühlingswind und hohe Hüte, die mit kostbaren Federn verziert und passendem Pelz besetzt waren, dazu feine Glacéhandschuhe und Goldtäschchen. Sie waren vergnügt und keineswegs einschüchternd, so daß Camilla eifrig vortrat, um sie zu bedienen.

Ihre Stimmen klangen hell. »Wir hätten gern ein passendes Parfum für einen Ball. Bitte helfen Sie uns«, sagte eine von ihnen, und ihre blauen Augen leuchteten. »Es ist unser erster Ball, und Maison Castle ist die *crême de la crême*, wie Mama immer sagt.«

Camilla vergaß ihre Unsicherheit und stürzte sich in das Abenteuer, obwohl sie noch nicht alle Parfums kannte. Aber die jungen Mädchen waren leicht zufriedenzustellen, und jede zahlte zwei Guineen für ihre Errungenschaft und dankten ihr überschwenglich.

Mrs. Castle machte Camilla mürrisch ein Kompliment, fügte aber hinzu: »Heute nachmittag kommen die großen Damen der Gesellschaft und die Lords. Glaube also nicht, daß ein Erfolg genügt.«

Camilla wäre nicht zum Mittagessen eingeladen worden, wenn nicht die stille Intervention Mr. Castles gewesen wäre, der darauf bestand, daß sie eine warme Mahlzeit verdient hatte.

Am Nachmittag kamen zwei elegant gekleidete Damen, und sogar Mrs. Castle machte einen kleinen Knicks und redete die eine mit ›Euer Gnaden‹ an. Eine Zofe, die sie begleitete, trug einen kleinen Weidenkorb, in dem sie die Einkäufe verstaute. Die Hüte der Damen waren eine Offenbarung aus Federn, Blumen und Schleiern und schützten die Frisuren vor dem Frühlingswind. Diamanten funkelten in den Spitzenschals, und große Broschen glitzerten an den herrlichen Seidenstoffen ihrer gefütterten Mäntel über den dazu passenden Röcken.

Die Herzogin – denn was konnte sie anderes sein, dachte Camilla – trug ein Lorgnon aus Schildpatt an einer langen

Goldkette. Mit diesem musterte sie Camilla interessiert, die mit gesenktem Blick dastand.

»Hm«, lautete schließlich ihr Urteil. »Da haben Sie wirklich eine Schönheit zur Hand, Mrs. Castle. Ich hoffe, Sie werden ihr nicht erlauben, den leichtsinnigen jungen Stutzern, die mehr Geld als Verstand haben, den Kopf zu verdrehen.«

Mrs. Castle errötete.

»Ganz gewiß nicht, Euer Gnaden, bei allem, was mir heilig ist. Das Mädchen ist die Tochter einer Freundin, die in Not geraten ist. Sie ist sehr zurückhaltend und hat einen makellosen Charakter.«

»Ich freue mich, das zu hören.« Die Herzogin klappte ihr Lorgnon zu und verlangte, die neuesten Parfumkreationen gezeigt zu bekommen.

Camilla war ärgerlich. Wie konnte Mrs. Castle behaupten, ihre gute Mama sei ›in Not‹ geraten. Sie lernte eine Menge über Mrs. Castle, stellte aber vor allem fest, daß sie, was auch immer passieren würde, liebend gern hier weiter arbeiten wollte.

Binnen zwei Wochen fühlte sich Camilla in dem Geschäft wie zu Hause. Sie ließ sich von Mrs. Castle nicht schikanieren und entwickelte eine schüchterne Freundschaft zu Mr. Castle, dessen kostbare Parfums sie beglückten. Er erwies ihr sogar hin und wieder die Ehre, sie nach ihrer Meinung über seine neuesten Kreationen zu fragen.

Außerdem öffnete sich ihr im West End eine neue Seite des Lebens. Sie wurde oft auf Botengänge geschickt und lieferte in vornehmen Häusern Bestellungen ab. Als sie mit den gepflegten Straßen und Plätzen vertrauter wurde und ebenso mit dem Anblick der prachtvollen Kutschen und der elegant gekleideten Menschen, überkam sie ein seltsames Gefühl. Hier gehöre ich hin, dachte sie erstaunt, das ist meine Welt, und eines Tages wird sie es wirklich sein. Sie erzählte allerdings Mrs. Fernaby nichts von ihren Gedanken, wenn sie nach Hause kam.

Eines Nachmittags, als sie an der Ecke der Curzon Street stand und zusah, wie einige Reiter aus dem Hyde Park zurückkehrten, fiel Camilla eine dunkelgrüne Kutsche am Straßenrand auf, vor die ein Paar Schimmel gespannt waren.

Kurze Zeit später öffnete ein Diener eine Haustür zwischen zwei weißen Säulen. Mit leichten Schritten trat ein junger Mann aus dem Haus, drehte sich um und gab über die Schulter zurück einen kurzen Befehl, so daß Camilla sein Gesicht sah. Ihr stockte der Atem. Er war so völlig anders als sie jungen Männer, die bisher in Mrs. Castles Geschäft gekommen waren. Er war groß und schlank. Das dichte, schwarze Haar war zu einem Zopf geflochten und von einer breiten, schwarzen Schleife zusammengehalten. Die Augen waren dunkel und seine Haut gebräunt. Er hatte das edelste Gesicht, das sie jemals gesehen hatte. Sein Mantel war einfach geschnitten und aus dunkelgrünem Tuch. Seine makellosen Hosen gingen ohne eine einzige Falte in weiche Rehlederstiefel über. Er sprang in seine Kutsche und gab dem Kutscher eine Anweisung. Dieser drehte sich nickend um, lächelte und berührte seinen Hut.

Camilla hatte noch nie erlebt, daß ein Kutscher seinen Herrn anlächelte.

Langsam atmete sie aus, und ihre Augen leuchteten. Sie hatte eben den Mann gesehen, der ihr Herz auf den ersten Blick gewonnen hatte.

Von diesem Augenblick an hatten ihre romantischen Träume einen Mittelpunkt.

Sie hatte, wie es in den alten Märchen hieß, ihren Prinzen gesehen.

Nach diesem Tag nützte sie jede Gelegenheit für einen Botengang, der sie in die Nähe der Curzon Street führen konnte, und oft wartete sie an der Ecke, so lange sie es wagen konnte. Die Tage, an denen sie ihn nicht sah, waren grau.

Mindestens dreimal begegnete sie ihm, und sie fragte sich immer von neuem, was es wohl war, das ihn so sehr von allen anderen unterschied. Es war nicht nur seine makellose Kleidung, sondern eher seine vornehme Haltung. Sie gab ihm viele Titel, doch keiner war ihr gut genug, um ihm angemessen zu sein. War er ein Herzog? Vielleicht. Oder ein ausländischer Fürst, wegen seines dunklen Teints? Dann kam sie zu dem Schluß, daß er ein Lord sein mußte, obwohl das nichts sehr Großartiges war. Aber es paßte am besten zu ihm.

Sir Michael Monford selbst fiel das schüchterne Mädchen an der Ecke nicht auf. Mit achtundzwanzig Jahren war er noch ledig, obwohl er Bälle besuchte und wegen seiner interessanten, geistreichen Konversation bei Abendgesellschaften sehr begehrt war. Die Töchter der vornehmsten Familien waren alle mehr oder weniger in ihn verliebt. Da sie an die blumigen Phrasen ihrer Verehrer gewöhnt waren, fanden sie Sir Michaels Zurückhaltung besonders aufreizend. Er flirtete niemals und fühlte sich zu keiner der jungen Damen hingezogen, die er bis jetzt kennengelernt hatte. Außerdem hatte er viele Interessen und keine Zeit, um an eine Heirat zu denken. Er unterhielt einen Stall mit vier edlen Pferden und ritt ausgezeichnet; er las viel und liebte besonders Kunst und Literatur. Hin und wieder besuchte er seine Ländereien in Berkshire, wo seine Mutter mit seiner Schwester Augusta ein weiträumiges Landhaus bewohnte.

Sir Michael liebte seine Schwester, aber manches an ihr störte ihn. Mit zwanzig Jahren war sie ungraziös und zu dick. Sie verschlang schamlos üppige Pasteten und Berge von Süßigkeiten. Obwohl sie Rassepferde zur Verfügung hatte, haßte sie das Reiten und jede körperliche Betätigung.

Wenn Lady Monford zum Einkaufen nach London kam, wohnte sie mit Augusta in seinem Haus an der Curzon Street. Aber sie kamen nur selten, eigentlich immer dann, wenn die neueste Garderobe für die nächste Saison zu bestellen war.

Camilla, die unsterblich in ihren unbekannten jungen Mann verliebt war, fürchtete, daß jemand so Stattliches wie er verheiratet sein mußte, obwohl sie noch nie gesehen hatte, daß ihn eine Dame begleitete.

Das Leben im West End schlug Camilla immer mehr in ihren Bann und verstärkte das merkwürdige Gefühl, daß sie hierher gehörte. Aber wie sollte sie, die Tochter eines einfachen Tavernenbesitzers aus Cheapside, jemals zur *haute monde* gehören?

Inzwischen stellte Mrs. Castle fest, daß mehr junge Herren als zuvor ihr Geschäft aufsuchten und dabei Camilla keck ansahen. Da Mrs. Castle bemüht war, ihre illustren Kundinnen nicht zu vergrämen, sagte sie eines Tages zu Camilla:

»Ich kann mit meinem Rheuma unmöglich den ganzen Tag neben dir sein, Kind. Aber ich vertraue darauf, daß du die jungen Herren nicht durch unziemliche Blicke ermutigst.«

Camilla errötete. Warum sollte sie andere Männer ermutigen, wenn sie ihr Ideal schon gefunden hatte?

»Ganz gewiß nicht, Mrs. Castle«, versicherte sie. »Ich mache mir überhaupt nichts aus ihnen. Ich bediene sie höflich, so wie Sie es wünschen, das ist alles.«

Mrs. Castle glaubte ihr, denn ihr Gatte mochte das Mädchen und hatte eine hohe Meinung von Camilla. »Sie mag wohl die Tochter deiner Freundin sein, meine Liebe, aber sie hat die Manieren einer jungen Dame«, sagte er.

Eines Abends hatte Camilla auf dem Heimweg beim Berkeley Square ein besonderes Erlebnis. Von dem Eingang eines Herrenhauses wurde ein roter Teppich bis zum Bordstein aufgerollt. Darüber spannte sich eine rotweiße Markise zum Schutz vor eventuellem Regen. Jedes Fenster im Haus erstrahlte hell im Glanz von Kristallkronleuchtern, und leise Musik drang auf die Straße.

Camilla blieb wie gebannt stehen. Eine Kutsche nach der anderen fuhr vor. Damen in den kostbarsten Gewändern, mit Juwelen geschmückt, stiegen aus, und alle wurden von ebenso kostbar gekleideten Herren begleitet, die sie am Arm zum Haus führten.

Ob ihr ›Lord‹ wohl auch erscheinen würde? Ob auch er eine Dame am Arm führen würde? Nachdem sie zwanzig Minuten gewartet hatte, fiel ihr siedendheiß ein, daß ihre Mutter sie gebeten hatte, an diesem Abend pünktlich zu sein, um ihr in der Küche zu helfen. Nun war es schon so spät!

Doch es war gut, daß sie nicht pünktlich war, denn Thomas Fernaby unterbreitete seiner Frau in dieser Zeit einen neuen Plan.

»Mein Entschluß ist gefaßt, Frau. Egal, was für fadenscheinige Ausreden du wieder vorbringst, diesmal wird nicht daran gerüttelt!« Er setzte sich schwerfällig in den Schaukelstuhl. »Das Geschäft geht gut, aber es gibt jede Nacht noch mehr goldene Sovereigns zu verdienen. Und ich werde sie verdienen, das schwöre ich!«

Mrs. Fernaby, die vom Kochen müde war, stützte sich auf den Küchentisch. »Ich hoffe, du verlangst nicht, daß ich noch mehr Pasteten richte, Thomas. Das ist nicht möglich.«

»Pasteten?« Er lachte heiser. »Nein! Nein, ich habe vor, den jungen Herren eine andere Kost anzubieten. Sie werden sich auf die Dauer nicht damit zufriedengeben, daß es in Cheapside nur guten Wein und Pasteten gibt. Sie werden stärkere Reize haben wollen.« Er tat so, als dächte er nach und fuhr dann behäbig fort: »Die Reisenden, die im ersten Stock Zimmer mieten, bringen wenig Profit. Vermietet werden sollen sie aber, diese vier guten Zimmer. Deshalb werden wir keine Reisenden mehr aufnehmen, sondern wir werden diese Räume in ein Bordell umwandeln. Eine ganze goldene Guinea von jedem der Herren, der die Dienste in Anspruch nehmen will, springt dabei heraus.« Er blies befriedigt seine roten Wangen auf. »Crown-Bordell, das klingt gut. Ich möchte, daß die Zimmer innerhalb von drei Tagen gerichtet sind. Ich werde noch heute abend die Neuigkeit verbreiten.«

Mrs. Fernaby glaubte, ihr würden die Sinne schwinden.

»Ein... ein Bordell? Hier unter unserem Dach? Eine solche Gottlosigkeit kann nicht dein Ernst sein!«

Thomas Fernaby stand auf. Er sah furchterregend aus, und seine kleinen Augen blitzten vor Bosheit und Habgier.

»Dieses Mal bringst du mich nicht davon ab, Frau. Seine Königliche Hoheit hurt herum, wo und wann es ihm gefällt, und seine jungen Stutzer wollen das gleiche tun. Ich möchte deine Moralpredigten nicht mehr hören. Gottlosigkeit, wahrhaftig! Das ist jetzt in Mode, und weshalb soll ich mir das Gold nicht holen? Du wirst die Zimmer richten, andernfalls hat meine Freundlichkeit ein Ende!«

»Ich will damit nichts zu tun haben, Thomas«, wehrte sich Hannah Fernaby verzweifelt. Sie war blaß geworden. »Und noch viel weniger will ich solche Frauen in meinem Haus haben.«

Er ging schwerfällig zur Tür und versetzte ihr den letzten Hieb. »Künftig wird der hochnäsige Balg Camilla die Zimmer alleine putzen. Ich besorge die Mädchen – Peg aus Holborn hat sich bereit erklärt. Und die junge Joan übt ihr Gewerbe auch lieber in einem trockenen Bett als in einem Hausgang aus. Und noch etwas. Ich verlange, daß unsere Pflegetochter die Hauptattraktion ist!«

»So etwas kannst du nicht tun, Thomas.« Hannah Fernaby war jetzt schneeweiß vor Entsetzen geworden. »Wenn du meine Camilla mit hineinziehst, ersteche ich dich mit dem Küchenmesser, das schwöre ich dir bei allen Heiligen.«

»Schwöre alles, was du willst, Frau. Sie schuldet mir eine Menge Geld für ihren bisherigen Lebensunterhalt. Von den drei Shilling, die sie jetzt nach Hause bringt, bekommt man noch nicht einmal ein Huhn satt. Im Bordell wird sie gutes

Geld für mich verdienen, und damit basta!« Er schlug die Küchentür hinter sich zu.

Hannah Fernaby sank wie betäubt auf einen Stuhl. Ein Bordell! Alle diese widerlichen Scheußlichkeiten sollten direkt unter ihrem eigenen Schlafzimmer stattfinden. Aber das war ja noch nichts im Vergleich mit der Gefahr, die Camilla drohte.

In drei Tagen sollte das Bordell eröffnet werden, hatte Thomas Fernaby gesagt. Das war genau Camillas achtzehnter Geburtstag! Angst und Kummer überwältigten Mrs. Fernaby. Sie hatte seit Wochen kleine Geschenke gesammelt, hübsche Bänder, zwei Bastisttaschentücher, die sie umhäkelt hatte, ein kleines Handtäschchen, das sie für ein paar Pennys von einem Hausierer erstanden hatte und ein halbes Dutzend andere Kleinigkeiten. Sie hatte vorgehabt, einen Kuchen zu backen, an dem sie und Camilla sich satt essen wollten, wenn die abendliche Arbeit getan und Thomas in sein Bett getaumelt war.

Jetzt würde Camilla die Taverne um ihrer eigenen Sicherheit willen so schnell wie möglich verlassen und bei Mrs. Castle Zuflucht suchen müssen.

Hannah Fernaby begann zu weinen. Alle Prüfungen und Schicksalsschläge seit ihrer Hochzeit gipfelten in dieser Tragödie, sie würde ihr Allerliebstes verlieren. Selbst ihr abgrundtiefer Ekel vor dem Bordell schien bedeutungslos zu sein, verglichen mit diesem Schmerz.

Ein Blick auf die Uhr sagte ihr, daß Camilla jeden Augenblick nach Hause kommen würde. Rasch wusch sie sich das Gesicht und versuchte, ruhiger zu werden. Sie konzentrierte sich auf die Pasteten, damit die Tränen nicht mehr rollen konnten und Camilla nichts von ihrem Kummer merkte.

Camilla, die in Gedanken immer noch bei den Menschen war, die sie hatte zum Ball eintreffen sehen, achtete diesmal nicht besonders auf das Äußere ihrer Mutter. Als sie sich die Schürze umband, um Mrs. Fernaby in der Küche zu helfen, sprudelte sie über vor Eifer, ihr Erlebnis ihrer Mutter mitzuteilen.

»Dieser Prunk, Mama! Es waren die herrlichsten Stoffe und Farben, die man noch nicht mal träumen kann. Ein Seidenkleid schillerte in unzähligen Blau- und Grüntönen, als sich die Dame bewegte. Und mit den Diamanten hätte man ganz Cheapside aufkaufen können. Manche Edelsteine waren so groß wie Taubeneier. Die Herren waren ebenso kostbar gekleidet. Sie trugen Brokatröcke, die in Silber und Gold bestickt waren, juwelenbesetzte Strumpfbänder und Diamantenschnallen an den Schuhen.«

Camilla seufzte. Nachdenklich sagte sie: »Was für ein Leben muß das sein, in solch einem Luxus – bis Mittag zu schlafen und dabei zu wissen, daß immer eine Kutsche für einen bereitsteht.« Mit einem Anflug von Stolz fügte sie hinzu: »Und alle diese Damen und Herren kaufen bei dem guten Mr. Castle ein.«

»Du magst ihn, nicht wahr?« fragte Mrs. Fernaby. »Und was hältst du von seiner Frau?«

»Mrs. Castle ist in seinen Händen wie Butter. Nachdem ich jetzt drei Monate bei ihr arbeite, scheint sie ganz zufrieden mit mir zu sein, obwohl sie die Augen offen hält, wenn ich einen jungen Herrn bediene. Aber das ist ganz unnötig, denn sie sind für mich nichts anderes als verwöhnte Kinder.«

Camilla lachte nachsichtig, erwähnte aber nichts von ihrer Liebe zu dem jungen Mann aus der Curzon Street. Sie würde niemals darüber sprechen, nicht einmal mit ihrer Mutter, die ihr am nächsten stand, denn es lag zu sehr im Bereich der Wunder, daß sie ihn jemals kennenlernen würde.

Sie widmete sich mit Hingabe den Pasteten und anderen Delikatessen – Austern, die in Schinken gewickelt und gebacken wurden, wie Thomas Fernaby es gewünscht hatte.

Mrs. Fernaby wurde das Herz immer schwerer, und doch hatte Camillas Fröhlichkeit sie etwas beruhigt. Da die Castles sie schätzten, würden sie ihr ein Obdach sicher nicht verwehren.

Zu ihrem Entsetzen erschien plötzlich ihr Mann in der Küche, um einen Krug Grog zu holen. Normalerweise rief er von der Taverne aus, daß er ihm gebracht werden soll. Mrs. Fernaby zitterte von Kopf bis Fuß. Würde er jetzt Camilla seine Pläne unterbreiten?

Aber er blieb nur kurz stehen, sah das Mädchen zufrieden an, nahm mit einem lüsternen Grinsen den schweren Krug und sagte: »Pures Gold!«

Mrs. Fernaby blieb keine andere Wahl – Camilla mußte sie verlassen.

Drittes Kapitel

Am Morgen ihres achtzehnten Geburtstags fand sich Camilla von den bezaubernden kleinen Geschenken ihrer Mutter umgeben, und sie war glücklich und voller Zuneigung für sie, fragte sich aber, wie ihre Mutter es geschafft hatte, diese Dinge so lautlos in ihre Kammer zu bringen.

Camilla wußte auch nicht, daß Mrs. Fernaby selbst das jetzt hassenswerte erste Stockwerk täglich während der frühen Morgenstunden putzte, wenn ihr Mann und Camilla noch schliefen, um ihr diese demütigende Arbeit zu ersparen.

Auf einen Impuls hin hatte Mrs. Fernaby beschlossen, Camilla gleich am frühen Morgen zu beschenken, statt bis zum Abend zu warten, denn bis dahin konnte viel geschehen.

Und es sollte in der Tat der ereignisreichste Tag in Camillas bisherigem Leben werden. Als sie im Maison Castle eintraf, wurde sie von Mrs. Castle mit einem freundlichen Lächeln empfangen. Sie überreichte ihr ein kleines Päckchen und sagte: »Herzlichen Glückwunsch zum Geburtstag, Camilla. Du bist ein liebes Mädchen und mir eine große Hilfe.«

In dem Päckchen war ein Stück Seife, das wie eine Schlüsselblume geformt war.

Camilla errötete vor Freude, spürte aber, daß es zu intim gewesen wäre, ihre Herrin zu küssen. »Mrs. Castle, Sie sind so freundlich zu mir. Vielen Dank.«

Als sie ihre Pelerine hinter der Küchentür aufhängte, kam Mr. Castle aus seinem Labor und sah sie schüchtern an. »Meine Frau sagte mir, daß du heute Geburtstag hast, mein Kind. Ich wünsche dir noch viele glückliche Jahre und hoffe, daß dir dies gefällt.«

Er hielt ihr ein kleines Flakon mit seinem neusten Parfum hin, und Camilla rief entzückt: »Mr. Castle, das ist das schönste Geschenk, das ich in meinem ganzen Leben bekommen habe! Ich... ich habe das gar nicht verdient.«

Ihre grauen Augen leuchteten. Er nickte und sagte lächelnd: »Ich glaube doch, mein Kind. Selten wird mein Parfum von einer so schönen Frau benützt. Du bist für uns wie eine Tochter.«

»Ich danke Ihnen aus tiefstem Herzen«, flüsterte Camilla gerührt.

Diese Überschwenglichkeit machte ihn so verlegen, daß er sich rasch in sein Labor zurückzog.

Camilla verstaute ihre Schätze sorgfältig in ihrem neuen Handtäschchen und spürte zum erstenmal, daß sie erwachsen geworden war, auch wenn es für sie keinen großen Ball oder eine andere Festlichkeit gab, um dieses Datum zu feiern. Aber eines Tages würde sie ihren Traumlord aus der Cruzon Street kennenlernen. Sie würde keinen anderen als ihn heiraten.

Der Tag verlief glücklich. Alle Kunden, die das Geschäft aufsuchten, mochten sie, und viele davon redeten sie inzwischen mit ihrem Vornamen an, was sie als schmeichelhaft empfand.

Sie erledigte zwei Botengänge und verweilte jeweils einige Minuten an der Ecke der Curzon Street, aber das Haus blieb still, und es stand auch keine Kutsche davor. Aber in seiner Nähe zu sein, war an einem solchen Tag schon Glück genug.

Am Abend erlaubte Mrs. Castle ihr, eine halbe Stunde früher als gewöhnlich nach Hause zu gehen.

»Deine Mutter hat sicher eine kleine Überraschung für dich bereit, meine Liebe. Um diese Zeit kommen nicht mehr viele Kunden, und ich komme gut allein zurecht.«

Camilla bedankte sich noch einmal, setzte ihre Haube auf, legte den Umhang um und machte sich auf den Heimweg. Sie würde schon kurz nach acht Uhr zu Hause sein.

Plötzlich hatte sie eine Idee. Sie würde das Parfum ihrer Mutter schenken, so gerne sie es auch selbst behalten hätte. Ihre Mutter tat so viel für sie und verdiente noch die zwei Shilling extra die Woche, indem sie bis spät abends nähte. Mama würde das teure Parfum nie benützen, sondern das Fläschchen ihr ganzes Leben lang als einen kostbaren Schatz aufbewahren.

Als Camilla nach Hause kam, blieb sie überrascht stehen. Vor der Taverne standen mehr Kutschen als sonst, und die Fenster im ersten Stockwerk waren hell erleuchtet. Als sie näher kam, hörte sie Gelächter und Gesang. Einen Augenblick überlegte sie, ob man für sie vielleicht doch eine Geburtstagsfeier arrangiert hatte. Aber sie schob diesen Gedanken sofort beiseite. Eine derartige Extravaganz würde Thomas Fernaby niemals dulden. Es mußten Herren auf der Durchreise sein, die hier Quartier genommen hatten.

Sie ging über den Hof und betrat das Haus durch den Hintereingang. Mrs. Fernaby war abgespannt, nervös und offensichtlich sehr aufgeregt. Sie drehte sich abrupt um, als Camilla in die Küche trat, beinahe so, als wäre diese unwillkommen.

»Camilla, du bist schon da? Ich habe dich frühestens in einer halben Stunde erwartet.«

Camilla umarmte sie. »Liebste Mama, Mrs. Castle hat mich eine halbe Stunde früher gehen lassen. Sie weiß, daß ich heute Geburtstag habe. Oh, es war ein herrlicher Tag! Sie beschenkten mich so reich, und ein Geschenk ist für dich.«

Camilla öffnete ihr Handtäschchen und hielt Mrs. Fernaby das Parfumfläschchen hin. Das Kerzenlicht entfaltete die ganze Schönheit des blauen Bristolglases mit dem kleinen, silbernen Stöpsel.

Ihre Mutter zuckte zurück. »Nein, nein, Kind. Das wäre das schönste Geschenk, das ich je bekommen habe. Aber es paßt nicht zu mir. Bitte behalte es, denn du wirst jetzt eine wirkliche Dame.«

Camilla war verwirrt. Irgend etwas stimmte nicht. Ihre Mutter verheimlichte ihr etwas, wie sie immer alles Unangenehme von ihr ferngehalten hatte. Sie sah sie fragend an, doch ihre Mutter beschäftigte sich angelegentlich mit einem dampfenden Wassertopf.

Camilla ging zu ihr hinüber, legte die Arme um ihre Schultern und drehte sie sanft zu sich herum.

»Was ist geschehen, Mama? Du bist so niedergeschlagen. Ich bin kein kleines Kind mehr. Bitte sage es mir. Und was bedeutet der Lärm im ersten Stock? Haben wir neue Gäste bekommen? Machen sie dir zuviel Arbeit?«

Mrs. Fernaby hatte den ganzen Tag nach einer Erklärung für Camilla gesucht. Ihr Entsetzen über die Eröffnung des Bordells vergrößerte noch ihr Schuldgefühl. Wenn sie nicht so egoistisch gewesen wäre, ihre geliebte Pflegetochter über ihren achtzehnten Geburtstag hinaus bei sich zu behalten, wäre das Mädchen lange vor dem schicksalhaften Abend bei den Castles in Sicherheit gewesen. Nun aber war der Schaden angerichtet, und Camilla durfte niemals die Wahrheit erfahren.

Tapfer lächelnd sagte Mrs. Fernaby: »Das ist ein neuer Einfall deines Vaters. Er will an den jungen Herren, die die Taverne besuchen, noch mehr Geld verdienen. Einer von ihnen sagte ihm vor ein paar Tagen, daß es langweilig wäre, nur wegen ein paar Glas Wein nach Cheapside zu kommen. Er sagte, Vergnügungen, wo man Damen mitbringen könnte, seien jetzt in Mode, und auch Musik gehöre dazu.«

»Warum hast du mir das nicht gleich gesagt? Du mußt viel Arbeit gehabt haben, bis die einfachen Zimmer für solche Vergnügungen hergerichtet waren. Ich hätte dir doch geholfen, oder noch besser, ich hätte es allein gemacht, denn ich bin jung und ermüde nicht so rasch.«

Mrs. Fernaby schüttelte den Kopf. »Nein, Liebes, dem Himmel sei Dank, daß dein Weg dich jetzt in eine schönere Welt führt. Das habe ich mir immer gewünscht und mich auch darum bemüht. Das Leben in der Taverne ist nichts für dich. Und jetzt binde deine Schürze um und hilf mir bei den Füllungen.«

Camilla, die von der Antwort ihrer Mutter alles andere als befriedigt war, tat, worum sie gebeten wurde. Glücklicherweise hörte man den Lärm von oben nur schwach, weil es in der Küche zischte und dampfte, und da Camilla nicht die leiseste Vorstellung von einem Bordell hatte, ahnte sie nicht, was oben wirklich vorging.

Als die letzten Pasteten im Ofen waren, rief Thomas Fernaby die Treppe herab: »Einen großen Krug Grog, Hannah! Ein bißchen rasch! Wenn das Mädchen schon da ist, soll sie ihn heraufbringen.«

Mutter und Tochter sahen einander mit unverhohlener Furcht an. Wollte Thomas Fernaby sie nun doch in seine verwerflichen Pläne hineinziehen, fragte sich Hannah, während Camilla nur fürchtete, daß sie gegen ihren Willen gezwungen werden könnte, den Gästen Wein und Bier zu servieren.

Sie ging zu den Steinkrügen, die zum Wärmen in einer Reihe neben dem Herd standen. Der Grog wurde früh am Abend zubereitet und simmerte leicht am Herdrand vor sich hin. Daneben lag ein eiserner Schöpflöffel.

Während Camilla den größten Krug mit Grog füllte, sagte sie: »Bitte, reg' dich nicht auf, Mama. Vater kann mich nicht zum Bedienen zwingen, und er wird es auch nicht tun. Es gibt hier unten viel zuviel Arbeit.«

Mit vorgetäuschter Selbstsicherheit hob sie den schweren Krug und ging zur Küche hinaus.

Zwischen dem Küchentrakt und der eigentlichen Taverne hing ein schwerer Vorhang. Ein kurzer Durchgang trennte beide voneinander. Sie hörte den Lärm von oben und blieb zögernd stehen. Etwas Derbes lag in dem Lachen der Frauen. Es war die Art Gelächter, das Camilla hier im East End oft gehört hatte, aber niemals von den Damen im Maison Castle.

Als sie darüber nachdachte, wurde der grüne Flanellvorhang beiseite geschoben. Da sie die stämmige Gestalt ihres Vaters erwartete, streckte sie den Krug hin, um sich sofort wieder in die Küche zurückziehen zu können, sobald er ihn ihr abgenommen hatte.

Aber nicht ihr Vater stand vor ihr, sondern ein großer, schlanker junger Mann mit hellblondem Haar. Er taumelte, hielt in dem dunklen Gang einen Augenblick inne, bis sich seine Augen an das Dämmerlicht gewöhnt hatten, und blickte Camilla überrascht an, die ihm den würzig duftenden Grog hinhielt. Begierig griff er danach, aber seine Schritte waren so unsicher, daß er schwankte und den Krug zu Boden fallen ließ, wo er in viele, kleine Scherben zerbrach.

Das starke Aroma des verschütteten Grogs nahm Camilla fast den Atem. Sie preßte sich an die Wand, denn nachdem der junge Mann den Krug hatte fallen lassen, griff er nach ihr. Und ehe sie fortlaufen konnte, nahm er sie in die Arme.

»Bitte lassen Sie mich sofort los, Sir«, keuchte Camilla und drehte ihren Kopf zur Seite. Ihr wurde fast übel von dem Geruch des Alkohols, den er ausdünstete und der jetzt mit dem Geruch des Grogs einen ekelerregenden Gestank verbreitete.

Aber er lachte nur heiser. »Zimperlich, eh?«

Er zog sie grob an sich. Seine Arme umfaßten ihre schlanke Taille. Dann hob er ihr Gesicht an und versuchte, sie genauer zu sehen.

»Meine Güte, ich schw... schwöre, du bist bildschön, meine Süße!«

Er wollte sich über sie beugen und sie küssen. Aber es gelang ihm nur, zwei unsichere Schritte nach rückwärts zu taumeln. Sie gerieten dadurch beide in das rosarote Licht der Kerzenleuchter, die an der Wand des Treppenhauses befestigt waren.

»Verflucht, was soll die Koketterie? Schließllich habe ich eine Guinea dafür bezahlt!«

Sein Lachen ging in einen würgenden Husten über. Er war sehr betrunken.

Camilla nahm inzwischen ihren ganzen Mut zusammen und sagte fest: »Ich bin die Tochter von Thomas Fernaby, dem Besitzer der Taverne. Ich verlange, daß Sie mich augenblicklich loslassen!«

Entweder hörte er ihre Worte nicht, oder er mißverstand sie, denn seine heißen, feuchten Hände verstärkten noch den Druck um ihre Taille.

»Ich hätte nie gedacht, daß es so... anständig hier zugeht! Verdammt! Du mußt der Goldfisch in seinem Teich sein! Und ich will dich haben, und zwar jetzt! Los, hilf mir die Treppe hinauf!«

Als er sie mit Gewalt zur ersten Stufe zerrte, wußte Camilla sich nicht anders zu helfen, als laut zu rufen: »Vater! Vater! Bitte hilf mir!«

Sie merkte nicht, wie der Flanellvorhang zur Seite geschoben wurde, denn sie war steif vor Schreck und den gräßlichen Ahnungen, die die Worte des Betrunkenen in ihr hatten aufsteigen lassen.

Gierig versuchte der Mann weiter, sie die Treppe hinaufzuziehen. Er war taub für alles, was um ihn herum vorging.

Plötzlich, als sie nahe daran war, vor Angst und Entsetzen in Ohnmacht zu fallen, wurde ihr Peiniger weggezerrt, und sie konnte wieder atmen. Eine tiefe, wohltönende Stimme sagte: »Sie sind wieder betrunken, Randal. Lassen Sie das Mädchen in Ruhe! Haben Sie nicht gehört, daß sie nach ihrem Vater rief? Gehen Sie Ihren schmutzigen Vergnügungen oben nach, wenn es sein muß. Ich selbst würde keinen Schritt in diese Richtung tun.«

Fluchend stolperte der blonde Mann namens Randal die Treppe hinauf und brummte:

»Wo ist meine Süße? Verdammt, Monford, scheren Sie sich zum Teufel!«

»Ich glaube ihr, daß sie Fernabys Tochter ist, und Sie werden sie in Ruhe lassen. Sie haben ihren Krug zerbrochen, das sollte Ihnen genügen.«

Camilla preßte sich an die Wand. Ihr Retter wandte sich mit einem entschuldigenden Lächeln an sie.

»Ich fürchte, Sir Caspar Randal ist sehr betrunken. Er war noch nie ein Mann nach meinem Geschmack. Rufen Sie ruhig nach Ihrem Vater, wenn er noch einmal zudringlich werden sollte. Mit den Gebräuchen dieser Gasthäuser kenne ich mich nicht genug aus. Ich gehe selten in diese Lokale.«

Camilla stockte der Atem. Es war ihr Lord aus der Curzon Street!

Ihre Augen wurden groß und dunkel, und Scham überflutete ihre Wangen. Ausgerechnet hier mußte sie ihm begegnen, in dem schummrigen Gang einer Taverne. Ihre Schürze war vom Grog durchnäßt, sie war nicht viel besser als ein Dienstmädchen, und ein sehr schäbiges noch dazu.

Ohne auf eine Antwort von ihr zu warten, kniete er sich mit seiner makellosen seidenen Hose hin und begann, die Scherben des Kruges aufzulesen.

Verwirrt rief Camilla: »Mylord, bitte tun Sie das nicht! Ihre teure Hose!«

Sie kniete neben ihm nieder und sammelte fieberhaft die

Scherben auf. Er sah sie lächelnd an, und sein Gesicht war schöner denn je.

»Ich bin kein Lord. Mein Name ist Sir Michael Monford. Zu Ihren Diensten. Und was meine Hose anbetrifft, zum Teufel damit! Ich wollte sowieso eben nach Hause fahren, aber Ihr Vater wollte uns unbedingt seine schöne Tochter vorstellen.« Er sah sie interessiert an. »Und Sie sind auch wirklich bezaubernd, Miß Fernaby.«

Es war ein liebenswürdiges Kompliment, beiläufig hingesagt, aber in ihrer Verliebtheit war Camilla ganz zu Unrecht verletzt. Das Wort ›bezaubernd‹ paßte nicht für ein junges Mädchen aus Cheapside, sondern nur für die anmutigen jungen Damen, die in seiner eigenen Welt lebten.

Tapfer rang sie sich ein Lächeln ab.

»Vielen Dank, Sir. Aber bitte stehen Sie jetzt auf. Sie haben mir sehr geholfen. Ich hole einen Eimer Wasser, dann habe ich den Gang im Nu wieder sauber.«

Er lachte. »Weisen Sie niemals bereitwillige Hilfe zurück, und, um die Wahrheit zu sagen, ich finde es kurzweiliger, Ihnen nützlich zu sein, als in der Taverne herumzusitzen. Ist das unverzeihlich, da Ihr Vater die Taverne besitzt?«

Sie rang sich ein kleines Lächeln ab. »Um ebenfalls die Wahrheit zu sagen, ich hasse die Taverne. Mein Vater möchte, daß ich in der Schankstube serviere. Aber ich will es nicht. Ich helfe lieber meiner Mutter in der Küche.«

Da er immer noch lächelte und die Scherben zwischen ihnen aufgehäuft lagen, fuhr sie kühn fort: »Sind Sie sehr sportlich, Sir Michael? Reiten Sie gern und lieben Sie Pferde?«

Seine Miene war belustigt, und er vergaß für einen Augenblick ihre bescheidene Stellung.

»Das ist wirklich amüsant. Ich reite diesen Sommer Rennen in Brighton, wenn Seine Königliche Hoheit dort residiert. Aber ich bitte um Nachsicht, Sie interessieren sich doch sicher nicht für Pferde?«

»Nein, ich reite nicht, aber ich finde Pferde sehr schön.«

Sie hätte ihm gern erzählt, daß sie im West End viele schöne Pferde gesehen hatte, aber sie überlegte es sich anders. Es war schlimm genug, daß sie eine Gastwirtstochter aus Cheapside war, aber wenn sie ihm nun noch offenbarte, daß sie in einem Geschäft bediente, so vornehm es auch sein mochte, würde seine Meinung über sie keineswegs besser werden. Sie gehörten zwei verschiedenen Welten an, und zwischen ihnen lag eine unüberbrückbare Kluft.

»Sie haben eine schöne Stimme, Miß Fernaby. Sie würde auf Pferde sehr beruhigend wirken.« Er stand auf.

Camilla richtete sich ebenfalls auf und sah erschrocken den Grogflecken an seinem Knie.

»Sir, darf ich Ihnen nicht den Fleck auswaschen? Ich fürchte, wenn er angetrocknet ist, geht er nicht mehr heraus.«

Er sah lachend an sich herab, und dann blickte er sie an. Sie war in einem beklagenswerten Zustand.

»Vielen Dank, aber ein Paar Hosen bedeuten mir nichts, das versichere ich Ihnen. Es wird gut sein, wenn Sie Ihre eigenen Kleider waschen.«

Plötzlich wurde der Flanellvorhang grob beiseite gezogen. Thomas Fernaby sah sie finster an, und Camilla bemerkte, das sein Gesicht noch röter war als sonst. Er hatte an diesem Abend schon viele Trinksprüche auf den Erfolg des Bordells ausgebracht.

»Ha!« schrie er Sir Michael an. »Sie wollen mir wohl meine beste Ware stehlen, ohne zu bezahlen, wie? Ich will Ihnen eines sagen, mein feiner Herr. Die Mädchen, die für mich arbeiten, kosten einen Sovereign!« Er wurde ordinär. »Wenn Sie Ihren Spaß gehabt haben, bezahlen Sie auch dafür, und zwar sofort, oder ich rufe die Wache!«

Camilla war blaß geworden. »Wie kannst du nur so sprechen, Vater. Dieser Herr war so freundlich und hat...«

»Halte den Mund! Mit dir befasse ich mich später«, fauchte er sie an. »Geh hinauf und verdiene deinen Unterhalt, so wie die anderen Dirnen, denn jetzt weiß ich, daß du nicht besser bist als sie!«

Sir Michaels Miene war wie versteinert. Das Mädchen war also doch eine Dirne, und sie hatte ihn getäuscht! Wie würde Caspar Randal triumphieren, wenn man ihm die Geschichte erzählte. Ohne ein weiteres Wort zog er seine Börse heraus und warf zuerst ihr einen Sovereign hin und dann Thomas Fernaby einen zweiten, der hämisch lachte.

Sir Michael hörte Camillas unartikulierten Schrei, als er den Wirt grob beiseite schob und zur Tavernentür hinausging.

Sie brachte kein weiteres Wort heraus, denn sie wußte, daß Zorn, Kummer und bittere Kränkung sich jeden Augenblick in einer hilflosen Flut von Tränen entladen würden. Sie stieß den Sovereign, der ihr mit solcher Verachtung zugeworfen worden war, mit der Schuhspitze ihrem verhaßten Vater hin und wandte sich ab, als dieser beide Münzen gierig aufhob und knurrend in die Taverne zurückkehrte.

Camilla spürte, wie ihr Herz sich vor Schmerz zusammenzog. Nie würde sie ihren Sir Michael wiedersehen. Sie durfte sich nicht einmal mehr das einfache Vergnügen erlauben, in der Curzon Street einen Blick auf ihn zu erhaschen, denn wenn er sie wiedererkannte, wäre die Verachtung in seinem Blick unerträglich.

Mit Tränen in den Augen holte sie einen Eimer aus dem kleinen Besenschrank neben der Treppe und kehrte die Scherben zusammen. Unfähig, die Schluchzer zu unterdrükken, ging sie zum Schrank zurück und lief direkt Mrs. Fernaby in die Arme.

»Mein Liebling, was ist passiert?« fragte sie alarmiert, als Camilla die Arme um ihren Hals schlang. Noch nie hatte Mrs. Fernaby Camilla so herzzerreißend weinen hören.

Das Mädchen war im Augenblick nicht in der Lage, irgendwelche Fragen zu beantworten. Zärtlich streichelte

Mrs. Fernaby ihr schönes, seidiges Haar und murmelte dabei tröstende Worte, so wie man ein unglückliches Kind beruhigt.

Mrs. Fernabys Augen wurden zuerst ausdruckslos, dann ängstlich, und ihr freundlicher Mund verhärtete sich. Was hatte ihr Mann dem Mädchen angetan, daß er das strahlende, sorglose Wesen, das vor kaum zwei Stunden nach Hause gekommen war, so verwandelt hatte?

In diesem Augenblick erschien Thomas Fernaby oben an der Treppe, und seine geröteten Augen musterten die Szene mit wachsendem Ärger.

»Hör auf, diese Schlampe zu verhätscheln, Hannah!« schrie er. »Sie ist sich nicht zu gut, nach Belieben einen der feinen Herren im Dunkeln zu küssen und zu herzen. Du schickst sie augenblicklich in den ersten Stock hinauf, oder es geht euch allen beiden schlecht.«

Camilla zitterte, und Hannah Fernaby zog sie noch fester an sich.

»Du bist ein Lumpenkerl! Kümmere dich um deine Pflichten, falls du dazu überhaupt fähig bist, so betrunken wie du dastehst. Das Kind ist krank, und du rührst es nicht an!«

Fernaby war verblüfft, denn er hatte in der Stimme seiner Frau noch nie einen solchen Haß und solche Auflehnung gehört. Vorübergehend ernüchterte es ihn ein wenig. Er zögerte und spielte seinen letzten Trumpf aus, ehe er sie stehenließ. »Wir werden ja sehen, wer hier der Herr im Haus ist, wartet nur ab!«

Als er weg war, lastete das Schweigen auf Mutter und Tochter. Camilla hatte während seiner Worte aufgehört zu weinen. Mrs. Fernaby fürchtete sich, obwohl sie dies vor Camilla zu verbergen suchte. Konnte sie Camilla jetzt sofort zu den Castles bringen? Ein Blick auf die Küchenuhr sagte ihr, daß dies zu dieser späten Stunde unmöglich war.

Camilla beruhigte sich langsam und ergriff zärtlich die Hände ihrer Mutter.

»Liebe, liebe Mama, er wird dir nichts zuleide tun, das verspreche ich dir. Und ... ich habe mich mit Sir Michael nicht ungebührlich benommen. Er ist der höflichste junge Mann, den ich kenne. Er hat sogar mit mir die Scherben des Kruges aufgesammelt, den ein widerlicher Bursche, der mich küssen wollte, zerbrochen hat.« Sie hielt inne, denn sie wollte ihre Mutter nicht noch weiter beunruhigen, aber in ihrer Erregung konnte sie es nicht für sich behalten. »Und ... Fernaby ... ich werde ihn nie wieder Vater nennen ... hat ihn ganz furchtbar beleidigt. Ich habe mich noch nie so geschämt ...«

Mrs. Fernaby nahm ihre ganze Kraft zusammen, so daß ihrem faltigen Gesicht jetzt keine Spur von ihrer Furcht mehr anzusehen war.

»Ich weiß, daß du niemals etwas Unrechtes tun würdest, Camilla. Und habe keine Angst um mich. Thomas ist zu betrunken, um sich später an das erinnern zu können, was heute abend geschehen ist. Denke nicht mehr daran. Komm, ich koche uns jetzt eine große Kanne Tee. Ich glaube, wir beide können einen gebrauchen.«

Mrs. Fernaby machte sich in der Küche am Teekessel zu schaffen, während Camilla wie in Trance Tassen und Untertassen auf den Tisch stellte. Beide waren zu sehr mit ihren Gedanken beschäftigt, um jetzt offen miteinander sprechen zu können. Aber zum erstenmal verlangte es Camilla danach, ihrer Mutter alles zu erzählen, ihre närrischen Träume, daß sie sich im West End wie zu Hause fühlte, und daß sie Sir Michael in der Curzon Street beobachtet hatte, und schließlich das Wunder ihrer heutigen Begegnung, die nun alle ihre Hoffnungen zunichte gemacht hatte.

Aber Mrs. Fernabys Gedanken kreisten um den Abschied von Camilla. Sie würde ihr am nächsten Morgen die ganze Wahrheit über ihre Herkunft unterbreiten, und sie fürchtete, daß Camilla sich dann für immer von ihr abwenden könnte.

Der Tee war stark und belebend, doch sie schwiegen beide.

Schließlich begann Mrs. Fernaby zögernd: »Du sprichst von Sir Michael so warmherzig, mein Liebes. Ist er einer deiner Kunden im West End?«

»Nein, und ich bete darum, daß er nie ins Geschäft kommt, denn wenn er mich dort wiedererkennt, sterbe ich vor Scham.«

Der Gedanke daran entsetzte sie, und ihre grauen Augen verdunkelten sich. »Er... er war mein Traum, Mama, ein törichter, kindischer Traum...«

Stockend erzählte Camilla ihrer Mutter von den beglükkenden Augenblicken in der Curzon Street, und dann schloß sie: »Ich hatte nicht zu hoffen gewagt, daß ich ihn jemals kennenlernen würde. Viele junge Männer sind stattlich und galant, aber Sir Michael ist auf eine besondere Art vornehm.«

»Und du hast dich in ihn verliebt?«

»Ja, und noch mehr nach dem heutigen Abend. Er ist so freundlich und ritterlich.« Camillas Stimme wurde rauh. »Aber nach dieser häßlichen Szene muß ich ihn vergessen. Selbst wenn ich ihm als eine Prinzessin vorgestellt werden könnte, würde er in mir nur das lose Mädchen sehen, die Dirne, wie Mr. Fernaby mich genannt hat. O Mama, er ist ein böser, teuflischer Mann, und ich will Tag und Nacht arbeiten, damit ich dich hier herausholen kann.«

Mrs. Fernabys Augen waren zärtlich, aber unendlich traurig. »Das ist unmöglich, mein Kleines, denn du gehst von jetzt an einen anderen Weg.« Sie stand auf. »Komm, räumen wir die Küche auf. Wir werden darüber sprechen, wenn dein Vater... mein Mann...«, verbesserte sie sich rasch, »zu Bett gegangen ist. Dann sind wir ungestört.«

Während Camilla die Ärmel aufrollte und an dem kleinen Ausguß die Gläser und das Geschirr spülte, scheuerte Mrs. Fernaby am großen Ausguß mit der üblichen Sorgfalt die Backbleche, Töpfe und anderen Küchengeräte. Einige schrubbte sie sogar ein zweites Mal, obwohl sie bereits makellos sauber waren, nur um den Zeitpunkt hinauszuschieben, an dem sie Camilla Rechenschaft ablegen mußte.

Es war Feierabend, und die letzten Kunden kamen von oben herabgepoltert. Derbes Gelächter füllte das Treppenhaus.

Camilla lauschte aufmerksam, und als eines der Mädchen eine unanständige Bemerkung schrie, hätte sie schwören können, daß sie die Stimme kannte.

Ein Blick auf das verschlossene Gesicht ihrer Mutter genügte, und sie schwieg. Zu gegebener Zeit würde sie die ganze Wahrheit erfahren. Inzwischen zwang sie ihre Gedanken, bei Sir Michael zu verweilen, bei seinem Lächeln, der Wärme seiner dunklen Augen und seinen langen, schmalen Händen, die so sorgfältig die Scherben aufgesammelt hatten. Oh, wenn nur... ja, wenn nur was? Ihre Träume darüber, wie sie durch einen Zauber in die wohlhabende Welt der oberen Zehntausend getragen wurde, waren zerbrochen. Nach dem heutigen Abend wußte sie, daß es keinen Zauber gab. Sie war in einen niedrigen Stand hineingeboren, und nichts, nicht einmal die Mühe, die sich ihre Mutter während der ganzen Jahre gegeben hatte, damit sie ohne eine Spur Cockney-Akzent sprach, konnte etwas an den Tatsachen ändern. Sie seufzte.

Mrs. Fernaby ging hinaus zum Fuß der Treppe und lauschte. Dann kam sie zurück.

»Endlich hat er die Taverne geschlossen«, sagte sie tonlos. »Ich höre oben nur noch zwei oder drei Stimmen. Sicher ein paar reiche Stutzer mit viel Geld in den Taschen, denen er die Gunst erweist, dableiben zu dürfen. Als ob sie nicht schon genug getrunken hätten. Ich glaube, sie werden bis in die frühen Morgenstunden zechen.«

Sie sprach nur so umständlich, um Zeit zu gewinnen. Camilla spürte diese Unruhe und fühlte sich unbehaglich. Was stand ihr an diesem schrecklichen Abend noch bevor?

Mrs. Fernaby deutete auf einen Küchenstuhl und setzte

sich Camilla gegenüber. Eine Weile ruhte ihr Blick liebevoll auf dem schönen Mädchen, das sie vielleicht nie wiedersehen würde.

»Camilla, mein kleiner Liebling«, begann sie zögernd. »Es bekümmert mich über alle Maßen, aber nachdem du jetzt achtzehn Jahre alt geworden bist, ist es dein Recht, die Wahrheit über deine Herkunft zu erfahren. Ich hätte es dir schon viel früher sagen sollen, aber ich war selbstsüchtig und fürchtete mich davor, dich, die einzige Freude meines Lebens zu verlieren.«

Camillas graue Augen weiteten sich angstvoll. »Aber Mama, warum solltest du mich verlieren? Du bist meine Mutter und mir das Liebste auf der ganzen Welt.« Die Worte ihrer Mutter hatten im Augenblick sogar die Gedanken an Sir Michael verdrängt.

Mrs. Fernaby knetete ihre Hände. Dann fuhr sie mit fester Stimme fort: »Camilla, du sagst, selbst wenn man dich Sir Michael als Prinzessin vorstellen könnte, würde er dich immer als eine... eine lose Frau sehen.«

»Ja, in der Tat.« Noch während sie sprach, begann Camillas Herz schneller zu schlagen. Sollte alles doch eine märchenhafte Wendung nehmen?

Mrs. Fernaby fuhr leise fort: »Ich wünschte aus ganzem Herzen, ich könnte aus dir eine Prinzessin machen, doch das ist leider unmöglich.« Sie lächelte gequält. »Aber du bist nicht niedriggeboren, Kind. Du bist eine Aristokratin. Du gehörst ins West End, in die vornehme Gesellschaft.«

»Das ist unmöglich«, stammelte Camilla. Ihre Augen schimmerten.

»Doch, Kind. Du bist eine französische Comtesse und stammst von adeligen Vorfahren ab.«

Viertes Kapitel

Eine Comtesse! Wie konnte eine so berauschende Wahrheit möglich sein?

Während sie nach einer Erklärung fieberte, war Camillas Sorge um ihre Mutter, die jetzt müde und unglücklich wirkte, stärker als alles andere. Sie ging zu ihr hinüber und setzte sich neben sie auf den Fußboden, wie sie es so oft getan hatte.

»Liebste Mama, bitte erzähle mir die ganze Geschichte, und habe keine Angst, daß ich dich jemals verlassen könnte. Wenn ich wirklich adelig bin, vergrößert es nur meine Liebe und meine Hoffnungen, denn es könnte mir vielleicht helfen, dich aus diesem... diesem schrecklichen Leben herauszuholen.«

Mrs. Fernaby war gerührt. »Warte erst einmal ab, mein Liebes, ich muß dir noch viel mehr erzählen.«

Leise begann Mrs. Fernaby über Camillas Geburt zu sprechen und über ihre schöne, junge Mutter.

»Sie kam mit deinem Vater mittellos aus Frankreich, und als er starb, hatte sie keinen einzigen Penny. Ich habe sie nach den Namen irgendwelcher Bekannter in England gefragt, nach französischen Freunden, die ihr vielleicht hätten helfen können und denen sie vertrauen konnte. Aber sie nannte keinen Namen. Sie sagte mir nur, daß sie alle ihre großen Ländereien und das Familienvermögen an die Revolutionäre verloren hatten.«

»Wie hieß sie?« fragte Camilla ruhig.

»Ihr Name ist auch der deinige, Camilla – Gräfin de Courville. Sie sagte, es sei dein rechtmäßiger Titel, ich weiß nicht inwiefern, denn ich verstehe von solchen Dingen nichts.«

»Gräfin de Courville«, wiederholte Camilla und fand den Klang über alle Maßen angenehm, obwohl das Vermögen fehlte, das eigentlich dazu gehörte. Sie war jung und intelligent, und irgendwie würde sie diejenigen ausfindig machen, die ihre Eltern in England gesucht hatten.

Inzwischen fuhr Mrs. Fernaby fort: »Ich konnte die Wahrheit vor meinem Mann nicht verbergen, als er dich weinen hörte, denn du hattest kräftige Lungen, mein Liebling, und Thomas hätte taub sein müssen, um dein Schreien nicht zu hören.«

»Hatte er etwas gegen mich?«

Ihre Mutter seufzte. »Ja, wenn du ein Junge gewesen wärst, hätte er es leichter genommen. Ein Mädchen bedeutet in seinen Augen nur einen weiteren Esser, einen Handlanger und nicht ein paar kräftige Arme, die zupacken können.«

»Wußte er, daß ich eine Comtesse bin?«

Mrs. Fernaby seufzte. »Ja. Anfangs machte er sich Hoffnungen auf eine große Belohnung. Aber als er hörte, daß ich nicht wußte, wo ich nach den Freunden und Verwandten deiner Familie suchen sollte, wurde er ärgerlich.«

»Deshalb liebt er mich nicht. Mama, bitte erzähle mir alles, ich möchte alles wissen, was seit meiner Geburt geschehen ist.«

Camilla hatte sich bereits entschlossen, ganz England auf der Suche nach jemandem, der die Courvilles gekannt hatte, zu durchstreifen, aber vor allem anderen wollte sie Mrs. Fernaby, die für sie alles auf der Welt bedeutete, das Schuldgefühl nehmen, an dem sie offensichtlich litt.

»Zuerst wollte Thomas dich in ein Armenhaus bringen«, erzählte Mrs. Fernaby weiter. »Du warst ein armes, kleines Würmchen. Doch ich schwor, dich zu behalten, denn mein Mann konnte mir kein eigenes Kind schenken, das ich hätte in den Armen wiegen können.«

Camilla griff nach ihren abgearbeiteten Händen. »Liebste Mama, was hast du für mich gelitten! Wenn ich die Courvilles finde, und ich versichere dir, ich werde sie finden, wirst du für deine Liebe belohnt werden, und ich werde dich lieben, so lange ich lebe.«

Hannah Fernaby wischte sich über die feuchten Augen, überwältigt von der Zuneigung ihrer Camilla.

»Du bist meine ganze Freude gewesen, Camilla. Ich brauche keine andere Belohnung.«

Camillas Gedanken überschlugen sich, denn jetzt sah ihr ganzes künftiges Leben anders aus. Es kam ihr gar nicht in den Sinn, daß die Suche nach fernen Verwandten vergeblich sein könnte, und ein Gedanke beglückte sie vor allen anderen.

»Mama, ich bin so dankbar, daß Thomas Fernaby nicht mein Vater ist. Es hat mich gequält, daß ich mich immer vor ihm fürchtete, so sündhaft fürchtete.«

Mrs. Fernabys Miene verhärtete sich. »Das war keine Sünde, Kind. Es...«

Camilla unterbrach sie: »Aber jetzt, nachdem ich die Wahrheit kenne, wird das Leben hier ganz anders sein. Wenn er mir wieder befiehlt, Bier und Wein zu servieren, werde ich mich wie eine Comtesse benehmen.« Sie lachte glücklich. »Ich könnte sogar arrogant werden und ›guter Mann‹ zu ihm sagen, und dies in einem Tonfall, den die Adeligen gelegentlich in unserem Geschäft anwenden.«

Jetzt war der Augenblick gekommen, den Hannah Fernaby am meisten gefürchtet hatte.

»Camilla, leider wirst du dazu keine Gelegenheit mehr haben, denn du darfst nicht länger hier im Haus bleiben.«

Camilla blickte erschrocken auf. Mrs. Fernaby fuhr hastig fort: »Es war meine Selbstsucht, mein Egoismus, daß ich dich bis jetzt nicht fortließ. Ich... ich wünschte mir so sehr, deinen achtzehnten Geburtstag mit dir zu erleben, sonst hätte ich schon lange Mrs. Castle darum gebeten, dich bei sich aufzunehmen.«

»Ich soll hier weg? Mama, bitte schick mich nicht fort. Siehst du nicht, daß das, was du mir erzählt hast, alles ändert? Er kann mir keine Befehle mehr geben. Und ich werde dich vor ihm beschützen... ein wenig... ein bißchen wenigstens.«

»Ein Titel ist etwas sehr Schönes, mein Kind, aber ohne Geld gibt er dir keine Macht. Thomas ist wirklich böse, aber er sagt die Wahrheit, wenn er erklärt, daß du ihm über die ganzen Jahre hin viel schuldest, und er hat sich eine grauenhafte Art ausgedacht, dich alles zurückzahlen zu lassen.«

Camilla blickte fragend auf, und deshalb rang sich Mrs. Fernaby die furchtbaren Worte ab, die ihre Seele erschütterten.

»Ich habe dich heute abend angelogen, Camilla. Es war die erste Lüge, die ich dir in deinem ganzen Leben erzählt habe. Die Leute oben im ersten Stock...« Ihre Stimme versagte. Aber sie holte tief Luft und sagte gequält: »Sie sind... mein Mann hat heute abend gegen meinen Willen ein Bordell eröffnet.«

Camilla rang sich einen erstickten Schrei ab. Blankes Entsetzen spiegelte sich in ihrem Gesicht wider.

Mit rauher Stimme sprach Mrs. Fernaby weiter: »Hier, unter unserem Dach, hat er ein Freudenhaus eingerichtet, einen Platz, wo Frauen von der Straße ihrem abscheulichen Treiben nachgehen, während Thomas Fernaby das Geld einsammelt.«

Camilla mußte an Sir Michael Monford denken. Kein Wunder, daß dieser ritterliche, vornehme Mann sie mit solcher Verachtung zurückweisen mußte. Sie verstand nun seine Haltung, und sie fürchtete, daß er in ihr die ›Dirne‹ aus der Taverne sehen würde, gleichgültig, was für Enthüllungen über ihren gesellschaftlichen Rang sie noch machen mochte.

Mrs. Fernaby unterbrach ihre Gedanken. »Mein Mann besteht darauf, daß du eine dieser... dieser sündhaften Kreaturen wirst. Aber ich werde dich davor bewahren, und wenn ich dafür sterben müßte. Deshalb mußt du morgen Mrs. Castle bitten, dich bei sich aufzunehmen. Du darfst nie wieder in die Taverne zurückkehren.«

Tränen rollten über ihre zerfurchten Wangen, und Camilla legte ihr tröstend einen Arm um die mageren Schultern.

»Bitte, bitte weine nicht, Mama. Es bricht mir das Herz, daß ich dich verlassen muß, aber ich versichere dir, es ist nur für kurze Zeit.«

Mrs. Fernaby rang nach Fassung. »Ehe du gehst, will ich dir noch ein Päckchen geben. Ich habe deiner Mutter versprochen, es für dich aufzubewahren. Ich weiß nicht, was es enthält, denn dein Name steht darauf, und ich wollte, daß du es selbst öffnest, wenn du achtzehn bist. Ich habe es die ganzen Jahre vor meinem Mann versteckt, falls Geld darin sein sollte. Es ist in meinem Strohhut eingenäht, den ich nur zu Beerdigungen trage.«

Mit äußerster Selbstbeherrschung drängte Camilla: »Bitte, Mama, hole ihn sofort. Mr. Fernaby ist noch in der Taverne, und es bleiben uns vielleicht nur noch wenige Minuten, bis er zu Bett geht.«

Mrs. Fernaby eilte aus der Küche die Treppe hinauf in ihre Schlafkammer.

Camilla wartete angespannt und spürte, daß ihr Leben an einer Wende stand. Sie wußte jetzt, daß sie nicht Fernabys Tochter war, und seine Macht über sie war gebrochen. Sie konnte ihrem Haß freien Lauf lassen.

Sekunden später kehrte Mrs. Fernaby mit dem Strohhut in der Hand zurück.

»Hier ist er, Camilla. Mir fehlt die Kraft, das Futter aufzutrennen, falls es eine Enttäuschung für dich sein sollte.«

Camilla nahm mit zitternden Händen den Hut und begann vorsichtig, das Futter herauszutrennen. Mrs. Fernaby sah ihr nervös zu, bis Camilla schließlich einen großen, vergilbten Pergamentumschlag herauszog. Sie sahen ihn beide ehrfürchtig an, neugierig und doch ängstlich, was er wohl enthalten mochte.

Schließlich erbrach Camilla das brüchig gewordene Siegel und zog drei Blatt Papier heraus. Das erste war von ihrer verstorbenen Mutter mit zitternder Hand in mangelhaftem Englisch geschrieben:

›Liebstes Kind, Junge oder Mädchen, ich weiß es noch nicht. Papa und ich lieben Dich sehr. Er hilft mir, dies auf Englisch zu schreiben, denn Du wirst Engländer sein. Aber Du heißt de Courville – ein stolzer Name *en France. Hélas,* wir können Dir nichts geben als diesen stolzen Namen und ein wenig Schönheit, wie wir glauben. Suche, *petite,* denn Du wirst vielleicht vieles finden. Liebe ist alles, was wir haben.

Maman.‹

Camilla schluchzte, als sie Mrs. Fernaby den Brief reichte, und nachdem diese die Zeilen überflogen hatte, weinte sie ebenfalls.

»Liebstes, sie war in der Tat sehr schön – und so sanft wie du. Dein armer Papa war schon tot, als sie zu mir kam, aber ich bin sicher, daß auch er jung und schön war.«

Camilla wollte ihr nicht wehtun, aber sie hatte das Bedürfnis, den weiteren Inhalt des Briefumschlags allein zu ergründen. Stolz regte sich in ihr, denn wenn ihr eine Enttäuschung bevorstehen sollte, so wollte sie dieser lieber allein ins Auge sehen. Sie wischte sich die Tränen ab und sagte zögernd: »Ich weiß, daß Mr. Fernaby die Talglichter eifersüchtig bewacht, aber dürfte ich eines davon mit auf mein Zimmer nehmen, Mama? Ich schwöre, daß ich mit der einen Kerze, die mir wöchentlich zusteht, sparsam umgegangen bin, aber sie ist schon ziemlich weit heruntergebrannt, und ich würde so gern noch die anderen Schriftstücke eingehend studieren.«

Erleichtert darüber, daß sie ihre Pflicht der verstorbenen jungen Gräfin gegenüber endlich erfüllt hatte, kramte Mrs. Fernaby in einem großen Krug, nahm zwei Kerzen heraus und gab sie Camilla.

»Hier, mein Liebes. Ich danke Gott, daß er dir einen Beweis für deine edle Herkunft gegeben hat. Wenn mein Mann die Kerzen nachzählen sollte, sage ich, ich hätte eine für mich selbst gebraucht.«

Sie standen sich gegenüber und sahen sich lange an. Dann umarmte Camilla die ältere Frau heftig.

»Mama, nichts wird jemals etwas an meiner Liebe zu dir ändern, das schwöre ich. Und wenn ich auf meiner Suche nach Verwandten zufällig auch auf ein Vermögen stoßen sollte, dann verspreche ich, daß ich dich aus diesem Haus hier heraushole, aus diesem gräßlichen und unwürdigen Leben.«

Dann ging sie mit den beiden Kerzen und den kostbaren Dokumenten rasch in ihre Dachkammer hinauf.

Um in ihrer Abgeschiedenheit vollkommen sicher zu sein und nicht gestört zu werden, zündete Camilla die Kerze nicht sofort an. Sie legte sich voll angekleidet auf ihr Bett und sah mit großen Augen in die Dunkelheit, bis die schweren, unsicheren Schritte von Thomas Fernaby die Treppe hinaufpolterten und dann in der benachbarten Dachkammer zu hören waren. Nach einer Weile sagte ihr ein Knarren, daß er zu Bett gegangen war. Aber selbst jetzt zündete Camilla noch keine Kerze an. Sie überdachte den Tag und was für einen Wandel ihr achtzehnter Geburtstag in ihr Leben gebracht hatte: Am frühen Morgen die Begegnung mit Sir Michael und später die wunderbare Erkenntnis, daß ihre Träume möglicherweise doch keine märchenhaften Fantasiebilder mehr waren. Sie war eine Aristokratin und trug einen hohen Titel, der sie an die Spitze der Gesellschaft stellen konnte.

Als es im Haus bis auf Mr. Fernabys lautes Schnarchen ganz ruhig war, zündete sie eine Kerze an und nahm die noch ungelesenen Dokumente aus dem Umschlag.

Zuerst war die Angst vor einer Enttäuschung so groß wie

ihr Verlangen nach weiteren Aufschlüssen und Beweisen. Aber als sie dann das Schriftstück in der Hand hielt, das in Englisch abgefaßt war, jubilierte sie. Es war ein amtliches Dokument, unterzeichnet und versiegelt von einem französischen Rechtsanwalt. Sein Englisch war zwar nicht perfekt, aber das Datum sagte ihr, daß es kurz vor der Flucht ihrer Eltern aus Frankreich niedergeschrieben worden sein mußte. Es war unmißverständlich an ein englisches Gericht adressiert, das ihre Ansprüche auf den Titel de Courville und die Restauration ihrer Besitztümer zu prüfen hätte.

Begierig las sie den Text und fand die formale Ausdrucksweise anfangs schwer verständlich. Aber ein Abschnitt war ihr besonders wichtig:

›Das Kind, das dem Grafen und der Gräfin de Courville geboren wird, sei es männlich oder weiblich, soll für alle Zeit den Familientitel nach seinem oder ihrem eigenen Recht tragen. Dies wurde von unserem gnädigen, erlauchten König, Ludwig XIV., dekretiert, dem es gefallen hat, den Titel für alle Ewigkeit aufgrund der außergewöhnlichen Tapferkeit des Ersten Grafen Henri de Courville zu verleihen.‹

Camilla lehnte sich zurück und hielt das kostbare Papier so ehrfürchtig, als hätte sie den heiligen Gral in Händen. Sie hatte noch nie gehört, daß eine Frau einen Familientitel erbte. Aber das Ansehen ihres Großvaters mußte so groß gewesen sein, daß sein König bewogen wurde, mit der Tradition zu brechen.

Sie hatte keine Eile, das dritte Schreiben zu lesen. Sie schloß die Augen und versuchte, sich ihren Großvater vorzustellen. Daß er außergewöhnlich stattlich gewesen sein mußte, stand außer Frage. War er allein ausgeritten in voller Rüstung, mit einem federgeschmückten Helm, um den Feind zu besiegen? Oder hatte er in eleganter Hofkleidung die Feinde seines Königs durch sein diplomatisches Geschick aus dem Felde geschlagen?

Es gelang ihr nicht, sein Bild heraufzubeschwören; aber sie gedachte seiner dankbar in ihrer kleinen Dachkammer, denn durch seine Taten war sie eine richtige Comtesse.

Zuletzt entfaltete sie einen Brief, der sich ihren Bemühungen um weitere Aufschlüsse widersetzte. Er war in krakeliger Schrift auf französisch geschrieben.

»Das ist die Sprache meiner Mutter, und ich verstehe kein einziges Wort davon«, murmelte Camilla ärgerlich. Nur zwei Dinge waren leicht zu entziffern: die kühne Unterschrift ›Claudette de Courville‹ und in der Mitte der zweiten Seite ein Name und eine Adresse, die in Großbuchstaben geschrieben waren.

Es war nur ein Stohhalm, aber Camilla klammerte sich daran und las die Adresse immer wieder, als enthielte sie eine geheime Botschaft:

Le Marquis de Fouchet
Château Fouchet
Bois de Boulogne
Paris

Höchstwahrscheinlich war es die Adresse irgendeines Freundes der alten Dame oder vielleicht nur die Adresse, wo ein Ball stattfinden sollte. Dann fiel ihr Blick auf den Satz, der unmittelbar danach folgte:

›*Il vous aidera toujours, chérie.*‹

Ein Hoffnungsschimmer lebte in ihr auf. ›*Aidera*‹ mußte doch sicher auf englisch ›aid‹ – ›helfen‹ – heißen. Der Brief war laut Datum sehr alt – älter als sie selbst, und die Tinte war schon verblaßt. Vielleicht war dieser Marquis de Fouchet gar nicht mehr am Leben. Wenn er es aber war, dann wohnte er nach der Revolution sicher nicht mehr in seinem Schloß in Paris. Doch dies war im Augenblick alles, was sie besaß, da die Signatur des Anwalts am Fuß des kostbaren Dokuments, das ihren Titel bestätigte, nur ein unleserlicher Kringel war.

Camilla faßte Hoffnung: Sie würde an diesen Marquis schreiben, denn selbst wenn er gestorben war, würde er vermutlich noch Verwandte haben, die etwas über die Familie de Courville wußten.

Ihre Gedanken waren so erfüllt von einer leuchtenden, wenn auch fernen Zukunft, daß sie nicht an den bevorstehenden Abschied von ihrer geliebten Mama und ihrem Zuhause dachte. Sie konnte zwar nicht schlafen, aber sie legte sich auf ihr Bett, drückte die kostbaren Dokumente an sich und ließ ihrer Fantasie freien Lauf.

Mrs. Fernaby konnte ebenfalls nicht schlafen, denn sie war hin und her gerissen zwischen dem Kummer darüber, daß sie Camilla wegschicken mußte, und der Dankbarkeit dafür, daß ihre Stieftochter jetzt endlich zu ihrem Recht kommen würde.

Entnervt von dem Schnarchen ihres Mannes stand sie schließlich auf, zog Rock und Bluse an und stahl sich leise aus der Kammer. Sie schob mit angehaltenem Atem den Riegel wieder vor.

In der Küche glühte die Asche noch schwachrot, und als sie sie schürte, erwachten die Flammen erneut zum Leben. Sie zündete ein weiteres Talglicht an, holte einen Federkiel, eine Flasche Tinte und ein Blatt billiges, grobes Schreibpapier aus der Kommodenschublade, das sie dort aufbewahrte, um darauf die Rechnungen der Gäste auszuschreiben.

Mrs. Fernaby hatte bei ihrem Onkel, der in Holborn ein gutgehendes Pfandleihhaus betrieb, lesen und schreiben gelernt, als Camilla noch ein Baby gewesen war, denn sie wollte es dem Kind beibringen, wenn es älter wurde. Das Schreiben fiel ihr nicht leicht, denn sie hatte darin wenig Übung. Sie setzte sich an den Küchentisch und begann:

Liebe Thomasina,

Ich hoffe zu Gott und vertraue auf Dein gutes Herz, daß

Du meine Tochter Camilla von heute an bei Dir in Kost und Logis nimmst. Sie ist hier in Gefahr.

Deine wahre Freundin

Hannah Fernaby.

Als sie sich vergewissert hatte, daß alles richtig geschrieben war, hörte sie draußen leise Schritte. Camilla trat in die Küche und war überrascht, ihre Mutter hier anzutreffen.

»Mama, konntest du auch nicht schlafen? Ich stelle uns einen Wasserkessel auf.«

»Ich habe eben einen Brief an Mrs. Castle geschrieben, Kind. Du kannst sie nicht ohne eine Erklärung um Obdach bitten.«

Mrs. Fernabys Blick ruhte liebevoll auf ihrer Pflegetochter, aber sie war entschlossen, den Augenblick nicht mit Gefühlen zu belasten. »Ich gehe jetzt hinauf, hole deine paar Sachen und wickele sie in einen Schal. Wir haben nichts Besseres.«

Plötzlich überschattete der Gedanke an die unmittelbare Trennung Camillas goldene Zukunftsträume. Bittend streckte sie ihre Hände aus.

»Mama, muß ich dich denn wirklich verlassen? Fernaby wird es jetzt nicht wagen, mich anzurühren. Ich würde so gern bei dir bleiben.«

Hannah Fernaby schüttelte den Kopf. »Das ist unmöglich, mein Liebes. Mein Mann ist böse, und er schreckt vor nichts zurück. Nein, du bereitest uns jetzt den Tee, während ich deine Sachen hole.« Sie seufzte. »Sie sind schäbig genug für eine Comtesse. Hast du deine Papiere bei dir?«

Camillas Augen leuchteten, und sie berührte ihr Mieder. »Ich bewahre sie an meinem Herzen, Mama. Ich habe sogar die Adresse eines Marquis gefunden, dem ich schreiben werde. Oh, alles wird gut werden, ich weiß es.«

Mrs. Fernaby eilte hinaus und ging schweren Herzens die Treppe zur Dachkammer hinauf.

Camilla hatte ihre Fürsorge unbewußt schon von sich abgeschüttelt, und das war gut so, aber der Trennungsschmerz war trotzdem kaum zu ertragen.

Thomas Fernabys Schnarchen war noch lauter geworden und machte genügend Lärm, daß Mrs. Fernaby ohne Zwischenfälle in der kleinen Dachkammer alle Habseligkeiten Camillas zusammenpacken konnte.

Camilla wartete, bis das Teewasser kochte, und konnte der Versuchung nicht widerstehen, sich wieder ihren Träumen hinzugeben. Sie baute ihre ganze Hoffnung auf eine Antwort des Marquis, denn sie hatte keinen anderen Zugang zur Vergangenheit. Nun würde sie sicherlich Sir Michael bei einem großen Ball oder einer Abendgesellschaft wiedersehen, und dann wäre sie nicht mehr das bescheidene Dienstmädchen aus der Taverne, sondern eine gutgekleidete Comtesse, geschult in geistreicher Konversation und mit vorzüglichen Manieren, und sie würde sein Herz gewinnen oder wenigstens seine Aufmerksamkeit erlangen. Sie wollte nicht daran denken, daß der alte Marquis vielleicht gar nicht antworten könnte. Hatte sie nicht immer gespürt, daß sie zur *haute monde* gehörte? Sie hatte viele Fantasiebilder ausgesponnen, aber dieses eine beruhte jetzt auf der Wahrheit.

Mrs. Fernaby kehrte in die Küche zurück, und gemeinsam legten sie die wenigen Habseligkeiten in ein großes Umschlagtuch: Kleider, Unterwäsche, die Hannah liebevoll genäht hatte, Haarschleifen, einen Hornkamm und ein paar Kleinigkeiten, die sich im Lauf der Jahre angesammelt hatten.

Die blauen Kleider, die Mrs. Castle für Camilla hatte nähen lassen, wurden in Maison Castle aufbewahrt, damit Camilla sie nicht privat trug. Jeden Morgen hing dort ein frisch gewaschenes Kleid an der Küchentür.

Die Sonne war eben aufgegangen, und der Tag versprach, schön zu werden. Deshalb sagte Camilla: »Das Umschlagtuch ist sehr hübsch, Mama, und ich werde mit dem Bündel nicht wie eine Landstreicherin aussehen. Wenn ich rasch gehe, werde ich nicht einmal die Morgenkühle spüren.«

Als sie ihre Haube und das kleine Handtäschchen aufnahm, glaubte Camilla zu spüren, wie sich alle Bande zur Taverne, außer denjenigen zu ihrer Stiefmutter, lockerten.

»Du gehst aber nicht mit leerem Magen, mein Liebes«, sagte Mrs. Fernaby und wollte damit den Abschied hinauszögern. »Ich habe von gestern noch Pasteten übrig, die ich wärmen kann, und eine Menge gutes Brot und Schmalz.«

Camilla war allerdings gar nicht nach Essen zumute, genausowenig wie sie hatte schlafen können. Doch sie wollte ihre Mutter nicht kränken. Deshalb setzte sie sich gehorsam an den Tisch, knabberte ein wenig an der Pastete, zerkrümelte ein kleines Stückchen Brot, trank aber dankbar den Tee, denn sie war durstig.

Dann kam der Augenblick des Abschieds. Sie standen beide auf. Mrs. Fernaby breitete die Arme aus, und schluchzend warf sich Camilla in ihre Arme.

»Mama – er darf dir nichts zuleide tun. Ich schwöre dir bei meinem Leben, daß ich dich heraushole.«

Mrs. Fernaby traten Tränen in die Augen. »Gott segne dich, mein Kind. Geh jetzt, ich bitte dich, und blicke nicht zurück.« Sie schob sie zur Hintertür, und mit einem letzten Blick auf die vertraute Küche verließ Camilla für immer die Taverne und alles, was schützend und für sie Heimat gewesen war.

Als sie außer Sichtweite der Taverne war, blieb sie einen Augenblick stehen, trocknete ihre Augen und atmete tief ein. Mit einem Anflug von Stolz ging sie energisch weiter. Jetzt war sie allein mit zwei lockeren Zielen, die ihr während der Kämpfe, die sie auszutragen hatte, Kraft geben würden: Das eine war der Beweis für die Rechtmäßigkeit ihres Titels, und das andere der Gewinn der Liebe und Achtung ihres Märchenprinzen – Sir Michaels.

Als sie in die Nähe von Maison Castle kam, mischten sich Zweifel in ihre Visionen: Angenommen, Mrs. Castle wies Mrs. Fernabys Bitte ab und weigerte sich, sie bei sich aufzunehmen, weil Kost und Logis wesentlich mehr als einen Shilling in der Woche ausmachten und sie sich vor allen Ausgaben scheute?

Ein Frösteln überlief Camilla, denn dann wäre sie eine Obdachlose, die nirgends Hilfe fand und sich an niemanden wenden konnte.

Rasch rief sie sich zur Raison. »Ich darf jetzt nicht ängstlich werden«, schalt sie sich, »das ist ja nur der erste Schritt in Richtung auf mein neues Leben.« Entschlossen schritt sie weiter geradeaus.

Sie kam früher als sonst ins Geschäft. Mister und Mistreß Castle beendeten gerade ihr Frühstück, als sie an die Ladentür klopfte. Mrs. Castle sah sie nicht allzu erfreut an, als sie sie einließ. Sie verlangte zwar Eifer und Pünktlichkeit, aber dies bedeutete eine Störung.

»Was bringt dich so früh hierher?« fragte sie ärgerlich. »Mr. Castle wird nicht gern beim Frühstück gestört.«

»Ich... es tut mir furchtbar leid... ich wußte nicht genau, wieviel Uhr es ist. Ich werde im Laden warten, ohne Sie zu belästigen.« Nervös zog sie Mrs. Fernabys Brief aus der Tasche. »Darf ich Ihnen diesen Brief meiner Mutter geben, damit Sie Zeit haben, ihn zu überdenken...«

»Überdenken? Was soll das heißen, bitte?« Mrs. Castles Augen wurden schmäler.

»In dem... Brief steht alles«, sagte Camilla, und ihre Knie zitterten trotz ihres Vorsatzes tapfer zu sein.

Das zusammengefaltete Blatt Papier wurde ihr fast aus der Hand gerissen.

Camilla sagte entschuldigend: »Es tut mir leid, daß das Papier nicht von der Qualität ist, die Sie hier benützten, und wir hatten auch keinen Umschlag, aber wir brauchen in der Taverne solche Dinge nicht.«

»Hmm!« brummte Mrs. Castle. Sie hielt das Papier zwischen Daumen und Zeigefinger, als wäre es vergiftet, und weder ihr Brummen, noch ihre wortlose Rückkehr in die Küche gaben Camilla Zuversicht. Mrs. Castle schloß laut die Tür hinter sich.

Zum erstenmal fand Camilla die Stille in dem hübschen Geschäft niederdrückend. Die Morgensonne hatte ihr Versprechen nicht gehalten, und der Himmel verfinsterte sich, so daß sogar die Karaffen und Schmuckfläschchen ihr übliches Funkeln eingebüßt hatten.

Camilla saß verloren neben ihren irdischen Besitztümern, als gehörten diese ihr nicht mehr. Die Minuten verstrichen, und aus der Küche hörte sie nur leises Gemurmel. Würde Mr. Castle ein gutes Wort für sie einlegen? Oder würde sich diesmal seine Frau durchsetzen, da Kost und Logis in ihr eigenes Aufgabengebiet fielen?

Endlich, als das Warten schon fast unerträglich geworden war, wurde Camilla gerufen. Sie stand zögernd auf und fürchtete den Augenblick, in dem sie die Küchentür öffnen mußte.

Schüchtern und nervös trat sie in die Küche und hielt dabei die Hände gefaltet und den Kopf ein wenig gesenkt. Mr. Castle sprach zuerst, und seine Stimme klang freundlich.

»Komm, Kind, warum so ängstlich? Wir sind doch deine Freunde, meine liebe Frau und ich. Ich höre, du hast zu Hause Schwierigkeiten?«

»Ja, das stimmt.« Sie hielt mit Mühe die Tränen zurück, denn Mrs. Castle würde ihr niemals ein Heim geben, wenn sie wüßte, daß die ›Crown‹ jetzt ein Bordell beherbergte.

Mr. Castle stand auf.

»Du brauchst keine Angst zu haben, Kind. Meine Frau hat ihren Entschluß gefaßt.« Er ging hinaus, und Camilla blieb allein mit Mrs. Castle zurück.

Ihre kleinen Lippen waren spitz, und ihr Blick war immer noch kühl, als sie sagte: »Deine Mutter stellt eine Menge Ansprüche an eine alte Freundschaft. Du begreifst, daß ich wesentlich mehr Dienste von dir verlangen muß als Gegenleistung, wenn ich ihre Bitte erfülle?«

Camilla nickte. Sie wagte nicht zu sprechen, denn so schlecht der Handel auch ausfallen würde, sie hatte keine andere Wahl, als ihm zuzustimmen.

Freundlicher fuhr Mrs. Castle fort: »Ich habe schon lange daran gedacht, eine Haushaltshilfe einzustellen, aber wenn du das Putzen im Haus übernimmst, das Säubern der Kamine, das Abstauben und so weiter, will ich dich gern nehmen. Da du sonst auf der Straße säßest, wirst du mein Angebot sicher akzeptieren. Es ist wirklich großzügig.«

»Ja, ich nehme es an. Vielen Dank.« Camilla brachte die Dankesworte nur mit Mühe heraus. Sie hatte keine Illusionen darüber, was ihr bevorstand. Aber es war ihr erster und wichtigster Schritt auf dem Weg, den sie nun eingeschlagen hatte, und es gab für sie kein Zurück.

Bei der ersten Gelegenheit würde sie dem Marquis de Fouchet schreiben, und im stillen betete sie inbrünstig: »Bitte, lieber Gott, laß ihn noch am Leben sein!«

Fünftes Kapitel

Mrs. Castle nützte Camilla so rücksichtslos aus, daß diese kaum Zeit fand, das hübsche, kleine Zimmer mit den duftigen Barchentvorhängen und einem dazu passenden Bettüberwurf mit Rosenknospenmuster zu würdigen, das man ihr zugewiesen hatte. Statt dessen war Camilla abgearbeiteter, als sie es je in der Taverne am Ende eines langen Tages gewesen war. Sobald sie im Bett lag, schlief sie ein, noch ehe ihr Kopf das Kissen berührte.

Aber ihre Jugend kam ihr zu Hilfe. Sie gewöhnte sich rasch an die Hausarbeit neben der Tätigkeit im Geschäft, und am fünften Tag bekam sie die Chance, mit Mr. Castle allein zu sprechen.

Sie wollte das kostbare Geheimnis ihres Titels vorerst für sich behalten und hatte sich genau überlegt, was sie ihm sagen würde.

»Mr. Castle, wie Sie wissen, kann ich lesen und schreiben. Aber ich gestehe, daß ich in vieler Hinsicht schrecklich unwissend bin.«

Seine freundlichen Augen zwinkerten. »Ich fürchtete schon, daß meine Frau dich überbeansprucht, mein Kind. Willst du mir sagen, daß du außerdem noch Stunden nehmen willst?«

»Nein, nein.« Camilla lächelte. »Das ist es nicht. Ich möchte einen Brief an jemanden schreiben, mit dem ich befreundet war und der jetzt in Frankreich lebt. Aber... ich habe weder Schreibpapier noch Federkiel und Tinte.« Sie errötete bezaubernd. »Ich hoffe, Sie können mir behilflich sein, denn ich möchte Mrs. Castle nicht belästigen.«

Mr. Castle lächelte erfreut. »Meine Liebe, das ist wirklich eine kleine Bitte.« Er öffnete eine Schreibtischschublade in seinem Labor. »Wenn du einen Liebesbrief schreiben möchtest, nimm am besten viel Papier.«

»Oh, es ist kein Liebesbrief. Mein Freund ist schon sehr alt, und ich wüßte gern, wie es ihm geht.«

»Sehr lieb von dir. Camilla, sehr lieb. Darf ich dich fragen, ob du weißt, wie man einen Brief zur Post gibt? Es kostet eine kleine Gebühr.«

Sie wurde unsicher. »Ich glaube, es war dumm von mir, daß ich nicht daran gedacht habe. Natürlich kostet es etwas.«

Sie überlegte, und dann strahlte sie. »Der Onkel meiner Mutter hat eine Pfandleihanstalt in Holborn. Er war immer sehr gut zu uns. Da es Frühling ist, kann ich ihm meinen Umhang bringen. Er wird mir sicher dafür etwas Geld geben. Das Porto wird ja nicht viel kosten, oder?«

Mr. Castle wußte, daß dies ihr voller Ernst war, denn ihre grauen Augen waren ehrlich und ihr Lächeln offen. Wenn sie um ein oder zwei Blatt Schreibpapier bat, war dies nicht gebettelt, aber sie wollte ihn nicht um Geld bitten.

Er klopfte ihr liebevoll auf die Schulter. »Meine Liebe, wenn du dich von deinem warmen Umhang trennst, beschwörst du sicherlich schlechtes Wetter herauf. Ich schicke regelmäßig Post nach Frankreich. In Grasse ist ein Kloster, das seltene Zutaten für Parfüms herstellt. Wenn du mir deinen Brief anvertrauen willst, schicke ich ihn mit meiner Post für dich ab.« Mit einer Handbewegung schob er ihre Proteste beiseite. »Kein Wort mehr. Du hast neues Leben in unser Haus gebracht, und diese kleine Gegenleistung bereitet mir große Freude.«

Als dieses Problem so großzügig gelöst war, stand Camilla immer noch vor der Aufgabe, an den Marquis de Fouchet zu schreiben. Den ganzen Tag, während sie pflichtbewußt im Geschäft bediente, überlegte sie, was sie schreiben sollte. Schließlich fand sie die Lösung. Für den Fall, daß der alte Herr schon tot war, mußte ihre Botschaft kurz sein und nur die nackten Tatsachen enthalten, die in dem Adelsbrief erwähnt waren: ihr Name, ihre Adresse, ihr Alter, und daß sie nicht wußte, wo sie nach Freunden und Verwandten ihrer Familie suchen sollte. Sie schloß den Brief mit den Worten:

›Ich bete darum, daß Sie mir helfen können, Mylord.
Ihre gehorsame Dienerin,
Camilla de Courville.‹

Lange saß sie da und blickte auf ihre Unterschrift. Wie leicht war sie ihr aus der Feder geflossen, und doch wie fremd war sie ihr immer noch. Sie hatte auch gezögert, ihren Titel niederzuschreiben und instinktiv gefühlt, daß dies nicht richtig gewesen wäre. Jedenfalls hatte ihre Großmutter ihren eigenen Titel am Ende ihres langen Briefes nicht niedergeschrieben.

Als der Umschlag versiegelt war, drückte ihn Camilla einen Augenblick lang an ihre Brust und betete:

»Lieber Gott, unser aller Vater, laß den Marquis noch am Leben sein.«

Am nächsten Morgen schlüpfte sie schüchtern in das Labor und gab Mr. Castle den Brief, der ihr versicherte, daß er mit dem allernächsten Paketboot nach Frankreich abgehen würde.

Nun blieb nichts mehr zu tun, als zu warten. Sie wollte nicht einmal daran denken, daß das Warten umsonst sein könnte. Nachdem sich ihr Schicksal nun zu wenden begonnen hatte, indem es ihre Träume, ihren Platz in der *haute monde* einzunehmen, erfüllt hatte, durfte es keine Ängste mehr geben. Wenn der Marquis tot war, würde irgend jemand aus seiner Familie ihren Brief lesen.

Wie immer fand sie Zuflucht bei den Gedanken an Sir Michael. Seine Eleganz, seine Freundlichkeit, die Wärme seines Lächelns hatten in ihrem Herzen ein Licht entzündet, das nicht auszulöschen war. Sie blieb ihrem Vorsatz treu, nie mehr an der Ecke der Curzon Street zu verweilen, denn sie wollte nicht, daß er sie als Ladenmädchen wiedersah. Nein, ihre nächste Begegnung mit ihm sollte als gut gekleidetes und frisiertes Mitglied der *haute monde* stattfinden. Aber sie sehnte sich danach, auch nur einen einzigen Blick auf ihn zu erhaschen.

Aus den Tagen wurden Wochen, und Camillas Hoffnungen schwanden, als keine Post aus Frankreich kam.

Sie fragte Mr. Castle, wie lange Briefe nach Frankreich unterwegs waren, und er informierte sie:

»Der Postverkehr hat sich in letzter Zeit verbessert. Antworten aus Grasse erreichen mich gewöhnlich innerhalb von sechs, sieben Tagen. Ich verstehe, daß du ungeduldig bist, von deinem Freund zu hören, meine Liebe. Aber du sagst, er sei schon sehr alt? Vielleicht ist er erkrankt, oder er hat sich zufällig gerade aufs Land begeben.«

Trotz dieser tröstenden Worte war Camilla an diesem Tag deprimiert und niedergeschlagen. Sie sah im Geist ihren Brief unbeachtet auf dem Fußboden eines großen Hauses liegen, das seit langem unbewohnt war, weil der Marquis verstorben war.

Diese Gedanken waren so niederdrückend, daß sie es kaum wahrnahm, als drei Kunden das Geschäft betraten. Mrs. Castle saß hinter dem Ladentisch und bediente gerade die Herzogin. Camilla ordnete gleichgültig neue Parfümkaraffen in ein Regal ein.

Plötzlich erstarrte sie und hielt in ihrer Arbeit inne. Sie kehrte den Kunden den Rücken zu. Sir Michaels vertraute Stimme sagte gereizt:

»Bitte, Augusta, vertrödele nicht den ganzen Tag wegen dieses kleinen Einkaufs. Ich weiß immer noch nicht, warum du darauf bestanden hast, daß ich dich begleite. Ich habe dir doch versprochen, jedes Geburtstagsgeschenk zu bezahlen, das du dir wünschst.«

»Oh, quäle mich nicht so, Michael. Weil ich deine Vorliebe für schöne Dinge kenne, dachte ich, daß du dieses hübsche Geschäft vielleicht reizvoll finden würdest. Mama und ich mögen es sehr.« Die weibliche Stimme klang jung und alles andere als selbstsicher.

Camilla, die den Atem angehalten hatte, war erleichtert. Einen Augenblick lang hatte sie gefürchtet, daß Sir Michael von seiner Frau begleitet würde, aber nur ein älterer Bruder würde es wagen, so mit einem jungen Mädchen zu sprechen.

Sie wandte den Kopf halb um und betete inbrünstig, daß er sie nicht erkennen möge.

Sie waren eine auffallende Familie. Lady Monford besaß die Größe, die Anmut und das gute Aussehen, das sie ihrem Sohn vererbt hatte. Die Tochter, namens Augusta war mit ihren siebzehn Jahren eher unscheinbar und pummelig. Das einzig Schöne an ihr waren die Augen, mehr bernsteinfarben als braun und von langen, seidigen Wimpern umrahmt.

Camilla gefiel dieses Mädchen, vielleicht auch deshalb, weil sie Michaels Schwester war und nicht seine Frau, aber sie gab sich über diese unschöne Regung keine Rechenschaft.

Mrs. Castle war aufgestanden und machte vor Lady Monford einen kleinen Knicks. Sie war während ihrer seltenen Besuche in London öffensichtlich eine geschätzte Kundin, und es entspann sich ein freundliches Gespräch über Mr. Castles neueste Kreationen.

Während Augusta ein wenig hilflos die Regale absuchte, stand Sir Michael gelangweilt neben der Tür. Ohne aufgefordert worden zu sein, trat Camilla neben das Mädchen, und Augusta lächelte erfreut.

»Bitte helfen Sie mir. Mama hat mich bisher für zu jung gehalten, um ein Parfüm zu benutzen. Aber ich mache mein Debüt, sobald ich Tanzstunden genommen habe. Bis jetzt bewege ich mich wie ein Kutschengaul. Das sagt wenigstens mein grausamer Bruder.«

Sie lächelte in seine Richtung, was ihn veranlaßte, sie liebevoll, wenn auch ungeduldig anzusehen. Dann wanderte sein Blick kurz zu dem schönen Mädchen, das neben seiner Schwester stand, und Camilla zuckte innerlich zusammen.

Die Ähnlichkeit ist bemerkenswert, dachte er, aber es ist unmöglich, daß eine Dirne aus einer Taverne im East End bei einer so korrekten Frau wie Mrs. Castle angestellt war und außerdem in einem Geschäft, das von den besten Kreisen frequentiert wurde. Aber eine Ähnlichkeit war vorhanden und weckte in ihm unangenehme Erinnerungen.

Trotz des Abscheus, den er empfunden hatte, als er an jenem schicksalhaften Abend die Taverne verließ, hatte ihn das Gesicht, das er ›bezaubernd‹ genannt hatte, tagelang verfolgt. Aber das Mädchen war schlecht und verdorben, sagte er sich. Unbewußt suchte er nach einer solchen Schönheit in den Kreisen, in denen er sich bewegte, also unter den jungen Töchtern des Adels. Seine Schwester hatte die Wahrheit gesagt, als sie erwähnte, daß er die Schönheit liebte. Er suchte sie begierig in alten Büchern und den Gemälden der großen Meister. Es war ihm ein Bedürfnis, und er wußte, daß er niemals sein Herz ganz verschenken würde, wenn die Frau seiner Wahl dieser Vorstellung nicht entsprechen würde oder keinen lebhaften Geist und keinen starken Charakter besitzen würde.

Erleichtert darüber, daß er nur kurz gestutzt und sie dann nicht weiter beachtet hatte, wandte Camilla ihre ganze Aufmerksamkeit wieder Augusta zu. Sie öffnete kostbare Flakons, ließ das Mädchen daran riechen und zeigte ihr die hübschen Schachteln mit der Seife. Camilla drängte das Mädchen nicht. Sie war glücklich, mit jeder Faser ihres Seins zu spüren, daß Sir Michael hier war, daß er ihr nahe war.

Schließlich wandte sich Lady Monford an ihre Tochter. »Augusta, du hast dich doch sicher endlich entschieden? Wir sind bei der Herzogin von Wentworth zum Tee eingeladen, und du kannst Mrs. Castles Zeit nicht länger in Anspruch nehmen.«

Augusta errötete und sah Camilla hilfesuchend an. »Bitte wählen Sie ein Parfüm für mich aus. Sie sind alle so wundervoll, und ich weiß wirklich nicht, ob ich dieses nehmen soll oder das herrliche dort drüben. Und ebenso geht es mir mit den Seifen...«

Sir Michael drehte sich um. Er war ungeduldig und wollte endlich gehen, fort von dem Anblick des Ladenmädchens, das ihn so merkwürdig beunruhigte.

»Bitte wickeln Sie alles ein«, sagte er kurz. »Parfüms, Seifen... alles, was meine Schwester möchte. Der Preis spielt keine Rolle.« Fast hätte er hinzugefügt: »... um hier zu entrinnen.« Aber er schwieg. Entrinnen vor was? Vor seinen Träumereien, die seine Ansprüche, was Frauen anbetraf, in eine offensichtlich unerreichbare Höhe geschraubt hatten? Oh, er würde sofort ausreiten, nur um Rotten Row herum, denn für einen größeren Ausritt war es schon zu spät, um alle diese lächerlichen Fantasiebilder aus seinem Kopf zu verscheuchen.

Camilla tat, was er befohlen hatte. Ihre Hände zitterten ein wenig. Sie wählte drei der teuersten Parfüms und zwei Schachteln Seife aus, verpackte sie sorgfältig und ließ Mrs. Castle den Preis nennen. Sie wußte, daß ihre Stimme ungewöhnlich dunkel und melodiös war, und sie wollte nicht, daß Sir Michael sie noch einmal so durchdringend ansah.

Als die Familie Monford das Geschäft verließ, gelang es ihr, sich neben dem Fenster zu beschäftigen, so daß sie beobachten konnte, wie sie die Cavendish Row hinaufgingen, bis sie außer Sichtweite waren. Sehnsüchtig dachte sie, daß Lady Monford sie als Comtesse bereitwillig akzeptieren würde und Augusta gut ihre Freundin sein könnte, eine Freundin, die sie noch nie in ihrem Leben gehabt hatte und der sie vertrauen konnte.

Ihr Verlangen, nein, ihre Sehnsucht, endlich eine Antwort aus Frankreich zu bekommen, vertausendfachte sich. In knapp einem Monat begann in London die Saison, und sie wünschte sich leidenschaftlich, an den Festlichkeiten teilnehmen zu dürfen. Aber ohne eine Nachricht vom Marquis würde ihre Suche nach den Courvilles erschwert sein.

Am nächsten Morgen kam Miß Augusta Monfort ohne Begleitung ins Geschäft. Camilla bediente allein. Das jüngere Mädchen schien ein wenig nervös und unsicher zu sein, und Camillas Herz erwärmte sich für sie.

»Miß Monford, das ist wirklich eine angenehme Überraschung. Kann ich etwas für Sie tun?«

»Ich weiß nicht, ob Sie mir helfen können«, begann Augusta zögernd und knetete ihre Glacéhandschuhe in den Händen. »Ich... ich habe Sie gestern sehr schön gefunden. Ja, und Mama hat auch eine Bemerkung darüber gemacht. Nur mein Bruder stürmte sofort wortlos zu seinem geliebten Pferd!« In ihren bernsteinfarbenen Augen blitzte der Humor. »Er hat es leicht, er ist so stattlich und so umschwärmt. Bitte verzeihen Sie mir, aber ich dachte, Sie könnten mir vielleicht helfen, ein wenig hübscher zu werden.« Ihr Blick glitt über die gefüllten Regale. »Würden Gesichtscremes mir vielleicht helfen? Oder etwas anderes?«

Camilla kam hinter dem Ladentisch hervor, damit sie leise miteinander sprechen konnten.

»Leider führen wir so etwas nicht. Wir haben nur Seifen und Parfüms. Aber ich will Sie gern beraten, Miß Monford. Bitte setzen Sie sich. Sie sind ein wenig außer Atem.«

Augusta gehorchte und sagte entschuldigend: »Ich denke, ich bewege mich zu wenig, Miß Castle. Das Tanzen ermüdet mich so schrecklich. Außerdem bekomme ich jetzt Anstandsunterricht bei Madame Suzanne, und ich finde das alles so schwierig.«

Camilla sprach mitfühlend und hoffte, daß ihre Worte nicht kränkend klangen:

»Ich fürchte, es gibt nirgends Cremes oder Tinkturen, die Ihre Probleme lösen könnten. Verzeihen Sie mir, wenn ich offen spreche, aber vielleicht liegt die Lösung in Ihnen selbst?« Sie musterte das Mädchen kritisch. »Es sind noch vier Wochen bis zu Ihrem Debüt, glaube ich. Das ist Zeit genug, um sich täglich ein wenig Bewegung zu verschaffen und die nahrhaften Kuchen zu meiden, die Sie möglicherweise in Versuchung führen.«

»Ja, allerdings«, klagte Augusta. »Aber die schaden mir doch sicherlich nicht. Sie haben nichts mit meinem Aussehen zu tun.«

»Aber natürlich, ganz bestimmt, Miß Monford«, sagte Camilla lachend. »Sie haben sehr schöne Augen und schönes Haar. Nichts hindert Sie daran, eine Schönheit zu werden, außer Ihr Gewicht. Es ist doch nicht anmaßend von mir, so mit Ihnen zu sprechen, oder? Ich bitte um Verzeihung, aber

Sie haben mich um einen Rat gebeten, und ich weiß keine andere Antwort.«

Was würde Mrs. Castle dazu sagen, wenn sie plötzlich dazukäme, überlegte Camilla. Sie fände das Gespräch zwischen ihr und der Tochter einer wohlhabenden, geschätzten Kundin sicherlich gänzlich unschicklich.

»Ich fürchte, ich war zu offen«, sagte Camilla leise.

Augusta stand auf und schüttelte den Kopf.

»Das waren Sie nicht. Sie haben mir die Wahrheit gesagt. Und obwohl es mir schwerfallen wird, mein geliebtes Gebäck und die Süßigkeiten stehenzulassen, will ich mein möglichstes versuchen, das verspreche ich Ihnen.«

»Es wird Ihnen gelingen, Miß Monford«, versicherte ihr Camilla mit einem strahlenden Lächeln.

Als Augusta Monford den Laden verlassen hatte, dachte Camilla lange über das unverhoffte Gespräch nach, und sie wurde ein wenig ängstlich. Ihre Sympathie für Sir Michaels Schwester hatte sie dazu verführt, vertraulich mit ihr zu sprechen, und nicht so, wie es einem zurückhaltenden Ladenmädchen zukam. Aber wie, wenn ihre Gebete erhört wurden und sie durch irgendein Wunder noch in dieser Saison ihr Debüt als Comtesse de Courville machen konnte? Dann würde sie Augusta als Gleichgestellte gegenübertreten. Natürlich bestand keine Hoffnung, daß das Mädchen sie nicht als freundliche Bedienung von Maison Castle erkannte. Augusta würde nicht nur ihrer Mutter, sondern auch Sir Michael davon erzählen. Und was würde das für einen Gesprächsstoff geben!

Niedergeschlagen dachte Camilla daran, daß ihre ersehnte Aufnahme in die Gesellschaft plötzlich überschattet war von ihrer Vergangenheit, und – noch schlimmer – Sir Michael würde seinen vagen Verdacht bestätigt finden, daß die Verkäuferin, die Comtesse und das Mädchen in der Taverne, in dem er sich so geirrt hatte, ein- und dieselbe war!

Camilla schloß die Augen und kämpfte gegen die Hoffnungslosigkeit an, die ihrem Wesen so widersprach. Wenn sie nur endlich Nachricht von dem Marquis bekäme.

Als drei Wochen und zwei Tage vorübergegangen waren, seitdem Mr. Castle ihren Brief aufgegeben hatte, fand sich Camilla mit der Tatsache ab, daß sie nie eine Antwort erhalten würde. Aber es mußten doch in England Menschen leben, die ihr helfen konnten? Ihre Eltern waren hergekommen, um sie zu suchen, also mußte es sie geben. Aber wo sollte sie einen Anhaltspunkt finden, einen Hinweis darauf, wo sie beginnen sollte?

Vergeblich las sie immer wieder die wenigen Zeilen ihrer Mutter, brütete über dem Adelsbrief und überflog dann den langen Brief der Gräfin Claudette. Wenn sie nur Französisch könnte!

Sie überlegte, ob Mr. Castle ihr den Brief übersetzen würde. Wenn das Schicksal ihre Hoffnungen nur geweckt hatte, um sie so rasch wieder zunichte zu machen, mußte sie das bescheidene Ladenmädchen bleiben, das seinen Lebensunterhalt verdiente. Ihr Titel wäre dann bedeutungslos.

In dieser Nacht schlief sie wenig. Sie warf sich unruhig hin und her, während ihr ein undurchführbarer Plan nach dem anderen durch den Kopf ging. Konnte sie den Prinzregenten selbst von dem Adelsbrief überzeugen? Aber bei dem Gedanken an die Gerüchte, die sie über seine Geldgier gehört hatte, ließ sie die Idee sofort fallen. Wenn sie sich ihm reich, mit Juwelen beladen nähern könnte, würde er ihrem Ansuchen vielleicht ein offenes Ohr schenken. Sie wälzte viele Pläne und schob sie dann als absurd und unrealistisch beiseite.

Am nächsten Morgen war Mrs. Castle in gereizter Stimmung und trug Camilla Extraarbeiten auf, die nicht in ihr Aufgabenbereich fielen. Aber Camilla wehrte sich nicht, denn sie war körperlich und seelisch auf einem Tiefpunkt angelangt.

Als es neun Uhr schlug, ging sie erleichtert in den Laden und öffnete dem Sonnenschein weit die Tür. Mrs. Castle hatte die Absicht geäußert, in ihrem Salon zu bleiben und ihr schmerzendes Knie zu pflegen. So würde wenigstens im Geschäft Frieden herrschen.

Als sich Camilla in dem Spiegel hinter einem der Regale sah, war sie erstaunt darüber, daß sich in ihrem Gesicht nichts von ihrer inneren Anspannung zeigte. Die grauen Augen leuchteten wie immer, und ihre Haut schimmerte sanft. Die Tatsache, daß die schlaflose Nacht keine Spuren in ihrem Gesicht hinterlassen hatte, faszinierte sie so sehr, daß sie immer noch ihr Spiegelbild betrachtete, als leise Schritte und ein taktvolles Husten hinter ihr sie aufschreckten.

Zu dieser frühen Stunde kamen gewöhnlich noch keine Kunden, aber heute stand ein älterer Herr von kleiner Statur in der Tür und betrachtete sie eingehend. Er stützte sich auf einen Ebenholzstock mit goldenem Knauf. Sein weißes Haar war auf altmodische Art gepudert und sorgfältig nach hinten gekämmt. Er war außer einem schneeweißen Halstuch und einem Rüschenhemd mit Spitzen an den Handgelenken ganz in Schwarz gekleidet. Seine blauen Augen waren wachsam, als er Camilla interessiert betrachtete.

»Ah«, sagte er schließlich mit einer silbrigen, hohen Stimme. »Ich brauche nicht weiter nach Camilla de Courville zu fragen. Kommen Sie näher ans Licht, mein Kind. Meine Augen sind nicht mehr so gut wie früher.«

Obwohl sein Englisch perfekt war, sprach er mit einem leichten ausländischen Akzent, besonders das R rollte er ein wenig in der Kehle.

Überwältigt und kaum eines zusammenhängenden Gedankens fähig, ging Camilla auf ihn zu.

Er wartete, bis sie nur noch wenige Schritte von ihm entfernt war und hob dann ein in Gold gefaßtes Monokel an sein rechtes Auge. Er musterte schweigend jede Linie ihres schönen Gesichts. Schließlich ließ er seufzend das Monokel fallen und hielt ihr seine schlanke Hand hin.

»Mein liebes Mädchen, Sie sind das vollkommene Ebenbild Ihrer Großmutter, meiner unsterblichen Claudette!« Seine blauen Augen wurden feucht bei der Erinnerung an sie. »Niemals hätte ich gedacht, daß ich dieses edle Gesicht in unserer traurigen Welt noch einmal sehen würde.«

Camilla erwachte aus ihrer Trance, und ihr ganzes Wesen erfüllte sich ihm gegenüber mit Zuneigung und Dankbarkeit.

»Mylord, Sie sind der Marquis de Fouchet? Oh, ich habe darum gebetet, daß Sie meinen Brief erhalten mögen!«

Sie wurde von ihren Gefühlen überwältigt, als ihr die Bedeutung der Anwesenheit dieses Mannes aufging.

»Sie verschmähen meine Hand, Camilla«, sagte er ein wenig vorwurfsvoll.

Camilla errötete vor Scham, ergriff seine Hand und hob sie auf einen Impuls hin an ihre Lippen und küßte sie. »Sie waren meine einzige Hoffnung«, sagte sie leise. »Aber ich hätte nie gedacht, daß Sie von Frankreich nach London reisen, um meinen armseligen Brief zu beantworten.«

»Das habe ich auch nicht getan«, sagte der Marquis. »Nein, Gott meinte es gut mit uns beiden. Ich wohne seit vielen Jahren mit meiner Frau in London, und nur einmal im Jahr überquere ich diesen unangenehmen Kanal, um unser Château in der Nähe von Paris zu besuchen. Es ist von diesen verdammten Rebellen ausgeraubt worden, aber es steht noch. O ja, es steht noch, und ein treues Dienstbotenpaar hält es in Ordnung. Zufällig war ich im Château, als Ihr Brief dort eintraf, und bitte verzeihen Sie mir, daß ich Ihretwegen meine Rückreise nicht beschleunigt habe, denn ich hielt Ihr Schreiben für das Machwerk einer Hochstaplerin. Aber jetzt, nachdem ich meine Claudette vor mir stehen sehe, sind alle Zweifel verflogen.«

»Marquis, ich hole Ihnen den Brief sofort. Er war an meine

verstorbene Mutter gerichtet, und ich muß zu meiner Schande gestehen, daß ich nicht Französisch spreche.«

»Sie haben einen Brief von meiner Claudette und können ihn nicht lesen? Oh, Kind! Bitte holen Sie ihn rasch und auch diese Adelsurkunde, die Sie in Ihren Zeilen erwähnt haben. Von jetzt an muß alles *très comme il faut* sein.«

Ohne an Mrs. Castle oder an deren Tadel zu denken, wenn diese das Geschäft unbeaufsichtigt fand und ein französischer Aristokrat dort wartete, eilte Camilla die Wendeltreppe hinauf. Nach einer Minute kehrte sie mit ihren Kostbarkeiten wieder, die sie dem Marquis überreichte.

»Es ist alles in dem Umschlag, Mylord, auch die traurige Notiz, die meine Mutter kurz vor ihrem Tod niedergeschrieben hat.«

Sie stand ruhig da und unterdrückte ihre brennende Neugier zu erfahren, was als nächstes geschehen sollte, während der Marquis liebevoll das vergilbte Papier und die verblassenden Buchstaben des langen Briefes betrachtete, den seine erste große Liebe geschrieben hatte. Dann blickte er auf.

»Mit Ihrer Erlaubnis, mein liebes Kind, würde ich diese kostbaren Zeilen gern ausleihen und sie in aller Ruhe studieren, denn sie wecken so viele Erinnerungen in mir.«

»Aber gewiß, Mylord«, rief Camilla eifrig. »Und wenn ich Sie einmal besuchen darf, würden Sie diese dann für mich übersetzen?«

Er nickte geistesabwesend, denn er las jetzt mit großer Aufmerksamkeit das Dokument des Anwalts. Schließlich sagte er:

»Was genau ist Ihre jetzige Stellung, Camilla?«

Sie sah ihn mit ihren schönen Augen offen an. »Ich verdiene meinen Lebensunterhalt, indem ich Mrs. Castle im Haushalt helfe und hier im Geschäft bediene. Ich habe leider kein Vermögen, wie aus den wenigen Worten, die meine Mutter niedergeschrieben hat, hervorgeht. Vielleicht können Sie mir helfen, Verwandte zu finden, Courvilles, die während der Revolution nach England kamen und mir über unsere verlorenen Besitztümer etwas sagen könnten und auch, an wen ich mich um Hilfe wenden kann, um wieder in ihren Besitz zu kommen.«

»Hilfe? Verwandte?« Der alte Herr wiederholte die Worte gereizt, und Camilla sah ihn erschrocken an. Hatte sie etwas Falsches gesagt? Hatte sie ihn beleidigt?

Er fuhr fort, indem er das vertraulichere Du benutzte: »Dies ist nicht die rechte Stunde, um dir deine Familiengeschichte zu erzählen, mein Kind. Aber wenn ich mich nicht irre, bist du die einzige überlebende Courville. Deine verehrungswürdige Großmutter hatte nur einen Sohn, deinen Vater, und du bist sein einziges Kind. Was die Güter anbelangt, so fürchte ich, daß du von diesen traurigen Ruinen nicht viel haben wirst. Nein, von jetzt an mußt du mir und natürlich auch meiner Frau deine Zukunft anvertrauen.«

»Ihnen?« flüsterte Camilla. »Sir, ich hatte nicht erwartet... ich wollte mir nicht anmaßen...«

»Anmaßen«, er schob das Wort mit einem Augenzwinkern beiseite. »Ich muß gestehen, daß ich sehr viel Geld besitze und keine Erben habe. Wenn ich die Wünsche deiner Großmutter erfülle, ist es mehr, als nur ein außerordentlich schönes Mädchen bei mir aufzunehmen. Nun, wo ist diese Mrs. Castle? Ich möchte sofort mit ihr sprechen.«

»Ich werde sie holen, Mylord.«

Camilla war wie betäubt, als sie auf die Salontür zuging.

»Nein, nein, ich möchte sie allein sprechen. Führe mich bitte zu ihr.«

Ängstlich klopfte Camilla an die Tür. Mrs. Castle wäre früher über eine solche Aufdringlichkeit außer sich gewesen, aber der Marquis war bei ihr und sagte beruhigend: »Zittere nicht so, Kind, du brauchst dich von jetzt an nicht mehr vor ihr zu fürchten.«

Ohne darauf zu warten, daß Camilla in ihr vorstellte, betrat er Mrs. Castles Privatdomäne und schloß die Tür hinter sich.

Camilla, deren Knie nachzugeben drohten, lehnte sich an den Ladentisch und begann zu ihrem eigenen Entsetzen zu lachen. Es war ein leises, aber hysterisches Lachen. Es kam ihr alles so unwirklich vor, sogar der Marquis selbst.

Die kleine Silberuhr schlug zehn. Von jetzt an konnten Kunden eintreffen. Bei diesem Gedanken wurde Camilla wieder ernst. Aus dem Salon hörte sie nur das beständige Murmeln leiser Stimmen.

Drei junge Herren kamen herein, und sie bediente sie in ihrer reservierten Art und wehrte alle Flirtversuche ab, die sie schon lange für das nahm, was sie wert waren, nämlich nichts. Als sie die Päckchen verschnürt hatte, das Geld in Empfang nahm und sich höflich ›Guten Morgen‹ sagen hörte, hätte sie am liebsten vor Freude und Glück gejubelt. Was hatte der Marquis damit gemeint, als er sagte › . . . ein außerordentlich schönes Mädchen bei mir aufzunehmen?‹ Bot er ihr sein Heim an, oder versprach er ihr nur, sie angemessen unterzubringen? Wenn er nur endlich herauskommen und ihr sagen würde, was er plante! Es schien eine Ewigkeit her zu sein, seitdem er die Tür hinter sich geschlossen hatte, und doch sagte ihr ein Blick auf die Uhr, daß erst zwanzig Minuten verstrichen waren.

Als die Uhr die halbe Stunde schlug, öffnete sich die Tür, und der Marquis sowie Mr. und Mrs. Castle kamen in den Laden. Beide sahen verwirrt aus. Aber Mr. Castle ergriff sofort Camillas Hand, beugte sich darüber und küßte sie. »Comtesse, darf ich Ihnen gratulieren, daß Sie endlich zu Ihrem Recht kommen? Kein Wunder, daß Sie so ungeduldig eine Nachricht aus Frankreich erwarteten.« Er lächelte.

Camilla lächelte zurück und sagte: »Ich fürchte, ich habe Sie ein wenig angeschwindelt, Mr. Castle, als ich sagte, der Marquis sei ein alter Freund von mir. Er war ein guter Freund meiner Großmutter.«

Mrs. Castle setzte sich auf den Stuhl hinter dem Ladentisch und war ganz überwältigt. Sie wischte sich über die feuchten Augen. »Wenn ich daran denke, daß eine adlige junge Dame meine Kamine geputzt hat! Diese Schande! Ganz London wird über mich herziehen.«

Camilla ging rasch zu ihr hinüber. »Mrs. Castle, fürchten Sie meinetwegen nichts. Der Spott würde mich ebenso sehr treffen wie Sie. Wollen wir an diesem glücklichen Morgen einen Pakt schließen? Wollen wir uns gegenseitig versprechen, daß wir meine Dienste hier bei Ihnen geheimhalten? Ich verspreche es Ihnen hoch und heilig.«

»Mylady, Sie sind zu freundlich«, murmelte Mrs. Castle und weinte vor Dankbarkeit.

Der Marquis wurde ungeduldig. »Es ist alles vereinbart, mein Kind. Ich werde mit der Marquise de Fouchet dafür sorgen, daß in unserem Haus alles für deine Ankunft vorbereitet wird. Morgen, Punkt vier Uhr nachmittags, wird dich meine Kutsche am Berkeley Square erwarten.«

Alle drei sahen ihm nach, als er das Geschäft verließ. Mrs. Castle fing sich rasch und sagte erstaunt:

»Stellen Sie sich vor, Mylady, Sie werden in einem großen Haus wohnen, das nur hundert Schritte von der Residenz Seiner Königlichen Hoheit entfernt liegt.«

Camilla legte einen Arm um Mrs. Castles Schulter und reichte gleichzeitig Mr. Castle eine Hand, der sie dankbar ergriff.

»Bitte, bitte nennen Sie mich weiterhin Camilla. Sie haben mir so viel Freundlichkeit erweisen und mich bei sich aufgenommen, als ich kein Heim hatte. Das ist eine Schuld, die ich niemals begleichen kann, aber ich werde es nie vergessen.«

Sechstes Kapitel

Mrs. Castle hatte darauf bestanden, Camilla eines der blauen Baumwollkleider zu schenken, die sie im Geschäft getragen hatte, und obwohl es sehr einfach war, sah Camilla darin bezaubernd aus. Sie trug dazu ihren cremefarbenen Umhang und einen Strohhut.

Sie war nervös, als mit dem Glockenschlag vier ein livrierter Diener an der Ladentür erschien und erklärte, er sei gekommen, um die Comtesse de Courville zur Kutsche zu begleiten.

Ihr Abschied von den Castles war kurz, denn sie hatte ihnen versprochen, sie so bald wie möglich zu besuchen und ihnen alle Neuigkeiten zu berichten.

Mit erhobenem Kopf folgte sie dem Diener zum Berkeley Square, wo er ihr mit einem Kratzfuß die Kutschentür öffnete.

Camilla mußte sich zusammennehmen, um ihrem Entzükken nicht laut Ausdruck zu geben, denn es war bei weitem die schönste Equipage, die sie je gesehen hatte. Sie glänzte schwarz, war mit goldenen Ornamenten verziert und trug auf jeder Tür ein prächtiges Wappen. Stolz stieg sie ein und fühlte sich wie eine Prinzessin, als sie auf dem mit Quasten verzierten Samtpolster Platz nahm.

Sie saß aufrecht da und war gespannt darauf, ihr neues Zuhause zu sehen. Sie sollte nicht enttäuscht werden. Die weißen Herrenhäuser in Carlton Terrace waren vornehm und repräsentativ.

Als die Kutsche anhielt, wappnete sie sich mit Gelassenheit für die kommende Begegnung. Ein Butler führte sie durch die marmorne Halle zum Salon, der ganz in Weiß und Gold gehalten war. Der Marquis erwartete sie vor einem riesigen Kamin, während die Marquise, eine kleine, elegante Gestalt in einem Armsessel saß.

Beide begrüßten sie herzlich. Überwältigt knickste Camilla, doch der Marquis sagte:

»Sehr hübsch, mein Kind, aber diese Formalität ist nicht nötig.«

Er wandte sich an seine Frau. »Meine Liebe, darf ich dir Camilla, Comtesse de Courville, vorstellen? Camilla, die Marquise de Fouchet.«

Die Marquise streckte ihr eine zierliche Hand entgegen, die mit kostbaren Ringen geschmückt war, und Camilla küßte sie pflichtschuldigst.

»Bitte erhebe dich, mein Kind«, sagte die Marquise. Ihre Stimme klang hell und resolut. Eine Weile musterte sie mit scharfen Augen die zarte Gestalt, die vor ihr stand, sah beifällig die großen, blauen Augen, die schimmernde Magnolienhaut, die zarten Gesichtszüge und dann das üppige, dunkelgoldene Haar. Schließlich nickte sie und lächelte warmherzig.

»Camilla, dir steht Großes bevor. Hat mein Mann dir gesagt, daß deine Großmutter am Hof Ludwigs XIV. *la grande Belle* war?« Ohne auf eine Antwort zu warten, fuhr sie fort: »Aber, *mon dieu,* wir haben noch viel zu tun, wenn du in dieser Saison dein Debüt machen willst. Du benötigst viele schöne Gewänder und eine neue Frisur.«

Sie war bis zu den Spitzen ihrer kleinen, schwarzen Samtschuhe mit den diamantenverzierten Schnallen eine echte französische Aristokratin. Sie gestikulierte lebhaft mit den Händen, während sie sprach. »Das Kleid, das du trägst, ist erbärmlich.« Auch sie hatte einen starken französischen Akzent und sagte mißbilligend: »Ich möchte nicht in Begleitung einer Comtesse gesehen werden, die sich als Dienstmädchen verkleidet hat, wenn ich zu meiner Schneiderin fahre, de Fouchet.«

Ihr Gatte wandte sich ihr amüsiert zu, und Camilla stellte zu ihrer Verwunderung fest, daß die Marquise ihren Mann stets in dieser Art anredete.

»Schicke sofort eine Kutsche zu meinem Schneider, Monsieur Paul, und ebenso zu meinem Friseur.« Sie wandte sich an Camilla. »Ich werde dich im Nu verwandeln, *chérie.*«

Camilla empfand sofort große Zuneigung zu der alten Dame, während ihre Dankbarkeit dem Marquis gehörte, der wegen seiner alten Leidenschaft für ihre Großmutter, Claudette de Courville, im Begriff war, für Camilla ein Vermögen auszugeben. Camilla wußte, daß dieses Gefühl echt und vielleicht das wichtigste Erlebnis in seinem Leben gewesen war. Und doch verwirrte es sie ein wenig, denn die Harmonie zwischen dem alten Herrn und der Marquise war so groß, daß man sie fast greifen konnte. Mit zunehmendem Alter und zunehmender Desillusionierung über sein geliebtes Frankreich hatte der Marquis seine Jugendliebe als ein Symbol für all das, was er verloren hatte, heilig gehalten, und in der Erinnerung blieb es für ihn die große Liebe, die am französischen Hof zu dessen Blütezeit so wichtig gewesen war.

Die Marquise verstand und achtete den lange vergangenen Traum ihres Gatten. Es war eine Zuflucht aus dem aufgezwungenen Exil in England. Sie selbst hatte nichts zu beklagen. Die Liebe zwischen ihr und de Fouchet war tief und dauerhaft, seitdem er reifer geworden war, und Claudette hatte sich längst auf das Schloß ihres Gatten an der Loire zurückgezogen. Ja, seine unerfüllte Liebe hatte die ihre nur um so stärker wachsen lassen, denn während der ersten Jahre ihres Zusammenlebens sprach er von Claudette und seinen Gefühlen mit sehnsüchtiger Selbstironie. Erst in jüngster Zeit hatte er seinen Traum wieder lebendig werden lassen, wie es ältere Männer oft tun.

Camilla betrachtete ihre Gesichter und liebte sie beide. Das war in der Tat das einzige, was sie ihnen für die Wunder, mit denen sie nun ihr Leben füllen, geben konnte.

Der Nachmittagskaffee wurde auf einem Rosenholztischchen hereingefahren. Camilla hatte in ihrem ganzen Leben noch nie Kaffee getrunken. Es war eine französische Sitte, und die Tasse, die ihr gereicht wurde, kam ihr wie purer Nektar vor.

Bald glich das Haus einem Bienenstock. Monsieur Paul, ein großer, gutaussehender Mann französischer Herkunft, war der teuerste Schneider von London. Während Camilla in dem wunderschönen Schlafzimmer, das man ihr zugewiesen hatte, im Hemd und Petticoat dastand, war sie hin und her gerissen zwischen Begeisterung und Ängsten. Die Marquise und Monsieur Paul unterhielten sich französisch miteinander und stießen dabei abwechselnd Entzückensrufe aus oder Unmutsbezeugungen, während bei Camilla Maß genommen wurde, Gehilfen Stoffe ausbreiteten, und Monsieur Paul Entwürfe in die Luft zeichnete.

Dann begriff Camilla plötzlich, daß die beiden alte Freunde waren und Vergnügen an ihrer angeborenen Leidenschaft für Streitgespräche hatten, eine Leidenschaft, die die Engländer weder teilten noch verstanden. Beruhigt über diese Erkenntnis unterwarf sich Camilla allen ihren Anordnungen und erlaubte ihnen, sie wie eine Ankleidepuppe zu behandeln, aber eine, die sie ihrer Aufmerksamkeit für wert hielten.

Kurz nachdem Monsieur Paul gegangen war, traf der Friseur ein. Er war klein, geschäftig und hatte in einem Auge einen Tick, so daß man glaubte, er zwinkere fortwährend. Aber sobald er Camillas volles, seidiges Haar gebürstet und von allen Seiten begutachtet hatte, war das Zwinkern vergessen.

»À la pauvre Princess Charlotte«,, erklärte er und trat einen Schritt zurück. Die Marquise nickte zufrieden.

Camilla sollte erst später erfahren, daß die Prinzessin das angebetete Kind des Prinzregenten gewesen und kurz nach einer fürstlichen Hochzeit gestorben war.

Camilla schloß vor der blitzenden Schere die Augen. Mrs. Fernaby hatte ihr immer gesagt, daß ihr langes Haar ihr ganzer Stolz war und man es schätzen und pflegen mußte wie ein Juwel. Nun fielen die üppigen Locken zu Boden, und sie behielt die Augen geschlossen, denn die Schere war immer noch am Werk.

»C'est bien, tres bien, Monsieur Guillaume.«

Camilla wollte schreien und den Kopf mit ihren Händen schützen, aber das wäre töricht gewesen. Hatte sie nicht darum gebetet, in eine junge Dame verwandelt zu werden? Und plötzlich kam ihr ein anderer Gedanke, der sie besänftigte. Sobald ihre Frisur verändert war und sie elegante Gewänder trug, würde sicherlich nicht einmal Augusta Monford sie wiedererkennen, und noch viel weniger ihr Bruder. Ihre Schläfen pochten. Sie hätte gern die Augen geöffnet und in den Spiegel gesehen, aber sie wußte, daß sie warten mußte, bis die Marquise ihre Zufriedenheit ausgedrückt hatte.

Endlich hörte die Schere auf zu klappern. Sie spürte, wie die geübten Hände von Monsieur Guillaume sie kämmten und kleine Löckchen auf ihrer Stirn formten und die Haare am Hinterkopf geschickt aufsteckten. Dann war ihre neue Frisur fertig.

Die Marquise klatschte entzückt in die Hände.

»Sieh dir das an, Camilla! Ich schwöre, du wirst dich nicht wiedererkennen.«

Langsam öffnete Camilla die Augen und blickte ihr Ebenbild an. Das konnte unmöglich sie selbst sein, dieses Mädchen mit dem vollendet geformten, kleinen Kopf auf einem schlanken, weißen Hals, dessen Haar ihr Gesicht mit zarten Löckchen umrahmte. Die Lockenbüschel auf dem Hinterkopf waren von einem goldenen Band zusammengehalten.

Nervös lächelte Camilla ihr Spiegelbild an. Die Marquise und Monsieur Guillaume strahlten.

Schließlich sagte Camilla schüchtern: »Sie haben mich wirklich hübsch gemacht. Es ist wie ein Wunder.«

»Hübsch?« wiederholte die Marquise vorwurfsvoll. »Du bist schön, mein Kind. Du wirst das schönste Mädchen von ganz London sein, dessen mußt du dir immer bewußt sein.«

Bescheiden bedankte sich Camilla bei Monsieur Guillaume, der unerschüttert anordnete: »Sie werden jeden Morgen in meinen Salon kommen, Comtesse, damit ich *les petits arrangements* machen kann, je nach Ihren Plänen für den Tag.«

Das Dinner wurde um neun Uhr abends bei Kerzenlicht in dem riesigen Speisesaal serviert, in dem manchmal hundert Gäste empfangen wurden.

»Das Gaslicht ist zu ungemütlich, wenn wir nur zu dritt speisen. Aber bei Kerzenlicht ist es hier romantisch und heimelig.«

Das war es in der Tat. Das sanfte Licht flackerte auf dem schimmernden Silber und dem kostbaren Kristall. Camilla war sehr müde. Der Tag hatte eine so große Veränderung gebracht, die alle ihre mädchenhaften Träume in den Schatten stellte.

Die Marquise riß Camilla aus ihren Gedanken, als sie sagte: »Leider wird es morgen ziemlich still hier sein, Chérie. Selbst Monsieur Paul kann seine bezaubernden Toiletten nicht vor dem übernächsten Tag fertigstellen, und du darfst dich in diesem gewöhnlichen, blauen Kleid wirklich nirgends blicken lassen.«

»Dann...« begann Camilla zögernd, denn sie scheute sich, um eine Gunst zu bitten, »...dann darf ich vielleicht Mrs. Fernaby besuchen, die meine Mutter gepflegt und mich mit solcher Sorgfalt erzogen hat? Ich würde ihr gern erzählen, wie gut Sie zu mir sind, und wie sehr sich mein Schicksal durch Sie gewendet hat. Ich werde ganz heimlich durch den Hintereingang hinausschlüpfen. Mama wohnt im East End, in Cheapside. Es ist kaum drei Meilen zu Fuß von hier.«

Der Marquis und die Marquise tauschten Blicke aus. Ihr reizender Schützling besaß ein warmes, treues Herz, was äußerst selten war.

»Du gehst natürlich nicht zu Fuß, Camilla«, sagte der Marquis. »Du nimmst meine Kutsche und bringst diese ›Mama‹ hierher. Wir möchten ihr danken, findest du nicht, meine Liebe?«

Die Marquise hob eine Augenbraue, dann lächelte sie. Ihr de Fouchet war so ungestüm! Aber ja, sie schuldeten dieser Frau großen Dank. An Camilla gewandt, sagte sie: »Bitte lehne dich während der Fahrt in der Kutsche zurück. Ich möchte nicht, daß man dich in der Öffentlichkeit in diesem bourgeoisen Aufzug sieht.«

Camilla strahlte. »Das will ich gern tun. Aber es würde Mama erschrecken, wenn ich zu sehr verändert bei ihr auftauchen würde. Deshalb werde ich auch meine Haube aufsetzen. Sie hat sich immer mit meinen Haaren so viel Mühe gegeben.«

Camilla wählte ihre Besuchszeit sorgfältig. Wenn das Glück sie begünstigte, wäre Thomas Fernaby am Spätnachmittag bei einem Hahnenkampf oder einer Bärenhatz, und dann würde er ihre Kutsche nicht bemerken.

Aber sie hatte kein Glück, Mr. Fernaby war in cholerischer Stimmung. Der reiche, junge Stutzer, Sir Caspar Randal, bedrängte ihn jeden Abend, er möge endlich die ›Perle‹ vorzeigen, wie er seine verschwommene Vision von Camilla nannte. Ja, er drohte ihm sogar, daß seine wertvollen, neuen Kunden anderswo ihr Vergnügen suchen würden, wenn sie nicht bald auftauchte.

Als Camilla leise durch die Hintertür eintrat, schrie er gerade auf seine eingeschüchterte Frau ein.

»Du hast dieses verhätschelte Mädchen versteckt, und ich verlange, daß du sie wieder herholst, oder es geht dir schlecht. Ich breche dir jeden einzelnen Knochen...«

»Nein, Mr. Fernaby, das werden Sie nicht tun«, sagte Camilla bestimmt und betrat die Küche. »Endlich kann ich Ihnen sagen, wie sehr ich Sie verabscheue, wie sehr ich Sie verachte.«

Sie wandte sich an die verwirrte Mrs. Fernaby, während Thomas mit offenem Mund dastand und sein umnebelter Geist ihn im Stich ließ.

»Nimm deine Haube und dein Tuch, Mama, ich bin gekommen, um dich zu einem Besuch abzuholen.«

Ihre neue Umgebung und das Bewußtsein, daß sie unter ihrer bescheidenen Haube eine modische Frisur verbarg, hatte Camilla eine ungewohnte Autorität verliehen. Sie sprach im Tonfall einer Aristokratin.

»Außerdem, Mr. Fernaby, wenn Sie es je noch einmal wagen sollten, die Hand an Ihre Frau zu legen, werde ich sie in Sicherheit bringen.«

Mrs. Fernaby war ebenso sprachlos wie ihr Mann, aber sie beeilte sich zu tun, was Camilla verlangte. Als das Mädchen sie zur Kutsche führte, polterte Mr. Fernaby durch die Taverne und sah zu, wie das vornehme Fahrzeug abfuhr.

Das Mädchen trat also großspurig auf, wie? Hatte einen reichen Stutzer gefunden und folglich vergessen, was sie ihrem liebenden Vater schuldete. Nun, er würde sehen.

Inzwischen erzählte Camilla Mrs. Fernaby, wie sich ihr Leben gewandelt hatte, wobei sie ihre immer noch zitternde Hand in der ihren hielt, während die Kutsche sie rasch aus Cheapside trug. Bald vergaß Mrs. Fernaby ihren Mann und ihr trostloses Leben, und sie empfand nur noch Freude und Dankbarkeit, denn ihre geliebte, kleine Camilla war endlich zu ihrem Recht gekommen.

Mrs. Fernaby bemühte sich, ihr ehrfürchtiges Erstaunen vor dem großen Haus zu verbergen, als Camilla sie in den großen Salon führte, wo der Marquis und seine Frau sie erwarteten. Sie gaben sich charmant und wußten, wie sie mit ihr umgehen mußten, damit sie sich wohl fühlte.

Camilla hatte schon in der Kutsche ihre Haube abgenommen und von Mrs. Fernaby Tränen gefürchtet, aber diese sagte nur: »Es steht dir ausgezeichnet, Camilla. Man erkennt dich kaum wieder. Und du wirst Kleider tragen, die zu dieser Frisur passen. Ich versichere dir, ganz London wird dir zu Füßen liegen, und das mit Recht.«

Jetzt saß Hannah Fernaby auf einem goldbrokatenen Sofa neben der Marquise und trank zum erstenmal in ihrem Leben Kaffee. Obwohl das Gespräch kurz war, war es doch herzlich. Und am Ende sagte die Marquise:

»Mrs. Fernaby, Sie haben der Familie de Courville einen großen Dienst erwiesen. Wir sind Ihnen zu großem Dank verpflichtet. Camilla spricht gewählt und ohne Akzent. Sie kann außerdem fließend lesen und schreiben. Das ist mir sehr recht, vor allem, weil es nicht selbstverständlich ist, da viele Eltern größeren Wert auf Handarbeiten und Klavierspiel legen.«

Der Besuch war ein Erfolg. Der Marquis bestand darauf, daß seine Kutsche Mrs. Fernaby wieder nach Hause brachte. Sie ließ in einiger Entfernung von der Taverne anhalten und erklärte, es sei klüger, unauffällig nach Hause zu kommen.

Zum erstenmal hatte Camilla den Mut, die pergamentenen Wangen ihrer beiden Wohltäter zu küssen, und beide waren gerührt.

»Bitte vergeben Sie mir die Freiheit«, sagte sie schüchtern, »aber Sie sind so gut zu Mama, weil sie so lieb zu mir ist.«

»Wir sind ganz deiner Meinung, mein Liebes«, sagte die Marquise. »Ich bezweifle, ob du ohne ihre liebende Fürsorge die junge Frau geworden wärst, die du jetzt bist.«

Am nächsten Morgen trafen die ersten Garderoben von Monsieur Paul ein. Camilla, die an ihrem ersten Tag im Hause Fouchet sehr schüchtern gewesen war, hatte nicht gewagt, die Marquise nach den Farben und Schnitten der Kleider zu befragen. Aber jetzt war sie begeistert. Die Farben entsprachen genau jenen, die sie selbst für sich ausgewählt hätte: Creme, helles Gold, zartes Grau, das in Silber und Grün überging. Und dies sei erst der Anfang, sagte die Marquise lächelnd. Die Gewänder für den Grand Ball sollten erst noch kommen.

»Aber in der Zwischenzeit haben wir noch viel zu tun, mein Kind. Du mußt lernen, dich anmutig zu bewegen und den Kopf hochzuhalten, wie es deinem Rang entspricht. Du wirst Anstandsunterricht bei Madame Suzanne nehmen.«

Die Marquise lachte. »*La pauvre,* sie ist in Wirklichkeit eine Mrs. Brown, aber französische Namen sind jetzt in London *en vougue,* und ihr Unterricht ist ausgezeichnet.«

Madame Suzanne! dachte Camilla ängstlich. Das war der Name, den Augusta Monford an jenem Tag erwähnt hatte, als sie allein in das Geschäft gekommen war, um Camillas Rat bezüglich ihres Aussehens einzuholen. Ihre Freude über ihr neues Leben wurde einen Augenblick gedämpft. Bei diesem Unterricht würde ihre erste wirkliche Probe stattfinden. Würde Miß Monford in der eleganten Garderobe einer Comtesse das Ladenmädchen wiedererkennen, mit dem sie sich etwas angefreundet hatte?

Aber dann machte sie sich Mut und bereitete sich sorgfältig auf die Herausforderung vor. Der Weg, der vor ihr lag, war mit möglichen Mißgeschicken gepflastert, aber war es wirklich so diskretierend, seinen Lebensunterhalt selbst verdient zu haben, ehe die Fouchets ihr zu Hilfe gekommen waren?

»Du wirst auch Tanzstunden nehmen«, fuhr die Marquise bestimmt fort.

Tanzstunden! Camillas Augen leuchteten auf, aber dann machte sie ein bekümmertes Gesicht. »Ist das nicht sehr schwierig?«

»Unsinn!« Die Marquise sprang wie ein junges Mädchen vom Stuhl auf und hob ihre Röcke ein wenig an, denn sie bevorzugte immer noch Gewänder, die an den Seiten auf kleine Reifen gestützt waren, streckte eine Schuhspitze vor und tanzte ein bezauberndes Menuett.

»*Voilà!* Das ist ein wenig altmodisch, aber in Frankreich war es mein Lieblingstanz. Und denke daran, Chérie, all die galanten jungen Männer, die mit dir tanzen werden, haben selten Geschick dazu. Das viele Reiten macht die Engländer leider untauglich für die zarteren Künste.«

Camilla lachte, und ihre Angst war teilweise gebannt. Sie dachte an Sir Michael und war sicher, daß er auf einem Ball Aufsehen erregen würde.

Laut sagte sie: »Ich will mein möglichstes tun, um Ihnen zu gefallen, Marquise. Ich habe mir immer gewünscht, tanzen zu können und durch einen großen Ballsaal zu schweben.«

»Jetzt darfst du es. Nur sollst du es nicht mir zuliebe tun, Kind, sondern um dem stolzen Titel, den du trägst, Ehre zu machen, und um würdig in die Fußstapfen deiner Großmutter zu treten.«

Der Marquis war eingetreten und hatte die letzten Worte mitangehört. »Ich versichere auch, sie war die göttlichste Tänzerin, die ich in meinem ganzen Leben gesehen habe.«

Ein Anflug von Wehmut lag in seinen alten Augen.

Als Camilla sie verlassen hatte, tippte ihm die Marquise leicht mit dem Fächer auf den Arm.

»Es ist ein Jammer, daß dich die *belle* Claudette nie geliebt hat, mein armer, alter de Fouchet.«

Ihr Tonfall war amüsiert und mitfühlend. »Du bist ein Träumer, mein Guter, aber ein liebenswürdiger.«

Er tätschelte ihre Hand und erwiderte galant. »Du vergißt, daß ich dich damals noch nicht gekannt habe, Michelle, und die erste Liebe eines Mannes vergöttert er immer als ein unerreichbares Ziel.«

Am nächsten Morgen betrachtete sich Camilla prüfend in dem großen Drehspiegel, den man in ihr Zimmer gestellt hatte. Sie tat es nicht bewundernd, aber sie war zufrieden mit dem Wandel, der mit ihr stattgefunden hatte. Doch genügte das?

Das neue Kleid aus rotbrauner, geriffelter Seide im Empirestil betonte ihre schlanke Figur so, wie sie es noch nie an sich gesehen hatte. Nach Monsieur Guillaumes morgendlicher Beschäftigung mit ihrer Frisur schimmerten ihre dunkelgoldenen Locken unter einem kleinen Samthut, den sie keck auf dem Kopf trug und dessen zwei schöne Reihenfedern ihr bis zum Nacken herunterfielen. Da der Morgen warm war, benötigte sie nur noch ihre langen, weichen Glacéhandschuhe, die ihr bis zu den Ellenbogen reichten, und das hübsche Goldlamé-Handtäschchen, das an einer goldenen Kette an ihrem Handgelenk hing.

»Ich glaube, es wird Augusta schwerfallen, mich mit ›Miß Castle‹ anzureden.« Sie sagte die Worte laut, um sich selbst Mut zuzusprechen.

Madame Suzannes Anstandsunterricht für junge Damen fand in einem großen, kahlen Raum in der Dover Street in Mayfair statt, der abends für musikalische Rezitationsabende und dramatische Monologe benutzt wurde. Außer einem Klavier und Notenständern bestand die einzige Möblierung aus Stühlen, die die Wände säumten, und Stapeln von schweren Büchern, die Madame selbst mitgebracht hatte.

An diesem Morgen versammelten sich fünfzehn junge Mädchen, darunter Camilla und Augusta Monford. Sie war eindeutig schlanker geworden, wie Camilla zu ihrer Freude bemerkte. Als Augustas Blick auf ihr ruhte, drückte er Bewunderung, aber nicht Wiederkennen aus.

Madame Suzanne befahl ihnen allen, Hüte und Handschuhe abzulegen. Dann legte sie jedem Mädchen ein schweres Buch waagrecht auf den Kopf und schlug mit einem Stock den Takt auf den Fußboden, wobei sie kommandierte:

»Gehen! Die Köpfe hoch! Bilden Sie einen Kreis! Nach rechts gehen! Jeden Fuß gleichmäßig vor den anderen setzen! Eins, zwei, drei, vier, fünf – Miß Tremyine, Lady Dufney, Ihre Bücher fallen gleich herunter – sechs, sieben – Miß Monford, schlurfen Sie nicht – und ausschreiten...«

Nachdem sie endlos im Kreis gegangen waren, wurden ihnen die Bücher nicht etwa abgenommen, sondern Madame Suzanne befahl:

»Jetzt werden Sie mit hocherhobenem Kopf Knickse einüben! Zuerst zwei Schritte nach links und hinunter – dann zwei Schritte nach rechts und wiederholen!«

Daraufhin plumpsten etliche Bücher auf den Boden. Madame Suzanne trat neben jede einzelne Missetäterin und erteilte mit ihrem Stock Rügen.

»Das ist gut, Comtesse, ausgezeichnet! Aber das genügt nicht, Miß Monford! Sie haben Ihre Knie kaum gebeugt. Üben Sie und bewegen Sie sich anmutiger.«

Augusta warf Camilla einen flehentlichen Blick zu, die mühelos in einer einzigen Bewegung herab- und wieder hinaufglitt.

Da Camilla Augustas Unsicherheit kannte, fragte sie Madame Suzanne: »Darf ich mit Miß Monford zusammen üben, Madame? Vielleicht kann ich ihr ein wenig helfen?«

Von da an probten sie alle Übungen zusammen, und als der Unterricht beendet war, sagte Augusta:

»Comtesse, wie kann ich Ihnen danken? Ich bin sicher, ich hätte es nie allein geschafft, und Mama würde sich meinetwegen schämen.«

»Das wird sie nicht tun«, sagte Camilla herzlich. »Wenn es Ihnen hilft, frage ich die Marquise de Fouchet, bei der ich während dieser Saison in Carlton Terrace wohne, ob ich Sie zu uns zum Kaffee einladen darf. Dann können wir vor dem nächsten Unterricht noch einmal die Übungen durchgehen.«

Außer sich vor Freude, ergriff Augusta ihre Hand. Sie hatten Freundschaft geschlossen, und Camilla hatte ihre schwierigste Hürde genommen.

Noch am selben Nachmittag hatte Camilla ihre erste Tanzstunde. Mr. Mainwaring war darüber erhaben, ein französisches Pseudonym zu tragen und so seinen Ruf aufzupolieren.

Er war der beste Tanzmeister in England und zog es vor, jeden Schüler einzeln in seinem Heim zu unterrichten. Dadurch hatten sie eine halbe Stunde seiner ungeteilten Aufmerksamkeit und seiner fachmännischen Partnerschaft. Sein

Honorar war exorbitant, aber jede Mutter einer Debütantin bezahlte gern schon allein für das Privileg.

Er brachte einen Pianisten mit, denn wenn in einem Haus kein Klavier stand, war es seiner Aufmerksamkeit nicht würdig. Im Hause de Fouchet zeigte er sich sehr zufrieden. Die Marquise besaß ein großes Musikzimmer, in dem sie Soireen abhielt. Als die Diener das Mobiliar an die Wand gestellt hatten, entstand ein Tanzparkett, das sogar Mr. Mainwaring zufriedenstellte, denn er erklärte:

»Perfekt, Madame la Marquise, absolut perfekt.«

Camilla war nervös. Sich korrekt zu benehmen, fiel ihr leicht, denn das hatte sie schon in Cheapside als Kind gelernt. Aber Tanzen – dieses magische Portal zum Erfolg erschreckte sie.

Nach einem prüfenden Blick auf die junge Comtesse verfiel Mr. Mainwaring ihrem Charme. Unter seiner Anleitung würde sie unzweifelhaft die Schönheit der Saison werden. Bei vielen Mädchen hatte er seine Zweifel. Aber dieses Juwel hier würde sein Erfolg werden. Dafür würde er sorgen.

Er begann die Unterrichtsstunde auf eine ungewöhnliche Art. Er führte Camilla zu einem Stuhl und rief seinem Begleiter zu: »Spielen Sie alle modischen Tänze, damit sich die junge Dame in die Rhythmen einhört.«

Der Pianist gehorchte überrascht.

Allmählich bemerkte Camilla, daß ihre Füße den Takt zur Musik schlugen, und ihr Wunsch, sich zu den mitreißenden Walzern, Polkas und Galliarden zu bewegen, wurde immer stärker. Plötzlich führte sie Mr. Mainwaring auf das Parkett, und sie tanzten nebeneinander, bis sie mühelos seinen Schritten folgte. Dann legte er leicht eine Hand um ihre Taille, und der eigentliche Tanz begann.

»Das ist wirklich ein herrliches Gefühl!« rief sie.

»Ihre Partner können sich glücklich schätzen, Comtesse. Aber ich werde Sie bei Ihrer nächsten Stunde ein wenig härter herannehmen.«

So vergingen die Tage, und unmerklich wuchs Camillas Selbstvertrauen. Sie war die Comtesse de Courville, und ihre Furcht, daß dies angezweifelt werden könnte, schwand.

Aber ebenso wichtig war es, daß sie mit den jungen Damen bei Madame Suzanne Freundschaft schloß, besonders mit Augusta Monford, deren Bewunderung für sie grenzenlos war.

Eines Morgens sagte Augusta schüchtern:

»Mama sagt, ich darf Sie zu uns zum Tee einladen, Comtesse. Werden Sie kommen?«

Eine Sekunde lang glaubte Camilla, der Boden würde unter ihren Füßen nachgeben – sie wurde in Sir Michaels Haus in der Curzon Street eingeladen! Sie würde, auch wenn er nicht zugegen war, das Interieur des Hauses sehen, die Einrichtung, die Schätze, mit denen er zu leben sich entschieden hatte, und sie würde sich ihn dort im Geiste vorstellen.

»Das ist sehr freundlich von Ihnen«, brachte sie gepreßt heraus.

»Bitte, nennen Sie mich Augusta. Ich möchte so gern, daß wir Freundinnen werden, und ›Miß Monford‹ klingt so steif.«

»Sehr gern, wenn Sie mich einfach Camilla nennen. Ein Titel kommt mir ein wenig absurd vor, wenn man noch so jung ist.« Sie lachte insgeheim über sich selbst, denn einen Titel zu besitzen, war der Höhepunkt ihrer Träume gewesen, und jetzt war sie in der Lage, ihn absurd zu nennen.

Augusta errötete vor Freude. »Wenn Sie es nicht für anmaßend halten«, bekannte sie leise, »ich habe Sie schon die ganze Zeit im stillen Camilla genannt. Es ist ein so hübscher Name. Ich werde Mama bitten, noch heute den Diener mit einer formellen Einladung zu schicken.«

Als Camille der Marquise von der bevorstehenden Einladung erzählte, klopfte ihr diese zufrieden auf die Schulter. »Es ist gut, Chérie, daß du Freundschaften schließt. Aber heute nachmittag möchte ich, daß du direkt nach der Tanzstunde dieses bezaubernde Cremeseidene von Monsieur Paul annziehst. Ich habe einen ganz besonderen Gast, den du kennenlernen sollst. Sie kann dir während der Saison nützlicher sein als ich.«

»Wer ist es?« fragte Camilla begierig.

»Mrs. Fitzherbert.«

»Mrs. Fitzherbert? Doch nicht etwa...« Alle Gerüchte, die sie in Maison Castle gehört hatte, kamen Camilla in den Sinn, und sie wußte nicht, was sie davon halten sollte.

Ärgerlich ließ die Marquise ihren kleinen Fächer aufschnappen, der immer an einer schwarzen Seidenkordel an ihrem Handgelenk hing, und gab mit einer ungeduldigen Handbewegung ihrem Unmut Ausdruck.

»Denk bitte daran, Camilla, du bist kein Kind mehr. Außerdem will ich in diesem Haus keine üblen Gerüchte oder anderen unangenehmen Klatsch hören, wenn du von einer meiner geschätztesten Freundinnen sprichst. Mrs. Fitzherbert ist die treue Gefährtin Seiner Königlichen Hoheit, und es wäre eine große Ehre, wenn sie deine Gönnerin werden würde. Vielleicht bekommst du eine persönliche Einladung zum Königlichen Ball im Carlton House.«

»Ich wollte Sie nicht kränken«, stammelte Camilla zerknirscht.

Die Marquise lächelte und schloß den Fächer wieder.

»Gut, Chérie, komme bitte um vier Uhr in den Salon und benimm dich tadellos. Du bist charmant, und ich möchte, daß meine Freundin den allerbesten Eindruck von dir bekommt.«

»Sie sind sehr freundlich.«

Camilla hielt es für klüger, keine weiteren Unmutsäußerungen hervorzurufen und die hundert Fragen, die ihr über die vornehme Besucherin auf der Seele brannten, nicht zu stellen.

Nach der Tanzstunde eilte sie sofort in ihr Zimmer, denn

es blieb ihr nur eine knappe Stunde, um sich auf diesen einflußreichen Besuch vorzubereiten.

Die Marquise hatte diesmal ihre eigene französische Zofe beauftragt, der jungen Comtesse beim Ankleiden behilflich zu sein. Deshalb war Camillas Cremeseidenes bereits hergerichtet und die dazu passenden Schuhe. Marie kümmerte sich auch um ihre Frisur, und fünf Minuten vor vier sagte sie:

»Es ist Zeit hinunterzugehen, Comtesse.«

Camilla war übermäßig nervös. Dies war die erste Prüfung, der die Marquise sie aussetzte, und bei ihrer angeborenen Ehrfurcht vor dem Könighaus war es äußerst furchteinflößend.

Als es in der Halle vier Uhr schlug, betrat Camilla den Salon und machte ihren schönsten Knicks, ehe sie vorgestellt wurde.

Mrs. Fitzherbert war alles andere als die *femme fatale,* die der Klatsch aus ihr gemacht hatte. Camilla stand vor einer freundlichen, korpulenten Dame mit mindestens zwei Doppelkinnen. Sie war in dunkelblaue Seide gekleidet, und auf den üppigen, ergrauenden Locken saß ein Hut, der größer war, als es die Mode verlangte. Ihre Juwelen allein schon bewiesen ihren inoffiziellen Status als Favoritin des Hofes.

Camilla fiel es schwer, sie nicht mit offenem Mund anzustarren. Die Halskette aus Diamanten und Rubinen an ihrem dicken Hals funkelte, und die schweren Ringe an ihren gedrungenen Händen rivalisierten mit ihrem Feuer.

Die Marquise stellte Camilla vor, die wieder in einen Knicks versank, ehe sie mit ihrer melodiösen Stimme sagte:

»Es ist mir eine Ehre, Madame.«

›Madame‹ war die übliche Anrede für die königliche Prinzessin, und Camilla hatte damit Mrs. Fitzherbert sofort für sich gewonnen.

Sie klopfte auf das Sofa neben sich, und Camilla setzte sich aufrecht und doch bescheiden neben sie, während Mrs. Fitzherbert sie durch ein juwelenbesetztes Lorgnon eingehend musterte.

Von da an wurde nichts mehr von Camilla verlangt. Nachdem Mrs. Fitzherbert ihr ungeteiltes Lob über die junge Comtesse ausgedrückt hatte, unterhielt sie sich mit der Marquise so, als wäre Camilla gar nicht anwesend.

Ungläubig hörte Camilla zu, wie über ihre Vorzüge gesprochen wurde und über die Pläne für ihr aufsehenerregendes Debüt. Als Mrs. Fitzherbert die Tasse chinesischen Tee ausgetrunken hatte, den die Marquise servierte – denn der Prinz liebte alles Chinesische, angefangen von den Möbeln über Kunstgegenstände bis zum Tee –, klopfte sie Camilla liebevoll auf den Arm.

»Prinny wird Sie mögen, mein Kind.« Sie lachte mit wohlklingender, voller Stimme. »Er kann nie genug hübsche Gesichter um sich sehen, und Sie sind außergewöhnlich hübsch, mein Kind. O ja, Sie werden das Idol von London werden und von Brighton, denn Sie müssen uns dort unbedingt besuchen kommen.«

Nach dieser feierlichen Rede stand sie auf und verabschiedete sich.

Camilla blieb wie benommen zurück. Nun schienen all die goldenen Tore nicht mehr nur in ihren Träumen, sondern auch in Wirklichkeit vor ihr aufzugehen.

Siebentes Kapitel

Während der drei Tage, ehe Camilla zum Tee zu Lady Monford und Augusta in die Curzon Street ging, wurde sie mit vielen Einladungen überschüttet, die livrierte Diener brachten und in denen um die Ehre des Besuchs des Marquis und der Marquise de Fouchet und der Comtesse de Courville gebeten wurde.

Die Marquise war sehr zufrieden.

»Es ist großartig, Chérie!« rief sie aus. »Die Kotillons werden deine Tanzkünste verbessern, und bei den Soireen wirst du alle jungen Herren der Gesellschaft kennenlernen. Die Musik ist zwar gewöhnlich langweilig, aber was will man machen. Ich fürchte, de Fouchet wird uns nicht oft begleiten. Er haßt große Gesellschaften, aber das spielt keine Rolle.«

Es beunruhigte Camilla, daß sie den Marquis außer zu den Mahlzeiten nur selten sah, und sie fürchtete, daß ihre Anwesenheit ihn vielleicht aus dem Gleichmaß gebracht haben könnte.

Eines Nachmittags klopfte sie schüchtern an seine Bibliothekstür. Er stand sofort aus seinem tiefen Ledersessel auf und hieß sie erfreut willkommen. Er schob sowohl ihre Dankesbezeugungen als auch ihre Entschuldigung beseite, als sie erwähnte, daß sie so viel Unruhe in sein Haus gebracht habe.

»Aber mein liebes Kind, deine Ankunft hat mir und meiner Frau nur Freude gebracht. Ich habe jetzt vor meiner geliebten Frau kein schlechtes Gewissen mehr, denn schon seit vielen Jahren sitze ich lieber still zwischen meinen Büchern. Ich bin zu alt für die endlosen Vergnügungen der Gesellschaft, doch ich konnte natürlich die Marquise nicht im Stich lassen. Deshalb habe ich ihr zuliebe die gesellschaftlichen Pflichten auf mich genommen.«

Camilla bemerkte, daß der Brief ihrer Großmutter offen auf seinem Schreibtisch lag, die teure Reliquie seiner Jugendliebe. Aber sie ahnte, daß sie nicht in seine Erinnerungen eindringen durfte. Deshalb bat sie ihn auch nicht, die Zeilen ihrer Großmutter für sie zu übersetzen. Sie war froh, daß sie ihn aufgesucht hatte, denn nun war ihr Gewissen beruhigt.

Camilla war nervös, als die Kutsche sie zur Curzon Street brachte. Sie fragte sich, ob Sir Michael wohl zu Hause sei. Aber allein schon stilgerecht vor seinem Haus vorzufahren, war für sie wie ein Wunder. Als sie die breite Eingangstreppe hinaufschritt, sah sie kurz zu der Ecke hinüber, wo sie so oft gestanden hatte, um einen Blick auf ihn werfen zu können.

Die Haustür wurde geöffnet, und ein Butler führte sie durch eine große Halle, an deren Wänden Jagdtrophäen hingen, in einen bezaubernden, kleinen Salon, der offensichtlich Lady Monfords persönlicher Bereich war.

Lady Monford erwartete sie mit Augusta und hieß sie lächelnd willkommen.

»Ich freue mich, Sie kennenzulernen, Comtesse. Augusta spricht von früh bis spät von Ihnen. Wie ich höre, haben Sie ihr sehr geholfen, und ich bin Ihnen dankbar dafür.«

»Sie ist mir eine liebe Freundin geworden, Lady Monford«, sagte Camilla. »Ich bin entzückt über ihre Gesellschaft.«

»Sie sind übrigens nicht die erste, die mir hilft, Camilla«, lachte Augusta fröhlich. »Die andere war ein sehr schönes Mädchen, das in Maison Castle bediente.« Sie sah ihre Freundin aufmerksam an. »Sie hat eine leichte Ähnlichkeit mit Ihnen. Aber natürlich kommt sie an Ihre Schönheit nicht heran!« fügte sie rasch hinzu.

Lieber Gott, hoffentlich denkt Sir Michael das gleiche, betete Camilla.

Dann gingen die beiden Mädchen zusammen die Einladungen durch, die Augusta erhalten hatte. Sie hatte sie stolz auf dem Kaminsims ausgebreitet, und beide stellten erfreut fest, daß viele davon auch an Camilla gegangen waren.

»Ich werde jede einzelne Einladung genießen«, sagte Augusta eifrig. »Obwohl ich zugeben muß, daß die Kotillons mich ängstigen. Aber Mama hat meinem Bruder das Versprechen abgenommen, mich hin und wieder auf Bälle zu begleiten.« Sie lachte glücklich. »Er wird eine große Stütze für mich sein, aber leider neckt er mich immer, weil ich so miserabel tanze.«

»Unsinn«, unterbrach Lady Monford, »während deiner

letzten Tanzstunde hast du es sehr gut gemacht. Mr. Mainwaring hat es selbst gesagt.«

»Ach der«, meinte ihre Tochter abschätzig, »er ist alt. Die jungen Männer sind es, die mich unsicher machen.«

»Die Marquise sagt, daß nur die wenigsten von ihnen gut tanzen können«, erklärte Camilla lachend. »Wir müssen sie nur mit unseren Augen und den schönen Ballkleidern betören, während sie uns auf den Zehenspitzen herumtrampeln.«

Der Tee wurde gebracht, und während Lady Monford einschenkte, sagte sie:

»Für meinen Sohn Michael trifft das nicht zu. Ich habe mir große Mühe gegeben, daß er mit achtzehn Jahren gute Manieren hatte. Ich werde Sie ihm bei Lady Carlington vorstellen. Ihre Abendgesellschaften sind immer ganz reizend.«

Der Besuch war ein voller Erfolg. Lady Monford war von der neuen Freundin ihrer Tochter sehr eingenommen.

Als Camilla nach Hause kam, traf sie Mrs. Fitzherbert mit der Marquise ins Gespräch vertieft an. Sie streckte Camilla die Hand hin und bedeutete ihr, sich neben sie zu setzen.

»Ich habe ein Komplott für Sie geschmiedet«, sagte sie lachend. »Ich bestehe darauf, bei Ihrem Debüt eine große Rolle zu spielen. Deshalb haben wir eine List der vornehmen jungen Herren für Sie zusammengestellt, mein Kind. Ich werde persönlich dafür sorgen, daß sie Ihnen vorgestellt werden. Soireen langweilen mich, aber Kotillons habe ich sehr gern, und da Prinny immer noch in Bath zur Kur weilt, was ich persönlich verabscheue, habe ich abends nur wenige Verpflichtungen. Nun hören Sie zu«, fuhr sie eifrig fort. »Der junge Herzog von Walsford ist der Begehrteste. Er ist reich und besitzt den imposanten Walsford-Palace in Surrey. Er hat auch ein angenehmes Äußeres, obwohl ich zugeben muß, daß er ein wenig langweilig ist. Aber ich schwöre, das werden Sie bald ändern. Dann kommt...«

Camilla hörte wie betäubt Namen um Namen, verbunden

mit ihren Vermögen, Titeln und Zukunftsaussichten. Nur Sir Michael wurde nicht genannt.

Schließlich fragte sie zögernd: »Ich war eben bei Lady Monford zum Tee. Sie möchte mich ihrem Sohn, Sir Michael, vorstellen. Steht er nicht auf Ihrer Liste?«

Mrs. Fitzherbert lachte vergnügt. »Michael Monford? Mein liebes Kind, er hat ein Herz aus Stein. Er ist achtundzwanzig Jahre alt geworden, ohne daß er je den Kopf verloren hätte. Er treibt die Mütter zur Verzweiflung, denn man weiß, daß sich ihre Töchter aus Liebe zu ihm verzehren. Comtesse, ich zweifle daran, ob selbst Ihre außergewöhnliche Schönheit diese Bastion fällen kann.«

Camillas Herz schlug vor Freude schneller. Sir Michael, ihre große, heimliche Liebe, hatte noch nie geliebt! Sicher konnte sie, wenn sie sich kennenlernten, seine Gleichgültigkeit durch die bloße Stärke ihrer eigenen Liebe ins Wanken bringen.

Inzwischen hatte Monsieur Paul zwölf kostbare Ballroben abgeliefert und einige bescheidenere Kleider für Soireen.

Camilla verbrachte einen ganzen glücklichen Nachmittag damit, sie nacheinander anzuziehen und sie der Marquise vorzuführen. Am Ende erklärte diese:

»Mein guter Monsieur Paul hat sich wirklich selbst übertroffen. Ich werde ihm sagen lassen, daß ich äußerst zufrieden bin.« Sie dachte einen Augenblick nach. »Ja, das Weißgoldene, auf dem das stolze Emblem der *Fleur de lis* aufgestickt ist, werden wir für den königlichen Ball reservieren.«

»Aber wir haben dafür noch gar keine Einladung erhalten.«

Die Marquise winkte ab. »Mein Kind, solch eine Einladung ist ein königlicher Befehl und wird immer erst einen oder zwei Tage vorher erlassen. Und doch sagen alle Mitglieder der Gesellschaft ihre anderweitigen Verabredungen für diesen Abend ab, um dabei zu sein. Ich gebe zu, es ist manchmal sehr unangenehm, aber es wäre unverzeihlich, wenn man ablehnen würde.«

Camilla bereitete sich sorgfältig auf ihre ersten beiden öffentlichen Auftritte in der Gesellschaft vor. Es waren zwei musikalische Soireen. Sie konnten, wie die Marquise sagte, ein wenig ermüdend sein. Augusta und Lady Monford waren ebenfalls eingeladen, und die beiden jungen Mädchen, besonders die reizvolle junge Comtesse, zogen während der Pausen, in denen Erfrischungen und Champagner gereicht wurden, die Aufmerksamkeit auf sich.

Am ersten Abend lernte Camilla den Herzog von Walsford kennen, und trotz seines imposanten römischen Profils strich sie ihn von ihrer Liste, weil seine Eröffnungsrede lautete:

»Äh, Comtesse, interessieren Sie sich für Keiler?«

Camilla riß verblüfft ihre großen grauen Augen auf.

»Ich meine Schweine. Sie müssen wissen, ich züchte sie in Walsford, und sie sind bei Gott faszinierende Tiere. Ich wäre entzückt, wenn Sie meine neuen Ställe einmal besichtigen würden.«

Höflich erklärte Camilla, daß die gesellschaftlichen Pflichten ihr dafür nicht genügend Zeit ließen. Daraufhin schwand sofort sein Interesse an ihr, und sie war frei, sich einer anderen Gruppe zuzugesellen.

Wenn doch nur Sir Michael anwesend wäre, dachte sie.

Das traf vier Abende später ein. Camilla und Augusta besuchten einander nun gegenseitig ohne Formalitäten, da beide Familien ihre Verbindung billigten.

Augusta war aufgeregt. »Ich soll zu Lady Carlingtons Kotillon ein blaues Kleid tragen. Es ist ganz bezaubernd. Welche Farbe hat Ihr Kleid? Unsere Farben dürfen sich auf keinen Fall beißen.«

»Die Marquise trifft für mich die Wahl, aber blau wird es gewiß nicht sein, denn ich besitze gar kein blaues Kleid.«

»Sie sind so schön, Camilla, aber bitte, bitte zeigen Sie sich von Ihrer besten Seite, denn mein Bruder wird mitkommen.« Augusta hielt inne und murmelte dann mit rotem

Kopf: »Sie sind eine so liebe Freundin, und ich würde Sie mir gern zur Schwägerin wünschen. Ist das sehr anmaßend? Ich versichere Ihnen, daß Michael wirklich ein begehrenswerter Mann ist. Ich weiß, er ist nur ein Baronet, und Sie werden einmal einen Prinzen heiraten wollen. Deshalb sind meine Hoffnungen närrisch.«

»Keineswegs!« Camilla errötete nun ihrerseits. »Ich mache mir nichts aus Rang und Namen, und ich werde nur aus Liebe heiraten.«

Wenn Augusta wüßte, daß ihr Bruder derjenige war, dem sie schon ihr Herz geschenkt hatte! Aber sie durfte niemals Mrs. Fitzherberts Warnung vergessen, daß Sir Michael sich nicht von einem hübschen Gesicht allein betören ließ.

An jenem Nachmittag wartete sie ungeduldig, bis die Marquise ihr Abendkleid ausgewählt hatte. Zwar waren alle schön, aber Camilla hatte doch gewisse Vorlieben, und schließlich fiel die Wahl auf eines ihrer Lieblingskleider – ein hellgoldenes, das zu ihrem leuchtenden Haar und ihren strahlenden Augen paßte. Sie hatte dazu eine Halskette aus Gold und Bernstein angelegt, und ihre Samtschuhe schmückten Bernsteinrosetten.

Die Marquise trug violetten Samt und eine Diamantenhalskette mit drei Reihen dazu passender Perlen.

Als sie in der Kutsche saßen und zu Lady Carlingtons Haus fuhren, sagte die Marquise:

»Aber Kind, du zitterst ja. Du brauchst dich nicht zu fürchten. Du kannst gut tanzen und hast nach erst zwei Soireen schon zwei Verehrer. Heute abend wirst du noch mehr gewinnen, das versichere ich dir.«

Aber Camilla kam es nur auf einen an. Daß sie von Lord Datchet und Sir Edward Simmons Blumen erhalten hatte, war erfreulich, und doch erinnerte sich Camilla kaum noch an ihre Gesichter. Sie hatten mit ihrer nichtssagenden, affektierten Konversation keinen Eindruck auf sie gemacht.

Zu ihrer Beruhigung stand Mrs. Fitzherbert neben Lady

Carlington, als die Gäste eintrafen. Der Rahmen für ihre erste Begegnung mit Sir Michael war so ideal, wie es Camilla sich nur wünschen konnte. Das Regency House, das der berühmte Architekt Nash gebaut hatte, besaß hohe Decken, große Fenster und der verspielte Stuck in Creme und Gold im Grand Salon war fast ganz hinter den großen Blumenarrangements aus Kamelien, Nelken und Rosen verborgen.

Ein Orchester spielte bereits zum Empfang der Gäste einige Stücke von Mozart, und Lady Carlingtons Begrüßung war die Herzlichkeit selbst.

Als die Marquise Camilla vorstellte, sagte Mrs. Fitzherbert leise zu ihrer Gastgeberin: »Hier sehen Sie die Schönheit der Saison.«

Lady Carlington streckte zur Begrüßung beide Hände aus. »Marquise, wie charmant von Ihnen, Comtesse de Courville mitzubringen! Ich sehe, man hat ihre Schönheit nicht übertrieben.« Und an Camilla gewandt: »Ich schätze mich sehr glücklich, Comtesse, denn Sie werden meinen bescheidenen Abend sehr bereichern.«

Die Marquise führte sie in den Grand Salon, wo schon mehrere Gäste anwesend waren. Camilla überflog rasch die Gesichter auf der Suche nach den Monfords und bemerkte dabei, daß sie selbst eingehend gemustert wurde. Dann stockte ihr der Atem. Ein großer, blonder junger Mann sah sie offen an und hob eine Augenbraue, als bemühe er sich, herauszufinden, woher er sie kannte.

Es war Sir Caspar Randal, dessen lüsternes Gesicht sich ebenso unauslöschlich in ihr Gedächtnis eingebrannt hatte wie das edle Antlitz von Sir Michael.

Aus irgendeinem Grund hatte sie nie daran gedacht, daß sie auch ihm auf den Gesellschaften begegnen könnte, da er vorzugsweise Tavernen und Bordelle besuchte, mit denen sie glücklicherweise nichts mehr zu tun hatte. Und jetzt war er hier! Sie dachte fieberhaft darüber nach, wie sie es vermeiden konnte, mit ihm tanzen zu müssen. Die Erinnerung daran, wie seine gierigen Hände sie lüstern gepackt hatten, konnte sie niemals vergessen.

Zum Glück stand die Marquise neben ihr und sagte:

»Camilla, laß deine Tanzkarte jetzt noch nicht ausfüllen. Es kommen noch mehr Gäste.«

Nach ein paar Augenblicken schlenderte Sir Caspar auf sie zu und sprach die Marquise in einem affektierten Tonfall an:

»Marquise de Fouchet, erlauben Sie mir, mich Ihnen vorzustellen. Sir Caspar Randal, zu Ihren Diensten. Dürfte ich um das Vergnügen eines Tanzes mit Ihrer Tochter bitten?«

Die Marquise fand ihn nicht unsympathisch, aber sie verabscheute Affektiertheiten und sagte deshalb: »Leider ist die Comtesse de Courville nicht meine Tochter, Sir Caspar, sondern nur mein Mündel. Ich habe sie eben gebeten, ihre Karte noch nicht ausfüllen zu lassen, denn wir erwarten viele Freunde.«

Es war eine höfliche Abweisung. Camilla brachte ein kleines, frostiges Lächeln zustande, das ihn halb davon überzeugte, daß sie aus der Nähe besehen doch nicht ganz so aussah wie die Dirne in der Taverne. Es blieb ihm nichts anderes übrig, als wegzugehen.

Camilla atmete erleichtert auf, und dann schlug ihr Herz wie rasend, denn unter den Neuankömmlingen hörte sie deutlich die Stimme von Augusta. Er war da!

Mrs. Fitzherbert kam mit einigen Gästen auf sie zu, darunter den Monfords. Während Camilla Augusta und ihre Mutter begrüßte, versuchte sie, die stattliche Gestalt Sir Michaels nicht anzusehen, denn schließlich war er für sie ein Fremder. Sie ließ sich ihm von Mrs. Fitzherbert vorstellen, in deren Stimme eine Spur von Amüsement lag, die Camilla daran erinnern sollte, daß dies der unerreichbare junge Mann mit dem Herzen aus Stein war.

Camilla hob ihre großen, leuchtenden Augen, als er sich über ihre Hand beugte und sich dann zu seiner vollen Größe aufrichtete und sie anlächelte. Sein Blick verweilte ein wenig irritiert auf ihrem Gesicht, und ihr Herz schlug noch rascher. Erinnerte er sich an sie?

Der Augenblick schien eine Ewigkeit zu dauern, aber als er sie ansprach, klang seine Stimme so tief und warm, wie sie sie in Erinnerung hatte.

»Ich bin entzückt, Comtesse. Und wenigstens diesmal hat meine kleine Schwester die Schönheit ihrer Freundin nicht übertrieben.«

Camilla errötete und schämte sich, daß sie den Blick nicht senken konnte, wie es die Bescheidenheit vorgeschrieben hätte, denn ihn so nahe zu haben und ein so charmantes Kompliment von ihm zu hören, das war der Stoff, aus dem ihre Träume waren.

Er sah in seinem königsblauen Samtrock hervorragend aus. Der hohe Kragen und die Weste waren silbern bestickt. Dazu trug er weiße Hosen und Silberschnallen an den Schuhen.

»Sie sind sehr freundlich, Sir Michael«, erwiderte Camilla anmutig. »Es ist für mich, wie für Augusta, der erste Kotillon, und ich gestehe, daß ich ein wenig aufgeregt bin.« Sie lächelte ihn spitzbübisch an. »Unser Tanzmeister gab sich große Mühe, aber in der Öffentlichkeit zu tanzen, ist wie eine Schicksalsprüfung.«

»Dann erlauben Sie mir bitte, mich für den zweiten Tanz vorzumerken.«

Er nahm ihre Karte, die an einer goldseidenen Kordel an ihrem Handgelenk hing, und stellte fest, daß sie noch leer war.

»Ich kann nicht glauben, daß die jungen Männer so zurückhaltend waren?«

»Die Marquise hat mir verboten, Vormerkungen anzunehmen, bis alle Gäste eingetroffen sind«, sagte Camilla. »Aber ich glaube, jetzt sind alle anwesend.«

»Dann lassen Sie mich verwegen sein und um einen weiteren Tanz bitten. Den sechsten? Sie werden mir dann erzählen, wie es Ihnen gefällt. Ich habe Augusta versprochen, mit ihr den ersten Walzer zu tanzen. Sie hat mehr Grund, aufgeregt zu sein, als Sie, das versichere ich Ihnen.«

Seine Unterschrift neben den Zahlen war klar und energisch, und Camilla versuchte, ruhig zu bleiben, denn um einen Tanz mit ihm hatte sie gebeten. Und nun schenkte er ihr zwei!

»Sie sind sehr liebenswürdig, Sir Michael«, sagte sie. »Aber ich verspreche Ihnen, Sie von Ihrem zweiten Tanz zu entbinden, wenn es sich herausstellen sollte, daß ich zu unbeholfen tanze.«

Nur mit ungeheurer Anstrengung wandte sie sich von ihm ab, um sich weiteren jungen Männern vorstellen zu lassen, die jetzt um einen Tanz mit der schönen Fremden baten.

Sir Caspar Randal entging nichts davon. Nach ein paar Minuten trat er wieder neben sie, um seine Bitte für einen Tanz zu wiederholen, denn die Comtesse ähnelte seiner Meinung nach zu sehr der Dirne aus der Taverne, nach der er sich so leidenschaftlich verzehrte. Zum Glück konnte Camilla nun eine volle Karte vorweisen.

Mit scheinbar ehrlichem Bedauern sagte sie: »Ich fürchte, ich bin belagert worden, Sir. Vielleicht ein anderes Mal?«

In diesem Augenblick kam ihr erster Tanzpartner, um sie auf das Parkett zu führen.

Sir Caspar Randal fühlte sich zurückgestoßen, und da er nachtragend war, hatte Camilla sich unwissentlich einen gefährlichen Feind gemacht.

Camilla stellte zu ihrer Freude fest, daß sie völlig ungezwungen tanzen konnte, und ihre Nervosität legte sich.

Als Sir Michael leicht ihre Taille umfaßte, fürchtete sie sich nicht mehr vor der raschen Polka und fand bestätigt, was Lady Monford gesagt hatte, daß er ein ausgezeichneter Tänzer war. Es war ein Tanz, der wenig Konversation erlaubte, aber ihre Blicke trafen sich immer wieder, und am Ende sagte er:

»Ihr Tanztalent kommt Ihrer Schönheit gleich, Comtesse.«

Sie schwebte im siebenten Himmel, bis er sie wieder zum Tanz holte. Diesmal war es ein intimer Walzer.

»Sie sind Französin, wie ich höre. Aber Sie werden die englische Gesellschaft sicher nicht viel anders finden, als Ihre eigene. Jedenfalls werden Sie unsere Saison sehr bereichern.«

»Ich kann leider keine Vergleiche ziehen, Sir Michael, da ich nie in meinem Heimatland gelebt habe. Die Revolution hat die Courvilles aller ihrer Besitztümer beraubt, und ich bin hier in der Abgeschiedenheit aufgewachsen, bis der Marquis und die Marquise de Fouchet mich als ihr Mündel aufgenommen haben. Sie sind alte Freunde meiner Familie.«

Seine nächsten Worte zerstörten ihre Hoffnungen, daß er sie mehr nach seinem Geschmack finden möge, als die anderen jungen Damen. »Ich sehe, Sie haben an diesem Abend schon eine Menge Eroberungen gemacht. Zweifellos werden wir in wenigen Monaten auf Ihrer Hochzeit tanzen.«

Danach konnte Camilla beobachten, wie er sich anderen Tanzpartnerinnen gegenüber verhielt, nämlich dann, wenn sich das Gespräch mit ihren eigenen Partnern als langweilig erwies und deren Tanzkünste mangelhaft waren. Es tröstete sie allerdings keineswegs. Bei jeder war sein Lächeln freundlich und seine Aufmerksamkeit ungeteilt. Sir Michael war einfach zu gut erzogen, und so sehr sie es auch wünschte, mehr konnte sie der Freundlichkeit, die er ihr entgegenbrachte, nicht entnehmen.

Auf der Heimfahrt in der Kutsche faßte die Marquise ihre Begeisterung in Worte:

»Chérie, ich muß dich beglückwünschen. Du hast meine Hoffnungen mehr als erfüllt. Zwei junge Pairs und die meisten der begehrenswertesten jungen Männer haben dich umschwärmt.« Sie lachte. »Ich bin sicher, daß unser Nachmittagskaffee von deinen Verehrern überschwemmt werden wird.«

Es war ein schaler Triumph. Und nachdem Camilla wie es sich gehörte, ihre Dankbarkeit ausgedrückt hatte, verschloß sie sich in ihr Zimmer und weinte unglücklich.

Am nächsten Morgen besuchte Augusta aufgeregt ihre Freundin.

»Camilla, wie finden Sie meinen Bruder? Ist er nicht der herrlichste Mann von London? Als wir nach Hause kamen, hat er mich nach Ihnen ausgefragt. Er behauptet, Sie erinnern ihn an ein Gemälde.«

Oder an ein einfaches Mädchen in einer Taverne, dachte Camilla traurig. Sie war immer noch niedergeschlagen. Hatte sie nicht zweimal in den Armen des Mannes, den sie liebte, getanzt? Und doch schien sie keinen stärkeren Eindruck hinterlassen zu haben, als all die anderen hübschen Mädchen.

Glücklich erzählte Augusta von ihren eigenen, kleinen Erfolgen. »Sir Christopher Stanwell und Mr. Edwards, den ich sehr nett finde, haben um die Erlaubnis gefragt, mich besuchen zu dürfen. Und ob Sie es glauben oder nicht, Michael hat mir versprochen, mich nun öfter auf Gesellschaften zu begleiten. Bitte sagen Sie mir, finden Sie ihn nicht wenigstens ein klein wenig attraktiver als die anderen Männer?«

»Er ist in der Tat sehr stattlich«, versicherte ihr Camilla wahrheitsgemäß, fügte aber kläglich hinzu: »Ich fürchte, Mrs. Fitzherbert hat recht. Er läßt sich von den jungen Damen nicht beeindrucken. Vielleicht ist er zu sehr mit seinen Studien beschäftigt und mit seinen Pferden.«

Augusta lachte. »Unsinn, Camilla! Er hat doch zugegeben, daß Sie sehr schön sind. Mama war ganz aus dem Häuschen, als er dies gestern abend erwähnte.«

Bei diesem kleinen Hoffnungsschimmer meldete sich Camillas natürliche Fröhlichkeit wieder. Wenn er seiner Schwester versprochen hatte, sie während der Saison häufiger zu begleiten, würde sie ihn regelmäßig sehen.

Um sich seiner Gesellschaft würdiger zu erweisen, suchte Camilla den Marquis de Fouchet in seiner Bibliothek auf und fragte ihn, ob sie einige seiner Kunstbücher ausleihen und sich außerdem über Musik und Dichtkunst informieren dürfe.

Der alte Herr war begeistert. »Mein liebes Kind, dann teilen Sie meine Interessen, wenn Sie die Zeit dazu haben? Meine Frau sagte mir, daß Sie ein großer Erfolg und sehr begehrt sind, aber Wissen ist dauerhafter.«

So kam es, daß Camilla oft in der Bibliothek saß und das Studieren der Bücher ihre Lieblingsbeschäftigung wurde. Wenn sie das nächste Mal Sir Michael wiedersah, würde außerdem ihr Gesprächsstoff vielseitiger geworden sein. Besonders Kunstbücher fesselten sie.

Eine Woche lang sah sie Michael weder bei Soireen noch auf Bällen. Augusta erklärte ihr, er sei auf dem Land, um einen jungen Hengst einzureiten.

Inzwischen bestätigte sich die Voraussage der Marquise, und jeden Nachmittag erschienen um fünf Uhr höfliche, junge Herren in Carlton Terrace. Aber keiner weckte in Camilla irgendwelche tieferen Gefühle. Doch die Konversation lehrte sie viel über den gesellschaftlichen Umgang und trug dazu bei, daß sie selbst sicherer wurde.

Dann kam Sir Michael nach London zurück. Er hielt sein Versprechen, Augusta auf Gesellschaften zu begleiten. Aber er war nicht darauf aus, sich mehr als einmal während eines Abends mit Camilla zu unterhalten.

Augusta hatte ihre eigenen Vorstellungen und Wünsche und stellte sich Camilla nicht nur als Freundin vor, sondern als künftige Verwandte. Sie berichtete ihr eines Tages über Beobachtungen, die sie aufmerksam verfolgt hatte. »Camilla, ich glaube, mein Bruder fürchtet sich vor Ihnen«, begann sie nachdenklich.

»Was für ein Unsinn, Augusta«, wehrte Camilla ab. »Ich bin doch nicht furchterregend, und außerdem ist Ihr Bruder kein Feigling.«

Augusta sah sie vielsagend an. »Nein, ich meine, er fürchtet sich davor, daß er sich in Sie verlieben könnte. Sie sind für jeden Tanz ausgebucht, aber ich nicht, und deshalb kann ich ihn beobachten. Er verfolgt Sie ständig mit seinen Blikken, wenn Sie tanzen. Sie machen sich keinen Begriff davon.«

Ein leichtes Zittern überlief Camilla. »Aber diese Blicke sollen doch vermutlich Abneigung ausdrücken?« fragte sie.

»Wer hat je gehört, daß verhangene Blicke Abneigung ausdrücken? Sie selbst machen sich nichts aus ihm!«

Camilla wußte, daß sie Augusta vertrauen konnte, und plötzlich hatte sie das überwältigende Bedürfnis, über ihre wahren Gefühle zu sprechen.

»Augusta, natürlich mache ich mir etwas aus ihm. In Wirklichkeit bringt er mich zur Verzweiflung, weil er mir anscheinend aus dem Weg geht. Ich... ich habe mich in ihn verliebt, als ich ihn einmal ausreiten sah!«

Dies war nur die halbe Wahrheit, denn selbst Augusta gegenüber wagte sie es nicht, über ihren Platz an der Ecke der Curzon Street zu sprechen.

»Offen gestanden, ich habe in letzter Zeit viel in der Bibliothek des Marquis studiert, um mich mit Michael anspruchsvoller unterhalten zu können, aber er gibt mir gar keine Gelegenheit dazu.«

Augustas Augen leuchteten vor Freude. »Ja, Sie lieben ihn wirklich, das spüre ich. Kommen Sie, wir denken uns etwas aus, wie ihr beide euch miteinander aussprechen könnt. Vielleicht bei uns zu Hause?«

Camilla war entsetzt. »Auf gar keinen Fall, Augusta«, erklärte sie heftig. »Wenn Sie mit Ihrer Vermutung recht haben, daß er sich davor fürchtet, sich in mich zu verlieben, wäre es das Schlimmste, was wir tun könnten! Ihm meine Gesellschaft aufzudrängen! Nein, Augusta, Sie meinen es gut, das weiß ich, aber mein Instinkt sagt mir, daß man Männern niemals nachlaufen darf.«

Augusta schluckte enttäuscht. »Daran habe ich nicht gedacht«, gab sie kleinlaut zu. »Es wäre wirklich nicht gut, weil Michael jahrelang von Mädchen schamlos verfolgt wurde und sie für Dummköpfe hält. Und doch möchte ich so gern Ihre Liebe fördern, Camilla.«

»Dann behalten Sie das Geheimnis für sich und lassen Sie die Dinge ihren Lauf nehmen, meine Gute.« Camilla war gerührt über Augustas Mitgefühl. »Die rechte Zeit wird kommen, ich bin ganz sicher.«

Und sie kam in der Tat schon am nächsten Abend. Beide Familien waren zu einer Soiree bei der Herzogin von Wentworth eingeladen. Sie war eine enge Freundin von Lady Monford und gleichzeitig Sir Michaels Patentante. Deshalb konnte er die Einladung nicht abschlagen. Außerdem besaß die Herzogin einen vorzüglichen Geschmack und hatte ein berühmtes Quintett engagiert, das die Gäste unterhalten sollte.

Vielleicht hatte Augusta ein wenig die Hand im Spiel, es war nicht deutlich erkennbar, aber als die Monfords ihre Plätze einnahmen, wurden Camilla und die Marquise zufällig neben sie gesetzt. Entzückt stellte Camilla fest, daß Sir Michael neben ihr Platz nahm. Er begrüßte sie mit einem charmanten Lächeln.

Das Programm war Mozart gewidmet, dessen Biographie, die jetzt kurz nach seinem Tod veröffentlicht worden war, sie bereits gelesen hatte. Und sie beschloß, die Gelegenheit zu nützen.

Aus seinem Applaus schloß sie, daß Mozart sein Lieblingskomponist sein mußte. Mit leuchtenden Augen wandte sie sich an ihn:

»Er hat eine herrliche Musik geschrieben, und es macht mich immer traurig, wenn ich daran denke, wie jung er gestorben ist. Und dazu noch in tiefer Armut. Welch wunderbare Werke hätte er mit seinem Genius noch schreiben können.«

Diesmal war Sir Michael überrascht. Camilla de Courville war also nicht nur unbeschreiblich schön, sondern sie besaß dazu noch Geist, den zu prüfen er sich bis jetzt gescheut hatte, falls er sich als oberflächlich herausstellen sollte.

»Ich sehe, wir teilen zumindest ein Interessengebiet. Haben Sie schon viele Stücke von Mozart gehört?«

»Nicht annähernd genug«, antwortete sie bedauernd. »Ich würde sehr gern seine Opern hören, die wunderschön sein sollen.«

»Das werden Sie«, versprach er enthusiastisch. »Ich bin eigens nach Deutschland gereist, um die ›Hochzeit des Figaro‹ zu sehen, und ich will mich darum bemühen, daß sie hier in London aufgeführt wird. Ich will dem Prinzen selbst den Plan vorlegen, denn wenn er interessiert ist, wird die Gesellschaft vielleicht ihre falsche Prüderie ablegen. Das Thema ist zwar in der Tat riskant, aber was spielt das bei der herrlichen Musik für eine Rolle?«

Als die Musiker wieder zu spielen begannen, lebte neue Hoffnung in ihr auf. Ihre Studien waren also nicht umsonst gewesen, auch wenn sie nach so kurzer Zeit noch in den Kinderschuhen steckten. Sie betete darum, daß sich bald eine Möglichkeit ergeben möge, über Malerei zu sprechen. Die Bücher des Marquis waren voll herrlicher Illustrationen, und von allen Gesprächsthemen war ihr dies das liebste.

Die Zurückhaltung Sir Michaels war plötzlich wie weggeblasen, und er schenkte ihr während des restlichen Abends seine volle Aufmerksamkeit. Er brachte ihr in den langen Pausen Erfrischungen und Champagner, und sie sprachen über Bach und Beethoven, wobei er ihr unwissentlich kostbare Informationen gab, die es Camilla ermöglichten, ihre eigenen Bemerkungen darauf abzustimmen.

Beim nächsten Ball trug sich Sir Michael nicht nur für einen, sondern für drei Tänze in ihre Karte ein. Camilla lenkte das Gespräch geschickt auf die Malerei, denn sie waren in einem Haus zu Gast, das für die alten Meister, die an allen Wänden hingen, berühmt war.

Sir Michael wagte kaum, an sein Glück zu glauben. War es möglich, daß er sein Traumbild gefunden hatte, die vollkommene Schönheit, verbunden mit Intelligenz?

Er dachte nicht mehr an Camillas leichte Ähnlichkeit mit dem Tavernenmädchen, bis er zufällig in White's Club Sir Caspar Randal traf.

Sir Michael wäre ihm gern aus dem Weg gegangen, aber Sir Caspar verhinderte dies. Die Zurückweisung der Comtesse hatte seinen niederen Geist geweckt.

»Ah, Monford, es scheint, daß unsere Schönheit Sie bevorzugt. Ist Ihnen noch nicht aufgefallen, wie sehr sie der Edelhure in der ›Crown‹ ähnelt? Sie könnten Zwillingsschwestern sein. Der Unterschied ist nur der, daß unsere berühmte Schönheit geziert und arrogant ist, was mich zu Tode langweilt.« Sein Blick wurde stechend. »Ich steige ihr nicht nach, weil ich ja jeden Abend die berückenden Reize ihres Doubles genießen kann. Weshalb probieren Sie es nicht selbst?« höhnte er.

Sir Michael fand die ganze Angelegenheit abstoßend. »Ich besuche keine Bordelle«, erwiderte er eisig und drehte sich um. Er versuchte, die unangenehme Begegnung sofort zu vergessen.

Sir Caspar Randal beherrschte mühsam seinen Haß und die Eifersucht auf Monfords gutes Aussehen, seinen Charme und enormen Reichtum. Und jetzt besaß er zu alledem auch noch die Aufmerksamkeit der Comtesse de Courville, die Randals Blut in Wallung brachte, wie es bisher noch keine Frau getan hatte.

Der Wunsch, sie zu besitzen, war zu einer fixen Idee in seinem verdorbenen Geist geworden. Schon der bloße Gedanke daran, daß ausgerechnet Monford diesen lieblichen Mund küssen und ihren schlanken Körper umfassen durfte, war ihm unerträglich. Er suchte nach Mitteln und Wegen, seinen Rivalen aus dem Feld zu schlagen, und er faßte seinen Entschluß.

Noch am selben Abend wollte er zur Taverne hinausfahren, den stets betrunkenen Thomas Fernaby beiseite nehmen und dieser niederträchtigen Seele eine Menge Gold anbieten für die Information, die er brauchte. Er zweifelte keinen Augenblick daran, daß die ›Comtesse‹, wie er sie im Geiste verächtlich nannte, und die Dirne im Bordell ein- und dieselbe Person waren. Wenn er das beweisen konnte, würde er die tödliche Waffe in der Hand halten, um sie beide auseinanderzubringen. Denn wenn er, Randal, sie nicht haben konnte, sollte auch Sir Michael sie niemals besitzen.

Achtes Kapitel

Neue Hoffnung lebte in Camilla auf, und sie war in Hochstimmung. Sir Michael suchte bei jeder Gelegenheit ihre Gesellschaft und war offensichtlich entzückt davon, sich mit ihr zu unterhalten und mit ihr zu tanzen. Er hatte seine Zurückhaltung abgelegt, und wenn sie über eines seiner Lieblingsthemen sprachen, klang seine Begeisterung fast überschwenglich.

Camilla nahm sein waches Interesse natürlich wahr und verbrachte jeden Morgen mehrere Stunden in der Bibliothek des Marquis, um ihre Kenntnisse zu mehren.

Die enger werdende Verbindung zwischen beiden blieb nicht unbemerkt, und die Gastgeberinnen lächelten wissend und nickten beifällig. Einige hartnäckige Verehrerinnen schworen, sie würden den Verlust für die übrige Weiblichkeit nicht überleben, aber Jugend ist bekanntlich flexibel. Als es feststand, daß Sir Michael sich nur mit der reizenden Comtesse befaßte, wandten sie sich schließlich achselzukkend anderen Verehrern zu. In dieser Saison gab es noch viele attraktive junge Männer.

Sir Caspar Randal begnügte sich damit, aus der Ferne zu beobachten. Sein Lächeln glich eher dem Ausdruck eines satten Raubtiers, denn er besaß das Mittel, die romantischen Träume der beiden zu zerstören.

Er hatte gewartet, bis der letzte Gast der Taverne gegangen war. Dann hatte er vier Goldmünzen vor den betrunkenen Wirt gelegt und gesagt:

»Aber die müssen Sie sich verdienen, Fernaby. Ich lege noch eine dazu, wenn Sie mir die Auskunft geben, die ich haben möchte. Ich will die ganze Wahrheit über die junge Schönheit wissen, die kürzlich in die Gesellschaft eingeführt wurde und sich Camilla, Comtesse de Courville, nennt. Ich will verdammt sein, wenn sie nicht das Ebenbild Ihrer hübschen Edelhure ist, die meine Avancen zurückgewiesen hat. Ist das nicht komisch, Fernaby? Nun reißen Sie sich zusammen, Mann, ich möchte die Wahrheit hören!«

Thomas Fernaby konzentrierte sich mit einiger Mühe auf die schimmernden Guineas, die vor ihm lagen.

»Comtesse, eh?« Er spuckte auf den Fußboden. »Ich will Ihnen von dieser feinen Dame erzählen, Sir.«

Er legte vorsichtshalber seine große Hand auf das Geld. Dann sprudelte die ganze Geschichte aus ihm heraus, verbrämt mit Bitterkeit über die Widerspenstigkeit des Mädchens gegen den ›armen, alten Vater‹ und ihre grausame Undankbarkeit.

Sir Caspar Randal sog alles begierig in sich auf. Er unterbrach Fernabys Redefluß nicht. Dieser verfluchte am Ende Camilla mit den bösartigsten Worten, die ihm einfielen und schloß:

»Bringen Sie diese feine ›Comtesse‹ nur hierher. Ich schlage sie tot!«

»Ich glaube nicht, daß das notwendig sein wird«, sagte Sir

Caspar ruhig. Er legte eine zusätzliche Guinea auf die Theke, denn er hatte für sein Geld wirklich viel bekommen.

»Ich denke mir eine grausamere Bestrafung für sie aus. Sie wird daran zu Grunde gehen, darauf können Sie sich verlassen.«

Camilla ahnte nichts von dem Damokles-Schwert, das über ihr hing. Sie bemerkte Sir Caspars gelegentliche Anwesenheit bei den verschiedenen Gesellschaften kaum.

Augusta war überglücklich. »Camilla, Michael wird sich Ihnen in Kürze erklären.« Sie strahlte. »Er ist zu Hause völlig geistesabwesend und hört kaum zu, wenn Mama oder ich ihn anreden. Er hat sich sehr verändert.«

Camilla lächelte. »Nur keine Eile, Augusta. Die Saison hat ja kaum begonnen.«

Die gesellschaftlichen Ereignisse waren in vollem Gange. Mrs. Fitzherbert kam eines Nachmittags zu Besuch. Ihr freundliches Gesicht strahlte vor Erregung.

»Meine liebe, liebe Marquise. Seine Königliche Hoheit ist nach London zurückgekehrt. Ist das nicht eine frohe Botschaft? Ich bin so glücklich wie ein junges Mädchen, das sich eben verliebt hat. Und ich habe noch eine Neuigkeit, ich bringe Ihnen die Einladung persönlich.«

Sie zog einen höchst eindrucksvollen Briefumschlag, auf dem das königliche Wappen in Gold prangte, aus ihrem Muff. Auch die goldgeränderte Karte, die viel größer als jede andere gewöhnliche Einladung war, trug das königliche Wappen.

Camilla hielt die Karte ehrfürchtig in der Hand. Es war die Einladung zum königlichen Grand Ball, und unter den Namen des Marquis und der Marquise stand ihr eigener – Comtesse de Courville.

Ungestüm beugte sich Camilla zu Mrs. Fitzherbert herab und küßte ihre volle Wange. Ihre Augen leuchteten vor Freude.

»Meine liebe Mrs. Fitzherbert, ich bin so glücklich, daß Sie meinen Namen hinzugefügt haben. Der Ball wird das größte Erlebnis meines Lebens sein. Ich bin jetzt schon aufgeregt.«

Mrs. Fitzherbert und die Marquise lachten.

»Unsinn, meine Liebe. Ich werde die Gastgeberin sein, und Sie werden feststellen, daß mein Prinny höchst gnädig ist. Ich selbst werde Sie ihm vorstellen. Er wird Sie kritisch mit seinem Monokel betrachten – das viele ein wenig einschüchternd finden –, aber er tut das nur, damit er Sie besser sehen kann. Ich habe ihm schon gesagt, daß Sie die Schönheit des Balles sein werden und eine Bereicherung für die ganze Saison.«

Camilla errötete über die Komplimente und stammelte nochmals ihren Dank.

Um den Tag zu krönen, kam wenig später Augusta mit der Neuigkeit, daß auch alle Monfords eingeladen worden waren.

»Und Sie werden so schön aussehen und die königliche Gunst genießen, daß Michael gar nichts anderes übrigbleibt, als hingerissen zu sein.«

Camilla sah sie liebevoll an.

»Was für eine wunderbare Freundin Sie doch sind, Augusta. Ich glaube wirklich, Sie sind frei von jeglichem Neid. Aber auch Sie sind schön, das wissen Sie. Ich möchte nicht, daß unsere Verbindung einseitig ist. Erzählen Sie mir, welchen Ihrer Verehrer ziehen Sie am meisten vor? Sie haben mir so viel geholfen, daß auch ich Ihnen gerne helfen würde.«

Augusta blickte bescheiden zu Boden, lächelte dabei aber verschwörerisch.

»Ehrlich gesagt, ich habe mein Herz an Mr. Edwards verloren. Mama erwartet natürlich von mir, daß ich einen Herzog heirate. Aber niemand könnte so sehr meinen Vorstellungen entsprechen wie Brent Edwards. Er ist amüsant und sympathisch, und im Gegensatz zu Michael verlangt er glücklicherweise von einer Frau nicht, daß sie intelligent ist.« Sie lachte übermütig. »Das Lernen langweilt mich zu Tode. Mr. Edwards hat ein schönes Haus in Chelsea und ist sehr wohlhabend, und deshalb hoffe ich, daß auch Mama ihre Einwilligung geben wird.«

»Ich bin sicher, daß sie das tun wird. Schließlich liebt sie Sie von ganzem Herzen und hat vor allem anderen Ihr Glück im Auge.«

»Ja, das hoffe ich, Camilla, und ich bete darum, daß auch er zum Ball kommt. Ich habe ein entzückendes Ballkleid. Ich komme mir darin wie eine Prinzessin vor. Es ist schneeweiß mit einem silbernen Blumenmuster bestickt, und ich wirke darin direkt schlank.«

An diesem Abend beim Kotillon sprachen alle über den königlichen Ball, und es schien, als ob alle Mädchen, die ihr Debüt machten, eine Einladung erhalten hätten.

Sir Michael forderte Camilla zu drei Tänzen auf, was nun allgemein ohne Murren akzeptiert wurde.

Während des ersten Tanzes neckte er sie.

»Ich bin sicher, Sie werden bei diesem Anlaß weit vornehmere Partner vorziehen als mich, Comtesse. Ich bin versucht, gar nicht auf den Ball zu gehen.«

Sie kannten sich inzwischen so gut, daß Camilla erwidern konnte: »Weshalb sollte ich einen Freund Fremden zuliebe ignorieren, Sir Michael?«

Er antwortete ernst: »Sie haben eine hohe Position inne, wie Sie wissen. Eine Comtesse rangiert nur knapp unter einer Herzogin. Außerdem werden zweifellos viele vornehme, französische Aristokraten anwesend sein, die mit Ihrer Familie freundschaftlich verbunden sind, und wie ich höre, neigen sie zu charmanten Schmeicheleien.«

Camilla lachte fröhlich. »Schmeicheleien? Glauben Sie mir, ich kann sie nicht ausstehen. Aber es wäre angenehm, Menschen kennenzulernen, die mit den Courvilles Verbindung hatten. Ich weiß so wenig von ihnen, weil ich in England aufgewachsen bin.«

Einen Augenblick lang glaubte sie, sie sei zu offen gewesen. Aber Sir Michael lächelte, und die Besorgnis war aus seinen dunklen Augen verschwunden.

»Dann darf ich um einen Tanz bitten?«

Sie blickte zu Boden. »Ich wäre sehr verletzt, wenn Sie es nicht tun würden.«

Sir Caspar Randal, der sie beobachtete, grinste boshaft. Der Augenblick seines Triumphes würde nun nicht mehr lange auf sich warten lassen. Es verschaffte ihm ein zusätzliches Gefühl der Macht, daß er es sich leisten konnte, Monford und die Comtesse ihre letzten gemeinsamen Abende ungestört genießen zu lassen.

Am Morgen des königlichen Balles war Monsieur Guillaume sehr beschäftigt, da die vornehmen Damen seine Dienste in Anspruch nahmen. Aber die Comtesse de Courville hatte vor allen anderen Vorrang. Er wußte so gut wie jedermann, daß sie bereits der Liebling von London war. Außerdem war es bei ihrem schönen Haar ein Vergnügen, sie zu frisieren. Er wandte sein ganzes Geschick an, arrangierte die kurzen, schimmernden Locken und Löckchen meisterhaft und befestigte eine kleine Lockenkrone auf ihrem Hinterkopf mit einem goldenen Band, auf dem in Weiß die französische *Fleur de lis* gestickt war, die die Marquise eigens bestellt hatte. Es paßte vorzüglich zu ihrem weißen Abendkleid mit den goldenen *Fleur de lis*.

Monsieur Paul selbst ließ sich an diesem Abend herab und zollte dem Ergebnis größten Beifall. Camilla war gerührt und zugleich amüsiert über seine Schmeicheleien und mußte dabei an Sir Michaels Worte denken. Sie sah hinreißend aus. Nur ein Schatten fiel auf den Abend, denn der Marquis klagte über zunehmende rheumatische Schmerzen und entschloß sich, zu Hause zu bleiben.

Aber auch diese Enttäuschung konnte ihre Erregung nicht dämpfen, als sie und die Marquise in die Kutsche stiegen, um die zweihundert Schritte zu dem hell erleuchteten Carlton House zu fahren.

Kostbare Kristallkronleuchter erstrahlten in allen Räumen. Der Baldachin, der zu den großen Türen führte, war aus königblauer Seide und goldgerändert.

Beide Kutschentüren wurden von zwei Dienern mit Perücken geöffnet. Die Röcke ihrer Livree waren mit dem königlichen Wappen bestickt.

Die Vornehmheit der Gäste übertraf alles, was Camilla bisher gesehen hatte. Einige ältere Damen hatten ihre weißen Perücken mit Reiherfedern und funkelnden Juwelen geschmückt. Sie trugen Roben aus seltenen Brokatstoffen, Samt und Taft, über kleinen Reifröcken, die die Marquise so liebte. An ihren Dekolletés und Armen glitzerten Smaragde Rubine und Diamanten.

Die Herren wetteiferten mit dieser Pracht. Viele trugen Röcke aus herrlichen Goldstoffen, schwerem Samt und kunstvoll gearbeitete, juwelenbesetzte Stickereien zur Schau und ihre Schuhe waren verziert mit Edelsteinschnallen.

Camilla fühlte sich daneben wie ein Bauernmädchen. Ihr Abendkleid war ihr in der Abgeschiedenheit ihres Zimmers großartig erschienen, aber gegen diesen Reichtum kam sie sich armselig vor. Da sie nicht eitel war, konnte sie nicht wissen, daß sich ihre jugendliche Schönheit wie eine kostbare Perle inmitten dieses Prunks heraushob.

Auch das Carlton House schüchterte sie ein. Der Prinzregent stellte seine Leidenschaft für die asiatische Kunst ebenso in seinem Londoner Haus zur Schau, wie er es in dem königlichen Pavillon in Brighton tat. Über der lebhaften Menschenmenge erkannte Camilla mit Ehrfurcht chinesische Tapisserien in zarten Pastellfarben mit gestickten, fragilen Figuren, die alle Wände der Empfangshalle bedeckten. Ein großer, bronzener Drache, der bis zur Decke reichte, wirkte beängstigend. Doch statt Flammen spie er Lotusblüten aus seinem Riesenmaul.

Inzwischen hatten Camilla und die Marquise die Gastgeber fast erreicht. Seine Königliche Hoheit war dicker, als es seiner Gesundheit guttat. Er beherrschte die Szene souverän. An seinem türkisfarbenen Samtrock schimmerten die gestickten Insignien, und in seinem diamantbesetzten Monokel reflektierten sich die Lichter, die ihn umgaben.

Neben ihm stand Mrs. Fitzherbert in purpurrotem Samt und mit einer schweren Kette aus blitzenden Diamanten und dunklen Amethysten um den Hals.

Als die Marquise und Camilla näher kamen, streckte sie ihnen beide Hände entgegen, während der Prinzregent sie nachsichtig ansah.

Sie wandte sich an ihn: »Bitte erlauben Sie mir, Ihnen meine liebste Freundin, die Marquise de Fouchet und ihr Mündel, die Comtesse de Courville, vorzustellen. Sie ist die Schönheit der Saison.«

Die Marquise machte einen tiefen Knicks, und Camilla folgte wie benommen ihrem Beispiel. Alles kam ihr so unwirklich vor. Sie, Camilla Fernaby, die sie so lange gewesen war, wurde vom höchsten Herrn Englands empfangen.

Mrs. Fitzherbert hatte die Nervosität des jungen Mädchens vorausgesehen. Deshalb ergriff sie ermutigend Camillas Hände und sagte zum Prinzregenten:

»Sehen Sie, Sire, ich habe Ihnen nicht zuviel versprochen, was unsere Schönheit, die Comtesse de Courville, anbetrifft.«

Seine Lippen kräuselten sich, als er das Mädchen durch sein Monokel musterte. Es kam ihr wie eine Ewigkeit vor, aber schließlich lächelte er beifällig.

»Sie sind in der Tat eine Schönheit, Comtesse. Ich nehme an, Sie haben dazu auch einen lebhaften Geist?«

Mit ihrem bezauberndsten Lächeln erwiderte Camilla: »Das zu beurteilen, liegt nicht an mir, Sire.«

Er strahlte: »Sie sind geistesgegenwärtig. Sie werden zweifellos eine ganze Menge Herzen brechen, und es wird Ihnen guttun, wenn Sie sie munter machen.« Er lachte. »Ich hoffe, Sie besuchen uns auch in Brighton.«

Man bemerkte die Gunst, die der Comtesse gewährt wurde, und sie stand im Mittelpunkt aller Blicke.

Die Marquise hielt den Atem an. Das Dekor war im spielerischen Rokokostil gehalten. Sie fand es ein wenig überladen, aber an Extravaganz war es unübertroffen.

Dann sah sie Sir Michael, noch ehe Augusta sie bemerkt hatte, und ihr Herz schlug heftiger. Er wirkte eleganter als alle anderen buntgekleideten Herren. Sein Rock und seine Hose waren aus schwarzem Samt. Weiße Seidenstrümpfe und schwarze Schuhe mit Schnallen aus purem Gold vervollständigten seinen Anzug. Sein hoher Kragen war goldgerändert, die Manschetten waren aus feinster Goldspitze, die auch sein Rüschenhemd unter einer steifen, weißen Halsbinde zierte. Sein schwarzes Haar war glatt gekämmt. Er stellte die Verkörperung aristokratischen guten Geschmacks dar.

Augusta eilte strahlend auf sie zu, und sie tauschten gegenseitig Komplimente. Doch Camilla überkamen plötzlich nagende Zweifel. War es möglich, daß sie das Herz eines so gutaussehenden, kultivierten Mannes gewinnen konnte? Sie blickte sich verstohlen im Ballsaal um, der sich jetzt mit jungen Mädchen füllte, die wesentlich hübscher und eleganter gekleidet waren als sie selbst.

Dann stand er neben ihr, und sein Lächeln und sein Blick drückten ehrliche, uneingeschränkte Bewunderung aus.

»Nachdem Sie vom Prinzregenten geehrt wurden, wage ich kaum, Sie um einen Tanz zu bitten, den Sie mir versprochen haben.«

Sie lächelte dankbar zu ihm auf und hielt ihm ihre Tanzkarte hin.

»Wie Sie sehen, Sir Michael, hoffe ich auf Sie, um an diesem großartigen Abend kein Mauerblümchen zu werden.«

Als er ihre Karte nahm, lag in seinen Augen der amüsierte Ausdruck, den sie so sehr an ihm liebte.

»Ich bin sicher, das werden Sie niemals sein. Sie sind nur klugerweise wählerisch gewesen. Die meisten jungen Mädchen sind viel zu begierig darauf, eine volle Karte vorzuzeigen. Als Emblem des Erfolges. Aber Sie sind klug, Mylady.«

Er schrieb in seiner kühnen Handschrift zweimal seinen Namen und einmal war es, wie sie mit Stolz bemerkte, der begehrte Tanz vor dem Abendessen, das höchste Kompliment, das man einer Frau machen konnte.

Als wäre dies ein Signal gewesen, wurde Camilla danach von den jungen Herren belagert. Die Neuigkeit über die wachsende Freundschaft zwischen der bildschönen Comtesse und dem jungen Monford hatte sich in der Gesellschaft herumgesprochen. Würde sie diejenige sein, die sein Herz gewann, nachdem es so vielen nicht gelungen war? Sie dachte an Sir Michaels Worte und reichte ihre Karte nicht sofort dem jeweiligen Bewerber, sondern behielt sie bei sich, musterte ihn rasch und nahm dann entweder an oder lehnte auf charmante Weise mit scheinbar aufrichtigem Bedauern ab, denn sie wollte niemanden verletzen.

Daß sie bis zum dritten Tanz auf Sir Michael warten mußte, bekümmerte sie nicht im geringsten. Ihr Glück war jetzt so groß, daß ihre Füße kaum den Boden berührten und sie selig über die Tanzfläche schwebte. Hatte Augusta recht? Würde sich ihr Bruder an diesem Abend erklären?

Seine königliche Hoheit und Mrs. Fitzherbert saßen in thronartigen Sesseln auf einem Podest in einem flachen Alkoven, der mit Rosen geschmückt war, und sie sahen zu, als Sir Michael zum erstenmal seine Hand um die schlanke, goldweiße Taille Camillas legte und sie zu einer Polka führte.

Er verzog das Gesicht zu einer Grimasse, und seine Augen lachten. »Das Schicksal ist wirklich ungerecht! Ich habe Sie mit seiner Hoheit einen Walzer tanzen sehen, dann mit diesem Dodswell, und jetzt, da meine Chance gekommen ist, sind wir gezwungen, wie Marionetten herumzuhüpfen.«

Camilla lachte glücklich, als sie anmutig die ganze Länge

des Ballsaals durchtanzten. »Vielleicht ist uns das Schicksal das nächste Mal günstiger gesonnen. Ich hoffe, der Tanz vor dem Essen wird nicht so hektisch sein.«

»Es wird wahrscheinlich ein Galopp sein, damit wir Appetit bekommen.«

Aber es kam anders. Der Kapellmeister wußte, daß die Herren zu diesem besonderen Tanz die Dame ihres Herzens wählten und stimmte einen langsamen Walzer an.

Zuerst schwieg Sir Michael. Dann sah er Camilla in die schimmernden grauen Augen und sagte leise:

»Ich weiß nicht, wie ich es ausdrücken soll. Glauben Sie mir, ich habe keine Erfahrung darin... aber, Comtesse Camilla, ich kann es nicht länger für mich behalten, sonst könnte mein Herz überfließen.« Er hielt inne, als stünde er am Rande eines Abgrunds. Sie sah ihn unverwandt an. Schließlich gelang es ihm fortzufahren: »Sie sind über die Maßen schön, und heute abend übertreffen Sie alles. Aber meine Gefühle für Sie gehen tiefer. Ich liebe Sie aus ganzem Herzen, und ich möchte Sie für immer an meiner Seite haben.«

Camilla empfand eine merkwürdige Schwäche. Sie lehnte sich einen Augenblick an ihn.

Besorgt fragte er: »Habe ich Sie gekränkt? Lege ich in unsere Freundschaft zu viel hinein?«

Sofort kehrte ihre Kraft zurück. Sie sah zu ihm auf, und ihre Augen gaben ihm die Antwort, noch ehe sie sprach.

»Sir Michael, Sie haben mich zur glücklichsten Frau der Welt gemacht. Ich war nur vor Freude überwältigt, das ist alles. Aber ich versichere Ihnen, daß mein Herz Ihnen gehört und Ihnen immer gehören wird.«

Seine Hand umfaßte ihre Taille fester, und einen Augenblick lehnte Camilla ihren Kopf an seine Schulter. Dies entging keiner der Damen, die auf den goldenen Stühlen saßen, und vor allem nicht Mrs. Fitzherbert.

Aber auch einem anderen Zuschauer war es nicht entgangen, Sir Caspar Randal, der zwischen verletztem Stolz, Begierde und Haß hin und her gerissen war, hatte jede Bewegung beobachtet, und sein heimliches Machtgefühl steigerte sich zum Triumph. Der Augenblick war gekommen, und obwohl er dem Champagner eifrig zugesprochen hatte, war er noch nicht betrunken. Nachdem er so lange gewartet hatte, um seine niederträchtige Rache an Monford zu nehmen, kam es ihm auf einige Minuten nicht an.

Als die Musik geendet hatte, verweilte Sir Michael länger als die anderen Tänzer auf der Tanzfläche, weil er den körperlichen Kontakt und die geistige Verbindung mit Camilla nicht abbrechen wollte, die sie in ihre eigene Welt versetzt hatten. Sie wären jetzt gern allein in einem stillen Garten gewesen, statt von plaudernden Gästen umringt zu sein, von denen jeder nur allzu bereit war, das höfliche Lächeln aufzugeben und maliziös über sie zu reden.

Aber das Protokoll verlangte, daß sie die Regeln befolgten. Camilla legte ihre Hand auf Sir Michaels Arm und wappnete sich gegen ein Heer neugieriger Blicke.

Denn ihrer beider Glück war nur allzu deutlich zu erkennen, als sie den großen Speisesaal betraten. Diener in der königlichen Livree eilten eifrig zwischen den Gästen hin und her und boten Delikatessen an: Schottischen Lachs in Aspik mit gewürzter Mayonnaise und Salat, kaltes Beaf, in Honig gerösteter Schinken von den königlichen Gütern, kalten Schweinskopf, geräucherte Forelle, Lammzungen in Kräutergelee.

Camilla war die unangefochtene Schönheit des Abends. Ihr weißgoldenes Ballkleid bildete einen idealen Kontrast zu Sir Michaels schwarzem Samtanzug. Als er sie durch den Saal führte, erhob sich unter einigen der Gäste spontaner Beifall, aber Camilla war zu glücklich, um es überhaupt wahrzunehmen. Sie schwebte wie auf Wolken.

Das strahlende Paar wurde zu einem Tisch geführt, an dem Augusta und Mr. Edwards saßen. Augusta hatte in weiser Voraussicht ihre Spitzenstola über die freien Stühle gelegt, und sie waren das glücklichste Quartett im ganzen Saal.

Man konnte unmöglich sagen, welches Mädchen mehr strahlte, denn beider Herzensangelegenheiten waren während des Tanzes geregelt worden.

Als die Herren das Essen auswählten und bestellten, drückte Camilla unter dem Tisch Augustas Hand und flüsterte ihrer Freundin zu:

»Meine Prophezeiungen haben sich erfüllt, Augusta. Sie sind bildschön geworden.«

Augusta errötete vor Freude und wisperte: »Mein Glück ist das Geheimnis. Aber auch Sie strahlen, und ich habe meinen Bruder noch nie so glücklich gesehen.«

Dann bewegte sich das Gespräch in konventionellen Bahnen, denn Sir Michaels Erziehung gebot ihm, *comme il faut* zu sein. Zuerst mußte er den Vormund Camillas offiziell um ihre Hand bitten, und erst danach durfte die frohe Neuigkeit publik gemacht werden.

Das Abendessen wurde auf dem berühmten Goldservice gereicht, und sie lachten viel und waren in Hochstimmung.

Sir Michael fragte sich sogar, weshalb er Brent Edwards immer so langweilig gefunden hatte, denn wenn er auch nicht gerade witzig war, so war er doch amüsant.

Sir Michael hob sein Champagnerglas, wandte sich an Camilla und legte seine schlanke Hand ohne Scheu auf die ihre. Er brachte einen wortlosen Toast auf sie aus.

Camilla erwiderte ihn mit einem zärtlichen Lächeln, als sie den ersten Schluck nahm.

Dann brachte eine hohe, gezierte Männerstimme, die ungewöhnlich laut und deutlich klang, von einem Tisch in der Nähe das fröhliche Geplauder zum Schweigen.

»Es ist wirklich erstaunlich, denn ich schwöre, daß unsere Schönheit, die Comtesse de Courville, wie sie sich unverfroren nennt, nur eine gewöhnliche Tavernendirne ist, die sich als Dame von Welt aufspielt. Diese unverschämte Person ist eine Hochstaplerin! Als ich ihr zum erstenmal begegnete, trug sie Dienstbotenkleider und schmückte sich noch nicht mit fremden Federn. Ich spreche die Wahrheit! Ich habe sie vor etwa zwei Monaten im Bordell der ›Crown-Taverne‹ in Cheapside kennengelernt, als sie dort ihrem Gewerbe nachging.«

Ein aufgeregtes Raunen ging durch die Menge, und jeder starrte Camilla neugierig an.

Sir Michael wurde weiß vor Empörung und wollte Camillas Hand beruhigend festhalten. Doch sie machte sich frei, sprang auf und sah mit blitzenden Augen zu Sir Caspar Randal hinüber.

»Wie können Sie es wagen, Sir! Ich leugne unsere erste Begegnung nicht, aber da Sie damals zu betrunken waren, trügt Sie ihre Erinnerung. Ich war weit davon entfernt, Ihre Avancen zu dulden und wies Sie mit aller Kraft, die mir zur Verfügung stand, zurück. Und ich bin keine Hochstaplerin. Ich nehme stolz mein Recht auf den Titel in Anspruch. Sie... Sie...«

Sie wurde von ihren Gefühlen überwältigt. Übelkeit und Verzweiflung stiegen in ihr hoch. Mit einem halb erstickten Schrei drehte sie sich um und stürmte aus dem Saal, ehe Sir Michael begriff, was geschah.

Blind vor Tränen lief sie durch den überfüllten Raum zur Tür. Das Wort ›Hochstaplerin‹ dröhnte ihr in den Ohren.

Sir Michael versuchte, ihr nachzulaufen, aber er wurde daran gehindert, denn viele der Gäste waren aufgestanden, um die Neuigkeit an Freunde wiederzugeben, die den Wortwechsel nicht miterlebt hatten.

Camilla hatte die Empfangshalle erreicht. Tränen strömten ihr die Wangen herab, da sie glaubte, Michael kompromittiert zu haben.

»Oh, Michael, mein Geliebter, mein Herz, ich habe Schande über dich gebracht, und der Schmerz darüber ist mehr, als ich ertragen kann.«

Zwei Diener, die vor sich hingedöst hatten, sprangen erstaunt auf, als Camilla schluchzend verlangte: »Ich möchte an die frische Luft, wo ist der nächste Ausgang?«

Da sie glaubten, ihr sei schlecht geworden, zeigte ihr einer der beiden höflich den Weg zur Damentoilette. Aber sie blickte sich gehetzt um und sah am Ende des Ballsaals ein offenes französisches Fenster.

Als Sir Michael die Halle erreicht hatte, war Camilla schon draußen in dem kleinen Garten, in dem vereinzelte Büsche standen. Ohne auf ihr Kleid zu achten, kauerte sie sich hinter den größten. Sie versuchte, ihr verzweifeltes Schluchzen unter Kontrolle zu bekommen.

Wenn sie nur mit Michael über ihre Vergangenheit gesprochen hätte, als ihre Freundschaft wuchs! Sie hatte es nicht aus Scham unterlassen, aber sie war zu sehr darauf aus gewesen, ihm zu gefallen und mit ihren neuerworbenen Kenntnissen über die schönen Künste sein Interesse an ihr zu wecken. So wie ihre Vergangenheit jetzt bekannt geworden war, schadete es seiner Ehre und seinem Ruf. Wie sehr mußte er seinen Antrag bereuen! Sie hätte ihn warnen müssen, daß er nicht genug über sie wußte, und erst, wenn sie alles erzählt und ihm die Möglichkeit gegeben hätte, es sich gut zu überlegen, hätte sie ihm ihr Herz öffnen dürfen.

Aber nun war es zu spät. Sir Caspar Randal hatte durch sein niederträchtiges Handeln ihre Träume und ihre große Liebe zerstört.

Plötzlich hörte sie Michaels Stimme.

»Comtesse Camilla! Comtesse! Bitte antworten Sie mir, wenn Sie hier sind!«

Seine Stimme war von tiefer Sorge erfüllt, aber in ihrer Verzweiflung glaubte sie, sie klänge vorwurfsvoll, und sie preßte sich noch enger auf den Boden, um nicht von ihm gesehen zu werden.

Als Sir Michael keine Antwort erhielt, kehrte er in den Saal zurück, und Camilla sagte ihm stumm ›Lebewohl‹, denn sie war überzeugt, ihn niemals wiederzusehen.

Als sie sich zum Tor schlich, wußte sie nicht, wie sehr sie seine Treue und seinen Mut unterschätzt hatte. Er kümmerte sich keinen Deut um ihre Vergangenheit. Er ging energisch in den Speisesaal zurück, der jetzt in Aufruhr war, entschlossen, Sir Caspar vor allen Leuten aufzufordern, seine infamen Anschuldigungen zurückzunehmen.

Als Camilla den Garten verlassen hatte, fand sie sich auf einem gepflegten Weg wieder, der hinter den großen Herrenhäusern zu den Lieferanteneingängen führte. Sie hatte nur einen Gedanken – in die tröstenden Arme von Mrs. Fernaby zu eilen, an deren Liebe und Verständnis sie niemals gezweifelt hatte. Sie war viel zu erregt, um daran zu denken, wie unpassend sie für diese Zeit gekleidet war, um aus dem wohlhabenden West End durch das ärmliche Cheapside zu laufen. Sie hatte nicht einmal daran gedacht, ihren Mantel zu holen.

Sir Michael stellte im Speisesaal fest, daß es ihm an Unterstützung nicht mangelte, als er den guten Namen Camillas verteidigte. Nicht nur die Marquise sprach in seinem Sinn, sondern auch Mrs. Fitzherbert, die aus dem Privatzimmer geeilt war, wo sie mit dem Prinzregenten gespeist hatte.

Die Marquise legte beruhigend eine Hand auf Sir Michaels Arm, als er auf Sir Caspar losstürmen wollte.

»Nein, Sir. Bitte begleiten Sie mich nach Hause, wo wir sicher Camilla wiederfinden und wo mein Mann einen unwiderlegbaren Beweis für ihre Herkunft hat.«

Auch Mrs. Fitzherbert riet: »Das wird das Klügste sein, Sir Michael. Ich habe die Urkunde selbst gesehen, und dieser Schurke Randal darf gegen das Mädchen, das uns allen so teuer ist, keine Verleumdungen vorbringen.«

Sir Michael unterdrückte den übermächtigen Wunsch, Caspar Randal an der Kehle zu packen. Widerstrebend stimmte er den Damen zu. Camilla zu finden und sie in die Arme zu nehmen, war jetzt wichtiger als alles andere.

Als er mit der Marquise den Speisesaal verließ, rief er Caspar Randal zu: »Ich werde Sie morgen zur Rechenschaft ziehen, Sir! Halten Sie sich bereit!«

In der Zwischenzeit hatte Camilla, halb von Sinnen vor Kummer, die Hauptstraße erreicht und bot wie ein Gespenst in ihrem weißen Ballkleid in eine ihr vertraute Seitenstraße ein. Bald würden sie die liebevollen Arme von Hannah Fernaby vor den schlimmsten Schicksalschlägen beschützen.

Neuntes Kapitel

Es war normalerweise schon gefährlich für ein junges Mädchen, unbegleitet und noch dazu in einem kostbaren Ballkleid das Londoner East End zu durchqueren. In Camillas Fall wurde alles jedoch verschlimmert durch den Vollmond, der im Zenit stand und die Straßen hell beschien. Es war ihr bei ihrer überstürzten Flucht nicht in den Sinn gekommen, einen dunklen Umhang überzuwerfen, und selbst jetzt war sie sich nicht bewußt, daß sie wie ein Opal in dem silbernen Licht schimmerte.

Einige Männer, die nach einem Zechgelage schwankend auf dem Heimweg waren, wollten sie am Arm packen, aber sie wand sich frei. Sie dachte nicht daran, daß sie persönlich in Gefahr war, sie dachte nur an Michael und ihre eigene Schuld. Da sie nichts von der Bosheit Sir Caspars und der Habgier Thomas Fernabys gewußt hatte, war sie der Meinung gewesen, sie habe endlos Zeit, mit Michael über ihre Vergangenheit zu sprechen und ihm alles zu erklären.

Jetzt war es zu spät. Sie würde ihm schreiben und ihm ihr Herz ausschütten, aber sie würde nie wieder sein vertrautes Gesicht sehen, das so edel und voller Liebe war.

Sie ermüdete, und der fast vergessene Gestank der Gassen im East End bereitete ihr Übelkeit. Aber da sie wußte, daß sie höchstens noch eine Meile von der Taverne entfernt war, beschleunigte sie ihre Schritte wieder. Bald würde sie in der vertrauten Küche ausruhen können, und Mrs. Fernaby würde sie trösten.

Sie war so abgelenkt durch ihre Gedanken, daß sie die vier Gestalten nicht bemerkte, die aus einem dunklen Hauseingang zu ihrer Rechten auftauchten. Sie bewegten sich verstohlen, und als sie das Mädchen allein auf sich zulaufen sahen, blieben sie stehen und starrten sie an. Dann murmelte ihr Anführer leise etwas, und als Camilla schon fast an ihnen vorbei war, wurde sie von hinten gepackt, ihre Arme ruckartig zurückgezogen und hinter ihrem Rücken gefesselt.

Sie kämpfte wie ein wildes Tier, um sich zu befreien. Sie drehte sich, strampelte und schrie, wurde aber um so fester an den Armen gepackt, so daß sie vor Schmerz nach Atem rang. Man zerrte sie durch einen dunklen Flur, eine Tür wurde aufgestoßen, hinter der sie einen schwachen Lichtschimmer von einem bereits heruntergebrannten Feuer erkennen konnte.

Einen Augenblick hörte sie nur schweres Atmen, dann eine schwache Bewegung, als jemand ein dünnes Hölzchen an die glühende Asche hielt und eine kleine Öllampe damit anzündete, die flackerndes Licht auf einen kahlen Raum warf.

Camilla bemühte sich, ihre Kidnapper zu sehen, aber sie standen hinter ihr und ließen sie nicht los. Dann postierte sich einer vor ihr, die Hände in die Hüften gestemmt, das Gesicht raubvogelartig, ein Auge war mit einer schwarzen Binde bedeckt, von der aus eine häßliche Narbe bis zum dünnen Mund reichte.

Verwundert stellte Camilla fest, daß es eine Frau war, und einen Augenblick später, daß sie die Anführerin der Bande war.

»Laßt sie los!« befahl sie mit rauher, leiser Stimme.

Als das Blut in ihre Arme zurückschoß, wurde der Schmerz für eine Weile noch stärker. Die drei Männer schlurften nach vorn und stellten sich neben die Frau. Vier Paar dunkle, stechende Augen musterten sie von Kopf bis Fuß und schätzten ihren Preis ab.

Camilla verschränkte bebend ihre Arme vor der Brust.

Einer der Männer lachte dröhnend.

»Ich denke, wir machen uns einen Spaß mit ihr, wie?«

»Sie hat es so gewollt!« knurrte ein anderer.

Die Frau stellte sich mit einem Aufstampfen ihrer Füße vor Camilla und schnauzte die Männer an:

»Ihr seid alle Idioten«, zischte sie. »Wir haben heute nacht einen ›goldenen Topf‹ ergattert! Eine vornehme Dame, die ihr Gewicht in Goldsouvereigns wert ist, mehr, als wir jemals in unserem ganzen Leben mit kleinen Diebstählen zusammen bekommen. Das gibt Lösegeld, Jungens, solange die Ware unbeschädigt bleibt! Ich ziehe euch lebendig die Haut ab, wenn ihr sie anrührt! Hinaus und macht euch an die Arbeit! Ihr könnt euch vergnügen, wo ihr wollt, aber nicht hier. Tom, bring deine Brüder dorthin, wo sie hingehören.« Sie sah einen älteren Mann an, der sich den Vergnügungsvorschlägen der anderen nicht angeschlossen hatte. »Wir können etwas Geld gebrauchen, bis wir das Lösegeld bekommen.«

Er erwies sich als überraschend behende. Während seine Brüder fluchten, weil man ihnen ihre Beute abspenstig machte, drängte er sie wortlos hinaus, und die Tür fiel hinter ihnen zu.

Die plötzliche Stille war unheimlich. Die Frau regte sich nicht. Camilla sah, daß sie in eine heruntergekommene, spärlich möblierte Küche gebracht worden war. Die Wände waren feucht, und der Putz blätterte ab. An dem rostigen Herd war die Backofentür lose, und der Fußboden bestand aus kaltem, nackten Stein. In einem Alkoven befand sich eine Art Bett, auf dem schmutzige Decken lagen. Camilla schauderte, Kälte, Müdigkeit und Entsetzen forderten ihren Tribut.

»Darf ich...« begann sie stockend, »darf ich näher an das Feuer gehen? Ich... ich friere schrecklich.«

Die Frau warf mürrisch ein wenig Brennmaterial auf die glimmende Kohle.

»Von mir aus. Ich möchte nicht, daß du krank wirst, bevor deine hochherrschaftliche Familie gezahlt hat.«

Es gab kaum Sitzgelegenheiten. Deshalb hockte sich Camilla so nahe sie konnte an das flackernde Feuer auf den Fußboden. Ihr Ballkleid war bereits ruiniert, und bekümmert dachte sie daran, daß sie es sowieso nie wieder tragen würde.

Die Frau zog sich den einzigen Holzstuhl heran und setzte sich rittlings darauf.

»Wie heißt du?«

»Camilla.«

Es entstand eine Pause. »Darf ich Ihren Namen wissen?« fragte Camilla. »Sie tun mir leid wegen Ihrer Narbe. Sie sieht sehr schmerzhaft aus.«

Das war ein Fehler. Mit wutverzerrter Stimme fuhr die Frau sie an: »Niemand braucht Mitleid mit Sal Perkins zu haben und am allerwenigsten du! Es war einer deiner feinen Herren, dem ich sie zu verdanken habe. Wo kommst du her?«

Camilla zitterte noch stärker, sagte aber nichts. Gleichgültig, was für Martern ihr auferlegt wurden, sie würde lieber sterben, als diesen Unholden den Namen des Marquis und der Marquise de Fouchet preiszugeben.

Sal Perkins musterte sie aufmerksam und zuckte dann die Achseln. Sie nahm eine schmutzstarrende Decke vom Bett und legte sie um Camillas nackte Schultern.

»Du brauchst mir nicht zu danken«, brummte sie. »Ich schütze nur meine Ware.«

Zuerst schauderte Camilla vor dem groben, säuerlich riechenden Stoff. Aber ihr Verlangen nach Wärme war unwiderstehlich, und da die Decke nicht schlimmer roch als der Raum, zog sie sie eng um sich.

Sal Perkins setzte sich wieder auf den Stuhl.

»Mach mir keine Schwierigkeiten, Mädchen. Je eher du mir den Namen von deinem Vater sagst, um so eher bist du frei.« Sie lächelte maliziös. »Oder ist es ein Zuhälter, der dich wie eine große Dame herausgeputzt hat und dein Haar so schön frisieren ließ? Mir ist das egal. Bezahlen werden sie so oder so.«

Camilla hatte angestrengt nachgedacht. Sie blickte auf und sagte: »Geben Sie Mrs. Fernaby in der Crown Taverne Bescheid. Sie ist meine Mutter und wird Ihre Forderungen erfüllen.«

Sal Perkins lachte hämisch. »Hannah Fernaby? Die kriegt doch von ihrem Thomas keinen Penny! Und woher kennst du überhaupt ihren Namen? Du warst wohl eine von ihren Huren und hast dir dort einen reichen Fisch geangelt, wie?«

Camilla zuckte bei diesen Worten zusammen.

»Nein«, erwiderte sie hitzig. »Ich sage die Wahrheit! Hannah Fernaby ist meine Mutter!«

Sie wußte, daß sie Mrs. Fernaby damit nicht in Gefahr brachte. Hannah war klug und kannte sich in der Welt des East End aus. Sie hatte hier viele einflußreiche Freunde, und sobald sie von Camillas Notlage erführe, würde sich alles zu ihren Gunsten wenden.

»Bitte benachrichtigen Sie sie«, bat Camilla.

Sal Perkins hielt dies offensichtlich für dummes Gerede.

»Gut, beharre darauf, wenn es dir gefällt. Ich werde deine Entführung im West End verbreiten lassen, und das ist nicht das erste Mal. Irgendein reicher Schnösel wird sich schon melden. Wir haben noch jedesmal den vollen Preis bekommen. Mein Junge wird jetzt jeden Augenblick heimkommen. Er ist nachts unterwegs, verkauft Blumen und erzählt es überall herum. Wenn du es so willst, kannst du es haben!«

Camilla erschrak. Wie, wenn solch eine Botschaft die Marquise erreichte? Sie wurde mutlos. Niemand auf der ganzen Welt, der Sir Caspar Randals verleumderische Worte gehört hatte, würde sich darum scheren, was nun aus ihr wurde. Nur Mrs. Fernaby würde zu ihr halten, weil sie die Wahrheit kannte. Alle anderen würden glauben, daß sie zwar eine Comtesse war, auf jeden Fall aber eine übel beleumundete Frau, eine Verräterin ihres gesellschaftlichen Standes.

Sir Michael Monford schritt in der Bibliothek des Marquis de Fouchet unruhig auf und ab, während der alte Herr und seine Frau blaß in den Sesseln lehnten.

»Wenn Camilla nicht hier ist, wo kann sie dann sein?« fragte Sir Michael erregt.

Langsam faßte sich die Marquise wieder, die von der Szene, die sich auf dem königlichen Ball abgespielt hatte, noch stark mitgenommen war.

»Vielleicht ist sie zu Mrs. Fernaby in die Taverne gelaufen. Die gute Frau hat Camilla aufgezogen, als ihre Mutter gestorben war. Bis Fouchet Camilla fand, hat sie Mrs. Fernaby als ihre Mutter angesehen. Sie lieben einander sehr, und ich hoffe, daß sie zu ihr gegangen ist.«

Sir Michael war entsetzt. »In einem kostbaren Ballkleid ins East End? Sie ist dort auf Schritt und Tritt in Gefahr. Die Crown-Taverne, sagen Sie?«

Die Marquise nickte.

Er legte gequält eine Hand über die Augen, als die Erinnerungen auf ihn eindrangen. Er sah im Geist, wie das schöne Mädchen die Annäherungsversuche des betrunkenen Caspar Randal mit aller Kraft abwehrte, wie sie dann neben ihm auf dem Boden kniete, als sie zusammen die Scherben des zerbrochenen Kruges auflasen, und wie sie ihre Sorge wegen seiner beschmutzten Hose äußerte und schließlich, wie er sie grausam abgekanzelt und dann stehengelassen hatte.

Und dies war seine geliebte Camilla gewesen! Damals hatte ihm sein Stolz verboten, sich in sie zu verlieben, da sie nur eine niedriggeborene Gastwirtstochter war. Er hatte ganz London nach einem Ebenbild ihres lieblichen Gesichtes abgesucht, bis er es fand. Scham und Selbstvorwürfe marterten ihn, denn sie hatte ja die gleichen Erinnerungen.

Sie mußte ihn sofort erkannt haben, und doch war kein einziges Wort des Vorwurfs über ihre Lippen gekommen.

Und darauf hatte Randal heute abend seine infamen Anschuldigungen aufgebaut!

Plötzlich bemerkte Sir Michael, daß der Marquis aufgestanden war, ihn anredete und ihm ein Pergament hinhielt.

»... ich habe es versäumt. Hier sind die Urkunden, Sir Michael, die Camillas Recht auf den Titel belegen.«

»Ich brauche sie nicht. Ihr Aussehen, ihre Gedanken, Worte und Taten beweisen ihre edle Herkunft. Ich benötige keinen schriftlichen Beweis dafür. Bitte vergeben Sie mir, aber ich habe mich schon zu lange bei Ihnen aufgehalten. Ich muß sofort in die Crown-Taverne.«

Er eilte zur Tür, drehte sich aber noch einmal um. »Ich danke Ihnen von ganzem Herzen. Sie werden in Kürze von mir hören.«

Ein Diener eilte herbei, als Sir Michael in die Halle stürmte und rief: »Meine Kutsche, bitte! Sie ist beim Carlton House. Sie soll sofort vorfahren!«

In der Ferne hörte Camilla den Nachtwächter rufen:

»Die Uhr hat eben drei geschlagen...«

Sie mußte also in der Nähe der Hauptstraße sein, vielleicht in Holborn, wo sie bei Mrs. Fernabys Onkel, dem Pfandleiher, Zuflucht suchen würde, wenn sie nur aus diesem Loch entrinnen konnte. Dieser schwache Hoffnungsschimmer bewirkte, daß ihre Gedanken wieder lebendig wurden, denn während der vergangenen Stunde war sie vor Kälte, Angst und Müdigkeit wie gelähmt gewesen.

Ich bin auf mich allein gestellt, überlegte sie jetzt nüchtern. Kein Mensch im West End wird ein Lösegeld für mich bezahlen. Weshalb sollten sie auch? Deshalb muß ich eine Möglichkeit finden, zu Mrs. Fernaby zu kommen.

Sal Perkins, die die ganze Zeit reglos dagesessen hatte, erschreckte sie, indem sie plötzlich sprach.

»Ich möchte, daß du das Kleid ausziehst, bevor es noch schmutziger wird. Los, zieh es aus!«

»Nein! Ich habe nur einen Unterrock darunter an und ich werde mich Ihren abscheulichen Männern nicht im Unterrock zeigen«, wehrte Camilla ab.

Sal Perkins stand auf und lachte schrill.

»Du glaubst wohl, ich habe den Verstand verloren? Sie werden dich danach nicht wiedererkennen, und deinem Vater oder Zuhälter wird es egal sein, wie du aussiehst, wenn sie dich nur wiederbekommen. Dein Kleid ist einen Sovereign wert, und den lasse ich mir nicht entgehen.«

»Und wie, wenn ich mich weigere?«

»Das wäre übel für dich! Dann lasse ich eine Peitsche auf dir tanzen!«

Sal Perkins war zornig geworden, doch Camilla, die immer noch von ihrem neugewonnenen Mut beseelt war, erwiderte kühn:

»Dann bin ich eine ›beschädigte Ware‹, und kein Mensch wird das zahlen, was Sie haben wollen, wenn ich blaue Flekken und Striemen habe.«

Sal Perkins fluchte, ging zu dem Bett und zog etwas unter der Matratze hervor. Als sie sich umdrehte, hatte sie ein graues, grobes und sehr schmutziges Kleidungsstück in der Hand, das eher einem Sack als einem Kleid ähnelte.

»Wenn du wirklich in der ›Crown‹ aufgewachsen bist, dann schwöre ich, daß du schon schlimmere Sachen getragen hast.«

Sie stellte Camilla auf die Probe. Vielleicht würde ihr Sal Perkins endlich glauben und Mrs. Fernaby benachrichtigen, wenn sie das gräßliche Ding anzog, dachte Camilla. Sie unterdrückte ihren Ekel und begann mit einiger Mühe, die Haken und Ösen ihres Kleides zu lösen, denn bisher hatte ihr die französische Zofe der Marquise beim An- und Auskleiden geholfen.

Sal Perkins wurde ungeduldig und drängte:

»Los, beeile dich! Ich warte nicht die ganze Nacht!«

Sie riß grob die kleinen seidenen Knöpfe und Haken auf und zog Camilla das Kleid über den Kopf.

Der derbe Stoff des Sackkleides fühlte sich so unangenehm an, wie Camilla es befürchtet hatte. Er kratzte unerträglich auf ihrer nackten Haut, aber sie ließ sich nichts anmerken.

»Glauben Sie mir jetzt, daß ich in der Taverne aufgewachsen bin?« fragte sie herausfordernd.

Aber Sal Perkins war zu sehr damit beschäftigt, das herrliche Abendkleid, das sie in ihren groben Händen hielt, abzuschätzen. Wenn kurz ein Anflug von Sehnsucht ihren harten Gesichtsausdruck milderte, so sah es Camilla nicht, denn das war in Sekundenschnelle vorüber.

Dann hörte man von draußen ein beharrliches, kratzendes Geräusch an der Tür, und sofort warf Sal Perkins das Kleid in eine dunkle Ecke, ehe sie den schweren Riegel zurückschob und den Schlüssel umdrehte.

Die Crown-Taverne lag in völliger Dunkelheit, als Sir Michael aus der Kutsche stieg. Er wurde mutlos. Wenn Camilla durch irgendein Wunder ihr altes Heim unbehelligt erreicht hatte, würde wenigstens ein Licht brennen. Niedergeschlagen ging er den Seitenweg hinab in den Hof, der zur Hintertür führte. Totale Finsternis umgab ihn. Dann bemerkte er die Außentreppe, die zum Dachgeschoß hinaufführte. Da er nicht unverrichteter Dinge gehen wollte, stellte er sich unter die Treppe und rief leise hinauf:

»Mrs. Fernaby! Mrs. Fernaby, sind Sie da?«

Zuerst regte sich nichts, aber dann wurde vorsichtig ein

hölzerner Riegel zurückgeschoben, die Tür ging auf, und eine Frauenstimme sagte leise:

»Wer ist da?«

»Sir Michael Monford. Ich komme wegen Ihrer Pflegetochter, der Comtesse de Courville.«

Er flüsterte, weil er Thomas Fernaby nicht aufwecken wollte.

Mrs. Fernaby kam die Treppe herabgeeilt, und ihr Gesicht war blaß und angsterfüllt.

»Es... es ist ihr doch nichts passiert?«

»Das weiß ich nicht«, erwiderte er ernst. »Können wir ins Haus gehen?«

Mit einer Kopfbewegung bedeutete sie ihm, ihr zu folgen. Sie zog einen Schlüssel aus der Tasche, öffnete die Küchentür und ging hinein. Dort zündete sie eine Kerze an.

Er schloß leise die Tür hinter sich. »Sie ist also nicht bei Ihnen?« fragte er.

»Nein! Sie sagte mir, heute sei der größte Abend ihres Lebens. Sie ist zum königlichen Ball eingeladen worden. O Sir, bitte sagen Sie mir, was geschehen ist. Sie sind so blaß. Bitte setzen Sie sich.«

Aber Sir Michael hatte keine Ruhe. Er lief in der Küche auf und ab, so wie er ruhelos in der Bibliothek des Marquis auf und ab gegangen war, und seine Angst um Camilla wuchs.

Hannah Fernaby hörte ihm zu, ohne ihn zu unterbrechen, als er ihr erzählte, was bis zur Flucht Camillas geschehen war.

»Wir hatten uns unsere Liebe gestanden. Als dann während des Abendessens Randal seine infamen Anschuldigungen vorbrachte, antwortete sie ihm hitzig und floh, und kein Mensch weiß wohin.« Sein Gesicht hatte jede Farbe verloren. »Sie waren meine letzte Hoffnung, Mrs. Fernaby. Ihr muß etwas zugestoßen sein! Sie nahm nicht einmal ihren Mantel mit, sondern rannte in einem kostbaren, weißgoldenen Ballkleid auf die Straße hinaus.«

Mrs. Fernaby, deren Gesicht ebenso weiß geworden war wie das seine, stellte den Teekessel auf das wieder angefachte Feuer.

»Sie hatte schon immer einen Dickkopf, meine kleine Camilla. Und sie ist furchtlos. Sie können nichts weiter unternehmen, Sir Michael, glauben Sie mir. Dieser Stadtteil von London ist nichts für vornehme Herren. Ich fürchte, sie ist entführt worden, und irgendeine Bande hält sie für ein Lösegeld gefangen. Sie machen in der Nacht die Straßen unsicher. Wenn meine Vermutung stimmt, hören Sie morgen früh von ihr.« Sie überlegte und sagte dann: »Nein, wahrscheinlich eher erst am Nachmittag.«

Mrs. Fernaby kannte ebenso wie Sal Perkins die Botenjungen, obwohl sie bis jetzt keinen Grund gehabt hatte, sie für ihre Dienste in Anspruch zu nehmen.

»Erst am Nachmittag!« rief Sir Michael entsetzt. »Camilla soll so lange in irgendeiner Verbrecherhöhle festgehalten werden? Was kann ihr bis dahin nicht alles geschehen!«

»Nichts wird ihr geschehen, wenn sie Lösegeld haben wollen. Da bin ich ganz sicher, Sir.«

Mrs. Fernaby gelang es zu lächeln, um ihn zu trösten. »Man wird gut auf sie aufpassen, das versichere ich Ihnen, und meine Camilla hat Mut, glauben Sie mir. Wie wäre es, wenn Sie nun nach Hause führen, Sir Michael? Ich muß sofort etwas unternehmen und darf keine Zeit mehr verlieren.«

»Kann ich Ihnen wirklich nicht behilflich sein?«

Er wäre am liebsten mit ihr durch die schmutzigen Gassen gelaufen, um Camilla mit dem Degen zu befreien. Untätig abzuwarten, widersprach seiner Natur.

Mrs. Fernaby ahnte seinen inneren Aufruhr.

»Ich weiß, es ist hart für einen tapferen Mann, der so verliebt ist wie Sie, Sir, aber bitte glauben Sie mir, wenn ich Ihnen sage, daß Sie Camilla in große Gefahr bringen, wenn Sie sich hier einmischen. Tatenlos warten zu müssen, ist qualvoll, aber nur so können Sie ihr helfen.«

Er wußte, daß sie recht hatte, und verabschiedete sich niedergeschlagen.

»Bringen Sie sie mir rasch wieder, Mrs. Fernaby. Ich zahle alles, was man verlangt, wenn ich sie nur wiederbekomme.«

Mrs. Fernaby lächelte ihm traurig nach. Dann nahm sie rasch ihren Überrock und ein Tuch, die in der Küche hingen. Da ihr Mann in letzter Zeit noch unerträglicher geworden war, ging sie so wenig wie möglich in das Dachgeschoß hinauf. Während sie durch die Hintertür aus dem Haus schlüpfte, betete sie inbrünstig: »Bitte, lieber Gott, lasse Camilla in Sicherheit sein und gib, daß man sie gut behandelt.«

Camilla versuchte angestrengt zu hören, was zwischen Sal Perkins und ihrem Besucher gesprochen wurde. Aber das Gespräch wurde flüsternd geführt und war für sie nicht zu verstehen. Sie dachte wieder an Flucht. Das Fenster bot die beste Gelegenheit dazu, obwohl es klein war und schulterhoch in der Mauer angebracht war. Ein rostiger Riegel war davorgeschoben, doch sie glaubte sicher, daß sie hinaufreichen und mit ihrer ganzen Kraft das Fenster aufstoßen könnte. Es führte vermutlich in die dunkle Gasse hinaus. Das grobe Sackkleid wäre allerdings hinderlich. In ihrem dünnen Seidenkleid würde sie wahrscheinlich besser durch das Fenster passen.

Aber solche Pläne waren nutzlos, wenn Sal Perkins sie nicht wenigstens einige Minuten allein ließ. Und die Frau machte keine Anstalten zu gehen. Im Gegenteil, als sie von der wieder verriegelten Tür zurückkam, triumphierte sie:

»Der Junge sagt, daß heute morgen nach dem königlichen Ball viele Blumen ausgetragen werden müssen. Du bekommst bestimmt auch viele von reichen Dummköpfen. Also vergeude nicht weiter meine Zeit, indem du mir deine Adresse verschweigst. Ich gebe dich nicht her, bis meine Forderungen erfüllt sind.«

»Wie lange wird es dauern, bis Ihr Bote wiederkommt?«

Sal Perkins zuckte die Achseln. »Vielleicht bis Mittag, vielleicht auch länger. Aber glaube ja nicht, daß er deinen Kerl hier vor meine Tür führt. O nein, ich treffe meine Arrangements selbst.«

Camilla wurde mutlos. Wenn der Junge mit der Nachricht kam, daß niemand daran interessiert war, eine größere Summe für ihre Freilassung zu bezahlen, war sie verloren. Sal Perkins' Mann und seine verdorbenen Brüder würden dann hier sein und die Neuigkeit mitanhören und – sie schauderte, an das, was danach kommen würde, auch nur zu denken.

Sie versuchte es noch einmal. »Warum wollen Sie mir nicht glauben und Mrs. Fernaby benachrichtigen? Ich schwöre, sie würde Mittel und Wege finden, die Summe aufzutreiben, die Sie fordern. Bitte, bitte tun Sie es!«

»Tausend Gold-Guineen?« Sal Perkins lachte höhnisch. »Hannah Fernaby hat ja nicht einmal tausend Pennys.«

Sal Perkins rührte in einem schwarzen Eisentopf auf dem rostigen Herd und legte etwas Brennholz ins Feuer. »Es ist eine Schande, daß so jemand wie du uns auf der Tasche sitzt! Aber wenn das Geld kommt, gibt es wieder gutes Fleisch.«

Camilla war froh, daß das Feuer angefacht war. Der Geruch, der von dem Topf aufstieg, bereitete ihr allerdings Übelkeit, und doch lehnte sie das Essensangebot nicht ab, denn sie war hungrig.

Sobald die Suppe dampfte, nahm Sal Perkins eine eiserne Kelle und schöpfte zwei Portionen in irdene Schalen. Der Löffel, den sie Camilla gab, war aus zerbeultem Zinn, und er war schmutzig. Aber auch dies war eindeutig eine Prüfung, um herauszufinden, ob Camilla tatsächlich jemals im East End gelebt hatte. Wenn sie diese Probe bestand, würde Sal Perkins vielleicht doch noch einen Boten zu Mrs. Fernaby schicken.

Zwischen durch:

Camilla ist hungrig – deshalb lehnt sie es auch nicht ab, von der dampfenden Suppe zu essen, obwohl die ganze Situation wohl kaum Appetit macht: Gefangen an einem düsteren Ort...
Der Leser hat es da entschieden besser: Er kann den kleinen Hunger zwischendurch in behaglicher Atmosphäre stillen. Seine Lektüre muß er dazu nur eben mal für 5 Minuten unterbrechen – denn etwas heißes Wasser und ein Löffel genügen, wenn sie im Handumdrehen dampfend zum Schmaus einladen soll, die...

Auf der Heimfahrt befahl Sir Michael seinem Kutscher, einen Umweg nach Carlton Terrace zu machen. Der Marquis war vermutlich begierig darauf, etwas über das Gespräch mit Mrs. Fernaby zu erfahren, und es würde ihn trösten, sich mit jemandem während der zermürbenden Stunden des Wartens zu unterhalten, denn an Schlaf war ohnehin nicht zu denken.

Im Haus brannten noch viele Lichter. Sir Michael ging rasch zur Haustür und wurde sofort eingelassen.

Der Marquis und die Marquise saßen immer noch in der Bibliothek, fast so, wie er sie verlassen hatte, nur daß die Marquise inzwischen ihr Ballkleid abgelegt hatte und jetzt ein rosarotes Morgenkleid trug, das mit weißen Spitzenmanschetten besetzt war.

Als Sir Michael eintrat, blickten beide erwartungsvoll auf.

»Haben Sie Camilla gefunden?« fragte der Marquis.

»Nein, sie ist nicht in der Taverne.«

»Dann ist ihr etwas zugestoßen«, sagte die Marquise und sprang vom Sessel auf. »Meine arme, kleine Camilla!« Sie schwankte und ließ sich wieder in den Sessel zurückfallen. Sie atmete rasch. »Fouchet... mein Riechfläschchen, bitte. Ich fürchte, ich falle in Ohnmacht...«

Der Marquis eilte nach dem Fläschchen, während Michael zum Seitentisch ging, wo Flaschen und Gläser immer für einen Nachttrunk bereitstanden. Er goß einen Kognak ein, und als sich die Marquise mit Hilfe des Riechfläschens ein wenig erholt hatte, überredete er sie, ihn zu trinken.

»Bitte, verzeihen Sie mir, wenn ich Sie erschreckt habe. Aber Mrs. Fernaby ist voller Hoffnung. Sie ist sicher, daß Camilla von Gaunern für Lösegeld festgehalten wird, und sie eilte sofort weg, um Erkundigungen einzuziehen. Ich habe ihr gesagt, daß ich mein ganzes Vermögen hergebe, wenn es sein muß, um Camilla wiederzubekommen. Ich wollte bei Mrs. Fernaby bleiben und ihr helfen, aber sie lehnte ab.« Er lächelte unglücklich. »Offenbar ist unsereiner im East End unwillkommen. Es ist mir unerträglich, tatenlos dazusitzen, wenn so viel für Camilla auf dem Spiel steht.«

»Mrs. Fernaby hat leider recht«, sagte die Marquise. »Erwähnte sie, wann wir mit einer Nachricht rechnen können?«

»Frühestens um die Mittagszeit. Wahrscheinlich wird es Nachmittag werden, ehe wir etwas Definitives erfahren.«

»So spät?« murmelte die Marquise. »Ich bete zu Gott, daß er Gnade walten läßt und wir das Kind unverletzt wiederbekommen.«

»Willst du dich nicht ein wenig hinlegen, meine Liebe?« fragte der Marquis besorgt. »Es würde Camilla das Herz brechen, wenn sie wüßte, daß du dich wegen ihr so aufregst. Bitte erlaube mir, Marie zu rufen. Sie wird dich in dein Zimmer bringen. Morgen kannst du noch viele Stunden lang beten, und meine Gebete werden sich den deinen anschließen.«

»Und die meinen«, sagte Sir Michael. »Es tut mir sehr leid, Marquise, daß ich Ihnen keine guten Nachrichten gebracht habe.« Er hob ihre Hand an die Lippen und küßte sie galant. »Bitte, befolgen Sie den Rat Ihres Gatten und ruhen Sie sich ein wenig aus. Mrs. Fernaby wird Camilla finden. Das einzige, was wir tun können, ist, uns in Geduld zu fassen, so schwer es auch fällt. Ich komme morgen wieder und hoffe, daß wir bis dahin eine Nachricht über Camilla haben.«

Er verbeugte sich vor der Marquise und dem Marquis und wußte, daß sie alle in dieser Nacht weder Ruhe noch Schlaf finden würden.

Der erste Schimmer der Morgendämmerung fiel durch das hohe, mit Spinnweben verhangene Fenster in Sal Perkins' Küche. Das bedeutete, daß die Männer nach ihren nächtlichen Raubzügen bald zurückkommen würden. Niedergeschlagen seufzte Camilla. Dann war ihre schwache Hoffnung auf eine Flucht endgültig dahin.

Während sie noch angestrengt überlegte, geschah ein

Wunder. Sal Perkins stand von dem harten Stuhl auf, streckte sich und ging zu einer kleinen Tür neben dem alten Herd.

»Mach keine dummen Sachen, das rate ich dir! Du kannst die Tür sowieso nicht öffnen, denn ich habe den Schlüssel in der Tasche. Außerdem ist der Hof dahinter klein, und ich höre jede Bewegung.«

Ungeachtet dieser Warnung kehrte Camillas Mut zurück. Sal Perkins ging hinaus, um Wasser an der Pumpe zu holen. Aus eigener Erfahrung wußte Camilla, daß es mindestens fünf Minuten dauern würde, bis ein paar Eimer gefüllt waren. Es war die Antwort auf ihre Gebete.

In diesem Augenblick, in dem Sal Perkins aus der Küche ging und die kleine Tür weit offenstehen ließ, erhob sich Camilla leise von ihrem Lager neben dem Feuer und schlich zu dem hohen, kleinen Fenster.

Zehntes Kapitel

Lange bevor die Morgendämmerung anbrach, eilte Mrs. Fernaby durch die Straßen in der Nähe der Taverne. Ihre dunkle Gestalt blieb unbehelligt, denn kein Schurke, so finster seine Absichten auch waren, hätte Hannah Fernaby belästigt.

Sie lief zu einem zweistöckigen Haus, das schon bessere Tage gesehen hatte, und ging zur Hintertür. Sie war wie immer unverschlossen.

Der Riegel war gut geölt, so daß sie ihn lautlos öffnen konnte.

Die alte Ma Hewitt saß neben einem lodernden Feuer in einem Schaukelstuhl und wippte in gleichmäßigem Rhythmus vor und zurück. Niemand hatte sie je anders gesehen, ob bei Tag oder bei Nacht, und es hieß, sie schlafe niemals, denn wenn sie selbst auch das Gesetz nicht brach, so war ihr Haus doch zu jeder Stunde eine Zufluchtstätte für Verbrecher und Diebe, die sich etwas ausruhen wollten.

Sie begrüßte Hannah Fernaby erfreut.

»Meine Liebe, komm herein und sei willkommen. Wenn dein brutaler Mann dich schlagen will, bist du hier sicher.«

Mrs. Fernaby lächelte. »Ich komme nicht wegen Thomas, Ma. Es ist wegen etwas, das mir viel mehr am Herzen liegt. Ich fürchte, meine Pflegetochter ist hier in der Gegend entführt worden.«

Ma Hewitt kniff die Augen zusammen. »Die hübsche Kleine, die du Camilla nennst? Ich erinnere mich. Sie hat mir gut gefallen. Ein schönes Kind. Aber wer sollte sie dir vor der Nase wegstehlen und warum?«

Hannah erzählte in kurzen Sätzen die Wendung, die Camillas Leben während der letzten drei Monate genommen hatte.

»Sie ist heute nacht halb von Sinnen vor Kummer von dem königlichen Ball weggelaufen, den der Prinzregent gegeben hat, und wollte vermutlich Trost bei mir suchen. Sie trug eines der kostbarsten Ballkleider, die man je gesehen hat, wie ich hörte.« Hannah Fernaby schwieg einen Augenblick und sagte dann: »Ich habe immer gewußt, daß sie zu mir kommen wird, wenn sie in Not ist. Ich bin außer mir vor Sorge. Hast du nichts von ihr gehört?«

Die alte Frau schüttelte stumm den Kopf. Sie zog ihre dünnen Lippen über die zahnlosen Kiefer und dachte angestrengt nach. »Was für eine Belohnung gäbe es für eine Information, meine Liebste?«

Mrs. Fernaby dachte an die Münzen, die Sir Michael beim Weggehen auf ihrem Küchentisch hatte liegenlassen und die sie sorgfältig im Mehlkrug versteckt hatte, wo ihr Mann sie niemals suchen würde.

»Sagen wir, eine Guinea für dich und eine für den, der die Nachricht bringt.«

Ma Hewitt nickte. »Das ist in Ordnung.« Sie hatte ein gutes Herz, aber sie war kein Wohltätigkeitsverein, und sie nahm auch von ihren Kundschaftern Provision, so daß es sich für sie lohnte.

»Ich werde herumfragen, Hannah, und wenn ich etwas weiß, gebe ich dir Bescheid. Vielleicht um Mittag.« Sie unterbrach ihr Schaukeln und schürte das Feuer. »Es ist am besten, du gehst jetzt. Ich erwarte Besuch, und sie würden dich nicht gern hier sehen.« Sie grinste. »Das sind Nachteulen, die sich selbst ungern sehen lassen.«

Mrs. Fernaby verließ Ma Hewitt, und es war ihr ein wenig leichter ums Herz. Das Netz der Alten war weit gespannt, und sie wurde nicht oft in Guineas bezahlt. Als Mrs. Fernabys Schritte verklangen, tauchten bei Ma Hewitt zwei nächtliche Besucher auf. Der eine war ein geschickter Taschendieb, der in den Tavernen arbeitete, und wenn überhaupt jemand wußte, wo Camilla festgehalten wurde, dann war er es. Der andere war ein Bursche von fünfzehn Jahren, der nachts kleine Diebstähle beging und tagsüber als Austräger für einen Blumenhändler im West End arbeitete. Ma Hewitt wußte, daß alle Burschen in der Gegend zusammenarbeiteten, wenn Informationen gebraucht wurden, und sie arrangierte es so geschickt, daß die Nachrichten sie immer zuerst erreichten und sie die Belohnungen nach ihrem Ermessen verteilen konnte.

Inzwischen hantierte Camilla fieberhaft an dem kleinen Fenster.

Mit angehaltenem Atem zog sie am Riegel und versuchte ihn anzuheben. Sie holte tief Luft und verdoppelte ihre Anstrengung. Sie wurde mit einem knirschenden Geräusch belohnt, als der rostige Riegel unter ihrem Druck nachgab. Erschrocken hielt sie inne und lauschte. War das Geräusch bis zu Sal Perkins hinausgedrungen? Aber das Glück war auf ihrer Seite, denn gerade in diesem Augenblick hörte sie das Wasser aus der Pumpe fließen. Sie preßte mit aller Kraft ihre

Hände gegen das Fenster, und langsam ging es nach außen auf.

Aber es war zu hoch. Sie mußte den Stuhl holen und daraufsteigen, ehe sie sich durch die Öffnung hindurchzwängen konnte. Sal Perkins mußte inzwischen draußen fast fertig sein. Das Wasser sprudelte stärker, als würde die Pumpe sehr rasch betätigt.

Camilla rannte hinüber zum Stuhl, trug ihn zum Fenster, stieg hastig darauf und packte den verrosteten Fenstersims. Ihr Kopf und ihre Schultern paßten leicht durch die Fensteröffnung. Sie versuchte, sich am äußeren Fensterrahmen festzuhalten und die Füße nachzuziehen.

Doch das Sackkleid war zu sperrig und hatte sich wie eine Wurst um ihre Taille geschoben. Sie wollte nicht aufgeben. Ihr Oberkörper war bereits im Freien. Noch einen starken Ruck, dachte sie, und ich bin frei.

Dann blieb ihr fast das Herz stehen. Grobe Hände packten sie an den Beinen und zogen sie brutal in die Küche zurück.

Sal Perkins war so außer sich, daß die Narbe in ihrem weißen Gesicht feuerrot leuchtete.

»Du elendes, kleines Biest!« kreischte sie. »Wolltest mich übertölpeln, wie?«

Sie schleuderte Camilla mit solcher Kraft von sich, daß diese auf den harten Steinfußboden fiel. Wilder Schmerz durchzuckte sie, und ihre Augen füllten sich mit Tränen.

Sal Perkins funkelte sie wütend an. »Ich habe gute Lust, meinen Burschen ihren Willen zu lassen. Dein Zuhälter würde es sowieso nicht merken, und es wäre eine gerechte Strafe für dich!«

Camilla richtete sich mühsam auf.

»Nein, bitte, bitte, tun Sie das nicht«, stammelte sie entsetzt. Zweifellos würde sich ihr Schicksal in dieser Form erfüllen, wenn kein Lösegeld bezahlt wurde. Aber noch war es nicht soweit. Sie nahm ihre ganze Kraft zusammen. »Ich erzähle es ihm, wenn Sie mich anrühren, und dann bekommen Sie es mit dem Gesetz zu tun, das versichere ich Ihnen.«

Das wirkte erstaunlicherweise, obwohl Sal Perins wiehernd den Kopf zurückwarf. »Du glaubst wohl, das Gesetz wird Sal Perkins finden, wie?« höhnte sie. »In deinem ganzen Leben nicht!«

Aber sie wußte, daß es doch möglich war. Sie war in dieser Gegend bekannt, und wenn gutes Geld für sie geboten wurde, konnte sie ihren sogenannten Freunden und Komplizen nicht trauen.

»Also gut«, sagte sie endlich zögernd, »ich will dich beschützen, bis mein Bursche mir Neuigkeiten bringt. Hier, decke dein Haar damit zu und mache dein Gesicht schmutzig, denn ich höre, sie kommen schon.«

Rasch legte Camilla einen schmutzigen, grauen Lumpen über ihr noch immer leuchtendes Haar und beschmutzte ihre Stirn und die Wangen.

Sal Perkins prüfte das Ergebnis und sagte befriedigt: »Nun kauere dich wie ein altes Weib auf den Fußboden und rühre dich nicht, wenn sie hereinkommen. Sie sind betrunken.«

Camilla gehorchte und zog die Decke, die immer noch neben dem Herd lag, wo sie sie hatte fallen lassen, so eng um sich, wie sie nur konnte.

Die Männer kamen lärmend in die Küche. Sie lachten und rissen unanständige Witze, als sie die Beute der Nacht vor Sal Perkins ausschütteten. Von der Gestalt am Fußboden nahmen sie keine Notiz.

Sal Perkins war kurz angebunden. »Das ist aber eine klägliche Ausbeute, kaum fünf Sovereigns und eine Menge nutzloser Plunder. Geht schlafen, ehe ihr umfallt. Tom?«

Ihr Mann trat neben sie, während seine Brüder ins Bett taumelten. Camilla bemerkte, daß er nüchtern war.

»Wo ist das Mädchen?«

»Hier!« Ihre Stimme klang triumphierend. »Sie wollte durch das Fenster abhauen, aber ich war schneller.«

»Glaubst du wirklich, daß wir Geld für sie bekommen?« fragte er.

»Aber natürlich! Sie ist eine Schönheit, und irgendein reicher Trottel wird sie wiederhaben wollen.«

Sie gingen außer Hörweite und flüsterten miteinander.

Camillas Gedanken wanderten zurück zu Sir Michael. Sie malte sich aus, wie er die Botschaft ihrer Entführer teilnahmslos aufnahm. »Oh, Michael«, flüsterte sie und konnte es sich nicht verzeihen, daß sie sich durch ihre eigene Torheit ihres Glückes beraubt hatte. Sie fing leise an zu weinen.

Wenn Camilla die Wahrheit gekannt hätte, so hätte ihr Herz höher geschlagen. Die Menschen, die ihr am teuersten waren, fanden in dieser Nacht keinen Schlaf.

Sir Michael wanderte in seinem Haus in der Curzon Street ruhelos durch die Halle, die Bibliothek und das Speisezimmer. Die Stunden zogen sich endlos hin.

Seine Schwester Augusta, die fast ebenso außer sich war wie er selbst, wollte ihm Gesellschaft leisten, aber um drei Uhr morgens übermannte sie der Schlaf.

Für Augusta war der Abend erfolgreich gewesen. Sir Edwards hatte ihr seine Liebe gestanden. Dann hatte er ihrem Bruder seine Dienste angeboten und erklärt: »Ich stehe Ihnen als Ihr Sekundant immer zur Verfügung, wenn Sie diesen Schurken Randal zum Duell herausfordern wollen.«

Als Augusta in den Schlaf sank, wußte sie, daß ihr Bruder nichts dergleichen unternehmen würde, bis er Nachricht von Camilla hatte.

Der Marquis konnte ebenfalls nicht schlafen. Nachdem er seine Frau in die Obhut ihrer Zofe gegeben hatte, ging er in die Bibliothek und dachte an seine unsterbliche Liebe zu Claudette de Courville, deren Ebenbild in Gestalt ihrer schönen Enkelin wieder in sein Leben getreten war. Es war so, als hätte sie ihm den Auftrag gegeben, das Mädchen zu beschützen, und er hatte versagt. Wenn er nur mit zum Ball gegangen wäre, statt seiner Bequemlichkeit nachzugeben! Er hätte das Unheil vielleicht vermeiden oder zumindest Camillas Flucht verhindern können.

Hannah Fernaby verbrachte die letzten Stunden der Nacht in ihrer Küche und dachte krampfhaft nach, was sie noch tun konnte, um in Erfahrung zu bringen, wo Camilla verstecktgehalten wurde. Sie kannte viele kleine Diebe, aber niemanden, dem sie zutraute, daß er Menschen um eines Lösegelds willen entführen würde. Sal Perkins wohnte in Holborn, wie Camilla vermutet hatte, und war deshalb in Cheapside kaum bekannt und Mrs. Fernaby schon gar nicht.

Deshalb war Ma Hewitt so wertvoll. Ihr Haus lag auf halbem Weg zwischen Cheapside und Holborn, so daß sie aus beiden Vierteln Neuigkeiten erfuhr.

Um sechs Uhr morgens hielt es Sir Michael nicht länger im Haus. Da er vor Mittag keine Nachricht erwartete, wollte er ausreiten, um seiner Unruhe Herr zu werden, denn das Warten war für ihn unerträglich. Er war auch mißgestimmt, weil er seine Drohung nicht wahrmachen und Sir Caspar zum Duell herausfordern konnte, bis er etwas Genaues über Camilla wußte. Seine Liebe zu ihr wuchs und vertiefte sich mit jeder Stunde, die vorüberging.

Aber wenn das Warten für diejenigen, die sie liebten, eine Qual war, so war es für Camilla eine Tortur. Als sich Tom Perkins neben seine Brüder schlafengelegt hatte, wurde Sal Perkins gereizt und mißgelaunt. Sie befahl Camilla, die Asche aus dem Herd zu putzen und ihn auszufegen, da sie glaubte, das Mädchen würde dabei Fehler machen, so daß sie sie anfahren und ihrem Ärger Luft machen konnte.

Aber Camilla hatte darin lange Übung und führte die Aufgabe perfekt aus.

»Ich habe diese Arbeit seit meiner Kindheit für meine Mutter in der Taverne machen müssen«, sagte sie. Die Bemerkung saß, und Sal Perkins gestand sich ein, daß es vermutlich ein Fehler gewesen war, Mrs. Fernaby nicht doch zu benachrichtigen.

Das Schlimmste war, daß es in der dunklen Küche keine Uhr gab und es ganz unmöglich war, die Zeit nach dem Stand der Sonne abzuschätzen, denn diese erreichte die schmale Gasse draußen kaum. Es fiel nur ein schwaches Licht durch das schmutzige Fenster.

»Es muß schon Mittag sein«, sagte Camilla nach langem, unbehaglichem Schweigen.

Das war es in der Tat, und auch für alle anderen, die sorgenvoll auf eine Nachricht warteten, zog sich eine Stunde länger hin als die andere.

Hannah Fernaby weckte den Zorn ihres Mannes, als sie einen Krug in den Ausguß fallen ließ.

Die Marquise trieb de Fouchet zur Verzweiflung, weil sie fortgesetzt ihren Fächer auf- und zuklappte.

Und in der Curzon Street wußte Augusta Monford nicht, wie sie ihren Bruder beruhigen sollte. Sein Ausritt hatte ihn nicht abgelenkt, und er nahm sein endloses Auf- und Abgehen wieder auf.

Es war fast drei Uhr, als der Türklopfer an der Eingangstür betätigt wurde. Ein Diener ging, um zu öffnen.

Draußen stand ein Botenjunge mit einem Arm voller Blumen, die für Miß Augusta bestimmt waren. Als er sie dem Diener übergab, fügte er hinzu: »Ich habe eine Botschaft für jedes Haus. Es ist eine Nachricht, die...«

Sir Michael, der gerade wieder ruhelos durch die Halle ging, rannte zur Haustür.

»Was für eine Nachricht? Rede!«

»Es heißt, ein reiches Mädchen wird für ein hohes Lösegeld festgehalten. Aber ich weiß nicht wo«, fügte er hastig hinzu und sagte dann mit unschuldiger Miene: »Der Preis ist tausend Guineen. Wenn Sie eine Angehörige vermissen sollten, kann ich Ihnen auch den Rest sagen.«

»Sag es, sofort!«

»Man soll heute abend um 18.30 Uhr eine Kutsche und das Geld nach Charing Cross schicken. Dort wird das Mädchen sein, wenn das Geld stimmt.«

»Du brauchst die Botschaft nicht weiter zu verbreiten«, sagte Sir Michael, zog einen halben Sovereign aus seiner Börse und gab ihn dem Jungen. »Die Kutsche wird dort sein.«

Der Junge grinste und ging. Es gehörte nicht zu seinem Geschäft zu erwähnen, daß er von einem anderen Herrn noch besser bezahlt worden war.

Augusta, die ebenfalls in die Halle gekommen war, hielt die Blumen schon im Arm, als Michael sie ohne Rücksicht auf das Bukett heftig an sich drückte und rief: »Ich muß sofort zu den Fouchets. Sie haben die wunderbare Nachricht vielleicht noch nicht bekommen. Camilla ist in Sicherheit, sie wird noch vor dem Abend bei uns sein.«

Die Fouchets waren in der Tat dankbar. Die Marquise umarmte Michael, als wäre er ihr Sohn.

»Mein Lieber, was Sie uns berichten, macht uns so glücklich! Bitte bringen Sie das Kind sofort zu uns. Sie wird viel gelitten haben.«

Der Marquis drückte ihm herzlich die Hand. »Charing Cross? Das ist eine einsame Gegend. Die Entführer werden ungestraft davonkommen, aber das spielt keine Rolle, wenn nur Camilla nichts zugestoßen ist.«

Die Nachricht sickerte erst später ins East End durch, denn die Botenjungen hatten einen anstrengenden, langen Tag gehabt. Aber kurz vor vier Uhr nachmittags ließ das gleiche kratzende Geräusch wie in der Morgendämmerung Sal Perkins und Camilla aufhorchen.

Sal eilte zur Tür, aber wie zuvor verstand Camilla auch diesmal nichts von dem, was an der Tür geflüstert wurde. Sie entnahm aber Sal Perkins Miene, daß durch irgendein Wunder das Lösegeld bezahlt werden sollte.

Dann wandte sich Sal Perkins an sie. »Du wirst uns um

Punkt fünf Uhr verlassen. Dein reicher Narr von einem Mann will den geforderten Preis zahlen«, grinste sie triumphierend.

Camillas Puls schlug rascher. Ein Mann bot die ungeheure Summe für sie. Wer anders als Sir Michael konnte es sein? Selbst wenn er seine Liebeserklärung zurücknehmen sollte, würde sie ihn wiedersehen, seine Stimme hören und ihm erklären können, weshalb sie ihr Geständnis so lange hinausgezögert hatte.

Ma Hewitt bekam um vier Uhr Nachricht. Sie hielt ihr Wort und schickte den Jungen sofort zu Hannah Fernaby.

Mrs. Fernaby saß in der Küche, als der Junge kam. Sie zog ihn rasch hinein.

»Du hast Nachricht von meiner Tochter Camilla?«

»Ja, Mistreß, wenn Sie mir eine gute Belohnung geben«, sagte er frech.

Hannah Fernaby gab ihm einen ganzen Souvereign, doppelt soviel, wie er bisher bekommen hatte.

»Setz dich«, sagte sie. »Du bekommst dazu noch einen von meinen Kuchen, wenn du mir die ganze Geschichte erzählst.«

Für eine Goldguinea war er bereit zu sprechen, und während er den warmen Kuchen aß, sagte er: »Es war ein stattlicher, junger Herr.«

Hannah Fernaby faßte Zuversicht. »War es Sir Michael Monford?«

»Er wohnt in Chambers«, sagte der Junge. »Ganz großartig. Er muß sich um das Mädchen Sorgen gemacht haben, denn er kam sofort in die Halle und schickte den Diener weg, um mit mir allein zu reden.«

»Was für eine Nachricht hast du ihm überbracht?«

Der Junge zögerte. Er war erst fünfzehn Jahre alt, und eine einträgliche Zukunft lag vor ihm, wenn er keine Geheimnisse ausplauderte.

»Die, die man mir aufgetragen hat«, antwortete er ausweichend. »Mehr darf ich Ihnen nicht sagen, Mrs. Fernaby.«

»Nein, natürlich nicht«, nickte Hannah Fernaby. »Ihr Burschen verrichtet wertvolle Dienste, ich weiß. Aber da ich dir eine Guinea gegeben habe, möchte ich auch gern die Adresse dieses Herrn wissen.«

Der Junge überlegte, während er den Kuchen kaute. Dann faßte er seinen Entschluß. Die Adresse des reichen Herrn würde denjenigen gleichgültig sein, die das Mädchen festhielten, und Mrs. Fernaby sah so aus, als wäre sie fähig, die kostbare Goldmünze wieder an sich zu nehmen.

»Es war in Albemarle Chambers Nr. 5, wenn ich mich recht erinnere«, murmelte er.

»Und wo soll das Mädchen abgeliefert werden?« fragte Mrs. Fernaby scharf, denn die Adresse machte sie besorgt. »Keine Ausflüchte. Ich weiß, daß diese Schurken einen Treffpunkt genannt haben.«

Er riß unschuldig seine blauen Augen auf. »Ich weiß es nicht, Mistreß, ehrlich. Das regelt der andere Junge.«

Mrs. Fernaby seufzte. Sie wußte, daß das gelogen war, aber der Junge hatte ihr seiner Meinung nach für eine Guinea genug verraten. Sie dankte Gott, daß Thomas Fernaby nicht zu Hause war, nahm ihr Tuch und lief ins West End.

Camilla sagte inzwischen zu einer wesentlich besser gelaunten Sal Perkins:

»Wenn ich schon nicht mein eigenes Kleid tragen darf, erlauben Sie mir bitte, daß ich mich an Ihrer Pumpe wasche. Ich möchte nicht so schmutzig meinem Retter gegenübertreten.«

Brummig stimmte Sal Perkins zu und begleitete Camilla in den kleinen Hof. Als sie einen Eimer voll Wasser gefüllt hatte, wusch sich Camilla immer wieder die Arme und das Gesicht in dem kalten Wasser und war froh, daß sie weder Puder noch Schminke benötigte. Aber ihr Haar war in schrecklichem Zustand. Strähnenweise hingen ihr die ehemals gepflegten Locken ums Gesicht.

»Haben Sie einen Kamm?« fragte sie.

Sal Perkins starrte sie mißbilligend an. Ihr eigenes Haar war glanzlos und schmutzig.

»Was soll ich mit solch einem unnötzen Ding anfangen?« raunzte sie verächtlich. »Nimm deine Finger wie die anderen Leute auch.«

Camilla versuchte ihr bestes, aber ohne viel Erfolg. Deshalb nahm sie sich vor, Michael zu bitten, ihr ein paar Augenblicke Zeit für ihre Toilette zu lassen, ehe sie miteinander sprechen würden.

Bald wäre sie frei.

Kurz nach fünf Uhr erschienen zwei mürrische Männer an der Tür und musterten Camilla aufdringlich. Sie sollten sie begleiten.

»Beherrscht euch gefälligst«, drohte Sal Perkins noch. Und an Camilla gewandt sagte sie: »Es ist am besten, du bedeckst damit deinen Kopf und ziehst dir das Tuch bis weit über die Stirn herunter.« Sie warf ihr einen grauen Lumpen zu.

Camilla, die sich vor den Männern fürchtete, gehorchte willig.

Sal Perkins gab letzte Anweisungen. »Punkt fünf Uhr dreißig, denkt daran. Ein Mann wird mit dem Geld in einer Kutsche kommen. Gebt das Mädchen nicht eher heraus, bis ihr das Geld gesehen habt.«

In der Zwischenzeit wurde Mrs. Fernaby in die Bibliothek des Marquis de Fouchet geführt, wo sie herzlich begrüßt wurde.

Sir Michael war nicht anwesend, was sie wunderte. Doch dann dachte sie daran, daß es ein Mann gewesen war, der das Lösegeld für Camilla angeboten hatte. Er mußte jetzt auf dem Weg zu ihr sein.

Als sie Wort für Wort erzählt hatte, was sie in Erfahrung

gebracht hatte, tauschten die Marquise und ihr Mann besorgte Blicke aus.

»Mrs. Fernaby, wir waren bis jetzt der Meinung, daß Sir Michaels schönes Haus in der Curzon Street steht«, sagte die Marquise überrascht. »Camilla hat dort regelmäßig seine Schwester besucht.«

Eine zierliche, figurenreiche goldbronzene Uhr auf dem Kaminsims zeigte bereits viertel nach fünf, und Mrs. Fernaby wurde unruhig.

»Dann bleibt uns nur noch wenig Zeit. Bitte sagen Sie mir rasch die Hausnummer, ich laufe zu ihm hinüber. Ich kann es nicht glauben, daß noch ein anderer Herr so viel Geld für meine Tochter bieten würde.«

Der Marquis zog an dem Klingelzug.

»Ich lasse sofort meine Kutsche vorfahren. Sie wird in zehn Minuten da sein.«

Die Angst wuchs in Mrs. Fernaby. Sie lief zur Tür. »Herzlichen Dank, Mylord, aber ich bin schneller zu Fuß dort. Bitte die Adresse.«

Die Marquise nannte ihr rasch die Hausnummer, denn auch sie war nun alarmiert.

Camilla ging mit ihren Begleitern durch mehrere Seitenstraßen nach Ludgate Hill und dann die Fleet Street hinab zur Strand. Diesmal hatte sie Grund, Sal Perkins dankbar zu sein, denn die Männer hätten sich als gefährlich erweisen können. Aber als einer von ihnen über die Schulter zurückblickte, sagte er: »Teufel noch mal! Wir haben zwei Spürhunde auf den Fersen – Tom Perkins und seinen Bruder.«

Camilla hätte niemals gedacht, daß sie einem Erpresser dankbar sein würde, aber Tom hatte kein unfreundliches Wort zu ihr gesagt, und jetzt war sie froh über seinen Schutz.

Die Strand säumten viele vornehme Häuser, deren Gärten auf der Rückseite bis zur Themse hinunterreichten. Auf den

Straßen waren Händler, die Früchte, Blumen und ihre Dienste anboten und immer noch auf späte Kunden warteten. Sie achteten nicht auf die beiden finster aussehenden Gestalten mit dem jungen Mädchen. Es war für sie kein ungewohnter Anblick.

Charing Cross selbst war menschenleer. Das steinerne Kreuz stand im hohen Gras, das Pflege nötig gehabt hätte. An dieser Stelle liefen mehrere Straßen zusammen, aber da sie ein wenig zu früh ankamen, war noch keine Kutsche zu sehen.

Camillas Sehnsucht nach Sir Michael wuchs. Wenn er doch nur ungeduldiger gewesen wäre und früher eingetroffen wäre. Wieder überkamen sie Zweifel. Weshalb sollte er sich noch wie ein Liebender benehmen? Vermutlich empfand er nur noch Verachtung für sie.

Ihre Begleiter sprachen leise miteinander, während Tom Perkins und sein Bruder in einiger Entfernung stehengeblieben waren.

Hannah Fernaby brauchte mehr Zeit, als sie gedacht hatte, bis sie die Curzon Street erreichte, denn sie verlief sich zweimal und war atemlos, als sie endlich vor der Haustür stand und den großen Türklopfer betätigte. Es war dreiviertel sechs.

Sir Michael selbst öffnete ihr und riß überrascht die Augen auf.

»Mrs. Fernaby! Bitte kommen Sie herein! Ich breche eben nach Charing Cross auf, wo ich um halb sieben Camilla in Empfang nehmen will. Möchten Sie mich begleiten?«

»Ich will mich nicht aufdrängen. Aber die Adresse machte mich besorgt.«

Er zog sie rasch herein. »Was für eine Adresse? Der Junge hat Ihnen doch sicher meine Adresse genannt?«

»Nein, Sir«, sagte sie und erzählte ihm in aller Kürze, was sie erfahren hatte.

Er wurde sehr ernst, und noch während sie sprach, griff er nach seinem Degengürtel, der in der Halle auf einer geschnitzten Holzbank bereitgelegen hatte.

»Meine Kutsche fährt jeden Augenblick vor, Gott sei Dank. Kommen Sie, Mrs. Fernaby, und beten wir, daß wir rechtzeitig dort sind.«

Als sich die dunkle Droschke Charing Cross näherte, gab es eine kurze Unterbrechung. Ein gedrungener Mann in Livree stieg vom Kutschbock.

»Habt ihr das Mädchen?« fragte er.

»Ja, aber zuerst das Geld her!« schnauzte einer ihrer Begleiter.

Camilla wollte zur Kutsche laufen, weil sie annehm, daß Sir Michael darin saß. Aber der zweite Mann hielt sie eisern am Arm fest.

Der gedrungene Mann schüttelte den Kopf. »Mein Herr bezahlt das Doppelte und will zuerst die Ware sehen, bevor er für seine Cousine das Lösegeld herausgibt. Wenn es eine andere ist, bekommt ihr nichts!«

Camilla hatte den Wortwechsel nicht mitangehört, da die beiden Männer außer Hörweite zu Tom Perkins gegangen waren, den sie konsultieren mußten. Er stimmte zögernd zu.

Schließlich hatte kein anderer reicher Tölpel zweitausend Guineas für das Mädchen geboten. Aber es war ihm trotzdem unbehaglich zumute, und er gab mit leiser Stimme Anweisungen.

»Ihr beide geht ihr nicht von der Seite. Zeigt sie ihm nur kurz an der Tür und bringt dann sofort das Geld, sonst geht es euch schlecht!«

Einem der Gauner gefiel die Verabredung nicht. Er wollte nicht von einem Bewohner des West End gesehen und möglicherweise wiedererkannt werden. Außerdem konnte es ein Komplott sein, um die Entführer in die Falle zu locken. Der Mann verlangte eine hohe Belohnung für den Dienst, und

Tom Perkins mußte sie ihm zugestehen. Er wollte auf keinen Fall selbst mitgehen, denn wenn es sich als Trick herausstellte, wäre Sal seinen Brüdern auf Gnade und Ungnade ausgeliefert.

Ein paar Minuten später wurde Camilla zur Kutschentür geschoben. Sie war überrascht, daß die Jalousien heruntergezogen waren, und sie fragte sich, ob Sir Michael damit nur vermeiden wollte, daß er erkannt wurde.

Als sie in die Kutsche stieg, wollte sie seinen Namen rufen, aber die muffige Droschke war leer, und was noch schlimmer war, ihre Begleiter stiegen ebenfalls ein. Verwirrt und ängstlich preßte sie sich dicht an das Fenster. Sie hob vorsichtig die Jalousie einen Spalt an, da sie sich nach den vertrauten Straßen und besonders nach der Curzon Street sehnte. Ihre Stimmung hob sich. Sobald sie Michael gegenüberstand, würde sie ihm alles erklären. Und da er das Lösegeld für sie bezahlen wollte, würde er sie anhören.

Sie versuchte, so gut sie konnte, mit den Händen ihr Haar zu ordnen, nachdem sie den schmutzigen Lumpen weggeworfen hatte. Ihr Aussehen würde ihrer Sache nicht dienlich sein, dachte sie unglücklich und spürte, wie das grobe Leinen in der Enge der Kutsche auf ihrer Haut kratzte. Nach einem weiteren Blick aus dem Fenster verstärkte sich ihre Hochstimmung, denn sie bogen in den Berkeley Square ein. Sie schaute nun nicht länger hinaus, denn in knapp zwei Minuten würden sie vor seiner Tür anhalten. Sie bemühte sich, ruhig zu bleiben, was ihr fast unmöglich war, da ihr Puls raste.

Aus diesem Grund bemerkte sie nicht, daß es übermäßig lange dauerte, bis die Kutsche anhielt. Ihr Herz klopfte wie rasend. Die beiden Begleiter stiegen aus, und sie folgte ihnen mit erhobenem Kopf und einem strahlenden Lächeln, denn sie glaubte sich nun in Sicherheit.

Da bemerkte sie, daß ihr sowohl die Straße, als auch der Hauseingang fremd waren. Aber sie dachte, daß Michael klugerweise einen geheimen Treffpunkt ausgemacht habe. Deshalb folgte sie dem Mann in den Toreingang, dann über einen gepflasterten Hof, auf dem Büsche in Kübeln standen, bis zu einer geöffneten Tür am anderen Ende.

Mit erstaunlicher Behendigkeit wurde sie in das Haus gezogen, und die Tür vor der Nase ihrer Begleiter, die das Lösegeld in Empfang nehmen wollten, zugeschlagen.

Der gedrungene Mann verschwand, und Camilla ging durch eine mit dicken Teppichen ausgelegte Halle, in der wertvolle Gemälde an den Wänden hingen, auf eine offene Tür zu, durch die gedämpftes Lampenlicht und der Schein eines knisternden Feuers fielen.

Sie holte tief Luft, betrat den Raum und streckte die Arme aus.

Dann blieb sie wie angewurzelt stehen, und ihre strahlende Miene erstarrte zu einer Maske. Vor dem Kamin, auf der anderen Seite des eleganten Raumes, stand breitbeinig nicht Sir Michael, sondern Sir Caspar Randal.

Elftes Kapitel

»Sie!« flüsterte Camilla, und ihre Lippen wurden trocken vor Furcht.

Sir Caspar stand reglos da. Er musterte sie stumm in ihrem erbärmlichen Zustand und war sichtlich befriedigt.

»Weshalb haben ausgerechnet Sie für meine Freiheit bezahlt?« fragte Camilla, die das Schweigen noch unerträglicher fand als seine abschätzige Musterung.

»Bezahlt?« wiederholte er lachend. »Ich würde für Ihre Freilassung keinen Penny bezahlen, meine Liebe. Gauner sind Narren und lassen sich leicht übertölpeln.«

»Ich... ich verstehe Sie nicht, Sir.« Dann kam ihr ein unglaublicher Gedanke, und in ihrer Liebe zur Wahrheit und

Gerechtigkeit fuhr sie fort: »Oder wollten Sie das Unrecht wiedergutmachen, daß Sie mir auf dem Ball angetan haben?« Sie brachte ein kleines Lächeln zustande.

»Ha! Unrecht nennen Sie es«, höhnte er. »Ich bin derjenige, dem Unrecht geschah und der durch Ihre Hochstapelei betrogen wurde. Sie sind schließlich nur eine gewöhnliche Hure!«

Das Blut schoß ihr in die Wangen. »Das bin ich nicht! Wenn Sie damals nicht zu betrunken gewesen wären, würden Sie sich daran erinnern, daß ich Ihre derben Annäherungsversuche in der Taverne mit aller Kraft abgewehrt habe. Sie waren abstoßend für mich und werden es immer sein!«

»Die kleine Katze zeigt ihre Krallen«, sagte er spöttisch und lachte. »Das vergrößert nur meinen Appetit!«

Camilla trat einen Schritt zurück, aber er war unverzüglich wie ein Schatten neben ihr. Seine Augen funkelten.

»Ich wollte dich schon damals haben, und daran hat sich bis heute nichts geändert, ›Comtesse‹. Endlich bist du in meiner Gewalt und meine Gefangene. Keine lebende Seele in ganz London weiß, daß du bei mir bist. Und erwarte keine Hilfe von diesen Erpressern. Sie haben die Beine unter den Arm genommen und laufen um ihr Leben.«

Camilla spannte jeden Muskel ihres Körpers und war entschlossen, sich ihm zu widersetzen, selbst wenn es sie das Leben kosten sollte. Haß belebte ihre großen, grauen Augen.

»Ich werde Ihnen niemals zu Willen sein, das schwöre ich Ihnen.«

»Du hast keine andere Wahl«, triumphierte er gierig. »Du hast mich verhext, Camilla, und es dann noch schlimmer gemacht, indem du mich wochenlang öffentlich zurückgewiesen hast, und das ausgerechnet wegen Monford! Ich hasse ihn, und er soll nicht das bekommen, was ich haben möchte, denn wenn diese Nacht vorüber ist, wird er dich nicht mehr anrühren.«

Sein Atem roch nach Alkohol. Er rückte immer näher. Camilla verschränkte die Arme vor der Brust und berührte dabei unglücklicherweise seinen Ärmel. Sofort packte er ihre Arme und preßte seine schmalen Lippen hungrig auf die ihren.

Camilla biß die Zähne zusammen und wehrte sich verzweifelt. Aber seine Lüsternheit gab ihm die Kraft von zehn Männern. Hätte sein Mund nicht immer noch auf dem ihren geklebt, hätte sie über den Schmerz in ihren sowieso schon malträtierten Armen aufgeschrien.

Sie versuchte, sich zu befreien, aber es gab kein Entrinnen, da er sich leidenschaftlich an sie klammerte. Sie versuchte, sich an die Halle zu erinnern, die breit, aber nicht sehr lang war. Irgendwo mußte der gedrungene Mann, der sie eingelassen hatte, hinter einer der Türen sein. Er würde ihr doch sicherlich helfen. Aber dann dachte sie an seinen harten Blick, als er die Haustür vor den Erpressern zugeschlagen hatte, und sie wußte, daß er nichts unternehmen würde. Aber die Haustür selbst? Hatte er sie hinter ihr verriegelt? Nein, er war in zu großer Eile gewesen. Wenn sie nur die Tür erreichen könnte.

Aufgebracht über ihren Widerstand griff er in den Halsausschnitt ihres Kleides und riß in seiner Raserei so heftig daran, daß der grobe Sackstoff nachgab und ihre Brüste entblößte.

Sie kämpfte wie eine Furie und ging dabei Schritt für Schritt in Richtung Halle zurück. In seiner Entschlossenheit, ihre Hingabe zu erzwingen, bemerkte er es nicht.

Ihr Mund war jetzt wund und schwoll an. Sie roch seinen Atem, und tiefer Ekel stieg in ihr hoch.

Sie hämmerte noch immer mit den Fäusten auf seinen Rücken. Er hob sein Gesicht und knurrte: »Je mehr du dich wehrst, um so süßer ist mein Sieg.«

Sie holte tief Luft und sah an den Gemälden, die ihr beim Hereinkommen aufgefallen waren, daß sie jetzt kaum mehr als zwei Schritte von der Haustür entfernt sein mußte. Sie wußte nicht, wie sie die Tür öffnen sollte, da er sie an den Armen festhielt, aber sie mußte die Tür erreichen, denn es war ihre einzige Rettung.

Sir Caspars wilde Lüsternheit kam ihr zu Hilfe, denn als er sah, daß ihr weißer Hals und ihre Brüste entblößt waren, hob er eine Hand, um ihr Kleid noch weiter aufzureißen. Sie konnte mit ihrer rechten Hand hinter sich greifen. Er preßte seinen Mund auf ihren Hals und taumelte zwei Schritte vor, ohne zu bemerken, was sie tat.

Camilla warf in scheinbarer Unterwerfung den Kopf zurück und betete, daß er nicht aufblicken möge, während sie ihn einen weiteren Schritt mit sich zog. Sie tastete nach der Türklinke und fand sie.

Die Tür war schwer. In diesem Augenblick glaubte sie, das Geräusch rascher Schritte zu hören. Oder war es nur das Hämmern ihres Herzens? Mit aller Kraft drückte sie die Türklinke herunter. Aber da Randals Gewicht auf ihr lag, konnte sie die Tür nicht nach innen ziehen. Sie schrie auf. Für sie war es nur ein schwaches Geräusch, aber ihr Schrei mußte weit genug gedrungen sein.

Denn nun wurde die Tür von außen so kräftig nach innen gestoßen, daß das Gewicht der Tür sie beide in die Halle zurückstieß. Randal war vom Wein und der Leidenschaft so benommen, daß er nicht sofort realisierte, was geschehen war.

Als Camilla hochblickte, sah sie in das geliebte Gesicht von Sir Michael. Er war dunkelrot vor Zorn, und sie murmelte nur noch seinen Namen.

Danach nahm sie nichts mehr wahr, bis sie sich vor dem Haus in den liebenden Armen von Mrs. Fernaby wiederfand und deren vertraute, tröstende Stimme hörte.

»Mein Kleines, jetzt bist du in Sicherheit, Gott sei Lob und Dank. Komm, ich bringe dich zu Sir Michaels Kutsche.«

Zärtlich führte sie sie auf die Straße, doch da kam Camilla zu sich. Sie blieb wie angenagelt stehen.

»Mama, du und Michael! Ich habe nicht zu hoffen gewagt, daß ich ihn noch einmal wiedersehen würde. Ist er nicht verärgert über mich?«

»Verärgert? Er hat während der letzten Stunden weder schlafen noch essen können, seit du gestern abend verschwunden bist. Wenn je ein Mann geliebt hat, dann ist er es.«

Camilla legte ihren Kopf an Mrs. Fernabys Schulter, denn der Fußboden hatte plötzlich die unangenehme Eigenschaft, sich vor ihren Augen wellenförmig zu heben und zu senken.

»Ich bin ihm so dankbar«, sagte sie inbrünstig. »Aber ich werde mich nicht von der Stelle rühren, bis ich weiß, ob ihm nichts zugestoßen ist.« Sie zitterte, als sie an das Vorgefallene dachte. »Randal ist wie ein wildes Tier. Ich war in einer entsetzlichen Lage, Mama. Was wird Michael von mir denken?«

»Er wird sich nicht an deinem Aussehen stören, Kind«, versicherte ihr Mrs. Fernaby. »Guter Gott, wir hätten dich ertrunken im Fluß oder übel zugerichtet in einer der Gassen finden können. Ich wage gar nicht, daran zu denken.«

Mrs. Fernaby schluchzte, und jetzt war es an Camilla, sie zu trösten, so gut sie konnte.

»Du mußt wegen mir nicht weinen, Mama. Jetzt ist ja alles vorüber.« Sie warf einen ängstlichen Blick auf die Tür, die Michael hinter sich zugeschlagen hatte. »Was mag wohl im Haus vorgehen? Ich habe Angst um ihn. Randal war vorhin wie vom Teufel besessen.«

Sie wollte zum Haus zurückgehen, aber Mrs. Fernaby hielt sie zurück.

»Nein, nein, Kind. Sir Michael hat mir befohlen, dich gleich in seine Kutsche zu bringen, fort von jeder Gefahr. Das ist jetzt eine Angelegenheit zwischen Männern, und du darfst dich nicht einmischen.«

Camilla gehorchte. Hineinzugehen wäre in der Tat eine Torheit gewesen und hätte vermutlich Michaels Pläne durchkreuzt. Aber die Ungewißheit war kaum zu ertragen.

Camilla hielt sich an Mrs. Fernaby fest, und beide beteten stumm, daß Michael nichts zustoßen möge. Camilla wußte, daß Randal zu jeder Niedertracht und sogar zum Meuchelmord fähig war, um seine Wünsche zu befriedigen. Es bestand die Gefahr, daß er derjenige wäre, der zur Tür herausstürzte.

»Mama, ich flehe dich an, bitte geh zur Kutsche. Ich will nicht, daß du durch mich in Gefahr gerätst. In der Kutsche bist du sicher. Bitte!«

»Wie, ich soll davonlaufen, wenn für dich Gefahr droht? Schäme dich, Mädchen. Ich bin sicher, daß Sir Michael schließlich der Sieger sein wird, was auch immer geschieht. Und wenn das Schlimmste eintreten sollte, sind wir beide zusammen stärker als eine allein, besonders, wenn du schon jetzt halb ohnmächtig vor Angst bist.«

Camilla lächelte schwach. »Du bist wirklich ein Engel. Aber es ist keine Schwäche... es ist nur... nur...«

»Ja, ich verstehe dich. Zuerst warst du in den Händen von diesen Halsabschneidern und dann dies. Es ist ein Wunder, daß du überhaupt noch die Kraft hast, aufrecht zu stehen.«

Sie lauschten, aber es drang kein Geräusch aus dem Haus. Da Camilla die Kräfte Randals kannte, ängstigte sie sich um Michael mehr, als sie um sich selbst gefürchtet hatte, denn er war ihr Leben und ihre einzige, wahre Liebe.

Im Haus musterte Sir Michael mit gezogenem Degen angewidert Randals unordentliche Kleidung und sein verzerrtes Gesicht.

»Ich bin gekommen, um Sie zu töten, Randal. Sie sind eine Ratte. Aber ich werde es nicht kaltblütig tun. Ich habe Sie schon auf dem Ball aufgefordert, und ich fordere Sie jetzt noch einmal heraus. Holen Sie Ihren Degen!«

Caspar Randal zögerte, doch dann raffte er sich auf. Er würde siegen, denn er war geschickt mit dem Rapier.

Sobald Randal bewaffnet war, grüßte Sir Michael ihn formell mit der Klinge und machte einen Ausfall. Er traf dabei Randal am rechten Arm, riß ihm den Ärmel auf und schlug eine blutige Wunde.

Randal zog sich in den schwach beleuchteten Salon zurück. Nun waren auch die letzten Spuren seiner Lüsternheit verflogen. Der Mann, den er seit langem haßte, mußte sein Opfer werden, und er würde den Sieg erringen.

Sie griffen wieder an und parierten. Ein rascher Degenstoß Randals riß den Rock seines Rivalen auf, aber er hatte nicht sein Herz erreicht. Im nächsten Augenblick war Monfords Degenspitze an Randals Hals, und er zwang ihn langsam und unnachsichtig auf die Knie.

Mit gepreßter Stimme sagte er: »Warum, Randal? Ich möchte wissen, warum Sie sich wie ein Schurke benommen haben. Ich habe Ihnen doch weiß Gott nie etwas getan, und was meine Verlobte, Camilla de Courville, anbetrifft, sie kennt Sie kaum.«

Mit zusammengebissenen Zähnen zischte Randal: »Natürlich kennt sie mich! Sie ist die Edelhure aus der Taverne. Fernaby ist mein Zeuge. Sie hat mich zurückgewiesen, sie hat meine Ehre beschmutzt. Das ist unverzeihlich!«

»Ihre Ehre!« Sir Michaels Stimme klirrte wie Stahl. »Welcher Ehrenmann belästigt eine Dame, die seine unwillkommenen Annäherungsversuche zurückweist? Sie vergessen, daß auch ich in der Taverne war und diese unschöne Begegnung miterlebt habe. Stehen Sie auf!«

Langsam erhob sich Randal und kreischte mit hoher Stimme: »Zumindest habe ich Camilla vor diesen Erpressern gerettet. Statt meiner Diener habe ich einen Ringkämpfer hingeschickt, der sie in Empfang nahm. Und als sie die Hände gierig nach dem Geld ausstreckten, stieß er sie von meiner Tür und sie fielen übereinander.« Sein Lachen klang rauh, denn er fürchtete sich, und die Kehle zog sich ihm zusammen. »Jetzt können wir uns die Beute teilen.«

Das Wort Beute, das auf seine Camilla, auf seine Liebe gemünzt war, empörte Sir Michael derartig, daß sein Degen wie von selbst zuschlug.

Randal stand trotzig und breitbeinig vor dem Kamin, so wie er dagestanden war, als Camilla den Salon betreten hatte.

Mit einem letzten Ausfall zielte Sir Michael auf Randals Herz und traf sein Ziel. Randal brach zusammen, und in seinem Blick lag ein Ausdruck des Erstaunens.

Caspar Randal war tot.

Als Camilla alle Hoffnung zu verlassen drohte, ging die Haustür auf.

Sir Michael kam aus dem Haus und steckte seinen Degen in die Scheide. Sein Gesicht war aschfahl. Auf der linken Seite seines dunkelgrünen Rockes klaffte ein großer Riß.

»Randal wird Sie nie mehr belästigen«, sagte er mit brüchiger Stimme.

»Sie sind verletzt!« rief Camilla ängstlich und eilte auf ihn zu. Ihre ganze Schwäche war vor Erleichterung darüber, daß er am Leben war, vergessen.

»Mein Liebster, Sie sind verwundet!«

Michael sah überrascht an seinem Rock herab. »Ich glaube nicht. Randal versuchte es. Es war ein fairer Kampf, aber kein ehrenhaftes Duell.« Dann sah er erschrocken Camillas weißes Gesicht und streichelte zärtlich ihre Wange. »Meine arme, kleine Geliebte. Allein der Gedanke daran, was Sie gelitten haben, ist unerträglich.«

»Jetzt, da auch Sie in Sicherheit sind, ist alles vergessen«, erklärte sie mit leuchtenden Augen. »Wir müssen sofort in Ihr Haus, damit Ihre Mutter und Augusta sich um Sie kümmern können. Ich fürchte, Sie sind doch verletzt.«

Er lächelte gequält. »Leider kann ich mich Ihrer liebenden Fürsorge nicht anvertrauen, mein Liebes. Ich habe einen Mann getötet. Die Pflicht verlangt von mir, daß ich mich in die Hände des Gesetzes begebe.«

»Nein!« schrie Camilla entsetzt. »Wenn je ein Mann schuldlos getötet hat, dann waren Sie es, Michael. Ich will nicht, daß Sie meine Torheit büßen müssen. Wenn ich Vertrauen in Ihre Liebe und die der anderen gehabt hätte, wäre das alles nicht passiert. Ich beschwöre Sie, Michael, warten Sie, bis wir beide uns ausgesprochen haben.«

»Kommt erst einmal zur Kutsche«, unterbrach Mrs. Fernaby resolut.

Sir Michael legte Camilla den Arm um die Schulter, und beide folgten ihr gehorsam wie Kinder, obwohl Michael wußte, daß er dadurch seine Pflicht nur hinausschob.

Männer seines Standes wurden niemals als Mörder verfolgt. Das Gesetz vertraute ihnen, daß sie sich selbst stellten und ein Geständnis ablegten.

Sir Michaels treuer Kutscher war von seinem Kutschbock herabgestiegen und beeilte sich, den drei jammervollen Gestalten beim Einsteigen behilflich zu sein. Er hatte seinen Herrn noch nie so blaß gesehen und die Frauen!

»Nach Hause, Sir?« fragte er besorgt.

Zu seiner Überraschung antwortete ihm die Comtesse: »Warte bitte einen Augenblick. Wir müssen noch eine dringende Angelegenheit besprechen.«

Sie hatte einen Plan gefaßt, einen Plan, der so einfach und doch so gewagt war, denn sie setzte damit alles auf eine Karte.

Aber sie hatte Sir Michaels Fürsorge und seine Beschützerrolle außer acht gelassen. Als sie sprechen wollte, gebot er ihr Einhalt.

»Meine Geliebte, daß Sie gequält worden sind, weiß ich, aber bitte sagen Sie mir ehrlich, hat man Ihnen etwas zuleide getan? Ich muß es wissen. Ich habe Höllenqualen ausgestanden, seit Sie aus dem Ballsaal fortgelaufen sind.«

Sie sah seine dunklen, fragenden Augen im Schein der Kutschenlampen. »Nein, mein Liebling. Ich schwöre es, Michael. Aber können Sie mir meine Torheit verzeihen? Es war alles meine Schuld. Ich war selbstsüchtig und über Randals Beleidigungen so außer mir... ich... ich konnte nicht glauben, daß Sie mich immer noch lieben würden. Die ganze Zeit, als ich gefangengehalten wurde, empfand ich es als Strafe für meine Torheit.«

»Camilla!« Er zog sie zärtlich an sich und hätte sie gern geküßt. »Was wäre das für eine Liebe, die bei jeder Lüge, die andere verbreiten, wankelmütig wird? Ich war so begierig darauf, Sie zu finden, daß ich meine Herausforderung an diesen infamen Kerl nicht sofort wiederholen konnte, wie ich es ihm geschworen hatte.«

»Dies macht Ihren Degenkampf ehrenwert. Bitte sehen Sie doch ein, Michael, daß es ein Duell war, das im Haus anstatt auf dem freien Feld stattgefunden hat. Sie können sich unmöglich des Mordes bezichtigen.«

Er seufzte. »Nicht einmal Sie können mich von meiner Pflicht abbringen, meine geliebte Camilla. Es ist grausam, daß wir uns so rasch wieder trennen müssen, nachdem wir uns endlich gefunden haben. Es war Mord, den ich aus Haß begangen habe und den ich nicht einmal bereue. Ich muß mich stellen.«

Mrs. Fernaby hatte still in der anderen Ecke der Kutsche zugehört, und ihr Herz wurde schwer. Leise sagte sie: »Es wird das beste sein, Camilla, und die Richter sind bestimmt gnädig, wenn sie die Wahrheit erfahren.«

»Nein«, sagte Camilla aufgebracht. »Bitte hören Sie auf mich, Michael. Ich habe einen ungewöhnlichen Plan, und wenn er gelingt, wird er Ihre Ehre von jedem Makel befreien und Ihnen das Leben retten«

Er hob überrascht eine Augenbraue, und Camilla fuhr rasch fort: »Wir fahren sofort zum Carlton House und bitten um eine Audienz bei Seiner Königlichen Hoheit. Er ist der oberste Richter von England, und wenn es stimmt, was Mrs. Fitzherbert sagt, dann hat er ein mitfühlendes Herz. Bitte glauben Sie nicht, ich sei verrückt geworden, Michael.«

Sie umfaßte seine Hände. »Er war sehr gnädig, als ich ihm vorgestellt wurde. Und ich bin sicher, Mrs. Fitzherbert ist auf unserer Seite.«

»Meinen Sie?«

»Aber natürlich! Warum wollen Sie nicht einsehen, daß all die schrecklichen Dinge, die geschehen sind, meine Schuld sind? Ich werde bei Ihnen bleiben, was immer auch geschieht. Wenn dadurch, daß Sie Randal getötet haben, Ihre Ehre befleckt würde, so haben Sie es nur um meinetwillen getan.«

Sie hielt inne, denn sie wußte, daß sie nicht länger auf ihn eindringen durfte. Als er sich von ihr abwandte und auf das dunkle Straßenpflaster hinausblickte, ließ sie seine Hände nicht los. Im stillen betete sie inbrünstig darum, daß er auf ihren Vorschlag eingehen möge. Auch Mrs. Fernaby schwieg. Es war so, als stünde ihrer aller Zukunft auf dem Spiel und als hinge sie nun von Michaels Entscheidung ab.

Schließlich sagte er zögernd: »Prinny wird aufbrausen, wenn wir ihn stören.«

Camilla stieß einen Seufzer der Dankbarkeit aus. Sie hatte gewonnen.

»Außerdem könnte es sein, daß er gerade für seine engeren Freunde ein Essen gibt«, fuhr Michael fort. »Wir können in unserem jetzigen Aufzug nicht bei ihm erscheinen.«

»Doch, ich werde genau so hingehen, wie ich jetzt bin«, Camilla warf den Kopf zurück. »Dieses häßliche Sackkleid hat Randal zerrissen, und mein verletzter Mund ist ein weiterer Beweis seines schändlichen Verhaltens. Unsere Worte wären wenig wert, wenn wir elegant gekleidet und gut frisiert vor ihn träten, und ich meine Verletzungen sorgfältig kaschierte. Bitten Sie mich nicht, es mir anders zu überlegen.«

Sir Michael lächelte. »Ich sehe, ich habe ein Mädchen gefunden, das nicht nur außerordentlich schön und charmant, sondern auch mutig ist.« Dann rief er seinem Kutscher zu: »Zum Carlton House.«

Die Fahrt dauerte kaum fünf Minuten, und während dieser Zeit sprach in der Kutsche niemand. Camilla wurde plötzlich ängstlich; wie, wenn der Prinzregent über die Störung empört war und sie ihren Geliebten dadurch in noch größere Gefahr brachte? Aber er hatte ihr beim Ball viele Komplimente gemacht, und bei dem Gedanken daran faßte sie wieder Mut. Da an diesem Abend augenscheinlich kein Staatsempfang stattfand, würde Mrs. Fitzherbert sicher ebenfalls anwesend sein. Sie war eine Frau mit einem großen Herzen und würde die Bitten der Liebenden freundlich aufnehmen.

Die Kutsche fuhr vor. Mrs. Fernaby drückte sich noch enger in ihren Sitz, als Sir Michael und Camilla ausstiegen. Die großen Tore waren geschlossen, ein Wachposten stand davor. Sir Michael ignorierte ihn und führte Camilla die Treppen hinauf. Er betätigte die goldene Glocke.

»Ich habe mich Ihrem Willen gefügt«, sagte er und lächelte Camilla zärtlich an. »Jetzt bitte ich Sie, lassen Sie mich meine Sache selbst vortragen, falls wir eine Audienz bekommen.«

Sie hatte keine Zeit zu antworten, denn zwei Diener öffneten die Tür.

»Bitte sagen Sie Seiner Königlichen Hoheit, daß Sir Michael Monford und die Comtesse de Courville ihn um eine kurze Privataudienz ersuchen und ich um Verzeihung bitte, daß wir ihn zu dieser Stunde belästigen.«

Einer der Diener verbeugte sich und zog sich zurück. Der andere blieb in der Nähe stehen, um das verwegen aussehende Paar im Auge zu behalten. Er wollte sie mit Wonne hinauswerfen, wenn der Prinzregent ihnen eine Abfuhr erteilte, was er zweifellos tun würde.

Der Mann schien eine Ewigkeit weg zu sein, und Camilla wurde unruhig.

Endlich kam er zurück, verbeugte sich und sagte mit einem schwachen Lächeln: »Bitte folgen Sie mir.«

Normalerweise hätte sich Camilla im Palast interessiert umgesehen, denn sie wurden in die Privaträume des Prinzregenten geleitet, und die Gänge, die dorthin führten, waren noch kostbarer möbliert als die Haupthalle vor dem Ballsaal. Aber sie war im Augenblick zu aufgeregt. Der Diener blieb vor einer weißgoldenen Tür stehen und fragte: »Wen darf ich melden, Sir?«

»Sir Michael Monford und die Comtesse de Courville«, sagte Camilla bestimmt, ehe Sir Michael antworten konnte.

Die Tür ging auf, und sie wurden mit lauter Stimme angekündigt.

Sie traten Hand in Hand ein. Der Prinzregent und Mrs. Fitzherbert waren allein. Sie legten Patiencen auf einem Intarsientischchen. Seine Königliche Hoheit schmollte. Er war mißgestimmt, weil sein Privatleben so rüde gestört wurde.

Mrs. Fitzherbert starrte sie ungläubig an, zuerst Camillas häßliches Sackkleid, das außerdem noch zerrissen war, dann ihr zerzaustes Haar und ihr malträtiertes Gesicht. Camilla war kaum wiederzuerkennen. Aber dann leuchteten Mrs. Fitzherberts Augen auf. Sie sprang auf und warf dabei zum weiteren Ärger des Prinzregenten das Tischchen um, denn die schwierige Patience hatte sich gerade zu seinen Gunsten gewendet, und er gewann gern.

»Camilla, mein armes, armes Kind! Was ist geschehen?« Sie breitete mütterlich ihre Arme aus. Dankbar ließ sich Camilla von ihr umarmen. »Wie habe ich mich heute mit meiner lieben Freundin, der Marquise, um dich gesorgt. Sie ist ganz außer sich. Waren Sie schon bei ihr?«

»Leider noch nicht«, sagte Camilla, »denn das, was uns so ungelegen hierherführte, ist äußerst dringend.«

Sie löste sich aus den tröstenden Armen und machte einen tiefen Knicks vor dem Prinzregenten, der jetzt verblüfft genug war, um sein Monokel aus einer gestickten Westentasche zu ziehen. Wer war dieses zerschundene Mädchen, das von seiner Geliebten so warm willkommen geheißen wurde? Er musterte Camilla eine Minute lang und schüttelte verwirrt den Kopf.

Nun trat Sir Michael vor und verbeugte sich ebenfalls.

»Königliche Hoheit sind die Güte selbst, da Sie uns dieses kurze Gespräch gewähren. Ich versichere Ihnen, wir werden Sie nicht lange aufhalten.«

»Dann schießen Sie los, Monford. Sie sehen ganz schön mitgenommen aus.«

»Ich habe eben Sir Caspar Randal getötet«, sagte Sir Michael tonlos. »Es geschah in seinem Haus.«

»Wie?« Der Prinzregent war sichtlich beunruhigt. »Dann müssen Sie sich an einen Juristen wenden, Sir, und nicht an uns.«

Camilla konnte nicht länger schweigen. Mit fester Stimme sagte sie:

»Königliche Hoheit werden sich nicht mehr an mich erinnern, so wie ich jetzt aussehe. Ich bin die Comtesse de Courville, zu der Sie gestern höchst gnädig waren. Während des Balls haben Sir Michael und ich uns verlobt. Und dann verleumdete mich Sir Caspar Randal, und zu meiner eigenen Schande lief ich davon, weil ich mich vor einem Skandal fürchtete. Ich bitte für Sir Michael. Denn alles, was danach geschehen ist, ist allein meine Schuld, verursacht durch meine Torheit.«

Sie spürte, daß sie sein Interesse geweckt hatte. Während er mit der einen Hand sein Monokel an das Auge hob, kniff er sich mit der anderen in die Lippen und überlegte.

»Erzählen Sie weiter, Comtesse. Sie sind also zu Sir Caspar gelaufen?«

»O nein!« Camillas Entsetzen über eine solche Vorstellung war so groß, daß sie die formelle Anrede vergaß, die jeder Äußerung vorausgehen mußte. »Mein einziger Gedanke war es, zu meiner Pflegemutter in Cheapside zu laufen, weil ich glaubte, daß mich die Gesellschaft nun verachten würde.«

»Aber Sie konnten doch Sir Michael nicht so falsch einschätzen?« unterbrach Mrs. Fitzherbert sanft.

»Zu meiner Schande muß ich zugeben, daß ich es tat.« Sie warf Michael einen so liebevollen Blick zu, daß der Prinzregent noch interessierter wurde.

»Mein Gott, was Frauen doch für einen Unsinn reden. Ich warte auf Ihre Geschichte, Madame, auf die ganze Geschichte«, drängte er.

»Ja, Königliche Hoheit. Ich lief ohne Mantel, so wie ich war, aus Ihrem Haus und wurde von Straßendieben gefangen und für ein Lösegeld festgehalten.«

Der Prinzregent riß erstaunt die Augen auf. »In London? In unserer Hauptstadt gehen solche Dinge vor?«

»Ja, Sir.« Camilla war verblüfft, wie wenig er von seinen Untertanen wußte, aber um ihn nicht zu reizen, fuhr sie rasch fort: »Das Lösegeld wurde angeboten und ein Plan für meine Übergabe ausgehandelt. Als ich hörte, daß das Geld von einem Herrn gezahlt werden sollte, dachte ich, das müsse Sir Michael sein. Er war auch bereit, die geforderte Summe zu zahlen, aber ein anderer Mann bot den Erpressern das Doppelte an.«

»Und arrangierte außerdem eine frühere Begegnung mit den Entführern«, unterbrach Sir Michael. »Ich schwöre, wenn ich sie zu fassen bekäme...«

Der Prinzregent zwinkerte ihm zu: »... dann wären Sie zweifellos bald wieder hier, um weitere Morde zu gestehen.«

»Königliche Hoheit, als er Randal tötete, war es kein Mord. Er tat es, um meine Ehre zu retten«, unterbrach Camilla aufgeregt. »Gegen meinen Willen wurde ich in Sir Caspar Randals Haus gebracht. Er hat die beiden Männer, die mich dort hinführten, nicht einmal bezahlt. Und dann...« Sie wurde blaß, und es fiel ihr schwer, weiterzusprechen.

Mrs. Fitzherbert trat voller Mitleid neben sie.

»Sie müssen Seiner Königlichen Hoheit alles sagen, mein

Kind. Wie soll er sonst über Sir Michaels Handlungsweise urteilen?«

Camilla lächelte sie dankbar an und fuhr dann fort: »Er... Sir Caspar... verunglimpfte mich aufs Gemeinste, und dann... dann packte er mich und...« Ihre Stimme war nun kaum hörbar, und sie senkte den Blick vor Scham bei dem Gedanken daran. »... er wollte mich vergewaltigen. Ich glaube, er war von Sinnen. Er zerriß dieses elende Kleid, das ich tragen mußte... Ich versuchte, zur Haustür zu gelangen, und zog ihn schrittweise mit mir. Ich kann nicht sagen, warum ich glaubte, daß dies meine einzige Rettung war. Aber sie war es, Gott sei Dank. Sir Michael war gerade vor dem Haus angekommen, und als es mir gelang, die Türklinke herunterzudrücken, stieß er mit aller Macht die Tür auf, so daß wir zu Boden fielen.« Sie konnte nicht weitersprechen.

»Mein armes, armes Kind«, sagte Mrs. Fitzherbert und legte tröstend den Arm um sie.

Sir Michael ergriff das Wort. »Ich gestehe, Sire, daß ich noch nie vor Zorn so außer mir war. Ich hätte Randal am liebsten auf der Stelle getötet, als er am Boden lag. Aber er griff nach seinem Degen, und ich war froh, daß auch er bewaffnet war. Er war immer noch von seinen niedrigen Leidenschaften besessen und konnte sich nur schwer auf den Kampf konzentrieren. Ich habe ihn eindeutig getötet.« Sir Michael senkte den Kopf. »Ich leugne meine Schuld nicht. Und ich entschuldige sie auch nicht, nur daß...«

»... nur daß«, unterbrach Camilla rasch, »wenn Sir Michael nicht gekommen wäre, mein Leben zerstört worden wäre und ich mich aus Scham getötet hätte. Hoheit, unser beider Leben liegt in Ihren Händen.« Sie sah ihn furchtlos an, doch ihr Herz klopfte wie wild. »Ich flehe um Ihre Gnade, denn nur Sie können Sir Michael Gnade erweisen.«

Mrs. Fitzherbert zog sie noch fester an sich, da sie die Angst des Mädchens spürte. Ihr Blick traf den Prinzregenten, und auch sie bat für Sir Michael.

Das Schweigen schien eine Ewigkeit zu dauern, während sie warteten und ihr Leben an einem seidenen Faden hing. Der Prinzregent war für seine unberechenbaren Launen bekannt, die sich so rasch ändern konnten. Seine Miene verriet nichts von seinen Gedanken, als er sie nacheinander durchdringend ansah.

In Wirklichkeit dauerte das Schweigen kaum eine Minute, bevor er mit einer seltenen Wärme in der Stimme das Urteil sprach.

»Kaltblütiger Mord ist ein Verbrechen, das wissen Sie so gut wie ich, Monford. Aber dies war kein Mord. Ich habe Randal nie gemocht, und was ich eben gehört habe, bestätigt mein Urteil über ihn. Für solch ein Benehmen einer Dame gegenüber verdient er es, wie eine Ratte zu sterben. Sie haben meinen vollen Respekt, Monford, und ich wünsche Ihnen und der Comtesse ein langes, glückliches Eheleben.«

Sir Michael verbeugte sich tief, aber Camilla ging in ihrer Dankbarkeit noch weiter. Sie lief vor, machte einen tiefen Knicks und küßte die beringte Hand, die auf einer Sessellehne lag.

Der Prinzregent sah sie angenehm überrascht an. »Aber meine liebe Comtesse!« Dann lachte er. »Fahren Sie jetzt nach Hause und machen Sie morgen früh, in einem geeigneteren Aufzug, Ihre Aufwartung.«

Er entließ die strahlenden Liebenden und gab dann rasch seine Anweisungen. Er ließ sofort die obersten Richter zu sich kommen, denn er war entsetzt über das, was in seiner Stadt vorgefallen war. Obwohl Sal Perkins sich vor Camilla gerühmt hatte, daß das Gesetz sie niemals aufspüren würde, wurden sie und ihre Kumpane innerhalb von vierundzwanzig Stunden gefangengenommen und in das Newgate-Gefängnis gebracht, wo sie ihre Verurteilung und die gerechte Strafe für ihr Verbrechen der Entführung und Erpressung erwarteten. Sals ›Freunde‹ verrieten sie nur zu bereitwillig, wenn sie dadurch ihre eigene Haut retten und das Gesetz von ihren eigenen Vergehen ablenken konnten.

Zwölftes Kapitel

Die Wiedersehensfreude im Hause Fouchet war überschwenglich. Nachdem die Marquise ungläubig den Atem angehalten hatte, eilte sie auf Camilla zu und umarmte sie. Sie murmelte immer wieder ihren Namen. Während der Marquis Camilla auf beide Wangen küßte, liefen Tränen an seinem alten Gesicht herab, und er flüsterte: »Mein Kind, meine liebe, kleine Claudette-Camilla.« Zwischen Weinen und Lachen fügte er hinzu: »In solchen Augenblicken ist es ein Glück, daß man Franzose ist, die Engländer mögen keine Tränen.«

Dann umarmten beide Sir Michael und schüttelten Mrs. Fernaby dankbar die Hand. Ihnen war bewußt, wieviel sie ihr zur Rettung Camillas zu verdanken hatten, und in welcher Gefahr Camilla gewesen war.

Als die kleine französische Uhr acht schlug, blickte Mrs. Fernaby erschrocken auf.

»Verzeihen Sie mir, aber ich muß nach Hause. Ich muß mich beeilen. Mein Mann hat noch keinen Tee bekommen und wird in diesem Moment die Taverne öffnen. Er wird wütend sein...«

Sie war blaß und ängstlich geworden, als sie an die Szene dachte, die sie in der Taverne erwartete.

Camilla, die ihre Ängste kannte, ergriff rasch ihre Hände. »Nein, nein, Mama, du darfst nie wieder dorthin zurückkehren. Wir werden dich beschützen, für dich sorgen...«

»Ich bin ganz deiner Meinung, Camilla«, unterbrach die Marquise mit ihrer silbrigen Stimme. »Wir kennen Sie kaum,

Mrs. Fernaby, aber von Camilla wissen wir, wie viel Sie für sie getan haben. Ich suche schon lange eine englische Haushälterin, die sich mit unserer französischen Lebensweise abfindet, ohne ungeduldig zu werden. Wir würden uns sehr freuen, wenn Sie bei uns blieben.«

Camilla errötete vor Dankbarkeit und Freude.

»Mama, hast du das gehört? Ist das nicht die Krönung dieses schrecklichen Tages?«

Mrs. Fernaby knetete aufgeregt ihre mageren Hände.

»Mylady, Sie sind zu gütig, aber ich möchte keine Schwierigkeiten in Ihr Haus bringen. Ich fürchte, mein Mann wird mich finden und Ihnen Unannehmlichkeiten machen. Außerdem habe ich in der Taverne meine Sachen. Sie sind zwar armselig, aber ich möchte sie nicht verlieren.«

Es war Sir Michael, der die Angelegenheit zu Ende brachte. Er legte eine Hand auf Mrs. Fernabys Schulter und sagte freundlich:

»Mutter Fernaby – für mich werden Sie das von jetzt an immer sein –, bitte vergessen Sie alle Schwierigkeiten, denn es ist nun unsere Aufgabe, für Sie zu sorgen.« Er sah Camilla lange und zärtlich an und fuhr dann fort: »Ich weiß, daß Camilla zustimmen wird, wenn ich sage, daß wir später niemand anderem als Ihnen die Obhut über unsere Kinderzimmer anvertrauen wollen. Wenn Sie für die künftige Generation der Monfords so gut sorgen, wie Sie es für Camilla getan haben, könnten unsere Kinder keinen besseren Start ins Leben haben.«

Camilla warf ihm einen dankbaren Blick zu, als sie zärtlich die tränenüberströmte Wange von Mrs. Fernaby küßte.

»Mama, dein Glück ist für dich geplant, und nie wieder sollst du in Angst und Furcht leben. Wir sind heute alle so glücklich, und wie könnten wir es noch sein, wenn wir wüßten, daß du dich in Lebensgefahr begibst? Ich werde jemanden schicken, der deine Sachen holt. Bitte nimm das großzügige Angebot der Marquise an, und dieser Tag endet für uns alle glücklich.«

Mrs. Fernaby fand keine Worte, aber sie machte einen Knicks vor der Marquise und brachte ein kleines Lächeln zustande. Dann wandte sie sich an Camilla und sagte beinahe brüsk: »Komm, Kind, laß mich deine Wunden verarzten und dich für deinen Verlobungsabend herausputzen.«

Gehorsam und mit leuchtenden Augen nahm Camilla ihre Hand und führte sie in ihr Zimmer.

Nach einer Woche waren Camillas blaue Flecken und Schürfungen vergessen. Wie hätte es auch anders sein sollen, da jeder Tag von Glück erfüllt war! Nicht nur der Marquis de Fouchet hatte mit Freude seine Zustimmung zur Hochzeit gegeben, sondern auch Lady Monford war glücklich darüber.

»Es ist höchste Zeit, daß Michael heiratet«, strahlte sie. »Und seine Wahl hätte nicht besser ausfallen können. Komm, mein liebes Kind, und erlaube mir, dich zu umarmen.«

Augusta war außer sich vor Freude und sagte zu ihrem Bruder: »Jetzt kannst du mir endlich zuhören und dir Zeit nehmen, meinen Edwards zu empfangen! Er möchte deine Zustimmung einholen, ehe wir uns formell verloben.«

»Ganz recht«, erklärte Michael und zwinkerte ihr verschmitzt zu. »Ich werde es mir überlegen.«

»Wage es ja nicht!« rief Augusta erregt.

Camilla sagte lachend: »Keine Angst, du weißt doch, wie gern er dich neckt.«

Die einzige ungeklärte Frage war, wo die Hochzeit von Sir Michael und Camilla gefeiert werden sollte.

Lady Monford dachte an die kleine Kirche auf ihrem Landgut. »Das wäre für die Pächter ein großer Tag. Du kannst sie wirklich nicht anderswo feiern.«

Aber Sir Michael wünschte sich ein großartigeres Fest. Er wollte, daß seine Braut von allen Mitgliedern der Gesellschaft geehrt wurde, um ein für alle Male dem bösartigen Klatsch ein Ende zu bereiten, der nach der unglückseligen

Szene auf dem königlichen Ball immer noch hier und da zu hören war.

Camilla ergriff nicht Partei. Sie hatte nur einen Gedanken: das Wunder, daß sie Michaels Frau wurde.

Und dann wurde die Entscheidung über ihre Köpfe hinweg gefällt.

Mrs. Fitzherbert besuchte die Marquise, und sie glühte vor Freude.

»Meine Liebe, ich bringe Neuigkeiten, ganz besondere Neuigkeiten. Ich habe Ihnen oft gesagt, daß mein Prinny trotz seiner Schwächen ein gutes Herz hat. Er hat solche Zuneigung zu unserer Camilla gefaßt, daß er ihr eine königliche Hochzeitsfeier gewähren möchte.«

In diesem Augenblick kam Camilla in den Salon. Sie trug ein elegantes Reitkostüm aus rotem Samt, einen kleinen Dreispitz mit einem Schleier, der ihr leuchtendes Haar und das strahlende Gesicht einrahmte. Sir Michael gab ihr täglich Reitstunden, denn er erklärte: »Du möchtest doch nicht, daß ich mein Herz in zwei Teile reiße, indem ich mich jedesmal, wenn ich ausreite, von dir trennen muß. Oder, mein Liebling? Ich bin sicher, du wirst eine gute Reiterin, und vielleicht macht es dir sogar Spaß, sobald du deine Angst vor Pferden überwunden hast.«

Sie war errötet und mußte jetzt daran denken, wie sie ängstlich und erschrocken zurückgefahren war, als er sie seinem herrlichen Hengst Spartakus vorstellte und dieser sich wiehernd aufgebäumt hatte.

Jetzt liebte sie zu ihrer eigenen Überraschung die sanfte, kastanienbraune Stute, die er ihr geschenkt hatte, und sie ängstigte sich auch nicht mehr vor Spartakus.

Sie machte vor Mrs. Fitzherbert einen tiefen Knicks und umarmte sie. Mrs. Fitzherbert erwiderte ihre Zuneigung. Dann schob sie sie von sich und musterte sie eingehend.

»Du wirst eine königliche Braut sein, mein Kind«, erklärte sie lächelnd.

»Eine was?« staunte Camilla verwirrt.

»Der Prinzregent möchte, daß ihr in Windsor Castle, in der königlichen Kapelle, getraut werdet. Da du keinen Vater mehr hast, wünscht er selbst als dein Brautvater zu fungieren.« Sie wandte sich an den Marquis: »Das heißt, wenn Sie, Marquis, als ihr Vormund, keine Einwände dagegen haben.«

Alle wußten, daß dies eine reine Höflichkeit war, denn wenn der Prinzregent einen Entschluß gefaßt hatte, duldete er keine Einwände.

Der Marquis lächelte. »Es ist mir eine Ehre und eine Freude. Bitte sagen Sie dies Seiner Königlichen Hoheit. Es wäre kein guter Anfang für Camilla, wenn sie am Arm eines hinkenden Rheumatikers zum Altar geführt würde.«

Camilla konnte es kaum glauben. »Sie meinen, Seine Königliche Hoheit ist nicht verärgert über uns, weil wir ihn an jenem Abend gestört haben?«

»Nein. Deine Geschichte hat ihn so gerührt, daß er seither immer wieder davon spricht.« Gedehnt fragte sie dann: »Benehmen sich alle einfachen Leute so gräßlich?«

Camilla war verlegen, denn die Frage traf sie unerwartet. »Ich glaube...« begann sie leise und nahm dann allen Mut zusammen. »Im East End von London gibt es so große Armut, und sie vergleichen den Reichtum des Adels mit ihrer eigenen Not, deshalb stehlen sie und betrachten dies als ihr Recht.«

Sie sah Mrs. Fitzherbert gequält an. »Bitte erzählen Sie das nicht Seiner Königlichen Hoheit. Ich möchte nicht, daß man sie verfolgt. Ich habe meine Kindheit unter ihnen verbracht, und ich verabscheue ihre Haltung, aber ich kann sie nicht verurteilen.«

Mrs. Fitzherbert, die mit dem Prinzregenten eine morganatische Ehe führte, sagte ernst: »Nein, Kind, aber du unterschätzt den Takt, der mich zu seiner Vertrauten gemacht hat. Wenn sich eine Möglichkeit ergibt, werde ich um deinetwillen versuchen, ihn zu einer liberaleren Haltung seinen Untertanen gegenüber zu bewegen, und nun wollen wir über angenehmere Dinge sprechen... über deine Hochzeit.«

Sogar Lady Monford war durch die überraschende Wendung der Dinge versöhnt. Daß ihr einziger Sohn in der königlichen Kapelle getraut werden sollte, übertraf ihre kühnsten Träume. Sie würden später auf ihren Gütern die Hochzeit mit dem Personal traditionsgemäß nachfeiern und sie fürstlich bewirten.

Im Hause Fouchet hätte Chaos geherrscht, wenn nicht der beruhigende Einfluß von Mrs. Fernaby gewesen wäre. Sie trug jetzt ein schwarzes Seidenkleid und eine rüschenbesetzte Musselinschürze. An einem silbernen Gürtel hingen die Schlüssel der vielen Vorratskammern und Anrichten. Ihr Regiment über den Haushalt war energisch, aber freundlich. Der Ruhm der Heldin war ihr vorausgegangen, so daß sogar der würdevolle Butler sie als ebenbürtig aufnahm.

Für Camilla, die in Bergen von Aussteuer und ihrer Hochzeitsgarderobe fast erstickte, war die Anwesenheit Mrs. Fernabys tröstlich. Sie wagte es sogar, Monsieur Paul und die Marquise zu besänftigen, wenn diese einen ihrer französischen Temperamentsausbrüche hatten.

Sir Michael schrieb einen Brief an den Prinzregenten, in dem er seine Dankbarkeit für dessen wahrhaft königliche Geste ausdrückte. Eine derartige Hochzeit würde die letzten noch verbliebenen Gerüchte über Camilla aus dem Wege räumen. Sir Michael lächelte fein, wenn er daran dachte, wie sich die Gesellschaft um eine Einladung zu dem Fest reißen würde.

Trotz der Proteste der Marquise verbrachte Camilla einen ganzen Tag mit ihrem Bräutigam. Sie sehnte sich nach einer Aussprache mit ihm, bei der sie ihm ihre Vergangenheit in allen Einzelheiten enthüllen wollte, so daß es in Zukunft nichts geben würde, was ihn irritieren könnte. Er nahm ihren Vorschlag freudig auf, einen Tag fern von allen Hochzeitsvorbereitungen zu verbringen, und sie fuhren in seiner Kutsche nach Richmond, zu einer verträumten Stelle am Fluß. Dort gingen sie spazieren. In der Nähe stand ein altes Gasthaus, in dem Michael gewöhnlich ein einfaches Mahl zu sich nahm, wenn er stundenlang durch den Park von Richmond geritten war.

Zuerst war Camilla unerwartet schüchtern. Es war für sie ein so unvorstellbares Glück, endlich mit Michael allein zu sein und die Geschichte, die sie zu erzählen hatte, kam ihr plötzlich so elend vor. Aber er drängte sie dazu, denn er wollte ihr früheres Leben kennenlernen.

Als sie auf ihre Zeit in Maison Castle zu sprechen kam, war es an ihm, ein verlegenes Geständnis abzulegen.

»Mein teures Herz, wenn ich daran denke, daß ich dich dort gesehen habe, ja, daß ich sogar glaubte, dich wiederzuerkennen und doch zu stolz war, um mir die Wahrheit einzugestehen!« Er ergriff ihre Hände. »In deiner Geschichte gibt es nichts zu verzeihen. Ich empfinde nur tiefe Hochachtung vor dir. Aber für mich gibt es keine Entschuldigung, und ich wage es nicht einmal, um dein Verständnis zu bitten.«

Sie küßte zärtlich seine Wange. »Du brauchst nicht darum zu bitten, mein Liebling. Ich habe dir längst verziehen. Wir leben in einer Zeit, die an Konventionen hängt, daran, welche Stellung wir bei der Geburt zudiktiert bekommen haben. Du bist der edelste, ehrenhafteste Mann, den ich kenne.«

Danach sprachen sie nur noch über ihre Liebe und über ihre Zukunftsträume. Schließlich sagte er: »Jetzt gibt es zwischen uns keine Geheimnisse mehr, unsere Herzen sind wie ein offenes Buch.«

»Keine Geheimnisse«, wiederholte sie leise, als er sie in die Arme nahm. Aber ein Geheimnis gab es doch noch, ihre stummen Beobachtungen an der Ecke der Curzon Street, wo sie, das arme Ladenmädchen, ihr Herz an den Mann verlor, der sie nun auf so wunderbare Weise wiederliebte.

Er führte sie zu dem Gasthaus, wo sie miteinander lachten, sich neckten und bei einem ausgezeichneten, aber einfachen Mahl die glücklichsten Menschen der Welt waren.

Da der Prinzregent darauf bestand, daß die Hochzeit vor seinem Aufbruch in seine Sommerresidenz in Brighton stattfinden sollte, wurde die Zeit sehr knapp. Aber die Näherinnen, Putzmacherinnen und Schuhmacher arbeiteten so emsig, daß alles pünktlich fertig wurde.

»Ich weiß, wie verliebt du bist, Chérie«, sagte die Marquise, »aber ich glaube, du zeigst Monsieur Paul nicht die Anerkennung, die er verdient. Ich finde, eine kleine Geste der Dankbarkeit wäre angebracht.«

Camilla war sofort zerknirscht. »Oh, ich habe ihm wirklich gedankt. Aber wäre ein Besuch in seinem Salon mit einem Geschenk und Blumen für seine Mädchen angebracht?«

Die Marquise klatschte beifällig in die Hände. »Das wäre genau das Richtige! Nun... *mais oui,* ich meine, eine Kiste vom besten Champagner wäre sehr passend, und du darfst die Blumen selbst auswählen.«

Camillas Besuch bei Monsieur Paul wurde fast zu einer königlichen Prozession, als sie von ihm selbst durch seine Werkstatt geführt wurde. Das Hochzeitskleid und die gesamte Brautausstattung waren sein *chef-d'œuvre,* das Meisterwerk seiner Karriere.

»Keine der eleganten Damen kann es schöner zur Wirkung bringen als Sie.« Es war seine höchste Huldigung.

Aber auch Augusta war entzückt von ihrem Brautjungfernkleid. Ihre eigene Hochzeit würde in knapp einem Monat stattfinden, wobei Michael als Brautvater und Camilla als Ehrendame fungieren würden. Ihre Schönheit, die Camilla ihr vor vielen Wochen vorausgesagt hatte, war voll erblüht, und sie sah entzückend aus.

Dann war es soweit, und alles mußte gepackt und nach Windsor Castle gebracht werden, denn sie waren dort für den Vorabend der Hochzeit zu einem königlichen Bankett eingeladen worden und sollten dort die Nacht verbringen.

Nun war Mrs. Fernaby in ihrem Element. Äußerlich gefaßt, beaufsichtigte sie die Schar der Frauen, die die großen Koffer packten, welche die Braut auf ihre Hochzeitsreise und dann in ihr neues Heim begleiten sollten. Aber innerlich war sie erregt, denn auch sie sollte nach Windsor mitkommen und die Mädchen überwachen, die sich an diesem großen Tag um die Garderobe ihrer geliebten Pflegetochter kümmerten.

Am Abend, ehe sie aufbrachen, ging sie in Camillas Zimmer. Sie waren allein, und Camilla warf sich in ihre Arme, wie sie es ihr ganzes Leben lang getan hatte.

»Mama, Liebste, dir verdanke ich mein ganzes Glück.«

»Ja, als wir zusammen in der Küche in Cheapside saßen, dachten wir nicht, daß du einmal so glücklich werden würdest. Sir Michael ist der beste Mann der ganzen Welt. Und daß du in der königlichen Kapelle getraut wirst, mit dem Prinzregenten an deiner Seite, übertrifft alle unsere Träume.«

Auch Mrs. Fernaby war vor Glück gerührt. Camilla zog sie neben sich auf das Sofa, und sie sprachen lange miteinander, wobei sie abwechselnd weinten und lachten.

»Aber für mich ist die Krönung von allem, daß du endlich frei bist. Hat sich Thomas Fernaby nicht gemeldet?« fragte Camilla.

»Er hat es versucht, aber ich glaube, er wird es nicht wieder tun. Er ist in seine eigene Grube gefallen, wie man mir sagt. Er trinkt viel und findet, daß die Frauen von der Straße eine bessere Gesellschaft für ihn sind als ich.«

»Dann verdient er es nicht besser«, sagte Camilla.

Mrs. Fernaby erinnerte sich an ihre Pflichten und stand auf. »Es ist Zeit, daß du ins Bett gehst, mein Kind. Ich brauche dir keine glücklichen Träume zu wünschen. Morgen mußt du so frisch wie der Tau sein.«

Camilla gehorchte. Sie litt weder an Schlaflosigkeit noch an Nervosität. Sie war so beflügelt und voller Sehnsucht nach ihrem Bräutigam, daß sie nur wünschte, die Stunden mögen rascher vergehen.

Das königliche Bankett in Windsor Castle wurde zu einem ungezwungenen Fest. Der Prinzregent hatte nur seine engsten Freunde eingeladen, und deshalb war es sowohl für die Fouchets als auch für die Monfords eine intime Feier, dadurch aber nicht weniger großartig.

Der Prinzregent ließ alles auftischen, was er selbst am meisten schätzte, gute Weine, Störrogen – ein seltener, neuer Importartikel namens Kaviar –, Wachtelsuppe, gefolgt von am Spieß gebratenem Beaf, gewürzt mit feinen Kräutern, Kognak über Eiersoufflé und dazu Konfekt aus Marzipan, denn er hatte eine Vorliebe für Süßigkeiten. Zum Abschluß gab es aus den königlichen Gewächshäusern handtellergroße Pfirsiche, blaue Trauben, grüne Feigen und kleine, frische Aprikosen.

Die Musikanten spielten leise auf der Galerie Galliarden, Walzer und sogar die altmodischen Menuette, zur Freude der Marquise und des Marquis'.

Camilla war schüchtern, was ihr als Braut gut stand. Über grüner Seide, die mit juwelenbesetzten Blumen bestickt war, trug sie ein Gewand aus fein plissiertem Batist, das die offene Bewunderung der Gäste fand. Als sie zwischen dem Prinzregenten und Sir Michael Platz nahm, sagte Seine Königliche Hoheit gut gelaunt: »Meine beredte Bettlerin hat sich in einen bezaubernden Engel verwandelt. Wenn Sie nicht schon versprochen wären, meine Liebe, würde ich selbst um Sie anhalten.«

»Hoheit sind zu gütig.« Camilla lächelte verschmitzt. »Ich bin sicher, nur wenige Mädchen können Ihnen widerstehen.«

Er war in bester Stimmung.

Und Mrs. Fitzherbert, die neben ihm saß, wünschte mehr als alle anderen, daß Camillas großer Tag gut vorübergehen möge.

Camilla erwachte früh an ihrem Hochzeitstag und lief sofort zum Fenster. Es versprach ein herrlicher Sommertag zu werden. Weißer Nebel, der Sonne und Wärme ankündigte, lag auf den Wiesen hinter den Gärten.

Plötzlich fiel eine Rose auf den Fenstersims, dicht neben ihr. Sie blickte hinab und sah Michael, der zu ihr herauflächelte. Er war lässig gekleidet – ein weißes Hemd, ein mit Spitzen besetzter Wams und rehbraune Reithosen, wie er es auf seinen Ländereien zu tragen pflegte.

Camilla lächelte zärtlich und warf ihm eine Kußhand zu. Es konnte Unglück bringen, wenn sie an ihrem Hochzeitsmorgen miteinander sprachen, aber die Geste beglückte sie.

Bald danach war ihr Zimmer angefüllt von fröhlichen Mädchen, die von Mrs. Fernaby angeführt, gekommen waren, um ihr beim Ankleiden zu helfen. Die Trauung sollte um elf Uhr stattfinden. Der Prinzregent hatte diese frühe Zeit ausgewählt, da er sein Mittagessen genießen und nicht beim Champagner danach gestört werden wollte.

Monsieur Paul hatte sich selbst übertroffen. Die Hochzeitsrobe war aus einem Stoff, aus dem Träume gewoben werden. Ehrfürchtig nahmen die Mädchen sie aus der Musselinhülle und breiteten sie auf dem Bett aus. Sie war nicht weiß, sondern aus hellem Gold, passend zu ihrem Haar. Das Mieder war mit kleinen *Fleur de lis* aus Perlen bestickt, und kleine Diamanten mit Smaragden bildeten die schlanken Blätter, die jede der Lilien einrahmten. Auch der Schleier war eine Wolke aus hellgoldener Gaze und wirkte wie ein Heiligenschein. Gekrönt wurde er von einem Kranz aus Orangenblüten, der wie ein Diadem gesteckt war, ein Tribut an ihren Rang als Comtesse, den sie nun so gern gegen den Titel einer Lady Monford eintauschte.

Mrs. Fernaby hielt energisch alle Besucher ab, bis Camilla fertig angekleidet war. Selbst die Marquise und Augusta mußten ungeduldig vor der Tür warten. Nachdem Mrs. Fernaby einen dankbaren Kuß ihrer Pflegetochter erhalten hatte, führte sie ihnen Camilla vor, die tatsächlich wie ein schöner Traum wirkte.

Seine Königliche Hoheit war bester Laune und in königliche Pracht gekleidet, wobei seine Brust mit Orden übersät war. Er erwartete ungeduldig das Erscheinen der Braut, die er zum Altar führen sollte. Doch als Camilla wie eine Fee die breite Treppe herunterschwebte, fiel ihm in offener Bewunderung die Kinnlade herab.

»Monford ist wirklich ein beneidenswerter Mann.« Er war so überwältigt, daß er sogar das Fluchen vergaß.

Hinter Camilla kam Augusta, ganz in Hellblau. Sie trug Camillas Brautbukett aus goldenen Lilien und Rosen, während die Marquise, in alpenveilchenfarbener Seide und mit Diamanten geschmückt, folgte. Sie betupfte sich schon jetzt die Augen mit einem kleinen Spitzentaschentuch.

Nur Camilla war nicht nervös, und am allerwenigsten war ihr nach Tränen zumute. Sie nahm anmutig den Arm des Prinzregenten, und gemeinsam verließen sie das Schloß und schritten über den Hof zur Kapelle. Bewundernde Dienstboten brachten leise Hochrufe aus und warfen Rosenblätter vor die Füße der Braut.

Der Erzbischof erwartete sie vor der großen Tür, dann führte er seine Prozession von Bischöfen und Geistlichen zum Hauptaltar.

Während Augusta Camilla ihre Blumen reichte und ihr Kleid zurechtzupfte, erscholl hell eine Fanfare von silbernen Trompeten. Es war eine Ehre, die gewöhnlich der königlichen Familie vorbehalten war, aber Seine Königliche Hoheit hatte sie eigens zu diesem Anlaß angeordnet.

Als Camilla schließlich die Kapelle betrat, wurde sie doch leicht nervös. Die Kapelle war viel größer, als sie erwartet hatte und war bis auf den letzten Platz mit ausgewählten, festlich gekleideten Gästen gefüllt, die neugierig die Braut betrachteten – die meisten Frauen neiderfüllt, die Männer dagegen mit unverhohlener Bewunderung.

Wenn ich doch nur Michael sehen könnte, dachte Camilla sehnsüchtig. Aber die lange Prozession der Geistlichen versperrte ihr den Blick.

Der Prinzregent spürte, daß ihr Arm zitterte, und streichelte beruhigend ihre Hand. Er war in gnädiger, väterlicher Stimmung und mit sich selbst äußerst zufrieden.

Endlich hatten die Bischöfe ihre Plätze erreicht, und Michael stand an ihrer Seite. Er streckte ihr die Hand entgegen, und seine dunklen Augen leuchteten vor Liebe und Bewunderung.

Als sie seine Hand ergriff, verflog ihre Unsicherheit. Durch den goldenen Schleier leuchteten ihre grauen Augen wie Sterne, und die Menschen und die Kapelle vor ihr schienen zu verschwimmen.

Sir Michael und Camilla waren in ihre Liebe eingehüllt, und die Welt um sie herum versank für sie, als sie ihr Eheversprechen ablegten.

Die russische Affäre

Erstes Kapitel

Stanton Lacy war seit den Zeiten Wilhelms des Eroberers das Besitztum der Stantons gewesen. Über zwanzig Generationen hinweg hatten Stanton-Söhne es in ununterbrochener, direkter Linie geerbt, und ebenso viele Stanton-Frauen hatten ihren Ehemännern pflichtbewußt männliche Erben geschenkt.

Aber jetzt fiel zum erstenmal seit den Tagen des normannischen Barons de Stauntanne, der die Ländereien für seine Dienste unter Wilhelm erhalten hatte, Stanton Lacey an jemanden außerhalb der Linie. Der Erbe war ein Vetter dritten Grades, ein kleiner Baron, für den nichts sprach außer der Tatsache, daß seine Familie während der turbulenten Regierungszeit Heinrichs VIII. bekannt geworden war und durch Heirat mit den Stantons verwandt war, so daß er Stanton Lacey für sich beanspruchen konnte, da es keine direkten männlichen Erben gab.

Miß Amanda Stanton hatte vor den lautstarken Tiraden ihrer Tanten im Kinderzimmer Zuflucht gesucht. Sie hatten sich im Salon versammelt, wo sie eigentlich den Tod ihres Vaters hätten beklagen sollen, in Wirklichkeit aber gnadenlos den Charakter und das Verhalten des neuen Besitzers von Stanton Lacey geißelten.

Die Tanten waren eine Bürde, die Amanda von ihrem Vater geerbt hatte, und in Wahrheit waren es nicht ihre Tanten, sondern die seinen. Aber die rund zwanzig Jahre, die zwischen der Geburt von Amandas Großvater und der Geburt seiner ältesten Schwester lagen, hatten bedeutet, daß diese Damen ihrem Neffen im Alter näherstanden als ihrem eigenen Bruder. Diese Tatsache hatte Sir Charles Stanton ständig bedauert, da sie ihm gegenüber das auftrumpfende, diktatorische Verhalten älterer Schwestern an den Tag gelegt hatten.

Sein ganzes Leben lang hatte er sich bemüht, seine Tochter vor den scharfen Zungen der Tanten zu schützen. Und doch hatte er diese nicht daran hindern können, ständig alles zu kritisieren, angefangen von ihrem Aussehen bis zu seinen Erziehungsmethoden.

Als sie hörten, daß Sir Charles Amanda selbst unterrichten wollte, schickten sie entsetzte Blicke zum Himmel. Sie werde sich zu einem Blaustrumpf entwickeln, erklärten sie unheilverkündend. Und was den Französischunterricht betraf, so war es eindeutig unpatriotisch, da dieser Parvenü Bonaparte sich zum Kaiser gekrönt hatte und die französische Aristokratie in den Londoner Slums hungerte. Noch empörter waren sie, als sie feststellten, daß Sir Charles seine Tochter in Politik unterwies. Wenn man weibliche Wesen bildete, beschwor man Schwierigkeiten herauf, wetterte Tante Maria, und Charles war ein Narr, daß er es tat.

Hier hörte ihre Kritik aber keineswegs auf. Kein Stanton hatte jemals blauschwarzes Haar gehabt oder Augen von der Farbe des Bergenzians und dazu Wimpern, die so lang und dicht waren, daß sie ganz unecht aussahen. Und dazu noch Amandas Temperament! Keine weibliche Stanton hatte jemals solch eine perverse Neigung zu mutwilligem Ungehorsam besessen. Stanton-Frauen waren immer fügsam und gehorsam gewesen, und ihr Aussehen hatte bei einem Mann nichts anderes als passive Gleichgültigkeit hervorgerufen.

Dem Rat ihres Vaters folgend, hatte Amanda versucht, die Nörgeleien der Tanten nach Möglichkeit zu ignorieren. Sie seien nur eifersüchtig, hatte Sir Charles behauptet. Eifersüchtig nicht nur auf die außergewöhnliche Schönheit jenes Mädchens, das er seinerzeit zu seiner Frau gemacht hatte, sondern auch darauf, daß Amandas Mutter von Geburt eine russische Prinzessin und ihr gesellschaftlicher Rang höher gewesen war als derjenige der Tanten. Aber Tante Maria rümpfte die Nase, da doch alle Welt wußte, daß es ausländische Titel dutzendweise gab und ein guter, altmodischer englicher Baron jederzeit vorzuziehen war. Doch dies änderte nichts an der Tatsache, daß ihre angeheiratete Nichte in der Gesellschaft über ihnen stand.

Keine von ihnen hatte je den leisesten Versuch unternommen, die neue Verwandte in England willkommen zu heißen, ganz im Gegenteil, und wie sich bei der Eröffnung des Testaments herausstellte, hatte Sir Charles ihr verächtliches Naserümpfen weder vergeben noch vergessen.

Amanda hatte ihre Mutter nicht gekannt, aber sie hatte von ihrem Vater Geschichten über die fröhliche, junge Frau gehört, deren Porträt über dem Kamin seines Arbeitszimmers zu ihr herunterlächelte.

Ihre Eltern hatten sich kennengelernt, als Sir Charles in Rußland weilte. Der englische Botschafter hatte sie auf einem Ball einander vorgestellt, und Sir Charles hatte sich sofort unsterblich in das schöne russische Mädchen verliebt.

Erst später hatte er erfahren, daß der Ball zur Verlobung von Prinzessin Nadja mit dem Mann gegeben worden war, den ihre Eltern für sie ausgesucht hatten, als sie noch in der Wiege lag. Aber Nadja hatte sich in den schönen Engländer ebenso verliebt wie er sich in sie.

Sir Charles war anfangs fest entschlossen gewesen, Nadja nicht ohne Zustimmung ihes Vaters zu heiraten. Mannhaft hatte er sich gegen ihre Tränen gewappnet, als sie ihn bat, sich nicht an ihre Eltern zu wenden. Er stammte aus guter Familie, besaß ein ansehnliches Vermögen und konnte die Beleidigungen nicht verstehen, mit denen Nadjas Vater ihn überschüttete, als er ihn aufsuchte und um die Hand seiner Tochter bat. Wütend hatte der alte Fürst ihm von den riesigen Besitztümern erzählt, die der Mann besaß, den er als Gatten für seine Tochter ausgewählt hatte; von dessen engen Beziehungen zum Zaren, der alten Familie, der er entstammte und die aufs engste mit Nadjas eigener Familie verbunden war. Ob er denn ernstlich glaube, ein Vater werde seiner Tochter erlauben, eine so nichtswürdige Verbindung einzugehen, wie Sir Charles sie vorschlug, nachdem eine solche Ehe arrangiert worden war?

Stockend hatte Sir Charles über seine Liebe zu Nadja gesprochen, aber der alte Fürst hatte nicht zuhören wollen und gedroht, ihn von seinem Diener aus St. Petersburg auspeitschen zu lassen, falls er versuchen sollte, noch einmal mit Nadja Verbindung aufzunehmen.

Diese Beleidigung hatte Sir Charles' Oppositionsgeist geweckt. Noch in derselben Nacht war er heimlich zu Nadja gegangen und hatte ihr berichtet, was geschehen war. Schon am nächsten Morgen waren sie heimlich von einem englischen Geistlichen getraut worden, der in St. Petersburg lebte. Mit Hilfe von Freunden gelangte das neuvermählte Paar nach England.

Sie hatten ihre Familie nie vergessen. Sir Charles selbst hatte geschrieben und von Amandas Geburt berichtet. Sie erhielten aber keine Antwort. Ein Jahr später hatte er die traurige Pflicht, sie von Nadjas tragischem Tod im Wochenbett zu unterrichten. Auch dieser Brief wurde nie beantwortet.

Sir Charles, der unter dem Tod seiner geliebten Frau sehr litt, begann ihre Familie zu hassen und schwor, daß von nun an die Verwandten seiner Frau für ihn zu existieren aufhörten.

Die Tanten waren entzückt. Immer auf Nadja neidisch, sahen sie darin einen Beweis, daß ihr Neffe seine überstürzte Heirat zu bereuen begann. Aber nichts hätte weiter von der Wahrheit entfernt sein können, und um dies zu bekräftigen, hatte es Sir Charles standhaft abgelehnt, sich den Schmeicheleien und Bitten seiner Verwandten zu fügen, eine zweite Frau zu nehmen und einen männlichen Erben in die Welt zu setzen.

Amanda und ihr Vater hatten sich sehr nahegestanden.

Sie konnte immer noch nicht glauben, daß er tot war und sie nie wieder seine geliebte Stimme hören und sein liebes Gesicht sehen sollte. Tränen liefen über ihre Wangen und fielen auf den staubigen Fenstersims. Das Kinderzimmer war seit Jahren nicht mehr benützt worden, aber heute hatte sie das Bedürfnis gehabt, sich dorthin zurückzuziehen. Es wäre nicht gut, wenn die Tanten sie so sehen würden.

Tante Maria war am schlimmsten. Sie war mit einem Grafen verheiratet und hatte sich für eine bedeutende Persönlichkeit gehalten, bis ihr Neffe mit seiner russischen Frau nach Hause gekommen war. Sie hatte es Nadja nie verziehen, daß sie ihre Stellung als erste Dame der Stantons eingenommen hatte, und während der kurzen Ehe Nadjas hatte sie sich die größte Mühe gegeben, dieser das Leben schwerzumachen.

Da sie die älteste war, folgten ihre Schwestern pflichtgemäß Tante Marias Beispiel. Nur Tante Phoebe, die alte Jungfer des Quartetts, hatte ein paar zaghafte Versuche unternommen, die Fremde freundlich zu behandeln, aber diese wurden rasch von ihren älteren Schwestern im Keim erstickt.

Jessica, die dritte Schwester, war mit einem Baron verheiratet und Mutter dreier Töchter. Sie hatte über die Versuche Phoebes gehöhnt.

»Romantikerin!« hatte sie spöttisch gesagt. »Wie einfältig von dir, Schwester! Romantik hat nichts mit einer Ehe zu tun!«

Tante Jessica glaubte an vernünftige, arrangierte Verbindungen zwischen Menschen, die sowohl von der Herkunft als auch vom Vermögen her gleichgestellt waren, Ehen wie jenen, die sie für ihre eigenen Töchter arrangiert hatte.

Amanda hatte ihr ganzes Leben unter den Vergleichen mit Tante Jessicas Töchtern gelitten. Laut ihrer Mutter waren sie Muster weiblichen Betragens. Sie hatten die richtige Erziehung genossen, sie verstanden es, schöne, geschmackvolle

Aquarelle zu malen, sie konnten Klavier spielen und mit jedem Herrn Konversation betreiben, der so glücklich war, sich in ihrer Gesellschaft zu befinden. Es wäre ihnen nie in den Sinn gekommen, einen Angehörigen des männlichen Geschlechts in eine Diskussion über etwas anderes als die Kleinigkeiten des Lebens zu verwickeln, selbst wenn sie gewußt hätten, wie man das macht. Herren schätzten keine Damen, die über den neuesten Stand von Bonapartes Kriegen in Europa sprachen oder über die modernen Methoden des Ackerbaus und der Pacht. So wenigstens hatte es ihnen ihre Mutter erklärt.

Sir Charles hatte anders darüber gedacht. Er sah keinen Grund, weshalb Amanda von ihrem klugen Kopf nicht allen Gebrauch machen sollte, und dies sagte er häufig seinen Verwandten. Aber jetzt war ihr Vater tot, er, der immer zwischen ihr und den mißgünstigen Tanten gestanden hatte.

»Was geschehen ist, ist geschehen«, hatte Tante Jane brüsk gesagt, als der Anwalt sie verlassen hatte. »Aber ich kann mir beim besten Willen nicht denken, weshalb Charles uns nicht vorher davon unterrichtete, was er vorhatte, anstatt uns in dieser unerhörten Weise vor vollendete Tatsachen zu stellen. Ich denke, eine von uns wäre besser dazu geeignet, Amanda unter ihre Obhut zu nehmen als dieser Fremde...«

»Aber er ist ihr Großvater«, hatte Tante Phoebe zaghaft eingeworfen.

»Ein Großvater, der bis vor zwei Jahren keinerlei Interesse an ihr gezeigt hat«, entgegnete Tante Jessica spitz. »Man könnte fast glauben, er hätte von Charles' Krankheit und Amandas Erbe gewußt... Ihr könnt sicher sein, daß er den Umfang ihres Vermögens bis auf den letzten Penny genau kennt...«

Amanda hatte es nicht mehr ausgehalten. Sie war aus dem Zimmer gestürzt und hatte versucht, ihre Tränen zurückzuhalten. Sie kämpfte immer noch gegen den Schock an, den das Testament ihres Vaters in ihr ausgelöst hatte. Es hatte alles in einem Brief gestanden, den der Anwalt ihnen vorgelesen hatte. Ihr Vater berichtete darin über die unerwartete Annäherung des Fürsten Kuragin zu Weihnachten des vorletzten Jahres, der auf seine alten Tage unter der Kluft litt, die zwischen ihm und dem Kind seiner Tochter bestand. Obwohl es Sir Charles immer noch schmerzte, wie der Fürst Nadja behandelt hatte, wußte er doch, daß seine Gesundheit nachließ, und er hatte Pläne gemacht, die er vor jedermann außer vor seinem Anwalt geheimhielt.

Krank und mit der Sorge um ein eigenwilliges, temperamentvolles junges Mädchen belastet, dachte er daran, was nach seinem Tod aus Amanda werden sollte. Dabei faßte er jenen Entschluß, der seine Familie, Amanda eingeschlossen, schockierte. Er brach das achtzehnjährige Schweigen und schrieb an Amandas Großvater. Und er verfügte folgendes: Falls ihm etwas zustieß, solange Amanda noch minderjährig und unverheiratet war, sollte sie nach Rußland gebracht und unter der Vormundschaft des Fürsten Kuragin erzogen werden.

Amanda starrte mit blindem Blick aus dem Kinderzimmerfenster. Hätte er ihr nur etwas von seinen Plänen verraten. Aber er hatte sie zu gut gekannt. Sie hätte leidenschaftlich dagegen protestiert und versichert, daß ihm nichts zustoßen werde... Ihr Vater hatte sie sehr geliebt und hätte nie etwas getan, was sie vielleicht schmerzen würde. Sie versuchte, sich ein Leben zusammen mit einer der Tanten vorzustellen, und schauderte leicht. Nein, wie fremd Rußland für sie auch sein mochte, es konnte nicht schlimmer werden als hier! Der Gedanke hellte ihre düstere Stimmung ein wenig auf. Sie mußte daran denken, daß ihr Vater nur das Beste für sie wollte. Sie seufzte. Die Tanten teilten ihre Meinung nicht. Zweifellos lästerten sie immer noch über die Fehlentscheidung ihres Neffen.

Sir Charles hatte in seinem Testament deutlich gemacht,

daß Fürst Kuragin mehr als bereit war, seine Enkelin in seinem Haus willkommen zu heißen. Er hatte darauf hingewiesen, daß es für Amanda als Halbrussin an der Zeit war, jenen Teil ihres Erbes kennenzulernen, auf den er sie durch Französischstunden und Gespräche über Politik mit Bedacht vorbereitet hatte. Wieder stiegen Tränen in ihr auf und fielen auf den Fenstersims. Liebster Papa, wie sehr werde ich dich vermissen!

Würde ihr Großvater ihn vor ihr ebenso kritisieren, wie ihre Tanten Mama kritisiert hatten? Amanda hob stolz den Kopf Sie würde es nicht zulassen! Ihr Großvater wollte sie nur wegen ihres Vermögens bei sich haben, behaupteten die Tanten. Aber sie glaubte es nicht. Sie hatte immer gewußt, daß sie eines Tages ein beträchtliches Vermögen erben würde. Stanton Lacey selbst war an den nächsten männlichen Verwandten gefallen, aber mit dem Vermögen, das während der Herrschaft Elisabeths von dem säbelrasselnden Sir Rollo Stanton begründet worden war, konnte Sir Charles tun, was er für richtig hielt. Und es hatte ihm gefallen, es in seiner Ganzheit seinem einzigen Kind zu hinterlassen.

Natürlich waren die Tanten zu wohlerzogen, um ihre Mißbilligung einer solchen Handlungsweise in Form vulgärer Unmutsäußerungen zu artikulieren, aber man war sich allgemein einig, daß es andere Personen gab – weit geeignetere Personen überdies –, denen Sir Charles die Sorge um seine Tochter und ihr Vermögen hätte anvertrauen können. Ohne dies mit so vielen Worten zu äußern, waren sich die Damen darin einig, daß sie sich eine unbequeme und – wie sich herausstellte – unnötige Reise nach Wiltshire mitten in einem besonders kalten und feuchten Oktober hätten ersparen können.

Eine atemlose, krächzende Stimme unterbrach Amandas Träumereien. Sie wischte sich die Tränen von den Wangen, sprang auf und rief: »Ich komme, Nanny!«

Nanny Beckwith lebte seit fünfzig Jahren in Stanton Lacey. Allmählich wurden die vielen Treppenhäuser und langen Korridore des alten Hauses ein wenig anstrengend für sie, und Amanda machte sich Vorwürfe, hatte sie doch nicht daran gedacht, daß die Tanten sicherlich nach ihr schicken würden. Nanny Beckwiths Schwester besaß ein kleines Haus im Dorf, und Nanny hatte Amanda anvertraut, daß sie sich auf den Tag freute, da sie zu ihrer Schwester ziehen würde.

»Gleich zu gleich, Miß Amanda«, war einer ihrer Lieblingsaussprüche. »Emily und ich sind zusammen alt geworden und werden gut miteinander auskommen, wenn ich hier aufhöre.«

Gleich zu gleich. Amanda verweilte bei dem Gedanken, als sie die Treppe hinabeilte. Hatte ihr Vater deshalb beschlossen, sie nach Rußland zu schicken?

Sie hörte die schrillen Stimmen ihrer Tanten, noch ehe sie die Salontür geöffnet hatte. Als sie in ihrer Trauerkleidung eintrat – eine kleine schwarze Erscheinung –, hörte sie Tante Maria ärgerlich sagen: »Ich weiß wirklich nicht, was Charles sich dabei gedacht hat, ein Mädchen aus guter Familie allein auf eine so weite Reise zu schicken … und ohne jemanden, der es beschützt …«

»Charles wußte sehr gut, was er tat«, bemerkte Tante Jane eisig, »aber ob es das richtige war oder nicht, wird man ja sehen.« Sie bemerkte, wie Amanda versuchte, sich unauffällig auf einen Stuhl zu setzen, und ihr Stirnrunzeln vertiefte sich.

»Da bist du ja! Also wirklich, Amanda, du bist das sorgloseste Mädchen, das man sich vorstellen kann. Wir versuchen hier hauszufinden, wie man die Wünsche deines Vaters am besten erfüllt, und du verschwindest einfach! Und wie dein Kleid aussieht! Es ist ja ganz staubig!«

Amanda unterdrückte einen Seufzer. Seit dem Tod ihres Vaters hatte sie nicht mehr auf ihr Äußeres geachtet. In seinen letzten Augenblicken, ehe das Bewußtsein ihn verließ, hatte er ihr das Versprechen abgenommen, keine schwarze Trauerkleidung zu tragen. Der Tod bereitete ihm keinen Schmerz, abgesehen von dem Abschied von ihr, denn er hoffte fest, mit seiner geliebten Nadja wiedervereinigt zu werden. Von anderen Menschen konnte man natürlich nicht erwarten, daß sie diesen letzten Wunsch verstanden, und deshalb hatte Nanny ein paar schäbige schwarze Kleidungsstücke herausgekramt, die Amanda nun trug, ohne sich weiter darum zu kümmern.

»Ich glaube, wir müssen eine Möglichkeit finden, sie nach Sankt Petersburg zu schicken«, sagte Tante Maria verdrießlich. »Es war ja klar, daß Charles für nichts vorsorgte. Schon vor Jahren habe ich ihm gesagt, er wäre weit besser beraten, Amanda in ein gutes Internat zu schicken, damit sie so erzogen wird, wie es einer Stanton zukommt. Aber er hörte ja nicht auf mich.«

Amanda kannte diese Klagen schon so gut, daß sie nicht mehr darauf achtete. Papa hatte sich über die Erziehung lustig gemacht, die jene Institute anboten, die Tante Maria empfahl. Statt dessen hatte er sich jeden Tag einige Stunden freigemacht und Amanda unterrichtet. Gemeinsam hatten sie die neuesten Zeitungen aus London gelesen, gemeinsam hatten sie die ›Grand Tour‹ gemacht, die ein Jahrhundert zuvor in Mode war, wobei sie Urgroßvater Stantons Tagebücher als Reiseführer nahmen, und Sir Charles hatte ein Spiel daraus gemacht, indem er darauf bestand, daß sie sich nur in den Sprachen jener Länder unterhielten, von denen in den Tagebüchern die Rede war. Auf diese Weise hatte Amanda Französisch und Italienisch gelernt und danach Latein und Griechisch, so daß sie das Vergnügen hatte, die Klassiker in der Originalsprache lesen zu können.

»Und dein Haar!« mäkelte Tante Jane vorwurfsvoll. »Muß es unbedingt so unordentlich aussehen?«

Amanda sah sie schuldbewußt an und kramte in ihrem Handtäschchen nach Nadeln, um ihre ungebärdigen Locken zusammenzustecken, aber einzelne Strähnen wollten nicht gehorchen und rahmten ihr Gesicht auf bezaubernde Weise ein.

»Ich habe es versucht, Tante Jane«, sagte sie entschuldigend.

»Mmm. Ich glaube, du denkst, sobald du in Rußland bist, hast du eine Zofe, die auf alle deine Launen eingeht? Ich warne dich! Du wirst feststellen, daß das Leben draußen ganz anders ist als hier. Ich habe gehört, daß dort sogar die höchsten Persönlichkeiten kaum mehr sind als Wilde«, sagte sie zu ihren Schwestern. »Sie bringen einander aus dem nichtigsten Anlaß um. Ich weiß aus bester Quelle, daß der russische Botschafter einen Sklaven hat, der tatsächlich vor seiner Zimmertür schläft! In St. James', kannst du dir das vorstellen?«

Amanda tat so, als hörte sie nicht zu. Ihr Vater hatte oft mit ihr über Rußland gesprochen, und sie wußte jetzt, daß er sie wahrscheinlich auf das vorbereitet hatte, was sie dort erwartete. Wer in Rußland etwas auf sich hielt, maß seinen Wohlstand an der Zahl seiner Leibeigenen, oberflächlich gesehen eine barbarische Sitte, denn sicherlich hatte niemand außer Gott das Recht, die Seele eines anderen zu besitzen.

Aber Amandas Vater hatte ihr erklärt, daß ein System, das seit ungezählten Generationen existierte, nicht von einem Tag auf den anderen abgeschafft werden konnte, so abstoßend es auch sein mochte. Außerdem gab es auch in Rußland gute und schlechte Grundbesitzer, genau wie in England. Aus eigener Erfahrung wußte er, wie ergeben die Leibeigenen ihren Herren sein konnten und welche Mühe sich umgekehrt die weitsichtigeren und menschlicheren Aristokraten gaben, das Los ihrer Leibeigenen zu verbessern, wo sie nur konnten. Alexander selbst, der Zar aller Reußen, hatte wissen lassen, daß er persönlich die Leibeigenschaft verabscheue, aber viele Menschen in seinem Volk waren kaum mehr als Kinder und konnten ohne die Fürsorge ihrer Herren nicht auskommen. Aufgeklärte Menschen, so hatte Sir Charles seiner Tochter gesagt, sorgten dafür, daß ihre Leibeigenen auf den Tag vorbereitet wurden, an dem sie das Recht bekamen, ihr Leben selbst in die Hand zu nehmen.

Amanda und ihr Vater hatten auch lange Gespräche über Napoleons Feldzüge in Ägypten und Europa und über den Unabhängigkeitskrieg in Amerika geführt. Deshalb hatte Amanda allem, was er ihr über Rußland erzählte, keine besondere Bedeutung beigemessen, abgesehen von einem sehr natürlichen Interesse an dem Land, das die Heimat ihrer Mutter gewesen war.

»Was machen wir nur mit dem Kind?« fragte Tante Rebecca gereizt.

»Sie kann unmöglich allein nach Sankt Petersburg reisen«, erwiderte Tante Jane. »Man sollte wirklich glauben, Charles wäre vernünftig genug gewesen, Vorkehrungen zu treffen.«

»Vielleicht könnte Graf Worontschnow helfen?« schlug Tante Phoebe zaghaft vor.

Die anderen drei sahen sie erstaunt an. Phoebe steuerte selten einen Gedanken bei, geschweige denn einen Vorschlag. Aber jetzt mußten sie alle drei zugeben, daß sie diesmal einen unerwartet vernünftigen Vorschlag gemacht hatte. Wenn der russische Botschafter nicht helfen konnte, dann konnte es niemand.

Es blieb Tante Jane überlassen, das endgültige Urteil zu sprechen: »Also gut...« Sie streifte ihre schwarzen Handschuhe über und sah ihre Nichte streng an. »Ich werde Amanda nach London mitnehmen und mich an den russischen Botschafter wenden. Es könnte ja sein, daß er eine geeigente Person kennt, die bereit ist, Amanda nach Sankt Petersburg zu begleiten.«

So wurde das Problem schließlich gelöst, und als Amanda ging, um Nanny zu bitten, sie möge eine Reisetasche pakken, diskutierte das Quartett wiederum über die unglaubliche Nachlässigkeit ihres Neffen.

»Es ist so aufregend, findest du nicht?« meinte Phoebe. »Und so romantisch!«

Phoebe besaß nach Ansicht ihrer Schwestern eine unglückselige Neigung zur Romantik, die sie während ihrer Jugend in eine hoffnungslose Liebe zu einem mittellosen Gardeoffizier getrieben hatte, dem sie eines Sommers in Bath begegnet war. Die Affäre war natürlich von Anfang an zum Scheitern verurteilt gewesen, denn der betreffende Herr war ein ›jüngerer Sohn‹, der selbst seinen Weg in der Welt machen mußte und gewiß niemals einer Stanton ebenbürtig werden konnte. So hatte ihr Vater jedenfalls gesagt, und Phoebe hatte ihm gehorsam zugestimmt. Doch es hatte im Lauf der Jahre Augenblicke gegeben, in denen sie sich fragte, ob es nicht vorzuziehen gewesen wäre, die Frau eines ›jüngeren Sohnes‹ zu sein – gleichgültig, wie unwürdig er auch war –, als jederzeit ihren herrischen Schwestern auf einen Wink hin zur Verfügung zu stehen.

»Sei nicht so kindisch, Phoebe«, sagte Maria scharf. »Es ist überhaupt nichts Romantisches daran. Wenn Amanda auch nur einen Funken Verstand hat, was ich mir zu bezweifeln erlaube, wird sie mit diesen neuen Verwandten sehr vorsichtig umgehen. Es ist schade, daß Charles uns nicht zu Rate gezogen hat. Erst in der letzten Saison suchte Graf Chamberley eine Frau. Er hat aus seiner ersten Ehe nur Töchter und muß einen männlichen Erben haben. Es wäre eine ausgezeichnete Verbindung gewesen. Aber schließlich war es immer Charles' Art, zuerst zu handeln und dann zu denken.«

Amanda, die den letzten Teil des Gesprächs mitangehört hatte, als sie wieder in den Salon zurückkam, empfand eine überwältigende Dankbarkeit für Papas gesunden Menschenverstand. Sie hatte den Grafen Chamberley einmal gesehen, als sie und ihr Vater Tante Maria besuchten und ihn zutiefst verabscheut. Abgesehen davon war er an jenem Tag dreiundfünfzig Jahre alt gewesen.

Tante Janes Londoner Haus lag am Grosvenor Square. Die Halle war mit einem streng schwarz-weißen Rautenmuster ausgelegt, und eine schmale, schmiedeeiserne Treppe führte zu den oberen Stockwerken. Tante Janes Butler begrüßte Amanda mit einem mitfühlenden Blick, als er ihnen die Tür öffnete.

Tante Jane blieb nur kurz stehen und beauftragte ihn, Tee in ihr Zimmer schicken zu lassen. Dann rauschte sie die Treppe hinauf. Amanda folgte ihr. Tante Jane empfing viel Besuch, und der Kaminsims ihres Boudoirs war übersät mit ungeöffneten Einladungen und Visitenkarten. Sie forderte Amanda auf, sich zu setzen, betrachtete mißbilligend deren Kleid und bemerkte, sie müsse etwas für ihr Äußeres tun, ehe sie nach Rußland abreiste.

»Es ist wirklich schade, daß dein Vater ausgerechnet jetzt gestorben ist«, bemerkte sie gefühllos. »Du bist schon zu alt für das Schulzimmer und doch noch nicht richtig erwachsen. Noch sechs Monate, und du hättest deinen Knicks machen können. Ich wollte diese Weihnachten mit deinem Vater darüber sprechen. Davon kann jetzt natürlich keine Rede mehr sein. Selbst wenn du nicht nach Rußland führest, hättest du sechs Monate lang Trauer zu tragen und dann noch ein weiteres halbes Jahr Halbtrauer. Aber du wirst wahrscheinlich feststellen, daß dein Großvater ein sehr ruhiges Leben führt. Amanda! Hörst du mir überhaupt zu? Meine Güte, was wird der Fürst von dir denken! Du kannst sicher sein, daß er für dumme Tagträume nichts übrig hat. Nun reiß dich zusammen! Dein Onkel läßt ausrichten, daß er heute abend auswärts ißt. Es wäre am besten, wenn du dich früh zurückziehst. Ich schreibe dem Botschafter einen Brief und kann nur hoffen, daß er bald antwortet, denn ich habe viele dringende Verabredungen.«

Amanda gelang es, eine bittere Antwort hinunterzuschlucken. Wenn nur Papa noch am Leben wäre, dachte sie ein wenig später, als sie im Bett lag. Das Schlafzimmer war kalt, denn Tante Jane hielt nichts von unnützer Verschwendung. Im Kamin brannte nur ein kleines Feuer.

Es dauerte lange, bis sie endlich einschlief. Rußland... Das Wort lag ihr auf der Zunge, als sie in Schlummer fiel, und die Tränen schimmerten noch feucht auf ihren Wangen.

Amanda war sich selbst überlassen, während Tante Jane ihren vielfältigen gesellschaftlichen Verpflichtungen nachging. Da sie in Trauer war, konnte sie sie natürlich nicht begleiten, und obwohl sie sich normalerweise nicht langweilte, mußte sie zugeben, daß es diesmal doch der Fall war.

Sie verbrachte einen Morgen beim Buchhändler Hookham, wo sie nach Büchern über Rußland suchte, und sie trug ein halbes Dutzend davon nach Hause. Trotzdem fiel es Amanda schwer, sich auf die Lektüre zu konzentrieren, als sie sich in die Bibliothek zurückzog, um zu lesen.

Am dritten Tag nach ihrer Ankunft in London, als Tante Jane und Amanda noch beim Frühstück saßen, brachte der Butler auf einem silbernen Tablett einen Briefumschlag, der das eindrucksvolle Siegel des russischen Botschafters trug.

Tante Jane erbrach es und las, ehe sie sich an Amanda wandte, die versuchte, ihre Erregung dadurch zu verbergen, daß sie sich auf ihre Schokolade konzentrierte.

»Der Botschafter schlägt vor, daß wir ihn heute nachmittag besuchen. Offenbar hat dein Großvater schon Verbindung mit ihm aufgenommen und jemanden geschickt, der dich nach Sankt Petersburg begleitet.«

Diese Neuigkeit berichtete sie ziemlich widerwillig, und Amanda verkniff sich ein Lächeln. Sie wußte gut, daß ihre Tante entzückt gewesen wäre, wenn der Fürst vergessen und es Amandas Verwandten väterlicherseits überlassen hätte, ihre Reise vorzubereiten. Offenbar waren ihre Befürchtungen, ihr Großvater könnte es sich noch einmal anders überlegt haben, völlig unbegründet.

Plötzlich fühlte sich Amanda wesentlich wohler. Sie konnte den Nachmittag kaum erwarten. Es gab so vieles, was sie wissen, so viele Fragen, die sie stellen wollte.

»Amanda, hör auf zu träumen! Geh und sag Alice, sie soll ein anderes schwarzes Kleid aufbügeln. Die Fürstin Lieven riet mir gestern, dich für die Reise mit Pelzen und kräftigen Stiefeln zu versorgen. Ich habe morgen Anprobe bei Celeste, wir werden sehen, was sie für dich tun kann. Ich glaube, es ist von deinem Großvater zuviel erwartet, daß er an geeignete Kleidung für dich denkt«, ergänzte sie bissig.

Amanda war froh, als sie aus dem Frühstückszimmer entrinnen konnte. In ihrem Zimmer betrachtete sie traurig ihr Spiegelbild. Selbst das einfache schwarze Kleid konnte ihr strahlendes Lächeln und ihre perlweiße Haut nicht verbergen, aber das bemerkte sie nicht. Sie beschäftigte sich damit, ihre unbotmäßigen Locken zu zähmen, und sprach ein kleines Gebet, daß das Leben in Sankt Petersburg nicht so kaltherzig sein möge wie das in London. Sie wußte, daß Tante Jane es gut meinte und daß es ihre zweite Natur war zu jammern. Aber abgesehen von den üblichen höflichen Beileidsbezeigungen schien keine der Tanten sich bewußt zu sein, wie sehr sie ihren Vater vermißte und wie allein und fremd sie sich fern von der vertrauten Umgebung von Stanton Lacey fühlte.

Zweites Kapitel

Kurz nach dem Mittagessen begann es zu regnen. Ein feines unaufhörliches Nieseln hüllte die ganze Landschaft in Grau. Es war zu kühl für Oktober, und als Amanda neben Tante Jane in der Kutsche saß, war sie froh über den heißen Backstein unter ihren Füßen. Die meisten Bäume hatten schon die Blätter verloren, und über allem lag eine feuchte, drükkende Atmosphäre, die so sehr ihrer eigenen Stimmung seit dem Tod ihres Vaters entsprach, daß sie sich danach sehnte, London zu verlassen.

Die Residenz des Botschafters war ein stuckverziertes, weißes Gebäude in einem Park. Zwei livrierte Diener führten sie unter Verbeugungen in eine quadratische Halle, die ein kostbarer Kristallkronleuchter schmückte.

Einer der Diener geleitete sie in ein großes Vorzimmer, das mit goldfarbenem Samt tapeziert war. »Der Herr Graf wird in Kürze bei Ihnen sein«, sagte er und zog sich zurück.

Ein großes Feuer brannte im Kamin, und obwohl Tante Jane mißbilligend die Nase rümpfte, weil sie es für eine Vergeudung hielt, einen so großen Raum für zwei Personen zu heizen, bemerkte Amanda, daß sie ihren Stuhl näher an die wohltuende Wärme heranschob.

Man ließ sie nicht lange warten, obwohl es Amanda, die bereits sehr nervös war, wie eine Ewigkeit vorkam. Gewiß war es lange genug, daß Tante Jane die Zeit fand, sich abfällig über die Einrichtung auszulassen und kritisch die kleine Ikone zu mustern, die an der Wand hing.

»Ich höre, ihre religiösen Praktiken sind beinahe barbarisch«, sagte sie gerade zu Amanda, als ein Diener die Tür öffnete und der Botschafter eintrat.

Er entsprach nicht dem, was Amanda erwartet hatte. Er sah nicht anders aus als jeder andere Herr aus der Generation ihres Vaters. Aber seine Kleidung war wesentlich vornehmer. Doch von der verschwenderischen Prunkliebe, die sie nach Tante Janes scharfzüngigen Bemerkungen erwartet hatte, war nichts zu sehen.

Er war ziemlich korpulent und wurde schon etwas kahl. Amanda glaubte ein Zwinkern in seinen Augen zu sehen, als er ihre Hand ergriff.

»Sie sind also Nadja Iwanownas Tochter. Sie ähneln ihr sehr. Iwan Iwanowitsch, Fürst Kuragin, Ihr Großvater, hat mich angewiesen, Sie unverzüglich nach Sankt Petersburg zu schicken. Dort wird es bald Winter sein.« Er seufzte. »So sehr ich London liebe, ich gestehe, ich sehne mich nach Petersburg. Iwan Iwanowitsch schreibt, daß die Großherzogin Sophie Petrowna – man könnte sie Ihre Tante nennen – Sie in die Gesellschaft einführen will. Sie wird Ihnen gefallen.«

Tante Jane unterbrach ihn: »Mein lieber Graf, was haben Sie in Rußland doch für seltsame Namen! Es war für uns eine große Überraschung, als wir erfuhren, daß Amanda dort noch Verwandte hat. Ihr Vater hat uns gegenüber nie ein Wort über sie verloren, sonst hätten meine Schwestern und ich unser möglichstes getan und ihn dazu überredet, den Bruch zu heilen. Sagen Sie, diese Begleitperson, die der Fürst für Amanda geschickt hat... ich hoffe, Sie können gewährleisten...« Sie ließ den Satz unvollendet, als die Augenbrauen des Botschafters in die Höhe schossen.

»Meine liebe Madame, bitte seien Sie versichert, daß der betreffende Herr meine persönliche Empfehlung hat, so wenig er sie benötigt. Fürst Kuragin hat seinen Enkel, Fürst Nikolay Andrejewitsch Kuragin, geschickt, um Miß Stanton nach Rußland zu begleiten. Der Fürst ist Oberst im Leibregiment des Zaren, der Preobrashenski-Garde, und ich verrate Ihnen kein Geheimnis, wenn ich Ihnen sage, daß der Fürst zu den Vertrauten des Zaren zählt.«

Amanda lächelte gezwungen. Ihr Selbstvertrauen schwand mit jeder Sekunde. Fürsten, Großherzoginnen – der Kopf wirbelte ihr vor Titeln.

Als wisse er, was sie dachte, lächelte der Botschafter beruhigend und sah auf die Uhr.

»Ich erwarte den Fürsten jeden Augenblick. Ich glaube, er hat schon alle Vorbereitungen für Ihre Reise getroffen. Aber er wird mit Ihnen selbst darüber sprechen. Es ist schade, daß Sie jetzt reisen müssen, da der Winter bevorsteht. Doch Sie brauchen nichts zu befürchten, da Nikolaj Andrejewitsch Sie begleitet.«

»Ich hoffe doch, daß dieser Herr sich nicht verspätet«, sagte Tante Jane vorwurfsvoll. »Ich habe Lady Sefton versprochen, sie heute nachmittag zu besuchen, und es ist schon drei Uhr.«

»Wenn Sie Lady Sefton besuchen wollen, lasse ich Miß Stanton gern in meiner Kutsche zum Grosvenor Square bringen, nachdem sie mit ihrem Vetter gesprochen hat.«

Tante Jane runzelte die Stirn und betrachtete Amandas abgewandtes Profil. Amanda wußte, was sie dachte. Es war unschicklich, wenn eine junge Dame mit einem Herrn alleingelassen wurde, den sie eben erst kennengelernt hatte. Aber da in diesem Fall der betreffende Herr ihr Vetter war, konnte man vielleicht darüber hinwegsehen. Doch Tante Jane beschloß zu bleiben.

»Ich hoffe, der Fürst hat eine weibliche Person mitgebracht, die dich beaufsichtigen kann, solange du in seiner Obhut bist. Ich kann aus meiner eigenen Dienerschaft niemanden entbehren, um ihn mitzuschicken, selbst wenn sich jemand dazu bereitfände, was aber ganz gewiß nicht der Fall wäre«, sagte sie bestimmt.

Amanda errötete vor Verlegenheit, aber der Botschafter lächelte sie immer noch freundlich an.

»Madam, ich versichere Ihnen, Sie brauchen um Miß Stantons Ruf nicht zu fürchten, wenn sie sich in der Obhut ihres Vetters befindet. In Rußland ist es völlig standesgemäß, daß eine junge Dame mit einem männlichen Verwandten ohne Anstandsdame reist. Das ist manchmal notwendig, wenn man wegen des Wetters nicht mit vielen Dienern reisen kann. Nein, Sie brauchen sich nicht zu ängstigen, Miß Stanton«, fügte er hinzu, als er sah, daß Amanda erschrocken aufblickte. »Ich weiß zufällig, daß der Fürst möglichst rasch nach Petersburg zurückkehren will, und zwar ohne viel Gepäck. Es wird Ihre erste Schlittenfahrt über verschneites Land sein, aber ich bin sicher, es wird Ihnen gefallen.«

Ein Diener trat ein und flüsterte dem Botschafter etwas zu. Dieser stand auf und lächelte.

»Der Fürst ist da. Der Diener führt ihn herein.«

Er warf Amanda ein verständnisvolles und ermutigendes Lächeln zu, als kenne er ihre Ängste. Das gab ihr Mut, und sie machte sich darauf gefaßt, den Vetter kennenzulernen, von dessen Existenz sie bis vor kurzem nicht einmal gewußt hatte. Er mußte der Erbe ihres Großvaters sein. Wie würde er ihr gegenübertreten? Würde er ihr Eindringen in den Familienkreis akzeptieren?

Die Tür ging auf. Amanda war von dem Mann, der eintrat, enttäuscht. Er sah kalt und stolz aus und ignorierte sowohl Amanda als auch ihre Tante. Statt dessen lächelte er kurz den Botschafter an. Er war viel größer als der Graf und mußte Anfang Dreißig sein, vermutete Amanda, obwohl sein selbstsicheres Auftreten ihn älter erscheinen ließ. Sein Haar war so dunkel wie ihr eigenes. Es waren seine Augen, die Amandas Aufmerksamkeit erregten. Sie waren dunkelgrün, undurchdringlich, und ihre Farbe erinnerte sie an die Jadeschnitzereien, die ein früherer Stanton aus Asien mitgebracht hatte.

Der Botschafter stellte sie einander vor, und Amandas kleiner Knicks wurde mit einer leichten Neigung des dunklen Kopfes erwidert – eine Geste arroganter Geringschätzung.

Während Tante Jane sich weitschweifig über den unverständlichen Wunsch ihres Neffen beklagte, Amanda nach Rußland reisen zu lassen, blickte diese zu Boden. Aber es war unmöglich, die interessierte Musterung nicht zu bemerken, der er sie unterzog, und als er sich schließlich von ihr abwandte, war ihr zumute, als wäre kein einziger ihrer Gedanken vor seinem Blick verborgen geblieben.

Das war ein demütigendes Erlebnis, und sie spürte, wie eine tiefe Abneigung in ihr aufkeimte. Er hatte kein Recht, sie so prüfend anzusehen. Sie ballte die Fäuste und betrachtete trotzig seinen harten Mund. Sein Gesicht lag teilweise im Schatten, aber sie sah, wie er die Augenbrauen hob, als er ihre Reaktion bemerkte, und dies schürte von neuem ihren Zorn.

»Schön, Amanda, ich verlasse dich jetzt, damit du dich mit deinem Vetter bekannt machen kannst«, sagte Tante Jane und schickte sich an, das Zimmer zu verlassen. »Es ist ein Glück, daß dein Großvater daran gedacht hat, dieses Arrangement zu treffen, denn ich weiß wirklich nicht, was wir sonst gemacht hätten.«

Sie nickte zum Abschied in die Richtung des Fürsten und reichte dem Botschafter die Hand. Die beiden zogen sich zurück, und als sie draußen waren, legte sich ein merkwürdiges Schweigen über den Raum.

Amanda konnte sich nicht entsinnen, sich jemals in ihrem Leben so unwohl gefühlt zu haben.

»Bitte setzen Sie sich, Cousine«, sagte ihr neuer Verwandter. Es war eher ein Befehl als eine Bitte, und doch gehorchte Amanda. Er selbst stellte sich vor das Feuer, eine eindrucksvolle Gestalt in hellbraunen Hosen und glänzenden Schaftstiefeln. Er trug ein dunkelblaues Jackett aus feinem Wollstoff, und Amanda betrachtete verwundert seine breiten Schultern. Er erwiderte mit gelangweilter Gleichgültigkeit ihren Blick.

Amanda hatte nicht so viel Erfahrung mit dem anderen Geschlecht wie andere Mädchen ihres Alters und ihrer Herkunft, aber sie wußte genau, wenn sie herablassend behandelt wurde. Sie hob das Kinn. Daß ihr Vetter ein außerordentlich schöner Mann war, leugnete sie nicht. Sie suchte in seinen Zügen nach einem Funken Wärme, und da sie keinen entdeckte, nahm sie eine Haltung ein, die genauso frostig war wie die seine ihr gegenüber.

»Ich hoffe, Sie haben meinen Großvater in guter Gesundheit verlassen, Fürst?« fragte sie steif und starrte auf eine Stelle etwas links von der bedrohlichen Schulter ihres Vetters.

»Ja«, antwortete er kurz. »Obwohl ich mir nicht denken

kann, weshalb Sie die Gesundheit unseres Großvaters auf einmal interessieren sollte.«

Während Amanda diesen Rüffel verdaute, fuhr er fort: »Und reden Sie mich nicht mit Fürst an. Wir sind Cousins. Sie können mich Nikolaj nennen oder Nikolaj Andrejewitsch, falls Sie besondere Zuneigung ausdrücken wollen.«

»Nikolaj wird genügen, Vetter«, erwiderte Amanda frostig. Im stillen schwor sie sich, ihren Vetter niemals mit Nikolaj Andrejewitsch anzureden, wie der Botschafter ihn angesprochen hatte. Amanda wußte von ihrem Vater, daß dies eine vertrauliche Anrede war und ›Nikolaj, Sohn des Andrej‹ bedeutete.

»Wie Sie wünschen.« Er zuckte gleichgültig die Achseln, als wäre dies nicht von Bedeutung.

Ehe Amanda etwas über seinen vorherigen Rüffel sagen konnte, sagte er: »Bitte ersparen Sie mir weitere Bekenntnisse Ihres Interesses an unserem gemeinsamen Großvater.« Er lächelte ironisch. »Ich bin kein alter Mann, der sich von einem hübschen Gesicht so leicht übertölpeln läßt.«

»Nein, das sind Sie nicht«, stimmte Amanda vehement zu. »Sie sind kalt und hart und...«

Zu ihrem Entsetzen spürte sie, wie ihr die Tränen in die Augen traten. Als sie sich abwandte, hörte sie Nikolaj sagen: »Genau wie ich es erwartet habe. Naseweis, schlechte Manieren und wahrscheinlich vollständig unerzogen. Was erhoffen Sie sich von Rußland, Cousine? Einen reichen Gatten?«

Ehe Amanda diese Anschuldigung zurückweisen konnte, sprach er Französisch und stellte ihr ein halbes Dutzend Fragen.

Sie antwortete automatisch und erlebte die Befriedigung zu sehen, wie sich seine dunklen Augenbrauen über der stolzen Nase zusammenzogen, als habe ihr Besitzer eben eine unerwartete Überraschung erlebt. Amanda wußte, daß ihr Französisch gut war. Dafür hatte Papa gesorgt. Er hatte ihr auch gesagt, daß es die Sprache der russischen Aristokratie war. Bei dem Gedanken an ihren Vater traten ihr wieder die Tränen in die Augen. Um Nikolajs allzu scharfe Augen von diesem Zeichen der Schwäche abzulenken, fragte Amanda herausfordernd: »Wird mein Großvater mich ebenso kühl willkommen heißen wie Sie? Wenn ja, können Sie allein zurückkehren.«

Einen Augenblick lang glaubte sie, in Nikolajs Augen Respekt zu sehen, dann war es vorüber.

»Grand-père ist berauscht von dem Gedanken, Sie unter seinem Dach zu haben«, lautete die kurze Antwort. »Aber er ist nicht so klug, wie er einmal war, und ich werde nicht dulden, daß er sich von einer vorlauten Miß um den Finger wikkeln läßt.«

Amandas Augen blitzten. Seine Arroganz raubte ihr die Sprache. Sie konzentrierte sich auf ein besonders schönes Aquarell, das die gegenüberliegende Wand zierte.

»Der Fontanka-Kanal«, sagte ihr Vetter unerwartet und trat hinter sie. »Im Winter frieren die Newa und die Kanäle zu, und die Petersburger Gesellschaft vergnügt sich auf dem Eis, läuft Schlittschuh, flirtet und ißt heiße Blini vom Stand.«

Es war ein lebensgetreuer Blick in eine andere Welt, und Amanda hätte gern mehr erfahren, aber ihr Stolz hielt sie davon ab.

»Es klingt charmant«, sagte sie statt dessen. Dabei imitierte sie die *grande manière* ihrer Tanten und erlebte die Befriedigung zu sehen, wie seine Augen schmäler wurden und sein Blick auf ihrem Gesicht ruhte. Sie sagte ihm nicht, daß sie in einem kalten Winter auf dem See in Stanton Lacey Schlittschuh laufen gelernt hatte und wie überrascht die Dorfkinder über ihre unerwartete Geschicklichkeit gewesen waren.

»Wir müssen noch verschiedene Dinge besprechen, ehe wir London verlassen«, fuhr Nikolaj fort, als hätte sie nichts gesagt. Seine Stimme war tief und angenehm, aber aus irgendeinem Grund ging sie Amanda auf die überbeanspruchten Nerven. Mit wachsendem Schrecken bemerkte sie, daß sie im Begriff war, ihren Vetter zu verabscheuen, und dabei kannten sie sich noch keine halbe Stunde. Sie blickte auf und wollte eine gleichgültige Bemerkung machen, aber sie vergaß, was sie hatte sagen wollen, als Nikolaj sich bewegte und das Licht von den Fenstern auf sein Gesicht fiel und eine lange, weiße Narbe sichtbar machte, die von seiner Schläfe bis zum Kinn verlief.

»Häßlich, nicht wahr?« Seine Finger fuhren an der dünnen Linie entlang. »Eine Erinnerung an die Zeit, ehe der Zar Duelle verboten hat. Wir sind ein heißblütiges Volk, Amanda, und Sie würden gut daran tun, das nicht zu vergessen – Sie, deren Blut durch das zurückhaltende englische Blut Ihres Vaters verdünnt worden ist. Was die Narbe angeht... Sie werden sich daran gewöhnen, genau wie ich. Ich bitte Sie nur darum, sich vor Großvater ihren Abscheu nicht anmerken zu lassen. Er wird nicht gern daran erinnert, wie ich zu der Narbe gekommen bin. Nun zu den Vorbereitungen für unsere Reise.«

Er sprach über die Narbe, als wäre sie nur eine kleine Verletzung, aber Amanda spürte, daß er unter der dünnen, blassen Linie litt. Sie warf heimlich einen Blick auf sein verschlossenes Profil. Ein Duell, hatte er gesagt. Weswegen? Wegen einr Frau? Sicherlich nicht. Vermutlich wegen der Ehre. Er war ein Mann, der seine Ehre sicherlich sehr hochhielt.

»Wenn Sie mir bitte zuhören wollten... Ich habe ein Schiff gechartert, das uns nach Tilsit bringt. Von dort fahren wir dann mit dem Schlitten nach Sankt Petersburg. Wenn wir Glück haben, sind wir innerhalb eines Monats dort. Während dieser Zeit werden Sie mir in allen Dingen unbedingt gehorchen, denn das Land, das wir durchqueren, ist feindselig, und der Preis Ihres Trotzes könnte sehr gut Ihr Leben sein.«

Der Protest erstarb auf Amandas Lippen, als sie erkannte, daß dies sein Ernst war. Trotz der Wärme im Zimmer zitterte sie, als spüre sie den kalten Steppenwind.

»Wir verlassen London in einer Woche. Ich habe eine Liste zusammengestellt mit allem, was Sie brauchen.«

Er musterte ihr schwarzes Kleid, und offensichtlich mißfiel es ihm.

»Grand-père wird Sie nicht gern schwarz gekleidet sehen. Sie würden gut daran tun, sich etwas Kleidsameres zu kaufen, ehe Sie London verlassen.«

Ihr Ärger war stärker als ihre guten Absichten. »Es tut mir leid, wenn mein Großvater die Tatsache mißbilligt, daß ich um meinen Vater trauere. Aber ich werde diese Kleidung so lange tragen, bis meine Trauerzeit abgelaufen ist.« Noch während Amanda sprach, wußte sie, daß ihr Vater Nikolaj zugestimmt hätte, aber der Eigensinn siegte über ihre Vernunft. »Oder mißverstehe ich Sie, und Sie wollen mich nur darauf hinweisen, daß ich in Petersburg keine Kleider nach der neuesten Mode erwerben kann...«

»Weit davon entfernt. Wir beziehen unsere Garderobe direkt aus Paris, Cousine Amanda. Sie werden alle Damen in die feinsten Musselinstoffe *à la directoire* gekleidet sehen, obwohl Bonaparte im Begriff ist, in unser Land einzufallen. Nichts kann eine Dame davon abhalten, ihr auserwähltes Opfer zu beeindrucken, selbst wenn sie von den feuchten Röcken einen rauhen Hals bekommt.« Er sagte dies mit kaum unterdrückter Verachtung.

»Sie haben von den Frauen keine gute Meinung«, meinte Amanda leichthin. »Und ich kann nur annehmen, daß Sie sich die Schuld daran selbst zuzuschreiben haben. Wenn Männer die Schönheit dem Verstand vorziehen, verdienen sie auch die Ergebnisse dieser Vorliebe.«

»Was wollen Sie damit sagen? Ein Mann sucht bei einer Frau Vergnügen, nicht Belehrung. Denken Sie daran, wenn Sie vorhaben, einen Mann für sich zu gewinnen.«

Einige Augenblicke später, als der Botschafter diskret an die Tür klopfte und ins Zimmer trat, lag die ganze Breite des schönen Aubusson-Teppichs zwischen ihnen, und jene Art Schweigen lastete im Raum, das einem wenig höflichen Wortwechsel folgt oder vorausgeht.

Als Amanda verabschiedet worden war, ging der Botschafter in sein Arbeitszimmer, wo Nikolaj ihn erwartete.

Nikolaj kehrte ihm den Rücken zu und sah auf die regennasse Straße hinaus.

»Ein charmantes und geistreiches Mädchen, obwohl der Tod ihres Vaters sie natürlich schmerzt. Wer sie in seine Obhut nimmt, wird alle Hände voll zu tun haben.«

»Damit meinen Sie wahrscheinlich mich«, bemerkte Nikolaj gleichgültig. »Denn darauf wird es hinauslaufen. Tante Sophie wird sie nicht bändigen können.«

»Sie ist eine junge Dame, Nikolaj, kein Pferd«, sagte der Botschafter nachsichtig. Er versuchte, sein Amüsement zu verbergen. Er kannte die Familie Kuragin seit vielen Jahren, und die Ähnlichkeit Amandas mit ihrer Mutter war ihm sofort aufgefallen. »Sie ist das Ebenbild ihrer Mutter«, sagte er mehr zu sich selbst als zu seinem Gegenüber. »Aber zum Glück wiederholt sich die Geschichte nicht. Der alte Fürst hat seine Lektion gelernt, und für Amanda wird es keine arrangierte Ehe geben.«

»Haben Sie die Berichte für den Zaren?« fragte Nikolaj und ignorierte, was der Botschafter über Amanda gesagt hatte.

Da dieser Nikolaj kannte, wußte er, daß das Thema jetzt abgeschlossen war. Er wandte sich mit Bedauern anderen Dingen zu. »Ja, hier sind sie, für Sie vorbereitet. Unsere Spione berichten aus Frankreich, daß Bonaparte ohne Zweifel eine Invasion Rußlands vorbereitet. Nach unseren bisherigen Niederlagen ist er überzeugt, daß...« Er unterbrach sich und erinnerte sich daran, daß Nikolaj an diesen Schlachten teilgenommen und seine Freunde vor seinen Augen hatte sterben sehen. »Wie nimmt man es in Sankt Petersburg auf?« fragte er. »Oder glaubt man immer noch, daß Bonaparte es nicht wagen wird, die Memel zu überqueren?«

»Sie wissen, sie sind wie die Kinder, die von einem Tag zum anderen leben und nur den flüchtigen Glanz des Augenblicks sehen. Im Moment ist der Zar damit zufrieden. Es gibt zu viele Menschen in hohen Positionen, die bei den Franzosen um Frieden nachsuchen möchten. Er will nicht noch mehr Schwierigkeiten heraufbeschwören als er schon hat.«

Das Licht des Kronleuchters betonte seine Narbe, die die Haut seines Gesichtes straffte, und der Botschafter seufzte. Ein schwieriger, ein stolzer Mann. Und ein einsamer Mann, wie er vermutete. Trotz seines guten Aussehens strömte er eine Kälte aus, die sogar die kühnste Kokette abschrecken mußte. In Petersburg hieß es, er sei so kalt wie ein russischer Winter und immun gegen die Schwächen, die andere Männer befielen. Der Botschafter beneidete Amanda Stanton nicht um diese ihr aufgezwungene Gesellschaft. Das Mädchen würde jeden Funken ihres Selbstbewußtseins benötigen.

»Ich weiß, Sie wollen sich nicht länger als nötig in London aufhalten, Nikolaj. Mein Sekretär wird Ihnen die Berichte geben. Jetzt bleibt mir nur noch, Ihnen eine gute Reise zu wünschen. Bitte empfehlen Sie mich Ihrem Großvater. Ich bin sicher, Miß Stanton wird viel Freude in sein Leben bringen.«

»Und vielleicht viel Schmerz«, sagte der Fürst und fuhr mit den Fingern über seine Narbe. »Wie könnte es auch anders sein. Sie ist eine Frau und zweifellos außerordentlich töricht.«

Vier Tage vor ihrer Abreise erhielt Amanda eine kurze Nachricht von ihrem Vetter, der sie darin erinnerte, daß ihr Schiff mit der Flut absegeln würde und daß er, sollte sie der weiblichen Schwäche frönen, sich zu verspäten, allein abreisen würde.

Der Bote hatte auch ein unhandliches Paket mitgebracht. Als sie es geöffnet und den Inhalt von vielen Lagen Seidenpapier befreit hatte, stellte sich heraus, daß es einen Reisemantel aus feinem Wollstoff enthielt. Als sie die Innenseite des Mantels sah, hielt sie ehrfürchtig den Atem an. Er war mit schimmerndem Pelz gefüttert. Tante Jane, die an ihrem Schreibtisch saß und gerade an ihre Schwestern schrieb, um ihnen von Amandas unmittelbar bevorstehender Abreise zu berichten, riß neidisch die Augen auf, als sie sah, was ihre Großnichte in den Händen hielt.

»Zobel! Und dazu noch ein besonders schöner. Er muß ein Vermögen gekostet haben.«

»Es liegt eine Notiz dabei«, sagte Amanda aufgeregt. »Der Fürst... mein Vetter... schreibt, ich werde dies für die Reise brauchen. Es sei ein Geschenk meines Großvaters.«

»Völlig unpassend für ein Mädchen in deinem Alter«, kritisierte Tante Jane. »Viel zu aufdringlich...«

Aber Amanda hörte nicht weiter zu. Sie nahm den Mantel in die Arme, legte die Wange an den weichen Pelz und verlor sich in Tagträumen. Ein Lächeln lag auf ihren Lippen , und ihr Herz wurde angerührt bei dem Gedanken daran, daß ihr Großvater dieses Geschenk für sie gekauft hatte und ihrer ersten Begegnung vielleicht ebenso nervös entgegensah wie sie selbst.

Im Nu kam der Tag ihrer Abreise. Es war ein kalter, klarer Morgen. Amanda zog sich rasch an und versuchte, ihre Aufregung und Ängste zu unterdrücken.

Ihr Koffer war schon gepackt. Sie hatte Nikolajs Anweisungen über die Art der Kleidung, die sie benötigen würde, buchstabengetreu befolgt, obwohl sie sich sehr gewundert hatte, woher er eine so genaue Kenntnis der weiblichen Garderobe besaß. In einem Punkt war sie jedoch eisern geblieben. Sie hatte an ihren Trauerkleidern festgehalten und war nur bei einem bezaubernden fliederfarbenen Reisekleid mit einer dazu passenden pelzbesetzten Haube schwach geworden, und dies nur, weil Tante Jane darauf beharrt hatte, daß sie wenigstens ein anständiges Kleid brauchte, wenn ihr Großvater nicht glauben sollte, sie käme aus dem Armenhaus.

Das Kleid war in ihrem Koffer verstaut, und Tante Jane gratulierte sich dazu, daß von der großen Summe, die Sir Charles dafür vorgesehen hatte, seine Tochter für die Reise auszustatten, genügend übriggeblieben war, daß auch sie ihre eigene Garderobe erneuern konnte. Wie sie Amanda gegenüber ständig wiederholte, hatte es wenig Zweck, teure, schwarze Kleider zu kaufen, wenn schon fast vier Monate ihrer Trauerzeit vorüber waren.

Sie hatte ihr Gewissen weiter mit der Erwägung erleichtert, daß Amandas Großvater zweifellos von ihr erwarten würde, sie in Halbtrauer zu sehen, denn er würde sie natürlich seinen Freunden vorstellen wollen, und das konnte er nicht tun, wenn sie starr an den Konventionen festhielt.

Amanda unterdrückte ein Lächeln. Sie erlebte es zum erstenmal, daß eine ihrer Tanten die Mißachtung der Konventionen empfahl. Was den Mangel an teuren Kleidern anbetraf, so zog Amanda die einfache Kleidung, die sie besaß, den teuren Kreationen aus der Werkstatt Celestes bei weitem vor.

Nach einem kleinen Frühstück folgte sie Tante Jane zur wartenden Kutsche und versuchte, nicht daran zu denken, daß sie nun vielleicht zum letztenmal durch die vertrauten Straßen fuhr.

Der Zweimaster, den Nikolaj für ihre Reise gemietet hatte, lag an der Mole – ein rundliches, gedrungenes Schiff, dessen Rumpf dazu bestimmt war, mit nördlichen Wintern und eiskalter See fertig zu werden. Es sah recht unansehnlich aus, und Amanda war keineswegs beruhigt, als ein bärtiger Fremder ihren Koffer auf die Schulter nahm und ihn eine schmale Planke hinauftrug.

»Dein Vetter hat sich verspätet«, mäkelte Tante Jane, als wäre Amanda persönlich für Nikolajs Säumen verantwortlich. Aber kaum hatte sie es ausgesprochen, hielt eine Kalesche neben ihrer Kutsche, und Nikolaj sprang heraus.

Zuerst hätte ihn Amanda fast nicht erkannt. Aus dem modisch gekleideten Herrn, den sie im Salon des Botschafters kennengelernt hatte, war ein imposanter Fremder geworden, der Reithosen und hohe Stiefel trug. Ein mit Zobelpelz besetzter Mantel war achtlos über eine Schulter geworfen, und das kräftige schwarze Haar wehte im Wind.

Er begrüßte Amanda kühl, gab dem Mann, der ihm folgte, Anweisungen und nahm Amandas Arm. Tante Jane wurde mit einem kurzen Kopfnicken entlassen und blieb verloren auf dem Pier stehen.

»Dies ist mein Diener Feodor«, sagte Nikolaj, als er Amanda zum Schiff führte. »Er wird sich während der Reise um Ihre und meine Bedürfnisse kümmern, und lassen Sie sich versichern, daß dies bei uns zu Hause etwas ganz Normales ist.«

Zu Hause! Amanda genoß die Worte und versuchte, Trost aus ihnen zu ziehen, als das Schiff die Mole verließ und die Themse hinab zum offenen Meer fuhr.

Ihre Kabine war winzig, hatte aber ein Bullauge. Sie konnte hören, wie Feodor sich in der benachbarten Kabine, die Nikolaj bewohnte, zu schaffen machte. Sie war beruhigt, da sie nicht völlig allein war. Sie wünschte, sie und Nikolaj würden besser miteinander auskommen, aber das sollte offensichtlich nicht sein.

Zum Glück erwies sich Amanda als eine tüchtige Seereisende, doch sie hatten auch Glück mit dem Wetter. Sie war überzeugt, Nikolaj hätte mit einem seekranken Mädchen wenig Geduld gehabt. Das einzige Mal, das sie mehr als ein paar Minuten miteinander verbrachten, war der Abend, an dem sie mit dem Kapitän speisten – wenn man von ›speisen‹ sprechen konnte bei dem zähen, gesalzenen Rindfleisch und den halbgaren Kartoffeln, in denen sich die kulinarische Kunst des Schiffskochs zu erschöpfen schien.

Feodor war der einzige Mensch, der die Zeit zu haben schien, ihre zaghaften Fragen zu beantworten, und obwohl Amanda ein schlechtes Gewissen hatte, weil sie den Mann dazu verführte, über seinen Herrn zu reden, vermutete sie, daß Feodor es ebenso genoß, mit Nikolajs Leistungen zu prahlen, wie sie, mehr über das Leben in Rußland zu erfahren.

Unter der stolzen Miene, die ihr Vetter der Welt zeigte, spürte Amanda eine Verletzbarkeit, die ihr Mitleid erregte, auch wenn sie sich gleichzeitig fragte, weshalb eigentlich. Er machte überdeutlich klar, daß er für das andere Geschlecht nur Verachtung übrig hatte, und er versäumte nie eine Gelegenheit, eine ironische Bemerkung zu machen, wenn sie etwas sagte, aber sie hatte keine Ahnung warum. Nur eines glaubte sie zu wissen: daß Nikolaj ihr Mitgefühl nicht wünschte und er ihr mit seiner kühlen Stimme einen Rüffel erteilen würde, wenn sie je so töricht wäre, es zu zeigen.

Es war Feodor, der ihr den ersten Hinweis gab, woher die Zurückhaltung ihres Vetters rührte. Feodor saß vor der Kabinentür und polierte die Stiefel seines Herrn, als Amanda zufällig vorbeiging und stehenblieb, um seinen Eifer zu bewundern.

Es war zwei Tage vor ihrer Ankunft in Tilsit, wo sie sich ausschiffen wollten, um dann mit dem Schlitten nach Sankt Petersburg zu fahren.

Feodor strahlte, als Amanda den Glanz der Stiefel lobte. Zuerst hatte sie sich ein wenig vor ihm gefürchtet, mit seinem buschigen Bart und wegen seiner Ergebenheit für Nikolaj. Aber aus ihrer Furcht war bald Zuneigung geworden. Jetzt erklärte er ihr mit berechtigtem Stolz, daß es im ganzen

Regiment kein schöneres Paar Stiefel gab. »Und keinen bessren Herrn«, fügte er hinzu, »trotz allem, was manche über ihn reden. Der alte Fürst hält große Stücke von ihm, und das mit Recht! Es gibt auf seinen Besitztümern keinen Leibeigenen, der nicht sein Leben für ihn lassen würde.«

Amanda hätte gern gewußt, ›was manche über ihn redeten‹, aber sie wollte Feodor nicht aushorchen, falls er ihr Interesse in einem unbedachten Augenblick verriet.

»Merkwürdig, daß er nicht verheiratet ist...«, murmelte Amanda, mehr zu sich selbst als zu Feodor. »Mein Großvater möchte doch sicher, daß der Name nicht ausstirbt.«

Als einziges Kind ihres Vaters wußte sie, wie wichtig dies war. Feodor hielt in seiner Arbeit inne und sah sie mit zur Seite geneigtem Kopf an. »Einmal sollte es eine Hochzeit geben, aber es wurde nichts draus. Nun, es war auch nicht die Richtige für meinen Herrn«, fügte er abschätzig hinzu. »Sie machte sich gar nichts aus ihm. Es ging ihr nur um sein Geld und seine gesellschaftliche Stellung. Ohne sie ist er besser dran. Aber eines Tages wird er heiraten, da können Sie sicher sein. Er wird den alten Fürsten nicht enttäuschen.«

Feodor sprach über die Familie mit der ganzen Vertrautheit eines Menschen, der dem Haus seit langem verbunden war, und Amanda spürte, daß die Kluft zwischen Diener und Herrn in Rußland nicht so groß war wie in England. In Rußland konnte ein Diener an den Gesprächen seines Herrn teilnehmen, eher so wie eine privilegierte Kinderfrau mit ihren erwachsenen Schützlingen sprach.

Da sie nichts weiter zu tun hatte als dazusitzen und auf die Nordsee hinauszusehen (ihre Bücher waren in den Koffern verstaut, damit sie keine Sporflecken bekamen), war es nur natürlich, daß Amanda an die Ehe dachte, die nicht hatte sein sollen. War ihr Vetter verletzt worden, als diese Dame ihn zurückwies? Sie unterdrückte ein kleines Lächeln. Es war schwer, sich so etwas vorzustellen. Nikolaj war für Gefühlsregungen gewiß unzugänglich. Seine Gattin müßte ein demütiges, selbstloses Wesen sein, das bereit wäre, ihr Leben auf den ländlichen Besitztümern ihres Gatten zu verbringen, und das er hin und wieder mit einem Besuch beehren würde, damit sie die Kinderzimmer füllte. Amanda schalt sich selbst für diese unfreundlichen Gedanken, aber Nikolaj war arrogant und verdiente es, durchs Leben zu gehen, ohne Liebe zu geben oder zu empfangen.

Obwohl Amanda in der Kunst der Liebe nicht bewandert war, wußte sie instinktiv, daß sie, wenn es einmal soweit wäre, lieben würde wie ihre Mutter – leidenschaftlich und aus ganzem Herzen.

Aus Feodors Andeutungen gewann sie den Eindruck, daß ihr Vetter amourösen Vergnügungen nicht ganz ablehnend gegenüberstand, denn Feodor flocht in das Gespräch Andeutungen darüber ein, daß Nikolaj die wilde Musik der Zigeuner liebte, er deren dunkelhaarigen Frauen gern beim Tanzen zusah und auch oft die Theater besuchte, in denen die Schauspieler Leibeigene waren.

Amanda war nicht naiv und wußte, welche Liaisons zwischen den jungen Männern, die diese Vorstellungen besuchten und den jungen Frauen, die sie gaben, gepflegt wurden. Papa hatte ihre Lektüre niemals zensiert und erklärt, daß Verständnis für die Mitmenschen nur aus der Kenntnis dessen erwuchs, welche Mächte sie antrieben.

Deshalb kam sie zu der Auffassung, daß es sie nichts anging, wenn ihr Vetter sich eine Geliebte hielt, auch dann nicht, wenn er sich entschloß, ein halbes Dutzend davon zu haben. Aber sie hätte gern gewußt, ob irgend etwas anderes als Kälte jemals diese durchdringenden grünen Augen zu verdunkeln vermochte und ob sein Mund jemals sein bitteres Lächeln verlor.

Um das auszugleichen, was sie für ungezogene Neugier hielt, lenkte sie Feodor von seinen Erinnerungen an Zigeunerinnen ab und bat ihn, ihr über den Winterpalast und den Zaren zu erzählen.

Feodor war nicht abgeneigt. Wie schon der Botschafter sagte er ihr, daß ihr Vetter ein enger Vertrauter des Zaren war und daß Nikolaj, selbst wenn er nicht im Dienst war, viel Zeit bei Alexander verbrachte. »Nur dann nicht, wenn er im Sommer nach Moskau fährt oder das Regiment in Gatschina im Manöver steht.«

»Gatschina?«

»Dort sind die Kasernen, die der Vater des jetzigen Zaren bauen ließ«, erklärte Feodor. »Das Regiment, zu dem Nikolaj Andrejewitsch gehört, untersteht dem Zaren persönlich. Er sieht in seiner Uniform mit dem Sankt-Andreas-Kreuz auf der Brust sehr imponierend aus. Petersburg wird Ihnen gefallen, Amanda Iwanowna.«

So sprach Feodor Amanda an, und im stillen fand sie es rührend. Die braunen Augen des Dieners zwinkerten ihr zu. »Es wird viele junge Männer geben, die mit Ihnen werden tanzen wollen, wenn Sie im Winterpalast vorgestellt werden. Schade, daß der Zar schon eine Frau hat.«

»Du setzt meiner Cousine Flausen in den Kopf.«

Nikolaj war so leise hinter sie getreten, daß sie ihn beide nicht gehört hatten. Amanda blickte schuldbewußt zu ihm auf und hoffte, er möge nicht erraten, daß er der Gegenstand des Gesprächs gewesen war. »Feodor erzählte mir über Sankt Petersburg«, erklärte sie hastig und deutete mit ihrem Tonfall an, daß Feodor ihr nichts hätte zu erzählen brauchen, wenn er, Nikolaj, sich selbst ein wenig um sie gekümmert hätte, statt seine ganze Zeit mit dem Kapitän zu verbringen.

»Daran zweifle ich nicht. Aber wenn er Ihnen den Rat gab, den Zaren auf sich aufmerksam zu machen, warne ich Sie. Der Zar hat nicht nur eine Frau, sondern auch eine sehr schöne Mätresse.«

Sein Tonfall verriet nicht, ob er diesen Sachverhalt billigte oder nicht, aber Amanda wußte sofort, bei wem ihre Sympathien lagen.

»Wie glücklich kann er sich schätzen! Aber wenn schon Herren wie Sie in diesen Dingen tun können, was ihnen beliebt, um wieviel mehr kann es dann ein Kaiser tun.«

»Sie täten gut daran, Ihre Ansichten in Petersburg nicht laut zu äußern. Der Zar ist ein aufgeklärter Herrscher, aber er wird keine Kritik an seinem moralischen Verhalten von seiten eines Backfischs dulden, der noch feucht hinter den Ohren ist. Mir scheint, als Ihr Vater Sie erzog, vergaß er eine Lektion über den Wert guter Manieren«, bemerkte Nikolaj kühl. Er drehte sich auf dem Absatz um und wollte gehen.

Amanda, die über die Kritik an ihrem geliebten Papa wütend war, erwiderte hitzig: »Sie mißverstehen mich, Vetter. Ich kenne den Wert guter Manieren, aber ich nehme Sie mir zum Vorbild und verschwende sie nicht auf gewöhnliche Verwandte, denn wir scheinen beide dazu zu neigen, gegenseitig nur unsere schlechten Seiten zu sehen.«

»Ich glaube, Sie sind so töricht und hohlköpfig, wie man es von einem Mädchen in Ihrem Alter und bei Ihrer Unerfahrenheit erwarten darf«, preßte Nikolaj eisig hervor. »Leider scheint es Ihre Vorliebe zu sein, diese Mängel noch zu verschlimmern, indem Sie ein Verhalten an den Tag legen, das einen unweigerlich zu der Bemerkung veranlassen muß, Ihr Vater habe dieses Leben sicherlich ohne großes Bedauern verlassen. Und jetzt hören Sie sich das an, weswegen ich gekommen bin«, fügte er grimmig hinzu. »Der Kapitän sagte mir eben, daß unsere Reise morgen beendet ist. Bitte seien Sie rechtzeitig fertig, damit wir das Schiff pünktlich verlassen können.«

Amanda sah ihn durch einen Nebel von Tränen gehen. Wie oft hatte Papa sie beschworen, ihre allzu rasche Zunge zu zügeln. Wie dumm war es von ihr gewesen, ihm Anlaß zu geben, sie zu verletzen. Aber Nikolajs Verhalten ihr gegenüber schien eine Seite in ihr hervorzukehren, von deren Existenz sie bis dahin nichts gewußt hatte. Die Tanten hatten sie oft eigensinnig genannt, und daran war etwas Wahres gewesen. Aber noch niemals war sie in den Fehler verfallen, sich so zu betragen, daß sie Zurechtweisungen herausforderte.

Offenbar konnten sie sich beide nicht gegenüberstehen, ohne zu streiten, und sie konnten nicht streiten, ohne daß Nikolaj eine herabsetzende Bemerkung über ihr Geschlecht insgesamt und über sie selbst im besonderen machte. Um der Familienharmonie willen wäre es besser gewesen, wenn sie beide nicht gezwungen gewesen wären, unter dem gleichen Dach zu leben.

Drittes Kapitel

In Tilsit war es wesentlich kälter als in London. Nikolaj blickte zu dem bleifarbenen Himmel und meinte, es sei schade, daß sie nicht früher eingetroffen waren, weil es aussah, als wäre ihnen der Winter zuvorgekommen.

Es war merkwürdig, nach so vielen Tagen zur See wieder Land unter den Füßen zu haben, und Amanda kuschelte sich dankbar in ihren pelzgefütterten Mantel, als sie darauf wartete, daß Feodor einen Schlitten besorgte, der sie zum Gasthaus brachte, wo sie vor ihrer Fahrt nach Sankt Petersburg die Nacht verbringen wollten.

»Erwarten Sie nicht den gleichen Komfort wie im *George*«, warnte sie Nikolaj. »Die Verhältnisse sind hier rauher.«

Er hatte nicht übertrieben, wie Amanda feststellte, als der Schlitten vor einem schäbigen Holzhaus anhielt. Drinnen war die Luft dick vor Rauch von den dickbauchigen Öfen, um die sich Gruppen von Reisenden scharten. Amandas Augen brannten schon nach wenigen Minuten.

Und trotzdem war es eine Wohltat, wieder zu baden, und wenn auch nur in dem Holzzuber, der in ihrem Zimmer vor das Feuer gestellt wurde. Ein kicherndes Mädchen goß warmes Wasser über sie, und Amanda unterdrückte ein Lächeln bei dem Geanken daran, wie ihre Tanten auf so hoffnungslos mittelalterliche Sitten reagiert hätten.

Drunten hatte Feodor ein Mahl für sie bereitet. Während Amanda aß, warf sie ihren Mitreisenden verstohlen Blicke zu.

In einer Ecke saß eine Zigeunergruppe. Man redete und lachte. Vier Husaren standen vor dem Feuer und diskutierten leise. Als Amanda hinübersah, blickte einer der Husaren auf. Er sagte etwas zu seinen Kameraden und ging dann zu den Zigeunern hinüber.

Ein Zigeuner nahm eine Balalaika, stellte den Fuß auf einen Schemel und begann leise zu singen. Seine Stimme war rauh und heiser und vibrierte leidenschaftlich, als er die Frau ansah, die zu seinen Füßen saß.

Amanda schob die Reste ihres Essens beiseite und hörte zu. Sie schauderte ein wenig unter dem Eindruck der wilden Musik, die den Raum füllte.

Als sich das Tempo der Musik steigerte, stand die Frau auf, sinnlich graziös wie eine Katze, und bog ihren Körper im Takt der Musik. Ihre dichten, roten Röcke wirbelten um ihre Figur wie die Blätter einer Rose. Sie drehte sich schneller und schneller im Kreis, bis es Amanda schwindelig wurde.

Amanda spürte, wie ihr eigener Herzschlag sich mit dem Tempo der Musik verschnellerte. Das Blut schien in ihrem Körper zu rasen und weckte in ihr ein bisher unbekanntes Gefühl.

Sie bemerkte nicht, daß Nikolajs Augen schmaler wurden, als er ihre hingerissene Miene betrachtete.

»Ich glaube, es ist Zeit, daß Sie zu Bett gehen«, sagte er plötzlich. »Wir brechen morgen zeitig auf.«

Amanda wollte protestieren, aber er hatte ihr die Freude schon verdorben. Ihre Euphorie war vorüber, zurück blieb ein merkwürdig schales und leeres Gefühl. Sie wünschte ihm steif eine gute Nacht und ging die Treppe hinauf in ihr Zimmer, ohne sich noch einmal umzublicken.

Die Luft in dem kleinen Raum war stickig, und sie hätte gern ein Fenster geöffnet. Drunten sangen und tanzten die Zigeuner immer noch. Vielleicht schlief sie deshalb so schlecht und wachte am Morgen mit schwerem, schmerzenden Kopf auf.

Als sie in die Gaststube trat, hatte Nikolaj schon gefrühstückt. Er stand in dem jetzt menschenleeren Raum und sah stirnrunzelnd zum Fenster hinaus. Seinen Mantel hatte er achtlos über eine Stuhllehne geworfen. Er begrüßte sie kühl und schien es eilig zu haben aufzubrechen.

Als Amanda gerade die Tasse Kaffee austrank, die Feodor ihr gebracht hatte, ging die Tür auf. Eine Dame rauschte herein – man konnte ihren Auftritt nicht anders bezeichnen –, von Kopf bis Fuß in Zobel gehüllt. Die Kapuze ihres Mantels war nach hinten geworfen und enthüllte blonde Löckchen und ein klassisch schönes Profil.

»Nikolaj!«

Aus der Nähe besehen war sie älter, als Amanda zuerst geglaubt hatte. Um ihre ausdruckslosen, blauen Augen lagen winzige Falten, und wenn sie nicht lächelte, bog sich ihr Mund schmollend nach unten.

Sie ignorierte Amanda, plauderte aufgeregt auf französisch, und ihre weiße Hand ruhte dabei auf Nikolajs Arm. Aus dem Gespräch entnahm Amanda, daß sie eben in Tilsit eingetroffen war und nach England reiste, um Freunde zu besuchen.

»Elisabeth, ich möchte Ihnen meine Cousine vorstellen«, sagte Nikolaj, als eine Pause im Gespräch eintrat.

Sie sah Amanda herablassend an, schenkte ihr ein geringschätziges Lächeln und wandte sich dann wieder Nikolaj zu. »Das ist also das Ergebnis der Mesalliance der armen Nadja. Sie sieht genauso aus wie sie.« Sie zuckte verächtlich die Achseln. »Hoffen wir, daß sie ihre Vorliebe für Parvenüs nicht geerbt hat.«

Amanda unterdrückte einen Protest und glaubte, nicht richtig gehört zu haben.

»Zweifellos hoffte ihr Vater, mit ihrer Hilfe die Gunst deines Großvaters wiederzugewinnen. Vielleicht erwartete er sogar, der Fürst werde sie so gut ausstatten, daß sie eine vorzügliche Partie machen kann.« Ihr Tonfall deutete an, daß dergleichen höchst unwahrscheinlich war.

Amanda erstarrte vor Zorn.

»Mein Vater war kein Parvenü«, warf sie in fehlerlosem Französisch ein. »Und ich brauche weder bei meinem Großvater noch bei sonst jemandem betteln zu gehen.«

Elisabeths dünne Augenbrauen hoben sich verächtlich. »Mein lieber Nikolaj, wo wurde das Kind erzogen? Jemand muß sich wirklich um ihre Manieren kümmern. Wenn es wahr ist, daß sie ein ansehnliches Vermögen hat, müssen Sie sie vor Mitgiftjägern schützen. Diejenigen, die den Namen Kuragin in Ehren halten, würden ungern in zwei Generationen zwei unangemessene Ehen sehen.«

»Wie können Sie es wagen, so über meinen Vater zu sprechen!« fuhr Amanda auf. »Er war gut... freundlich...«

»Das genügt«, unterbrach Nikolaj. »Sie werden sich entschuldigen, und zwar sofort.«

»Wenn Ihre... Freundin sich zuerst für ihre ausfälligen Bemerkungen über meinen Vater entschuldigt«, beharrte Amanda eigensinnig.

Sie bereute bereits ihren unpassenden Ausbruch, aber sie konnte nicht dabeistehen und zuhören, wie ihr Vater herabgesetzt wurde. Sie spitzte die Lippen in einer ausgezeichneten Imitation von Tante Janes berühmtem Stil und sagte mit einer Stimme, die ebenso affektiert klang wie die Elisabeths: »Mir scheint, Vetter, daß im Gegensatz zu dem, was Sie mich glauben ließen, schlechte Manieren nicht das alleinige Vorrecht der Engländer sind.«

Elisabeth lachte geziert. Nikolaj zog es vor, Amandas Bemerkung zu ignorieren, und sagte mit verhaltener Stimme, die seinen Ärger nicht ganz verbergen konnte, er warte immer noch darauf, Amandas Entschuldigung zu hören.

Sie blieb standhaft, selbst unter dem herausfordernden Blick, mit dem er sie ansah.

Schließlich brach Elisabeth das unbehagliche Schweigen. »O bitte, Nikolaj, vergessen wir es.« Sie sah Amanda von Kopf bis Fuß an. »Die arme Sophie. Mir scheint, da bekommt sie etwas zu tun.«

Sie stellte sich auf die Zehenspitzen und küßte Nikolaj auf beide Wangen. »Miß Stanton ist ihrer Mutter doch nicht so ähnlich, wie ich zuerst dachte. Die gute Nadja war das liebenswürdigste Wesen, das man sich vorstellen kann.«

Mit diesem letzten Hieb ging sie die Treppe hinauf, und ein halbes Dutzend Diener mühte sich hinter ihr mit einem riesigen Koffer.

Als sie gegangen war, wurde das Schweigen drückend. Amanda sah entschlossen in ihre Kaffeetasse und ballte die Fäuste im Schoß.

»Wenn es Ihnen das nächstemal einfällt, Ihre ungezogenen Manieren vor mir auszulassen, können Sie sicher sein, daß ich etwas unternehme, um Sie zur Räson zu bringen, und zwar rasch«, sagte Nikolaj schließlich.

Und wie stand es mit den Manieren von Elisabeth? Amandas Mund verhärtete sich, als sie ihn wütend ansah. »Indem Sie was tun?« fragte sie herausfordernd.

»In dem ich Sie über das Knie lege und Ihnen eine Tracht Prügel verabreiche, daß Sie eine Woche lang nicht sitzen können.«

»Das würden Sie nicht wagen!«

Das beunruhigende Funkeln in seinen Augen sagte ihr, daß er es nicht nur wagen, sondern mit besonders großem Vergnügen ausführen würde.

»Und was ist mit Ihrer Freundin Elisabeth? Würde sie ebenso bestraft werden?«

»Elisabeths Betragen geht mich nichts an. Sie gehört nicht

zur Familie. Und wenn Sie jetzt aufhören wollten, sich groß aufzuspielen, Feodor ist mit den Schlitten hier.«

»Den Schlitten?« fragte Amanda.

»Ja, einer für Sie und mich, der andere für Feodor, unser Gepäck und die Vorräte, die wir während der Reise brauchen. Wir sind hier nicht in England, wo man fast an jeder Straßenecke ein Gasthaus findet. Wir werden viele Meilen durch unbewohntes Land fahren, und es ist wichtig, daß wir für alle Zwischenfälle gerüstet sind.«

Der Morgen war kalt und klar, und die Luft biß ihr in die Wangen, als Nikolaj ihr in den Schlitten half. Er war aus geschnitztem Holz, rot angemalt und mit Blattgold verziert. Darüber war eine Plane gespannt, die sie vor dem Wetter schützte, und eine Lederschürze, die über ihren Beinen befestigt werden konnte. Nikolaj gab ihr eine Reisedecke aus Pelz, die sie um ihre Knie wickelte, und setzte sich dann neben sie. Die Pferde waren ausgeruht und unruhig, und ihre schwarzen Samtdecken schimmerten dunkel vor dem Schnee. Nikolaj knallte mit der Peitsche, und sie fuhren über die Holzbrücke, die die Memel überspannte, hinaus in die Weite der schneebedeckten Landschaft.

Trotz der Kälte hob sich Amandas Stimmung, als der Schnee unter den Kufen knirschte. Der Atem der Pferde dampfte in der eisigen Luft. Das Sonnenlicht tanzte auf dem Schnee, und die Bäume standen reglos unter ihrer märchenhaften Last.

Sie sah Nikolaj an, aber in seiner Miene lag nichts, das ihr gesagt hätte, ob er ihr Gefühl des Abenteuers teilte. Er hatte den Kopf zurückgeworfen, und sein Profil stand scharf vor dem weißen Schnee. Die Zügel hielt er lässig in einer Hand. Er sah geistesabwesend aus, ein Mann, dessen Herz so kalt war wie die Memel im Winter, dachte Amanda. Unbewußt seufzte sie und blickte sich um. Hinter ihnen lenkte Feodor sein Gespann. Es war Mittag, als sie den Wald erreichten, von dem Nikolaj sagte, er sei die Heimat der Köhler. Er ließ die Pferde etwas langsamer werden, damit Feodor sie überholen konnte, und erklärte Amanda, Feodor fahre voraus, um für sie das Mahl vorzubereiten, wenn sie in der Poststation ankämen, wo sie die Nacht verbringen wollten.

»Mit etwas Glück sind wir morgen in Sankt Petersburg. Wir werden jetzt eine Kleinigkeit essen und uns die Beine vertreten. Aber entfernen Sie sich nicht zu weit, in diesen Wäldern wimmelt es von Wölfen.«

Amanda blickte sich ängstlich um, als sie aus dem Schlitten stieg.

Es war seltsam, wie ermüdend das Nichtstun sein konnte. Nikolaj holte einen Korb von der Rückseite des Schlittens und reichte ihr ein Stück Roggenbrot und etwas Käse. Er lächelte über ihre zweifelnde Miene.

»Es tut mir leid, daß meine Küche nicht dem englischen Standard entspricht, aber es ist besser als nichts, und es wird dunkel sein, ehe wir die Poststation erreichen.«

Amanda biß zögernd in das Brot. Es war ebenso schmackhaft wie der reife, cremige Käse. Aber was sie wirklich gern gehabt hätte, war eine Tasse Kaffee. Sie sah, daß Nikolaj etwas aus einer silbernen Flasche trank. Als er sie ihr hinhielt, schüttelte sie den Kopf.

»Sehr klug von Ihnen«, sagte er. »Ich glaube nicht, daß Ihnen unser Nationalgetränk schmeckt. Ich habe etwas Wasser, falls Sie durstig sind.«

Amanda nahm es dankbar entgegen. Sie begann zu verstehen, was er meinte, als er sagte, Reisen sei in Rußland eine wesentlich ernstere Angelegenheit als in England.

Nach einer halben Stunde waren sie wieder auf dem Weg. Sie glitten schweigend durch den Wald aus Silberbirken und störten gelegentlich ein kleines Tier oder einen Vogelschwarm auf, die nach Nahrung suchten.

Der Fahrtwind und das glitzernde Sonnenlicht machten sie schläfrig. Amanda spürte, wie ihr die Augen zufielen, als die Sonne sich auf den Horizont senkte und den Schnee tiefrot färbte. Die Landschaft versetzte sie in Entzücken. Sie hatte niemals eine solche Stille erlebt, ein Land, das auf den Stab des Zauberers wartete, der es aus einem Bann erlöste. Und in gewisser Weise war es auch so. Zugefrorene Teiche lagen wie polierte Spiegel da, eingerahmt von eisgeränderten Farnen und Gräsern. Gelegentlich unterbrach ein scharfes Knacken die Stille, wenn ein Ast unter dem Gewicht des Schnees nachgab und weißen Puder auf die Schneedecke fallen ließ, die sich über der Erde ausbreitete.

»Es erinnert mich an die Geschichte vom Eiskönig«, sagte Amanda schläfrig. Sie hatte nicht bemerkt, daß sie laut gesprochen hatte.

Nikolaj sah sie an. »Was ist das für eine Geschichte?«

Es war ein Märchen, das Nanny ihr erzählt hatte. Sie war verlegen, daß er sie bei einer kindlichen Träumerei ertappt hatte. »Ach, es ist nichts…«

»Erzählen Sie bitte«, sagte Nikolaj.

Es war kälter geworden, und schwere Schneewolken lagen über dem Horizont. Amanda fröstelte und zog sich die Kapuze über den Kopf.

»Es ist die Geschichte von einem König, der vor vielen Jahren lebte«, begann sie leise. »Er besaß alles, was er begehrte, aber er konnte sich nicht daran freuen, weil er kein Herz hatte. Als er eines Tages mit seinem Hofstaat auf die Jagd ging, traf er einen Zauberer, und diesem sagte er, wie gern er ein Herz besäße. Der Zauberer hatte viele Jahre lang die Prinzessin Odessa geliebt, deren väterliches Land an das des Königs grenzte. Aber die Prinzessin liebte den Zauberer nicht. Um sie zu bestrafen, belegte sie der Zauberer mit einem Bann, der bewirkte, daß sie sich in den König verliebte. Gleichzeitig versprach er dem König ein Herz. Aber weil er ein grausamer, böser Zauberer war, war das Herz, das er dem König gab, aus Eis, so daß der

König die Liebe der Prinzessin nicht erwidern konnte... Rußland erinnert mich an den Eiskönig«, schloß sie abrupt. »Das ist alles.«

»Sie haben mir das Ende der Geschichte nicht erzählt«, sagte Nikolaj. »Geht sie gut aus?«

In seinen Augen lag ein merkwürdiger Ausdruck. Amanda war nicht sicher, ob er ihr gefiel. Seine Augen leuchteten auf eine ungewohnte Weise, und sie vermutete, daß ein tiefsitzender Kummer die Ursache war.

»Nun?« drängte er.

»Sie geht gut aus«, stimmte sie zögernd zu und versuchte, seinem Blick auszuweichen. »Die Prinzessin war so bekümmert darüber, daß der König ihre Liebe nicht teilte, daß sie eine Woche und einen Tag lang weinte. Der Zauberer frohlockte in seiner Höhle auf dem Berg. Er hatte aber die Macht der Liebe außer acht gelassen, denn die Wärme der Tränen brachte das eisige Herz des Königs zum Schmelzen, es wurde lebendig, erwachte zum Leben und...«

»Sehr ergreifend«, unterbrach sie Nikolaj. »Wenn Ihr König einen Funken Verstand gehabt hätte, dann hätte er sein Herz aus Eis behalten. Oder noch besser, er wäre ganz ohne Herz ausgekommen.«

Er spach so verbittert, daß Amanda es erst nach einiger Zeit wagte, ihn anzusehen.

Es wurde rasch dunkel. Schneeflocken fielen von dem bleifarbenen Himmel. Der Gang der Pferde hatte sich unmerklich verlangsamt, und obwohl Nikolaj nicht sprach, spürte Amanda, daß er wegen des schlechter werdenden Wetters besorgt war. Sie waren jetzt tief im Wald, und mit dem schwächer werdenden Licht schienen lange Schatten zwischen den Bäumen hervorzukriechen.

Amanda fröstelte und vergrub sich tiefer in ihre Decken. Jetzt, da die Sonne untergegangen war und ihre Erregung einer nervösen Furcht Platz gemacht hatte, fror sie. Sogar die Pferde schienen von der Atmosphäre beeinflußt zu sein. Ihre

Ohren zuckten, als lauschten sie auf etwas, das für das menschliche Ohr unhörbar war.

Es fing heftig an zu schneien. Große, weiße Flocken trieben im Wind, der aus dem Nichts gekommen zu sein schien, und hüllten die Pferde und den Schlitten ein.

Nikolaj konzentrierte sich auf die Tiere. »Ich möchte es nicht riskieren, stehenzubleiben und das Schutzleder anzubringen. Ist es Ihnen recht?«

Sie nickte, denn sie wollte ihn nicht weiter belasten, indem sie ihm zeigte, wie sehr sie sich ängstigte und wie sie fror, zumal sie ahnte, daß die Situation gefährlicher war, als er sie wissen lassen wollte.

Erschreckend rasch wurde es Nacht. Keine Sterne, kein Mond waren zu sehen. Sie spürte nur den unablässigen Wind und die eisige Kälte.

Als sie das Geräusch hörte und ihr ein Schauer das Rückgrat hinunterlief, war es fast eine Erleichterung.

»Wölfe!« stieß Nikolaj hervor, während er sich bemühte, die erschrockenen Pferde unter Kontrolle zu halten.

Zu Hause in Wiltshire hätte sich Amanda nie träumen lassen, daß sie eines Tages über eisiges Ödland fliehen würde, verfolgt von einem Rudel Wölfe. Es hörte sich an wie eine Geschichte aus einem von Mrs. Radcliffes Romanen, aber es war Wirklichkeit. Das Geheul der hungrigen Tiere wurde jede Sekunde lauter.

Die geängstigten Pferde rissen an den Zügeln. Sie gingen beinahe durch in ihrer Panik, den Raubtieren zu entkommen, die sie mehr als alle anderen fürchteten.

Amanda schloß die Augen und preßte sich auf die Seite des Schlittens, der jetzt heftig schwankte und beinahe umstürzte, als sie den Weg verließen und durch den Wald zwischen den Bäumen hindurch rasten.

»Was ist los?« fragte Amanda.

»Ich glaube, wir stoßen gleich auf eine Köhlerhütte.« Nikolaj deutete auf die Überreste dreier Meiler. »Offensichtlich haben sie erst kürzlich hier gearbeitet. Wenn wir die Hütte finden, können wir bis zum Morgen bleiben. Das ist sicherer, als wenn wir versuchen, dem Wolfsrudel zu entkommen, besonders mit den erschöpften Pferden.«

»Und was ist mit Feodor? Erwartet er uns nicht?«

»Da mache ich mir keine Sorgen. Wenn er den Schneesturm sieht, wird er sich denken, daß wir irgendwo Unterschlupf gesucht haben. Er wird warten, bis wir ihn einholen.«

Er fluchte leise, als eines der Pferde strauchelte und dann zu lahmen begann. Er ließ die Tiere anhalten, sprang in den federleichten Schnee hinunter und warf Amanda die Zügel zu.

»Der Schnee hat sich in seinem Huf verklumpft. Ich wünschte, wir würden diese verdammte Hütte finden!«

Als er wieder in den Schlitten gestiegen war, sah Amanda, wie sich eine graue Gestalt zwischen den Bäumen bewegte. Amanda packte Nikolaj am Arm. »Nikolaj, dort drüben! Ich glaube, ich sehe einen Wolf!«

»Wo?« Er sah in die Richtung, in die ihr zitternder Finger deutete, und schwang dabei geschickt die Peitsche über den Köpfen der Pferde. »Halten Sie sich fest? Hoffen wir, daß die Pferde nicht die Witterung der Wölfe bekommen, sonst kann ich sie unmöglich halten.«

Amanda schien es, als ob sie stundenlang über den unebenen Boden rasten, immer tiefer in den Wald hinein. Das Bild jenes schlanken, grauen Tieres mit den roten Augen und der hechelnden Zunge stand ihr immer vor Augen. In Wirklichkeit waren es nur Minuten gewesen, bis sie die Hütte des Köhlers in einer kleinen Lichtung erreichten.

Amanda konnte einen Seufzer der Erleichterung nicht unterdrücken. Durch den wirbelnden Schnee sah sie Nikolajs entschlossenes Gesicht, als er den Schlitten zum Stehen brachte und die Pferde ausspannte. Wortlos schickte sich Amanda an, ihm zu helfen, denn sie wußte, daß dies nicht die rechte Zeit war, die hilflose Frau zu spielen. Der oberste Stallknecht ihres Vaters hatte darauf bestanden, daß sie es lernte, sich um ihre Pferde zu kümmern, so wie ihr Vater dafür gesorgt hatte, daß sie ordentlich reiten lernte.

Sie beobachtete Nikolaj von der Seite und beruhigte dabei das zweite Tier, während er das erste in eine der größeren Hütten führte. Als er zurückkam, nahm er ihr die Zügel ab.

»Dort drinnen sind sie sicher. Ich füttere sie und entferne den Schnee aus ihren Hufen. Mit ein wenig Glück werden sie morgen früh wieder ausgeruht sein.«

Sie half ihm, die Hafersäcke in die Hütte zu tragen und lud den Rest des Gepäcks vom Schlitten, während er sich um die Pferde kümmerte. Sie hatte alles in die zweitgrößte Hütte gebracht, die sie lediglich wegen ihrer Größe ausgewählt hatte.

Nikolaj brummte beifällig, als er hereinkam und die Holzscheite neben dem kleinen Ofen in der Mitte des Raumes liegen sah.

»Wir haben Glück. Die Köhler müssen wegen des Wetters früh im Jahr gegangen sein.«

Amanda war überrascht, mit welchem Geschick er das Feuer anzündete. Irgendwie hatte sie sich vorgestellt, daß er über häusliche Aufgaben erhaben wäre, aber er war darin äußerst erfahren.

Vom Mittagessen war noch ein Rest übrig. Er teilte ihn gewissenhaft in zwei Hälften und reichte Amanda eine Portion.

Es gab keine Sitzgelegenheit, nur den nackten Fußboden, aber Nikolaj hatte die Pelzdecken vor dem Ofen ausgebreitet. Es war einigermaßen bequem, zumal wenn man an das Wetter draußen dachte. Sie aßen schweigend, und jeder war mit seinen eigenen Gedanken beschäftigt.

Nikolaj fand auf einem Regal etwas Tee und brachte es fertig, ein heißes Getränk zuzubereiten, indem er Schnee schmolz und das Wasser auf dem Ofen zum Kochen brachte.

Amanda trank ihn dankbar und wärmte ihre Hände an der

Tasse, die sie im Weidenkorb mitgebracht hatte. Der Tee hatte einen merkwürdigen Geschmack. Er brannte in der Kehle, so daß sie husten mußte.

»Trinken Sie nicht so rasch«, warnte Nikolaj lächelnd. »Ich habe ein wenig Wodka hineingetan. Sie werden dadurch besser schlafen.«

Amanda wollte protestieren, aber sie wurde schon schläfrig, und es war ihr ein wenig schwindelig. Draußen heulten die Wölfe, doch diese Geräusche ängstigten sie nicht mehr. Sie fühlte sich in eine herrliche Wärme eingehüllt, die sich wie ein Feuer in ihrem Körper ausbreitete.

»Es ist sehr angenehm«, sagte sie förmlich und versuchte dabei, Nikolajs Gesicht deutlich zu sehen, das auf eine höchst beunruhigende Weise zu verschwimmen schien.

»Gewöhnen Sie sich nicht daran«, riet er ihr. »Ich fürchte, ich habe des Guten etwas zuviel getan.« Er seufzte und blickte sie merkwürdig an.

Amanda glaubte, ihn sagen zu hören: »Vielleicht ist es gerade recht so.«

Nikolaj schürte das Feuer. Um die Hütte pfiff der Wind, und Amanda schmiegte sich in ihren Mantel.

»Wir müssen versuchen, ein wenig zu schlafen«, sagte Nikolaj. Er stand auf und warf einen langen Schatten durch den Raum. »Wir legen uns auf einen der Pelze und decken uns mit den beiden anderen zu.«

Amanda sah ihn mit weit aufgerissenen Augen an und wünschte, er wäre nicht so großzügig mit dem Wodka gewesen.

»Wir?« War diese piepsige Stimme wirklich ihre eigene?

»Ja«, sagte Nikolaj gleichgültig. »Es ist ein alter Kosakentrick. Wenn das Feuer in der Nacht ausgeht, könnten wir erfrieren. Wir beide brauchen aber den Schlaf zu sehr, um wach zu bleiben und das Feuer zu schüren, selbst wenn das Holz so lange reichen würde. Unser beider Körperwärme wird uns am Leben erhalten.«

Amanda spürte, wie sie errötete. Instinktiv hüllte sie sich fester in ihren Mantel und sah zu Nikolaj auf.

»Sie könen doch nicht vorschlagen, daß ich... daß wir...«, stammelte sie ängstlich.

»Daß wir zusammen schlafen? Lassen Sie mich Ihnen versichern, daß Sie um Ihre Tugend nicht zu bangen brauchen, wenn es das ist, was Sie ängstigt.« Er lächelte. »In diesem Fall interessiert mich Ihr Körper nur wegen der Wärme, die von ihm ausgeht, und sonst aus keinem anderen Grund.«

Amanda wollte ihm sagen, daß ihr der Gedanke, er könnte versuchen, sie zu verführen, nicht in den Sinn gekommen war. Schließlich war er ihr Vetter. Aber sie schreckte vor dem Gedanken an einen so engen Kontakt mit einem Mann zurück, ob er nun ihr Vetter oder ein Fremder war. Sie war versucht, ihm dies zu sagen, aber etwas in seiner Miene hielt sie davon ab. Plötzlich waren sie beide befangen.

»Wenn Sie Ihren Anfall von Damenhaftigkeit überwunden haben, kommen Sie her und legen sich zwischen mich und das Feuer«, sagte er ruhig.

Benommen tat sie, was er befahl. Ohne daß sie es wußte, waren ihre Augen groß vor Anspannung und sahen ihn fragend an.

Er zog seinen Mantel aus und deckte sie damit zu, ehe er sich neben sie legte. Dann zog er die Pelze über sie beide und rückte so nahe an sie hean, daß es nur noch einer geringen Bewegung bedurft hätte, um sie mit seinem Körper in Berührung zu bringen.

Sein Atem bewegte die Löckchen an ihrem Nacken, und während sie vorher so erschöpft gewesen war, daß sie im Stehen hätte einschlafen können, war sie jetzt hellwach und zuckte bei jedem ungewohnten Geräusch zusammen.

Es schien lange zu dauern, bis sie seine tiefen, gleichmäßigen Atemzüge hörte und glaubte, daß er schlief. Sie wagte nicht, daran zu denken, was die Tanten über ihre jetzige Lage sagen würden. Nikolaj war ihr Vetter, tröstete sie sich, und er kannte die Gefahren dieser arktischen Wildnis. Trotzdem verging eine Ewigkeit, bis ihr müder Körper sich entspannte.

Als sie gerade am Hinüberdämmern war, erreichte sie Nikolajs mahnende Stimme: »Amanda, wenn Sie nicht sofort einschlafen, muß ich Ihnen noch einen Schluck Wodka geben.«

Draußen heulte ein Wolf, und sie zitterte. Plötzlich war sie froh über die beruhigende Wärme von Nikolajs Körper neben ihr. Sie hörte auf, gegen den Schlaf anzukämpfen, und als die Scheite niederbrannten, schmiegte sie sich an die solide Stütze hinter ihrem Rücken.

Sie erwachte in der Morgendämmerung und stellte fest, daß sie sich im Schlaf umgedreht hatte. Ihr Kopf lag jetzt auf Nikolajs Schulter, und sein Arm umfaßte ihre Taille.

Das Feuer war ausgegangen. Ihr Atem war in der kalten Luft zu sehen. Sie zitterte, und Nikolajs Arm straffte sich. Er murmelte etwas im Schlaf und zog sie an sich. Im Schlaf sah er merkwürdig verletzbar aus. Sie zitterte wieder und sagte sich, daß es nur eine instinktive Bewegung von ihm gewesen war. Aber seine Umarmung hinderte sie daran, sich zu bewegen. Sie erschrak bei dem Gedanken, daß er aufwachen und sie in seinen Armen finden könnte. Sein Gesicht war nur wenige Zentimeter von dem ihren entfernt. Als sie versuchte, sich freizumachen, bewegte er den Kopf, und plötzlich lagen seine Lippen in einem leidenschaftlichen Kuß auf den ihren.

Eine Ewigkeit lag sie wie erstarrt neben ihm und begriff nicht, was geschah. Der Mund, der so hart aussah, war erstaunlich sanft. Amanda war noch nie geküßt worden, und sie fürchtete sich vor den Gefühlen, die seine Liebkosungen in ihr weckten. Hatten die Tanten dies gemeint, wenn sie sagten, sie habe das Temperament ihrer Mutter geerbt?

Sie versuchte, sich seinem Arm zu entziehen, und sofort verhärteten sich Nikolajs Lippen. Es drehte sich in ihrem Kopf.

Obwohl seine Augen geschlossen blieben, lockerte sich sein Griff so weit, daß sie sich von ihm befreien konnte.

Lieber Gott, gib, daß er sich beim Erwachen nicht daran erinnert, betete sie und versuchte, sich zu fassen. Das wäre die endgültige Demütigung.

Sie durfte sich nicht fragen, wovon er geträumt hatte.

Es schien, daß ihr Gebet erhört wurde. Sekunden verstrichen, während sie verwirrt versuchte aufzustehen, und dann veranlaßte sie irgend etwas, Nikolaj anzusehen.

Er lag mit offenen Augen da und betrachtete sie mit undurchdringlicher Miene.

»Haben Sie gut geschlafen?« fragte sie ziemlich einfältig.

»Sehr, im Gegensatz zu Ihnen. Wissen Sie, daß Sie im Schlaf gesprochen haben?«

Amanda schüttelte den Kopf und hoffte, daß ihre brennenden Wangen sie nicht verrieten. Wußte er, daß er sie im Schlaf geküßt hatte?

»Es dämmert schon«, sagte sie überflüssigerweise. »Wie lange brauchen wir, bis wir Feodor eingeholt haben?«

»Nicht lange.« Er streckte sich und schob die Decken beiseite. »Ich fürchte, es ist nicht mehr genug Holz da, um Schnee aufzutauen. Sie werden sich in dem Wasser waschen müssen, das von gestern abend übrig ist. Ich gehe und sehe inzwischen nach den Pferden.«

»Und was ist mit den Wölfen?«

»Sie werden uns am Tag nicht belästigen. Ich möchte mich hier nicht länger als nötig aufhalten.«

Sie brachen auf, bevor es taghell geworden war. Mit den ausgeruhten Pferden dauerte es nicht lange, bis sie das Gasthaus und Feodor erreichten. Er äußerte sich mitfühlend über Amandas blasses Gesicht, aber als er vorschlug, sie solle sich ausruhen, erklärte Nikolaj ungeduldig, er wolle sofort weiterfahren.

Amanda wagte es nicht, ihn anzusehen. Er erwähnte jene kurze leidenschaftliche Umarmung mit keinem Wort. Aber das hinderte ihr eigenes Gewissen nicht daran, sie zu peinigen, weil sie diese Umarmung erlaubt hatte, auch wenn sie nicht wußte, wie sie sie hätte verhindern sollen.

Am Abend erreichten sie Sankt Petersburg. Amanda konnte vor Erschöpfung die Augen kaum noch aufhalten. Sie nahm deshalb nur halbbewußt wahr, wie sie in die Stadt einfuhren, an den vornehmen Häuserzeilen vorbei, die in einer Vielzahl von Pastellfarben angestrichen waren, dann an der Newa entlang, einem silbernen Band, das unter den Sternen glitzerte, den Newskij-Prospekt hinab und schließlich vor dem Palast anhielten, den Fürst Kuragin als junger Mann hatte bauen lassen.

Amanda erwachte aus ihrer betäubenden Müdigkeit. Sie sah an dem imposanten Palast empor. Eine nervöse Furcht erfaßte sie. Der Palast war viel großartiger, als sie es sich vorgestellt hatte. Alles an dem weißen Gebäude, das mit barokkem Blattgold verziert war, überwältigte sie. Hier war Reichtum, Pracht...

Nikolaj wartete, bis sie ausgestiegen war. Eine Flucht niedriger Treppenstufen führte zum Eingangsportal. Jemand öffnete es, und Licht ergoß sich auf die verschneite Straße. Als sie in die Halle traten, hielt Amanda vor Ehrfurcht und Staunen den Atem an.

Riesige Marmorsäulen strebten zur Decke, an weißen Wänden hingen große Gobelins in Scharlachrot und Gold, riesige goldene Urnen mit östlichen Motiven und edelsteinbesetzte Ikone zierten den Raum.

Eine Tür ging auf, und zwei große Pelzbündel mit langen Beinen stürzten sich bellend und schwanzwedelnd auf Nikolaj. Die Hunde waren schwarz und hatten cremefarbene Schnauzen und Füße.

»Meine Barsois«, erklärte Nikolaj. »Sie brauchen sich nicht vor ihnen zu fürchten. Sie sind sanftmütig. Kommen Sie und lassen Sie sich ihnen vorstellen.«

Selbst den Hunden fehlte die Schlichtheit von Papas Jagdhunden, dachte Amanda und sah den Possen von Nikolajs vornehmen Tieren zu.

»Will denn niemand diesen verdammten Hunden das Bellen verbieten?« rief eine energische Stimme die Treppe herunter. »Was ist los?«

Amandas Blick heftete sich sofort auf die Gestalt auf der Treppe.

»Es ist alles in Ordnung, Grand-père«, erwiderte Nikolaj.

Es trat eine gespannte Pause ein, und dann, während Amanda immer noch versuchte, die Großartigkeit ihrer Umgebung in sich aufzunehmen, rief die Gestalt: »Nikolaj, bist du es? Hast du Amanda mitgebracht?«

Er schob sie auf die Treppe zu. »Wollen Sie ihm nicht antworten, oder haben Sie es sich anders überlegt?« spottete Nikolaj.

Viertes Kapitel

Es war ein bewegender Augenblick. Ein paar Sekunden lang konnte Amanda wegen der Tränen, die ihr in die Augen traten, nicht sprechen.

»Ich bin da, Grand-père«, sagte sie schließlich schüchtern und sah zu ihm hinauf.

Der Mann, der auf sie zukam, hinkte leicht, trotz seiner stolzen Haltung. Er sah ganz anders aus, als Amanda ihn sich vorgestellt hatte, und ähnelte Nikolaj sehr, was sie aus irgendeinem Grund nicht erwartet hatte, nur hatte er schneeweißes Haar, während das ihres Vetters schwarz war. Was ihr Herz jedoch anrührte, waren die nicht zu übersehenden Spuren früheren Leidens, die deutlich in seinem Gesicht eingegraben waren.

Der alte Fürst blickte in die mitleidigen Augen seiner Enkelin und breitete die Arme aus.

Amanda erwiderte schüchtern seinen Kuß und weinte und lachte gleichzeitig, während sie versuchte, die Kluft von achtzehn Jahren zu überbrücken.

Schließlich hielt der alte Fürst sie von sich und wischte sich verstohlen eine Träne ab.

»Sie ist wie meine Nadja«, sagte er zu Nikolaj. »Ich wollte, dein Vater hätte diesen Tag erlebt... Er vermißte seine Schwester sehr und wollte immer auf ihre Briefe antworten, aber ich hatte es ihm verboten. Was ist Stolz für eine Torheit! Wir wollen nicht länger bei der Vergangenheit verweilen. Du siehst müde aus, Nikolaj.«

»Das Wetter war schlecht«, sagte Nikolaj, als die beiden sich umarmten. Er erwähnte nichts von ihrer Flucht vor den Wölfen und daß sie die Nacht in einer Köhlerhütte verbracht hatten.

Über Amandas Wangen liefen immer noch Tränen. Sie versuchte, sie heimlich wegzuwischen, aber Nikolaj sah es und sagte spöttisch: »Hören Sie noch nicht auf! Sie müßten sonst von neuem zu weinen anfangen, wenn Sie Tante Sophie begrüßen.«

»Nikolaj!« tadelte ihn der alte Fürst vorwurfsvoll. »Du bist nicht sehr freundlich. Warte, bis du in mein Alter kommst, dann wirst du es verstehen. Früher war ich wie du und lachte über menschliche Gefühle, aber ich habe gelernt. Amanda, komm und setz dich zu mir. Erzähl mir von der Reise. Du mußt sehr müde sein, armes Kind. Man wird dir Tee bringen. Deine Tante ist oben und kümmert sich um dein Zimmer. Sie kommt gleich herunter.«

Während er sprach, führte er Amanda in den großen Salon, in dem zahlreiche goldene Stühle standen, die mit hellem Satin bezogen waren. Dazu passende Stofftapeten bedeckten die Wände, und dicke Teppiche lagen auf dem blitzenden Fußboden. Der Raum wurde von einem gekachelten Ofen geheizt, wie sie einen ähnlichen schon im Gasthaus gesehen hatte, nur war dieser hier viel großartiger. Ein riesiger silberner Samowar stand auf einem kleinen Tischchen und dampfte, als die Diener Tee zubereiteten. Die Möblierung bestand aus einer bezaubernden Mischung von östlichem und westlichem Stil. Viele seltsame Dinge fesselten Amandas Aufmerksamkeit, so daß das Gespräch über ihren Kopf hinwegging.

Nikolajs Stimme riß sie aus ihrer Träumerei. Sie hörte, daß er und Großvater über ihren Vater sprachen. »Trotz aller Meinungsverschiedenheiten zwischen Stanton und mir«, hörte sie Grand-père sagen, »am Ende erwies er sich als großzügig, indem er mir Amanda schickte.«

»Ich meine, er hatte keine andere Wahl«, erwiderte Nikolaj. »Nur Sie kamen in Betracht oder ein Quartett von Furien, so sagte mir Worontschow.«

Amanda verschluckte sich an ihrem Tee.

»Nikolaj neckt dich nur, Amanda«, sagte ihr Großvater freundlich. »Dein Vater zog es vor, dich meiner Obhut anzuvertrauen, da ich dein nächster männlicher Verwandter bin, obwohl ich die Sorge deiner Tanten um dein Wohlergehen gut verstehe.«

Amanda wagte es nicht, Nikolaj anzusehen. Sie biß sich auf die Lippen, als sie an Tante Janes Verhalten dachte und daran, wie die beiden sich kennengelernt hatten. Man brauchte kein besonders guter Menschenkenner zu sein, um sofort zu wissen, daß Tante Jane Amandas großes Vermögen wesentlich mehr am Herzen lag als ihre Person.

»Ich hatte nicht gewußt, daß dein Vater ein so wohlhabender Mann ist«, fuhr Grand-père fort. »Wir müssen dich hier vor den Mitgiftjägern beschützen, meine Kleine. Es gibt in Sankt Petersburg viele mit leeren Taschen. Ich werde Nikolaj bitten, sich in dieser Hinsicht um dich zu kümmern. Ich komme nicht mehr viel herum, und von Sophie kann man nicht erwarten, daß sie das Nötige tut.« Er schüttelte nachsichtig den Kopf. »Aber du wirst deine Tante mögen, obwohl man nicht leugnen kann, daß sie keine sehr helle Person ist.«

»Iwan Iwanowitsch!« unterbrach ihn eine helle weibliche Stimme. »Wie kannst du so etwas von mir sagen! Nikolaj, verteidige deine arme alte Tante und sag deinem Großvater, daß er mir Unrecht tut!«

Sie huschte ins Zimmer und erinnerte Amanda an einen kleinen, helläugigen Vogel. Sie trug ein enganliegendes Musselinkleid und war mit viel Schmuck behängt. Aber trotz ihrer offensichtlichen Liebe für Kleidung und Tand war das Lächeln, das sie Amanda zuwarf, herzlich und aufrichtig.

»Sie ist also Nadjas Kind! Mein liebes Mädchen!«

Wiederum wurde Amanda umarmt, mit wesentlich mehr Herzlichkeit, als sie es jemals bei den Tanten ihres Vaters erlebt hatte. Tante Sophie – so sollte sie ihre neue Verwandte nennen – war ungefähr so groß wie Amanda, und obwohl diese wußte, daß sie um die Fünfzig herum sein mußte, hatte Tante Sophie etwas Jugendliches an sich, eine Lebhaftigkeit, die ihr Alter vergessen machte. Sie war nicht mit der nörgelnden Kritiksucht behaftet, unter der Amanda so viele Jahre von seiten ihrer Verwandten gelitten hatte. Ja, Tante Sophie vermittelte den Eindruck, als wären ihre Rollen vertauscht und als wäre sie, Amanda, die Erwachsene und ihre Tante ein charmantes, impulsives Mädchen.

Sie redete ununterbrochen in halb vollendeten Sätzen, meistens über die Mode und über ihre Pläne mit Amanda, und sie hielt nur hie und da inne, um den beiden Männern einen Blick zuzuwerfen, die schweigend dabeistanden.

Unerwarteterweise war es Nikolaj, der Amanda zu Hilfe kam.

»Ihre Nichte schläft noch an Ort und Stelle ein, Tante Sophie. Lassen Sie sie zuerst ausruhen, ehe Sie sie über die

Londoner Mode ausfragen. Wenn Sie mich entschuldigen wollen, Grand-père, ich muß Alexander Bericht erstatten. Das Regiment ist im Winterpalast, und ich hatte ausnahmsweise nur als besondere Gnade Urlaub erhalten.«

»Ja, ja, natürlich, du mußt gehen. Amanda, komm und verabschiede dich von deinem Vetter. Wie lange wirst du diesmal im Palast sein, Nikolaj?«

Nikolaj zuckte die Achseln. »Ich hoffe, nur ein paar Tage, nicht länger.«

»Vergiß nicht, für Amanda eine Einladung zum Grand Ball Ende des Monats zu besorgen. Bis dahin hat sie die ersten sechs Monate der Trauer hinter sich, *n'est pas*?«

Amanda nickte, und als ob er ihre Gedanken lesen könnte, sagte er zärtlich:

»Dein Vater schrieb mir, daß du nicht um ihn trauern sollst, Amanda. Er wußte, wie sehr du ihn liebst, und er würde nicht wollen, daß du deine Schönheit in schwarzen Kleidern versteckst.«

Amanda zwang sich zu lächeln. »Ich weiß. Er bat mich, ich solle kein Schwarz tragen.«

»Schwarz! Ganz gewiß nicht!« rief Tante Sophie. »Morgen gehen wir deine Kleidung durch, *petite*, und dann sehen wir, was du brauchst. Natürlich benötigst du ein Kleid für den Ball. Es ist der erste der Saison. Ganz Petersburg wird da sein...«

»Und du träumst schon davon, wie unsere kleine Amanda alle im Sturm erobert«, lachte Grand-père. »Und warum auch nicht! Sie ist eine Schönheit wie ihre Mutter.«

Kurz schimmerten Tränen in den alten Augen, aber er fing sich rasch.

Nikolaj bat Feodor, die Hunde wegzubringen, die temperamentvoll an seinen Beinen hochsprangen, weil sie seinen unmittelbar bevorstehenden Aufbruch spürten. Er stand auf und umarmte seinen Großvater. Dann faßte er Amanda an den Schultern. Erschöpfung lag in seinen dunklen Augen, und in dem Kerzenlicht sahen sie blau aus. Zu ihrer Überraschung küßte er sie leicht auf beide Wangen, genau wie Grand-père, und Amanda spürte, daß man von ihr eine Erwiderung der Umarmung erwartete.

Sie tat es steif und bemerkte sein spöttisches Lächeln.

»Danke, daß Sie mich nach Petersburg gebracht haben«, sagte sie höflich wie ein Kind auf einer Geburtstagsfeier.

Er blieb an der Tür stehen. »Danken Sie mir noch nicht, Cousine. Warten Sie, bis Sie unsere Art zu leben kennengelernt haben.«

Als er gegangen war, verließ sie die Anspannung, unter der sie während der vorangegangenen Stunden gestanden hatte. Sie war nur zu bereit, Tante Sophies Vorschlag zuzustimmen, sich in ihr Zimmer zurückzuziehen und ein heißes Bad zu nehmen, welches das Personal für sie vorbereitet hatte, ehe sie zu Bett ging.

Tante Sophie begleitete sie in ihr Zimmer, das in hellem Gelb und Weiß ausgestattet war. Über dem Kamin hing das Porträt eines jungen Mädchens, und Amanda fiel es nicht schwer, darin ihre Mutter wiederzuerkennen.

»Iwan Iwanowitsch hat es für dich hier aufgehängt«, sagte Tante Sophie. »Vorher hing es in seinen eigenen Räumen.« Sie streichelte Amanda liebevoll die Wange. »Du bist ein liebes Kind. Es macht deinen Großvater sehr glücklich, dich hier zu haben.« Und als schäme sie sich ihrer Gefühlsregung, sagte sie lebhaft: »Jetzt mußt du schlafen, Kind. Wenn du dich bei uns eingelebt hast, führe ich dich in die Gesellschaft ein.«

Tante Sophie war nicht so dumm, wie sie gern tat, dachte Amanda schläfrig, als sie sich der Obhut der plaudernden Mädchen überließ. Sie sprachen russisch, und sie fragte sich, wie lange es wohl dauern würde, bis diese Sprache nicht mehr fremdartig für sie klang.

Als sie im Bett lag und auf den Schlaf wartete, erinnerte sie sich plötzlich lebhaft daran, wie sie in Nikolajs Armen gelegen hatte. Sie schloß rasch die Augen, damit dieses Bild verschwand, und sagte sich, daß sie von nun an nur noch an ihre Zukunft denken durfte.

Tante Sophie war klug genug, ihrem Schützling nicht zuviel Neues auf einmal zuzumuten. Amanda verbrachte ihre ersten Tage in Rußland im Kuragin-Palast, lernte die Dienstboten kennen, trank endlos Tee aus dem ständig blubbernden Samowar und unterhielt sich vertraulich mit Tante Sophie.

Sie verbrachte täglich einige Stunden bei ihrem Großvater, und beide genossen ihre neugefundene Verbindung.

Grand-père hatte die gleiche sarkastische Zunge wie sein Enkel, aber bei ihm war sie durch die Toleranz des Alters menschlichen Schwächen gegenüber gemildert, obwohl Amanda vermutete, daß diese Toleranz hart erarbeitet war. Er erzählte ihr viel über die Kindheit ihrer Mutter, über die Großmutter und über ihre Tanten und Onkel.

»Du mußt mit Nikolaj nachsichtig sein«, sagte er eines Nachmittags, als sie in der Bibliothek saßen und den Passanten zusahen, die durch die verschneiten Straßen schlenderten. »Er hat beide Eltern in einem Alter verloren, da er sie am meisten gebraucht hätte. Selbst heute noch denke ich ungern daran.«

»Wie ist das geschehen?« fragte Amanda, da sie spürte, daß er es ihr erzählen wollte.

»Es war ein Schlittenunfall. Die Pferde scheuten, und sie kamen beide ums Leben. Nikolaj war dabei, aber er blieb unverletzt. Als die Diener sie fanden, klammerte sich Nikolaj an seine Mutter und bettelte, sie möge aufwachen. Er war damals zwölf Jahre alt. Kurze Zeit danach erfuhr ich, daß auch deine Mutter gestorben war. Ich verlor meine beiden Kinder im selben Monat.«

Amanda wurde von Mitleid für ihren Großvater erfüllt, aber das Bild des kleinen Nikolaj, der versuchte, seine Tränen zurückzuhalten, stand ihr am längsten vor Augen.

»Noch viele Wochen danach litt Nikolaj an schrecklichen Alpträumen«, fuhr Grand-père fort. »Wenn er unfreundlich erscheint, mußt du ihm verzeihen. Ich würde es gern sehen, wenn ihr beide euch versteht.«

Amanda fand an dieser Bemerkung nichts Außergewöhnliches und stellte fest, daß auch Tante Sophie wünschte, sie und Nikolaj würden einander häufiger sehen.

»Ich werde froh sein, wenn Nikolaj diese anstrengenden Monate hinter sich hat«, vertraute sie Amanda eines Morgens an, als sie ihren Tee tranken. »Dann hat er mehr Zeit, sich um dich zu kümmern.«

»Und mich vor Mitgiftjägern abzuschirmen«, entgegnete Amanda spöttisch. »Grand-père erwähnte, er schulde dies meinem Vater.«

»Der beste Schutz, den eine Frau haben kann, ist ein Gatte«, sagte Tante Sophie lebhaft. »Aber ich glaube nicht, daß Iwan Iwanowitsch es eilig hat, dich wieder zu verlieren. Nicht, nachdem er dich gerade erst gefunden hat.«

»Und ich habe es nicht eilig, ihn zu verlassen«, sagte Amanda. Aus irgendeinem Grund hatten Tante Sophies Worte sie alarmiert.

Sie wollte heiraten, aber nicht jetzt und nicht, ehe sie den Mann gefunden hatte, den sie liebte, wie ihre Mutter ihren Vater geliebt hatte.

Als eine Woche vergangen war, ohne daß sie Nikolaj gesehen hatten, begann Tante Sophie sich zu fragen, weshalb er nicht vorbeigekommen war. Wie Amanda bald feststellte, war ihr Großvater gebrechlicher, als er es zugeben wollte. Er war auf seinen Enkel angewiesen, nicht nur als männlichen Gesellschafter, sondern auch bei der Verwaltung der riesigen Kuragin-Besitztümer und in vielen anderen Dingen.

»Er wird kommen, sobald es ihm möglich ist«, sagte der alte Fürst geduldig. »Er wird von seinem Regiment sehr in Anspruch genommen.«

Sie wußten nicht, daß gerade in diesem Moment, als sie über Nikolaj sprachen, dieser beim Zaren in dessen Privatgemächern saß. Auf dem Schreibtisch lagen die Berichte, die Nikolaj aus England mitgebracht hatte.

»Dann steht es also fest«, sagte der Zar schließlich. Er war so groß wie Nikolaj, aber nicht so schlank, hatte helles Haar und ein schönes, wenn auch etwas verdrießliches Gesicht. »Bonaparte will in unser Land einfallen.«

»Er hält uns für eine reife Frucht, die er zu pflücken gedenkt«, entgegnete Nikolaj kurz.

Der Zar wurde nicht gern an die vernichtende Niederlage erinnert, die Napoleon seiner Armee zugefügt hatte. Er hielt Nikolaj Kuragin für einen seiner fähigsten und vielversprechendsten Obristen und hatte ihm für seine Tapferkeit das St.-Andreas-Kreuz verliehen.

Der Zar runzelte die Stirn und sah Nikolaj über den Tisch hinweg an. »Was schlagen Sie vor, Nikolaj?«

»So, wie ich es sehe, haben wir nicht viele Möglichkeiten. Wir müssen entweder um Frieden nachsuchen oder Bonaparte in einer falschen Sicherheit wiegen. Wenn wir das Gefühl der Selbstsicherheit zerstören könnten, das seine Grande-Armée zur besten der Welt macht, dann hätten wir vielleicht eine Chance...«

»Wirklich eine geringfügige Aufgabe«, spottete der Zar. Er schob die Hände in die Taschen und sah zum Fenster hinaus. »Ich bin gezwungen, um Frieden nachzusuchen, Nikolaj. Es gibt Leute, die mich am liebsten ermorden würden, so wie sie meinen Vater ermordet haben. Ich habe keine Söhne, die mir nachfolgen, aber ich habe zwei neidische Brüder.«

»Ich kann Ihnen nicht raten, welchen Weg Sie wählen sollen, Sire«, sagte Nikolaj ruhig. »Bonaparte möchte Rußland besitzen – lassen Sie ihn Rußland zeigen, daß es die Zuneigung nicht erwidert. Es ist Winter. Wenn Bonaparte einmarschieren will, wird er bis zum Frühjahr warten, um den Feldzug während der günstigen Monate durchzuführen. Eine

Armee lebt von dem Land, in das sie einfällt. Wenn es keine Nahrung gäbe... kein Heizmaterial... wenn man seinen Sieg hinauszögern könnte und der Winter käme...«

»Natürlich, das ist es! Warum habe ich selbst noch nicht daran gedacht!« Er betätigte eine Glocke, die auf seinem Schreibtisch stand. Als ein Diener eintrat, sagte er: »Lasse General Kutusow zu mir schicken.«

Nachdem der Mann gegangen war, lächelte er: »Kutusow und ich sind einander noch nie begegnet. Aber er und Bagration sind unsere besten Kommandeure. Sehr gut! Lassen wir Bonaparte gewähren! Ich werde bereit sein! Rußland wird bereit sein!«

Ein Klopfen an der Tür signalisierte, daß die Audienz beendet war.

Als Nikolaj aufstand, sagte der Zar: »Ich habe Ihnen noch nicht zu Ihrer Cousine gratuliert. Sie werden sie mir doch beim Grande Ball vorstellen?«

»Es wird ihr eine Ehre sein«, erwiderte Nikolaj förmlich.

Der Zar lächelte. »Nicht, wenn sie so ist wie Sie, mein Freund. Übrigens ein Wort der Warnung. Ein gewisser Herr, von dem ich weiß, daß Sie guten Grund haben, ihn nicht zu schätzen, ist wieder in Petersburg. Sie werden sich daran erinnern, daß ich vor einiger Zeit Order erlassen habe, jeden, der beim Duell angetroffen wird, auf seine Güter zu verbannen. Dieses Edikt gilt immer noch, Nikolaj.« Er sah auf die Narbe in Nikolajs Gesicht. »Lassen Sie die Vergangenheit ruhen, Nikolaj. Niemand kann es mehr ändern, und es wäre falsch, es zu versuchen. Übrigens«, sagte er und wechselte das Thema, »ich hoffe, ich kann mich darauf verlassen, daß Sie die Ehre des Regiments hochhalten und dieses Jahr das Troika-Rennen wieder gewinnen.«

»Das hoffe ich auch. Ich bin eben auf dem Weg zu den Ställen, um zu sehen, ob man in meiner Abwesenheit gut für meine Pferde gesorgt hat. Der junge Dessilow, mein zweiter Adjutant, hatte versprochen, es zu tun.«

»Sie können ihm von mir ausrichten, daß er seinen Kopf verliert, wenn er es versäumt hat«, scherzte der Zar. »Es wäre ja noch schöner, wenn Sie die Trophäe an die Husaren abgeben müßten.«

Nikolaj stimmte lächelnd zu, aber seine Gedanken waren nicht bei dem jährlichen Troika-Rennen auf der zugefrorenen Newa. Er dachte vielmehr an ihr vorangegangenes Gespräch und hoffte, Rußland werde sich stark genug erweisen, um der französischen Armee standzuhalten. Er schenkte der anderen Bemerkung des Zaren keine Beachtung, obwohl er ein-, zweimal seine Narbe betastete, als er in die Kaserne eilte.

Wassilij Orlow war also in Sankt Petersburg! Nun, sie würden sich bald genug begegnen und dann... Seine Hand fuhr automatisch an den Griff seines Degens.

Am Ende ihrer ersten Woche in Sankt Petersburg fand Tante Sophie, daß Amanda ausgeruht genug war, um mit ihr auf Einkaufstour zu gehen. Bei dieser Gelegenheit fuhr Amanda zum erstenmal in einer Troika, einem Schlitten, der von drei Pferden gezogen wurde, und sie fand das Erlebnis neu und berauschend.

Als sie Sankt Petersburg zum erstenmal bei Tageslicht sah, konnte sie verstehen, daß man es das ›Venedig des Nordens‹ nannte. Selbst im Winter war das Licht von einer seltenen Klarheit, und sie hielt vor Begeisterung den Atem an, als sie über die vielen Kanäle der Stadt fuhren, die jetzt zugefrorene, silberne Bänder im blassen Sonnenschein waren.

Sie überquerten einen großen Platz, der von einer Statue Peters des Großen beherrscht wurde, fuhren an der eleganten Fassade des Winterpalastes vorbei und weiter den Newskij-Prospekt entlang. Die Schlittenglöckchen läuteten. Menschen drängten sich in den Straßen und wärmten ihre Hände an glühenden Feuerschalen. Händler verkauften heiße Blini und priesen ihre Ware mit rauhen Stimmen an, und wieder spürte Amanda eine Atmosphäre gespannter Erwartung. Als sie das Tante Sophie gegenüber äußerte, stimmte diese zu.

»Das ist Petersburg. In Moskau ist es völlig anders, wie du feststellen wirst, wenn Iwan Iwanowitsch sich im Sommer auf seine Güter zurückzieht.«

Sie verließen die Hauptstraße und bogen in die von Geschäften gesäumte Morskaja ein, wo Troikas sich aneinander vorbeidrängten und Damen und Herren in kleinen Gruppen auf dem Gehweg standen oder die Schaufenster betrachteten.

Amanda war verblüfft über die Vielfalt der Waren. Bei der Modistin musterte sie erstaunt Seiden, Batist, bedruckten Musselin und hauchfeine Spitze, die ihr vorgelegt wurden. Sie übertrafen bei weitem alles, was sie in London gesehen hatte.

Tante Sophie war entzückt über ihre Reaktion. »Du hast bis jetzt noch gar nichts gesehen«, versicherte sie und flüsterte der Modistin eine Anweisung ins Ohr.

Zehn Minuten später hielt Amanda von neuem den Atem an, weil sie keine Worte fand, um die Schönheit der Stoffe zu preisen, die ihr vorgelegt wurden.

»Ich wußte, daß sie dir gefallen würden!« rief Tante Sophie befriedigt aus und strich über einen Ballen kostbarer Seide, die mit silbernen Sternen bestickt war. Dann hob sie einen Ballen jadegrüner Seide in die Höhe, die mit Fäden wie aus flüssigem Feuer durchzogen war.

»Die Stoffe stammen aus dem Osten«, sagte sie zu Amanda, »von jenseits der Steppen, von den Märkten des östlichen Rußlands.«

»Sie passen vorzüglich zur dunklen Haarfarbe der jungen Barina«, sagte die Modistin. »Es sind keine Stoffe für eine Blondine oder eine Frau mit einem weniger vollkommenen Teint, aber exquisit für die Barina.« Sie hielt einen Schal mitternachtsblauer Seide an Amandas Gesicht, um zu zeigen, was sie meinte.

Amanda betrachtete sich im Spiegel. Der kostbare Stoff mit seiner kräftigen Farbe, die zum Blau ihrer Augen paßte, ließ ihre Haut so weiß wie Schnee erscheinen.

»Ist es nicht ein wenig... zu auffällig?« fragte Amanda schüchtern. Sie konnte die abfälligen Bemerkungen ihrer Tanten über ihre Mutter nicht vergessen, und sie wollte sich unter den jungen Damen, die sie kennenlernen würde, keine Feindinnen machen, indem sie sich so auffallend kleidete, daß sie die Aufmerksamkeit auf sich zog.

»Für eine Kuragin ist nichts zu auffällig«, sagte Tante Sophie mit einer Spur von Hochmut und fügte freundlicher hinzu: »Dies sind die Farben und Stoffe deiner Ahnen, Amanda. Aber ich habe dein englisches Erbe vergessen. Wenn du dich lieber etwas europäischer kleiden möchtest...«

»Nein... nein...«, sagte Amanda hastig. »Ich lasse mich gern von Ihnen beraten, Tante Sophie. Die Stoffe gefallen mir... wirklich...«

Sie brauchten den ganzen Nachmittag, bis sie endgültig ihre Wahl getroffen hatten, und am Ende bekam Amanda nicht nur ein halbes Dutzend Tageskleider aus besticktem Musselin, ein Ausgehkostüm aus tiefrotem Samt und ein Dutzend Nachmittagskleider in verschiedenen Farben und Stoffen, sondern auch drei Ballroben aus den kostbaren, orientalischen Seiden, die Tante Sophie für sie ausgewählt hatte.

Das Mitternachtsblaue war ein Muß wegen der Art, wie es ihre Augen betonte, und das Karmesinrote und das Jadegrüne paßten vorzüglich zu ihrem Teint. Da Amanda sich zwischen den beiden letzteren nicht entscheiden konnte, regelte Tante Sophie die Angelegenheit auf ihre Weise, indem sie sagte, Amanda müsse alle drei haben. Amanda hatte nicht gewußt, daß Einkaufen so ein Vergnügen sein konnte.

Auf dem Rückweg wies Tante Sophie ihren Kutscher an, über den Newskij-Prospekt zu fahren. Auf dem Fluß bewegten sich Schlittschuhläufer, die sie daran erinnerten, daß sie für Amanda noch Schlittschuhe besorgen mußte. Während sie darüber sprachen, ob sie noch einmal zu den Geschäften zurückkehren oder dies bis morgen aufschieben sollten, holte sie eine andere Troika ein, und die Dame, die darin saß, bat sie, stehenzubleiben.

Eine hübsche, lebhafte Brünette entstieg der Troika. Sie trug ein hellblaues Kostüm, das mit Hermelin besetzt war. Sie lächelte Amanda freundlich an und machte vor Tante Sophie einen Knicks.

»Sie erinnern sich an mich, Herzogin? Letzten Sommer in Moskau... Gräfin Morowskaja?«

»Eh, ja, natürlich«, erwiderte Tante Sophie verlegen.

»Und dies muß Fürst Kuragins Enkelin sein«, fuhr die Gräfin unbekümmert fort. »Wie freue ich mich, Sie kennenzulernen. Ganz Petersburg brennt darauf. Wollen Sie uns nicht vorstellen?«

Bildete Amanda es sich nur ein, oder zögerte Tante Sophie, die Bitte der Gräfin zu erfüllen? Die Gräfin fand an Sophies Verhalten nichts Außergewöhnliches.

»Ich bin sicher, wir werden bald die besten Freundinnen sein, Miß Stanton«, sagte sie eifrig. »Oder darf ich Amanda zu Ihnen sagen?«

Amanda blieb nichts anderes übrig, als zuzustimmen. Die Gräfin war ungefähr ein halbes Dutzend Jahre älter als sie, und obwohl Amanda sich von ihrem Eifer geschmeichelt fühlte, fand sie doch, daß das Verhalten der jungen Frau ein wenig zu aufdringlich war für eine verheiratete Dame.

»Und Sie werden mich Anna nennen, nicht wahr?« bat sie die erstaunte Amanda. »Die Herzogin wird uns erlauben, ein wenig zusammen den Fahrweg entlang zu gehen, damit wir uns besser kennenlernen. Ich bin in Petersburg so schrecklich allein, seitdem mein guter Lucien zu seinem Regiment zurückgekehrt ist.«

Amanda wußte nicht recht, was sie von alledem halten

sollte. Sie fand das Betragen der Gräfin aufdringlich, aber es war unmöglich, sie nicht zu mögen.

»Gut, aber geh nicht zu weit, Amanda«, bat Tante Sophie. »Ich warte hier auf dich und besuche nur kurz eine alte Freundin auf der anderen Straßenseite.«

Sie war zurückhaltender und reservierter, als Amanda es gewohnt war, und wieder hatte sie den Eindruck, daß Tante Sophie über das Zusammentreffen mit Gräfin Morowskaja nicht glücklich war.

Kaum hatte Amanda die Troika verlassen, nahm Anna Morowskaja ihren Arm und zog sie weg.

»Was für ein Glück, daß ich Sie getroffen habe. Sie werden mich vielleicht für zudringlich halten, aber schon in dem Augenblick, als ich von Ihrer Ankunft hörte, wußte ich, daß ich Sie aufsuchen und warnen muß.«

»Warnen?«

»Ich habe mit meinem liebsten Wassilij darüber gesprochen – er ist mein Bruder, müssen Sie wissen –, und er war ganz meiner Meinung. So unangenehm es auch ist, ich darf es nicht zulassen, daß Sie unvorbereitet in Ihr Unglück laufen.«

»Mein Unglück?« Amanda wurde mit jeder Sekunde verwirrter. Sie hatten nun fast das Ende des Fahrwegs erreicht.

»Bitte... ich verstehe nicht«, begann Amanda.

Die Gräfin rang die Hände. »Wenn nur mein liebster Wassilij hier wäre. Sie werden mich für ein großspuriges Wesen halten...«

Amanda ging das Gerede der Gräfin langsam auf die Nerven. Weshalb hatte sie sich an sie gehängt? Es war völlig unverständlich. Sie war eindeutig von irgendeiner fixen Idee besessen.

Schließlich erklärte die Gräfin theatralisch: »Es hilft nichts, ich muß es Ihnen sagen! Ich habe gehört, daß Sie eine reiche Erbin sind, und ich muß Sie vor Ihrem Vetter Nikolaj Kuragin warnen. Er wird eine Verbindung mit Ihnen anstreben.

Ich bin dessen ganz sicher. Er sucht schon lange eine Frau, die ihm an Vermögen und Herkunft ebenbürtig ist. Und wer wäre besser dazu geeignet als seine Cousine? Sie können sicher sein, daß der alte Fürst ihn in diesem Entschluß bestärken wird. Ich bitte Sie, wenn Ihnen Ihr künftiges Glück lieb ist... willigen Sie nicht ein!«

Amanda war erstaunt. »Mein Vetter? Ich kann es nicht glauben«, sagte sie leise. »Er hegt die größte Abneigung gegen mich.«

»Das wird ihn nicht hindern!« rief die Gräfin fast hysterisch. »Glauben Sie mir, ich weiß, wozu er fähig ist. In seinem Stolz duldet er keinen anderen Willen, nur seinen eigenen.« Sie nahm bei einem winzigen Spitzentaschentuch Zuflucht. »Es gab eine Zeit, als eine Verbindung zwischen Ihrem Vetter und mir im Gespräch war. Bitte glauben Sie nicht, ich spräche aus Rache oder Eifersucht. Mein liebster Lucien ist der beste Gatte der Welt, ja...«

Es entstand eine kleine Pause, die Amanda kaum bemerkte. Sie war zu sehr damit beschäftigt, die Ungeheuerlichkeit dessen in sich aufzunehmen, was die Gräfin da gesagt hatte. Jetzt nahmen die Worte, die sie für bloße Nichtigkeiten gehalten hatte, eine neue und beunruhigende Bedeutung an. War Tante Sophie deshalb so begierig darauf, daß Nikolaj vom Dienst zurückkehrte? Plötzlich fröstelte sie, ohne zu wissen, wie blaß sie geworden war und wie beunruhigt sie aussah.

»Ja, ich selbst löste die Verbindung auf«, sagte die Gräfin hastig. »Ich konnte nicht anders handeln, selbst wenn ich Ihren Vetter hätte heiraten wollen... aber nachdem ich erfahren hatte... das heißt... meine liebe Amanda, ich hoffe, Sie werden es mir nicht übelnehmen, aber Ihr Vetter... ich fürchte, es gibt gar keine Möglichkeit, es höflich auszudrükken... da war ein Dienstmädchen von dem Gut bei Moskau. Sie kam im letzten Winter nach Sankt Petersburg. Man weiß natürlich... das heißt...«

Sie wich Amandas Blick aus. Amanda selbst wollte nichts mehr hören. Aber die Gräfin fuhr unbeirrt fort: »Es heißt, ein Kind sei unterwegs gewesen, und Ihr Vetter habe das Mädchen hinausgeworfen. Es gab einen schrecklichen Skandal. Als mein Bruder ihn zur Rede stellte und ihm sagte, er habe auf eine weniger als ehrenhafte Weise gehandelt, duellierten sie sich. Sie müssen Nikolajs Narbe gesehen haben. Es hieß damals, daß nur die Wertschätzung des Zaren Nikolaj von der Verbannung verschonte. Ich persönlich weiß nicht, wie er es fertigbringt, sich hier in Petersburg blicken zu lassen ...«

Sie zuckte ungeduldig mit den Achseln. »Sein Stolz schützt ihn vor der öffentlichen Meinung, aber ich könnte es nicht ertragen, daß Sie sich von ihm täuschen lassen, wie ich es getan habe. Meine Familie zog die Verbindung nicht eine Minute länger in Erwägung, als sein schändliches Betragen publik wurde, aber wer würde Sie schützen? Ich hoffe, Sie verzeihen mir, daß ich Ihnen dies alles erzählt habe. Wenn die Umstände anders gewesen wären ... aber schließlich war Nikolaj immer ein Liebling der Großherzogin.«

Sie deutete an, daß sie nicht erwarte, Tante Sophie würde ihr etwas über die Ereignisse des vorangegangenen Winters erzählen, und dies war vermutlich richtig, dachte Amanda.

»Ich warne Sie nur deshalb, damit Sie auf der Hut sind«, fügte die Gräfin hinzu. »Ich hoffe, Sie werden mir meine Anmaßung verzeihen, und wir können Freundinnen werden.«

Sie näherten sich der Troika, und Amanda gab eine nichtssagende Antwort.

»Ich bin Ihnen dankbar, Gräfin«, sagte sie heiser, als sie sich verabschiedeten.

Die Gräfin lächelte zufrieden. »Jemand mußte es Ihnen ja sagen, und in Petersburg haben die meisten einen solchen Respekt vor den Kuragins, daß sie es niemals wagen würden. Ja, die meisten würden Ihre Ehe mit Ihrem Vetter für eine großartige Sache halten und hinter Ihrem Rücken lästern und sich an den alten Skandal erinnern.«

Amanda gab der Gräfin im stillen recht. Nicht das Glück war das Kriterium, nach dem die Welt eine gute Ehe beurteilte, sondern Reichtum und Position – das war es, worauf es ankam, und eine Ehe mit Nikolaj würde ihr beides verschaffen.

Aber sie würde ihn nicht heiraten. Als sie in die Troika stieg, preßte sie entschlossen die Lippen zusammen. Papa hätte niemals eine solche Ehe für sie gewünscht, und selbst wenn es bedeuten sollte, Grand-père weh zu tun, würde sie Nikolaj nicht heiraten!

Fünftes Kapitel

Die Zeit verging wie im Flug, und bald waren die ersten sechs Trauermonate vorüber.

Nikolaj war über Weihnachten im Dienst. Teilweise deswegen und teils auch aus Respekt vor Amandas Vater verbrachten die Bewohner des Kuragin-Palastes die Feiertage sehr ruhig.

Amanda ging mit Tante Sophie in die Kirche, die so ganz anders war als das kleine normannische Gotteshaus in Stanton Lacey. Später wurden kleine Geschenke ausgetauscht, nichts Großartiges, denn teure Geschenke waren dem Namenstag vorbehalten, wie Tante Sophie erklärte.

Als der Januar mit neuen Schneefällen kam, sprach Tante Sophie nur noch über den bevorstehenden Ball. Er sollte der Höhepunkt der Saison werden. Ganz Sankt Petersburg war eingeladen. Aber nach der seltsamen Warnung der Gräfin Morowskaja und auch, weil Grand-père offensichtlich wollte, daß sie alle anderen ausstach, fürchtete sich Amanda davor.

Tante Sophie, die selbst sehr gut aussah, kam, um an Amandas Garderobe letzte Hand anzulegen. Amanda saß vor dem Spiegel und hatte nur ein leichtes Gewand übergeworfen, während Tante Sophies Zofe ihr das Haar richtete. Sie hatte die dunklen Locken auf Amandas Kopf hochgesteckt und legte gerade ein Perlenband darum, als Tante Sophie ihr sagte, sie solle Amanda in ihr Kleid helfen.

Dieses lag auf dem Bett, ein See aus tiefblauer Rohseide. Die silberne Stickerei schimmerte im Licht. Als das Mädchen es über Amandas Kopf stülpte und es zu schließen begann, bemerkte Amanda, wie die Farbe des Gewandes die Farbe ihrer Augen betonte und ihre Arme und Schultern noch weißer wirken ließ. Die Röcke bauschten sich elegant auf, wenn sie sich bewegte, und das enge Mieder gab ihrer Erscheinung ein fragiles, ätherisches Aussehen, als würde sie beim ersten Windstoß zerbrechen. Sie hätte in der Tat eine der schönen Feen sein können, die angeblich die Silberbirkenwälder und die tiefen Teiche bewohnten, ein Wesen, dessen Schönheit nicht von dieser Welt war und die Männer ins Verderben zog.

Tante Sophie und die Zofe musterten Amanda kritisch.

»Es ist genauso, wie ich es erhofft hatte«, sagte Tante Sophie zufrieden. »Geh jetzt hinunter und zeig dich deinem Großvater. Er wartet in der Bibliothek auf dich.«

Sie sah sich unverhofft in dem langen Spiegel, als sie das Zimmer verließ, und starrte ihre ungewohnte Erscheinung an. War sie das wirklich? Dieses feenhafte Wesen mit den großen saphirblauen Augen und dem grazilen Körper?

»Du wirst die Schönheit des Abends sein, daran gibt es gar keinen Zweifel«, versicherte ihr Tante Sophie. »Aber beeil dich jetzt. Laß deinen Großvater nicht länger warten.«

Amanda klopfte an die Tür der Bibliothek und trat schüchtern ein. Ihr Großvater saß neben dem Kamin und sah in seinem Abendanzug sehr stattlich aus. Er blickte sie lange an.

»Amanda... heute bin ich froh, daß ich nicht zwanzig Jahre jünger bin, denn du würdest sicherlich mein Herz brechen.« Er zwinkerte ihr dabei zu, und Amanda spürte, daß er für heute abend entschlossen war, jenes andere Mädchen, dem sie so sehr ähnelte, zu vergessen und sich nicht durch die Vergangenheit seine Freude an der Gegenwart nehmen zu lassen.

»Komm zu mir«, sagte er. »Ich habe ein Geschenk für dich. Es hat deiner Mutter gehört.«

Er nahm ein Etui vom Kaminsims und öffnete es. Amanda sah, wie er ein mit großen Saphiren besetztes Goldkollier herausnahm. Sie zweifelte nicht daran, daß dieser Schmuck sehr alt war. Er war fast heidnisch-barbarisch in seiner Schönheit, und sie zuckte ein wenig zusammen, als das kalte Metall ihre Haut berührte.

»Grand-père, es ist wunderschön...«, sagte sie leise.

»Aber nicht so schön wie du, mein Kind. Es ist seit Hunderten von Jahren in unserer Familie. Ich hatte gehofft, Nikolajs Braut würde es längst tragen, aber es sollte nicht sein.«

Amanda fröstelte. Würde Grand-père ihr sagen, daß er wünschte, sie selbst sollte jene Frau sein? Offensichtlich nicht. Er nahm noch einen Kamm im gleichen Muster wie die Halskette vom Kaminsims, und Amanda erriet, daß er und Tante Sophie diese Überraschung gemeinsam geplant hatte. Die Saphire paßten zu ihrem Gewand auf das vollkommenste. Aber der Blick des alten Fürsten ruhte auf ihrem hübschen Gesicht und ihren leuchtenden Augen und nicht auf dem Vermögen, das sie um den Hals trug. Er nahm sie in die Arme und küßte sie zärtlich auf beide Wangen.

»Möge das Leben dir alles Glück bringen, meine Kleine.«

»Danke, Grand-père.« Ihre Stimme zitterte, und ihr Blick wanderte instinktiv zu dem goldgerahmten Spiegel an der Wand, in dem die Halskette glitzerte, als sich ihre Brust hob und senkte.

»Seid ihr beide noch nicht fertig?« schalt Tante Sophie, als sie ins Zimmer trat. »Amanda, *petite*, die Halskette paßt vorzüglich zu dir. Hast du den Kamm? Jetzt kann Maria dein Haar fertig frisieren.«

Auf dem Weg nach unten schob Amanda die Zunge zwischen die Lippen, als sie sich darauf konzentrierte, nicht auf ihre Röcke zu treten. Sie hörte, daß jemand im Begriff war, das Haus zu betreten, und das freudige Bellen der Barsois sagte ihr, wer es war, noch ehe die Tür aufging und Nikolaj hereinkam.

Sie hörte, wie Tante Sophie die Dienstmädchen auszankte, und Grand-pères beschwichtigende Worte. In der Halle wurde es jetzt totenstill, selbst die Hunde verstummten, weil sie die besondere Atmosphäre spürten.

Nikolaj trug die weißgoldene Uniform seines Regiments. Er hatte einen pelzbesetzten, scharlachroten Umhang übergeworfen. Er bot einen eindrucksvollen Anblick, wie Amanda zögernd zugab, aber in dem Lächeln, das er ihr zuwarf, lag keine Wärme. Plötzlich kamen ihr die Warnungen der Gräfin in den Sinn, und als Nikolaj auf sie zukam, wich sie instinktiv vor ihm zurück und riß ängstlich die Augen auf, bis sein Blick ihr sagte, wie sehr sie sich verriet.

Er lächelte spöttisch, als er zu ihr heraufblickte, und Amandas Herz begann wie wild zu schlagen. Was geschehen wäre, wußte sie nicht, denn in diesem Augenblick sah Tante Sophie ihren Neffen und kam die Treppe heruntergeeilt.

»Nikolaj, mein lieber Junge, wie gut du aussiehst! Was für ein schönes Bild werdet ihr beide abgeben. Ich schwöre, Sankt Petersburg hat keinen so stattlichen Mann gesehen, seit dein Großvater jung war.«

Sie reichte Amanda einen Umhang und befahl einem Diener, die Hunde hinauszubringen, die sich wieder erholt hatten und jetzt bellend in der Halle herumtollten.

»Kommt… wir wollen uns nicht verspäten. Amanda fährt mit dir, Nikolaj. Ich folge mit eurem Großvater.«

Ganz Sankt Petersburg schien unterwegs zu sein. Schlittenglocken läuteten, und die Sterne funkelten so hell wie die Stickerei auf Amandas Abendkleid, als die Troika über den Schnee glitt. Es war eine märchenhafte Nacht. Alles lag unter einer Schneedecke und war vom Mondlicht versilbert. Doch Amanda konnte die Fahrt nicht genießen. Sie war zu nervös und sich zu sehr bewußt, daß Nikolaj neben ihr saß und sie fragend angesehen hatte, als er ihr in die Troika half.

Sie war nicht einfältig genug, sich einzubilden, daß er ihr gegenüber irgendwelche zärtlichen Gefühle hegte, aber sie begann zu erkennen, welche tiefe Zuneigung er für seinen Großvater empfand. Und sollte Grand-père eine Verbindung zwischen ihnen beiden wünschen... sie versuchte, ihre Gedanken nicht bei diesem Thema verweilen zu lassen. In mancher Hinsicht wünschte sie, die Gräfin hätte nie mit ihr gesprochen, sie nie über die Vergangenheit ihres Vetters aufgeklärt. Es war ihr unmöglich, ihn anzusehen, seine stattliche Gestalt in der makellosen Uniform, ohne dabei an das betrogene Bauernmädchen zu denken.

»Amanda!« Sie bemerkte erschrocken, daß sie stehengeblieben waren. »Träumen Sie von den jungen Männern, die von Ihrer Schönheit hingerissen sein werden? Wir sind da, kommen Sie...« Er lächelte.

Sie hatte keine Möglichkeit, seine Anwürfe abzustreiten, denn nun gesellten sie sich zu den anderen Gästen, die zum Eingang des Winterpalastes strömten.

Sie betraten den Ballsaal. Noch nie zuvor hatte Amanda eine solche Pracht gesehen. Eindrucksvolle Malachitsäulen strebten zur Decke. Der Ballsaal war mit Jade, Malachit und Blattgold geschmückt. Der Kuragin-Palast war ein eindrucksvolles Gebäude, aber verglichen mit diesem Prunk bescheiden. Es raubte ihr den Atem. Immer wieder kehrten ihre Augen zu den dunkelgrünen Malachitsäulen zurück.

»Es ist wirklich sehr schön, nicht wahr?« bemerkte Tante Sophie, die ihre Gedanken las. »Sieh her, da kommt der Zar.«

Die goldenen Türen am anderen Ende des Saales öffneten sich langsam, und die Musiker begannen die ersten Takte einer Polonaise zu spielen. Der Zar trug die gleiche Uniform wie Nikolaj, und Amandas Blick wanderte zu ihrem Vetter, der schweigend neben ihr stand. Auf seiner Brust schimmerte das St.-Andreas-Kreuz, eiskalt, wie die zugefrorene Newa.

Nikolaj neigte leicht den Kopf, als er ihren verstohlenen Blick bemerkte, und Amanda errötete und sah rasch weg.

Die Musik wurde lauter. Der Zar hatte keine Eile. Er blieb immer wieder stehen, um seinen Adjutanten und der Frau an seiner Seite etwas zu sagen.

»Ist dies die Zarina?« flüsterte Amanda Tante Sophie zu. Aber Nikolaj antwortete ihr.

»Nein, das ist nicht Elisabeth Alexejewna, es ist die Schwester des Zaren, die Großherzogin Katharina.«

Der Zar sagte etwas zu seiner Schwester. Sie lachte, und dann begannen Bruder und Schwester anmutig zu tanzen.

»Das ist das Zeichen für alle anderen, daß der Ball eröffnet ist«, sagte Nikolaj zu Amanda und reichte ihr den Arm.

Er hatte nicht gefragt, ob sie tanzen wollte, dachte Amanda entrüstet, als er sie zur Tanzfläche führte. Er war ein ausgezeichneter Tänzer, und für Amanda, die meistens nur mit den Männern ihrer Cousine oder den Freunden ihres Vaters getanzt hatte, war das Erlebnis eine Offenbarung.

Nie hätte sie gedacht, daß Tanzen so ein Vergnügen sein konnte. Sie vergaß sogar, daß die Arme, die sie hielten, die ihres Vetters waren, und sie war enttäuscht, als die Musik endete.

Auf Tante Sophies Drängen hin stellte Nikolaj sie etwa einem Dutzend seiner Offizierskameraden vor, die alle begierig darauf waren, sich in ihre Tanzkarte einzutragen. Amanda war jedoch nicht naiv. So berauschend die extravaganten Komplimente auch sein mochten, sie wußte, daß es nur galante Schmeicheleien waren. Wenn ein junger Hauptmann ihre Augen mit denen ihrer goldeingefaßten Saphire verglich und ein anderer sagte, sie tanze so anmutig wie eine Fee, nahm sie es nicht ernst.

Nach dem Abendessen, das sie mit Tante Sophie und Grand-père eingenommen hatte, nachdem sie alle Bitten ihrer Verehrer abgewiesen hatte, sie in den Speisesaal führen zu dürfen, kam Nikolaj wieder auf sie zu.

Er hatte mit mehreren Herren gesprochen, von denen keiner geneigt zu sein schien, die Tanzfläche zu betreten. Ihre Mienen sprachen dafür, daß sie mit ernsteren Dingen beschäftigt waren, und Amanda hätte gern gewußt, worüber sie geredet hatten. Sie wollte Nikolaj jedoch nicht danach fragen.

»Der Zar hat mich gebeten, Sie ihm vorzustellen«, sagte er kurz.

Amanda sah hilfesuchend Tante Sophie an und hoffte, daß ihre Locken nicht zerzaust und ihre Wangen nicht übermäßig vom Tanz gerötet waren.

»Geh mit Nikolaj, Kind«, sagte Tante Sophie.

Nikolaj legte eine Hand auf ihre behandschuhte Hand und führte sie über den spiegelglatten Fußboden. Amanda wußte, daß viele Augenpaare ihnen folgten.

»Das war eine gute Idee, mit Grand-père zu speisen«, sagte er. »Sie haben ihn rascher, als ich dachte, für sich gewonnen.«

»Ich habe mit Grand-père gegessen, weil ich ihn liebe«, erwiderte Amanda hitzig.

Wie konnte er es wagen anzudeuten, daß es ein weniger ehrenhaftes Motiv für ihr Verhalten geben könnte? Er lächelte sie an, und zu ihrer eigenen Konsternation senkte Amanda als erste den Blick.

Der Zar saß bei seinem Gefolge. Er stand auf, als sie näherkamen, und schenkte Amanda ein charmantes Lächeln.

»Das ist also Ihre Cousine, Nikolaj.« Er hob Amandas Finger mit einem betörenden Lächeln an seine Lippen, ehe er sie seiner Schwester vorstellte.

Die Großherzogin war eine lebhafte Brünette, ungefähr in Amandas Alter und an ihrem eigenen Geschlecht offensichtlich nicht sehr interessiert, denn sie warf Amanda nur ein flüchtiges Lächeln zu und konzentrierte sich auf den Mann, der neben Amanda stand.

»Sie haben mich noch nicht um einen Tanz gebeten, Nikolaj Andrejewitsch«, tadelte sie ihn neckisch.

»Weil ich nicht nahe genug an Sie herankommen konnte, um Sie darum zu bitten«, erwiderte Nikolaj galant.

Die Großherzogin lächelte ihn an. »Jetzt ist niemand hier außer uns beiden.«

Nikolaj erwiderte ihr Lächeln. Ein Adjutant des Zaren trat vor und nahm Amandas Hand. Er hatte ein junges, frisches Gesicht und offensichtlich große Ehrfurcht vor dem Zaren, aber er war bei weitem kein so ausgezeichneter Tänzer wie ihr Vetter. Während des Tanzes trat er auf ihr Kleid, und zu ihrem Schrecken spürte sie, wie der Rocksaum einriß.

Auf der anderen Seite des Saals sah die Großherzogin lachend zu Nikolaj auf. Amanda war froh, als die Musik verklang und sie die Tanzfläche verlassen konnte. Sie berichtete Tante Sophie kurz, was geschehen war, und zog sich in einen Raum zurück, der den Damen vorbehalten war, um den Saum zu inspizieren.

Der Raum war in Creme und Weiß gehalten. Mehrere Damen standen vor den silbergerahmten Spiegeln. Ein Mädchen trat zu Amanda und fragte sie, ob sie ihr behilflich sein könne. Sie untersuchten gemeinsam den Riß und stellten fest, daß es nicht so schlimm war, wie Amanda befürchtet hatte. Im Nu hatte das Mädchen mit kleinen unsichtbaren Stichen den Schaden behoben.

Als Amanda den Ballsaal wieder betrat, spürte sie eine Hand auf ihrem Arm. »Meine liebe Amanda, ich dachte mir, daß Sie es sind. Haben Sie Ihr Kleid zerrissen? Was für ein

Pech! Es ist das schönste im ganzen Saal. Ich gestehe, daß ich wahnsinnig eifersüchtig bin.«

Es war Gräfin Morowskaja. Amanda warf ihr ein zögerndes Lächeln zu.

»Danke, Gräfin.«

»Anna, bitte! Waren wir uns nicht einig, daß wir Freundinnen sein wollen? Kommen Sie, ich will Sie meinem Bruder Wassilij vorstellen. Wenn ich Sie nicht zufällig hier getroffen hätte, hätte ich Sie suchen müssen, oder ich hätte mir das Mißvergnügen meines Bruders zugezogen.«

Amanda mußte unwillkürlich lächeln. Anna hatte eine so drollige Art, sich auszudrücken. Es war unmöglich, sie nicht zu mögen.

Graf Wassilij Orlow war ebenso charmant wie seine Schwester. Er trug wie Nikolaj eine Uniform. Doch während jene Nikolajs weiß war mit goldenen Litzen, war die von Wassilij Orlow dunkelblau mit karmesinroten Aufschlägen. Der Unterschied bestand darin, daß Orlow bei den Husaren war, während Nikolaj, wie Amanda bereits wußte, dem Leibregiment des Zaren angehörte.

Es dauerte nicht lange, bis Amanda laut über Orlows nekkische Komplimente lachte. Wenn dieser charmante Mann doch ihr Vetter gewesen wäre, dachte sie bedauernd. Er war nicht so stattlich wie Nikolaj, hatte mittelblondes Haar und ziemlich nichtssagende braune Augen. Aber sein Wesen war so viel freundlicher, stimmte vielmehr mit dem ihren überein.

Sie tanzten einen Walzer, als sie auf das Thema zu sprechen kamen, mit dem seine Schwester Amanda schon vor Wochen überfallen hatte. Er entschuldigte sich dafür, daß er ein so unerfreuliches Gsprächsthema anschlug.

»Ich habe bemerkt, daß Kuragin Sie dem Zaren vorgestellt hat. War dabei von der wichtigen Angelegenheit die Rede, über die meine Schwester mit Ihnen gesprochen hat? Ich frage nur deshalb, weil ich um Sie besorgt bin. Ich weiß, daß Sie sich auf der falschen Seite befinden.« Er sah Amandas Miene und zögerte. »Aber vielleicht irre ich mich? Vielleicht finden Sie den Gedanken daran, daß Ihr Vetter Ihnen den Hof macht, gar nicht so unangenehm?«

Amanda schüttelte den Kopf. Sie konnte sich nichts Unangenehmeres vorstellen. Aber es gab Dinge, über die man nicht außerhalb der Familie sprach, wie sehr man auch versucht war.

»Ich hoffe, ich täusche mich nicht«, fuhr Orlow unbeirrt fort. »Es würde mir leid tun, wenn ich Sie an Ihren Vetter verlieren würde, nachdem ich Ihre Bekanntschaft gemacht habe. Eine Bekanntschaft, von der ich hoffe, sie wird sich im Laufe der Zeit zu einer näheren Verbindung entwickeln.«

In seinen Worten lag eine Frage, aber Amanda ignorierte sie. Orlow brachte sie nicht weiter in Verlegenheit. Er wechselte das Thema und lenkte ihre Aufmerksamkeit auf Nikolaj, der immer noch mit der Großherzogin tanzte.

»Sie wissen natürlich, was es bedeutet, wenn man eine ledige junge Dame dem Zaren vorstellt? Es läuft darauf hinaus, daß man seine Zustimmung zu einer Verlobung wünscht«, sagte er.

Amandas erschrockene Miene gab ihm die Antwort, und er lächelte befriedigt. »Das ist typisch Kuragin. Zweifellos hofft er, Sie in eine Situation zu bringen, in der sie ihn nicht mehr zurückweisen können. Ich weiß, daß meine Schwester Ihnen über gewisse... gewisse Dinge berichtet hat, über die ich vor einer Dame nicht sprechen kann... Aber wenn Sie ihn darauf ansprechen, wird er es ableugnen. Das ist seine Art. Sein Stolz verbietet es ihm, Fehler einzugestehen. Sie können sicher sein, daß Anna und ich Ihre Freunde sind...«

Als die Musik endete, brachte Orlow sie zu Tante Sophie zurück, die unbehaglich lächelte, aber ihr Gespräch mit einer anderen Dame fortsetzte. Amanda war so in ihre Gedanken vertieft, daß sie Nikolaj nicht näherkommen sah. Sie bemerkte ihn erst, als er vor ihr stand. Bildete sie es sich ein, oder war seine Haltung einschüchternd? Seine Augen sahen aus wie erstarrte Jade in seinem ernsten Gesicht.

Noch nie hatte sie sich so vor ihm gefürchtet, und ihre Hand zitterte, als er sie vom Sessel hochzog.

Sie hatten kaum ein halbes Dutzend Schritte zusammen getan, als er kurz sagte: »Sie haben mit Orlow getanzt? Wer hat Sie ihm vorgestellt?«

»Seine Schwester, die Gräfin...«

»... und die Gräfin macht es sich zur Aufgabe, Tanzpartner für Sie auszuwählen? Wollen Sie mich das glauben lassen?«

Seine Lippen verzogen sich geringschätzig. »Eine Kuragin hat die Bemühungen eines Orlow nicht nötig.«

Er schwang sie herum, und Amanda war sicher, daß er den Schlag ihres Herzens spüren mußte.

»Sie haben sich ziemlich lange mit Orlow unterhalten. Was hat er Ihnen gesagt?«

Amandas Lippen waren wie versteinert. Ihre Hände zitterten, als sie krampfhaft nachdachte, was sie erwidern könnte. Aber es war nutzlos, sie brachte es nicht über sich zu lügen.

»Er sagte, er habe gesehen, wie Sie mich dem Zaren vorgestellt haben.«

Es war die Wahrheit, und sie hoffte, er würde keine weiteren Fragen mehr stellen. Diese Hoffnung starb, als sie seine Miene sah.

»Und?« fragte er leise.

Amanda kam sich vor wie ein gejagtes Tier. Es gab kein Entrinnen, es sei denn, sie befreite sich aus seinen Armen und floh, und das konnte sie nicht tun.

»Er... das heißt... man...«

Sie verhedderte sich hoffnungslos, aber die grünen Augen hefteten sich auf sie und bemerkten jede verräterische Geste.

»Er wollte mich warnen, da Sie an eine Verbindung zwischen uns beiden dächten«, sagte sie leise. »Ich weiß, was im letzten Winter geschehen ist, Nikolaj. Ich weiß von dem Skandal und dem...« Sie hielt inne, entsetzt über seinen versteinerten Gesichtsausdruck. Seine Hand an ihrer Hüfte hatte sich so angespannt, daß sie glaubte, sie würde am nächsten Morgen blaue Flecken haben. Er wird es abstreiten, hatte Orlow sie gewarnt, und sie fürchtete, daß er recht behalten könnte.

»Ich bin Orlow für seine Bemühungen dankbar«, sagte Nikolaj, als er sich wieder unter Kontrolle hatte. »Zufällig sind sie vergeudet, denn ich habe nicht die leiseste Absicht, Ihnen näherzutreten.«

»Ich weiß, daß Sie für mich nichts übrig haben. Aber... das heißt... ich glaube, Grand-père würde eine Verbindung zwischen uns gern sehen.«

Er sah sie eindringlich an.

»Halten Sie mich für einen Mann, der auf Geheiß eines anderen heiratet?«

So hatte Amanda es nicht gemeint. Sie hatte vielmehr gedacht, daß seine offenkundige Zuneigung zu seinem Großvater ihn nötigen könnte, einer Ehe zuzustimmen, die in den Augen des Fürsten Gefallen fände. Aber es war zu spät.

Nikolajs Gesicht war so weiß wie seine Uniform.

»Ich nehme an, es ist Ihnen nicht in den Sinn gekommen, Orlows Verleumdungen in Zweifel zu ziehen und sich zu fragen, weshalb er diese Gerüchte über mich verbreitet?«

Amandas Miene verriet sie.

»So! Sie haben also schon geurteilt und mich für schuldig befunden! Nun, es ist nicht meine Sache, dieses Urteil zu revidieren. Glauben Sie, was Sie wollen, aber eines sollten Sie wissen. Keiner meiner Söhne wird je eine Mutter haben, die ihn aus Pflichtgefühl zur Welt bringt und seinen Vater in den geheimen Winkeln seines Herzens verachtet. Wenn Sie sich für Orlow entschieden haben, wünsche ich Ihnen viel Glück. Aber seien Sie gewarnt, Grand-père wird einer solchen Verbindung niemals zustimmen, und das wird er Ihnen bald genug selbst sagen. Orlow hat sein gesamtes Vermögen durchgebracht und erhofft zweifellos das Ihre. Sie sind so einfältig und glauben jedes Märchen, das er Ihnen auftischt, wie Sie eben bewiesen haben.«

Die Musik hatte zu spielen aufgehört. Nikolaj drehte sich abrupt um, ließ sie stehen und ging durch die Menge hinaus.

Aufgewühlt versuchte Amanda seinen Zorn zu verstehen. Sie haben mich bereits verurteilt, hatte er gesagt. Lag in seinen Worten nicht ein Körnchen Wahrheit? Und doch, Orlow hatte so freundlich gesprochen, er war so besorgt gewesen, anders als Nikolaj, der seinen Zorn an ihr ausgelassen hatte.

Selbst in seinem Zorn hatte Nikolaj keinen Versuch gemacht, Orlows Anschuldigungen zu widerlegen. Das mußte doch etwas beweisen? Außerdem konnten Bruder und Schwester ihn eines so schrecklichen Vergehens nur beschuldigen, wenn es wahr war. Und war da nicht seine Narbe, die er bei dem Duell davongetragen hatte? Amanda fühlte immer noch fast körperlich Nikolajs Verachtung. Aber nun brauchte sie sich nicht mehr vor einem Antrag aus dieser Richtung zu fürchten.

Gegen Ende des Abends trat Anna wieder zu ihr.

»Hat Nikolaj Ihnen eine Erklärung gegeben?« fragte sie vertraulich. »Ich habe Sie mit ihm tanzen gesehen.« Sie setzte eine besorgte Miene auf. »Ich habe Sie nicht darum beneidet. Er sah so wütend aus. Ich kenne ihn gut in dieser Stimmung. Sein Stolz ist doppelt so groß wie der jedes anderen Mannes.«

»Ich glaube, Sie haben sich geirrt«, sagte Amanda. »Er hat nicht die Absicht, mir einen Antrag zu machen.«

Sie wollte Anna ihr Gespräch mit Nikolaj nicht anvertrauen, aber sie fühlte sich genötigt, sie von dem Irrtum bezüglich einer Ehe zwischen Nikolaj und ihr selbst zu befreien. Sie würde den Zorn ihres Vetters nicht ertragen können, wenn es in Sankt Petersburg hieß, daß man ihm eine Ehe mit ihr aufzwang.

Die Freude des Abends war dahin. Ihre Füße schmerzten in den leichten Schuhen, sie war müde und sehnte sich nach ihrem Zimmer.

Tante Sophie, die die Zeichen ihrer Erschöpfung sah, nahm Amanda beiseite und schlug ihr vor aufzubrechen.

Grand-père sprach mit einem grimmig aussehenden Herrn in einer Generalsuniform. Er freute sich, sie zu sehen, unterbrach sein Gespräch und stellte Amanda dem General vor.

Der General lächelte freundlich und sagte, Amanda sei das hübscheste Mädchen, das er seit Jahren gesehen habe.

Amanda war zu müde, um das Kompliment zu würdigen, aber sie brachte einen gelungenen Knicks zustande. Als sie sich erhob, sah sie Nikolaj entschlossen auf sich zukommen. Seine Augen waren noch immer kalt.

Er hielt einen Augenblick inne, um einen Bekannten zu begrüßen. Amanda bemerkte, daß Wassilij Orlow hinter ihm stand.

Orlow bewegte sich und stieß mit seinem Degen gegen Nikolajs Arm. Einen endlosen Augenblick sahen die Männer einander an. Dann lächelte Orlow Nikolaj herausfordernd an.

Amanda stockte der Atem. *Lieber Gott, bitte verhindere, daß sie sich streiten,* betete sie verzweifelt.

Orlwo sprach als erster. »Ich höre, Sie wollen im nächsten Monat zum viertenmal das Troika-Rennen gewinnen, Fürst? Die Husaren haben mich als Ihren Herausforderer gewählt, was sagen Sie dazu? Das wird die Wetten noch interessanter machen. Ich setze zehntausend Kopeken, daß Sie in diesem Jahr nicht wieder gewinnen.«

Unter den aufmerksamen Zuhörern entstand ein erwartungsvolles Schweigen. Amanda biß sich auf die Lippen. Wie töricht tapfer war es von Orlow, Nikolaj so offen herauszufordern.

»Ich halte Sie nicht davon ab, wenn Sie Ihr Geld zum Fenster hinauswerfen wollen.« Nikolajs Stimme klang kühl.

Amanda seufzte erleichtert, nicht ganz sicher, was sie erwartet hatte. Jemand schlug Orlow auf den Rücken und nannte ihn einen Narren, weil er so viel gegen Nikolajs legendäre Pferde gesetzt hatte, und die Spannung löste sich auf wie Frühnebel im Sonnenschein.

Nikolaj begleitete sie zu den wartenden Troikas und war um ihre Bequemlichkeit besorgt. Aber als Amanda darauf wartete, daß er neben ihr Platz nahm, erklärte er, er müsse zum Zaren, und das hindere ihn daran, mit ihnen zu fahren.

Allein für Amandas Ohren fügte er hinzu: »Ich hoffe, ich habe Sie jetzt von Ihrer Sorge befreit, daß ich auf dem Heimweg zudringlich werden könnte. Seien Sie versichert, Cousine, an dem Tag, an dem ich Sie liebe, bin ich entweder betrunken oder verrückt.« Er drehte sich um und verschwand in der schwarzen Finsternis.

»Hat es dir gefallen, *petite*?« fragte Tante Sophie freundlich und tätschelte Amandas Hand. »Ich weiß, du wirst es nicht mißverstehen, Kind, aber du wärst klug beraten, Orlows Worten keinen Glauben zu schenken.«

»Weil er kein nennenswertes Vermögen hat oder weil seine Schwester mit Nikolaj verlobt war? Ich weiß alles darüber, Tante Sophie, Anna hat es mir erzählt.«

Tante Sophie sah gequält aus. »Versprich mir, daß du davon nichts zu Nikolaj sagst. In diesem Punkt ist er sehr empfindlich.«

Aus gutem Grund, dachte Amanda grimmig.

»Ich wundere mich, daß Wassilij Orlow es wagt, Nikolaj nach den Ereignissen des letzten Winters wieder herauszufordern«, fuhr Tante Sophie nachdenklich fort. »Dieser junge Mann handelt sich eine Niederlage ein, denk an meine Worte.«

In dem goldgrünen Ballsaal lächelte Wassilij Orlow herablassend den Mann an, der vor ihm stand.

»Ich fürchte, ich kann Ihrer Bitte nicht nachkommen, Fürst«, sagte er leichthin. »Ihre Cousine ist ein bezauberndes Wesen, und ich hoffe, daß unsere Freundschaft wachsen wird.« Sein Lächeln war jetzt grausam. »Meine Schwester erzählte mir, daß sie außer sich war, als sie von Ihrem weniger als vornehmen Verhalten erfuhr. Wie oft habe ich es sagen hören, daß Stolz vor dem Fall kommt, aber ich habe das Sprichwort niemals lebhafter illustriert gesehen als heute abend.« Er verbeugte sich. »Bis zu unserer nächsten Begegnung, Fürst. Dem Sieger die Beute, wie? Ich habe das Gefühl, daß Sie dieses Jahr nicht dazu bestimmt sind, der Gewinner zu sein.«

Als er sich umdrehte, um wegzugehen, sagte Nikolaj leise: »Sie haben noch nicht gewonnen, Orlow.«

»Nikolaj?«

Er hatte den Zaren nicht näherkommen gehört. Gemeinsam sahen sie Wassilij Orlows dunkelblaue Uniform in der Menge verschwinden.

»Denken Sie daran, was ich Ihnen gesagt habe. Ich möchte keine Wiederholung des letzten Winters. Damals war ich zur Nachsicht bereit, ein zweites Mal wäre ich es nicht«, sagte der Zar. »Kommen Sie und tanzen Sie mit Katharina. Danach besprechen wir die neuesten Nachrichten aus Frankreich. Übrigens, was sagten Sie zu Orlow?«

»Ich sagte ihm, wenn er hofft, sein abgewirtschaftetes Vermögen mit Hilfe meiner Cousine zu sanieren, steht ihm eine Enttäuschung bevor.«

Der Zar sah ihn aufmerksam an. Er wollte etwas sagen, überlegte es sich aber anders, als er die Miene seines Gegenübers sah.

Sechstes Kapitel

Das Troika-Rennen sollte Ende Februar stattfinden. Und wie Grand-père Amanda erklärte, war es ein Ereignis, auf das sie sich alle freuten. Er war mit ihr in der Bibliothek, Amanda saß auf dem Fußboden, und ihr Kopf lehnte an seinen Knien, während er ihr über seine Jugend erzählte und über den Spaß, den sie zu haben pflegten.

»Wir waren nicht so gebildet, wie ihr es heute seid. Wir standen aber auch nicht unter der ständigen Kriegsdrohung.« Er unterdrückte einen Seufzer, und Amanda empfand Mitleid mit ihm.

Armer Grand-père, er hatte seinen Sohn und seine Tochter verloren und mußte jetzt befürchten, auch seinen geliebten Enkel zu verlieren.

Amanda wußte aus ihren Gesprächen, daß Nikolajs Regiment an vorderster Front stehen würde, wenn Bonaparte Rußland den Krieg erklärte.

Sie hatte Nikolaj seit dem Ball beim Zaren nicht mehr gesehen. Sie vermutete, daß er ihr absichtlich aus dem Weg ging, und sie wußte nicht, ob es ihr leid tun oder ob sie darüber erleichtert sein sollte. Sie versuchte sich einzureden, daß es nicht ihre Schuld war, wenn er es vorzog, den Gekränkten zu spielen. Aber sie konnte nicht vergessen, wie zornig er gewesen war, als er ihr im Ballsaal gegenübergestanden hatte.

Sie wünschte von ganzem Herzen, Orlow hätte Nikolaj nicht zusätzlich gereizt. In Nikolajs Miene hatte etwas so Unversöhnliches gelegen, daß sie das Ergebnis fürchtete, sollte Orlow der Gewinner sein, obwohl laut Grand-père die Möglichkeit gering war, daß dies eintraf.

Nikolajs Araber waren die besten Pferde von ganz Rußland. Sie waren schnell, und außerdem gab es weit und breit keinen Lenker, der sich mit Nikolaj messen konnte.

Aber das beruhigte Amanda keineswegs. Von dem Augenblick an, als Wassilij Orlow Nikolaj herausgefordert hatte, litt sie unter düsteren Vorahnunge, die nicht einmal die Ankunft ihrer neuen Garderobe zerstreuen konnte.

Seit dem Ball hatte Tante Sophie Anna und ihren Bruder bei mehreren Gelegenheiten erwähnt. Amanda spürte, daß Tante Sophie die wachsende Freundschaft zwischen ihnen – mehr als bloße Freundschaft im Falle von Wassilij, wie Amanda zugeben mußte, wenn sie ehrlich war – nicht billigte, obwohl sie dies nicht direkt aussprach. Wassilij hatte, ohne die Grenzen der Höflichkeit zu überschreiten, sehr deutlich gemacht, was er für sie empfand.

Auf dem Weg zum Troika-Rennen überlegte Amanda, die neben Grand-père und Tante Sophie saß, daß ihre Sorgen bezüglich des Rennens von den übrigen Petersburgern offensichtlich nicht geteilt wurden.

Der Newskij-Prospekt war überfüllt mit bunt angemalten Troikas und mit Schaulustigen, die alle das Ereignis miterleben wollten. Die Straßen waren so belebt, daß es einige Zeit dauerte, bis sie die Troika verlassen konnten. Mehrere Personen sprachen sie an, und alle drückten den Wunsch nach einem neuerlichen Sieg Nikolajs aus.

»Er wird gewinnen, du wirst sehen«, flüsterte Tante Sophie Amanda zu. »Der Zar selbst wird kommen und dem Rennen beiwohnen. Nikolaj muß die Ehre seines Regiments aufrechterhalten.«

Ein Gewirr von Ständen, Zelten und Menschen breitete sich an der Newa aus. Die Schreie der Budenbesitzer vermischten sich mit denen der Schlittschuhläufer, die Amanda neidvoll beobachtete.

Eine Gruppe Männer scharte sich lachend um eine Bude und aß frische Blinis. Ein Stand daneben war hoch aufgetürmt mit sauren Gurken, Heringen in Sauerrahm und Roggenbrot. Amanda lief das Wasser im Mund zusammen. Riesige Feuerschalen brannten unter gebrechlichen, hölzernen Schutzdächern, und heißer Kaffee duftete verlockend. Vergoldete, mit Pelzen ausgelegte Schlitten standen neben Droschken, und ihre Lenker drängten sich um die Feuerpfannen. Es erinnerte Amanda von ferne an den Jahrmarkt in York, nur war dieser hier wesentlich größer. Während Feodor für sie einen Weg durch die Menge bahnte, beobachtete Amanda einen Feuerschlucker und dann einige Kosaken, die Pfeife rauchten. Neben ihnen schnupperten ihre Ponys, deren Schweife bis auf den Boden reichten, auf der Suche nach Leckerbissen an ihren Taschen.

Eine Bekannte von Tante Sophie kam hochmütig auf sie zu.

»Meine liebe Sophie«, hauchte sie. »Wie aufregend! Niemand hat jemals das Rennen viermal hintereinander gewonnen.«

»Das heißt, sie glaubt nicht, daß Nikolaj es noch einmal schafft«, sagte Tante Sophie gekränkt, als sie gegangen war. »Gräßliches Wesen, ich habe sie noch nie gemocht.«

»Komm mit, Sophie«, sagte der alte Fürst. »Nikolaj wartet auf uns. Amanda wird seine Pferde sehen wollen. Wir müssen uns beeilen, sonst kommen wir zu spät. Das Rennen hat schon angefangen.«

Amanda stockte das Herz. Wenn sie nur eine Ausrede wüßte, um der bevorstehenden Konfrontation aus dem Weg zu gehen. Sie hatte kein Bedürfnis, Nikolaj zu sehen, und sie vermutete, daß es ihm ebenso ging.

Die Menge machte ihnen höflich Platz. Amanda hörte jemanden sagen: »Schaut, da sind der Zar und Graf Speranskij!«

Amanda wandte den Kopf, um einen Blick auf den Zaren und seinen stattlichen Premierminister zu erhaschen.

Einige der weniger wichtigen Rennen waren bereits gelaufen, aber es bestand kein Zweifel daran, was das Hauptereignis des Tages darstellte. Man hatte hoch gewettet, sagte ihnen Feodor, als er sie zu Nikolaj führte. »Aber mein Herr wird gewinnen«, ergänzte er temperamentvoll.

Grand-père lächelte schwach, und Amanda sah, daß er besorgt war. Sie dachte an das stolze Gesicht ihres Vetters und was es für ihn bedeuten würde, wenn er gegen Orlow verlor, und wieder stiegen ihre früheren Ängste in ihr auf.

Als sie schließlich bei Nikolaj ankamen, sprach er mit einem Offizierskameraden. Ein junger Leutnant hielt seine Pferde am Zügel. Er errötete, als er Amanda sah. Sie erkannte ihn wieder, sie hatte ihn beim Ball des Zaren kennengelernt.

Als sie seinen Gruß lächelnd erwiderte, drehte sich Nikolaj um, und Amanda spürte, wie sie nun selbst errötete.

»Grand-père!« Nikolaj umarmte den Fürsten, und beide wandten sich, in ein rein männliches Gespräch vertieft, den Pferden zu, so daß sich Amanda umsehen konnte. Eine kleine Gruppe, einige Schritte entfernt, erregte ihre Aufmerksamkeit. Dort standen Wassilij Orlow und mehrere junge Männer in Husarenuniformen und Anna, die grüßend die Hand hob. Amanda erwiderte den Gruß. Ein Sonnenstrahl fiel auf Nikolajs goldene Epauletten und blendete sie einen Augenblick.

»Die anderen warten darauf, daß Sie mir Glück wünschen«, sagte er kurz. »Das heißt, wenn Sie fähig sind, Ihre Aufmerksamkeit von Orlow abzuwenden.«

»Die anderen?« Amanda blickte sich um und ignorierte seine letzte Bemerkung. Grand-père lächelte sie erwartungsvoll an, und ihr wurde das Herz schwer. Sie stellte sich auf die Zehenspitzen und berührte Nikolajs kalte Wange mit ihren Lippen. Er hielt sie fest, und seine Hand fühlte sich durch das rote Kostüm hindurch warm an.

»Sie sind keine gute Schauspielerin! Kommen Sie und lassen Sie sich den Pferden vorstellen. Grand-père erwartet es«, sagte er barsch, als sie sich von ihm losmachen wollte.

Die Araber warfen die Köpfe hoch und tänzelten auf zierlichen Hufen. Amanda hob vorsichtig eine Hand, um die schwarzen, samtenen Nüstern zu streicheln.

»Sie fressen Sie nicht auf«, murmelte Nikolaj neben ihr.

Ihre Decken waren so schwarz wie die Nacht, und sie sahen aus wie Tiere aus einem Märchen oder einer Fabel, ganz Feuer und Anmut. Sie waren nach russischer Manier angeschirrt, die beiden äußeren Pferde lose zu beiden Seiten der Deichsel, das Leitpferd stand zwischen ihnen.

Amanda schloß die Augen und sah wieder hin. Man mußte wirklich ein Experte sein, um drei solcher Pferde unter derartigen Bedingungen zu beherrschen. Die Araber schnaubten, als wollten sie ihr zustimmen. Ihre Zugriemen waren aus weißem Leder, mit Silberbeschlägen und kleinen Glöckchen, die melodisch klingelten, wenn sich die Tiere bewegten. Der Schlitten war scharlachrot und wirkte so zerbrechlich, daß es Amanda von neuem ängstigte, als sie ihn ansah. Und diesen schwachen Gebilden mußten Nikolaj und Wassilij ihr Leben anvertrauen! Über das Eis hinweg trafen sich Amandas und Wassilijs Blicke, und sie betete im stillen, daß beide Männer unverletzt das Rennen überstehen mochten. Was immer sie persönlich über Nikolaj dachte, er war ihr Vetter, der Erbe ihres Großvaters, der letzte einer langen, stolzen Linie, und sie konnte es nicht ertragen, ihn um einer silbernen Trophäe willen sterben zu sehen.

Der Knall der Startpistole hallte in der kristallklaren Luft. Die beiden Gespanne stürmten nach von, Nikolajs Schwarze und Wassilijs Braune. Die Araber huschten dahin, wie der Morgen sich über den Himmel stahl, und Kopf an Kopf mit ihnen lagen Wassilijs Braune. Englische Pferde in Hochform.

Niemand zweifelte daran, daß die Gespanne einander ebenbürtig waren. Grand-père konzentrierte sich auf das Rennen, und seine Augen verdunkelten sich ein wenig, als er die beiden Gespanne musterte.

»Letztes Jahr hatte Orlow diese Pferde noch nicht«, sagte er zu Amanda. »Ich glaube, seine ehrgeizige Schwester hat sie für ihn gekauft. Schade, er wird sie innerhalb von zwölf Monaten ruiniert haben. Der Mann weiß nicht, wie man mit guten Pferden umgeht.«

Amanda lächelte, ohne den Blick von den kleinen Schlitten abzuwenden. Der gute Grand-Père. Er war in Nikolaj ebenso vernarrt wie Anna Morowskaja in ihren Bruder.

Bei der Wende waren die beiden Gespanne immer noch auf gleicher Höhe. Amanda stellte sich auf die Zehenspitzen, so daß sie über die Köpfe der Menge hinwegsah. Sie wurde gegen ihren Willen von der allgemeinen Erregung erfaßt. Vor ihr jubelte sich eine Gruppe von Husaren heiser, und sie hörte einen von ihnen schreien: »Orlow könnte es schaffen!«

»Er muß«, stimmte ihm einer seiner Kameraden trocken zu. »Es heißt, er hat auf seinen Sieg seine letzten Kopeken gesetzt.«

Der arme Wassilij, dachte Amanda. Sie biß sich auf die Lippen. War es sehr unloyal von ihr zu hoffen, daß er gewann? Nicht, als ob sie gewünscht hätte, ihren Vetter unterliegen zu sehen, aber sie konnte den Gedanken nicht ertragen, daß Wassilij wegen seiner absurden Wette in eine Notlage geriet. Unlogischerweise gab sie Nikolaj die Schuld daran. Sie war sicher, wenn er gewollt hätte, hätte er Wassilij die Wette ausreden können.

Wassilij Orlows Peitsche sauste pfeifend durch die Luft und traf den führenden Braunen an den Flanken.

»So ein verdammter Unsinn!« erregte sich Grand-père. »Du wirst niemals sehen, daß Nikilaj die Peitsche auf diese Art benutzt. Freundlichkeit wirkt mehr als Strafe. Wir haben in unserem Land ein Sprichwort, das heißt: ›Warum eine Frau schlagen, wenn sie dir mit Küssen besser dienen kann?‹«

Tante Sophie protestierte, aber Amanda bemerkte, daß

Grand-père blinzelte, als er sah, wie sie seine Bemerkung aufnahm.

Bei der zweiten Wende war Nikolaj um Haaresbreite in Führung. Schnee und Eis wirbelten auf, als der leichte Schlitten in der Kurve langsamer wurde. Amanda schloß die Augen. Als sie sie wieder öffnete, waren beide Gespanne sicher herumgekommen. Grand-père faßte sie am Arm.

»Komm, wenn wir ein Stück weiter nach unten gehen, sehen wir besser.«

Sie fanden eine Stelle, drei, vier Schritte vom Zaren und seinem Gefolge entfernt.

Als die Gespanne heruntergedonnert kamen, lag Nikolaj in Führung. Amanda wurde hin- und hergerissen zwischen Erleichterung und Sorge – Erleichterung, weil sie das fürchtete, was nachfolgen würde, wenn Nikolaj verlieren sollte, und Sorge, weil sie persönlich Orlow bevorzugte.

Die Araber schienen Feuer zu speien, und ihr Atem hing weiß in der kalten Nachmittagsluft. Amanda sah, wie Orlow hinter Nikolaj die Peitsche hob. Die Braunen stürmten vorwärts, und ihre Muskeln strafften sich, um die Araber zu überholen. Amanda hielt den Atem an und schloß die Augen, unfähig, hinzusehen. Sie hörte wieder die Peitsche knallen, gefolgt von zornigen Ausrufen. Sie riß die Augen auf. Die Araber waren um eine halbe Länge vor den Braunen. Grand-père umfaßte ärgerlich seinen Stock.

»Was ist geschehen?«

»Orlow hat Nikolajs Pferde gepeitscht!«

»Das muß ein Versehen gewesen sein«, sagte Amanda. »Sie waren so dicht beisammen.«

Ihr Großvater antwortete nicht. Er konzentrierte sich auf das Drama, das sich vor seinen Augen abspielte. Die beiden Gespanne waren so nahe beieinander, daß man unmöglich sehen konnte, wer in Führung lag.

Und dann geschah es.

Nikolaj beugte sich vor, um sein Gespann anzutreiben.

Orlow holte mit der Peitsche aus und traf Nikolajs Handgelenk.

Amanda konnte nicht glauben, daß dies absichtlich geschehen war. Grand-père teilte ihre Ansicht nicht. Sein Gesicht war rot vor Zorn.

»Genau das ist es, was man von einem Orlow erwartet! Dieser Emporkömmling, diese ganze verruchte Bande!«

Die Braunen hatten die Araber eingeholt. Zoll um Zoll gingen sie in Führung. Amanda sah, daß Nikolaj die Zügel in die linke Hand genommen hatte. Sie hatten nur noch knapp eine halbe Meile zurückzulegen.

Plötzlich schoß direkt vor Nikolajs Araber ein kleines Kind aus der Menge auf die Bahn.

»Guter Gott!« hörte Amanda Grand-père rufen. Sie sah, daß Nikolaj seine Pferde vor Orlows Gespann lenkte und das Kind unverletzt blieb. Die Araber rasten mit wilden Augen und Schaum vor dem Mund. Jeden Augenblick erwartete Amanda, die hohen Schreie verletzter Pferde zu hören, wenn die beiden Gespanne zusammenstießen. Grand-père war blaß geworden, und seine ganze Aufmerksamkeit war auf Nikolaj gerichtet. Amanda wußte, was er dachte. Sollte er seinen Enkel auf die gleiche Weise verlieren, wie er seinen Sohn verloren hatte? Ihre Hand umfaßte die seine, und ihre Blicke trafen sich.

»Er wird es schaffen, Grand-père«, tröstete sie ihn und hoffte, daß es so sein möge.

»Ich bete darum, Kind.«

Plötzlich schrie die Menge auf.

»Er hat es geschafft! Nikolaj hat gewonnen!« rief Tante Sophie triumphierend. »Er hat sein Gespann klar bekommen, und er hat Orlow geschlagen! Amanda, rasch, lauf hinab und gratuliere ihm. Wir kommen nach. Lauf!«

Zögernd tat Amanda, worum sie gebeten worden war. Der Zar gratulierte Nikolaj bereits, und sie ging langsamer und wünschte, Tante Sophie und Grand-père wären nicht zurückgeblieben. Kein halbes Dutzend Schritte entfernt sah sie Orlow, umringt von seinen Freunden. Er sah so niedergeschlagen aus, daß ihr Herz ihm zuflog. Nach einem Blick auf Nikolaj, der immer noch mit dem Zaren sprach, ging Amanda zu Wassilij hinüber.

Er begrüßte sie mit einem wehmütigen Lächeln. »Ihr Vetter ist ein hartes Rennen gefahren.«

»Aber Sie haben sich sehr gut gehalten«, tröstete sie ihn. »Es tut mir leid, daß Sie verloren haben. Wenn das Kind nicht herausgerannt wäre ... Was ist ihm nur in den Sinn gekommen?«

»Ich weiß es nicht, aber Ihr Vetter scheint es zu wissen. Er hat mich bereits beschuldigt, diesen Zwischenfall inszeniert zu haben, damit er verliert.«

Orlow zuckte die Achseln, als Amanda schockiert sagte: »O nein, das kann er nicht gesagt haben.«

»Ich fürchte, Sie sind zu liebenswürdig, wenn es um Ihren Vetter geht«, sagte Orlow düster. »Ihr Großvater sucht Sie. Darf ich zu hoffen wagen, daß wir trotzdem Freunde bleiben? Nun bin ich ein Almosenempfänger, aber ich kann Sie immer noch zum Schlittschuhlaufen oder auf eine Schlittenfahrt mitnehmen ... sofern man mir erlaubt, meine Pferde zu behalten.«

Entrüstet über Nikolaj wollte sie ihm zeigen, wo ihre Sympathien lagen, und ehe sie sich verabschiedeten, stimmte sie zu, mit ihm bei nächster Gelegenheit Schlittschuhlaufen zu gehen.

Die Menge, die Nikolaj umringt hatte, löste sich auf, als Amanda sich näherte. Sie standen einander allein gegenüber. Amanda gratulierte ihm steif und fügte wenig überzeugend hinzu: »Ich freue mich, daß Sie gewonnen haben.«

»Strapazieren Sie meine Gutgläubigkeit nicht«, riet er ihr. »Ich habe gesehen, wie Sie Orlow Ihr Mitgefühl ausgesprochen haben. Oder haben Sie beide einen weiteren Anschlag auf mein Leben geplant? Vielleicht möchte er gern Grand-pères Vermögen zusammen mit dem Ihren bekommen? Wie ich höre, hat er sechs Monate Zeit, seine Gläubiger zu befriedigen, andernfalls sieht er der Verbannung entgegen. Der Zar war bisher sehr großzügig, aber schließlich ist Orlows Schwester eine sehr schöne Frau«, sagte er bitter. Amanda war zu verärgert, um es zu bemerken.

»Einen Anschlag auf Ihr Leben? Wovon sprechen Sie?«

»Tun Sie nicht so, als wüßten Sie es nicht! Das Kind warf sich zu geschickt vor meine Pferde und ist jetzt spurlos verschwunden. Glauben Sie im Ernst, daß dies ein Zufall war?«

»Aber ja!« sagte Amanda leidenschaftlich. »Wassilij hätte ebenso leicht ums Leben kommen können wie Sie.«

Feodor ging mit den Pferden auf und ab. Grand-père und Tante Sophie waren immer noch nicht zu sehen. Sie waren allein.

»Sie verteidigen Orlow bei jeder Gelegenheit«, sagte Nikolaj aufgebracht. »Aber Sie können ihn vergessen, Grand-père wird Ihnen niemals erlauben, ihn zu heiraten! Er ist ein ruinierter Mann, der nicht einmal seine Schulden bezahlen kann.«

»Sie meinen das Geld, das er Ihnen schuldet?« sagte Amanda hitzig. »Wenn Sie auch nur einen Funken Mitgefühl hätten, würden Sie ihm seine Verpflichtungen erlassen. Ich hasse Sie, Nikolaj!« Sie zitterte vor Erregung. »Sie sind hartherzig ... und kalt ...«

»Genug! Ich habe lange genug zugehört! Wenn Orlow ein Ehrenmann wäre, hätte er niemals eine Wette abgeschlossen, die er nicht erfüllen kann. Aber von Ihnen erwarte ich nicht, daß Sie das verstehen. So, Sie hassen mich also? Nun, in diesem Fall, Cousine, erlauben Sie mir, daß ich Ihnen einen wirklichen Grund gebe, mich zu hassen.«

Er nahm sie in seine Arme. Das St.-Andreas-Kreuz, das er auf der Brust trug, zerkratzte ihr das Gesicht, als er ihr Kinn hob.

»Nikolaj!«

Er ignorierte ihren wütenden Protest und preßte seinen Mund so leidenschaftlich auf ihre Lippen, daß es ihr alle Möglichkeit zu denken und zu fühlen raubte.

Er ließ sie abrupt los. »So, nun hassen Sie mich, soviel Sie wollen!« Er trat zurück. Sie blieb stehen und betastete ihre zitternden Lippen. Sie war den Tränen nahe, aber ihr Stolz erlaubte ihr nicht, ihm diese Schwäche zu zeigen.

»Sie werden diese Freundschaft mit Orlow sofort beenden«, sagte Nikolaj ruhig. »Haben Sie verstanden?«

Niemals! Niemals! dachte sie. An dem Tag, an dem ich Sie liebe, bin ich entweder betrunken oder verrückt, hatte er vor kurzem erst zu ihr gesagt, aber dies war kein Kuß der Liebe, sondern einer des Zornes gewesen.

Tante Sophie kam auf sie zugeeilt und runzelte die Stirn, als sie Nikolajs verschlossene Miene und dann Amandas blasses Gesicht sah.

»Du hast uns allen einen furchtbaren Schrecken eingejagt, Nikolaj«, sagte sie. »Das elende Kind! Was hat sich seine Mutter nur dabei gedacht? Kommst du mit uns nach Hause?«

»Ich glaube nicht.«

Wie ruhig und beherrscht er war, dachte Amanda, als sie ihn weggehen sah. Aber er kann mir nicht vorschreiben, mit wem ich befreundet sein will.

Das Ergebnis des Troika-Rennens war wochenlang das Tagesgespräch. Amanda wurde in ihrem Entschluß nicht irre, ihre Freundschaft mit Wassilij Orlow aufrechtzuerhalten, ungeachtet Nikolajs Wunsch, und sie nahm jede seiner Einladungen an.

Orlow fuhr mit ihr in Begleitung Annas in seinem Schlitten aus; sie gingen zusammen an der Newa spazieren; er lud sie ein, auf dem Marsfeld der Parade der Husaren beizuwohnen, und sie trafen sich ständig auf den vielen Bällen, die sie im Beisein von Tante Sophie besuchte.

Als sie wieder einmal mit ihm zum Schlittschuhlaufen auf der Newa verabredet war, runzelte Tante Sophie mißbilligend die Stirn. »Meine Liebe, ich glaube, du übertreibst ein wenig.«

Amanda tat so, als verstehe sie nicht. Tante Sophie war weit davon entfernt, das einfältige Wesen zu sein, das sie der Welt vorspielte, und Amanda vermutete, sie erriet, daß ihre Freundschaft mit Orlow unter anderem auf den Wunsch zurückzuführen war, Nikolaj zu kränken.

Bevor Amanda das Haus verließ, ging sie in das Zimmer ihres Großvaters. Er war sehr gebrechlich, und Amanda fürchtete, daß seine Gesundheit nicht so zufriedenstellend war, wie er es gern vorgab.

Er fragte sie, was sie für den Nachmittag vorhatte, äußerte sich aber nicht dazu, als sie es ihm sagte. Sie küßte ihn dankbar zum Abschied. Der gute Grand-père! Er wenigstens schien ihr zuzutrauen, daß sie in der Lage war, ihre eigenen Entschlüsse zu fassen.

Die Budenbesitzer an der Newa sagten ein baldiges Frühjahr voraus. Amanda traf Anna Morowskaja und Wassilij bei der Brücke über den Fontanka-Kanal. Sie waren ausgezeichnete Schlittschuhläufer, ihr eigenes Können war daneben nicht der Rede wert.

»Wassilij wird es Ihnen beibringen, er ist ein großartiger Partner«, sagte Anna.

Sie hatte recht. Als Wassilij sie führte, stellte Amanda fest, daß sie die kompliziertesten Figuren zustande brachte. Atemlos erlaubte sie Orlow, mit ihr einen Walzer zu tanzen. Sie bemerkte zu spät, daß sie sich dabei von den anderen Schlittschuhläufern entfernt hatten. Im Schatten der Brücke blieben sie stehen.

»Liebste... teuerste Amanda«, murmelte Orlow. »Sagen Sie, daß ich Ihnen nicht ganz gleichgültig bin.«

Da Amanda spürte, daß er sie umarmen wollte, trat sie instinktiv einen Schritt zurück. Seine haselnußbraunen Augen wurden schmaler, aber er machte keinen Versuch, sie zu zwingen.

»Vielleicht habe ich es mißverstanden und Sie wollen sich nur mit mir amüsieren, bis Ihr Vetter zum Wesentlichen kommt?« sagte er vorwurfsvoll. »Schließlich spricht nichts für mich, ich habe kein Vermögen, nur einen unbescholtenen Namen.«

Amanda konnte es nicht ertragen, seine unglückliche Stimme zu hören. »Bitte, es hat nichts mit Nikolaj zu tun. Sie sollten nicht so mit mir sprechen. Ich... wir kennen einander ja kaum...«

»Verzeihen Sie mir.« Er ergriff ihre Hand. »Ich vergesse immer, wie jung und unerfahren Sie sind. Sie berauschen mich wie Zigeunermusik, kleine Amanda, wissen Sie das? Mein Regiment rückt bald zum Manöver ein. Werden Sie mich vermissen?«

Erleichtert darüber, daß das Gespräch in weniger gefährliche Bahnen übergegangen war, lächelte Amanda ihn zögernd an. »Ja, ja, ich werde Sie vermissen. Wir drei haben viel Spaß miteinander gehabt.«

Ihre Auge baten ihn zu verstehen, daß Freundschaft alles war, was sie wollte, zumindest vorläufig.

»Und wir werden noch mehr Spaß haben«, versprach er ihr. »Ich bringe Sie wieder zu Anna zurück, ehe sie mich auszankt.«

Der peinliche Moment war vorüber. Amanda ließ sich willig von ihm zu Anna hinüberführen. Einen Augenblick lang dachte sie, Bruder und Schwester hätten Blicke ausgetauscht, aber es war zu kurz.

Auf dem Rückweg zum Palast plauderte Anna Morowskaja so fröhlich wie immer. Sie hielt nur einmal inne, um eine Bemerkung über eine Bekannte zu machen, an der sie vorbeifuhren. Amanda achtete nicht darauf. Was wäre geschehen, wenn sie sich nicht von Orlow zurückgezogen hätte? fragte sie sich. Hätte er sie geküßt? Die Umarmung wäre ein angenehmer Gegensatz zu Nikolajs Grobheit gewesen. Sie preßte die Lippen zusammen. Ihr Vetter war jetzt in Gatschina, und Grand-père bedauerte es, daß das Regiment ihn mehr beanspruchte als jemals in der Vergangenheit.

»Ist das nicht Ihr Vetter?«

Annas Frage brachte Amanda in die Gegenwart zurück. Ihr Herz klopfte wie wild. Es war eines, in Nikolajs Abwesenheit die Tapfere zu spielen, aber es war etwas ganz anderes, ihm gegenüberzustehen und vor seinen Augen Umgang mit Wassilij zu pflegen.

»Er ist schon vorbei«, sagte Anna und kniff die Augen zusammen. »Hat er wirklich noch keinen Versuch gemacht, Sie zur Frau zu nehmen? Ich kann es einfach nicht glauben, daß er sich eine solche Chance entgehen läßt.«

»Er weiß, daß ich einer derartigen Verbindung niemals zustimmen werde«, erwiderte Amanda unklugerweise.

»Er weiß es? Dann...« Anna wurde nachdenklich. »Dann hat er also doch eine Ehe zwischen Ihnen vorgeschlagen?«

Amanda wollte ihr die Einzelheiten des Gesprächs mit Nikolaj nicht wiedergeben, aber sie mußte etwas sagen, um die Gräfin am weiteren Spekulieren zu hindern.

»Nikolaj möchte mich so wenig heiraten, wie ich ihn heiraten will«, sagte sie kühl, als sie vor dem Palast aus der Troika stieg. »Und damit ist das Thema abgeschlossen.«

Tante Sophie erwartete sie in der Halle mit blassem, ängstlichen Gesicht.

»Amanda, Gott sei Dank, daß du kommst. Dein Großvater hatte einen Schlaganfall. Der Doktor hat Anweisung gegeben, daß er mindestens einen Monat lang das Bett hüten muß. Und selbst dann muß er sich schonen.«

Amanda war zu erschrocken, um etwas zu erwidern. Während sie sich amüsiert hatte, wäre ihr Großvater fast gestorben. Außer sich wollte sie die Treppe hinauflaufen, aber Tante Sophie hielt sie zurück.

»Nein, nein, Kind, du kannst jetzt nicht zu ihm. Er schläft. Zum Glück war Nikolaj bei ihm, als es geschah. Er wußte sofort, was zu tun war. Er ist jetzt zum Zaren gegangen, um Sonderurlaub zu erbitten, damit er zur Stelle ist. Ich kann mir gar nicht vorstellen, was wir ohne ihn tun würden.«

Amandas Herz wurde noch schwerer. Es war selbstsüchtig von ihr, an sich zu denken, wenn Grand-père schwer erkrankt war. Aber sie konnte sich nichts Schlimmeres vorstellen als Nikolaj ständig im Haus zu haben. Der Funke der Rebellion, der durch sein Wesen entzündet worden war, wurde nun durch ihren wachsenden Zorn angefacht. Nun, sie würde sich nicht von ihm bevormunden lassen! Und wenn sie Orlow sehen wollte, würde sie es tun.

Es war jedoch nicht Nikolaj, der ihr jetzt ernstlich Sorgen machte, sondern ihr Großvater. Sie machte sich Vorwürfe, daß sie nicht zu Hause gewesen war, als er erkrankte. Sie ging unruhig im Salon auf und ab, während sie darauf wartete, daß der Arzt ihr sagte, wie es um den alten Fürsten stand.

Der Doktor war ein kleiner, beleibter Herr, der in seinen Hofkleidern deplaziert wirkte. Amanda hatte nicht gewußt, daß Nikolaj den Leibarzt des Zaren hatte rufen lassen. Sie hörte respektvoll zu, als er ihr die Art der Erkrankung ihres Großvaters schilderte.

»Er leidet schon seit einigen Jahren an einer Schwäche des Herzens. Ich glaube, sein jetziger Gesundheitszustand hat vielerlei Ursachen – Ihre Ankunft, das jüngste Troika-Rennen, der drohende Krieg mit Frankreich. Alles das beanspruchte seine bereits geschwächte Konstitution. Aber mit viel Ruhe und Schonung wird er noch viele Jahre leben.«

Er lächelte, als Amanda glücklich strahlte. »Fürst Kuragin sagte mir, daß er sich im späten Frühjahr nach Moskau zurückziehen will. Das wird ihm guttun.«

»Kann ich ihn jetzt sehen?« fragte Amanda begierig.

»Nicht, bis ich bei ihm war«, unterbrach Nikolaj, der eben eingetreten war.

Er begrüßte seine Tante und den Arzt, bedachte Amanda aber nur mit einem vorwurfsvollen Stirnrunzeln, ehe er den Doktor nach dem Zustand des Patienten befragte. Nachdem er die gleiche Auskunft wie Amanda erhalten hatte, begleitete er den Arzt die Treppe hinauf zur Suite des alten Fürsten, und Amanda sah ihnen unglücklich nach.

»Sie werden dich holen lassen, wenn der Arzt seine Untersuchungen beendet hat«, tröstete sie Tante Sophie. »Herren hassen es, wenn Damen sie nicht in der besten Verfassung sehen.« Sie streichelte tröstend Amandas Arm. »Doktor Lieven ist der beste Arzt von Sankt Petersburg. Dein Großvater ist in guten Händen.«

Zehn Minuten später kam der Doktor wieder und berichtete Amanda, daß der Patient sich gut erholt habe und sie sehen wollte.

Nikolaj stand neben dem Bett, als Amanda eintrat. In seinem Nachthemd sah Grand-père gebrechlich aus, und Amandas Herz zog sich zusammen. Sie flüsterte seinen Namen und schluckte ein paar Tränen hinunter.

Er ergriff ihre Hand. »Armes Kind, habe ich dich sehr erschreckt?«

Amanda schluckte wieder. Es war noch nicht lange her, seitdem sie ihren Vater verloren hatte – und nun dies. Als könne er ihre Gedanken lesen, sagte ihr Großvater lächelnd: »Kein Grund zur Sorge, *petite*. Ich werde noch deine Kinder auf den Knien wiegen. Nicht wahr, Nikolaj?«

Er sah dabei seinen Enkel an, und Amanda bemerkte alarmiert, daß Nikolaj sie stirnrunzelnd betrachtete.

»Du wirst ein gutes Kind sein und tun, was Nikolaj dir sagt, während ich bettlägerig bin. Versprichst du mir das, Amanda? Nikolaj hat mir erzählt, daß du dich oft mit Orlow triffst. Du kannst keine solche Verbindung eingehen. Versprich mir, daß du nicht einmal daran denkst.«

Amanda schluckte wieder und versuchte, Nikolaj zu ignorieren, der ernst und unnachgiebig neben ihr stand.

»Wir sind nur befreundet, weiter nichts, Grand-père«, sagte sie und wich dabei Nikolajs durchdringendem Blick aus. »Sie müssen sich jetzt ausruhen, ich komme später wieder.«

Nikolaj begleitete sie zur Tür. Zu ihrer Überraschung ging er mit ihr hinaus und packte sie energisch am Arm.

»Sie stehen jetzt unter meiner Obhut, Cousine. Ich bin nicht so nachsichtig wie unser Großvater.«

»Sie können mir nicht befehlen, was ich tun darf«, erwiderte Amanda eigensinnig.

»Nicht? Sie haben eben gehört, was Grand-père sagte. Oder ist er Ihnen so gleichgültig, daß Sie trotzdem Ihre Freundschaft mit Orlow fortsetzen wollen? Ich habe Sie auf dem Eis gesehen. Hat Orlow Sie unter der Brücke geküßt?«

Das Blut schoß ihr in die Wangen.

»Haben Sie ein so schlechtes Gewissen? Mit gutem Grund!«

»Wassilij wollte mich küssen, weil er mich mag und nicht... um mich zu bestrafen...«

»Was soll das heißen?« fragte Nikolaj leise.

Amanda wollte sich nicht geschlagen geben. Sie hob energisch ihr Kinn, und ihre Augen blitzten.

»Sie wissen genau, was ich meine, Vetter. Ich muß dankbar sein, daß ich kein Dienstmädchen bin, dem Sie Ihre Aufmerksamkeiten aufzwingen können.«

Er ließ sie sofort los und ging in sein Zimmer.

Unlogischerweise schämte sie sich über ihren Ausbruch und wünschte, sie hätte die letzten Worte nicht geäußert. Sie brauchte sich nicht auf das Niveau ihres Vetters zu begeben, tadelte sie sich. Es sollte nicht wieder vorkommen. Aber irgendwie schienen ihre guten Vorsätze wie Schnee in der Sonne zu schmelzen, wenn sie Nikolaj gegenüberstand.

»Amanda, Kind! Um Gottes willen, willst du dich ruinieren?«

Tante Sophie legte ihr Nähzeug hin und musterte ihre Nichte. »Wenn du dich weiter so verhältst, wirst du es sein, die man gesundpflegen muß und nicht Iwan Iwanowitsch«, schalt sie. »Hat Doktor Lieven dir nicht versichert, daß dein Großvater auf dem Weg der Besserung ist?«

Amanda lächelte teilnahmslos. Es stimmte, daß der Arzt mit den Fortschritten seines Patienten sehr zufrieden war. Ein Sommer in der frischen Luft Moskaus würde die Genesung beschleunigen, hatte er den besorgten Angehörigen versichert. Aber Amanda konnte die gute Stimmung, die im Haus herrschte, nicht teilen. Sie konnte nicht vergessen, daß Grand-père erkankt war, während sie sich amüsiert hatte. Sie konnte es sich nicht vergeben und war deshalb während der vergangenen Wochen nicht von der Seite des alten Fürsten gewichen und hatte sich nur zum Schlafen in ihr Zimmer zurückgezogen.

Sie hatte nicht bemerkt, daß der Winter dem Frühling Platz gemacht hatte, daß das Eis der Newa geschmolzen war und die Frühlingsblumen in den Gärten blühten.

Tante Sophie lächelte freundlich: »Es gibt keinen Grund, weshalb du ständig an Iwan Iwanowitschs Seite sein mußt, *petite*. Er sieht dich nicht gern so blaß, nicht wahr, Nikolaj?« meinte sie, als dieser das Zimmer betrat.

Amanda sah ihn nicht an. Infolge ihrer gemeinsamen Sorge um ihren Großvater hatten sie einen Waffenstillstand geschlossen, der sich aber auf bloße Formalitäten beschränkte.

»Ich sehe keinen Grund, weshalb sich Amanda wie ein Waisenkind an der Klagemauer benehmen soll«, sagte Nikolaj. »Grand-père ist achtzehn Jahre lang sehr gut ohne sie ausgekommen, und ich wüßte nicht, weshalb seine Gesundheit jetzt ohne ihre Gesellschaft Schaden nehmen sollte, sofern sie diese Stunden nicht mit Orlow verbringt. Sein Regiment ist vom Manöver zurück, und soviel man hört, lebt er von dem, was er Gutgläubigen abschwätzen kann. Einen hübschen Verehrer haben Sie sich da ausgesucht!«

Seine Verachtung machte Amanda zornig. »Armut ist keine Schande! Ich ziehe einen armen Mann einem vor, der keinerlei Mitgefühl oder Ehrgefühl hat und...«

Sie erinnerte sich rechtzeitig daran, daß sie nicht allein waren. Seine grünen Augen waren dunkel geworden. Amanda hörte, wie Tante Sophie zu beschwichtigen versuchte.

»... und was?« fragte Nikolaj.

»... und jemanden im Stich läßt, wenn er einen am meisten braucht«, erwiderte Amanda bockig.

Er drehte sich auf dem Absatz um und verließ ohne ein weiteres Wort das Zimmer.

»Amanda, wie konntest du nur?« tadelte sie Tante Sophie vorwurfsvoll. »Nikolaj steht unter einer solchen Anspannung, teils wegen Iwan Iwanowitsch, und teils weil der Zar ihn fast täglich in den Winterpalast rufen läßt. Was kann wohl der Grund dafür sein?«

Amanda hatte keine Ahnung. Feodor äußerte, daß die Sorge wuchs, die Franzosen könnten in Rußland einfallen. Napoleon hatte ein Zusammentreffen mit Alexander gefordert, um ›gewisse Probleme zu klären‹. An die russischen Armeen war der Befehl ergangen, sich auf eine Invasion vorzubereiten.

Amanda hatte nur mit einem Ohr gehört, was Feodor gesagt hatte. Sie war verärgert. Nikolaj hatte kein Recht, so abfällig über Orlow zu sprechen, zumal wenn er selbst... Aber dabei verweilte sie nicht. Sie konzentrierte sich darauf, ihren Großvater gesund zu pflegen. In knapp einem Monat wollten sie auf das Gut in der Nähe von Moskau reisen. Nikolaj würde sie nicht begleiten, und aus diesem Grund freute sich Amanda auf die Abreise.

In dieser trotzigen Stimmung traf Gräfin Morowskaja

Amanda an, als sie ihr später am Nachmittag einen Besuch abstattete. Sie küßte sie auf beide Wangen und musterte ihr blasses Gesicht.

»Meine arme Amanda!« rief sie mitfühlend. »Was für eine schreckliche Zeit haben Sie durchgemacht! Aber ich komme, um Sie zu bitten, mich auf einen Ball zu begleiten, der auf der Kamenoj-Insel stattfindet. Es wird Ihnen gefallen. Wir werden die ganze Nacht durchtanzen.« Sie lachte. »Wenn man es zu dieser Jahreszeit überhaupt ›Nacht‹ nennen kann, denn es wird nie richtig dunkel, und der Himmel ist noch hell, wenn die Sonne wieder aufgeht. Der Zar selbst wird anwesend sein. Die Kamenoj-Insel ist einer seiner Lieblingsorte. Es heißt, daß er dort seine polnische Geliebte, Marie Narischkin, getroffen hat. Ich wüßte gern, wie es ist, wenn man die Geliebte des Zaren aller Reußen ist«, überlegte sie und ignorierte Amandas erschrockene Miene. »Sie kommen doch mit, nicht wahr? Wassilij will auch kommen. Er ist sehr in Sie verliebt, Amanda.«

Amanda war verwirrt. Sie wußte, daß Orlow sich zu ihr hingezogen fühlte – aber verliebt? So sehr er ihr gefiel, so wenig brachte sie jenes Maß an Zuneigung für ihn auf, das sie für einen künftigen Gatten empfinden wollte, und wenn sie ehrlich war, mußte sie zugeben, daß sie seine Gesellschaft nur deshalb suchte, um Nikolaj zu reizen. Der Ball würde ihr Gelegenheit geben, Orlow zu sagen, daß sie für ihn nicht das empfand, was er erwartete, ehe seine Zuneigung zu ihr weiter wuchs.

Sie mochte Anna Morowskaja, vermutete aber, daß diese zu Übertreibungen neigte und sie gern glauben ließ, Wassilij liebe sie, weil sie es unterhaltsam fand, und nicht, weil sie wirklich an seine Gefühle glaubte.

Tante Sophie gab ihre Einwilligung und sagte, sie brauche ihre Nichte nicht zum Fest zu begleiten, wenn diese in der Obhut der Gräfin war, und außerdem sei es wünschenswert, wenn eine von ihnen zu Hause bliebe.

»Die Insel wird dir gefallen«, sagte sie zu Amanda. »Ich bin oft dort gewesen, und es ist zauberhaft, wenn die Sonne über der Newa aufgeht und der Himmel noch vom vergangenen Tag erhellt ist.«

Als sich Amanda am Abend in ihrem Zimmer für den Ball ankleidete, suchte Tante Sophie sie besorgt auf.

Zuerst zögerte sie ein wenig und lobte die Art, wie die Zofe Amandas Locken aufgesteckt hatte. Dann bewunderte sie die Farbe des jadegrünen Kleides, ehe sie darauf zu sprechen kam, was sie zu ihrer Nichte geführt hatte.

»Ich weiß, du wirst dies nicht mißverstehen, Kind, denn du und Nikolaj seid nicht immer einer Meinung. Vielleicht darf man das auch nicht erwarten. Aber Nikolaj hat nur dein Bestes im Sinn.«

Sie zupfte nervös an ihrer Stola. »Du würdest gut daran tun, Nikolajs Rat zu befolgen, was Orlow betrifft, Amanda, und wenn es nur deshalb ist, um dir ein gebrochenes Herz zu ersparen. Orlow ist ein charmanter, junger Mann, aber er braucht eine reiche Frau – und das so schnell wie möglich. Die Orlows sind nicht für ihre Treue bekannt, man braucht sich nur seine Schwester anzusehen. Ich würde es nicht begrüßen, wenn du eine nähere Verbindung mit ihm eingehst, meine Liebe. Bitte höre auf Nikolaj und sei vor Orlow auf der Hut.«

Sie war so besorgt, daß Amanda sich genötigt fühlte, sie zu beruhigen.

»Ich mag Wassilij, aber das ist auch alles. Wenn ich ihn lieben würde, Tante, würde seine Mittellosigkeit allerdings nicht zwischen uns stehen.«

Erleichterung und Zuneigung zeigten sich im Gesicht von Tante Sophie. »Nikolaj hat recht«, murmelte sie. »Du hast viel von deiner Mutter. Aber laß mich jetzt dein Kleid betrachten. Es ist reizend. Und denke an das, was wir eben besprochen haben.«

Amanda küßte sie und eilte die Treppe hinab. Eine Kutsche stand darußen, um sie zu den Orlows zu fahren.

Als Amanda bei ihnen eintraf, standen sie in einer Gruppe von Höflingen und warteten auf die Boote, die sie zu der Insel bringen sollten. Anna Morowskaja küßte sie auf beide Wangen, und Orlow tat das gleiche. Seine Augen leuchteten, als er sie ansah.

»Noch niemals war Gatschina eine solche Hölle auf Erden, aber wären Sie dort gewesen, hätte es sich sofort in ein Paradies verwandelt.«

Seine Worte galten ihr allein, und die Berührung seiner Hand auf ihrem Arm sagte Amanda, daß sie ihm rasch ihre eigenen Gefühle erklären mußte. Sie saßen nebeneinander im Boot, aber wegen des Gedränges gab es keine Gelegenheit, privat miteinander zu sprechen.

Die Insel war so zauberhaft, wie Tante Sophie es ihr erzählt hatte. Dunkel- und hellroter Rhododendron blühte am Ufer, und Blütenblätter schwammen im hellgrünen Wasser. Livrierte Diener halfen ihnen aus den Booten und begleiteten sie die gewundenen Stufen hinauf durch das üppige grüne Gras, in dem eine Vielzahl von Blumen blühten. Das nördliche Licht hatte einen perlmuttartigen Glanz wie die Innenseite einer Muschel, und die Luft war mild und klar.

Eine Zigeunertruppe war für den Abend engagiert worden. Sie saßen in einem Hain, musizierten, sangen und tanzten. Die Musik hatte den gleichen Zauber, an den sie sich von der Poststation her erinnerte. Jemand schlug einen klagenden Akkord an, und ein Schauer überlief ihren Körper.

»Sie frieren?« fragte Wassilij Orlow besorgt. »Kommen Sie, setzen Sie sich. Ich hole Ihnen etwas zu essen.«

Während er weg war, sah Amanda den Tänzerinnen zu und lauschte der Musik. Der Abend hatte einen Hauch von Unbekümmertheit, auf den sie nicht vorbereitet gewesen war. Sie erkannte mehrere Personen wieder, die sie auf dem Ball des Zaren gesehen hatte, aber während dort förmliche

Schicklichkeit vorgeherrscht hatte, lag hier beinahe etwas Verworfenes in der Luft. Ein junger Leutnant saß im Gras, und sein Kopf lag auf den Knien seiner Begleiterin, einer außergewöhnlich schönen Frau. Sie streichelte seine Stirn, und Amanda blickte verlegen weg. In der Geste lag etwas so Intimes.

Von Anna Morowskaja war nichts zu sehen. Amanda gab ihrem eigenen Mangel an Erfahrung die Schuld an ihrer Prüderie, aber sie konnte das unbehagliche Gefühl nicht abschütteln, daß weder die Tanten in London noch Tante Sophie die freizügige Art gebilligt hätten, mit der sich die Gäste benahmen.

Als Orlow mit zwei seidenen Kissen und einem Diener zurückkehrte, der ein Tablett mit Speisen trug, rückte sie automatisch von ihm weg. Er bemerkte es, sagte aber nichts, bis sie allein waren und er ihr eines der Kissen reichte.

»Habe ich etwas getan, das Sie gekränkt hat?«

»Nein«, versicherte Amanda rasch. »Es ist nur, weil...«

»Weil es hier ein wenig anders zugeht als in England?« fragte er. »Sie brauchen sich darüber keine Gedanken zu machen. So reagiert unser Blut auf das Näherkommen des Sommers. Wäre es Ihnen lieber, wenn wir nach Petersburg zurückkehrten?«

Amanda wußte nicht genau, was sie wollte. Sie spürte nur, daß hier auf der Insel etwas in der Luft lag, das ihr in zunehmendem Maße Unbehagen bereitete.

Orlow nahm ihr Schweigen als Zustimmung. »Ich werde Anna sagen, daß ich Sie nach Hause bringe. Warten Sie hier. Ich bin gleich wieder da.«

Er verschwand in Richtung des Hauses und ließ Amanda mit ihren Gedanken allein. Sie wollte nun nicht mehr auf der Insel bleiben. Die Zigeunermusik war sinnlicher geworden, und die Paare schlenderten Arm in Arm an ihr vorbei. Das Gelächter war einem brütenden Schweigen gewichen.

Orlow war nur kurz weg, und als er zurückkam, bemerkte

Amanda, daß er gedankenverloren war. Er runzelte die Stirn, als er sie eine schmale Treppe hinabführte.

»Hier sind gewöhnliche Boote festgemacht«, sagte er. »Wenn wir eines finden, brauchen wir nicht über die Insel zurückzugehen.«

Amanda war ihm für seine Fürsorge dankbar und stieg erleichtert in ein kleines Ruderboot, das an der Mole befestigt war.

Er ruderte einige Minuten schweigend. Amanda blickte sich um und versuchte, sich zu orientieren. Auf der einen Seite schien die kleine Insel, die während der Herfahrt nur ein dunkler Schatten war, mit jeder Sekunde größer zu werden.

»Wassilij, ich glaube, wir fahren in die falsche Richtung«, sagte sie alarmiert.

Er hob den Kopf und bestätigte ihre Worte.

Panik stieg in ihr auf. Sie schienen direkt auf die kleine Insel zuzufahren.

»Wassilij, wohin...«

Weiter kam sie nicht. Der Bug des Bootes schabte knirschend über den Kies. Sie hatten die Insel erreicht.

Orlow stieg aus, und Amanda sah ihn bestürzt an.

»Was soll das?« fragte sie.

»Sie wollten, daß ich Sie wegführe, und das habe ich getan«, lautete die lakonische Antwort.

»Aber nicht hierher!« protestierte Amanda. »Ich wollte nach Petersburg!«

»Dort werden wir auch hinfahren. Morgen früh, wenn Sie mir versprochen haben, meine Frau zu werden.«

Amanda traute ihren Ohren nicht.

»Es tut mir leid, daß ich es auf diese Weise tun muß«, sagte Orlow mit einer Stimme, die keineswegs bedauernd klang. »Es gab keinen anderen Weg. Ich wollte Ihnen heute abend ohnehin meinen Antrag machen. Als ich Anna sagte, daß Sie nach Hause wollten...«

»Anna, Sie meinen, sie weiß davon?« Amanda konnte es nicht glauben. Waren Anna und Wassilij verrückt geworden? »Ich werde Sie niemals heiraten, Wassilij«, sagte sie entschlossen vom Boot aus. »Sie können mich dazu nicht zwingen!«

»Das glauben Sie! Ich kann Ihnen darin nicht zustimmen. Wenn Fürst Iwan Iwanowitsch erfährt, daß wir beide die Nacht hier zusammen verbracht haben, wird er uns so rasch wie möglich verheiratet sehen wollen. Nun seien Sie ein gutes Mädchen und steigen Sie aus, oder muß ich Sie holen?«

Trotz ihrer tapferen Worte zitterte Amanda vor Furcht. Was sollte sie tun? Orlow meinte jedes Wort ernst, das er gesagt hatte.

Die letzten paar Augenblicke hatten alle ihre Illusionen über die Aufrichtigkeit der Gefühle zerstört, die er ihr angeblich entgegenbrachte. Wenn er sie wirklich liebte, würde er sich ihr gegenüber niemals so niederträchtig benehmen.

Wie betäubt stieg sie aus dem Boot und achtete kaum darauf, daß das Wasser ihre Rocksäume durchtränkte. Die Insel war wenig mehr als ein Felsblock und außer mit einem Gartenhaus im Stil eines griechischen Tempels vollkommen unbebaut.

Zu diesem Haus drängte Orlow sie.

»Ich werde Sie niemals heiraten!« wiederholte sie, als er sie losließ.

»Niemals?« Er lachte derb. »Oh, ich glaube doch! Ich gebe Ihnen eine Stunde Zeit, um über das nachzudenken, was ich Ihnen gesagt habe. Wenn Sie am Ende dieser Zeit nicht zur Vernunft gekommen sind, werde ich gezwungen sein, Schritte zu unternehmen, die unsere Heirat nicht nur ratsam, sondern sogar zwingend machen. Verstehen Sie mich?«

Amanda wich vor ihm zurück. Ob sie ihn verstand? Nur zu gut!

»Ist es wegen meines Vermögens? Tun Sie es aus diesem Grund?«

»Kluges Mädchen! Sagen wir, dies ist ein beträchtlicher Anreiz.«

Nikolaj hatte recht gehabt! Wie würde er sie wegen ihrer Gutgläubigkeit tadeln.

Als Orlow gegangen war, liefen Tränen an ihren Wangen herab. Jetzt war es nutzlos zu wünschen, sie hätte die Kamenoj-Insel niemals verlassen.

»Nikolaj, kommen Sie herein!«

Der Zar saß in seinem Arbeitszimmer. Er winkte Nikolaj zu einem Stuhl.

»Haben Sie gehört, daß Bonaparte mich sprechen möchte?« fuhr er fort. »Ich werde hingehen. Aber ich habe Barklay de Tolly und Bagration strikte Anweisungen für den Fall gegeben, daß die Franzosen einen Fuß auf russische Erde setzen. Dann sollen sie sich zurückziehen und alles hinter sich verbrennen. Bonaparte rühmt sich, er werde nicht ruhen, bis seine Armee in Moskau einmarschiert ist. Ich verspreche Ihnen, daß er sie in die Hölle führen wird, wenn er es tut. Ich habe Feodor Rostopschin zum Gouverneur von Moskau ernannt, aber er wird seine Befehle von Ihnen erhalten.« Der Zar lächelte, als er sah, wie Nikolaj erschrak. »Schließlich war es Ihr Gehirn, das den Plan zuerst entworfen hat. Außerdem habe ich in einem Notfall mehr Vertrauen in Ihre Fähigkeit als in die Rostopschins, so tüchtig er auch ist.«

»Und wenn Bonaparte bis nach Moskau vorrückt?« fragte Nikolaj ruhig.

»Dann werden Sie es bis auf den Grund niederbrennen. Bonaparte wird sich niemals rühmen können, den Geburtsort der kaiserlichen Familie besessen zu haben. Und jetzt sagen Sie mir, wie geht es Ihrem Großvater? Er will sich im nächsten Monat nach Moskau zurückziehen?«

»Danke, es geht ihm gut, aber ich möchte Sie nicht länger aufhalten. Ich habe von meiner Tante gehört, daß Sie heute abend einen Ball auf der Kamenoj-Insel besuchen wollen. Meine Cousine wird auch dort sein.«

»Ihre Cousine?« Der Zar runzelte die Stirn. »Ich fürchte, jemand hat Sie getäuscht, Nikolaj. Es ist wahr, daß ich zu diesem Ball eingeladen wurde, aber ich habe abgelehnt. Es ist kein Fest, bei dem ich ein junges unerfahrenes Mädchen gern sehen würde, erst recht nicht, wenn sie meine Cousine wäre.« Er betonte die letzten Worte, und ihre Blicke trafen sich über den Tisch hinweg von Mann zu Mann.

»Ich bin Ihnen sehr dankbar, Sire. Würden Sie mich bitte entschuldigen?«

»Nikolaj...«

Nikolaj hielt inne und blickte sich um.

»Wenn Ihrer Cousine von diesem Tunichtgut ein Leid geschehen sein sollte, haben Sie meine Erlaubnis, den Täter zu bestrafen, sofern Sie es diskret tun.«

Kein Muskel bewegte sich in Nikolajs maskenhaftem Gesicht.

Als sich die Tür hinter ihm geschlossen hatte, seufzte der Zar. »Armer Nikolaj.«

Nachdem Nikolaj den Winterpalast verlassen hatte, fuhr er zuerst zum Hause seines Großvaters, um Tante Sophie nach den Abmachungen für den Abend zu befragen. Als sie berichtete, daß Amanda nur zögernd hatte den Ball besuchen wollen und sich erst dazu entschlossen hatte, nachdem sie selbst ihr zugeredet hatte, hellte sich seine Miene ein wenig auf. Aber er gab ihr die Information, die er vom Zaren erhalten hatte, nicht weiter.

Er nahm Feodor als Begleiter mit, als er zur Kamenoj-Insel aufbrach. Sein Gesichtsausdruck war so verschlossen, daß der Diener keine Fragen stellte.

Es war schon zwei Uhr vorbei, als sie die Insel erreichten. Während einige Paare immer noch der Zigeunermusik zuhörten, hatten sich viele zurückgezogen, und so dauerte es einige Zeit, bis Nikolaj die angebliche Anstandsdame Amandas fand.

Er mußte fast ein halbes Dutzend wortkarge Diener befragen, ehe er erfuhr, daß die Gräfin Morowskaja bei einem gewissen Boris Potemkin, einem bekannten Frauenheld, war, der seine Offizierskameraden gern mit Geschichten über seine amourösen Abenteuer unterhielt. Nikolaj verzog verächtlich den Mund, als er schließlich erfuhr, wo er die Gräfin finden würde.

Sowohl sie, als auch ihr Begleiter waren über die Störung aufgebracht. Ja, der Herr wollte sogar seinen Degen ziehen, bis er sah, wer der Störenfried war. Obwohl der Zar Duelle verboten hatte, war Nikolajs Ruf doch so, daß selbst dann, wenn es erlaubt gewesen wäre, Boris Potemkin es sich zweimal überlegt hätte, ehe er ihn herausgefordert hätte.

Amanda wäre erstaunt gewesen, hätte sie Anna Morowskaja in diesem Augenblick sehen können, als der Haß sie ihres hübschen Aussehens beraubte.

»Sie kommen zu spät«, zischte sie und schüttelte den Arm ihres Liebhabers ab. »Wassilij hat inzwischen dafür gesorgt, daß Ihre Cousine gezwungen sein wird, einer Ehe zuzustimmen.«

»Wo hat er sie hingebracht?« fragte Nikolaj gespannt. »Sie können es mir sofort sagen, denn ich werde sie finden, und wenn ich hier alles kurz und klein schlagen muß.«

Die Gräfin lachte höhnisch. »Tun Sie das ruhig! Sie werden Sie nicht finden!«

Nikolaj beugte sich vor und sagte leise, wobei er jedes Wort betonte: »Wenn ich sie nicht finde, wird ganz Petersburg erfahren, was für ein liederliches Wesen Sie sind. Und wenn auch nur ein einziges Wort von dem, was heute nacht geschehen ist, bekannt wird, werde ich dafür sorgen, daß Sie es nie wieder wagen werden, Ihr Gesicht in Petersburg zu zeigen. Dasselbe gilt für Ihren Freund! Nun, wo ist meine Cousine?«

Die Gräfin erblaßte. Sie warf ihrem Liebhaber einen flehentlichen Blick zu, aber der war blind für ihre Not.

»Wassilij hat sie auf die kleine Insel mit dem Sommerhaus gebracht«, fauchte sie giftig. »Ihre törichte Cousine wird ihn gern als ihren Gatten akzeptieren, sobald der Morgen graut.«

Nikolaj stürmte davon, ehe sie zu Ende gesprochen hatte. Feodor mußte laufen, um mit ihm Schritt zu halten, als er die Stufen zum Landesteg hinabrannte, wo die Boote festgemacht waren. Er war oft genug hier gewesen, um dem, was um ihn herum vorging, keine Aufmerksamkeit zu schenken, aber er ballte die Fäuste, als er an Amanda dachte und an die Falle, die Orlow ihr gestellt hatte.

»Du bleibst hier!« befahl er Feodor, und als der Diener etwas einwenden wollte, fügte er kurz hinzu: »Es ist besser, wenn ich allein gehe, denn ich verspreche dir, entweder Orlow oder ich kehren zurück, aber nicht wir beide.«

Amanda hatte keine Ahnung, wieviel Zeit vergangen war. Der Himmel hatte noch immer seinen Perlmuttglanz, aber sie war nicht in der Stimmung, die Schönheiten der Natur zu genießen. Als sie draußen Schritte hörte, erstarrte sie und wußte, welche Antwort sie geben mußte, egal, was es sie kostete. Generationenalter Stolz zeigte sich in ihrer aufrechten Haltung, als die Tür aufging. Sie kehrte ihr den Rücken zu, entschlossen, Orlow kein Anzeichen von Furcht zu zeigen.

»Wenn Sie gekommen sind, um meine Antwort zu hören, Graf Orlow, dann muß ich Sie enttäuschen«, sagte sie mit einer Stimme, die wunderbarerweise nicht zitterte. »Ich werde einer Verbindung zwischen uns niemals zustimmen.«

Während sie sprach, drehte sie sich um, entschlossen, allem ins Auge zu sehen, was er für sie bereithielt. Ein Schrei entschlüpfte ihren Lippen, als sie sah, wer im Schatten unter der Tür stand.

»Nikolaj!«

»Ist alles in Ordnung?« Die angespannte Frage erinnerte sie an Orlows Drohungen.

»Ja«, erwiderte sie zögernd. »Es tut mir leid, daß ich Ihnen solche Unannehmlichkeiten gemacht habe.«

Nikolaj lachte traurig. »Wolle Gott, daß dies die einzigen Unannehmlichkeiten wären. Sie haben mir von dem Moment an, seit wir uns kennen, nichts als Scherereien gemacht. Wo ist Orlow?«

»Direkt hinter Ihnen!« höhnte eine Stimme. »Ich hätte mir denken können, daß Sie sich einmischen, Kuragin. Aber Sie kommen zu spät. Morgen wird alle Welt wissen, daß Ihre Cousine freiwillig mit mir auf die Insel kam! Was wird Ihr stolzer Großvater dazu sagen? Er wird mich bereitwillig Schwiegersohn nennen.«

»Ich widerspreche Ihnen ungern, Orlow«, sagte Nikolaj leise, »aber in diesem Fall kommen *Sie* zu spät. Amanda hat bereits eingewilligt, meine Frau zu werden. Gerade heute abend habe ich die Zustimmung des Zaren zu unserer Verlobung eingeholt.«

»Ihre Frau!« Orlows Gesicht verzerrte sich vor Wut, als er nach seinem Degen griff. Aber Nikolaj war bereit.

In diesem Augenblick sah Amanda ihren einstigen Verehrer, wie er wirklich war, ohne die Maske, die er ihr zuliebe getragen hatte, und etwas starb in ihrem Innern ab. Orlow interessierte sich nicht mehr für sie als für einen verhungerten Bauern am Straßenrand. Sie war nur einige hunderttausend Kopeken für ihn wert.

Mit angespannter Stimme bat sie Nikolaj: »Schlagen Sie sich nicht mit ihm. Er ist es nicht wert, und ich bin es auch nicht. Ich könnte es nicht ertragen, wenn Sie wegen einer so nichtswürdigen Sache Ihr Leben einsetzten. Ich hätte von Anfang an auf Sie hören sollen.«

Während Nikolajs Aufmerksamkeit Amanda zugewandt war, riß Orlow die Tür auf und verschwand, ehe Nikolaj ihn zurückhalten konnte. Als er ihm folgen wollte, hielt Amanda ihn zurück.

»Bitte lassen Sie ihn laufen!« Plötzlich zitterte sie. Sie mußte sofort mit Nikolaj ihren Frieden machen, ehe ihr Mut sie wieder verließ. Er hatte recht gehabt und sie unrecht, und sie hoffte, daß sie stark genug wäre, dies zuzugeben.

»Es war gut von Ihnen zu sagen, daß wir heiraten würden«, begann sie förmlich. »Ich danke Ihnen dafür, besonders...«

Nikolaj sah zum Fenster hinaus. »Verdammt! Orlow hat unser Boot losgemacht. Ich hätte es mir denken können...«

Amanda trat hinter ihn und blickte ihm über die Schulter. Ein kleines Boot schaukelte im Strom und wurde von der Insel weggetragen.

»Ist das so wichtig?« fragte sie. »Obwohl ich gestehen muß, daß ich die Nacht nicht gern hier verbringen möchte.«

»Besonders nicht mit mir, wenn ich es recht verstehe?«

Amanda sah ihn verwirrt an.

»Haben Sie vergessen, daß Sie mich hassen, Cousine? Und warum.«

Amanda trat einen Schritt zurück. Sie würde keine Schwäche zeigen, nicht jetzt, nicht, bis sie in der Abgeschiedenheit ihres Zimmers ihrem Kummer nachgeben konnte.

»Wie dem auch sei«, fuhr Nikolaj fort. »Eines muß ich klarmachen. Ich habe Orlow gesagt, daß wir verlobt sind. Diese Verlobung muß gelten. Verstehen Sie mich, Amanda?«

Amanda sah ängstlich zu ihm auf. »Das kann nicht Ihr Ernst sein«, flüsterte sie. »Wir können uns nicht verloben.«

»Wir müssen. Sie nehmen doch nicht an, daß die Gesellschaft es eher billigt, wenn Sie die Nacht hier mit mir statt mit Orlow verbringen?«

Amanda fröstelte, und ihre Augen waren riesig in ihrem kleinen Gesicht. »Aber man wird es nicht erfahren. Wir brauchen niemandem...«

»Sie können sicher sein, daß Orlow die Geschichte verbreiten wird, und wenn nur aus Bosheit«, erwiderte Nikolaj. »Aber zum Glück werden wir das, was heute nacht hier vorgefallen ist, vor Grand-père verheimlichen können. Sie werden in Kürze Petersburg mit ihm verlassen. Sobald Sie aus der Stadt sind, werden wir bekanntgeben, daß wir nicht zueinander passen, dann ist die Angelegenheit erledigt.«

Er sprach so nüchtern, daß Amanda keinen Grund sah, ihm zu widersprechen. Während sie zum Fenster hinausblickte und sah, wie das Boot immer weiter wegtrieb, zog Nikolaj seinen Mantel aus und reichte ihn ihr.

»Nehmen Sie ihn. Ihre Röcke sind tropfnaß, und Sie werden sich erkälten, wenn Sie nicht achtgeben. Es kann sein, daß wir einige Stunden hierbleiben müssen, ehe wir abgeholt werden.«

Er erwähnte nicht, was er zu Feodor gesagt hatte und zu welchen Schlüssen sein Diener kommen mußte, wenn Orlow ans Ufer stieg. Ein Muskel zuckte unter seiner Haut, und die Narbe auf seinem Gesicht wurde sichtbarer als zuvor.

Amanda ließ den Kopf hängen. »Es tut mir leid, daß ich nicht auf Sie gehört habe, Nikolaj.«

Sie sprach so leise, daß er sich anstrengen mußte, um ihre Worte zu verstehen. Es war nur ein Zufall, daß Orlow oder Nikolaj nicht tot zu ihren Füßen lagen, und dies alles nur wegen ihres kindischen Eigensinns.

»Es ist ebenso meine Schuld wie die Ihre, wenn wir ehrlich sein wollen«, sagte Nikolaj müde. »Ich hätte wissen müssen, daß ein so eigenwilliges Mädchen wie Sie sich ungern bevormunden läßt. Aber ich kenne Orlow seit langem.«

Er schien noch etwas hinzufügen zu wollen, hielt aber inne und runzelte die Stirn. »Machen Sie sich wegen der angeblichen Verlobung keine Gedanken. Nächstes Jahr um diese Zeit wird alles vergessen sein. Eine aufgelöste Verlobung ist leichter zu verwinden, als ein ruinierter Ruf, wie Sie bald feststellen werden.«

Aus irgendeinem törichten Grund traten ihr bei diesen Worten Tränen in die Augen. Es war zuviel erhofft, daß Nikolaj diese einfältige Schwäche nicht bemerken würde. Er hob die Augenbrauen.

»Sie weinen? Wegen Orlow? Sehen Sie nicht einmal jetzt, was für ein Mann er ist?« Er sprach so ernst, daß Amanda einen Schritt zurücktrat.

»Guter Gott!« murmelte er. »Sie fürchten sich vor mir, aber vor Orlow, der Sie ruiniert hätte, nur um an Ihr Vermögen heranzukommen...«

Sie wollte ihm sagen, daß es nicht so war, wie er glaubte, aber etwas lähmte ihre Zunge. Sie sah ihn nur fassungslos an, während sich seine Miene verdüsterte. Er faßte sie an den Armen, und seine Augen blitzten.

»Bis jetzt haben Sie mir nur Zorn und Verachtung entgegengebracht, kleine Cousine. Jetzt ist es an mir, meinen Gefühlen freien Lauf zu lassen.«

Impulsiv preßte er seinen Mund auf den ihren. Etwas unerträglich Süßes, das ihr alle Kraft zu nehmen schien und ihr Blut in feurige Leidenschaft verwandelte, ließ ihren Widerstand dahinschmelzen und weckte tausend Gefühle in ihr, von denen sie vorher nichts geahnt hatte. Instinktiv entspannte sich ihr Körper, als sie empfand, was ihr Geist bisher nicht gewußt hatte.

Als Nikolajs Mund sich von dem ihren löste, war der Schock so groß, als wäre sie in das eisige Wasser der Newa gestürzt. Nur der zuckende Muskel an seinem Kinn verriet ihr die Leidenschaft, die er im Zaum hielt. Aber Amanda wußte zu wenig von Männern, um das, was eben geschehen war, richtig zu deuten.

»Jetzt wissen Sie, daß man mir nicht mehr vertrauen kann als Orlow. Zweifellos werden Sie sich künftig dessen bewußt sein. Mit ein wenig Glück wird Feodor in Kürze hier sein, und Sie brauchen nicht zu befürchten, daß Sie noch eine Nacht in meiner Gesellschaft verbringen müssen.«

»Und... und unsere Verlobung?« fragte sie zaghaft.

»Das kann warten. Wenn Orlow plaudern sollte, haben wir keine andere Wahl. Bis dahin werden wir nichts sagen. Glauben Sie mir, der Gedanke an eine solche Verbindung ist für mich ebenso unangenehm wie für Sie.«

Achtes Kapitel

Jene Worte klangen Amanda noch tagelang nach ihrer Rückkehr von der Insel in den Ohren. Sie dachte unglücklich darüber nach, als ihre Aufmerksamkeit längst auf etwas anderes hätte gerichtet sein sollen, zum Beispiel auf das Buch, das sie Grand-père vorlas oder auf den neuesten Klatsch, den Tante Sophie ihr so eifrig erzählte.

Mehr als eine Woche war seit den alptraumhaften Geschehnissen vergangen. Sie hatte Nikolaj nicht mehr gesehen, seit er sie im Kuragin-Palast abgesetzt hatte.

Hatte Orlow seine Drohungen wahrgemacht und ihren Ruf zu ruinieren versucht? fragte sie sich besorgt. Sie wußte es nicht.

Sie fröstelte trotz des Feuers, das im Kamin der Bibliothek brannte. Das Datum ihrer Abreise nach Moskau war auf das Ende der Woche festgelegt worden, und sie vermutete, daß Nikolaj bei der Änderung seine Hand im Spiel gehabt hatte, denn ohne ihre Anwesenheit würden die Gerüchte bald verstummen, wie er gesagt hatte. Sie fuhr sich mit den Fingern über die Lippen – Lippen, die immer noch die seinen zu fühlen schienen. Warum kam er nicht? Er mußte doch wissen, wie sehr sie ihn erwartete.

Tante Sophie kam geschäftig in den Salon und runzelte die

Stirn, als sie die geistesabwesende Miene Amandas sah. Jeder würde sagen, das Kind ist verliebt, dachte sie.

»Nikolaj ist eben gekommen«, sagte sie zu Amanda. »Er ist bei deinem Großvater.«

Amandas Herz begann wie wild zu schlagen. »Hat er... hat er nach mir gefragt?«

»Ich glaube nicht. Hätte er das tun sollen?«

Tante Sophie wußte von den Ereignissen auf der Insel nur das, was Nikolaj ihr berichtet hatte, und das war sehr wenig. Aber Amandas gerötete Wangen machten sie neugierig. Zum Glück ging die Tür auf, und Nikolaj kam herein, ehe sie ihre Neugier stillen konnte.

»Kann ich Amanda einen Augenblick sprechen, Tante Sophie?« fragte er. »Ich meine, unter vier Augen.«

Tante Sophie sah Amanda aufmerksam an, aber sie schwieg und verließ das Zimmer.

»Die ganze Stadt spricht davon, daß wir zu zweit auf der Insel waren«, erklärte Nikolaj ohne Einleitung, als sie allein waren. »Das ist Orlows Rache für Ihre Ablehnung. Leider hatte ich keine andere Wahl als dem Gerücht mit der Ankündigung unserer Verlobung entgegenzutreten. Allerdings ist eine Komplikation aufgetreten, die ich nicht bedacht hatte. Grand-père bekam heute früh Besuch von General Romanskij.«

Amanda wartete. Nikolaj war sehr ernst.

»Der General hat von unserer Verlobung gehört und Grand-père gratuliert.«

»O nein!«

»O ja! Ich habe eben sehr unangenehme dreißig Minuten verbracht, in denen ich Grand-père zu erklären versuchte, weshalb er nicht der erste war, der von unseren Plänen erfahren hat. Ich glaube, ich konnte ihn besänftigen. Wenn er wieder bei Kräften ist, werden wir ihm die Wahrheit sagen, aber vorläufig ist es klüger, ihm seine Träume zu lassen...«

Amanda schluckte. »Sie meinen, er billigt unsere Verlobung?«

»Können Sie daran zweifeln? Seine Freude ist grenzenlos.« Gleichgültig fuhr er fort: »Es ist nicht ganz so schlimm, wie es sein könnte. Ich habe ihn davon überzeugt, daß es vorläufig besser ist, die Verlobung bis zu Ihrer Rückkehr nach Sankt Petersburg im Herbst nicht öffentlich bekanntzugeben. Ich habe ihm erklärt, daß der drohende Krieg mich davon abhält, viel Zeit mit Ihnen zu verbringen. Aber schon die Tatsache, daß es ein ›Einvernehmen‹ zwischen uns gibt, wird den Gerüchten ihren Stachel nehmen. Sie brauchen in dieser Hinsicht nichts zu befürchten. Ich schlage vor, daß wir den Dingen ihren Lauf lassen. Wenn der Winter kommt, wird Grand-père erholt genug sein, um die Wahrheit zu ertragen, und ich kann Ihnen hier und jetzt versichern, daß ich weder in bezug auf Ihre Person noch auf Ihre Zukunft irgendwelche Absichten habe.«

»Das habe ich auch nicht erwartet«, erwiderte Amanda verletzt.

Er lächelte ironisch. »Nicht? Ich dachte, daß unsere letzte Begegnung Ihnen vielleicht Flausen in den Kopf gesetzt haben könnte?«

»Ich habe mir nicht eingebildet, daß Sie mich zur Frau haben wollen, weil Sie mich geküßt haben, wenn Sie das meinen.«

»Sehr klug von Ihnen«, lautete seine trockene Antwort.

Kurz danach verließ Nikolaj sie, aber nicht bevor Tante Sophie eingeladen worden war, die Neuigkeit mit ihnen zu teilen.

Zum Glück waren ihre Begeisterung und ihr Entzücken so groß, daß sie das keineswegs liebevolle Verhalten des neuverlobten Paares nicht bemerkte. Nur der Gedanke daran, daß sie in Kürze Sankt Petersburg verlassen würden, hielt sie zu Amandas großer Erleichterung davon ab, Pläne für eine Sommerhochzeit zu machen.

Nikolaj mußte Tante Sophie versprechen, sie so bald wie

möglich zu besuchen, falls er während der nächsten Monate Urlaub bekommen sollte. Denn, wie Tante Sophie sagte, als sie mit Amanda allein war: »Du kannst sicher sein, daß der Zar die Verbindung begrüßen wird, und wenn dieser schreckliche Krieg nicht bevorstünde, würde er Nikolaj sicher sofort beurlauben.«

Amanda machte eine belanglose Bemerkung. Es war auch ohne die ständige und einschüchternde Anwesenheit Nikolajs schwer genug, so zu tun, als sei sie glücklich verlobt. Gerechterweise mußte sie aber zugeben, daß sie und Nikolaj in eine Falle gegangen waren, die sie selbst gelegt hatten. Sie betrachtete ihre Hand, an der ein großer, von Diamanten umgebener Saphir glitzerte. Nikolaj hatte ihn ihr erst vor einer Stunde in Grand-pères Anwesenheit an den Finger gesteckt.

Tante Sophie, die den Ring bewundert hatte, runzelte plötzlich die Stirn. »Ich habe diesen Ring noch nie gesehen, und ich kenne jedes einzelne Schmuckstück der Kuragin-Juwelen. Meine Schwester zeigte sie mir, als sie Iwan Iwanowitsch heiratete. Aber dieser Ring...«

»Vielleicht stammt er aus der Familie von Nikolajs Mutter«, sagte Amanda.

»Vielleicht.« Tante Sophie sah sie aufmerksam an. »Ich persönlich ziehe eine andere Erklärung vor. Nikolaj hat ihn eigens für dich anfertigen lassen, du dummes Mädchen! Der Stein hat genau die gleiche Farbe wie deine Augen.«

»Oh, sicherlich nicht.« In ihrer Erregung drehte Amanda den Ring an ihrem Finger.

Tante Sophie lachte. »Aber natürlich. Was könnte schmeichelhafter sein oder romantischer? Es ist alles genauso, wie ich es erhofft hatte. Im ersten Augenblick, als ich dich sah, wußte ich, daß du die Richtige für Nikolaj sein würdest.«

Sie sagte noch vieles in der gleichen Art, und Amanda fühlte sich unbehaglich und unglücklich.

Wenn Tante Sophies Begeisterung ihr nicht gezeigt hätte,

wie töricht diese Scharade war – gleichgültig, wie gut es gemeint war –, dann hätte es Grand-pères Freude getan.

Obwohl er nicht annähernd so gesprächig war wie Tante Sophie, war er doch ebenso glücklich über die Verlobung wie sie, und zwar so sehr, daß sie jeden Gedanken daran, sie sollte ihm die Wahrheit gestehen, ehe noch mehr Schaden angerichtet wurde, im Keim erstickte. In seinem geschwächten Zustand wäre das für seine Genesung äußerst gefährlich, meinte sie.

Zum Glück ließen die Vorbereitungen für ihre Abreise nach Moskau Amanda keine Zeit, lange bei den Gedanken an ihre verwickelte Lage zu verweilen.

Zwei riesige Kutschen – sie hätte nicht geglaubt, daß es solche gab –, wurden aus dem Stall gezogen und für die Reise gerichtet. Sie besaßen nicht nur einen Schlafraum, sondern auch einen vollständigen Salon. Alles war geschmackvoll und gediegen ausgestattet.

»Sie sind nach dem Vorbild der Kutschen der Kaiserin Katharina gebaut worden«, sagte Tante Sophie. »Es ist sehr angenehm, wenn man über weite Strecken reist. Dein Großvater fährt in einer der Kutschen mit einem Diener, der für ihn sorgt, und wir beide reisen in der anderen.«

Es war eine lange Kavalkade, die einige Tage später von Sankt Petersburg aufbrach. Nikolaj war nicht gekommen, um sich von ihnen zu verabschieden, worüber Amanda im stillen erleichtert war, obwohl sie sich ein wenig wie eine Verräterin vorkam, als Tante Sophie sie bemitleidete und wegen ihres Verständnisses lobte.

»Amanda weiß, daß Nikolaj bei ihr wäre, wenn er könnte«, sagte Grand-père und streichelte ihre Hand. »Aber in der jetzigen angespannten Lage...«

Erst einen Tag zuvor war die Nachricht von Napoleons Invasion eingetroffen, und ganz Sankt Petersburg war entsetzt. Die Franzosen hatten die Memel überquert, und der Zar war zu seinen Truppen aufgebrochen und hatte ein Leibregiment mitgenommen.

Die Franzosen rückten weiter nach Smolensk vor, der alten Hauptstadt des Heiligen Russischen Reiches, und die russischen Truppen wichen vor ihnen zurück.

Amanda verstand nichts vom Krieg, aber es schien schlecht zu stehen.

»Taktik«, sagte Grand-père mit mürrischer Stimme, woraus Amanda entnahm, daß auch er den Rückzugsbefehl des Zaren für nicht sehr heldenhaft hielt.

Ungeachtet der Gewitterwolken des Krieges, die am Horizont aufzogen, geschah nichts, was ihre Reise nach Moskau behinderte, und Amanda lernte zum erstenmal die riesige Weite der russischen Ebenen kennen. Die Bauern in den kleinen Dörfern starrten ihnen nach, und Kinder in zerlumpten Kleidern rannten neben ihren Kutscher her. Amanda hielt einen Beutel mit Münzen bereit, die sie ihnen zuwarf, obwohl Tante Sophie dies mißbilligte.

»Du solltest sie nicht zum Betteln animieren«, sagte sie in einem Dorf, in dem die Kinder besonders heruntergekommen zu sein schienen. »Auf unseren eigenen Gütern braucht kein Mensch zu hungern oder sich im Lumpen zu kleiden.«

Amanda war erleichtert dies zu hören. Sie freute sich darauf, das große Besitztum kennenzulernen, das eines Tages Nikolaj gehören würde. Sie wußte, daß Grand-père noch weitere Güter besaß, die im ganzen Land verstreut waren. Aber das Moskauer Gut war immer der Familiensitz gewesen.

Am dritten Tag erreichten sie Moskau. Es war Abend, als sie vom Sperlingsberg über den Fluß zum Kreml hinübersahen. Die Spätnachmittagssonne färbte die vergoldeten Türme der Basilius-Kathedrale tiefrot.

Amanda hielt bezaubert den Atem an. Nie hatte sie etwas

so Fremdartiges erwartet, etwas, das sich so sehr von der großartigen Eleganz Sankt Petersburgs unterschied.

»Moskau«, sagte Grand-père bewegt. »Alle Zaren werden im Kreml gekrönt. Es ist die Heiligste von allen unseren Städten, und die, welche wir am meisten verehren. Wenn ich mich ein wenig besser fühle, zeige ich sie dir. Ich hoffe, du wirst sie ebenso sehr lieben wie ich.«

Der Kuragin-Besitz lag etwas außerhalb von Moskau zwischen sanften Hügeln. Das alte verwitterte Gutshaus strahlte eine heimelige Atmosphäre aus. Amanda verliebte sich darin auf den ersten Blick. Generationen von Kuragins hatten es erweitert, bis es einer Ansammlung von unzusammenhängenden, mit Kuppeln versehenen Gebäuden ähnelte, die von den letzten Sonnenstrahlen rot gefärbt wurden.

Willige Hände halfen den Reisemüden aus den Kutschen, und Amanda bemerkte, wie sanft und liebevoll die Diener mit ihrem Großvater umgingen. Dies war kein gefühlloser Gutsherr, der seine Leute tyrannisierte, sondern ein geliebter Patriarch.

Sie bekam die Zimmer, die einst ihre Mutter bewohnt hatte, mit dem Blick über die Ebene gegen Moskau. An klaren Tagen konnte man das Sonnenlicht auf den Türmen der Basilius-Kathedrale schimmern sehen, erklärte Tante Sophie, nachdem sie einem Dienstmädchen befohlen hatte, Amanda beim Auspacken zu helfen.

»Ich selbst liebe das Landleben nicht besonders«, fügte sie hinzu. »Du wirst feststellen, daß es hier wenig zu tun gibt, nur Besuche bei den Nachbarn abzustatten und den Haushalt zu beaufsichtigen. Aber Iwan Iwanowitsch zieht Moskau Petersburg vor.«

Während der folgenden Tage begriff Amanda, weshalb. Einer der Leibeigenen führte sie auf Grand-pères Bitte zu den Ställen und half ihr, ein Pferd auszuwählen. Sie war immer gern geritten, und jetzt, da sie den Leibeigenen als ständigen Begleiter hatte, schickte sie sich an, ihre neue Umgebung zu erforschen.

Es gab soviel zu sehen, daß die Zeit wie im Flug verging. Und dann gab es die Besuche bei den Nachbarn, die Tante Sophie schon erwähnt hatte. Fern von Sankt Petersburg hatte Amanda ihren Verlobungsring abgelegt. »Nur aus Sicherheitsgründen«, hatte sie ihrer entsetzten Tante gesagt. Aber wenn sie gehofft hatte, dadurch zu verhindern, daß sich die Neuigkeit über ihre Verlobung verbreitete, stand ihr eine Enttäuschung bevor. Tante Sophie schien das größte Vergnügen daran zu haben, ihren Besuchern die frohe Nachricht mitzuteilen.

Es war ein heißer Sommer, und Amanda ritt gewöhnlich früh am Morgen aus, wenn der Boden noch taufrisch war und die Sonne die schwachen Nebelschwaden auflöste.

Einer ihrer Lieblingsritte führte durch einen kleinen Birkenhain mit einem Teich, der wie ein klarer grüner Smaragd, vermischt mit einer Spur Silber, darin verborgen lag.

Ungefähr einen Monat nach ihrer Ankunft kam sie eines Morgens an den Teich und stieg vom Pferd. Sie stellte fest, daß sie nicht allein war. Ein junges Mädchen saß in ein Buch vertieft am Ufer. Ein Baby lag in einem Binsenkorb neben ihr.

Amanda fragte sich, ob das Mädchen vom Dorf auf das Kuragin-Besitztum gekommen war. Sie rief ihr einen Gruß zu. Aber das Mädchen war zu schüchtern, um etwas zu erwidern.

Als Amanda näherkam, klappte sie ihr Buch zu, und als Amanda ein paar Worte ihres eben gelernten Russisch erproben wollte, reagierte das Mädchen nicht und nahm rasch ihr Kind auf.

Amanda faßte sie am Arm. »Du brauchst vor mir nicht davonzulaufen. Dein Kind ist reizend. Wie heißt es?«

Die Erwähnung ihres Kindes brachte ein stolzes Lächeln auf das Gesicht der jungen Mutter.

»Er heißt Alexander«, sagte sie schüchtern auf Französisch zu Amanda.

Wo hatte das Mädchen diese Sprache gelernt? fragte sich Amanda und betrachtete das grobe, selbstgewebte Gewand und die derbe Leinenschürze. Sie trug die Kleider eines Bauernmädchens, aber ihr Benehmen war das eines höhergestellten Dienstboten. Amanda wußte, daß viele Dienstboten in Sankt Petersburg etwas französisch sprachen, aber auf dem Gut hatte sie sich bis jetzt auf ihr unvollkommenes Russisch verlassen müssen, um sich verständlich zu machen.

Amanda wurde neugierig. Sie wollte das Mädchen ausfragen, aber es setzte eine verschlossene Miene auf, befreite sich aus Amandas Griff und eilte mit dem Kind in den Wald.

Amanda sah ihr erstaunt nach und fragte sich, weshalb sie sich so merkwürdig benahm.

Am Abend bei Tisch erwähnte Amanda den Vorfall. Tante Sophie sah sie überrascht an.

»Ein Dienstmädchen, das lesen kann? Du mußt dich irren, Kind.«

»Dann ist es vielleicht jemand aus dem Dorf?«

»Das ist noch weniger wahrscheinlich«, bemerkte Grandpère. »Wir haben große Schwierigkeiten, die Jungen zum Schulbesuch zu bewegen. Aber die Zeit wird kommen, daß jeder Leibeigene lesen und schreiben kann.«

Der Vorfall beschäftigte Amanda noch lange. Sie hatte Angst in den Augen des Mädchens gesehen, fast als habe es erwartet, Amanda würde es züchtigen. Sie war hübsch, erinnerte sich Amanda, hatte weiche braune Augen und eine schlanke Figur. Amanda befragte mehrere Dienstboten, aber alle leugneten, jemanden zu kennen, auf den ihre Beschreibung paßte.

Als sie eines Nachmittags durch eine kleine Lichtung im Wald ritt, glaubte sie, das Mädchen wieder gesehen zu haben. Sie rief ihren Reitknecht und bat ihn, abzusteigen und ihr nachzugehen.

Zehn Minuten später kehrte er schwitzend zurück.

»Sie ist verschwunden, Barina«, sagte er.

Es ist wirklich so, als würde man zu verhindern suchen, daß sie noch einmal mit dem Mädchen zusammentraf, dachte Amanda ärgerlich. Aber warum? Sie war entschlossen, dem Geheimnis auf die Spur zu kommen.

Auf dem Rückweg horchte sie ihren Reitknecht aus. Zuerst wollte er nicht antworten. Aber als sie drohte, selbst den Wald zu durchsuchen, und zwar Zoll für Zoll, falls es notwendig sein sollte, um das Mädchen zu finden, wurde er gesprächig.

»Sie wohnt allein dicht außerhalb des Dorfes.«

»Allein? Hat sie keine Familie... keinen Mann?«

»Das Mädchen ist liederlich«, antwortete der Reitknecht mürrisch. »Letzten Winter ging sie nach Sankt Petersburg, und als sie zurückkam, hatte sie ein Kind, aber keinen Mann. Sie hat Schande über ihr Dorf gebracht. Ihre Anwesenheit wird nur geduldet, weil Fürst Nikolaj es befiehlt.«

»Fürst Nikolaj!« unterbrach Amanda scharf.

Auf einmal ergab alles einen Sinn. Konnte dies das Mädchen sein, das Nikolaj verführt hatte, wie Orlow behauptete? Dies schien nur zu wahrscheinlich. Es konnte keinen anderen Grund geben, weshalb er ein so großes persönliches Interesse an ihr hatte. Dies bedeutete, daß das Kind...

Wütend stieß Amanda ihre Fersen in die Seiten des Pferdes. Viele Männer von Nikolajs Stand waren Väter solcher Kinder, das wußte sie. Aber die Mutter zu verlassen und zu dulden, daß das Kind in Schimpf und Schande aufwuchs...

Nun, wenn kein anderer ihrem Vetter für seine Gefühllosigkeit Vorhaltungen machte, dann würde sie es tun. Was würde Grand-père sagen, wenn er die Wahrheit über seinen heißgeliebten Enkel erfuhr?

Aber Amanda wußte, daß sie es niemals übers Herz bringen würde, es ihm zu sagen.

Erst später, als sie sich dem Haus näherte, kam es ihr in

den Sinn, daß das Mädchen immer noch eine tiefe Zuneigung für Nikolaj empfinden mußte und ihre eigene Anwesenheit übelnahm, da sie dachte, sie habe sie um seine Liebe gebracht, denn alle Leute auf dem Gut wußten von ihrer Verlobung.

Sie mußte das Mädchen aufsuchen, beschloß Amanda, als sie im Stallhof vom Pferd stieg. Es war nicht richtig, daß sie litt, während Nikolaj sich unbeschadet von der Liaison gelöst hatte.

Leider war dies leichter gesagt, als getan. Es dauerte mehrere Tage, bis Amanda Zeit fand, nach dem Mädchen zu suchen. Zufällig führte sie ihr Weg zum Dorf an dem Teich vorbei, an dem sie das Mädchen zum erstenmal getroffen hatte. Zu ihrer Freude sah Amanda, daß sie wieder da war.

Sie entließ ihren Reitknecht und stieg vom Pferd. Wie sie es erwartet hatte, sprang das Mädchen auf und wollte fliehen, als es sie sah.

»Bitte, lauf nicht weg«, sagte Amanda. »Ich möchte mit dir sprechen. Ich weiß alles, was in Petersburg geschehen ist. Und es tut mir sehr leid. Es ist schade, daß dein Kind nicht auf seinen Vater wird stolz sein können. Aber das ist nicht deine Schuld. Ich werde dafür sorgen, daß mein Vetter sich seiner Verantwortung bewußt wid und seinem Kind Gerechtigkeit widerfahren läßt.«

Das Mädchen hatte bis zu diesem Augenblick schweigend zugehört. Nun sah es Amanda erstaunt an.

»Die Barina denkt doch nicht etwa... Fürst Nikolaj sei der Vater meines Kindes?« stammelte sie.

»Es ehrt dich, daß du ihn verteidigst, aber ich weiß von dem infamen Verhalten meines Vetters«, sagte Amanda.

Zu ihrer Überraschung blitzten die Augen des Mädchens zornig auf. »Dann ist die Barina falsch unterrichtet worden, denn nicht Fürst Nikolaj ist der Vater meines Kindes, sondern ein anderer, der seine Sünde feige zu vertuschen sucht, indem er sie auf die Türschwelle eines anderen legt.«

Jetzt war es an Amanda, erstaunt aufzublicken. Das Mädchen sprach zweifellos die Wahrheit, denn in jedem Wort, das sie sagte, lag Entrüstung.

Als Amanda schwieg, fügte sie stolz hinzu: »Ich wollte, ich könnte den Fürsten den Vater meines Kindes nennen. Er allein schützt mich in meiner Schande. Er brachte mich nach Hause und gab mir ein Heim.«

Wenn Nikolaj nicht der Vater des Kindes war, wer war es dann? Es war eine Frage, die Amanda stellen mußte.

Zuerst wollte das Mädchen es ihr nicht sagen, aber ihr Bedürfnis, Nikolajs Namen reinzuwaschen, war schließlich stärker als ihre Zurückhaltung.

»Es war Graf Orlow«, sagte sie. »Er kam oft mit seiner Schwester, die damals mit dem Fürsten verlobt war, in den Kuragin-Palast.« Ihre Augen füllten sich mit Tränen. »Vielleicht war ich einfältig, aber ich glaubte ihm, als er sagte, er liebe mich... Ich dachte nicht...«

Amanda empfand Mitleid und dann Zorn auf den Mann, den sie einmal bewundert hatte. Wie heimtückisch war Orlow gewesen, als er ihre Arglosigkeit ausnützte und ihren Geist gegen Nikolaj vergiftete, obwohl in Wahrheit er selbst der Schuldige war!

Und wie stand es mit Anna Morowskaja? Sie hatte sie absichtlich angelogen, erkannte Amanda jetzt. Waren auch die Gründe, aus denen sie die Verlobung mit Nikolaj gelöst hatte, erlogen gewesen?

Amanda war sehr nachdenklich, als sie zum Gutshaus zurückritt.

An der Stelle, wo der Weg auf die Hauptstraße nach Moskau einmündete, hörte Amanda Hufschläge hinter sich. Da sie annahm, es sei ihr Reitknecht, zügelte sie ihr Pferd, um auf ihn zu warten. Aber als der Reiter näherkam, erkannte sie in ihm Wassilij Orlow, und wütender Zorn stieg in ihr auf.

Orlow näherte sich ihr lächelnd, denn er wußte nicht, daß

Amanda das ganze Maß seiner Perfidie entdeckt hatte. Als er neben ihr stand, ergriff er die Zügel ihres Pferdes.

»Heute muß mein Glückstag sein! Als Ihr Reitknecht mir sagte, daß Sie irgendwo in der Nähe seien, fürchtete ich schon, ich müßte vielleicht eine Stunde oder länger nach Ihnen suchen.«

Amanda war verblüfft, daß er so tat, als wären sie immer noch die besten Freunde. Hatte er so rasch vergessen, unter welchen Umständen sie sich getrennt hatten?

Wenn ja, dann hatte *sie* diese gewiß nicht vergessen! Hätte sie nicht vorgehabt, ihm zu sagen, was sie von ihm hielt, wäre sie weitergeritten, ohne ihn zu beachten. Nur hätte sie dies nicht so ohne weiteres tun können, denn er hielt ihre Zügel fest.

»Bitte lassen Sie die Zügel los«, sagte sie kühl. »Ich kann mir nicht vorstellen, was Sie hier wollen. Sie und ich haben uns nichts mehr zu sagen. Und ehe Sie doch etwas äußern, muß ich Ihnen sagen, daß ich Ihre ganze Heimtücke kenne.«

Wenn sie erwartet hatte, daß er Reue zeige, wurde sie enttäuscht. Er zuckte nur die Achseln und zog ihr Pferd näher an das seine heran.

»Das war Annas Idee. Ich muß zugeben, ich hatte nicht gedacht, daß wir Sie so leicht täuschen könnten. Aber Sie mußten ja die Wahrheit früher oder später erfahren. Wer hat es Ihnen erzählt?«

Amanda war über seine Unverfrorenheit entrüstet.

»Haben Sie denn gar kein Schamgefühl, kein Mitleid mit dem Mädchen, das Sie so grausam betrogen haben? Haben Sie nichts übrig für Ihr Kind? Ihr Kind!«

Während sie sprach, hatte sich seine Gleichgültigkeit in Jähzorn verwandelt, und er sagte mit beißender Stimme: »Was geschehen ist, ist geschehen. Das Mädchen hat keine Ansprüche an mich. Und was das Kind anbetrifft – das kann jedermanns Kind sein.«

»Sie sind verabscheuungswürdig«, sagte Amanda, als sie

sich wieder unter Kontrolle hatte. »Wenn Sie nicht binnen einer Stunde diese Ländereien verlassen haben, werde ich unseren Leuten befehlen, Sie mit...«

Zu ihrer Verblüffung lachte Orlow. »Ich werde nicht hierbleiben«, höhnte er. »Und Sie werden mit mir kommen! Dann brauche ich nicht länger die Rolle eines Liebhabers zu spielen. Dank Ihnen und Ihrem Vetter warten meine Gläubiger nicht länger. Meine Schwester schreibt, daß ich mich in Petersburg nicht mehr blicken lassen kann. Deshalb habe ich mein Regiment verlassen – ein Regiment, das ich mir nicht länger leisten kann –, und die einzige Möglichkeit, mich aus meiner jetzigen Notlage zu befreien, ist die, daß ich mir eine reiche Frau beschaffe, und zwar Sie!«

Amanda riß den Kopf ihres Pferdes herum, aber es war zu spät. Orlow packte ihren Arm und hielt sie fest, während er ihre Zügel an den seinen befestigte.

»Tun Sie das nicht!« schrie er sie an. »Ich habe zuviel gewagt, um jetzt zu verlieren.«

»Sie vergessen, daß ich mit Fürst Kuragin verlobt bin«, protestierte Amanda.

Er brachte sie mit einem kalten Hohngelächter zum Schweigen.

»Das sind Sie in der Tat. Aber Anna und ich werden dafür sorgen, daß ganz Petersburg erfährt, daß Sie mich ihm vorgezogen haben! Die Tatsache, daß ich Sie aus Kuragin entführe, gibt der Geschichte die besondere Würze. Nun seien Sie vernünftig, oder muß ich Ihnen beweisen, wie entschlossen ich bin, indem ich Sie auf Ihr Pferd binde? Ich möchte hier weg sein, ehe Ihr Reitknecht zu Hause Alarm schlägt. Nicht, als ob ein kranker alter Mann und eine hohlköpfige Frau fähig wären, mich an der Entführung zu hindern.«

Amanda wußte, daß es dank ihrer eigenen Torheit, ihren Reitknecht nach Hause zu entlassen, mehrere Stunden dauern konnte, bis jemand ihre Abwesenheit bemerkte. Sie versuchte sich mit dem Gedanken zu trösten, daß ihnen, sobald sie es feststellten, sicherlich klar würde, daß der Mann, der sich beim Reitknecht nach ihr erkundigt hatte, ihr Entführer sein mußte. Zumindest Grand-père würde niemals glauben, daß sie freiwillig mit Orlow gegangen war.

»Beeilen Sie sich!« fauchte Orlow sie an. »Bonaparte hat Smolensk eingenommen, man kann es meilenweit brennen sehen. Bald werden die Franzosen in Moskau sein. Sie sollten mir dankbar sein, meine Liebe. Bedenken Sie, wovor ich Sie gerettet habe. Es heißt, die Franzosen seien nicht in bester Stimmung. Offenbar sind sie nahe am Verhungern dank des noblen Entschlusses unseres Zaren, die Ernten zu vernichten und das Vieh wegzutreiben.«

Amanda sprach während des entsetzlichen Rittes nach Moskau kein einziges Wort mit ihrem Entführer, nicht einmal, um ihn zu fragen, weshalb er sie in die Stadt brachte, von der er selbst sagte, sie würde in Kürze von den Franzosen besetzt werden.

Sie sollte es jedoch bald genug erfahren.

»Noch ehe diese Nacht vorüber ist, sind wir verheiratet«, sagte Orlow. »Es ist Annas Idee. Das ist ihre Rache an Ihrem hochmütigen Vetter. Er war sehr empfindlich, wenn es um seine zukünftige Frau ging, und Anna war töricht genug, sich auf eine... nun, sagen wir, auf eine kleine Abwechslung einzulassen –, während er außerhalb Petersburgs weilte. Leider erzählte ihm jemand davon, und unser stolzer Fürst ließ sie wissen, daß, wenn sie die Verlobung nicht selbst löste, er keine andere Wahl hätte, als es selbst zu tun. Sie können also alle Hoffnungen fahren lassen, die Sie vielleicht hegen mögen, daß er Sie zu retten versucht. Sobald Sie meine Frau sind, sind Sie auch mein Eigentum, und zwar ein reiches und lohnendes Eigentum, und ich bin sicher, Sie werden...«

Amanda wurde elend vor Angst und Empörung.

»Sie können es ihm nicht verübeln«, sagte Amanda bitter.

Orlows einzige Reaktion darauf war es, daß er die Zügel ihres Pferdes noch straffer faßte und seinem Pferd die Sporen in die Flanken stieß.

Wie hatte sie sich täuschen lassen, dachte Amanda erschöpft. Morgen früh würde sie die Frau dieses Mannes sein. Nie in ihrem ganzen Leben hatte sie etwas weniger gewollt. Wie falsch hatte sie Nikolaj beurteilt. Orlow hatte in einem recht, Nikolaj würde es ihr nie verzeihen, daß sie Orlow die Gelegenheit gegeben hatte, ihn zu demütigen. Welche Qualen hätte sie gelitten, wäre ihre Verlobung echt gewesen und sie war dazu verurteilt, den Todfeind ihres zukünftigen Mannes zu heiraten. Sie kämpfte mit den Tränen. Fast wünschte sie, die Franzosen hätten inzwischen Moskau eingenommen. Aber als sie in die Stadt einritten, trat ihnen niemand in den Weg, niemand errettete sie vor dem fürchterlichen Schicksal, das ihr bevorstand.

Orlow brachte sie zu einem Holzhaus innerhalb der Kremlmauer, das offensichtlich sehr alt war. Eine ältere Dienstmagd öffnete auf sein herrisches Klopfen hin die Tür, und ihre Angst beim Anblick ihres Herrn war so groß, daß, selbst wenn Amanda bis dahin keine Zweifel an der Integrität ihres Begleiters gehabt hätte, sie nun in ihr aufgestiegen wären.

Sie wurde in einen stickigen Raum geführt. Schwere Vorhänge hingen vor den schmalen Fenstern. Im Kamin brannte kein Feuer. Die Magd brachte ihnen Roggenbrot und Käse und schlurfte dann wieder hinaus.

»Sie holt einen Priester«, sagte Orlow. »Bereiten Sie sich seelisch darauf vor, meine Liebe: Noch ehe die Nacht um ist, sind wir verheiratet. Wie gefällt Ihnen der Ort, den ich für unsere Flitterwochen ausgewählt habe?«

Ihre Miene verriet sie. Sie sah mit großen ängstlichen Augen sein Gesicht an, ehe ihr Blick zum Fenster abschweifte.

Orlow setzte sich auf einen der Stühle. Er trug eine Uniform, die schmutzig war von seiner Flucht aus Smolensk. Er nahm seinen Umhang ab und ließ ihn auf den Boden fallen. Sie würden ein schönes Brautpaar abgeben, dachte Amanda und war den Tränen nahe –, die Braut in einem Reitkostüm und der Bräutigam in einer Uniform, der man ansah, daß er sie seit vielen Tagen nicht gewechselt hatte.

Die Armee des Zaren war in mehrere Scharmützel verwikkelt worden, als sie sich vor den Franzosen zurückzog, und Orlow hatte eines davon dazu benutzt, sich davonzumachen. Sobald die Nachricht über Amandas Verlobung mit Nikolaj in Sankt Petersburg bekannt geworden war, hatten sich seine Gläubiger auf ihn gestürzt wie ein Rudel Wölfe auf ein verwundetes Reh. Er hatte die Idee ausgeheckt, Amanda mit Gewalt zu heiraten, nachdem Anna ihm erzählt hatte, daß diese sich auf dem Kuragin-Gut bei Moskau befand. Auf diese Weise fing er zwei Fliegen mit einer Klappe – er verletzte Nikolaj und verschaffte sich selbst eine reiche Frau. Er sah zu Amanda hinüber.

»Diesmal wird kein Kuragin da sein, um Sie zu retten«, spottete Orlow. »Er ist immer noch mit dem Zaren in Smolensk. Wenn er erfährt, was geschehen ist, werden Sie schon seinen ersten Neffen tragen.«

Er lachte grausam, als Amanda ihn entsetzt sah.

»Hatten Sie daran noch nicht gedacht? Aber ich! Und zwar mit großem Vergnügen!« Seine Lippen verzogen sich zu einem hämischen Lächeln. »Ich bin sicher, der alte Fürst wird mich wesentlich freundlicher empfangen, wenn er weiß, daß ich sein erstes Enkelkind gezeugt habe.«

»So wie Sie das Kind der armen Leibeigenen gezeugt haben«, platzte Amanda heraus, ohne zu bedenken, daß es unklug war, ihren Entführer zu provozieren.

Er packte hart ihren Arm, während sie ihn verächtlich anblickte.

»Sie werden bald ein anderes Lied singen, meine Süße!« schrie er sie an.

Die länger werdenden Schatten erzeugten in dem schäbigen Raum eine düstere Atmosphäre. Draußen drangen schwache Geräusche durch die Stille. Man hörte, wie eine Tür aufging und sich wieder schloß, und dann Stimmen, die lauter wurden, als Schritte sich dem Zimmer näherten.

»Das wird der Priester sein«, verkündete Orlow triumphierend und ging zur Tür.

Amanda fuhr zurück. Sie fürchtete die Ankunft des Mannes, der sie an Orlow binden würde. In der Dunkelheit konnte sie nur eine große Gestalt sehen, die in einen dunklen Mantel gehüllt war.

Orlow lachte und sah sie boshaft an. »Finden Sie sich damit ab, meine Liebe. Es gibt für Sie kein Entrinnen!«

»Und ebensowenig für Sie, Orlow«, sagte der Mann drohend, zog seinen Mantel aus und gab sich vor Amandas erschrockenen Augen als ihr Vetter zu erkennen.

Mehrere Sekunden lang herrschte Schweigen. Dann lief Amanda auf ihn zu. »Nikolaj!«

Er gebot ihr mit einer Handbewegung Einhalt, und in der Verwirrung, die dann folgte, nahm Amanda nichts wahr außer der Tatsache, daß Nikolaj sie gefunden hatte. Er war da und stand zwischen ihr und Orlow, während die alte Magd jammerte, sie habe Nikolaj nicht am Eintreten hindern können und unter der Flut von Beschimpfungen, mit denen Orlow sie überschüttete, die Hände rang.

»Närrin!« schrie er. »Schwachsinnige!« Er holte aus, um sie auf den ungeschützten Kopf zu schlagen, aber Nikolaj hinderte ihn daran. Mit einer Hand packte er Orlows Arm, mit der anderen seinen Degengriff.

»Darauf läuft es also hinaus?« höhnte Orlow. »Es wird mir eine Freude sein, Sie zu töten, Fürst! Ich habe zu viel aufs Spiel gesetzt, um jetzt zu verlieren.«

»Verlassen Sie uns, Amanda«, befahl Nikolaj, ohne den Blick von Orlow abzuwenden.

Sie wollte protestieren, aber er zog bereits seinen Degen

aus der Scheide. Das schwächer werdende Licht flackerte kurz auf dem geschliffenen Metall, und plötzlich ging ihr die Bedeutung seiner sorgfältig bemessenen Bewegungen auf. Er würde Orlow zum Duell herausfordern. Ihr Blick wanderte instinktiv zu der Narbe auf seinem Gesicht.

»Nikolaj, tun Sie es nicht!«

Es war so, als hätte sie nichts gesagt. Die Frau hielt ihr die Tür auf.

Nikolaj zog seine Schuhe aus, ohne einen Blick in ihre Richtung zu werfen.

»Ich gebe Ihnen eine Chance, die Sie nicht verdienen, Orlow«, hörte sie Nikolaj ruhig sagen, als die Frau sie zur Tür hinauszog. »Die Chance, wie ein Mann zu sterben, nicht wie das Ungeziefer, das Sie sind!«

Neuntes Kapitel

Als sich der Schlüssel im Schloß herumdrehte, klang es in der angespannten Stille unnatürlich laut. Nikolaj steckte den Schlüssel ein und sah seinen Gegner an.

»Eigentlich sollte ich Sie auspeitschen lassen, aber dies wird endgültiger sein.«

»Sie haben mich noch nicht getötet«, höhnte Orlow. »Das letzte Mal, als wir miteinander kämpften, habe ich Ihnen diese Narbe beigebracht.«

»Das letzte Mal, als wir kämpften, war ich töricht genug, meinen Degen hinzulegen, als ich dachte, Sie seien verletzt. Das war mein erster Fehler. Der zweite war es, nicht zu erkennen, daß Sie mich angreifen würden, wenn ich unbewaffnet bin. Mein dritter war es, daß ich Sie am Leben ließ. Dieses Mal wird es keine Fehler geben.«

Die Klingen schlugen aneinander, ohne einleitende Höflichkeiten. Orlow benützte den Vorteil, den er vom Angriff gewonnen hatte, um mit seiner Klinge auf das Herz seines Gegners zu zielen.

Aber Nikolaj war auf der Hut und wehrte ihn mit Leichtigkeit ab. Wieder stießen die Klingen aneinander. Beide Männer kämpften schweigend.

Nikolaj war kräftiger und geschickter, aber er wurde von seiner wachsenden Erschöpfung behindert. Orlow war ein Mann, der um sein Leben kämpfte. Das schwindende Tageslicht flackerte auf der weißen Narbe, die sich über Nikolajs Wange zog und die Orlow warnte, daß der Preis des Versagens sein Leben wäre.

»Was hat Sie mit so ungelegener Hast hierhergebracht?« fragte Orlow, der sah, daß Nikolaj ermüdete. Er hoffte, das Duell in die Länge ziehen zu können, um Nikolaj in einem unbedachten Augenblick zu schlagen. »Sagen Sie nicht, der große Nikolaj Kuragin sei vor dem brennenden Smolensk davongelaufen wie ein gemeiner Soldat, nachdem er zum erstenmal den Krieg geschmeckt hat«, spottete Orlow.

Nikolaj preßte den Mund zusammen. »Der Zar gab mir das Kommando über eine Truppe, welche die Verteidigung Moskaus vorbereitet. Nur durch Zufall erfuhren wir, daß Sie in diese Richtung ritten. Jemand erwähnte, er habe einen Soldaten in einer Husarenuniform durch eines der Dörfer reiten sehen. Ich war neugierig, was für ein Geschäft diesen Soldaten so weit von der Schlacht weggeführt hatte, und hätte Sie schon früher eingeholt, wenn mein Pferd nicht ein Hufeisen verloren hätte. So aber ritt ich zu Hause vorbei, weil unser Gut am Weg lag.« Seine Stimme klang hart. »Wie es das Glück wollte, stieß ich auf den Reitknecht meiner Cousine, der gerade Alarm schlagen wollte.«

»Das Glück begünstigt Sie und mich, denn es gibt mir die Gelegenheit, unsere... Verbindung zu einem passenden Ende zu bringen.«

Während er sprach, unternahm Orlow einen Ausfall. Nikolaj parierte sofort. Seine Reaktionen waren langsamer geworden, so daß die Klinge durch den dünnen Stoff seines Hemdes drang und eine tiefe Wunde in seinem Fleisch hinterließ. Blut sickerte durch den Stoff und tropfte hellrot auf den Fußboden.

»Nicht so stolz, mein teurer Freund«, höhnte Orlow. »Ihre Kraft geht zu Ende, geben Sie es zu!«

»Beweisen Sie es mir«, erwiderte Nikolaj mit zusammengebissenen Zähnen.

Anders als Orlow hatte Nikolaj keine Zeit gehabt, sich von dem Ritt von Smolensk auszuruhen. Die Wunde an seinem Arm schmerzte, aber er ignorierte sie und nahm seine ganze Kraft zusammen.

Er konzentrierte seine schwindende Energie auf seinen Gegner und trieb Orlow in die Ecke. Er wandte keinen Blick vom Gesicht des anderen. In seinen grünen Augen lag Entschlossenheit und noch etwas anderes, das Orlow einen nervösen Blick über die Schulter zurückwerfen ließ, als fürchte er, etwas könne in den Schatten hinter ihm lauern.

Nikolajs Klinge durchbrach Orlows Abwehr, glitt unter seinen Degen und ruhte eine Sekunde an seiner Kehle.

»Ich könnte Sie sofort töten, Orlow, aber ich tue es nicht. Ich möchte, daß Sie ein wenig von der Qual erleiden, die Sie anderen zugefügt haben, ehe Sie sterben«, sagte er leise.

Die Klinge stach in die schweißbedeckte Haut und wurde zurückgezogen, so daß Orlow seinen restlichen Mut zusammenraffte und sich zu verteidigen versuchte. Aber langsam wurde ihm bewußt, daß dies kein gewöhnlicher Fechter war, sondern der Teufel in Person, ein so unglaubliches Geschick besaß der andere.

»Selbst wenn Sie mich töten, können Sie nicht hoffen zu überleben«, keuchte Orlow. »Smolensk ist gefallen! Die russische Armee wird genötigt sein, gegen die Franzosen zu kämpfen, und sie wird besiegt werden! Wie lange glauben Sie, wird ein Mitglied der Leibgarde des Zaren am Leben bleiben, wenn Bonaparte einmal Moskau beherrscht?«

»Moskau wird niemals fallen«, sagte Nikolaj kurz und machte einen Ausfall.

Orlow parierte rechtzeitig, obwohl die Erschöpfung seine Hiebe verlangsamte. Er wischte sich mit einer Hand den Schweiß von den Augen. »Wer sollte es schützen? Etwa der Zar, der tränenüberströmt von Austerlitz floh?«

Er sah die Klinge nicht, er merkte auch nicht, wie sie seinen Brustkorb durchbohrte. Er spürte nur einen unaussprechlichen Schmerz, und dann bedeckte alles ein dunkelroter Nebel.

Amanda kauerte draußen neben der Tür und achtete nicht auf die Bitten der alten Frau, mit ihr in ein anderes Zimmer zu gehen. Durch die Holzwände hörte sie die gedämpften Geräusche des Duells, die Schritte der beiden Männer, das Aufeinanderprallen von Stahl, die gelegentlichen Bemerkungen, die aber zu leise waren, um sie zu verstehen, und dann die entnervende, vollständige Stille.

Sie hörte Schritte und schloß die Augen.

Die Tür ging auf. Sie öffnete die Augen wieder. Ein Mann kam auf sie zu, sein Körper starr vor Erschöpfung, sein verschwitztes Haar zerzaust.

»Nikolaj.« Sie flüsterte seinen Namen. »Woher wußten Sie, wo ich war? Was tun Sie in Moskau?«

Er zuckte müde die Achseln. »Ich bin auf Befehl des Zaren in Moskau. Und was das übrige anbetrifft... wir hörten von einem Husaren, der vor uns durch das Dorf geritten war, durch das auch wir kamen. Aber erst als Ihr Reitknecht ins Haus kam, um sich zu vergewissern, ob Sie zurückgekehrt waren, begann ich die Wahrheit zu ahnen. Als der Mann den Husaren beschrieb, der mit ihm gesprochen hatte, wußte ich, daß es Orlow gewesen war. Bis dahin hatte ich gedacht, es wäre ein gewöhnlicher Deserteur gewesen.«

»Und wie kamen Sie auf dieses Haus?« fragte Amanda, glücklich über die Schicksalswendung, durch die Nikolaj

Smolensk praktisch zur gleichen Zeit verlassen hatte wie Orlow. Nur hatte Nikolaj auf Befehl des Zaren gehandelt, während Orlow desertiert war. Sie ließ den Kopf hängen.

»Anna bewohnte dieses Haus, wenn sie in Moskau war. Ich pflegte sie hier zu besuchen«, erklärte er kurz. »Ich konnte nur hoffen, daß Orlow Sie hierherbringen würde.«

Nikolaj preßte seine Lippen zusammen. »Man sollte Ihren Reitknecht auspeitschen, weil er Sie unbewacht ließ. Wenn ich daran denke, was alles geschehen wäre, wenn ich nicht beschlossen hätte, zu unserem Gut zu reiten...«

»Sie dürfen ihm nicht zürnen«, sagte Amanda leise. »Es war ganz allein meine Schuld. Ich hatte ihn weggeschickt. Tante Sophie muß...«

Er unterbrach sie. »Ich bat sie, Grand-père zu sagen, Sie seien mit Kopfschmerzen zu Bett gegangen, und ich beruhigte sie selbst, so gut ich konnte. Ich bringe Sie jetzt zum Gut zurück.«

Seine Stimme klang verärgert. Die Stimme eines besorgten Vaters, der zu einem ungezogenen Kind spricht, dachte Amanda müde.

Nikolaj beobachtete sie. Er sah die Schatten unter ihren Augen und runzelte die Stirn.

»Ich glaube, keiner von uns beiden ist heute noch in der Verfassung zurückzureiten.«

»Sie wollen doch nicht etwa sagen, daß wir hier bleiben müssen?« fragte Amanda ängstlich. Ein Schauer überlief sie. Sie war sicher, daß sie kein Auge zutun würde, wenn sie in diesem Haus übernachten müßten. So sehr sie Orlow haßte, er hatte für seine Sünden mit dem Leben bezahlt, und sie konnte nicht unter einem Dach mit seinen sterblichen Überresten sein.

Als wisse er, was sie denke, schloß Nikolaj die Zimmertür.

»Ich habe seit zwei Nächten nicht mehr geschlafen, Amanda. Wir haben eine schwere Niederlage erlitten. Die Franzosen haben Smolensk eingenommen. Der Zar hat mich nach

Moskau geschickt, um gewisse Vorbereitungen zu treffen, daß es nicht in die Hände der Franzosen fällt. Die Zeit ist kurz, und ich habe viel zu tun. Aber ich habe ein Haus innerhalb der Kreml-Mauern. Dort sind Sie sicher, und morgen bringe ich Sie zu Tante Sophie zurück.«

Er sprach leidenschaftslos, aber Amanda hatte den Eindruck, daß sie für ihn eine Belastung war, auf die er gut hätte verzichten können.

»Es tut mir leid«, sagte sie und wußte nicht genau, wofür sie sich entschuldigte, denn man konnte ihr gewiß nicht die Schuld an Orlows brutalem Verhalten geben und ebensowenig an ihrer Entführung.

Sie wußte, daß sie sich bei Nikolaj dafür entschuldigen mußte, weil sie ihm unbedacht Orlows Verfehlungen angelastet hatte, aber aus irgendeinem Grund war sie verlegen und wortkarg. Sie spürte, wie ihr die Farbe in die Wangen stieg, als Nikolaj sie ansah, und blickte rasch zur Seite, verwirrt über ihre eigenen Gefühle.

»Nikolaj, ich möchte Ihnen Abbitte leisten. Ich hätte niemals auf die Orlows hören dürfen. Ich weiß jetzt, wie unrecht sie Ihnen getan haben.«

Zu ihrer Erleichterung nahm Nikolaj die Entschuldigung an. »Orlow hatte seine Gründe dafür, so zu handeln. Wir sind seit längerem verfeindet. Zweifellos sah er in einer Ehe mit Ihnen nicht nur die Chance, ein großes Vermögen zu erwerben, sondern sich auch an mir zu rächen.«

»Ja, das sagte er. Was war ich doch für eine Närrin! Ich glaubte tatsächlich, daß er sich etwas aus mir machte.«

Obwohl sie es verhindern wollte, zitterte ihre Stimme verräterisch.

Nikolajs Hand ruhte eine Sekunde lang auf ihrem Arm, dann zog er sie zurück. Plötzlich sehnte sich Amanda danach, in seine Arme genommen zu werden und ihren Kopf an seine Schulter zu legen. Das ist nur, weil ich Papa vermisse, sagte sie sich, und Nikolaj gehört zur Familie.

»Kommen Sie«, sagte Nikolaj leise. »Sie müssen Orlow vergessen.«

Nikolaj brachte Amanda in sein Haus in der Nähe der Basilius-Kathedrale. Es war mit Türmchen und Kuppeln versehen und sah aus wie ein Märchenschloß.

Feodor öffnete ihnen die Haustür, und ein Dienstmädchen führte sie in einen behaglich möblierten Salon.

»Würdest du bitte meiner Cousine etwas zu essen bringen und dann ein Bett für sie herrichten, Maria«, sagte Nikolaj.

Sein Gesicht war schmerzverzerrt, und Amanda, die bis zu diesem Augenblick seine Wunde vergessen hatte, schickte Feodor sofort in die Küche, damit er heißes Wasser und saubere Leinwand holte.

»Machen Sie kein solches Aufheben davon«, sagte Nikolaj müde. »Feodor wird alles Nötige unternehmen.«

Aber trotzdem wandte er nichts dagegen ein, als Amanda ihn zu einem Stuhl drängte und ihm ein Glas Wein einschenkte. Er trank es rasch aus. Sein Gesicht war blaß im Kerzenlicht. Er stöhnte, als Amanda ihm vorsichtig den Mantel von der Schulter nahm, und sagte, sie brauchte sich nicht darum zu kümmern.

»Genausowenig, wie Sie mich retten mußten«, erwiderte sie und versuchte, ihre Tränen zurückzuhalten. Wollte er nicht sehen, daß sie Frieden zwischen ihnen zu stiften versuchte und daß es ihr schlechtes Gewissen beruhigen würde, wenn er ihr erlaubte, diese kleine Aufgabe zu erfüllen, auch wenn Feodor es ebensogut machen konnte?

Sein Hemd klebte an der offenen Wunde, und Amanda mußte den Stoff sehr gründlich durchweichen, ehe sie ihn wegziehen konnte. Eine große, entzündete Wunde kam zum Vorschein. Das Wasser färbte sich rot, und sie schickte Feodor wieder in die Küche, um frisches zu holen.

Amanda wandte ihre ganze Aufmerksamkeit Nikolaj zu. Er lehnte mit geschlossenen Augen im Stuhl, und seine Narbe pulsierte schwach. Er sah so erschöpft aus, daß Amanda fast der Mut verließ. Vielleicht hätte sie Feodor erlauben sollen, sich um Nikolaj zu kümmern. Er war wahrscheinlich wesentlich erfahrener als sie.

Nikolaj öffnete die Augen. »Machen Sie kein so besorgtes Gesicht. Ich werde an dem Kratzer nicht sterben. Aber ich bin sehr müde...«

»Vielleicht ist es Ihnen lieber, wenn Feodor die Wunde säubert«, sagte Amanda zögernd. »Ich bin so langsam und...«

»... und Ihre Berührung gleicht der eines Engelflügels«, sagte Nikolaj benommen. »Wenn es Sie nicht zu sehr anstrengt, wäre es mir lieb, wenn Sie es tun. Feodor ist mehr daran gewöhnt, Pferde zu verarzten als Männer. Außerdem riecht er nicht nach Lavendel und Sonnenschein...«

Das unerwartete Kompliment überraschte sie in einem unbewachten Moment. Sie errötete, als sie das belustigte Lächeln in seinen Augen sah.

»Schreiben Sie es dem Wein zu, kleine Cousine. Ich habe seit vierundzwanzig Stunden nichts mehr zu mir genommen. Das letzte war Grand-pères bester Madeira. Es ist ein Glück, daß es keine Schußwunde ist, sonst müßten Sie mich mit Wodka füllen, während Sie die Kugel herausholen, und Gott weiß, was das für eine Wirkung auf mich hätte.«

Er schloß die Augen, und Amanda vermutete, daß er nicht wußte, was er sagte.

Als Feodor wiederkam, nahm sie ihm die Wasserschüssel ab und säuberte die Wunde gründlich, ehe sie Leinwand, die sie vorher mit Spiritus getränkt hatte darauf preßte. Nikolaj zuckte kurz zusammen, sagte aber nichts, und gemeinsam mit Feodor gelang es ihr, einen Verband anzubringen, der sehr ordentlich aussah.

Als sie damit fertig waren, wies Nikolaj lächelnd darauf hin, daß er sich nun ohne fremde Hilfe nicht mehr werde ankleiden können.

»Dafür haben Sie ja Feodor«, sagte Amanda resolut. »Außerdem wird es nur ein paar Tage dauern, bis die Wunde verheilt ist.«

»Ich bin Ihnen sehr dankbar«, sagte Nikolaj. »Feodor, geh und sieh nach, ob Maria das Zimmer für Amanda gerichtet hat.«

Als sich die Tür hinter Feodor geschlossen hatte, sagte Nikolaj leise: »Ich habe ihn weggeschickt, weil ich mit Ihnen sprechen muß.«

»Etwa, daß wir nicht mehr so tun müssen, als seien wir verlobt, nachdem Orlow tot ist?« fragte Amanda zögernd.

Nikolaj runzelte die Stirn. »Nein, nichts kann den Schaden wiedergutmachen, den er angerichtet hat. Ich wollte sagen, daß...« Er blickte auf, als Feodor zurückkehrte. »Es spielt keine Rolle. Ich muß morgen den Gouverneur von Moskau aufsuchen. Würden Sie mich begleiten? Ich könnte Ihnen bei dieser Gelegenheit die Stadt zeigen.«

Amanda war über die unerwartete Einladung überrascht. Ihr wurde bewußt, daß es nur wenige Dinge gab, die sie nicht gern in Nikolajs Gesellschaft getan hätte. Welch eine merkwürdige Verwandlung war in ihr vorgegangen, daß aus Haß Liebe geworden war? Sie versuchte, den Gedanken beiseite zu schieben, ohne zu bemerken, daß Nikolaj das Spiel der Gefühle in ihrem Gesicht lesen konnte.

»Wenn Sie es ungern tun, brauchen Sie sich nicht dazu verpflichtet zu fühlen«, sagte er verletzt. Amanda sagte rasch: »O nein, ich tue es überaus gern, das heißt, wenn Sie sicher sind, daß ich Ihnen keine Unannehmlichkeiten bereite.«

Sie war erstaunt über sein bitteres Lachen und sah mit den Augen der Liebe seine Ungeduld unter der Maske der Erschöpfung.

Sie liebte ihn wirklich! Wie kam es, daß sie es nicht gewußt hatte? Sie genoß das Bewußtsein und versuchte herauszufinden, wo die Quelle dieses Gefühls entsprungen war. Was für ein unbekannter Teil in ihr hatte den Keim dieser Liebe genährt? Sie fand keine Antwort.

Sie konnte nicht einmal sagen, wann der Haß zum erstenmal der Liebe Platz gemacht hatte, oder ob sie von Anfang an dagewesen war und nur auf den richtigen Augenblick gewartet hatte, um ihr schmerzhaft bewußt zu werden. Denn schmerzhaft war es. Während sie vorher nicht genug Abstand zwischen sich und Nikolaj halten konnte, wünschte sie jetzt, sie hätten sich in Wahrheit die Ehe versprochen, und diese Ehe wäre ihrer beider Wunsch und Nikolaj würde aus der jetzigen Situation Vorteil ziehen, sie in die Arme nehmen, sie küssen oder gar... Aber hier gebot sie ihren abschweifenden Gedanken Einhalt. Es war nichts gewonnen, wenn sie bei jenen anderen Augenblicken verweilte. Seine Küsse waren nicht aus Liebe gegeben worden, Küsse, die in ihrem Gedächtnis haften geblieben waren und sie wünschen ließen, daß sie nur einmal die Süße von Nikolajs Lippen auskosten dürfte, wenn sie auf den ihren lägen.

Sie stand neben ihm, da sie keine Sekunde auf seine Nähe verzichten wollte. Feodor zog sich diskret zurück, und sie waren wieder allein.

»Ist etwas?« fragte Nikolaj besorgt. Er hatte sich ein Glas Wein eingeschenkt, und die rubinrote Flüssigkeit glühte wie Feuer, als er sie an die Lippen hob. »Wenn Sie die Erinnerung an ein gewisses Ereignis beunruhigt, das sich in der Köhlerhütte abspielte, brauchen Sie nichts zu befürchten. Heute nacht müssen wir unsere Schlafstätte nicht miteinander teilen. Und Sie brauchen auch nicht zu befürchten, daß ich Sie mit meiner Umarmung belästige, die Sie offensichtlich unangenehm finden.«

Dann wußte er also von jenem Kuß. Sie errötete. »Bitte sprechen Sie nicht so«, sagte sie leise. »Ich habe Ihnen schreckliches Unrecht getan, und Sie haben Grund dazu, mich zu tadeln, aber...«

»Gehen Sie schlafen, Amanda«, sagte er müde. »Sonst streiten wir noch die ganze Nacht, während wir...«

»... schlafen sollten. Natürlich. Verzeihen Sie. Sie müssen sehr erschöpft sein.«

Sie blieb an der Tür stehen und wunderte sich ein wenig über das zärtliche Lächeln, das er ihr zuwarf.

Es war ein kalter Morgen, und eine blasse Sonne stand am Horizont. Der Sommer war vorüber, und die alten Männer in den Dörfern sagten einen frühen und harten Winter voraus.

Als sie zum Frühstück herunterkam, hatte Nikolaj die Armschlinge entfernt, die sie für ihn gemacht hatte. Auf ihre Fragen antwortete er kurz, daß es ihm gut ginge und seine Verletzung schließlich nicht mehr als ein kleiner Kratzer sei.

Amanda fühlte sich zurückgewiesen und schwieg, bis Feodor erschien und erklärte, der Hauptmann der Truppe warte draußen, um sich bei Nikolaj zu melden.

Nikolaj entschuldigte sich. Er blieb fast eine Stunde weg, und als er wiederkam, war sein Gesicht sehr ernst.

»Ist etwas geschehen?« fragte Amanda zögernd.

»Bonaparte marschiert auf Moskau zu. Zwischen Moskau und seiner Armee stehen unsere Truppen bei einer kleinen Stadt namens Borodino. Wenn General Kutusow die Franzosen nicht aufhält...«

»Glauben Sie...«

»... ein Soldat glaubt niemals, Amanda. Wenn Sie fertig sind, gehen wir und machen dem Gouverneur von Moskau unsere Aufwartung.«

»Es ist sehr freundlich von Ihnen, daß Sie sich soviel Zeit für mich nehmen.«

»Meine liebe Amanda, es geschieht nicht nur Ihnen zuliebe. Meine Männer werden mutlos. Ich habe nur eine sehr kleine Truppe, um diese Stadt zu verteidigen. Wenn sie sehen, wie ich meiner charmanten Braut die Sehenswürdigkeiten der Stadt zeige, werden sie kaum glauben, daß die Franzosen jeden Augenblick hier einmarschieren könnten. Es ist alles eine Frage der Moral, und ich muß die ihrige stärken, bis ich das Ergebnis von Borodino kenne.«

Amanda war zu gekränkt, um etwas zu erwidern. Sie schalt sich eine Närrin, aber sie erlaubte Nikolaj, sie zur wartenden Kutsche zu begleiten.

Einige Soldaten vor der Basilius-Kathedrale standen stramm, und einige von ihnen musterten Amanda neugierig, als sie vorbeiging. Nikolaj bemerkte es und lächelte. Das ist zweifellos gut für die Moral, dachte Amanda und hörte nur mit halbem Ohr zu, als Nikolaj über den Architekten sprach, der die Kathedrale gebaut hatte.

»Iwan IV. ließ ihn blenden, als das Bauwerk vollendet war, damit es nicht noch eine Kathedrale wie diese geben konnte.«

Amanda betrachtete den fantastischen Aufbau der Türme und glaubte gern, daß es keine zweite Kirche dieser Art gab. Aber deshalb einen Menschen seines Augenlichts zu berauben!

»Das ist Rußland«, sagte Nikolaj. »Es ist ein grausames Land, und es hat ein grausames Volk hervorgebracht. Unter dem äußeren Schein der Zivilisation sind wir immer noch Barbaren. Das ist unser Erbe.«

»Und das meine.«

»Ah ja, aber Ihres ist durch das Blut Ihres Vaters gemildert. Sie haben etwas von seiner Sanftheit geerbt.«

Irgendwie klang es so, als wäre dies ein Mangel. Amanda preßte die Lippen zusammen. Früher hätte eine solche Bemerkung sie zu einem wütenden Protest veranlaßt, aber jetzt hätte sie Nikolaj am liebsten gebeten, ihr zu versichern, daß er sie, ob sanftmütig oder nicht, sympathisch fände. Doch sie sagte sich, daß eine Stanton niemals bat und gewiß nicht einen stolzen Barbaren um Liebe.

Ehe sie den Gouverneur aufsuchten, zeigte Nikolaj Amanda die Stadt.

Sie sahen von der Stadtmauer herab zur Moskwa, die wie ein träges Band im Licht der Frühherbstsonne lag, gingen am alten Teremnoi-Palast mit seinen Staatsgemächern vorbei und besuchten die atemberaubende Maria-Himmelfahrts-Kathedrale, in der jede kostbare Ikone in einem Goldrahmen gefaßt war und wo sich die juwelenbesetzten Blau- und Rottöne der Ikonen mit dem Geruch des Weihrauchs in ihrem Geist vermischten, so daß beides für sie für alle Zeiten miteinander verbunden bleiben sollte.

Sie hatte das Gefühl, daß es mehr war als der Wunsch, seinen Männern zu zeigen, daß nichts zu befürchten war, was Nikolaj veranlaßte, so lange vor den kostbaren Kunstwerken zu verweilen. Es war fast so, als verabschiede er sich von alledem. Der Gedanke durchfuhr sie, und sie sah zu seinem verschlossenen Gesicht auf.

»Es ist Zeit, zum Gouverneur zu gehen«, sagte er schließlich schwerfällig. »Wir wollen ihn nicht länger warten lassen.«

»Weiß er, daß ich mit Ihnen komme?«

»Ja, ich habe ihm mitteilen lassen, daß ich von meiner Verlobten begleitet werde. Er wird es verstehen, daß ich die Geschäfte, die mich nach Moskau gebracht haben, damit verbinden möchte, so viel Zeit wie möglich in Ihrer Gesellschaft zu verbringen.«

Graf Rostopschin war ein kleiner, gedrungener Mann, der die Tatsache, daß ihm das Haar ausging, zu verbergen suchte, indem er das, was davon noch übrig war, quer über seinen kahler werdenden Kopf kämmte.

Als Amanda und Nikolaj in den Salon geführt wurden, saß er mit der Gräfin und seinen zwei jüngeren Töchtern zusammen. Seine Söhne kämpften mit ihrem Zaren, sagte er stolz zu Nikolaj.

Diese Mitteilung führte zu einer Diskussion über die Einnahme von Smolensk durch die Franzosen, während die

Gräfin zu weinen begann und die Hoffnung äußerte, daß ihre beiden Söhne wohlauf sein mögen. Ihre Töchter, zwei hübsche, dunkelhaarige Mädchen im Alter von zehn bis zwölf Jahren, taten ihr Bestes, um sie zu beruhigen. Aber es war Nikolaj, der ihr schließlich mit der Mitteilung ein Lächeln entlockte, daß sowohl Alexej als auch Dimitrij das Scharmützel gesund überstanden hatten und sich auf ihre richtige Schlacht freuten.

»Sie sind noch so jung«, seufzte Graf Rostopschin und schüttelte den Kopf. »Aber wir sind Ihnen dankbar, daß Sie uns Nachricht von ihnen bringen.« Zur Gräfin gewandt sagte er: »Meine Liebe, bist du so gut und führst Miß Stanton in deinen Salon, damit der Fürst und ich unsere Geschäfte durchsprechen können.«

Amanda hätte lieber den Herren zugehört, aber die Gräfin war eine liebe Seele, die begierig war, den jüngsten Klatsch aus Sankt Petersburg zu hören, und ihr versprach, den alten Fürsten und Tante Sophie so bald wie möglich zu besuchen, wenn ihr Gatte eine Kutsche erübrigen konnte.

»Mein armer Fedor ist ständig auf den Beinen! So viele Besucher kommen und gehen. Möchten Sie noch eine Tasse Tee? Nein? Vielleicht etwas Kuchen? Worüber haben wir eben gesprochen? Ah ja, richtig, so viele Boten vom Zaren, und mein armer Mann ist ununterbrochen beschäftigt. Nun sagen Sie mir aber, meine Liebe, ist es wahr, daß es die neueste Mode aus Frankreich notwendig macht, die Röcke anzufeuchten, damit man deutlich sehen kann...«

Sie unterbrach sich und wies ihre Töchter an, das Zimmer zu verlassen und nach ihrer Gouvernante zu sehen, ehe sie ihre Stimme um eine Oktave senkte. »Damit sich die Figuren der Damen besser abzeichnen?«

»Einige Damen frönen tatsächlich solchen Auswüchsen«, stimmte Amanda zu und unterdrückte ein Lächeln. »Aber die meisten natürlich nicht. Ich glaube, Sie werden die neueste Mode sehr elegant und anmutig finden. Tante Sophie sagt, sie sei der kleidsamste Stil, den sie seit Jahren gesehen hat.«

Die Gräfin war sichtlich erleichtert, weil man von ihr nicht erwartete, daß sie ihre Musselinkleider anfeuchtete und ihren Körper den Augen der Welt präsentierte. Sie lehnte sich bequem zurück, und es dauerte nicht lange, bis Amanda die vielen Wehwehchen der Gräfin kannte, die Geschichte ihrer Herkunft und schließlich gebeten wurde, das Haus Rostopschin als das ihrige zu betrachen, wann immer es ihr beliebte.

»Ich höre, daß Sie sich kürzlich mit Ihrem Vetter verlobt haben? Das ist in jeder Hinsicht eine ausgezeichnete Verbindung. Wie muß der alte Fürst sich freuen! Wenn dieser schreckliche Krieg nicht wäre, würde ich einen Ball geben, um Sie der Moskauer Gesellschaft vorzustellen. Aber in letzter Zeit haben sich viele Leute nach Petersburg zurückgezogen, und Moskau ist ziemlich verödet. Wann wird die Hochzeit stattfinden?« fragte sie.

Amanda sah erleichtert, daß die Herren das Zimmer betreten hatten. Nikolaj hörte die Frage und beantwortete ihren flehentlichen Blick.

»Leider nicht, bevor Grand-père völlig genesen ist«, erwiderte er mit einem Lächeln in Amandas Richtung, das schmerzliche Wonneschauer über ihre Rücken laufen ließ. »Es tut mir leid, aber ich muß Amanda jetzt zu Tante Sophie zurückbringen«, fuhr er fort. »Es wird hoffentlich nicht lange dauern, bis wir uns alle wiedersehen.«

Nikolaj hob galant die Finger der Gräfin an seine Lippen. Dann zog er Amandas Hand unter seinen Arm, und dies auf eine Weise, daß die Gräfin Tränen der Rührung vergoß.

»Ein charmantes Paar«, bemerkte sie zu ihrem Mann, als die Besucher gegangen waren. »Und sie passen so gut zueinander. Wenn nur unsere Töchter halb so gute Partien machen würden, wäre ich glücklich.«

Ihr Gatte machte nur eine kurze Erwiderung. Seine Gedanken verweilten nicht bei den künftigen Schwiegersöhnen und auch nicht bei dem jungen Paar, das sie eben verlassen hatte.

Er ging zum Fenster und sah auf die vertraute Silhouette von Moskau hinaus. Was der Fürst ihm eben anvertraut hatte, erschütterte ihn. Wenn General Kutusow die Franzosen nicht bei Borodino schlagen sollte, hatte er Befehl, Moskau in Brand zu setzen. Im Augenblick des Triumphes sollte Napoleon die Niederlage erleben, wenn die Stadt um ihn herum brannte. Es war ein drastischer Schritt.

Der Zar hatte eine kleine Truppe unter Nikolajs Kommando geschickt, um ihm zu helfen, aber was waren sie gegen die Streitmacht des französischen Heeres. Man durfte jedoch nicht nur die negative Seite sehen. Kutusow war ihr bester General, und er würde zweifellos den französischen Emporkömmling schlagen. Trotzdem... wenn man an Austerlitz dachte...

Graf Rostopschin entschuldigte sich bei seiner Frau und ging zum Stall hinunter, um seinen Dienstboten Anweisungen zu geben. Höchstwahrscheinlich konnte er Moskau nicht retten. Aber er konnte seine Familie in Sicherheit bringen. Beim ersten Anzeichen dafür, daß die Franzosen näherrückten, würde er sie auf das Gut seines Bruders schicken.

»Nachdem wir nun beim Gouverneur waren, bringe ich Sie zu Tante Sophie zurück. Sie wird sich schon Gedanken machen.«

»Die arme Tante Sophie. Ich hoffe nur, sie konnte Grandpère beruhigen.«

»Keine Sorge, sie weiß, daß ich Sie wohlbehalten nach Hause bringe.«

»Sie freuen sich beide so sehr über unsere Verlobung. Ich hasse es, sie zu täuschen.«

Amanda ging ihren eigenen Gedanken nach und stellte sich vor, wie es wäre, wenn Nikolaj und sie tatsächlich verlobt wären. Sicherlich würden sie dann nicht so distanziert nebeneinander hergehen. Sie verlor sich in angenehmen Träumen, in denen ihr Nikolaj seine unsterbliche Liebe erklärte. Sie wurde grob aus ihren Tagträumen gerissen, als Nikolaj ihr riet, darauf zu achten, wohin sie ging.

Es war früher Nachmittag, als sie das Gut erreichten. Tante Sophie kam aufgelöst vor Sorgen aus dem Haus geeilt, um sie zu begrüßen.

»Mein armes Kind!«, rief sie und umarmte Amanda. »Was mußt du in den Fängen dieses Wüstlings gelitten haben. Ich hoffe, du hast ihn ernstlich zur Rede gestellt, Nikolaj. Zu denken, daß er es gewagt hat, Amanda von den Ländereien ihres Großvaters zu entführen...«

»Er wird es nie wieder tun«, sagte Nikolaj ruhig, als er vom Pferd stieg.

Tante Sophie musterte Nikolajs ausdrucksloses Gesicht.

»Er ist tot«, sagte Nikolaj kurz. »Und jetzt möchte ich ein Bad nehmen und schlafen, und zwar in dieser Reihenfolge. Wie geht es Grand-père?«

»Zum Glück war er sehr müde, und als er nach Amanda fragte, sagte ich ihm, sie ruhe sich ebenfalls in ihrem Zimmer aus. Wie lange...«

»Nur heute«, erwiderte Nikolaj, der ihre Frage vorwegnahm. »Ich muß so rasch wie möglich zu meinen Männern zurück. Der Zar hat mir aufgetragen, die Verteidigung Moskaus in die Wege zu leiten, im Fall daß die Franzosen vorstoßen.«

Ehe Tante Sophie noch weitere Fragen stellen konnte, zog er sich zurück. Amanda kam sich ein wenig verloren vor. Sie bedauerte, daß ihre erzwungene Zweisamkeit nun zu einem Ende gekommen war. Sie hatte ihm immer noch nicht angemessen gedankt, dachte sie schuldbewußt.

Sie berichtete Tante Sophie kurz über die Ereignisse des vorangegangenen Tages, zögerte aber, zu ausführlich ins

Detail zu gehen. Dafür berichtete sie eingehend über die Gräfin Rostopschin und was diese ihr aufgetragen hatte.

»Sie ist eine der törichtsten Frauen, aber sie ist sehr charmant«, sagte Tante Sophie. »Wahrscheinlich wird sie uns noch diese Woche besuchen. Du kannst dich darauf verlassen, daß sie unsere Bekanntschaft pflegen wird, Amanda. Ihre Töchter brauchen in wenigen Jahren Männer, und sie wird auf deine Protektion hoffen, wenn du mit Nikolaj verheiratet bist. Aber ich glaube, bis dahin werden sich deine eigenen Kinderzimmer gefüllt haben«, fügte sie zufrieden hinzu und sah überrascht auf, als Amanda leise seufzte.

»Ist etwas nicht in Ordnung?«

»Doch, doch...«

Amanda hatte eben die Vision eines kleinen Kindes mit Nikolajs dunklem Haar und seinen grünen Augen gehabt. Es war ein bezauberndes Kind, ein kleiner Junge, vielleicht auch ein kleines Mädchen mit Sommersprossen. Sie versuchte, derartige quälende Bilder nicht in ihren schwer errungenen Seelenfrieden eindringen zu lassen.

Trotz ihrer Proteste, daß sie nicht müde sei, wurde Amanda überredet, sich in ihr Zimmer zurückzuziehen. Sie schlief bis zum Spätnachmittag. Als sie erwachte, war es still im Haus. Erschrocken, ohne zu wissen warum, zog sie sich an und lief die Treppe hinab. Tante Sophie saß im Salon und stickte.

»Wo ist Nikolaj?« fragte Amanda.

»Er ist vor kaum fünf Minuten nach Moskau aufgebrochen, meine Liebe. Er wollte nicht, daß ich dich wecke.«

Amanda lief aus dem Haus und zu den Ställen, wo sie in fieberhafter Ungeduld wartete, bis der Reitknecht ihre Stute gesattelt hatte. Wenn sie durch den Wald ritt, konnte sie Nikolaj vielleicht einholen, ehe er zu weit vom Gut entfernt war. Sie fragte nicht, woher ihr brennender Wunsch kam, ihn zu sehen. Sie wußte nur, daß er sie nicht verlassen durfte, ehe sie sich bei ihm entschuldigt und sie sich voneinander verabschiedet hatten.

Die Flanken der Stute waren feucht vor Anstrengung, als Amanda ihn einholte. Er ritt nicht schnell, aber sein gerade Rücken war irgendwie eine Warnung, nicht in seine Gedanken einzudringen. Amanda zögerte, aber es war zu spät. Er hatte zurückgeblickt und sie gesehen.

»Amanda!« Er zog in der vertrauten Weise die Augenbrauen zusammen. »Was...«

»Ich wollte mich nur von Ihnen verabschieden«, platzte sie heraus, ärgerlich über ihre eigene Plumpheit. »Und ich möchte mich entschuldigen für... für all die schrecklichen Dinge, die ich zu Ihnen gesagt habe.«

»Was das letztere anbetrifft, reicht eine Entschuldigung aus. Und was das erstere angeht... Also gut. Obwohl ich nicht einsehe, weshalb ich mich in dieser Weise quälen soll. Kommen Sie, verabschieden wir uns auf zivilisierte Weise.«

Er stieg vom Pferd, half Amanda aus dem Sattel und zog sie an sich.

Amanda erschrak über den Ernst, der in seinen Augen lag.

»Wir wollen höflich bleiben«, sagte er bitter und faßte sie an den Schultern. »Aber verraten Sie mir, kleine Cousine, welche Rolle ich aus diesem Anlaß spielen soll? Soll ich der böse Vetter sein oder der zärtliche Liebhaber? Oder überlassen Sie mir die Wahl, da dies das letzte Mal sein könnte, daß wir uns sehen?«

Sein Verhalten war so wild, daß sie unfähig war, ihm zu antworten.

»Also gut! Da Sie nichts sagen, treffe ich meine eigene Wahl.«

Seine Arme umschlangen sie, und sein Atem bewegte die feuchten Locken auf ihrer Stirn.

»Wenn Sie meine Umarmung nicht anders ertragen können, ist es vielleicht am besten, Sie schließen die Augen und stellen sich vor, ich sei Orlow.«

Sein Mund nahm den ihren in Besitz. Es war ein Kuß, in dem sich Schmerz und Freude mischten, der in ihr ein Verlangen weckte, das alle anderen Wünsche überstieg, die sie je gehabt hatte. Sie schien mit Nikolaj zu verschmelzen. Ihre Lippen erblühten unter dem Druck der seinen zum Leben. Sie wollte, daß der Kuß niemals enden möge. Sie wollte die berauschende Wärme seiner Arme nie wieder verlassen. Sie vergaß, daß Nikolaj die Liebe, die sie verzehrte, nicht teilte, und wollte ihm nur die Tiefe ihrer eigenen Gefühle für ihn mitteilen. Es war, als wäre ein Bann über sie gelegt worden, so daß alles außer dem Zauber dieses Augenblicks in Vergessenheit sank.

»Mein Gott!« stöhnte Nikolaj und zerriß das zerbrechliche Gewebe ihrer Rosenträume. »Haben Sie sich so viel aus ihm gemacht?« Er lachte bitter. »Leben Sie wohl, kleine Cousine. Ich kann nicht sagen, daß ich froh bin, daß wir uns begegnet sind. Mein Leben wäre glücklicher, wenn wir uns nicht getroffen hätten, und noch glücklicher, wenn Sie mir nicht dies letzte aufgezwungen hätten.« Sein Mund zuckte. »Kein Mann möchte gern einen anderen ersetzen. Es wäre gut, wenn Sie künftig daran dächten. Sie sollten sich glücklich schätzen, daß ich dringend nach Moskau muß, sonst könnte ich versucht sein, völlig in der Rolle aufzugehen, die Sie mir zugedacht haben, und Orlows Spiel zu Ende zu führen. Ich glaube nicht, daß er bei ein paar Küssen innegehalten hätte.«

Amandas Lippen fühlten sich wie betäubt an. Ihr ganzer Körper bebte vor Schmerz, den seine Worte ihr bereiteten. »Nikolaj, ich...«

»Keine weiteren Entschuldigungen. Reiten Sie nach Hause. Leben Sie wohl, Amanda.«

Er drehte sich nicht ein einzigesmal um, obwohl sie noch lange am Straßenrand stand und ihm nachblickte, bis er nur noch ein Punkt am Horizont war. Eine entsetzliche Bitterkeit überkam sie. Sie hatte sich verleiten lassen zu glauben, ihre Zärtlichkeit bedeute für ihn ebenso viel wie für sie. Für ihn war sie eine törichte, unerwünschte Cousine. Für sie war er der einzige Grund ihrer Existenz und würde es immer sein.

Zehntes Kapitel

Amanda kam es so vor, als zögen sich die Tage endlos hin. Sie hörte nichts von Nikolaj, und wenn sie an ihren Abschied dachte, war sie nicht sicher, was sie zu ihm gesagt hätte, wenn er plötzlich vor ihr gestanden hätte.

Ein blaugoldener Tag folgte dem anderen. Die Leibeigenen brachten die Ernte ein. Von Amanda wurde erwartet, daß sie bei dem Fest zugegen war, das aus diesem Anlaß gefeiert wurde. Hier war nichts von der Schroffheit zu spüren, vor der ihre Tanten in London sie gewarnt hatten. Ja, sie gewann sogar den Eindruck, daß für die Leibeigenen besser gesorgt wurde als für die Pächter in Stanton Lacey. Pausbäkkige, fröhliche Kinder klammerten sich an die Röcke ihrer Mütter, sonnengebräunte Männer brachten Trinksprüche auf den alten Fürsten und seine Damen aus. Die Ernte war gut gewesen, und der alte Fürst sagte später dankbar, daß sie Glück hatten, weil sie nicht vernichtet worden war wie so viele andere, die der französischen Armee nicht als Nahrung dienen sollten.

Grand-père fieberte nach Neuigkeiten über den Krieg, und obwohl Amanda und Tante Sophie ihr Bestes taten, um ihn zu beruhigen, wußten beide, daß diese Sorge seine Genesung gefährdete.

»Wenn wir nur erfahren könnten, was geschehen ist«, klagte er mehr als einmal. »Es ist schon über eine Woche her, seit Nikolaj uns berichtete, daß die Franzosen bei Borodino auf unsere Truppen stoßen würden. Und seither kein Wort.«

»Nikolaj wird uns benachrichtigen, so bald er kann«, besänftigte ihn Tante Sophie. »Der Zar hat ihm einen wichtigen Auftrag gegeben, und Nikolaj kann Moskau nicht dauernd im Stich lassen, um zu uns zu kommen.«

Aber ein paar Tage später stürzte ein aufgeregter Diener ins Zimmer, als Tante Sophie und Amanda noch beim Frühstück saßen. Er sagte ihnen, eine Kutsche sei auf der Straße zum Gut gesehen worden, und sie führe sehr schnell. Niemand hatte das Fahrzeug identifizieren können, und die Damen mußten ihre Neugier zügeln.

Es dauerte über eine Stunde, bis die Kutsche in den Hof einfuhr.

Tante Sophie und Amanda eilten hinaus, um die unerwarteten Besucher zu begrüßen. Es waren Gräfin Rostopschin und ihre beiden Töchter.

Tante Sophie und die Gräfin umarmten einander.

»Nein, keinen Tee«, erwiderte die Gräfin atemlos auf Tante Sophies Einladung. »Wir können uns nicht aufhalten. Wir sind auf dem Weg zum Gut meines Schwagers und müssen uns beeilen. Aber ich habe meinem Mann versprochen, Sie zu informieren. Unsere Armeen sind bei Borodino geschlagen worden, und das französische Monster kann jeden Augenblick in unsere geliebte Stadt einmarschieren. Ich bat meinen Mann flehentlich mitzukommen, aber er sagte, sein Platz sei bei Fürst Nikolaj und seinen Männern. Als ob es auf einen einzigen Mann ankäme! Sie sind alle verloren! Wie kann eine kleine Truppe eine ganze Armee aufhalten? Was denkt sich unser liebster Zar nur?«

Sie brach in Tränen aus und erlaubte Tante Sophie, sie ins Haus zu führen, wo sie trotz ihrer Proteste zwei Tassen Tee trank und mehrere Stücke Mandelkuchen aß, ehe sie ihnen ausführlich berichtete.

»Sie können nicht hierbleiben«, sagte sie schließlich. »Wenn Bonaparte Moskau einnimmt, sind Sie hier nicht sicher. Kommen Sie mit uns. Ich könnte kein Auge mehr zutun, wenn ich dulden würde, daß Fürst Nikolajs Verlobte diesen französischen Teufeln in die Arme fällt.«

Amanda und Tante Sophie tauschten Blicke aus. Diese beunruhigenden Nachrichten mußten unter allen Umständen dem alten Fürsten verschwiegen werden. Wenn er von der Gefahr erfuhr, in der sein Enkel sich befand, überlegte Amanda, und von der Gefahr, in der sie selbst waren, falls die schlimmsten Befürchtungen der Gräfin wahr werden sollten, würde er sich zu Tode sorgen.

»Verlieren wir keine Zeit. Kommen Sie mit uns, ich bitte Sie«, flehte Gräfin Rostopschin.

Tante Sophie gelang es, sie zu beschwichtigen. »Sie machen sich krank, meine Liebe. Denken Sie an das gute Beispiel, das Sie Ihren Mädchen geben müssen. Ich glaube nicht, daß Moskau den Franzosen in die Hände fällt. Der Zar wird einen Plan haben, dies zu verhindern. Sie werden sehen. Wir bleiben hier. Ich bin sicher, wenn wir in Gefahr wären, hätte Nikolaj einen Weg gefunden, es uns wissen zu lassen.«

Allmählich ließ sich die Gräfin beruhigen, obwohl sie über den Eigensinn ihrer Gastgeber, auf dem Gut zu bleiben, besorgt war.

Amanda verabschiedete sich von ihr mit unguten Gefühlen, die Tante Sophie zu teilen schien.

»Wenn nur Nikolaj hier wäre oder es deinem Großvater besser ginge«, gestand sie Amanda, als sie allein waren. »In so schweren Zeiten schätzt man die Anwesenheit eines Mannes am meisten. Sollten die Franzosen Moskau einnehmen, wie Gräfin Rostopschin annimmt, sind wir auf dem Gut in der Tat in Gefahr, und du mehr als ich.«

»Wenn die Franzosen Moskau besetzen, zweifle ich daran, ob sie es sehr eilig haben, es rasch wieder zu verlassen«, erwiderte Amanda ruhig. »Bonaparte wird seine Männer erst einmal ausruhen lassen und dann die Armee neu ausrüsten. Wenn wir nur genau wüßten, wie gefährlich die Lage wirklich ist.«

Beide hatten den gleichen Gedanken. Nikolaj hätte sicher einen Weg gefunden, sie zu warnen, falls er dazu noch in der Lage war...

»Wir könnten einen Dienstboten nach Moskau schicken«, schlug Amanda vor.

Tante Sophie schüttelte den Kopf.

»Das würde nichts nützen, meine Liebe. Ja, wenn Feodor hier wäre, aber die anderen sind wie Kinder. Nein, wir können nur abwarten und hoffen.«

Amanda sagte sich, daß ihr Charakter Taten verlangte, nicht passive Geduld. Während des ganzen Nachmittags ging sie rastlos im Haus auf und ab und wagte es nicht, es zu verlassen, falls ein Bote einträfe, während sie weg war.

Die Anspannung, unter der sie und Tante Sophie standen, war so groß, daß die letztere um vier Uhr gezwungen war, sich mit starken Kopfschmerzen in ihr Zimmer zurückzuziehen.

»Wecke mich sofort, wenn Nachrichten eintreffen«, hatte sie zu Amanda gesagt, ehe sie die Treppe hinaufging.

Allein gelassen, konnte Amanda ihre Unruhe nicht länger ertragen. Wie, wenn Nikolaj verletzt war... oder sogar... nein, bei solchen Gedanken durfte sie nicht verweilen. Aber es gelang ihr nicht, sie abzuschütteln, und plötzlich faßte sie einen Entschluß. Sie würde nach Moskau reiten!

Ehe der Mut sie verließ, setzte sie sich hin und schrieb eine kurze Notiz an Tante Sophie, in der sie erklärte, was sie vorhabe. Sie überzeugte sich in Grand-pères Zimmer, daß dieser friedlich schlief. Amanda küßte ihn zärtlich auf die Stirn und schlich dann auf Zehenspitzen hinaus.

Sie wählte einen Hengst, der eigentlich Nikolaj gehörte, einen riesigen, schwarzen Araber mit feurigem Temperament. Er war weit schneller als all die anderen Pferde, und was noch wichtiger war – er besaß die Ausdauer, die von ihm verlangt werden würde.

Selbst wenn sie rasch vorankam, zweifelte Amanda daran,

ob sie Moskau noch vor dem Abend erreichen würde. Das bedeutete, daß sie erst am folgenden Morgen zurückkehren konnte. Es war ein entmutigender Gedanke.

Sie erinnerte sich später nicht mehr an den Ritt. Der Hengst war ausgeruht, kaute an seinem Zaumzeug und zog an ihren Armen, als sie ihn in den Griff zu bekommen versuchte. Wenn sie ihm erlaubte, sich zu sehr zu verausgaben, würden sie Moskau vielleicht niemals erreichen, geschweige wieder nach Hause reiten können.

Der Himmel war von der untergehenden Sonne lebhaft blau bis tiefrosarot gefärbt, als sie die Außenbezirke Moskaus erreichte. Auf der anderen Seite der Moskwa sah sie die schweigende Stadt. Das sterbende Tageslicht hatte den merkwürdigen Effekt, daß die vergoldeten Kuppeln und Türme wie eine Fata Morgana im Abendnebel schwebten, so daß die ganze Stadt aussah, als könne sie sich in einem Windhauch auflösen. Amanda nahm ihren schwindenden Mut zusammen und ritt in die Stadt. Nichts regte sich! Sie ritt an der Kathedrale vorbei, die leer war und ein wenig unheimlich in der kühlen Nachtluft, und am Granowitaja-Palast, dem Heim der Romanows. Ihre Augen suchten die dunklen Gassen nach der vertrauten, weißgoldenen Uniform ab, aber es war nichts zu sehen.

In diesem Augenblick dämmerte ihr die Wahrheit. Moskau war eine verlassene Schale. Seine Menschen hatten sich davongemacht wie Diebe in der Nacht. Ihr schauderte, und die Hufschläge ihres Hengstes hallten laut auf dem Kopfsteinpflaster. Wo waren die Menschen? Wo war Nikolaj?

Auf einmal fürchtete sie sich. Zu ihrer Linken war das Haus, in das Orlow sie entführt hatte, aber sie warf nur einen kurzen Blick darauf. Das alte Entsetzen hatte einem neuen und größeren Platz gemacht.

Plötzlich hörte sie Stimmen. Ein halbes Dutzend Männer kam um die Ecke und blieb bei ihrem Anblick wie angewurzelt stehen. Sie trugen die Uniform von Napoleons Grande Armée. Das Blut wich aus Amandas Gesicht, als sie einen von ihnen rufen hörte: »Schaut her, eine Frau! Eine Dame, nach ihrem Aussehen zu schließen. Bringt sie her, Männer! Los Leute, es ist eine hübsche Beute für Murat! Er wird uns gut für sie bezahlen. Es ist lange her, seit eine Dame sein Bett wärmte... Und lange, seit einer von uns...«

Seine Kameraden brachen in unflätiges Gelächter aus.

Amanda wendete ihren Hengst und versuchte zu entkommen, aber es war zu spät. Derbe Hände packten die Zügel ihres Pferdes und zogen sie grob vom Sattel.

»Sie ist noch besser als ich dachte«, verkündete einer der Soldaten. »Und jung dazu... ich will verdammt sein, wenn wir sie nicht für uns behalten. Was sagt ihr dazu, Leute?«

Lauter, heiserer Jubel begrüßte diesen Vorschlag.

Amanda biß sich auf die Lippen, um ihre Furcht nicht zu zeigen.

»Was geht hier vor?«

Ein kräftiger Mann mit einem finsteren Gesicht tauchte aus dem Dunkel auf, stieß die anderen beiseite und stellte sich breitbeinig mit vorgestreckter Brust vor Amanda hin.

»Die einzige Russin, die wir finden konnten, außer ein paar nutzlosen Bauern, die verschwanden, ehe wir sie verhören konnten«, erwiderte einer der Soldaten. »Eine schöne Bande! Die Männer laufen davon und überlassen den Frauen das Kämpfen. Ich schwöre, diese hier weiß etwas darüber. Hübsch ist sie auch, nicht wahr? Und wild wie eine Katze! Wir wollten Sie gerade zu Ihnen bringen.«

Amandas Herz stockte. Das mußte Murat sein, einer von Bonapartes gefürchtesten Generälen, ein Mann, dessen Gelüste unersättlich waren, wie es hieß. Sie zitterte.

»Dein Name, Mädchen?«

Sie ignorierte die Frage.

»Sag dem General deinen Namen!« Jemand packte sie grob am Arm.

»Ich heiße Amanda... Amanda Stanton...«, sagte sie stolz auf englisch.

»Eine Engländerin in Moskau! Wenn das Bonaparte erfährt! Ich glaube, unser Kaiser wird diese junge Dame selbst verhören wollen. Danach könnt ihr sie in mein Quartier bringen. Führt sie jetzt in sein Vorzimmer, und wenn euch jemand fragt, was das soll, sagt, ich habe sie geschickt. Ein Geschenk für meinen Kaiser!« Sein häßliches Gesicht verzog sich zu einem spöttischen Grinsen. »Bis später, meine Schöne. Mach kein so besorgtes Gesicht. Wir werden uns vorzüglich miteinander vergnügen, du und ich.«

Mit dieser Drohung in den Ohren wurde Amanda zu dem Palast gebracht, an dem sie nur wenige Minuten vorher vorbeigeritten war. Ein wachhabender Hauptmann murmelte einen schläfrigen Protest, gab sich aber zufrieden, als die Soldaten die Art ihres Auftrags erklärten.

»Murat schickt sie? Also gut, aber ich warne euch. Es ist besser, wenn ihr den Kaiser nicht stört. Im Augenblick schläft er.«

»Er schläft?«

Derbe Witze wurden ausgetauscht, und dann wurde Amanda in ein kleines Vorzimmer geführt, das nur mit einem Stuhl und Tisch möbliert war.

»Sollen wir sie bewachen lassen?« fragte einer der Soldaten den anderen.

»Nein, nicht nötig«, antwortete dieser. »Wohin sollte sie gehen? Ich hole mir etwas zu essen und vor allem etwas zu trinken. Es heißt, dieser Wodka sei wirklich trinkbar. Lassen wir sie hier. Wenn der Kaiser mit ihr fertig ist, wird Murat dafür sorgen, daß sie ordentlich unterhalten wird.«

Sie war allein. Vor Furcht frierend kauerte sie auf dem Stuhl. Was um alles in der Welt sollte sie tun? Ihr Gehirn weigerte sich, die Gefahr wahrzunehmen, in der sie sich befand. Ihr einziger Gedanke war es, daß Nikolaj tot sein könnte. Weinkrämpfe schüttelten ihren Körper, als sie an ihn dachte.

Draußen färbte die sterbende Sonne den Himmel karmesinrot. Es sah fast so aus, als stünde die ganze Stadt in Flammen. Wenn man genau hinsah, konnte man sich sogar einbilden, schwarze Rauchwolken zum Himmel aufsteigen zu sehen. Amanda stand auf und rieb sich die müden Augen.

Moskau stand in Flammen! Moskau brannte!

Ein Soldat stürzte in das Zimmer. Er ignorierte Amanda und hämmerte an die innere Tür. Sie preßte sich in den Schatten.

»Warnt den Kaiser!« schrie er. »Die Stadt brennt!«

Amanda hörte im Korridor Schritte hasten. Niemand achtete auch nur im geringsten auf sie. Sie eilte durch das Haus und hinaus auf die Straße.

Dicker, schwarzer Rauch machte das Atmen fast unmöglich. Wenn sie nur gewußt hätte, wohin sie ihr Pferd gebracht hatten!

Soldaten rannten durch die Straßen, schrien einander Anweisungen zu und versuchten, der Lage Herr zu werden.

Amanda lief eine schmale Straße entlang, die zum Fluß hinunter zu führen schien. Sie hoffte, einen Weg aus dem Kreml zu finden. Aber sie hatte sich hoffnungslos verirrt.

Tränen traten ihr in die Augen, verursacht durch den beißenden Rauch. Rings um sie knisterten Flammen.

Irgendwie fand sie den Weg zur Basilius-Kathedrale zurück. Sie bekam einen Hustenanfall, und als sie sich davon erholt hatte, bemerkte sie, daß ihr die Umgebung irgendwie vertraut vorkam. Sie sah die Umrisse der Stadtmauer durch den schwarzen Rauch, und Hoffnung regte sich in ihr. Nikolajs Haus war nicht weit von hier entfernt.

Wenige Minuten später fand sie es. Aber als sie die Tür aufstieß, schwanden ihre Hoffnungen. Ein leeres Glas stand auf dem Tisch im Salon, eine ungeöffnete Weinflasche daneben, als hätte derjenige, der trinken wollte, das Haus in Eile verlassen.

Amanda schloß die Augen, und die Tränen liefen ihr die Wangen hinab. Unheilverkündender, schwarzer Rauch drang in die Diele und warnte sie, daß es Zeit war, das Haus zu verlassen. Sie eilte zur Tür und fuhr erschrocken zurück, als sie sah, daß Flammen auf allen Seiten der Diele leckten. Ein glimmender Balken fiel krachend von der Decke und versperrte ihr den Ausgang.

Amanda suchte verzweifelt nach einer Möglichkeit des Entrinnens. Rings um sie griff das Feuer von dem Holzbalken auf das alte Gebäude über. Die Hitze war überwältigend und trieb sie in den Salon zurück. Ein benachbartes Haus fiel vor ihren Augen in sich zusammen. Dies war das Ende! Sie konnte diesen brennenden Scheiterhaufen niemals überleben. Sie schloß die Augen und betete darum, daß das Ende gnädig und schnell kommen möge und sie niemals die grausame Liebkosung der Flammen auf ihrer Haut spüren müßte.

Als sie in den dunklen Strudel des Nichts gezogen wurde, war Nikolajs Name das letzte Wort auf ihren Lippen, ehe sie das Bewußtsein verlor.

»Wir haben es geschafft, Fürst! Die Franzosen sind in völliger Auflösung!«

»Aber zu welchem Preis«, sagte Nikolaj müde zu seinem Adjutanten.

Beide waren in Lumpen gekleidet. Ihre Gesichte waren schmutzverschmiert, ihr Haar verklebt.

»Sie hatten keine Wahl«, erinnerte ihn der junge Leutnant. »Es war der Befehl des Zaren.«

Aber ein Befehl, der niemals gegeben worden wäre, wenn ich ihn nicht dem Zaren in den Kopf gesetzt hätte, dachte Nikolaj.

Als die Nachricht über die russische Niederlage bei Borodino Moskau erreichte, hatte Nikolaj auf Napoleons Ankunft gewartet. Mit Graf Rostopschins Hilfe hatten sie die Stadt geräumt, und dann hatte seine kleine Truppe sich ans Werk gemacht und sorgfältig die Falle vorbereitet. Jetzt war sie zugeschnappt, aber, wie er eben gesagt hatte, um welchen Preis! Moskau brannte, und ihr Versuch, die Franzosen zurückzuschlagen, konnte den Tod der Stadt für alle Zeiten bedeuten.

Da er wußte, daß seine Männer die Franzosen bei einer direkten Begegnung niemals hätten aufhalten können, hatte Nikolaj ihnen befohlen, sich als Bauern zu verkleiden – je abgerissener und verlumpter, um so besser, damit sie ihre Feinde in der gleichen tödlichen Weise angreifen konnten wie eine Pferdebremse ihre Beute. Bis jetzt war ihre Taktik überwältigend erfolgreich gewesen. Sie hatten alle Nahrungsmittel aus der Stadt geschafft und nur reichliche Vorräte an Wodka zurückgelassen.

Jetzt löste das Feuer die französischen Truppen in kleine, von Panik erfaßte Gruppen auf.

Ein junger Fähnrich kam in die Scheune gestürzt, die Nikolaj zu seinem Hauptquartier gemacht hatte. Sein Gesicht war gerötet vor Freude.

»Wir haben einige von ihren Pferden gefangen, Sir. Alexej bringt sie gerade her.«

»Gut«, sagte Nikolaj. »Das wird sie daran hindern, bei den Truppen, die nördlich von uns lagern, Alarm zu schlagen. Bringen Sie die Tiere am besten hier herein. Wir haben die Scheune gründlich mit Wasser getränkt, so daß sie kein Feuer fangen wird. In dem Moment, in dem die Franzosen zu fliehen beginnen, möchte ich, daß die Brände sofort gelöscht werden. Wir wollen so wenig Schaden wie möglich anrichten.«

Die beiden jungen Fähnriche versuchten nicht ohne Schwierigkeiten, ihre Beute hereinzubringen. Die Pferde waren durch die Flammen und den Rauch in Panik geraten. Besonders eines sträubte sich, und sein hohes Zorngewieher übertönte Nikolajs Befehle.

»Kann denn niemand das Tier bändigen?« fragte er und stand auf, um zu sehen, was vorging.

»Es ist dieser verdammte Araberhengst«, erklärte der Fähnrich. »Ich habe noch niemals so ein Pferd gesehen. Wem es wohl gehören mag?«

Zur Verblüffung seines Leutnants schob Nikolaj den Fähnrich beiseite, ergriff die Zügel des Hengstes und tätschelte seine Flanken.

»Wo haben Sie dieses Pferd gefunden?« fragte er kurz.

»Vor dem Palast. Einige von Murats Männern waren darin von dem Feuer eingeschlossen. Wir haben sie gefangengenommen.«

»Bringen Sie sie sofort her, ich möchte mit ihnen sprechen«, befahl Nikolaj.

Als der Fähnrich in der mit Rauchschwaden gefüllten Dunkelheit verschwand, sagte Nikolaj zu seinem Leutnant: »Das Pferd gehört mir. Es stammt vom Kuragin-Gut.«

»Vielleicht schickte Ihre Familie einen Dienstboten nach Moskau, um Nachrichten zu bekommen«, meinte der Leutnant.

Nikolaj schüttelte den Kopf. Er stand neben dem Hengst und deutete auf die kurzen Steigbügel und die langen Zügel.

»Sehen Sie her! Wer dieses Pferd geritten hat, war entweder ein Knabe oder eine Frau! Können Sie für mich das Kommando übernehmen?«

Als der Leutnant seine Zustimmung gab, kehrte der Fähnrich mit einem halben Dutzend französischer Soldaten zurück.

Unter Nikolajs Verhör gaben sie zu, daß sie zu Murats Leuten gehörten und vom Rest der Truppe getrennt worden waren. Dann wollte Nikolaj wissen, wie der schwarze Hengst in ihren Besitz gekommen war.

Anfangs waren sie verstockt, bis er ihnen sagte, was mit ihnen geschehen würde, wenn sie ihm nicht berichteten, was aus dem Mädchen geworden war, das dieses Pferd geritten hatte.

»Sie meinen das englische Mädchen?« krächzte einer der Soldaten und ignorierte den giftigen Blick, den sein Hauptmann ihm zuwarf. »Murat schickte sie zum Kaiser. Aber dann brach das Feuer aus, und die Hölle war los.«

»Und keiner von euch hat sie danach wieder gesehen?«

Sie schüttelten die Köpfe.

»Führt sie weg«, befahl Nikolaj scharf.

Er wandte sich an seinen Leutnant. »Es ist meine Cousine. Gott weiß, weshalb sie nach Moskau kam. Ich muß sie finden. Ich nehme zwei von den Männern mit.«

Er verschwand in der von Flammen erhellten Nacht, ehe der Leutnant etwas sagen konnte.

Nikolaj hatte die beiden jungen Fähnriche als Begleiter gewählt. Beide hatten dem Verhör der französischen Soldaten beigewohnt. Unsicher fragte der eine: »Was haben Sie vor? Das Gebiet um den Palast durchsuchen?«

Nikolaj schüttelte den Kopf. »Nein, meine Cousine ist aus dem Palast entkommen. Ich glaube, ich weiß, wohin sie geflohen ist, und ich kann nur zu Gott beten, daß wir rechtzeitig dort sind.«

Durch die Rauchschwaden glaubte Amanda, jemanden ihren Namen rufen zu hören. Zögernd öffnete sie die Augen.

»Amanda?«

Ein Mann in zerfetzten Lumpen stand neben ihr. Sein Gesicht war von Rauch geschwärzt.

»Amanda, ich bin es, Nikolaj!«

»Nikolaj?« Sie sah ihn ungläubig an. »Aber Sie sind doch tot. Die Franzosen haben Sie getötet, und jetzt werde auch ich sterben.« Sie hustete in dem beißenden Rauch.

»Seien Sie nicht töricht«, sagte Nikolaj scharf.

Nichts war mehr geeignet, Amanda aus ihrer Apathie zu

reißen. Es ist tatsächlich Nikolaj, dachte sie freudig und wollte aufstehen.

Sie hörte einen Warnschrei und dann einen Aufprall. Brennender Schmerz schoß durch ihren Knöchel.

Nikolaj fluchte. »Können Sie sich bewegen, Amanda?«

Sie versuchte, sich von dem Balken zu befreien, aber sie kam nicht los. Der Schmerz in ihrem Knöchel verstärkte sich. Tapfer versuchte sie, Nikolaj nicht zu zeigen, wie sehr sie litt.

»Gehen Sie, Nikolaj. Es wäre furchtbar, wenn wir beide...«

»Es wird uns nichts geschehen, solange wir beide ruhig bleiben«, unterbrach Nikolaj sie energisch. »Meine Männer holen Wasser, um das Feuer zu löschen. Was tun Sie überhaupt in Moskau?«

Amanda wurde zweimal ohnmächtig, während Nikolaj versuchte, den Balken von ihrem Fuß zu entfernen. Sie zwang sich, seine Hände zu ignorieren, als er den verletzten Knöchel untersuchte. Er schmerzte unerträglich.

»Ich fürchte, Sie haben ihn gebrochen«, sagte er schließlich.

Nikolajs Männer bemühten sich, die Flammen zu löschen, und dann half einer von ihnen Nikolaj, den Balken beiseite zu schaffen, während der andere Amanda vorsichtig darunter wegzog.

Danach machten sie sich wieder an die Arbeit und löschten das Feuer endgültig. Nikolaj zog sein zerlumptes Jackett aus. Er trug darunter sein eigenes Hemd, das zwar schmutzig war, aber wesentlich respektabler aussah als die Lumpen, mit denen er sich verkleidet hatte. Er riß das Hemd in Stücke.

»Ich werde versuchen, den Knöchel einzurenken«, sagte er. »Es wird weh tun, Amanda, aber lieber jetzt als später.«

Amanda biß die Zähne zusammen. Sie konnte den Blick nicht von seinen geschickten Händen abwenden, die rasch arbeiteten, um ihren Schmerz zu mildern. Nikolaj sprach währenddessen ununterbrochen und erzählte ihr, wie er von ihrer Anwesenheit in Moskau und ihrer Gefangennahme erfahren hatte.

»Aber... wie... haben... Sie... mich... gefunden?« fragte Amanda stockend.

»Durch Glück und Intuition. Es gab nur zwei Orte in Moskau, die Sie kannten, – den einen davon wollten Sie wahrscheinlich nicht wiedersehen, wie ich hoffte. Deshalb ging ich zum anderen. Achtung!«

Er machte eine geschickte Bewegung. Amanda durchfuhr ein Schmerz, der so stark war, wie sie es niemals für möglich gehalten hätte. Aber ehe er ihr voll bewußt wurde, überflutete sie ein Gefühl der Ruhe.

»Werden Sie mir jetzt nur nicht wieder ohnmächtig«, sagte Nikolaj besorgt. »Es dauert nun nicht mehr lange. Ich will nur noch Ihren Knöchel verbinden, und dann machen wir uns davon. Wir haben meinen Hengst wiederbekommen.« Ernst fragte er: »Sie machen keine halben Sachen, nicht wahr? War Ihnen nicht bewußt, daß dies ein halber Wilder ist, der Sie hätte abwerfen und niedertrampeln können?«

»Wenn er das getan hätte, bin ich sicher, daß Sie da gewesen wären, um mich zu retten«, hörte sich Amanda schläfrig sagen. »Sie sind ja immer da, wenn ich Hilfe brauche. Dies ist das dritte Mal, daß Sie mich gerettet haben, Nikolaj...«

Sie schwebte auf einer goldenen Wolke dahin. Nikolajs Arme trugen sie aus dem Inferno und in die kalte Nachtluft. Rings um sie hörte sie Männerstimmen, gelegentlich ein scharfes Kommando und zwischendurch kurzes Schweigen. Sie seufzte und gab sich in den Schutz von Nikolajs Armen.

Als nächstes wurde ihr bewußt, daß sie vor Nikolaj auf seinem Hengst saß. Obwohl der Knöchel immer noch schmerzte, tat er nicht annähernd so weh wie zuvor. Aus irgendeinem Grund sehnte sie sich danach, so zu tun, als sei sie noch nicht wieder zu Bewußtsein gekommen, damit sie die Sicherheit von Nikolajs Umarmung länger genießen konnte. Aber dies sollte nicht sein. Sie mußte eine kleine, verräterische Bewegung gemacht haben, denn als sie aufblickte, beobachtete er sie aufmerksam. Sie dachte an das Inferno, aus dem er sie gerettet hatte, und zitterte.

»Sie hätten ums Leben kommen können«, flüsterte sie. »Wie konnten Sie Ihr Leben aufs Spiel setzen, um meines zu retten?«

»Wie hätte ich es nicht tun und mich danach noch einen Mann nennen können?«

»Es war das dritte Mal«, murmelte Amanda, ohne zu merken, daß sie sich wiederholte.

»Vielleicht sollte ich dafür eine Belohnung fordern«, sagte Nikolaj trocken. »In unserem Land gibt es ein Sprichwort, das besagt, wenn jemand einem anderen dreimal das Leben gerettet hat, er das Recht hat, dieses Leben sein eigenes zu nennen. Wären Sie bereit, eine solche Buße zu bezahlen?«

Die Dunkelheit griff wieder nach ihr, und deshalb sah sie nicht Nikolajs eindringlichen, fragenden Blick. Sie wollte ihm sagen, daß er mit ihrem Leben tun konnte, was er wollte, aber sie sprach es nicht aus. Um sie herum waren Dunkelheit und Stille und der brennende Schmerz in ihrem Knöchel.

Elftes Kapitel

Amanda war noch bewußtlos, als Nikolaj sie ins Haus trug. Tante Sophie war außer sich vor Entsetzen. Während ihr Nikolaj kurz erzählte, was geschehen war, rang sie fortwährend die Hände über den Zustand ihrer Großnichte.

»Sie wird sich schnell erholen«, sagte Nikolaj. Aber Tante Sophie war davon nicht überzeugt.

»Dies war nicht nur ein Sturz vom Pferd oder etwas Ähnliches«, korrigierte sie ihn.

An den folgenden Tagen wurden ihre schlimmsten Befürchtungen wahr. Amanda fiel in tiefe Bewußtlosigkeit. Sie wurde von Alpträumen gequält und litt abwechselnd an Fieberanfällen und Schüttelfrost. Nur Nikolajs Anwesenheit schien die Macht zu haben, sie zu beruhigen. Er bat Tante Sophie, Amanda nichts von ihren schrecklichen Fieberfantasien zu erzählen, in denen sie Orlow mit den französischen Soldaten verwechselte und immer von neuem ihre Schicksalsprüfung durchmachte.

Der Arzt, der eilig von einem benachbarten Gut gerufen worden war, stellte einen schweren Fall von Gehirnfieber fest und riet zur völligen Ruhe, bis die Patientin sich zu erholen begann. Nikolajs improvisierte Behandlung des gebrochenen Knöchels lobte er mürrisch und gab zu, daß die junge Dame mit einigem Glück an Weihnachten würde wieder gehen können, ohne zu hinken.

»Was die Alpträume anbelangt«, fügte er hinzu, »werden diese mit der Zeit nachlassen. Die Jugend hat bemerkenswerte Regenerationskräfte.«

Allmählich erholte sich Amanda. Tante Sophie hielt sich an die Anweisungen ihres Neffen und sagte ihr nur, daß sie nach ihrer Rückkehr aus Moskau an einem schweren Fieber erkrankt sei, sich jetzt aber auf dem Weg zur völligen Genesung befand.

Grand-père verbrache eine Stunde bei ihr, kurz nachdem der Arzt erklärt hatte, es gehe ihr so gut, daß sie nun Besucher empfangen könne, vorausgesetzt, sie rege sich nicht auf. Von ihm erfuhr Amanda, daß Moskau nicht so schwer gelitten hatte wie zuerst befürchtet.

Die zweite Neuigkeit, die sie über den Krieg erfuhr, stammte von Nikolaj selbst, der sie auf Tante Sophies Verlangen besuchte.

»Das Kind verzehrt sich nach dir, Nikolaj. Ich glaube, sie möchte dir für ihre Rettung danken.«

»Sie hat mir schon genug gedankt«, erwiderte er kurz.

Aber als Maria Amanda den Nachmittagstee brachte fand sie die beiden zusammen.

Nikolaj stand neben dem Fenster und wandte Amanda den Rücken zu. Seine Haltung wirkte auf ihre überstrapazierten Nerven niederdrückend. Es schien, als wolle er weder ihren Dank noch ihre Gesellschaft. Sie fragte sich, weshalb sie dazu verdammt war, diese unerwünschte Liebe zu erdulden.

»Sobald Sie sich genügend erholt haben, werden Sie nach Petersburg zurückkehren«, sagte Nikolai, als Maria gegangen war.

Das wußte Amanda bereits. Tante Sophie war an diesem Morgen voller Pläne für ihre Abreise gewesen. Offenbar hatte der Zar eine Reihe von Festlichkeiten für den kommenden Winter im Sinn, um die Befreiung Moskaus zu feiern. Es hieß, daß die Franzosen sich zurückzogen und nicht vorhatten, weiter nach Rußland einzudringen, da der Winter bevorstand.

Eine Neuigkeit jedoch hatte Tante Sophie ihr nicht mitgeteilt, das überließ sie Nikolaj.

»Werden Sie uns begleiten?« fragte Amanda ihren Vetter. Sie zupfte nervös an ihrer Bettdecke und fürchtete sich vor der kalten Zurückweisung, die sie zweifellos in seinen Augen sehen würde, wenn sie den Kopf hob.

»Nein«, antwortete er kurz. »Ich habe Pflichten, die mich in Moskau festhalten. Wenn es Ihnen gut genug geht, Amanda, gibt es einige Dinge, über die wir sprechen müssen.«

Sie sah ihn erschrocken an.

»Grand-père will einen Ball geben und das Datum unserer Hochzeit bekanntmachen.«

Es zog ihr merkwürdig die Kehle zusammen.

»Aber wir dürfen nicht heiraten! Unsere Verlobung ist nicht echt... Sie haben selbst gesagt, daß...« Sie stockte und wünschte dabei, sie könne ahnen, was er dachte.

»Die Umstände haben sich geändert«, erklärte Nikolaj abrupt. »Natürlich nicht unsere Gefühle füreinander.«

Wenn er nur wüßte, wie sehr er sich darin irrt, dachte Amanda gequält. Aber das konnte sie ihm niemals sagen. Sie konnte ihm nicht einmal durch einen Blick oder eine Geste zu verstehen geben, wie gründlich sich ihre Gefühle geändert hatten, während die seinen die gleichen geblieben waren.

»Ich habe nachgedacht«, fuhr Nikolaj ernst fort. »Eine Ehe zwischen uns wäre keine schlechte Sache, sie wäre nicht schlechter als viele andere, und es würde Grand-père große Freude bereiten. Ich gebe Ihnen mein Wort, daß ich...«

»Hören Sie auf, hören Sie auf!« schrie Amanda und preßte die Hände an ihre Ohren. »Ich wollte aus Liebe heiraten...«

Sie verlor die Selbstbeherrschung.

Nikolaj trat neben ihr Bett. »Ich hatte gedacht, Orlow habe Ihnen genügend Lektionen über die Liebe gegeben. Sie müßten eigentlich wissen, was für ein bitteres, destruktives Gefühl sie ist, und daß Sie ohne sie besser daran sind.«

Er hatte recht. Aber es war nicht Orlow gewesen, der sie die Qual der unerwiderten Liebe gelehrt hatte, sondern er selbst!

»Sie haben mir immer noch keine Antwort gegeben, Amanda«, drängte Nikolaj. »Denken Sie gründlich nach, ehe Sie es tun, und bedenken Sie, eine Ehe zwischen uns würde Grand-père sehr glücklich machen.«

»Warum nicht?« sagte Amanda bitter. »Machen wir wenigstens ihn glücklich, wenn wir einander nicht glücklich machen können.«

Nikolajs Augen wurden dunkelgrün.

»Wären Sie so gleichgültig, wenn Orlow Ihnen den Antrag gemacht hätte? Oder erwarten Sie ein überzeugenderes Unterpfand als bloße Worte?«

Während er sprach, beugte er sich über sie, nahm ihre Hände in die seinen, und sein Mund teilte ihre Lippen in einem Kuß, der eher bestrafte als liebkoste.

Eine Sekunde lang zitterten ihre Lippen verräterisch unter dem Druck seines Mundes. Dann hatte sie sich unter Kontrolle. Wenn sie tatsächlich heiraten würden, mußte sie es lernen, ihre Gefühle zu verbergen. Dies konnte die erste Übung darin sein.

»Ich hätte es nicht tun sollen«, sagte er, als er sich von ihr zurückzog. »Bitte, verzeihen Sie mir.«

»Was, daß Sie mich geküßt haben? Ich glaube, ich werde mich an Ihre Küsse gewöhnen müssen – und an Schlimmeres!«

Sie fuhr unter dem Zorn zurück, der in seine Augen trat. Aber er fing sich rasch. Nur seine Hände verrieten, daß der Hieb getroffen hatte.

»Wenn Sie einverstanden sind, werden wir einen Monat, nachdem unsere Verlobung öffentlich bekanntgegeben wurde, heiraten«, sagte er und verließ den Raum.

Er hätte sie genausogut auffordern können, ihren Namen unter irgendeinen trockenen Vertrag zu setzen, dachte Amanda ärgerlich.

Sie kamen vor dem ersten Frost in Sankt Petersburg an. Ende des Monats erfuhren sie, daß die Franzosen sich endgültig auf dem Rückzug befanden und daß von der einst so stolzen Armee Tausende zugrunde gingen, als der Winter und der Mangel an Nahrung das vollendeten, was die russischen Soldaten nicht erreicht hatten. Männer, die von ihrem Regiment auf Urlaub kamen, berichteten, daß die Franzosen während des Marsches starben. Schlecht ausgerüstet und unterernährt, konnten sie dem russischen Winter nicht standhalten.

Der Schnee setzte früh ein. Mitte November lag er auf Sankt Petersburg wie eine dicke Decke, und die Newa war bereits zugefroren.

Amandas Knöchel war völlig genesen, und nur eine leichte Schwäche erinnerte sie an das, was sie erlitten hatte.

Trotzdem fand Tante Sophie, daß sie viel zu blaß war für ein Mädchen, das im Begriff war, seine Verlobung zu feiern.

Nur in der Abgeschiedenheit ihres Zimmers konnte Amanda den Vorbereitungen zum Fest aus dem Weg gehen. Sie beneidete Nikolaj, der bei seinem Regiment Dienst tat und den ständigen Erinnerungen an die Hochzeit entrinnen konnte. Es war nicht so, als ob sie wirklich ihr Gelöbnis bräche, dachte Amanda untröstlich. Schließlich heiratete sie tatsächlich aus Liebe, auch wenn der Gegenstand ihrer Liebe ihre Gefühle nicht erwiderte.

Sie sollte zum Ball ein neues Kleid aus weißem Musselin mit kleinen, gestickten Blütenmustern tragen. Es war bezaubernd, aber Amanda haßte es.

Grand-père hatte eine Suite von Räumen für sie freigemacht und erwartete von ihr, daß sie täglich hinging und sich über den Fortschritt der Renovierung begeistert zeigte.

Als der Monat zu Ende ging, begann Tante Sophie zu klagen, daß Nikolaj nicht rechtzeitig von Moskau zurückkehren könnte.

Grand-père versuchte, ihre Besorgnis zu zerstreuen.

»Nicht zu seiner eigenen Verlobung? Unsinn! Ich denke, daß er diesem ganzen Trubel aus dem Weg gehen will, nicht wahr, Amanda?«

Sie antwortete mit einem erzwungenen Lächeln.

Der Zar war wieder in Sankt Petersburg. Amanda hatte ihn in seiner Troika vorbeifahren sehen, als sie mit Tante Sophie einkaufen war. Man munkelte, er habe seine Schwester mitgebracht und daß sich die beiden oft stundenlang in seine Privatgemächer zurückzogen. Manche Leute tuschelten, das Band zwischen dem Zaren und der Großherzogin sei viel enger als das zwischen dem Zaren und der Zarina. Amanda fragte sich, ob die Zarina sich einsam fühlte und wünschte, sie wäre mit einer weniger bedeutenden Person verheiratet. Aus der Ehe waren bis jetzt keine Kinder hervorgegangen, und es würden wahrscheinlich auch keine kommen. Amanda schauderte. Was würde sie selbst für eine Ehe führen? Ein Teil von ihr sehnte sich danach, an die Tagträume zu glauben, in denen sie sich sagte, daß mit der Ehe auch die Liebe kommen würde. Ein anderer Teil fragte sich, ob die Qual, Nikolaj zum Gatten zu haben, so groß sein würde, daß sie wünschte, sie hätte ihn niemals geheiratet.

Die Erkenntnis, daß sie während all der Vorbereitungen für den Ball vergessen hatte, für sich selbst ein neues Kleid anfertigen zu lassen, ließ Tante Sophie zu ihrer Modistin eilen. Amanda begleitete sie. Die beiden Damen waren bald in eine ernste Diskussion über rivalisierende Stoffe vertieft. Amanda, die das Interesse daran verloren hatte, ging auf die verschneite Straße hinaus.

Dicke Schneeflocken schwebten aus einem perlgrauen Himmel zur Erde. Amanda wanderte ziellos am Moika-Kanal entlang, an dem das Geschäft lag, und wurde an den vergangenen Winter erinnert, als sie mit vergnügten, jungen Leuten Schlittschuh laufen gegangen war. Damals hatte sie noch nichts von den Problemen geahnt, die sie jetzt quälten.

Wie ein Geist, der von ihren eigenen Gedanken herbeigerufen worden war, materialisierte sich Anna Morowskaja vor ihr. Amanda zögerte, aber es war zu spät, um so zu tun, als hätte sie sie nicht gesehen.

Die Lebhaftigkeit, die Amanda so sehr an ihr bewundert hatte, war verschwunden. Ihr Gesicht sah hart und verhärmt aus.

»Sie können sich getrost von mir abwenden«, zischte sie, »Sie, die Sie meinen armen Bruder getötet haben.«

Amanda wünschte, sie hätte sich nicht so weit von dem Geschäft entfernt. Von Tante Sophie war nichts zu sehen.

»Der Tod Ihres Bruders tut mir leid, aber ich will damit nicht sagen, daß ich es ernstlich bedauere. Er hätte mir großes Leid zugefügt, wenn mein Vetter ihn nicht daran gehindert hätte...«

»Indem er Sie geheiratet hätte«, unterbrach sie Anna Morowskaja. Sie zog eine Grimasse. »Aber Sie haben nichts dagegen, Ihren Vetter zu heiraten, nicht wahr? Sie wären mit Wassilij besser daran gewesen, meine Liebe, das wissen Sie selbst. Nikolaj liebt Sie nicht! Er ist nicht zur Liebe fähig! Er ist ein Mann aus Stahl! Ich muß es schließlich wissen. Weshalb glauben Sie wohl, habe ich einen Liebhaber genommen? Ich hatte gedacht, ihr stolzer Vetter sei weit vom Schuß in Gatschina. Aber das war er nicht. Er stürzte in mein Zimmer... nicht, um meinen Liebhaber zum Duell herauszufordern, o nein, das wäre unter seiner Würde gewesen. Nein, er kam, um mir mitzuteilen, daß unsere Verlobung gelöst sei.«

Amanda schwieg, aber ihre Miene verriet sie.

»Sie lieben ihn, nicht wahr?« höhnte Anna Morowskaja. »Sie könnten ebensogut ein Stück Eis lieben, meine Liebe. Und glauben Sie nicht, daß er Ihre kindische Ergebenheit übersieht. Er wird Nutzen daraus ziehen, Sie an sich binden, ohne daß er der ermüdenden Aufgabe gegenüberstehen muß, Ihre Treue mit anderen Mitteln zu sichern«, sagte sie grausam. »Ich freue mich auf Ihre Ehe, denn ich kann mir keine bessere Rache für meinen armen Wassilij ausdenken! Sein kalter Stolz wird Sie zerstören, meine Liebe, denken Sie daran.«

Amanda zitterte, als Anna Morowskaja gegangen war.

Auf dem Rückweg war sie so niedergeschlagen, daß Tante Sophie sie fragte, ob sie sich ganz wohl fühle. Amanda erwiderte leise, sie sei nur ein wenig müde.

Mehrere Tage nach ihrem Zusammentreffen mit Anna Morowskaja hatte Amanda eine Idee. Sie kam ihr, als sie einen Brief von Tante Phoebe las. Sie würde diese Ehe nicht eingehen, beschloß sie. Sie würde es um ihres Stolzes willen nicht tun. Sie würde nach England zurückkehren. Aber wie sollte sie das bewerkstelligen?

Das Problem beschäftigte sie zwei ganze Tage lang, ehe sich ihr eine unerwartete Lösung in der Gestalt einer von Tante Sophies Freundinnen anbot.

Tante Sophie hatte Amanda zu einem Besuch bei der Gräfin Borsino mitgenommen. Die Gräfin erzählte Amanda von ihrem Neffen, der in der russischen Botschaft in London tätig war. Amanda hörte zu und dachte an die Freundlichkeit des russischen Botschafters.

»Mein Sohn fährt in einem Monat zu seinem Vetter nach London«, sagte die Gräfin. »Vielleicht würden Sie ihm gern eine Nachricht für Ihre Familie mitgeben.«

Amanda war schon im Begriff, dankend abzulehnen, als ihr ein Gedanke kam.

»Wenn Sie sicher sind, daß es Ihrem Sohn nichts ausmacht...«

»Aber natürlich nicht. Ich lasse ihn sofort kommen.«

Zehn Minuten später wurde Amanda einem verlegenen, jungen Mann mit einem einnehmenden Lächeln vorgestellt.

Als die beiden älteren Damen ihr Gespräch wieder aufnahmen, erzählte er Amanda, daß er sich auf den Besuch in London freue.

»Ich wollte der Leibgarde beitreten«, gestand er, »aber Mama war wegen des Krieges dagegen.«

Amanda überlegte, wie sie das Gespräch in die gewünschte Richtung lenken konnte, ehe sie der Mut wieder verließ.

»Das Regiment des Zaren ist wieder in Petersburg«, fuhr der junge Mann fort. »Ich habe den Fürsten Nikolaj gestern im Winterpalast gesehen. Was hätte ich darum gegeben, bei ihm in Moskau sein zu können! Es heißt, der Zar will ihn für seine Verdienste auszeichnen.«

Amanda war tief gekränkt, und alle Zweifel an der Weisheit des Schrittes, den sie erwogen hatte, verflüchtigten sich. Nikolaj war in Sankt Petersburg und hatte keinen Versuch gemacht, sie zu sehen. Ihr Entschluß war gefaßt. Sie würde gehen, ehe ihre eigenen Gefühle es ihr unmöglich machten.

Sie schnitt dem jungen Mann das Wort ab. »Eine... eine Freundin von mir möchte nach London reisen. Sie hat niemanden, der sie begleitet. Ich frage mich, ob sie nicht mit Ihnen reisen könnte. Aus familiären Gründen möchte sie ihre Reise nicht publik machen... aus einem ganz besonderen Grund...«

Die Augen des jungen Mannes drückten wachsendes Erstaunen aus.

»Ich hatte nicht vorgehabt, mit jemandem zu reisen. Nur ich und mein Diener...«

»Diese... diese Freundin wird Ihnen keine Unannehmlichkeiten machen. Sie muß unbedingt nach London... Ein Verwandter von ihr ist schwer erkrankt...« Amanda improvisierte drauflos. »Ja, er ist todkrank, und sie will ihn noch einmal sehen.«

Der Blick des Grafen wanderte hilfesuchend zu seiner Mutter, aber die merkte nichts von seiner Not.

»Bitte sagen Sie, daß Sie meiner Freundin helfen wollen. Sie werden es nicht bereuen, das verspreche ich Ihnen.«

Er lockerte sein Halstuch, als fände er es ein wenig beengend. »Äh...« Er zögerte.

»Oh, Sie werden es tun! Tausend Dank! Wann reisen Sie ab? Bitte weihen Sie mich in alle Einzelheiten ein, damit ich sie meiner Freundin weitergeben kann. Sie wird Ihnen so dankbar sein.«

»Ich wollte Ende dieses Monats aufbrechen«, lautete die gequälte Antwort. »Aber...«

»Dann ist alles geregelt«, unterbrach Amanda. »Bitte kommen Sie zu unserem Ball, dann werden wir alles genau ausmachen.«

Wie betäubt hörte sich der junge Mann zustimmen. »Wird Ihre Freundin auch auf dem Ball sein?«

Einen Augenblick war Amanda verwirrt, fing sich aber rasch. »Meine Freundin! O nein... sie geht nicht viel aus.

Wenn Sie mir den Tag und die Uhrzeit Ihrer Abreise sagen, wird sie zur Stelle sein.«

Als die beiden Damen gegangen waren, suchte der junge Mann seine Schwester auf, die, obwohl sie noch die Schulbank drückte, bekanntermaßen einen klugen Kopf auf den Schultern trug. Sie hörte ihm schweigend zu und sagte dann scharfsinnig: »Da gibt es nur eines, Dimitrij. Du mußt zum Fürsten gehen und ihm alles erzählen. Es ist fast mit Sicherheit eine Flucht.«

Ihr Bruder keuchte. »Eine Flucht? Aber ich kann Fürst Nikolaj nicht sagen, daß... ich kann es nicht.«

»Du mußt!« sagte seine Schwester resolut. »Er wird dir immer zu Dank verpflichtet sein und Mama dazu bringen, daß sie dir erlaubt, in die Leibgarde einzutreten.«

Diese betörende Aussicht reichte aus, um ihn sofort zum Winterpalast gehen zu lassen. Unterwegs probte er im Geist das bevorstehende Gespräch.

Er fand Fürst Nikolaj im Vorzimmer des Zaren und fragte ihn ein wenig nervös, ob der Fürst einige Minuten Zeit für ihn erübrigen könne.

Nikolaj hatte schon fast zwei Stunden gewartet, um den Zaren zu sprechen. Seine Pflichten in Moskau waren beinahe beendet. Er hatte für Alexander mehrere Berichte über den Zustand der zurückweichenden französischen Armee mitgebracht. Er war auf dem Weg nach Sankt Petersburg an ihr vorbeigeritten und von dem, was er gesehen hatte, mit Mitleid erfüllt. Vielleicht wurde er alt, dachte er, aber der Krieg hatte für ihn seinen Glanz verloren.

»Setzen Sie sich«, sagte er zu Dimitrij und schob ihm einen Stuhl hin.

Er war gespannt, was den jungen Mann so eilig zu ihm geführt hatte.

Nikolajs Gesicht wurde mit jedem zögernd vorgebrachten Satz verschlossener, und nach einer halben Stunde wußte er es.

»Sie haben gut daran getan, zu mir zu kommen. Ihre Schwester scheint eine kluge junge Dame zu sein. Sie werden über diese Angelegenheit mit niemandem sprechen, um den Ruf der Freundin meiner Cousine zu schützen. Ich versichere Ihnen, Sie können alles mir überlassen.«

»Und Miß Stanton?« fragte Dimitrij nervös. »Sie wird von mir erwarten, daß ich ihr Einzelheiten über meine Reise mitteile.«

»Ja, natürlich. Ich schlage Ihnen folgendes vor...«

Sie trennten sich sehr liebenswürdig voneinander, so daß Dimitrij sich erkühnte, seinen neuen Helden zu fragen, ob nicht auch er der Ansicht sei, daß eine Saison in London in keiner Weise mit dem Leben als Mitglied des Regiments des Zaren zu vergleichen sei.

Nikolaj unterdrückte ein kleines Lächeln und wies geschickt darauf hin, daß das Leibregiment des Zaren im Begriff war, die Franzosen zu verfolgen und wahrscheinlich einen außerordentlich unangenehmen Winter verbringen werde. London dagegen sei bekannt als die Heimat der attraktivsten jungen Damen, und schon aus diesem Grund sei es einen Besuch wert. Er vergoldete diesen Gedanken weiter, indem er auf die Vorteile einer Weltreise für jeden jungen Mann hinwies, der seinen Weg in der Armee des Zaren machen wolle, und sein junger Freund verabschiedete sich von ihm in einer weit besseren Stimmung als jener, in der er gekommen war.

Im Vorzimmer allein gelassen, schrieb Nikolaj für Alexander eine kurze Notiz, die er auf den Tisch legte, ehe er das Zimmer verließ. Als ein Bediensteter des Zaren kam, um ihn hereinzubitten, fand er die hastig notierten Zeilen.

Der Zar überflog sie rasch und lächelte. »Es scheint, daß das Eis nicht so dick ist, wie ich befürchtet hatte«, sagte er zum Erstaunen seines Dieners, der später seinen Kameraden berichtete, daß der Konflikt mit den Franzosen den Geist des Zaren verwirrt haben mußte.

Amanda saß in der Bibliothek und versuchte gerade, einen Brief mit einer plausiblen Erklärung für Grand-père und Tante Sophie zu entwerfen, als Nikolaj eintrat. Im Papierkorb lagen die stummen Zeugen dafür, wie schwierig diese Aufgabe war. Bis jetzt hatte sie nur eine ziemlich verworrene Erklärung zusammengebracht, aus der sogar sie selbst nicht klug geworden wäre.

Als sie sah, daß Nikolaj auf sie zukam, sprang sie auf, zerknüllte hastig ihren letzten Versuch, die Gründe für ihren ›französischen Abschied‹ von den liebsten, freundlichsten Verwandten, die überhaupt jemand haben konnte, darzulegen, und sah ihren Vetter schuldbewußt an.

»Störe ich Sie?« fragte Nikolaj ruhig. »Verzeihen Sie, aber ich wußte nicht, daß Sie beschäftigt sind.«

»Ich schreibe nur einen Brief«, sagte Amanda nervös.

»Einen Brief?« Nikolaj lächelte undurchdringlich. »Für eine Ihrer Tanten in England, nehme ich an?«

Amanda sah ihn erstaunt an. Sie erkannte ihn in dieser ungewohnt höflichen Stimmung nicht wieder.

»Ja«, stimmte sie schließlich zu und hoffte, die Lüge möge ihr vergeben werden. Schließlich war es keine völlige Unwahrheit, denn sie schrieb tatsächlich an eine Tante, wenn auch an keine von denen, die er meinte.

»Ich wußte nicht, daß Sie wieder in Petersburg sind«, log sie, als sich das Schweigen hinzog.

Nikolaj betrachtete stirnrunzelnd den überquellenden Papierkorb. Sie hielt den Atem an und betete, daß er nicht auf den Gedanken kommen möge, seinen Inhalt näher zu betrachten.

»Nicht?« fragte er nachdenklich und sah ihr in die Augen. »Sie konnten doch sicher nicht annehmen, daß ich bei meiner eigenen Verlobungsfeier fehlen werde? Ich wäre früher hier gewesen, aber ich hatte beim Zaren zu tun.«

»Beim Zaren?«

»Ich habe beschlossen, den Dienst zu quittieren. Als Familienvater werde ich nicht mehr soviel Zeit haben, mich dem Dienst zu widmen, wie in der Vergangenheit. Außerdem muß ich mich, da Grand-père leidend ist, mehr um die Güter kümmern. Glauben Sie, daß Ihnen der Gedanke gefallen wird, mich ständig um sich zu haben?«

Entnervt darüber, daß er ununterbrochen den Papierkorb fixierte, stammelte Amanda eine passende Erwiderung, oder wenigstens hielt sie dieselbe für passend.

»Wirklich? Seltsam«, sagte er. »Ich hatte deutlich den Eindruck, daß Sie es vorzögen, zwischen uns den größtmöglichen Abstand zu wahren. Tante Sophie erzählte mir übrigens, daß sie Sie neulich zu einem Besuch bei Gräfin Borsino mitgenommen hat.«

Amandas Herz schlug wie eine Trommel.

»Äh... ja...« Sie brachte es nicht über sich, ihm in die Augen zu sehen, weil sie fürchtete, daß er in ihnen die Wahrheit lesen könnte. Wenn er sie doch nur in die Arme nehmen und ihr sagen würde, daß er sie nie wieder loslassen wollte.

Ein wehmütiges Lächeln spielte um ihren Mund.

»Sie sehen nachdenklich aus«, bemerkte Nikolaj. »Ist etwas nicht in Ordnung?«

Amanda zuckte nervös zusammen. Wenn er doch nur weggehen und aufhören wollte, sie zu quälen.

»Was sollte sein? Ich bin das glücklichste Wesen der Welt.«

»So sehen Sie aber nicht aus«, kam die nüchterne Erwiderung. »Sie brauchen mir nichts vorzuspielen, Amanda. Ich kenne Ihre Gefühle genau.«

Ihr Herz schien in ihrer Kehle zu sitzen. Sie fragte sich, ob in seinen Worten irgendeine verborgene Bedeutung lag. Wußte er, daß sie ihn liebte? Seine Miene sagte ihr nichts, so ruhig und undurchdringlich war sie. Aber sicherlich würde er es ihr gegenüber niemals erwähnen, wenn er erriet, daß sie ihn liebte.

Sie hatte unter seiner Gleichgültigkeit und seinem Zorn

gelitten, aber nie unter absichtlicher Unfreundlichkeit. Es ist nicht seine Art, Schmerzen zuzufügen, dachte sie. Nikolaj hatte nichts Niederträchtiges an sich, und doch gab ihm ihre Liebe unzweifelhaft einen Vorteil über sie, wie Anna Morowskaja ihr warnend gesagt hatte.

»Was immer meine Gefühle sind, sie gehen Sie nichts an«, sagte sie herausfordernd.

Er ging darauf nicht ein. Einige Sekunden lang betrachtete er sie nachdenklich und sagte schließlich ruhig: »Wenn Sie es so wollen. Darf ich wenigstens auf das Vergnügen eines Walzers mit Ihnen beim Ball hoffen?«

Sein Tonfall verblüffte Amanda. Sie zuckte die Achseln und täuschte Gleichgültigkeit vor.

»Auf so viele Walzer, wie Sie wollen. Schließlich ist es Ihr Recht, nachdem wir offiziell verlobt sind.«

»Mein Recht. Wie großzügig von Ihnen, mich daran zu erinnern. Ich hoffe, daß ich Sie ebenso zuvorkommend finde, wenn es zu meinen anderen ›Rechten‹ kommt. Irgendwie hatte ich etwas Besseres von Ihnen erwartet, Amanda. Was ist aus dem Mädchen geworden, das schwor, es würde nur aus Liebe heiraten?«

»Vielleicht ist es erwachsen geworden«, sagte Amanda ruppig.

Einen Augenblick glaubte sie, Nikolaj mache eine Bewegung auf sie zu, aber er wandte sich ab und ging aus dem Zimmer.

Zwölftes Kapitel

Deprimiert bereitete sich Amanda auf den Ball vor. Sie selbst und niemand anderes, hatte den Entschluß gefaßt, Sankt Petersburg zu verlassen, und da dies in ihren Augen das einzig Vernünftige war, sollte es sie eigentlich nicht in dem Maße unglücklich machen, wie es der Fall war.

Wie schon beim Ball des Zaren trug sie die Saphirkette, aber diesmal hatte sie noch einen weiteren Schmuck – Nikolajs Ring.

In ihrem Handtäschchen lag der Brief, den sie an Grandpère und Tante Sophie geschrieben und in dem sie die Gründe dargelegt hatte, weshalb sie Sankt Petersburg verlassen mußte. Sie hatte ein unangenehmes Gefühl im Magen, als sie daran dachte, wie die beiden ihre Botschaft aufnehmen würden.

Sie saß da und sah zu, wie Maria letzte Hand an ihre Frisur legte. Sie hörte schon, wie die ersten Besucher eintrafen, und ihr Herz begann schneller zu schlagen. Würde Dimitrij Borsino sein Versprechen einhalten und sie über die endgültigen Einzelheiten seiner Reise unterrichten? Ihrer beider Abreise, wie sie sich sagte.

*

Der Zar und seine Schwester hatten liebenswürdigerweise die Einladung zum Ball angenommen, und als die ersten Takte der Polonaise durch den geschmückten Ballsaal hallten, fand sich Amanda in den Armen des Zaren, während Nikolaj die Großherzogin zum Tanz führte.

Der Zar war ein vorzüglicher Tänzer, daran zweifelte Amanda nicht, aber sie mußte immer wieder zu dem anderen Paar hinübersehen. Nikolaj sah in seiner Uniform sehr stattlich aus, und sein Lächeln für die Großherzogin war viel wärmer, als es jemals für sie selbst gewesen war. Der Zar galt als ein außergewöhnlich gutaussehender Mann, aber in Amandas Augen gab es keinen Zweifel daran, welchem der beiden Herren auf der Tanzfläche die Palme gebührte. Unbewußt seufzte sie. Es war für den Zaren aller Reußen ein neues Erlebnis, nicht die volle Aufmerksamkeit einer Frau zu besitzen, die er mit seiner Gegenwart beehrte. Er zwinkerte. »Ihr Verhalten ist nicht sehr schmeichelhaft«, neckte er sie. »Offensichtlich wären Sie lieber an der Stelle meiner Schwester?«

Amandas Verwirrung vergrößerte noch sein Amüsement.

»Ich habe mich lange gefragt, wer das Eis zum Schmelzen bringen würde, mit dem mein stolzer Freund sich umgeben hat. Ich glaube, er wird Ihnen ein guter Gatte sein. Ich hoffe doch, daß Sie seine Zuneigung erwidern? Ich würde es nicht gern sehen, wenn Nikolaj zu einer Ehe ohne Liebe verdammt wäre. Das ist für einen Mann etwas sehr Schmerzliches.«

Einen Augenblick überschattete sich sein Gesicht, und Amanda vermutete, daß er an seine eigene Ehe dachte. Es gibt nur eines, was schlimmer ist als eine Verbindung ohne Liebe, dachte sie traurig, und das ist eine, in der der eine Teil zu sehr liebt und der andere überhaupt nicht. Alle Zweifel an ihrem Entschluß verflogen. Um Nikolajs willen ebenso wie um ihrer selbst willen durfte sie ihn nicht mit ihrer unerwünschten Liebe belasten.

Die Musik endete. Nikolaj führte die Großherzogin auf ihren Platz und kam, um seinen Tanz zu fordern. Es war gleichzeitig Himmel und Hölle, in seinen Armen gehalten zu werden, als die Klänge eines Walzers den Ballsaal füllten. Seine Hand an ihrer Hüfte war so unpersönlich, wie sie es sein mußte. Er hielt den erforderlichen Abstand zwischen ihnen ein. Wenn er sie doch nur ein wenig fester halten würde, so als wolle er sie nie wieder loslassen, dachte Amanda verzweifelt. Wenn sie doch nur nicht so töricht gewesen wäre, sich in ihn zu verlieben.

»Sie sind ein wenig zerstreut«, sagte Nikolaj. »Ist Ihr Knöchel doch noch nicht ganz ausgeheilt?«

»Nein, nein, er tut mir überhaupt nicht weh«, sagte Amanda hastig.

»Aber etwas ist nicht in Ordnung. Dies ist schon das vierte Mal, daß Sie zur Tür geblickt haben. Halten Sie nach jemandem Ausschau, oder kommt es nur daher, daß Sie meine Gesellschaft dermaßen langweilt und Sie es nicht abwarten können, mich los zu sein?«

Amanda hatte nach Dimitrij Ausschau gehalten, aber das konnte sie Nikolaj schwerlich sagen.

»Ihre Gesellschaft langweilt mich nicht«, antwortete sie hitzig. »Wie wäre das möglich, wenn … wenn wir heiraten sollen?«

»Ganz leicht, stelle ich mir vor«, erwiderte er trocken. »Langeweile in der Ehe scheint neuerdings der letzte Schrei zu sein. Oder hoffen Sie, daß Orlow von den Toten aufersteht, um Sie in der elften Stunde in wahrhaft romantischer Weise zu erretten?«

Amanda wurde blaß, als er Orlow erwähnte. Plötzlich war die Qual, Nikolaj körperlich so nahe und geistig doch so fern zu sein, für sie nicht mehr zu ertragen. Mit einem Schrei löste sie sich aus seinen Armen.

In diesem Augenblick hörte die Musik auf. Der Tanz war zu Ende. Sie blickte sich nicht um, ob Nikolaj ihr folgte.

Ihre überstürzte Flucht aus dem Ballsaal wurde von einem Diener verhindert, der ihr einen Brief gab, den er mit dem Auftrag erhalten hatte, ihn ihr und nur ihr allein zu überreichen.

Mit klopfendem Herzen öffnete sie ihn. Er stammte von Dimitrij und besagte, daß er sie in der Bibliothek erwarte.

Ein wenig nervös eilte Amanda hin und fragte sich, weshalb Dimitrij sie nicht selbst im Ballsaal aufgesucht hatte.

Als sie die Tür öffnete, stand er neben Grand-pères Schreibtisch. Er trug keinen Abendanzug, sondern Reisekleidung.

»Miß Stanton!«

Er war sichtlich erleichtert, sie zu sehen, und Amanda hatte den Eindruck, daß er noch nervöser war als sie selbst.

»Gott sei Dank, daß Sie da sind! Ich bin hier, um Ihnen zu sagen, daß ich Petersburg noch heute abend verlasse. Meine Pläne haben sich plötzlich geändert.«

Amanda sah ihn überrascht an.

»Heute abend?« wiederholte sie ausdruckslos. »Aber …«

»Wenn Ihre Freundin mich noch immer begleiten will, muß sie um Mitternacht reisefertig sein. Ich erwarte sie bei der Fontanka-Brücke, kennen Sie sie?«

Amanda nickte. »Ja, aber...«

»Es tut mir leid, daß ich es Ihnen nicht früher sagen konnte«, fuhr Dimitrij unbeirrt fort. »Das Schiff, mit dem ich fahren werde, verläßt den Hafen früher, als ich erwartet hatte. Ich muß die erste Poststation vor der Morgendämmerung erreichen. Wenn Ihre Freundin es sich aber anders überlegt haben sollte...«

»Nein, nein, sie wird da sein.« Amanda war zu erregt über diese Neuigkeit, um zu bemerken, daß er gespannt auf die offene Tür der Bibliothek sah. Wenn sie mit ihm reisen wollte, mußte sie heute nacht gehen, fast noch in dieser Stunde. Es geschah alles viel rascher, als sie es erwartet hatte. Sie würde nur noch Zeit haben, einen Handkoffer zu packen. Es war ein Glück, daß sie den Brief für Grand-père und Tante Sophie schon geschrieben hatte.

»Ich muß jetzt gehen«, sagte Dimitrij. »Bei der Fontanka-Brücke, um Mitternacht.«

Als Amanda wieder in den Ballsaal kam, spielten die Musiker das letzte Stück vor dem Abendessen. Ein Blick auf ihre Karte bestätigte ihre schlimmsten Befürchtungen. Sie hatte diesen Tanz Nikolaj versprochen. Als er kam, um sie aufzufordern, fragte sich Amanda, ob er die schuldbewußte Verzweiflung in ihren Augen lesen konnte. Er sah sie durchdringend an, ehe er sie in die Arme nahm und auf die Tanzfläche führte.

Sie tanzten einige Sekunden schweigend.

Amanda war zu sehr mit ihren eigenen, unglücklichen Gedanken beschäftigt, um ihm ihre volle Aufmerksamkeit zu schenken.

»Sie sehen mich an, als sei ich das größte Monster der Welt«, bemerkte er. »Wir werden heiraten, erinnern Sie sich? Man erwartet von uns, daß wir uns ein wenig vertraulicher benehmen.«

»Ja?« fragte sie geistesabwesend. »In welcher Weise?«

»In dieser Weise zum Beispiel«, erwiderte er ruhig und zog sie enger an sich, so daß ihr Herz wie rasend zu schlagen begann. Sein Kopf beugte sich so tief zu ihr herunter, daß seine Lippen dicht neben ihrem Ohr waren. »Es würde hilfreich sein, wenn Sie es fertigbrächten, mich mit einem Blick anzusehen, der wenigstens an Zuneigung grenzt.«

Verwirrt sah Amanda zu ihm auf. Einen Augenblick konnte sie fast glauben, der zärtliche Ausdruck in seinen Augen gelte tatsächlich ihr, aber dann dachte sie an die Rollen, die sie beide spielten. Sie senkte den Kopf.

»Amanda? Ich bin doch sicher kein solches Ungeheuer! Irgend etwas quält Sie. Kann ich nichts für Sie tun?«

Sie war versucht, den Kopf an seine Schulter zu lehnen und alles zu gestehen. Aber dicht auf den Fersen dieses Impulses kam die Vorstellung, wie er darauf reagieren würde.

»Ich versichere Ihnen, es quält mich nichts... überhaupt nichts...«, sagte sie mit angespannter Stimme, in der sie kaum ihre eigene erkannte. »Wenn Sie mich jetzt bitte entschuldigen wollen, mir ist eben etwas eingefallen...«

»Etwas Wichtigeres als das Abendessen mit Ihrem Verlobten?« fragte Nikolaj betont ruhig. »Also gut, wenn Sie es so wollen.«

Er verbeugte sich distanziert. Es war die Höflichkeit eines Fremden gegenüber einer Fremden, und wieder war Amanda versucht, ihm alles zu erklären.

Dann stellte sich ihr Trotz wieder ein. Sie blickte sich im Ballsaal um.

Grand-père war mit einem Herrn ins Gespräch vertieft und Tante Sophie in eine angeregte Unterhaltung mit einer ihrer Bekannten.

Amanda verließ schweren Herzens den Ballsaal und ging mit hängendem Kopf in ihr Zimmer. Ohne Marias

Hilfe dauerte es länger, das Kleid zu wechseln und den pelzbesetzten Mantel herauszusuchen, als Amanda es gedacht hatte. Als sie schließlich den Handkoffer gepackt hatte, zeigte die Uhr auf ihrem Toilettentisch schon Viertel vor Zwölf.

Wie ein Geist huschte sie die Treppe hinab und hielt nur kurz in der Bibliothek inne, um ihren Abschiedsbrief an eine auffällige Stelle auf Grand-pères Schreibtisch zu legen. Daneben legte sie das Etui mit der Halskette und Nikolajs Ring. Es hatte sie große Überwindung gekostet, den Ring abzunehmen. Sie hätte ihn am liebsten als kostbare Erinnerung an ihre Liebe behalten, aber es war keine billige Kleinigkeit, und sie dachte daran, daß es ein anderes Mädchen gab, das ihn eines Tages für Nikolaj tragen würde.

Die Nacht war eiskalt. Ohne Marias Hilfe war Amanda gezwungen gewesen, ihre Tanzschuhe anzubehalten, anstatt die Stiefel anzuziehen, und schon als sie den Newskij Prospekt erreichte, zitterte sie vor Kälte.

Die Brücke über den Fontanka-Kanal schimmerte schemenhaft unter der Eisdecke. Amandas Herz begann unangenehm schnell zu schlagen, als sie die Troika sah, die dort wartete. Es war nichts zu sehen außer der Troika und den Pferden, schwarze Flecken vor dem weißen Schnee, und dem zugefrorenen Kanal.

Der Handkoffer war mit jedem Schritt schwerer geworden, und Amanda war froh, als Dimitrij ihn ihr abnahm.

Er sprach kein Wort, und da sie sich noch keinen überzeugenden Grund ausgedacht hatte, weshalb sie selbst statt ihrer Freundin gekommen war, hielt sie ihr Gesicht abgewandt, als er ihr in die Troika half und sie in die Pelzdecken hüllte. Sein eigenes Gesicht lag im Schatten seines Mantelkragens, den er gegen den scharfen Wind hochgeschlagen hatte.

Er machte eine undeutliche Bemerkung, die sie nicht verstand, und dann nahm er neben ihr Platz. Die Silberglöckchen klingelten leise, als er die Pferde antrieb.

Wolken verdeckten den Mond, und Nebel hing über der Erde, als sie durch die Nacht fuhren.

Nun, da sie ihren Plan verwirklicht hatte, überfiel sie lähmende Verzweiflung. Hatte vielleicht jemand schon bemerkt, daß sie weg war? Nikolaj? Ihr Herz schlug verräterisch, und sie konnte sich nicht daran hindern zurückzublikken, als erwarte sie, ihren Vetter zu sehen, der aus der Dunkelheit auftauchte, um sie zurückzuholen.

Sankt Petersburg war weit hinter ihnen, und vor ihnen lag nichts als eisige Stille. Aber diese bedeutete nichts im Vergleich zu der Kälte, die in ihr Herz eingedrungen zu sein schien.

Amanda war so in ihre Gedanken vertieft, daß sie nicht merkte, als die Pferde auf Befehl ihres Begleiters hin langsamer wurden. Erst als die Troika in einem kleinen Silberbirkenhain stehenblieb, die in ihrem Winterkleid ihrem Namen gerecht wurden, sah sie verständnislos Dimitrijs reglose Gestalt an.

»Weshalb sind wir stehengeblieben?« fragte sie ängstlich.

»Weil ich es für an der Zeit halte, daß wir endlich miteinander sprechen«, erwiderte ihr Begleiter, schlug seinen Mantelkragen zurück und enthüllte sein Gesicht.

»Nikolaj! Wo ist Dimitrij? Woher wußten Sie? Was tun Sie hier?«

»Um die letzte Frage zuerst zu beantworten, ich bin hier, weil ich es für richtig halte. Und was Dimitrij anbelangt, er war so vernünftig, zu mir zu kommen und mir Ihr Märchen über Ihre geheimnisvolle Freundin zu erzählen, die so erpicht darauf war, Sankt Petersburg zu verlassen. Keine Angst, er weiß nicht, daß Sie selbst es sind. Ich habe ihn nur gebeten, mir behilflich zu sein. Sehen Sie mich nicht so entsetzt an, ich versichere Ihnen, er hat es ungern getan. Aber nun möchte ich Sie fragen, weshalb Sie es für nötig befunden haben, in so eigenartiger Weise vor mir davonzulaufen? Wollten Sie sich für Orlows Tod an mir rächen? Sollte es ein Schlag gegen meinen Stolz sein, den ganz Sankt Petersburg genossen hätte?«

»Nein... wie können Sie so etwas denken! Es war nichts dergleichen!« Amanda war angerührt von dem Kummer, der in seiner Stimme lag.

»Was war es dann?«

Amanda fürchtete, daß sie sich verraten könnte, und suchte nach einer Ausrede, weshalb sie Rußland hatte verlassen wollen.

»War es, weil Sie Orlow immer noch lieben?« drängte Nikolaj.

Amanda schüttelte den Kopf. »Ich habe Orlow nie geliebt.«

»War es dann wegen unserer Heirat?«

Verräterische Tränen traten in ihre Augen. »War es das, Amanda?« Er hob ihr Gesicht zu sich auf.

»Ja!« Die Tränen liefen ihr die Wangen hinab. »Ja.«

Seine Hand, die ihr Gesicht gehalten hatte, fiel herab.

»Aha! Und wenn ich Ihnen verspreche, Sie davon zu entbinden, würden Sie es sich dann anders überlegen und in Sankt Petersburg bleiben?«

»Wie könnte ich? Was würden Grand-père und Tante Sophie sagen? Sie wären zu enttäuscht.« Die Tränen liefen nun unaufhaltsam.

»Vergessen Sie Grand-père und Tante Sophie«, sagte Nikolaj. »Und bitte hör auf zu weinen, mein Liebling, denn wenn du das nicht sofort tust, bin ich gezwungen, etwas Wirksameres als Worte anzuwenden, um sie zum Versiegen zu bringen, obwohl ich gestehe, daß ich dafür keinen Vorwand benötige.«

Amanda warf sich in seine Arme und wurde mit einer Inbrunst geküßt, die ihr den Atem nahm.

Ihre eigenen Lippen erwiderten Nikolajs Glut, unerfahren in ihrem Wunsch, seine Leidenschaft zu teilen. Trotz der Kälte kam es Amanda vor, als ränne Feuer durch ihre Adern, mit einer Wärme, die ihren ganzen Körper zu durchdringen schien, und dann wurde ihr bewußt, was sie da verriet.

Sie versteifte sich, und im nächsten Augenblick nahm Nikolaj seinen Mund von dem ihren.

»Verlaß mich nicht, Amanda«, murmelte er heiser. »Wie die Prinzessin in deinem Märchen, so haben deine Tränen mein Herz erweicht, obwohl ich zugebe, daß meines, lange ehe ich dich weinen sah, in einem erbärmlichen Zustand war. Vielleicht wäre es besser, wenn ich dich gehen ließe, denn ich weiß nicht, wie ich es ertragen soll, im gleichen Haus mit dir zu leben, am gleichen Tisch mit dir zu essen... ich möchte dich zur Frau haben, Amanda. Ich möchte dich in meinen Armen halten, wie du bereits in meinem Herzen bist. Als ich erkannte, was du vorhattest, hätte ich fast den Verstand verloren. Ist eine Ehe mit mir solch ein Martyrium?«

Amanda verbarg ihr Gesicht in seinem Mantel. Sie war jetzt, wo es darauf ankam, zu schüchtern, um ihre Liebe in Worten auszudrücken.

Sie hörte, wie Nikolaj rasch den Atem einsog.

»Also gut«, sagte er leise, »ich werde Vorkehrungen für Ihre Abreise treffen. Es ist nicht Ihre Schuld, wenn Sie mich nicht lieben können, wie ich Sie liebe.«

»Aber ich liebe dich doch, Nikolaj«, flüsterte sie. »Ich glaube, ich habe dich vom ersten Augenblick an geliebt...«

Ihre Erklärungen wurden von seinem warmen Mund zum Schweigen gebracht, als er sie in eine Flut des Verlangens mitriß. Es gab nur noch Nikolaj und die Flammen ihrer Liebe, die mit jedem Augenblick höher schlugen.

Schließlich ließ er sie los und nahm ihr Hände in die seinen. »Meine dumme, kleine Amanda«, murmelte er zärtlich. »Warum bist du davongelaufen?«

»Weil ich es nicht ertragen hätte, deine Frau zu sein, ohne von dir geliebt zu werden.«

Der Blick, mit dem er sie ansah, sagte ihr so deutlich, was er für sie fühlte, daß sich ihr Herz zusammenzog. Sie hätte sich wieder in seine Arme geschmiegt, wenn ihr nicht plötzlich etwas eingefallen wäre. Sie runzelte die Stirn und biß sich auf die Lippen.

»Was ist jetzt wieder los?« fragte Nikolaj besorgt. »Ich hoffe, du hast dir keine weiteren Gründe ausgedacht, weshalb wir nicht heiraten sollten. Ich warne dich, ich werde nicht zuhören.«

So berauschend diese Versicherung war, sie konnte ihr Stirnrunzeln nur für eine Sekunde glätten.

»Nikolaj, ich habe einen Brief für Grand-père und Tante Sophie zurückgelassen. Sie werden ihn inzwischen gefunden haben.«

Er lächelte verschmitzt und griff in die Tasche.

»Meinst du diesen Brief? Ich holte ihn aus der Bibliothek und ebenso dies!« Er zeigte ihr das kleine Etui, das ihren Verlobungsring enthielt, und öffnete den Deckel, so daß sie den in Diamanten gefaßten Ring sah.

»Ich habe diesen Ring eigens für dich anfertigen lassen, mein kleiner Liebling, denn der Saphir hat genau die Farbe deiner Augen, obwohl man Juwelen nicht mit der makellosen Vollkommenheit deiner Augen vergleichen kann, besonders, wenn sie in Tränen gebadet sind und diese Tränen mir gelten. Weshalb hast du es mir nicht früher gesagt?«

»Weshalb hast du es nicht mir gesagt?« erwiderte sie entrüstet.

Er lächelte sie traurig an. »Ich konnte nicht glauben, daß du meine Liebe erwidern wirst. Wir haben uns immer nur gestritten, und du hast deine Freundschaft mit Orlow so deutlich gezeigt... und deinen Abscheu vor mir. Jedesmal, wenn ich dir nahekam...«

»Erinnere mich nicht daran«, sagte Amanda schuldbewußt. »Wenn ich daran denke, was ich zu dir gesagt habe und was ich von dir dachte. Kannst du mir jemals verzeihen?«

»Das werde ich«, sagte er lächelnd, »aber erst, wenn du einen angemessenen Preis bezahlt hast, zum Beispiel einen deiner süßen Küsse für jede Kränkung.« Er sah, daß sie errötete und lachte.

Amanda hatte ihn nie so glücklich, so jung gesehen.

»Wiederhole mir, daß du mich liebst«, sagte Nikolaj. »Ich glaube es erst, wenn ich es von deinen eigenen Lippen gehört habe.«

Um sie herum schien sich die Stille zu vertiefen. Die ersten feinen Schneeflocken schwebten sanft zur Erde. Die Szene hatte etwas Magisches, fast Märchenhaftes an sich. Amanda dachte an die Geschichte, die sie Nikolaj erzählt hatte, als sie nach Sankt Petersburg gefahren waren, und in ihrem Lächeln lag die ganze Liebe, die sie für ihn empfand, und ihre Freude darüber, daß sein Herz doch nicht aus Eis war, wie sie angenommen hatte.

»Ich liebe dich, Nikolaj!« Ihre Worte wurden von seinen Lippen erstickt, als er sie in seine Arme nahm.

Die Erde schien stillzustehen und sich dann auf den Kopf zu stellen, so daß sie nicht wußte, ob sie schwebte, aber es war ihr gleichgültig, wenn sie nur in der Sicherheit von Nikolajs schützenden Armen lag.

Dreimal war er da gewesen, als sie ihn am dringendsten brauchte, und jetzt war er wieder hier, und sie war mehr als bereit, den Tribut zu zahlen, den er von ihr forderte.

Amanda wußte nicht, wie lange sie dagestanden hatten, verloren im Wunder ihrer Liebe, Küsse und Schwüre austauschend, wie es die Liebenden in der ganzen Welt taten.

Plötzlich lachte Nikolaj und hielt sie ein Stück von sich.

»Es ist besser, wir fahren zurück zu unseren Gästen. Als ich heute abend meine Rolle in dieser Scharade zu spielen begann, habe ich mir nicht träumen lassen, daß sie so glücklich enden würde. Bestenfalls hatte ich gehofft, daß ich dich von meiner Liebe überzeugen könnte und daß die deine mit der Zeit wachsen würde. Ich habe es nicht gewagt, mir die Reichtümer vorzustellen, die mir gehören würden. In diesem Augenblick wünschte ich fast, ich wäre Orlow«, fügte er nüchtern hinzu.

Die Erwähnung des Mannes, von dem er geglaubt hatte, sie liebe ihn, ließ Amanda leicht die Stirn runzeln. War er immer noch nicht sicher, daß ihm ihr Herz gehörte?

»Du fragst nicht warum? Ich will es dir sagen. Wenn ich es wäre, würde ich dem Verlangen meines Herzens folgen und dich in die Nacht hinaustragen. So aber zwingen mich Vernunft und Anstand, dich zu Tante Sophie zurückzubringen und noch einen ganzen Monat zu warten, bis ich dich wirklich mein eigen nennen kann. Gib mir einen letzten Kuß, damit ich sicher bin, daß ich nicht träume, und dann brechen wir auf, ehe ich vergesse...«

»... daß du ein Herr bist?« neckte Amanda ihn zärtlich, als er seine Arme um sie schlang. Der Schnee fiel sanft auf sie herab, während sie sich küßten und in dem zeitlosen Glück ihrer Liebe verloren.

Die Herzogin in der Maske

Erstes Kapitel

Zwei hübsche Lockenköpfe beugten sich über den Brief; der eine leuchtete golden wie eine Primel im Frühling, der andere war von goldroter Flammenfarbe. Die Mädchen trugen einfache weiße Musselinkleider, hochgeschlossen, ohne Spitzchen und Rüschchen.

Sie saßen Arm in Arm auf der Fensterbank eines Zimmers, das offensichtlich einst bessere Tage gesehen hatte. Breite Streifen Sonnenlicht fielen durch das Fenster und ließen erkennen, daß die Gardinen schon etwas ausgeblichen, die Möbel abgenutzt waren. Die schwarzen Haarschleifen, die beide Mädchen in den Locken trugen, waren ein Zeichen, daß sie trauerten.

»Was sollen wir tun?« fragte seufzend die ältere Miß de Villier, eine schöne Blondine mit himmelblauen Augen und einem Profil, das von einer griechischen Münze stammen könnte. Emilie de Villier war die anerkannte Schönheit im Umkreis von Meilen. »Unvergleichlich«, sagten ihre Bewunderer.

Emily bildete sich auf ihre Schönheit jedoch nichts ein. Sie war sehr sanft und von schüchterner Natur. Immer schien sie ihre jüngere Schwester um Rat zu fragen. »Ich wollte, Mama wäre noch am Leben«, sagte sie. »Was sollen wir nun mit diesem Brief tun?«

»Wir werden natürlich antworten«, erklärte das Mädchen neben ihr bestimmt. Clarinda de Villier war noch nicht in die Gesellschaft eingeführt und hatte auch nicht die klassische Schönheit ihrer Schwester. Sie trug ihre flammenfarbenen Locken etwas zu lang für den derzeitigen Modebegriff, denn sie fielen in etwas unordentlichen Strähnen fast bis auf ihre Hüften. Sie hatte ein keckes Himmelfahrtsnäschen, und die drei Sommersprossen am unteren Ende verliehen ihr das Aussehen eines Kobolds. Nicht einmal mit viel Gurkenwasser oder frischen zerdrückten Erdbeeren ließen sich die Sommersprossen ausbleichen.

Beherrscht wurde ihr Gesicht von den Augen. Es waren grüne, geheimnisvolle Teiche und so groß, daß ihre anderen Züge nicht mehr auffielen.

»Natürlich antworten wir«, wiederholte sie. »Der Herzog scheint von Mamas Tod nichts zu wissen, also werden wir eben ihren Namen auf den Brief setzen. Das ist viel einfacher als eine Erklärung.«

»Wäre das denn richtig?« fragte Emily.

»Das ist schon in Ordnung.« Clarindas Augen blitzten gekränkt. »Der Herzog hat nicht mal nach Mamas Gesundheit gefragt. Es interessiert ihn also nicht. Und außerdem – was könnten wir sonst tun? Von den Dienstboten können wir ihn nicht schreiben lassen.«

Während sie noch sprachen, kamen ihr die Tränen. Ihre sanfte Mutter, die niemals klagte, hatte gekränkelt, seit ihr Gatte, Sir Harry de Villiers, vor drei Jahren gestorben war. Die Familie de Villiers war sehr alt; daß das Familienoberhaupt den Titel eines Barons trug, ließ sich einige Jahrhunderte zurückverfolgen, aber auch darüber hinaus war ihr Name bekannt; es hatte ihn schon unter den Sachsenkönigen gegeben, bevor die Normannen daran gedacht hatten, nach Britannien einzufallen.

Das Geld, das zu Titel und Ahnen gehört hätte, war allerdings nie vorhanden gewesen. Die drei Jahre, die sie von einer kleinen Witwenleibrente hatte leben müssen, beanspruchten Lady de Villiers sonst fröhliches Herz über alle Maßen. Vor einer Woche war sie ihrem geliebten und verehrten Gatten gefolgt und lag nun in der Familiengruft auf dem kleinen Friedhof von Villiers-sub-Arden.

»Meinst du, wir dürfen das?« Emilys Frage brach in Clarindas sehnsüchtige Träumerei ein.

»Was wollt ihr tun?« fragte eine Männerstimme, und der ältere Bruder, Jack, betrat den Raum. Er war hellhaarig wie Emily und sah sehr gut aus. Anders als seine Schwestern sah man ihm einigen Leichtsinn an. Sir John de Villiers, den seine Freunde Jack nannten, hatte den Titel geerbt, ehe er noch zwanzig war, und damit auch einen Hang zu ausschweifendem Leben. Er war achtlos gekleidet, trug lederne Kniehosen und Reitstiefel, die damals als Kennzeichen eines Edelmannes galten. Er schwang seine schlaksigen Beine über einen der alten Wohnzimmerstühle. »Welchen Streich hast du jetzt wieder vor, Clarinda?« fragte er und lächelte dazu, und dabei sah er jünger als zweiundzwanzig aus.

»Wir haben gar keinen Streich vor, überhaupt nichts, Jack«, erwiderte die jüngere Schwester heftig. »Schon überhaupt keinen Streich, und mit deinen Spielschulden ließe sich sowieso gar nichts vergleichen. Wir haben nur eben darüber gesprochen, was wir mit diesem Brief tun sollen, der für Mama gekommen ist. Es ist ein Heiratsantrag für Emily von einem Herzog, der sie nicht einmal kennt. Und von Mamas Tod hat er sicher auch nicht in der *Gazette* gelesen. Ich meine also, wir sollten den Brief so beantworten, als komme er von Mama.«

»Gebt den Brief mir. Ich bin jetzt das Familienoberhaupt, Clarinda, nicht du.« Jack, nahm ihr den Brief weg und überflog ihn. Dann pfiff er leise, stand auf, ging zu Emily und küßte sie voll brüderlicher Ungeschicklichkeit.

»Gratuliere, Emily«, sagte er. »Du wirst also sehr reich werden. Es ist der Herzog von Westhampton, eine großartige Partie. Er ist ein Krösus und einer der größten Stutzer der Modewelt.«

Emily wurde rot, sagte aber nichts.

Es blieb also der siebzehnjährigen Clarinda überlassen, Emilys Ansicht zu vertreten. »Du lieber Gott, Jack, Emily würde das gar nicht mögen«, sagte sie offen. »Hast du vergessen, daß sie Robert Willoughby heiraten wird? Wäre nicht Mamas Krankheit gewesen, so wäre die Verlobung schon bekanntgemacht worden.«

»Das habe ich nicht vergessen«, antwortete der Bruder. »Aber du bist ja noch ein Kind, Clarinda. Der Herzog von Westhampton ist mehr, als diese Familie verdient. Willoughby ist doch nur der jüngere Sohn eines kleinen Landedelmannes. Wie willst du ihn mit dem Herzog vergleichen?«

»Aber er und Emily lieben einander«, wandte Clarinda ein.

»Emily kennt ihre Pflichten der Familie gegenüber, selbst wenn du keine Ahnung davon hast«, hielt ihr Jack vor. »Du bist naiv, Clarinda. Wir sind doch praktisch bettelarm, und nur eine gute Heirat kann mich vor dem Schuldturm und dich davor, dir dein Geld selbst als Gouvernante verdienen zu müssen, retten. Ich war am Ende meines Lateins – bis ich diesen Brief sah.«

»Das ist wahr, liebste Clarinda«, sagte Emily leise. »Für einen Augenblick habe ich alles vergessen, nur meine Liebe zu Robert nicht. Aber ich kann dieses Angebot nicht ausschlagen. Es ist meine Pflicht euch gegenüber. Wenn ich den Herzog heirate, wird er alle unsere Schulden bezahlen, und außerdem kann ich dir dann einen richtigen Ball in London ausrichten, um dich in die Gesellschaft einzuführen. Ich werde Robert sagen müssen...« Sie konnte vor Tränen nicht weitersprechen.

»Das ist ja ekelhafter Menschenhandel!« fuhr Clarinda auf. »Warum sollst du für Jack und mich geopfert werden, nur weil Jack immer auf die falschen Pferde wettet? Ich wäre sowieso lieber Gouvernante. Ich will nicht, daß du unglücklich bist.«

»Aber dann ist Emily wenigstens im größten Luxus unglücklich«, bemerkte ihr Bruder trocken. »Du bist unfair, Clarinda. Nicht nur meine Schulden haben uns ruiniert, es waren auch die von Papa, und Mama verstand rein gar nichts vom Geld. Ich fürchte, da werden auch noch einige

Schulden von Mama auftauchen. Einer von uns muß deshalb ein Vermögen heiraten, und zwar schon sehr bald, sonst werden wir den Büttel in Villiers Manor haben.«

Alle schwiegen eine Weile. Über Emilys Wange rollte eine Träne. Jack hatte recht, Clarinda wußte das. Ihre engelhafte Mama war, wenn es um Geld ging, wie ein kleines Kind gewesen. Und obwohl sie das Nesthäkchen der Familie war, hatte sie, Clarinda, ihrer Mutter erklären müssen, daß man Geld nicht so gedankenlos hinauswerfen dürfe. Sie hatte gespart und geknausert, um die Ausgaben zu reduzieren, aber dann mußte sie entdecken, daß Mama für ihre beiden Töchter je ein Korallenhalsband bestellt hatte. Clarinda seufzte, als sie daran dachte.

»Ich nehme an, es stimmt, daß eine von uns eine Geldehe eingehen muß«, meinte sie daher nachdenklich. »Jack, das kannst du nicht sein, denn Lizzie Appleby ist die einzige Erbin, die wir kennen, und die will dich nicht. Sie hat es dir nie verziehen, daß du ihr einmal einen Frosch ins Kleid gesteckt hast, als du acht Jahre alt warst. Aber warum muß es denn unbedingt Emily sein? Gib mir den Brief, ich will ihn noch einmal lesen.«

Sie strich ihn glatt und las ihn laut vor:

> Der Herzog von Westhampton läßt grüßen. Er wünscht seine Familie mit jener der de Villiers zu verbinden und hört, daß Sie eine passende Tochter im heiratsfähigen Alter haben. Deshalb erbittet er die Hand von Miß de Villiers in der Hoffnung, daß die Hochzeit mit größter Beschleunigung erfolgt.

Triumphierend schaute Clarinda ihren Bruder an und sagte: »Aber er erwähnt nicht, welche Tochter, und Emily nennt er nicht mit Namen. Weshalb sollte also nicht ich ihn heiraten statt Emily? Dann kann sie mit ihrem Robert glücklich werden, Jacks Schulden werden auch bezahlt und das Familienvermögen wird gerettet.« Ihre riesigen Augen funkelten vor Begeisterung über diese Lösung.

»Du«, sagte Jack zornig, »du bist ja noch nicht mal in die Gesellschaft eingeführt. Außerdem siehst du mit deinem roten Haar gar nicht aus wie eine de Villiers. Und außerdem bist du auch erst siebzehn. Der Herzog will, wenn er heiratet, nicht gleich ein Kindermädchen mitheiraten.«

»Ah, meine Haarfarbe kann ich ändern«, erwiderte Clarinda. »Ich werde es bleichen oder so. Da wir immer auf dem Land gelebt haben, wird der Herzog und auch kein anderer wissen, wie ich ausgesehen habe. Und wenn ich mich in eines von Mamas Kleidern werfe, sehe ich viel älter aus.«

»Oh, Clarinda!« Emily kämpfte immer noch mit den Tränen. »Wenn du nur könntest... Aber ich fürchte, er findet es doch heraus.«

»Warum denn? Ich werde zurückschreiben, als sei der Brief von Mama und ihm erklären, daß ich meiner Krankheit wegen nicht nach London reisen kann. Ich sage ihm, meine Tochter Clarinda wolle ihn heiraten, vorausgesetzt, er ist mit einer stillen Hochzeit einverstanden, und ich werde sie zu diesem Zweck nach London schicken. Sollte es dem Herzog nicht egal sein, welche er bekommt? Emily, er hat sich ja nicht mal die Mühe gemacht, deinen Namen herauszufinden. Ist das kein ausreichender Beweis, daß er nur eine passende Heirat wünscht, daß aber von Liebe nicht die Rede ist?«

»Mir gefällt das gar nicht«, warf Jack ein und runzelte die Brauen. »Sicher, der Plan könnte sogar gelingen. Aber was ist mit dir, Clarinda? Wie wird es dir vorkommen, zu heiraten? Und was wirst du dem Herzog danach erzählen?«

»Die Wahrheit natürlich.« Clarinda stand stolz da. »Eine von uns wird ihn heiraten müssen, wie du ja selbst sagst, Jack. Ich bin nicht so wie Emily verliebt und außerdem bin ich das praktische Mitglied dieser Familie. Das hat Mama immer gesagt. Emily nannte sie immer ihre ›Feentochter‹ und mich ihr ›Haushaltheinzelmännchen‹!«

Sie warf ihr flammendes Haar zurück und schaute von einem zum anderen. Sie sah in ihrem einfachen Musselinkleid und mit der schwarzen Schleife im Haar lächerlich jung aus. Das dünne Material floß in weichen Falten über einen Körper, der sich noch nicht voll zur Fraulichkeit entwickelt hatte. Die schmalen Schultern hatte sie gestrafft wie ein Soldat; fast hätte sie wie ein Junge ausgesehen, wären nicht ihre grünen Augen gewesen.

Vielleicht fühlte sich der sonst so unbekümmerte Jack nun doch etwas unbehaglich, weil seine Schwester soviel Mut zeigte. »Du bist so jung«, sagte er; »was weißt du schon von einer konventionellen Ehe und wie man sich in den hohen Gesellschaftsklassen zu benehmen hat?«

»Ich weiß genau, was das bedeutet«, erklärte das Mädchen stolz. »Das ist eine Heirat, wo der Mann seine Operntänzerinnen weiter aushält und die Frau vorgibt, es nicht zu wissen. Mama sagte immer, bei den Männern sei es eben so.«

»Oh, Clarinda, du hast sie doch sicher nicht nach solchen Dingen gefragt?« Emily schien sehr schockiert zu sein. »Nein, so etwas kann sie nicht gesagt haben. Als ich ihr erklärte, daß ich Robert heiraten werde, hat sie nämlich nichts dergleichen erwähnt.«

»Robert ist doch anders, genau wie du auch.« Clarinda zog ihre Schwester an sich. »Ihr zwei liebt euch doch.«

»Aber was ist mit dir, Clarinda? Du könntest dich doch auch verlieben.«

»Ich nicht«, erklärte das Mädchen bestimmt. »So etwas kommt für mich niemals in Frage.«

»Bitte, Jack, laß Clarinda den Brief schreiben«, bat Emily. »Ist der Herzog einverstanden, ohne uns vorher zu sehen, so ist daraus doch zu schließen, daß es ihm gleichgültig ist, welche von uns er heiratet. Und wenn nicht, verspreche ich, meine Pflicht zum Besten der Familie zu tun.«

Jack war noch immer unsicher. Er lief auf und ab und

schien sehr ratlos zu sein. Dann lachte er plötzlich wie ein Junge. »Also, Clarinda, ich bin einverstanden. Du kannst den Brief schreiben. Ha, das Gesicht des Herzogs möchte ich sehen, wenn er entdeckt, daß er die jüngere und nicht die ältere Schwester kriegt. Dann wird er wohl zum erstenmal im Leben von einer Frau übers Ohr gehauen worden sein.«

»Ich bin überzeugt, der Herzog von Westhampton kann von Glück reden, wenn er Clarinda heiratet«, sagte Emily voll schwesterlicher Loyalität. »Und überdies verbindet er sich mit einer der ältesten Familien Britanniens. Die Villiers sind sehr viel älter als die Westhamptons, weißt du.«

»Die gute Abstammung hat mir selbst noch nie etwas genützt«, brummte Jack. »Ah, Clarinda, ich will dir nur dies sagen; du bist ein feiner Kerl. Und ich kehre jetzt nach London zurück. Winterstoke hat mir gesagt, daß da ein neuer Spielklub aufgemacht wird.«

»Ich wollte, du würdest nicht mit diesem schrecklichen Lord Winterstoke spielen«, sagte Emily. »Immer verlierst du Geld, wenn du mit ihm zusammen bist.«

»Winterstoke ist der Mann in London, der sich am besten auskennt«, erwiderte ihr Bruder kurz angebunden und wandte sich zum Gehen.

Verzweifelt schauten die Schwestern einander an. Jacks Spielleidenschaft war in den letzten drei Jahren eine ständige Familiensorge gewesen. »Und am schlimmsten«, sagte Clarinda, »ist das, daß er immer höllisches Pech hat.«

»Solche Worte solltest du nicht benützen, Liebling«, hielt ihr Emily vor. »Sie sind nicht damenhaft. Aber ich weiß natürlich, was du meinst. Ich fürchte, unser lieber Papa war auch nicht anders.«

Die nächsten paar Tage brachten schlechte Nachrichten für die beiden Mädchen. Die finanziellen Angelegenheiten der Mutter waren offensichtlich in einem noch schlimmeren Zustand, als Jack befürchtet hatte. Lady de Villiers hatte ihr kleines Vermögen verspekuliert, und es war gerade noch soviel vorhanden, daß den Dienstboten ihre Löhne ausgezahlt und ein paar kleine Schulden in der Nachbarschaft beglichen werden konnten.

Lady de Villiers hatte Geldscheine nie gemocht. Geld hatte sie verachtet. »Heiratet nie des Geldes wegen«, hatte sie ihren Mädchen ans Herz gelegt. »Nur Liebe kann euch glücklich machen.«

Als Clarinda daran dachte, lief ihr ein kleiner Schauer über den Rücken. Hatte sie einen schweren Fehler gemacht, als sie diesen Brief an den Herzog schrieb? Dann dachte sie an Jacks Schulden und an Emilys Liebe zu Robert. ›Ich bin ja wohl ein Mädchen‹, sagte sie zu sich selbst, ›aber ich kann mich Schwierigkeiten ebenso stellen und mit ihnen fertig werden wie ein Junge.‹

Während sie auf des Herzogs Antwort wartete, verbrachte Clarinda viel Zeit in der stillen Bibliothek von Villiers Manor. Manchmal weinte sie, wenn sie die vielen Lederbände sah, die vom häufigen Gebrauch ganz abgegriffen waren. Sie kannte und liebte sie alle. Jack hatte die Schule in Eton besucht, aber die beiden Mädchen mußten oder konnten sich ihre Bildung selbst zusammensuchen, wo und wie sie wollten.

Sie hatten niemals, wie es in in anderen Familien üblich war, eine Gouvernante gehabt; das Geld schien immer gefehlt zu haben.

Clarinda hatte schon immer gerne in der Bibliothek gesteckt, und mit Hilfe des örtlichen Pfarrers hielt sie sogar Schritt mit Jack, als er Latein und Griechisch lernte. Emily hatte sich dagegen nie sonderlich für Bücher interessiert, aber Clarinda konnte sich von den täglichen Pflichten bei den Büchern erholen und sich ganz und gar in große Autoren, wie Shakespeare, verlieren.

An einem Samstag kramte sie wieder zwischen den Büchern herum, als ihr einfiel, daß ihre Mutter einmal ein Buch aus den Regalen genommen und zu ihr gesagt hatte: »Clarinda, laß dir etwas aus Shakespeare vorlesen. Ich weiß, daß es dir gefallen wird. Es ist eines der schönsten Stücke Poesie der englischen Sprache.«

Unwillkürlich holte sie diesen Band heraus, und das Buch fiel an der gleichen Stelle auf:

Sein oder Nichtsein, das ist hier die Frage:
Ob's edler im Gemüt, die Pfeil' und Schleudern
Des wütenden Geschicks erdulden oder,
Sich waffnend gegen eine See von Plagen
Durch Widerstand sie enden?

Vielleicht tue ich gerade das? fragte sich Clarinda, mich wappnen gegen eine See von Plagen, die sonst meine Familie verschlingen würde? Dieser Gedanke tröstete sie ein wenig.

Emily unterbrach sie. »Oh, Clarinda, der Brief ist angekommen!« rief sie und atmete noch heftig vom schnellen Laufen. »Ich wagte ihn nicht zu öffnen, und so brachte ich ihn dir.«

Clarindas Finger zitterten, als sie ihn annahm. Was konnte im Brief stehen? Eine Absage etwa, die dann die ganze Familie ins Unglück stürzte? Oder – mußte sie sich für Emilys liebendes Herz opfern, um dann in einer liebeleeren Luxuswelt zu leben?

Diesmal war die Schrift auf dem Umschlag anders als beim ersten Brief, weniger sorgfältig, fast nachlässig. Ob wohl der Sekretär den ersten Brief geschrieben hatte? Der Gedanke ärgerte sie. Oder war es Angst? Sie riß den Brief auf.

Im ersten Augenblick verschwamm das schwarze Gekritzel vor ihren Augen. Dann las sie:

Ich bin sehr verbunden für Ihre umgehende Antwort. Danke, daß Sie mir die Hand Ihrer Tochter Clarinda zur Ehe anbieten. Mit Rücksicht auf Ihre Krankheit ist eine stille Hochzeit sicher am besten, sie entspricht auch meinen eigenen Wünschen. Ich werde also die künftige Herzogin am 10. Mai an St. Margaret's, Westminster, erwarten.

Westhampton

Die Unterschrift war groß und herrisch.

»Aber es ist doch nur eine Woche«, stöhnte Emily.

»Um so besser«, antwortete Clarinda. »Es ist klar, daß diese Formalität für ihn keine Herzenssache sein kann. Nun ja, wenn man bedenkt, auch ein Herzog schaut sich doch ein Pferd an, ehe er es kauft, doch dieser Herzog macht sich nicht einmal die Mühe, die Braut vorher eines Blickes zu würdigen. Die Verbindung mit der Familie Villiers bekommt er. Anscheinend liegt es ihm nur daran, sonst an nichts.«

Sie wußte, daß ihr Zorn darüber unvernünftig war. Schließlich war sein Brief ja nur das, was beide Schwestern gewollt hatten. Vielleicht wäre der ganze Plan nicht geglückt, hätte der Herzog darauf bestanden, seine Braut vorher zu sehen.

Was hatte sie denn erwartet? Einen Liebesbrief etwa? An ein Mädchen, das er nie gesehen hatte und daher auch gar nicht lieben konnte? Sie schüttelte sich.

»Aber Clarinda«, stotterte Emily bedrückt, »was sollen wir denn mit deiner Brautausstattung machen? Der 10. Mai ist nur noch eine Woche entfernt. Da reicht die Zeit nicht mehr, Mamas Kleider von der Schneiderin für dich ändern zu lassen.«

»Wir müssen eben dann selbst tun, was wir können«, meinte Clarinda. »Und außerdem haben wir sowieso kein Geld für die Schneiderin.«

»Aber du weißt doch, daß wir beide nicht gut nähen können. Oh, Clarinda, du wirst entsetzlich aussehen! Und zweifellos erwartet der Herzog eine elegante Schönheit.«

»Darüber können wir uns nicht den Kopf zerbrechen, wir

müssen eben unser Bestes tun«, erklärte Clarinda entschieden. »Wenn wir uns beide an die Arbeit machen, bringen wir schon noch so etwas wie eine kleine Ausstattung zusammen. Und bin ich erst einmal verheiratet, kann ich alle Kleider der Welt haben. Denk doch, Emily! Ich kann mir dann Seidenstrümpfe kaufen, Fächer, Bänder und alles was ich sonst noch will. Überlegst du dir's nicht doch noch mal, ob du lieber den Herzog heiraten solltest?«

»Oh, nein!« rief Emily und schüttelte sich.

»Nur eine Sache macht mich besorgt. Ich muß mein Haar bleichen. Ich denke, das Hausmädchen kann uns etwas von der Tinktur leihen, womit sie ihr Haar behandelt.«

»Aber ihr Haar sieht doch nicht sehr hübsch aus«, wandte Emily angewidert ein. »Ich finde, es wäre schade, dein rotes Haar zu verderben.«

»Vielleicht ist es aber besser, ich tu's. Der Herzog wird erwarten, daß ich so blond bin wie Jack. Einen Trost habe ich allerdings: mir ist's egal, was der Herzog denkt. Es wird sich ja doch nur herausstellen, daß er ein langweiliger, aufgeblasener Bursche ist. Ich hasse ihn jetzt schon.«

Die nächsten paar Tage vergingen so rasend schnell mit all den Vorbereitungen, daß sie gar nicht zum Nachdenken kamen. Mit Emilys Hilfe leerte Clarinda Mutters alten Kleiderschrank aus, den sie seit ihrem Tod nicht geöffnet hatten.

Dann saßen sie im Schlafzimmer ihrer Mutter, hatten die alten Kleider herumliegen und die kleinen Schätze an Bändern und Spitzen, die sie gehortet hatte, und manchmal weinten die beiden Schwestern. »Erinnerst du dich noch, als sie sich dieses Kleid hier machen ließ?« fragte Emily und hielt ein rosafarbiges Samtkleid in die Höhe.

»Ja, ich erinnere mich«, antwortete Clarinda und seufzte. »Mama sah so schön aus. Meinst du, wir könnten es für mich ändern?« Sie drapierte das weiche Material um sich. An der hellhaarigen Mutter hatte es wunderschön ausgesehen, denn es brachte die tiefblauen Augen besonders gut zur Geltung. An Emily müßte es auch gut aussehen, doch an Clarinda wirkte das Rosa ganz anders. Ihr rotgoldenes Haar sah billig aus, das tiefe Grün ihrer Augen ziemlich verwaschen.

»Nein, es steht dir nicht so gut wie Mama«, meinte Emily. »Warum versuchst du nicht mal dieses malvenfarbene Kleid?«

Sie hielt den schimmernden Satin an sich. Emily runzelte die Brauen. Nein, das war auch nicht besonders gut, denn die Farbe vertrug sich nicht mit dem Haar ihrer Schwester, und ihre grünen Augen wirkten jetzt blaßblau.

»Auch das Malvenfarbene ist nicht besser«, sagte sie. »Ist denn sonst nichts mehr da?«

Endlich fand Clarinda ein anderes rosafarbenes Kleid, dann noch ein drittes, ein weiteres malvenfarbenes und schließlich ein graues. »Das mußt du probieren«, riet Emily.

»Es ist aber ziemlich trübselig, meinst du nicht auch?« sagte Clarinda mutlos. Als sie stolz erklärt hatte, die Kleider ihrer Mutter seien genug für sie, da hatte sie nicht geahnt, was das hieß. Der leichte Duft von Rosenwasser hing noch in den weichen Stoffen, und das konnte sie kaum ertragen. Es kam ihr fast wie ein Sakrileg vor, die Kleider ihrer Mutter anzuziehen.

»Würde nicht mein bestes Musselinkleid genügen?« fragte sie. »Ich will doch Mamas Sachen nicht anziehen.«

»Liebe Clarinda, ich weiß wohl, was du wirst durchmachen müssen«, antwortete Emily mitfühlend, »aber deine Kleider genügen nicht. Die meisten stammen ja noch von mir und sind schon etwas verblichen.«

Das stimmte. In den letzten paar Jahren hatte Clarinda darauf bestanden, daß Geld für neue Kleider nur für die schönere Emily ausgegeben werden sollte, die schon in die Gesellschaft eingeführt war. Sie war ja damals noch viel zu jung gewesen.

»Versuch doch mal das graue«, drängte Emily.

Zögernd zog Clarinda ihr altes weißes Musselinkleid aus und schlüpfte in die schwere graue Seide. Natürlich war das Kleid viel zu groß für sie, so daß ihre schmalen Schultern noch schmaler erschienen. Aber es stand ihr viel besser als Rosa und Malve, wenn es auch kein heiteres Kleid war.

»Ach, das wird schon gehen«, sagte sie. »Ich kann es wenigstens zur Hochzeit tragen. Ein bißchen altmodisch sieht es aus, aber es macht mich auch ein wenig älter.«

Das war auf seltsame Art richtig. Das Kleid verbarg ein wenig, daß sie noch nicht voll zur Reife erblüht war. Sie sah unter den schweren Falten zerbrechlich und überschlank aus, aber nicht mehr so lächerlich jung. Niemand hätte sagen können, das Kleid stehe ihr ausgezeichnet, aber sie konnte sich darin sehen lassen.

»Dann muß ich wohl das rosa Kleid auf der Reise tragen«, überlegte sie laut. »Es wird weniger entsetzlich aussehen, wenn ich erst meine Haare gebleicht habe.«

Aber das Haarebleichen stellte sich als riesiges Problem dar. So schwierig hatten sie sich das nicht vorgestellt. Von einem der Hausmädchen hatten sie ein Mittel ausgeborgt und sich erklären lassen, wie sie es anwenden müßten.

Emily wusch Clarindas lange Locken mit der üblichen Kräutermischung – Seifenkraut und Kamille – und trug dann das Mittel auf. Sie ließen es einige Minuten einziehen. Dann wurde das Haar gespült, und beide warteten besorgt, bis es vor dem Feuer des alten Kinderzimmers trocknete.

»Ja, es sieht schon heller aus«, sagte Emily.

Clarinda besah sich die Locken. »Ja, heller ist es schon. Aber sehr gesund sieht es jetzt nicht mehr aus, nicht wahr? Die Enden sind alle gespalten, und die Locken sind weg.«

Die schlimmsten Befürchtungen bewahrheiteten sich, als das Haar schließlich trocken war. Das Bleichmittel hatte viel zu gut gewirkt. Was vorher ein flammendes Rotgold gewesen war, erwies sich jetzt als trübseliges Gelb, das nicht mehr zu leben schien. Und nicht nur das Haar schien tot zu sein, es zog alle Farbe aus Clarindas Haut und Augen.

»Ich muß also mein Haar immer bedeckt halten, wenn es irgendwie möglich ist«, überlegte Clarinda laut. »Erkennen kann mich so niemand.«

Sie war froh, daß sie erst am allerletzten Tag ihr Haar gebleicht hatte. Sie fürchtete den Augenblick des Abschieds von dem Haus, in dem sie geboren war. Für sie konnte es niemals und nirgendwo etwas Lieblicheres geben, als das rote elisabethanische Ziegelhaus. Jetzt war ihre einzige Sorge nicht mehr der Abschied, sondern ihr Haar.

Als sie dann abreisen mußte, konnte sie die Tränen nicht zurückhalten. Emily hatte sie zur Straße begleitet, wo die Kutsche sie zur Reise nach London aufnehmen würde. Jack hatte etwas Geld aus London geschickt. »Dank dem Herzog«, wie er in seinem Begleitbrief schrieb. »Es genügt zwar nicht für eine private Kutsche, aber ich will nicht zuviel borgen, ehe die Hochzeitsglocken läuten. Ich fürchte, Clarinda, Du wirst die Postkutsche nehmen müssen. Aber benimm dich!«

»Mir wäre lieber, Jack hätte dich begleitet«, klagte Emily, als sie in aller Morgenfrühe fröstelnd warteten. »Ich bin gar nicht glücklich, daß du ganz allein in einem Gasthaus bleiben mußt.«

»Keine Sorge, Emily«, versicherte ihr Clarinda. »Ich bleibe in einem sehr respektablen Haus, wo man unseren Vater kannte. Und überdies bin ich allein besser dran. Du kennst doch Jack. Zehn zu eins würde er auf jede vorüberfahrende Kutsche wetten, wer drinnen ist, und mit dem Kutscher würde er an jeder Haltestelle Karten spielen.« Und nach einigem Nachdenken fügte sie ein wenig sehnsüchtig hinzu: »Ich sehe auch gar nicht so schön aus, daß ich Aufmerksamkeit errege. Wer würde mich schon zweimal ansehen wollen?«

Das stimmte nur allzusehr. Das rosa Kleid stand ihr nicht,

und der weite beige Mantel darüber war viel zu füllig für ihre schlanke Gestalt. Ihre Halbstiefelchen sahen abgetragen und schäbig aus, die Handschuhe waren ihr ein paar Nummern zu groß. Der hochmoderne Pelzbesatz und der riesige Pelzmuff waren sowieso unerschwinglich gewesen, und als Kopfbedeckung hatte sie nur eine schon ziemlich altersschwache Haube.

Für tröstliche Worte blieb keine Zeit mehr, denn die Kutsche kam mit Hufeklappern und in Staubwolken daher. Die vier Pferde fielen in einen bequemen Trott, als sie die beiden Mädchen sahen, dann hielt das Fahrzeug an. Der Kutscher kletterte herab und half Clarinda mit ihrem bescheidenen Lederköfferchen in die Kutsche. Das Köfferchen brachte er in den großen Korb hinten zwischen den Rädern.

»Na, klettern Sie mal hinein, Miß«, sagte der freundliche Mann mit väterlichem Lächeln.

Die beiden Mädchen umarmten einander noch einmal, dann riß sich Clarinda loß, die Pferde zogen an, und Emily verschwand bald in einer riesigen Staubwolke.

Kurz vor der Stadt sollte die Kutsche zur Nacht halten, und da erfuhr Clarinda, wie die wahren Reichen reisten. Für ihr ungeschultes Auge legte die Kutsche eine halsbrecherische Geschwindigkeit vor, doch als sie zu einer ziemlich steilen Steigung kamen, bemerkte sie, daß sie überholt wurden. Durch das Fenster erblickte sie zwei wunderschöne graue Pferde mit geblähten Nüstern.

Zum Streifen nahe flog der Wagen mit den Grauen an ihnen vorüber. Clarinda hielt den Atem an. Den konnte nur ein Irrer fahren. Sie verdrehte sich halb den Hals, um nur den Fahrer zu sehen. Das war ein großer, dunkelhaariger Mann in einem Kutschermantel mit vielen Krägen. Seine ganze Aufmerksamkeit galt seinem Gespann, um es sicher an der Kutsche vorbeizubringen. Die schwankte heftig, aber die Equipage war schon in einer großen Staubwolke verschwunden.

Ein paar Meilen weiter hielt die Kutsche vor einem Gasthaus an, in dem die Fahrgäste die Nacht verbringen sollten. Steif von der langen Fahrt kletterte Clarinda heraus und hielt Ausschau nach den grauen Pferden. Sie entdeckte sie jedoch nicht, auch nicht den dunklen, großen Mann, der die Equipage gefahren hatte. Vielleicht war er schon weitergereist. Wie schade, dachte sie für sich, denn ich hätte gerne diese herrlichen Pferde genauer gesehen, damit ich Jack von ihnen erzählen könnte...

Das Gasthaus Queen's Arms war ein gut geführtes Haus. Im Hof waren viele Pferdeburschen und Fuhrleute zu sehen, die ihre müden Tiere in den Stall führten. Auch innen herrschte reges Leben, und Clarinda fühlte sich ein wenig eingeschüchtert. Dann kam der Wirt mit rotem Gesicht heran und fragte sie, ob sie Miß de Villiers sei. »Ich habe eine Schlafkammer für Sie«, sagte er in einem Ton, aus dem deutlich hervorging, daß er sie für eine junge Dame aus vornehmer Familie hielt, wenn sie auch ziemlich schäbig gekleidet war. »Aber einen Privatsalon kann ich Ihnen nicht geben. Der meine wurde von einem Gentleman beansprucht, der vor der Postkutsche ankam«, entschuldigte er sich.

Nun ja, viel Geld hatte sie nicht, also war dies wohl ein Vorteil. Sie bedankte sich höflich beim Wirt und hielt nach jemandem Ausschau, der ihre Kiste tragen konnte, da der Wirt von anderen Gästen weggerufen wurde. »Ich werde Ihnen Ihr Zimmer zeigen«, sagte ein lächelndes Mädchen neben ihr und führte sie in eine kleine Kammer, die für Clarinda reserviert war. Es brannte sogar ein gemütliches Kaminfeuer.

Clarinda war sehr müde und bat das Mädchen, ihre Kiste auf den Boden zu stellen. Sie gab ihr eine Münze und wollte sich schon auf das zugedeckte Bett werfen, als sie sich im kleinen Wandspiegel sah. Ihr Gesicht war vor Müdigkeit ganz blaß, ihr Haar staubig, die Augen lagen in tiefen Höhlen.

»Nein, eine Schönheit kriegt der Herzog nicht«, sagte sie laut zu ihrem Spiegelbild. »Ich hoffe nur, er hat keine erwartet.« Sie mußte aber doch lachen, wenn sie an seine aristokratische Enttäuschung dachte und machte sich daran, ihr Haar auszukämmen und sich den Staub abzuwaschen. Ein Tropfen Rosenwasser hinter die Ohren, dann noch etwas kaltes Wasser aus dem Krug auf der Kommode – fertig. Sie nahm ihren Beutel und machte sich auf den Weg zu einem Abendessen.

Natürlich wußte Clarinda, daß in einem Gasthaus ein gut erzogenes Mädchen, das nicht einmal einen Dienstboten als Begleitung hatte, eigentlich nichts zu suchen hatte. Ratlos blieb sie im Gang stehen, als zwei Männer dem Speisesaal zuschritten. Der eine war braunhaarig und sah gemütlich aus, der andere war älter, vielleicht dreißig, und dunkelhaarig. In ihm erkannte sie den Teufelsfahrer, dessen graue Pferde die schwere Kutsche ins Wanken gebracht hatte. Er lachte über etwas, das sein Begleiter gesagt hatte, doch sein Mund hatte einen zynischen Zug.

»Nein, Marston«, sagte er, als er sie rücksichtslos streifte, »ich fürchte, für uns gibt es heute keine Cyprianer. Ist vielleicht ganz gut so. Ich habe es dir noch nicht gesagt, aber morgen heirate ich. Es wäre nicht ganz passend, die Nacht mit Ausschweifungen zu verbringen.«

»Heiraten?« rief der andere und betrat einen Raum am Korridor. »Julian, soll das ein Witz sein?«

Clarinda hätte wohl mehr von der Unterhaltung gehört, denn keiner der beiden Männer hatte die Tür geschlossen, aber ein Kellner kam den Korridor entlang.

»Bitte, seien Sie doch so gut und bringen Sie mir ein Abendessen auf mein Zimmer«, sagte Clarinda schüchtern. »Eine Schüssel Milch mit Brot würde wohl genügen«, fügte sie hinzu.

Der Mann sah zweifelnd drein, doch Clarinda drückte ihm einen Shilling in die Hand. »In der Küche haben wir sehr viel zu tun, Miß«, sagte er. »Wenn Sie hier einen Moment warten würden, dann könnte ich es Ihnen herausholen.«

Er drehte sich zur Küche um, und Clarinda blieb nichts anderes übrig, sie mußte warten. Aus dem Privatsalon hörte sie Gelächter und angeregte Unterhaltung.

»Schließlich muß ein Mann ja einmal heiraten«, sagte der Dunkle. »Die de Villiers sind eine feine Familie, und es gibt nichts Besseres als eine auf dem Land erzogene Miß, um eine Familie zu haben, die mir keine Mühe macht.«

»Aber Julian, für dich eine Landpomeranze? Jede der Debütantinnen dieses Jahres hätte dich liebend gerne geheiratet, aber du hast sie alle nur ausgelacht. Und deren verheiratete Schwestern hätten jederzeit ›ja‹ gesagt, wenn die Scheidung leichter zu erlangen wäre.«

»Mein lieber Marston«, bekam er zur Antwort, »das alles weiß ich nur zu gut. Aber ich bin entschlossen, eine Frau zu heiraten, die nicht immer nur die Stadt im Kopf hat. Das Mädchen ist erstklassiger Abstammung und hat zurückgezogen gelebt. Für mich genügt das. Sieht sie einigermaßen erträglich aus – um so besser.«

»Du meinst, du willst ein Mädchen heiraten, das du noch nie gesehen hast? Aber Julian, was wird Lady Lancaster denken?«

Da erschien der Kellner mit einem Tablett mit Brot und Milch. Clarinda bedankte sich und kehrte damit in ihr einsames Kämmerchen zurück.

Sie war auf einmal sehr nachdenklich. Dies schien also der Mann zu sein, mit dem sie verlobt war. Sie dachte an seinen Zynismus und schüttelte sich; sie dachte wieder an die grauen Pferde, die so gefährlich nahe an der Kutsche vorbeigerast waren. Nun ja, von Pferden scheint er etwas zu verstehen, überlegte sie, und wie der Teufel fahren kann er auch.

Dann fiel ihr ein, wie achtlos er sie gestreift hatte; nicht einmal einen Blick hatte er der einfach gekleideten Person im Gang zugeworfen. Er und sein Freund waren so arrogant wie Leute, die niemals an gewöhnliche Menschen dachten. Vor soviel Arroganz hatte sie Angst. Der Freund schien eher ein Herz zu haben, aber der Herzog... Clarinda fröstelte unwillkürlich.

Irgendwie hatte sich Clarinda den Herzog als langweiligen und nüchternen Bräutigam vorgestellt, sehr formell und mit einer Vorliebe für umständliche Zeremonien und lange Worte. Niemals hatte sie damit gerechnet, daß sie einen so rücksichtslosen, teuflischen Fahrer heiraten sollte. Nein, langweilig würde er nicht sein. Aber freundlich und gutherzig?

Nachts konnte sie nicht schlafen. Sie versuchte sich selbst am Altar vorzustellen mit diesem dunklen, angsteinflößenden Fremden an ihrer Seite. Nein, das konnte sie sich nicht vorstellen. Und was würde er dann von ihr erwarten? »Oh, Mama!« jammerte sie, »du hast mir zwar gesagt, daß Gentlemen anders seien als Frauen, aber wie, das hast du mir nicht verraten. Immer sagtest du nur, wir sollten aus Liebe heiraten. Warum muß ich nun *das* tun?«

Dann sah sie die sanfte Emily vor sich und ihren liebevollen Robert Willoughby, der Emily schon als kleines Mädchen angebetet hatte. Er war so stolz auf seine Liebe zu Emily, so jung. Für diese beiden, die sie liebte, war sie so weit gekommen. Aber vielleicht war dieser dunkle Fremde doch nicht ihr Herzog?

Mit diesem hoffnungsvollen Gedanken schlief sie endlich ein.

Zweites Kapitel

Sie schreckte hoch. Unten herrschte schon lebhafter Betrieb, die Kutscher und Fuhrleute schrien einander an, die Dienstboten des Gasthauses liefen herum, zahlreiche Pferdehufe klapperten, alles schien schon auf den Beinen zu sein. Es war später, als sie geglaubt hatte. Jetzt durfte sie nicht mehr trödeln, also sprang sie aus dem Bett, suchte ihre Kleider zusammen und wäre heilfroh gewesen, wenn ihr jemand in das rosa Kleid geholfen hätte, das ihr so gar nicht stand. Dann trank sie etwas Wasser aus dem Krug auf der Kommode und kämmte ihre langen Locken. Mit ihrer ledernen Kiste eilte sie nach unten.

Die Kutsche war schon abfahrtbereit. »Beeilen Sie sich, meine Liebe«, rief ihr der freundliche Begleiter zu, »oder wir fahren ohne Sie ab!«

Selbst in der Kutsche schien sie keine Zeit zum Überlegen zu haben. In weniger als einer Stunde hatten sie die Vororte von London erreicht. Für ein Mädchen vom Land war dies alles ungeheuer aufregend. Sie lugte zum Fenster hinaus und staunte über das, was sie sah.

Der Lärm von vielen hundert Menschen erfüllte die Luft mit Geschrei und Fluchen, dem Kreischen ungeschmierter Wagenräder, dem Rumpeln von Wagen, dem Geklapper der Pferdehufe.

Dann fuhr die Kutsche durch eine ärmere Gegend, und Clarinda war erschüttert, als sie überall Armut und Schäbigkeit sah, Horden von Bettlern, einige davon groß und kräftig, andere arme Verkrüppelte mit Holzbeinen oder Armstümpfen, und viele zerlumpte, magere Kinder, die achtlos zwischen den Fahrzeugen herumrannten.

Was sie am meisten erschütterte, waren die Pferde. In Villiers-sub-Arden hatte es viele Tiere gegeben, doch alle waren gut behandelt und gepflegt worden und sahen gesund aus, sogar die alte Mähre, die dem Lumpen- und Knochensammler gehörte. Aber die armen Tiere, die hier die Karren zogen, sahen traurig aus. Sie waren erbärmlich mager, hatten eingesunkene Augen, und ihre hängenden Köpfe zeigten nur allzu deutlich, daß sie allen Lebensmut verloren hatten, der doch sonst Pferde so auszeichnet.

Dann wechselte die Szene wieder. Sie kamen an den Häusern der Reichen in Mayfair vorbei. Adrett gekleidete Mädchen kauften ein und waren auf Botengängen, und Diener in farbigen Livreen und gepuderten Haaren waren häufig zu sehen. Modern gekleidete Müßiggänger schienen ihrem Vergnügen nachzugehen. Einige trugen grellfarbene Jacken zu engen Steghosen, und die hohen, steifen Krägen mit den breiten, kunstvoll geknüpften Krawatten hinderten manche sichtlich daran, den Kopf zu drehen.

Hier sahen auch die Pferde wieder anders aus. Es waren durchwegs Rassepferde oder glänzend gestriegelte Kutschpferde. Die Gespanne waren sorgfältig ausgewählt, die Fahrzeuge schön poliert. Elegante Damen saßen mit Freundinnen oder Freunden drinnen. Dandys rasten in Phaethons oder kleinen Rennwagen vorbei. So genau Clarinda jedoch schaute, keines der Pferde konnte mit den beiden Grauen vom Vortag verglichen werden.

Am Golden Cross, wo die Postkutsche ihre Fahrt beendete, fand sie eine elegante Equipage, die auf sie wartete. Der Kutscher saß auf dem Bock, und zwei Diener standen hinten zwischen den Rädern. Drinnen saß eine elegante Dame mittleren Alters. Sie trug eine sehr kunstvoll gearbeitete hohe Haube mit Straußenfedern, am Hals hatte sie reiche Spitzenrüschen und über einem Tageskleid einen leichten Staubmantel mit Schnurbesatz.

Sie stieg nicht aus, um Clarinda zu begrüßen, sondern winkte sie hinein. »Ich bin die Cousine des Herzogs, Lady Claremont«, erklärte die Dame ein wenig näselnd. »Ich soll Sie zur Kirche bringen. Aber zuerst werden Sie zweifellos Ihr Kleid wechseln wollen.« Und jetzt sprach sie fast grob. »Keine Zofe? Und nur eine einzige kleine Lederkiste?«

Clarinda blickte beklommen. Der Blick, mit dem sie Clarindas einfachen Mantel und das verblichene rosa Kleid gestreift hatte, machte ihr klar, wie schäbig sie aussah. Und wenn sie Lady Claremont anschaute, wußte Clarinda, daß sie recht hatte.

Lady Claremont sagte überhaupt nichts, als die elegante Equipage durch die vornehmen Straßen fuhr. Vor einem sehr eindrucksvollen Stadthaus hielten sie an und stiegen aus. Clarinda folgte ihrer Führerin durch eine riesige Halle und eine breite Treppe hinauf und in ein Schlafzimmer. »Pluvier, meine Zofe, wird Sie bedienen«, sagte Lady Claremont, schloß die Tür und ließ Clarinda allein mit einer dünnlippigen Frau mittleren Alters, die offensichtlich ganz persönlich für Lady Claremont da war.

»Danke«, murmelte Clarinda. »Ich fürchte, ich habe wenig an Kleidern. Aber wenn Sie mir ein wenig helfen könnten, wäre ich Ihnen dankbar.«

Miß Pluvier ließ sich von freundlichen Reden nicht beeindrucken. Sie ließ es sich nur allzu deutlich anmerken, daß ihr zusätzliche Pflichten nicht paßten und daß es unter ihrer Würde lag, ein so schäbig gekleidetes Wesen zu bedienen. Ohne auch nur andeutungsweise zu lächeln, half sie Clarinda in das schwere graue Seidenkleid, das einzige, das aus dem Kleiderschrank ihrer Mutter für die Hochzeit geeignet schien.

»Madam hat eine Tiara?« fragte sie.

»Ich habe überhaupt keinen Schmuck«, erklärte Clarinda, »aber Mamas Hochzeitsschleier habe ich.«

Aus der Kiste nahm sie eine hauchdünne Kreation aus cremefarbener Spitze. Sie war so wundervoll und fein gearbeitet, daß sie eher wie ein Kunstwerk von Feenhand aussah, nicht wie Menschenwerk. Diesen Schleier hatte ihre Mutter bei der Hochzeit mit Sir Henry de Villiers getragen, und vor ihr ihre Großmutter. Einer Familienlegende nach sollte ein abenteuernder Ahne aus der Tudorzeit diesen Schleier mitgebracht haben, als er in der Türkei nach einem Geschenk für die Damen der Familie suchte.

Aber da nickte die Zofe doch zustimmend, sogar anerkennend. »Der Schleier ist sehr hübsch, Madam, wenn ich das sagen darf, aber zu ihrem Kleid möchte ich einen Vorschlag machen. Etwas in Weiß wäre vielleicht passender gewesen.«

»Ich habe nur ein einfaches weißes Musselinkleid«, antwortete Clarinda. »Dies hier wird wohl genügen müssen.«

Darauf sagte die hochmütige Zofe nichts mehr, sondern murmelte nur noch etwas Abfälliges, als sie Clarindas früher so schönes und jetzt leblos wirkendes Haar bürstete.

Erleichtert stellte Clarinda fest, als sie an der Kirche vorfuhr, daß nur etwa ein Dutzend Gäste da waren. Alle schauten sehr geringschätzig und erstaunt drein, als sie ihnen vorgestellt wurde.

Zum Glück war Jack de Villiers gekommen, der seine Schwester mit einem herzhaft brüderlichen Kuß begrüßte.

»Oh, Jack«, flüsterte sie ihm zu, »ich bin so froh, dich zu sehen.«

»Weißt du, Schwesterchen, du siehst eher aus, als gingest du zu einem Begräbnis und nicht zu deiner Hochzeit«, antwortete er leise. »Versuch wenigstens zu lächeln.«

»Ist der Herzog schon da?«

»Noch nicht. Aber er kommt bald. Vergiß nicht, du mußt das jetzt durchstehen. Es ist zu spät, es dir noch anders zu überlegen. Versuch wenigstens, so dreinzuschauen, als würdest du ihn gern heiraten.«

Es gab noch ein paar entsetzliche Minuten, als sie zusammen mit Jack auf den Bräutigam wartete. Ringsum hörte sie die Gäste wispern, und der Geistliche sah schon besorgt drein. »Verflucht noch mal«, sagte Jack ungehalten, »will er jetzt etwa kneifen?«

Dann herrschte schließlich doch ein wenig Aufregung, und eine hohe Gestalt kam in die Kirche. Er war es, der teuflische Aristokrat, der die Postkutsche am Tag zuvor so rücksichtslos überholt hatte. Dieser spöttische Mund und die kalten, kecken Augen waren nicht zu verwechseln!

Es war wie ein Traum; nein, wie ein Alptraum. Clarinda glaubte zu träumen, als die Zeremonie stattfand.

Endlich gab der Geistliche den letzten Segen, und da schaute Clarinda heimlich auf zu dem eindrucksvollen, großen Mann an ihrer Seite. Der Herzog hatte während der Zeremonie seine Antworten mit fester, aber unbewegter Stimme gegeben. In seinem Gesicht ließ sich kein Gefühl erkennen, nicht einmal in dem Augenblick, da er ihr den Ring an den Finger steckte. Er war natürlich zu groß, und überdies konnte sie im Gold ein geradezu heidnisches Muster eingraviert sehen. Clarinda mußte also ihren Ringfinger immer abgebogen halten, damit sie ihn nicht verlor. War das vielleicht ein böses Omen? Bemerkte es der Herzog? Das konnte sie nicht sagen, da sie aus seinen Augen und aus seinem Mund ebensowenig schließen konnte, wie aus seiner ganzen Haltung. Nur einen Anflug von Langeweile glaubte sie zu erkennen.

Gekleidet war er makellos, unvergleichlich besser als seine ärmliche Braut. Kniehosen waren die richtige Kleidung bei Hof und für große Anlässe; seine waren aus schwarzem Satin und perfekt geschnitten. Sein Jackett saß so eng, daß es eines geschickten Dieners bedurfte, ihm beim Anziehen zu helfen. Der Kragen war schneeweiß und sehr hoch, und die Krawatte so kunstvoll geschlungen, wie Clarinda es noch nie gesehen hatte. An der gestickten Weste hing an goldener Kette ein Einglas. Am vierten Finger der linken Hand trug er einen großen Siegelring, sonst aber keinen Schmuck.

Als sie dann mit dem Mann, der ihr völlig fremd war, durch den Mittelgang schritt, überlegte sich Clarinda, ob es nicht vielleicht doch besser gewesen wäre, er wäre nicht zur Hochzeit gekommen und hätte sie allein in der Kirche warten lassen. Verheiratet sollte sie jetzt sein? Sie konnte es kaum glauben.

Nein, das war nicht die Hochzeit, von der sie geträumt hatte, und ein kleines Schluchzen entwich ihrer Kehle, wie heftig sie auch schluckte. Sie dachte an Emily in Villiers Manor, die nun doch die Hochzeit haben würde, die sie sich wünschte, mit vielen Blumen, einem freundlichen Dorfgeistlichen, den respektvollen und ihr nur Gutes wünschenden

Dorfbewohnern und den Freunden und Freundinnen aus dem Landadel der Umgebung. Emily würde lächelnd den Mittelgang entlangschreiten und an eine Liebe denken, die bis zum Tod dauerte.

Ich muß auch lächeln, überlegte Clarinda. Ich darf ihnen nicht zeigen, wie elend und ängstlich ich mich fühle...

Sie zwang sich zu einem Lächeln, und für einen Augenblick glaubte sie Zustimmung in den Augen des Mannes neben ihr zu erkennen. Ich bin eine de Villiers, sagte sie sich, als die Orgel den Hochzeitsmarsch spielte. Ich will mich so verhalten, wie es meine Vorfahren von mir erwarten würden... Sie straffte unbewußt die Schultern, um sich der ganzen Welt zu stellen.

Es war eine Erleichterung, als sie entdeckte, daß vor der Kirche eine Reisekutsche stand. Vier herrliche Braune scharrten ungeduldig mit den Hufen und kauten an der Trasse. Den Phaethon mit den Grauen, in dem der Herzog anscheinend angekommen war, sah sie nicht mehr, aber dieses Gespann war fast ebenso schön wie die Grauen.

»Ich nehme an, es wird dir nichts ausmachen, deinen Honigmond auf meinem Landgut zu verbringen«, sagte der Herzog vollendet höflich vor der Kirche. »Bei einer so stillen Hochzeit scheint ein richtiges Hochzeitsfrühstück nicht angebracht zu sein. Wir können unterwegs Erfrischungen zu uns nehmen.«

Das waren seine ersten an sie gerichteten Worte, denn er hatte sich nicht einmal die Mühe gemacht, seine Braut anzulächeln, als er ankam.

»Das ist ganz in Ordnung, Euer Gnaden«, erwiderte Clarinda mit mühsamer Höflichkeit. »Sie sind zu freundlich. Ich brauche keine Erfrischung. Wir wollen so schnell wie möglich weiterfahren. Ich möchte gerne mein künftiges Heim sehen.«

Wenn ihre Formalität ihn erstaunte oder ärgerte, so ließ er sich nichts anmerken. Er half ihr in die Kutsche, er stieg ein, die vier Braunen zogen an. Sie waren unterwegs.

Zu Clarindas großer Erleichterung spielte der Herzog nicht die hingebungsvolle Zärtlichkeit, die man von einem Bräutigam hätte erwarten können, der zum erstenmal mit seiner Braut allein war. Er saß ihr gegenüber in einer Ecke und lächelte nicht einmal.

»Sie haben herrliche Pferde, Herzog«, sagte sie, denn sie meinte, er könne vielleicht eine Unterhaltung erwarten.

»Ich freue mich, daß du so denkst«, erwiderte er trocken, und das war das Ende der Unterhaltung. Clarinda gab ihre Bemühungen auf, höflich zu sein. Der Rest der Reise verlief schweigend. Der Herzog lehnte sich in seine Ecke und schloß die Augen, als schlafe er. Vielleicht stimmte das sogar, denn er atmete sehr ruhig und gleichmäßig.

Clarinda wurde allmählich wütend. Richtig, sie wollte ganz gewiß keine Küsse und sonstigen Zärtlichkeiten, aber einfach schlafen? Das war des Guten doch zuviel. Sie lehnte sich also in ihre Ecke und machte die Augen zu, wenn sie auch nicht schlief. Sie dachte nur immer darüber nach, welch ein Mensch doch ihr Ehemann sein müsse. Würde er von ihr Gehorsam fordern, wie es in der Eheschließungsformel hieß? Oder würde er weiterhin so gleichgültig sein und ihre Existenz kaum zur Kenntnis nehmen?

Zum erstenmal überlegte sie auch, ob es nicht doch ein Fehler gewesen war, ihre Haare zu bleichen. Die Farbe gefiel ihr nicht, der vorher so herrliche Glanz war dahin, und die Farbe ihrer Haut und ihrer Augen kam überhaupt nicht mehr zur Geltung. Eine strahlende Braut war sie ganz gewiß nicht.

Hätte der Herzog so fest in seiner Ecke geschlafen, wäre Emily an ihrer Stelle gewesen? War er enttäuscht, weil seine Braut so schäbig aussah? Dann fielen ihr seine grausamen Worte im Gasthaus ein, als er von dem Landmädchen sprach, das seine Kinder aufzog und ihm keinen Ärger machte.

Der Herzog hat das bekommen, was er verdient, sagte sie sich.

Der erste Blick auf Westhampton lenkte sie ganz von dem Mann in der Ecke ab. Als die schnelle Kutsche von der Landstraße abbog, lag vor ihr eine herrliche, leicht hügelige Parklandschaft. Die riesigen Eichen mußten mindestens schon aus der Tudorzeit stammen, und eine ganze Herde gefleckten Damwildes graste dazwischen, und die Tiere waren so zahm wie Schafe.

Am Tor hatten sich der Pförtner mit Frau und fünf Kindern aufgestellt; sie verbeugten sich und knicksten, als die Kutsche vorbeifuhr. Der Herzog war aufgewacht und winkte ihnen lässig zu. Zum erstenmal kam es Clarinda zu Bewußtsein, daß sie mit dem Titel eine sehr große Verantwortung übernommen hatte, oder besser: daß sie die seinen teilen mußte. Natürlich waren die Leute ungeheuer neugierig auf das Mädchen, das ihr Herr als Frau mitbrachte, denn die neue Herzogin war eine sehr wichtige Gestalt in ihrem künftigen Leben.

Sie hatte nicht daran gedacht, daß diese Heirat viel mehr als eine Privatangelegenheit war. Plötzlich verstand sie, daß sie kaum etwas anderes war, als ein Stein, den man ins Wasser geworfen hatte. Er zog Kreise und beeinflußte das Leben vieler Menschen, das ihrige jedoch nicht. Sie seufzte. Das war doch sehr viel schwieriger, als sie es sich vorgestellt hatte.

Nach dem Pförtnerhaus fielen die Pferde in einen gemütlichen Trott. Clarinda sah nun auch zwischen den Bäumen das Haus, das ihre Heimat sein sollte. Es war riesig und überaus eindrucksvoll.

Ihr Leben lang hatte sie geglaubt, Villiers Manor sei die Perfektion der Architektur. Die warmen roten Ziegel, die alten Holzbalken, die Fenster mit den kleinen Scheiben, das weitläufige alte Haus – so war ihr Ideal gewesen. Was sie jetzt sah, hätte nicht noch grundlegender anders sein können.

Westhampton war im vergangenen Jahrhundert erbaut

worden; damals bevorzugte man die klassische Formalität. Die Proportionen waren perfekt, aber in sehr großem Maßstab. Um eine breite, eindrucksvolle Freitreppe standen hohe Säulen. Die Fenster waren hoch, mit sehr viel größeren Scheiben als die klitzekleinen in Villiers Manor, und sie wirkten wie unzählige neugierige Augen.

Alles war großartig, großartig und noch einmal großartig, ein Landsitz für einen Herzog, wie es sich gehörte, um reiche Aristokraten und die obersten Gesellschaftsschichten der modernen Welt als Gäste zu haben.

»Das ist Westhampton«, sagte der Herzog, und Clarinda konnte den Stolz in seiner Stimme erkennen. »Bist du zufrieden?«

»Es ist sehr, sehr groß«, antwortete sie, und sollte der Herzog Angst herausgehört haben, so machte er keine Bemerkung darüber.

Als die Braunen vor der breiten Freitreppe hielten, sah Clarinda, welch ein riesiger Empfang ihrer harrte. Ein Hausverwalter mit Butler und Unterbutler kamen zum großen Doppeltor heraus. Zwei Diener folgten ihnen und liefen herab, die Kutschentüren zu öffnen. Clarinda stellte fest, daß das ganze Hauspersonal in der Halle zu warten schien.

»Guten Abend, Euer Gnaden.« Der Hausverwalter verbeugte sich tief. »Ich hoffe, Sie hatten eine angenehme Reise. Im Namen des ganzen Haushaltes möchte ich Euer Gnaden das Beste wünschen zur neuen Herzogin.«

Clarinda war übermüdet und sehr verwirrt von den Eindrücken des Tages und schwankte ein wenig, als sie den Fuß auf den Boden setzte. Die Umgebung verschwamm vor ihren Augen, und sie glaubte schon, sie würde jetzt ohnmächtig werden. Aber sie riß sich mit einer übermenschlichen Anstrengung zusammen und begann langsam, die Freitreppe emporzusteigen.

In der Halle waren alle Dienstboten, ihrem Rang entsprechend, aufgereiht. Jedes Mädchen knickste, die Männer verbeugten sich tief, als der Hausverwalter den Namen nannte. Neben Verwalter, Butler und Unterbutler, gab es einen Burschen für die Zimmer, einen Kammerdiener, mehrere andere Diener, einen Diener für den Verwalter, zwei Burschen, zwei Küchenjungen und einen Lampenjungen. Bei den Frauen zählte sie acht Hausmädchen, zwei Näherinnen, zwei Mädchen für den Servierraum und die Vorratskammer, sechs Wäschemädchen, zwei Küchenmädchen, ein Gemüsemädchen und eine Spülerin, und dazu noch ein Mädchen für die Kinderzimmer. In der Küche regierte ein französischer Chef.

Am Ende der Reihe stand ein wenig abseits von den anderen eine stämmig aussehende alte Dame mit stahlgrauem Haar und Brille. »Das ist Mrs. Scotney, die Haushälterin«, stellte sie der Verwalter vor.

»Guten Abend, Mrs. Scotney. Ich freue mich, Ihre Bekanntschaft zu machen und sehe jetzt schon, daß ich in diesem Haushalt wirklich auf Ihre Hilfe angewiesen sein werde«, sagte Clarinda, und die alte Dame lächelte herzlich, woraus Clarinda schloß, daß sie den richtigen Ton getroffen hatte.

»Euer Gnaden werden sich wohl zum Dinner umziehen wollen«, sagte Mrs. Scotney. »Ich bringe Sie in Ihr Schlafzimmer.«

Clarinda folgte der alten Dame über die breite Innentreppe. Die riesige Halle wurde erhellt von einem Lüster, auf dem tausend Kerzen zu brennen schienen. Draußen wurde es schon dämmrig, doch das ganze Haus war innen hell erleuchtet, und so konnte sie sich nicht heimlich umsehen. Die Rechnung allein für die Wachskerzen muß astronomisch hoch sein, überlegte Clarinda und erinnerte sich daran, wie man im Haushalt der de Villiers auch an solchen Kleinigkeiten gespart hatte.

Die Räume waren sehr hoch und hatten kunstvolle Stuckdecken; an den Wänden hingen anscheinend sehr wertvolle Porträts, die Samtvorhänge und Wandverkleidungen mußten ebenfalls sehr kostbar sein. Westhampton schien ohne Rücksicht auf Kosten eingerichtet worden zu sein, und so wurde es auch gehalten. Jack mußte wohl recht haben. Der Herzog war reich wie ein Krösus.

In ihrem Schlafzimmer war es ebenso. Überall gab es nur die teuersten, schönsten Stoffe. In der Mitte einer Wand stand ein sehr großes Kastenbett. »Wohin führt diese Tür?« fragte sie Mrs. Scotney und deutete zur gegenüberliegenden Wand.

»Dort geht es in die Räume Seiner Gnaden«, erklärte die Haushälterin.

Clarinda schluckte. Also waren die Schlafzimmer miteinander verbunden. »War dies das Schlafzimmer der letzten Herzogin?« fragte sie.

Nach einer unmerklichen Pause antwortete die Haushälterin. »Nein, Euer Gnaden. Die Räume der letzten Herzogin wurden alle umgebaut. Sie sind im Westflügel, der jetzt wenig benutzt wird und hauptsächlich für Gäste, die zur Jagd kommen.« Dann schien sie nicht weiter ausgefragt werden zu wollen und fragte selbst: »Euer Gnaden haben keine Zofe dabei?«

»Nein...«, flüsterte Clarinda. Niemals vorher war ihr eingefallen, daß sie, so wie andere Damen von Rang, eine eigene Zofe in ihr neues Heim mitbringen müßte.

»Mit Ihrer Erlaubnis, Euer Gnaden, werde ich Betty heraufschicken, eines der Hausmädchen«, schlug die Haushälterin vor. »Sie ist gut mit der Nadel und hat einen guten Charakter.«

Clarinda bedankte sich. Die Haushälterin erwähnte noch, daß der Herzog das Dinner sehr pünktlich wünsche und segelte hinaus. Ihre steifgestärkten Unterröcke raschelten, ihre Schlüssel klirrten beim Gehen.

Clarinda seufzte. Endlich war sie allein. Sie ließ sich auf

den Polsterhocker vor dem Ankleidetisch fallen und kämmte ihr Haar.

Noch immer trug sie das trübselige graue Kleid. In dieser prachtvollen Umgebung sah es noch viel unscheinbarer aus. Aber Mutters rosa Tageskleid wäre auch nicht geeignet zum Dinner. Nachdem sie die sehr elegante Lady Claremont gesehen hatte, war sich Clarinda darüber klar, daß ihrer Mutter Kleider für die derzeitige Mode viel zu lang waren. Alle hatten noch Staubfänger am Saum, und die waren jetzt überflüssig. Im Moment kann ich sowieso nichts tun, überlegte sie verzweifelt.

Das Dinner war eine einschüchternde Angelegenheit. Der Herzog und die neue Herzogin saßen einander an den Schmalseiten eines sehr langen polierten Nußbaumtisches gegenüber. Zwischen ihnen standen mehrere Blumenarrangements und Unmengen von Silber. Hinter jedem der beiden Stühle stand ein Diener mit gepudertem Haar, um auch den kleinsten Wunsch sofort zu erfüllen. Seitlich davon, in Türnähe, wartete ein Servierdiener, der auf den leisesten Wink die Platten hereinbrachte.

Clarinda war entsetzt. In Villiers Manor hatte man gut, aber einfach gegessen. Niemals zuvor hatte sie so raffinierte delikate Soßen gekostet und so viele köstliche Feinschmekkergerichte.

Mit jedem Gang kam eine andere Flasche Wein, und jede war von erstklassiger Lage und bestem Jahrgang. Also standen auch an jedem Platz viele verschiedene Gläser. Clarinda trank sehr wenig und nahm aus jedem Glas nur ein winziges Schlückchen. Sie bemerkte aber, daß der Herzog jedes Glas leertrank, und der Diener füllte das eine oder andere auch noch nach.

Sie wußte, daß Trinken Mode war. Der Prinzregent, der spätere Georg IV. und seine Umgebung hielten es für normal, wenn sie nach einer Abendgesellschaft vor Trunkenheit nur noch ins Bett fallen konnten. Daß ein Mann drei Flaschen Wein trank, war ganz normal. Es gab viele, die es auf vier, fünf, sogar auf sechs Flaschen pro Abend brachten.

An den Kerzen vorbei, die in ihren herrlich gearbeiteten Silberhaltern flackerten, sah Clarinda, daß der Herzog viel trank. Seine Augen funkelten, seine Wangen waren hektisch gerötet.

Sprechen konnte sie jedoch nicht mit ihm, denn der Tisch schien eine Meile lang zu sein. Aber endlich gab ihr der Herzog ein Zeichen, sie solle aufstehen. »Ich werde meinen Port mit der Herzogin in der Bibliothek nehmen«, erklärte er dem Butler kalt. »Ein Glas und die Karaffe.«

Die Bibliothek war groß, holzgetäfelt und wies sehr viele dicke Lederbände auf. Es waren so viele, daß dahinter fast die ganze Vertäfelung verschwand. Über dem Kamin hing ein unglaublich lebendiges Porträt, sonst wäre der Raum vielleicht viel zu düster gewesen. Das Bild zeigte eine Dame in der reichen Kleidung einer früheren Generation mit weiten Röcken und einer hoch aufgetürmten, gepuderten Frisur.

Es war das Gesicht, das Clarinda fesselte. Es zeigte eine lachende Frau, doch unter dem Lachen lag tragisches Unglück. Clarinda hätte nicht sagen können, wie sie auf diesen Gedanken kam. Die dunklen Brauen, hohen Wangenknochen und ausdrucksvollen schwarzen Augen deuteten auf eine enge Verwandtschaft zum derzeitigen Herzog.

Sie vergaß ganz ihre Zurückhaltung und fragte: »Wer ist die Dame auf diesem Bild?«

»Das ist meine Mutter«, erwiderte er kurz.

»Sie sieht Ihnen sehr ähnlich«, bemerkte sie unschuldig.

Der Herzog sagte nichts, runzelte aber die Brauen. Hatte sie jetzt etwas Falsches gesagt? Ihr Mann lag halb in einem Ledersessel und kraulte einen der Jagdhunde, die plötzlich erschienen waren. Clarinda nahm sich vor, sehr genau in dem zu sein, was sie sagte.

»Ich nehme an, du wirst hier glücklich sein, Clarinda«,

sagte der Herzog und ging gar nicht auf ihre Frage ein. Zum erstenmal seit der Hochzeitszeremonie hatte er nun ihren Namen ausgesprochen, wenn auch ohne Wärme. »Mrs. Scotney wird dich morgen herumführen. Wenn du gerne reitest, wirst du in den Ställen ein geeignetes Pferd finden oder auch zwei.«

»Danke, Euer Gnaden«, erwiderte Clarinda formell. »Ich reite gern. Sie sind sehr großzügig. Ich hoffe, ich benehme mich so, wie Sie es wünschen.«

»Tatsächlich, das hoffe ich auch.« Die Antwort kam sehr gelangweilt. »Und wenn du mich jetzt entschuldigen willst – ich muß nach meinen Braunen sehen. Ich fürchte, der eine hat sich an der Fessel verletzt, als wir beim Pförtner vorbeifuhren.«

Das war, wie Clarinda annahm, nur eine Ausrede, aber sie begab sich sofort auf ihr Schlafzimmer. Als ob da nicht genug Pferdeburschen wären, die nach den Pferden sehen könnten! Sicher hatte der Herzog keine Lust, seine Zeit mit unnützen Gesprächen mit seiner Braut zu vertun. Und doch hatte er vorgeschlagen, sie solle mit ihm in die Bibliothek kommen.

War denn die Bemerkung über das Bild seiner Mutter gar so ungehörig gewesen? Nein, ganz bestimmt nicht. Ihm liegt mehr an seinen Braunen als an mir, dachte sie und seufzte.

Später kam das Hausmädchen Betty und bürstete ihr das Haar. Es war ein Mädchen mit frischem, nettem Gesicht. Da kehrte auch ihre Vernunft wieder zurück. Was hatte sie denn erwartet? Klar, daß dem Herzog mehr an seinen Pferden lag, denn er hatte sie wahrscheinlich persönlich ausgewählt, und sie, seine Braut, hatte er mit einem Brief akzeptiert, ohne sie vorher auch nur gesehen zu haben.

»Ihr Haar ist so weich, Euer Gnaden«, sagte das Mädchen und machte einen kleinen Knicks. »Wie schade, daß es so trocken ist. Was kann ich noch tun für Euer Gnaden? Soll ich beim Auskleiden helfen?«

»Nein, danke, Betty«, erwiderte Clarinda. Vor allem durfte sie vor einem Hausmädchen nicht zeigen, wie unglücklich sie war. »Du hast mein Haar sehr gut gebürstet, Betty. Schade, daß es so trocken ist. Kannst du mir helfen, es in einen besseren Zustand zu bringen?«

Das Mädchen wurde vor Freude rot. Sie machte an der Tür noch einen tiefen Knicks. »Wir sind alle so froh, daß Westhampton Hall eine neue Herrin hat«, sagte sie voll Eifer. »Wir hoffen, Sie sind hier sehr glücklich. Gute Nacht, Euer Gnaden.«

Es tat wohl, die guten Wünsche eines naiven, jungen Mädchens zu hören. Langsam zog sich Clarinda aus. Sie war froh, als sie das schwere, graue Kleid ablegen konnte. Emily hatte darauf bestanden, ein sehr hübsches, weißes Baumwollnachthemd mitzunehmen, und das zog sie nun an.

Und dieses Nachthemd stand ihr, anders als die aufgearbeiteten Kleider ihrer Mutter, ausgezeichnet. In den letzten beiden Jahren hatte ihre Mutter viel gestickt, da sie nichts anderes mehr tun konnte. Mit winzigen Stichen hatte sie wahre Kunstwerke geschaffen. Es duftete noch ein wenig nach Rosenwasser, und da dachte Clarinda unwillkürlich an Villiers Manor. Sie stellte sich vor, sie sei wieder in ihrem kleinen Schlafzimmer...

Sie ging vom Bett zurück zum Ankleidetisch und schaute in den Spiegel. Daraus sah ein seltsames Bild sie an. Das weiße Nachthemd wirkte kindlich, während sie das graue Kleid viel älter gemacht hatte. Das weiche, weiße Material fiel so über ihre schlanke Gestalt, daß es ihre zierliche Figur voll nachzeichnete, die mädchenhaften Brüste und die fast knabenhaften Hüften wundervoll modelierte.

Aber die grünen Augen leuchteten in einem erbarmenswert blassen, angestrengten Gesicht. Wäre nicht das schreckliche gelbe Haar gewesen, hätte sie ausgesehen wie ein Feenwesen, jung, zerbrechlich und keine Spur herb.

Was soll ich jetzt tun? fragte sie sich und ging schließlich zum Bett zurück. Es war sehr groß, viel breiter als ihr Diwanbett in Villiers Manor. Es war für zwei Personen gedacht. Die Decke war auch so zurückgeschlagen. Sie kletterte zögernd auf der linken Seite hinein.

Sie zog die flaumigen, wollenen Decken über sich und vergrub sich so in den Leinenlaken, daß nur ihr Gesicht herausschaute. Ihr Herz klopfte wie irr vor Angst. Sie hatte Jack für absurd gehalten, als er sagte, sie sei für eine Ehe noch zu jung, und jetzt wußte sie, daß er doch recht gehabt hatte. Sie war wirklich zu jung.

Niemand hatte ihr je erzählt, was sie nun erwartete. Ihr Herz jagte in unregelmäßigen Stößen vor Angst. Ihre Mutter hatte zwar von den Gentlemen gesprochen und daß sie oft seltsame Gelüste auf vulgäre Frauen hatten, etwa auf Opernmädchen und so, doch was hatte das eigentlich zu bedeuten? Clarinda wußte es nicht, und weil sie nicht wußte, was die Ehe bedeutete, hatte sie Angst, sehr große Angst.

Sie wußte nur, daß ein verheirateter Mann erwartete, seine Frau müsse im gleichen Bett wie er schlafen. Ob der Herzog das auch wollte und verlangte?

Unten in der Halle schlug die Bibliothekstür, dann hörte sie Schritte die Treppe heraufkommen. Dieser sorglose, feste Schritt konnte nur der des Herzogs sein. Kam er, um seinen Platz neben ihr zu fordern? Und wenn, was sollte sie tun? Erwartete er, daß sie – ihn küßte?

Immer näher kamen die Schritte. Ihr schien, sie hielten einen Moment lang vor der Tür an. Und da drohte Clarinda das Herz stillzustehen. Aber sie gingen weiter den Korridor entlang, und dann hörte sie, daß sich die Tür nebenan öffnete und er hineinging.

Jetzt erst kam ihr voll zu Bewußtsein, wie wahnsinnig sie gewesen war, als sie sich zu dieser Ehe entschlossen hatte. Sie hatte Jack wohl versichert, sie wisse genau, was eine konventionelle Heirat bedeute, doch das war mehr Tapferkeit als Wissen gewesen. Für die Öffentlichkeit wußte sie es wohl, aber ganz bestimmt nicht dann, wenn es um das Schlafzimmer ging.

Wie närrisch, töricht und absolut verrückt ich doch bin, dachte sie voll Bitterkeit.

Sie hörte Geräusche von nebenan. Der Herzog brauchte, so schien es, wenig von seiner Braut. Obwohl das Bett für zwei aufgedeckt war, kam er nicht. Allmählich legte sich ihre übermäßige Aufregung und das Zittern in ihren Beinen. Und müde war sie, sehr müde. Kurz ehe sie einschlief, wunderte sie sich darüber, daß sie zwar sehr erleichtert, aber auch ein wenig zornig war.

Beim Frühstück am nächsten Morgen entdeckte die neue Herzogin von Westhampton, daß der Herzog schon gegessen hatte und bereits unterwegs war. »Seine Gnaden probiert die neuen Jagdpferde aus«, sagte der Verwalter, als sie ihn fragte. »Wollen Euer Gnaden den Speisezettel für heute sehen?«

Clarinda schüttelte den Kopf. Zu Hause, in Villiers Manor, war sie eine recht gute Hausfrau geworden, seit ihre Mutter ans Bett gefesselt war, doch hier in diesem großen Landhaus würde die Leitung des Hauswesens ungleich schwieriger sein. Schon die verschiedenen Dienstboten und deren Pflichten auseinanderzuhalten, erschien ihr im Moment unmöglich. Erst mußte sie wohl Mrs. Scotney, die Haushälterin kennenlernen und von ihr lernen. Sie bat also den Verwalter, er möge veranlassen, daß Mrs. Scotney sie im Haus herumführe und ihr alles zeige.

Einige erschöpfende Stunden später und nach einer Tour durch Zimmer, die sie längst zu zählen aufgehört hatte, sank Clarinda mit einem Seufzer der Erschöpfung auf ein zierliches Sofa. Sie schloß die Augen...

»Ich hoffe, Mrs. Scotney hat dich nicht überanstrengt«, hörte sie eine barsche Stimme. Der Herzog war gekommen. Er trug Reithosen und polierte Reitstiefel, die er auch in jener Nacht im Gasthaus angehabt hatte.

»Euer Gnaden!« Clarinda sprang auf. Sie mußte unbedingt mit ihm sprechen. »Ich wäre dankbar, wenn Sie mir einen Augenblick Gehör schenkten«, bat sie.

»Bitte, setz dich«, erwiderte er höflich, wenn auch nicht besonders freundlich. »Natürlich werde ich aufmerksam zuhören, was du mir zu sagen hast.«

»Euer Gnaden! Ich fürchte, ich werde einige neue Kleider brauchen«, platzte sie heraus und schaute an ihrem unansehnlichen rosa Kleid hinunter. Damit hatte sie eigentlich nicht anfangen wollen, aber es war eine ihrer Hauptsorgen.

»Welche Frau braucht keine neuen Kleider?« fragte er obenhin. Das wäre eine an sich nicht unfreundliche Antwort gewesen, doch Clarinda hielt sie für zynisch. »Ich habe angeordnet, daß dir ein monatliches Kleidergeld zur Verfügung steht. Ich denke, du wirst mich nicht für kleinlich halten.«

»Danke«, sagte sie zurückhaltend. Sie durfte ihn nicht erschrecken, schon Emilys und Jacks wegen. »Ich weiß nicht, wieviel Sie über die Familie de Villiers wissen«, fuhr sie fort. »Wir sind nicht reich, und es war absolut nötig, daß ich Sie heirate. Entweder ich – oder meine Schwester.«

»Deine Schwester?« Zum erstenmal schien der Herzog interessiert zu sein.

»Ich habe eine ältere Schwester, Emily, die mit Robert Willoughby verlobt ist. Er ist der jüngste Sohn des Squire...« Clarinda bemerkte wie ihre Stimme sie allmählich im Stich ließ. »Deshalb – beschlossen wir ja, daß ich nach London gehen und Sie heiraten solle, nicht Emily. Wir fälschten Mamas Unterschrift auf dem Brief, denn Mama ist tot. Sie starb in der Woche vor der Ankunft Ihres Briefes.«

»Na, weiter«, forderte sie der Herzog grimmig auf. »Also habe ich die jüngere Schwester geheiratet, nicht wahr? Ich dachte schon, du siehst kaum so aus, als hättest du schon die Schule verlassen. Diesem Robert Willoughby habe ich also, wie mir scheint, einen großen Gefallen getan.«

»Ich dachte, es würde Ihnen nichts ausmachen«, sagte Clarinda bedrückt. »Sie schienen ja nur am Namen der de Villiers interessiert zu sein. Es ist wahr, meine Schwester ist sehr schön, und ich bin es nicht. Sie schienen sich daraus aber nichts zu machen, welche von uns Sie heirateten.«

»Also ist mir die Familienschönheit entgangen, nicht wahr?« fragte der Herzog und lächelte spöttisch dazu. »Nun, ich bin nicht auf Schönheit bei einer Frau versessen. Was kann ich für dich tun? Ich nehme an, du hast dieses Bekenntnis nicht umsonst abgelegt.«

»Ich hatte gehofft – Sie möchten vielleicht – in der Lage sein, etwas für Robert Willoughby zu tun«, sagte Clarinda leise. »Er ist nur ein jüngerer Sohn, und er braucht einen Patron. Und da ist auch noch mein Bruder Jack. Ich fürchte, er hat viele Schulden...«

»Das ist doch keine Neuigkeit«, bemerkte der Herzog trokken. »Ich bin nur überrascht, daß dein Bruder bisher dem Schuldgefängnis entkommen ist, wenn er mit solchen Leuten wie Lord Winterstoke spielt. Du solltest ihm sagen, daß er mit solchen Freunden nur verlieren kann.«

»Ich fürchte, auf mich hört er nicht«, antwortete Clarinda. »Ich hatte gehofft, Sie könnten etwas für ihn tun, da Sie ja jetzt mit einer de Villiers verheiratet sind.«

»Es heißt, und das scheint wahr zu sein, daß jede Frau ihren Preis hat«, sagte der Herzog in ziemlich unfreundlichem Ton. »Die Verbindung mit den de Villiers kommt mich teuer zu stehen, wie ich sehe.« Clarinda wäre jetzt am liebsten aufgesprungen und hätte ihm nur allzu gerne an den Kopf geworfen, daß sein Geld sie nicht interessiere. Aber sie schwieg. »Ich werde bezahlen, Madam«, versprach er.

»Und ich will mich dafür bemühen, Ihnen die Frau zu sein, die Sie sich wünschen«, versprach Clarinda, denn etwas anderes fiel ihr nicht ein. »Ich werde meine Pflicht tun.«

»Das nehme ich ja wohl an«, erwiderte er trocken. »Ich habe nicht dafür eine Landpomeranze geheiratet, daß sie ihren Willen gegen den meinen setzt.«

Mit diesen Worten drehte er sich um und öffnete die Tür. »Im übrigen kehre ich nach London zurück. Ich habe dort dringende Geschäfte. Ich hoffe, du kannst dich hier angemessen beschäftigen.«

»Wie lange werden Sie wegbleiben?« fragte Clarinda schüchtern.

»Mein Haushalt ist dafür geschult, mich zu jeder Zeit zu erwarten«, erwiderte er noch immer etwas höhnisch. »Und meine Frau wird, so hoffe ich wenigstens, diesem Beispiel folgen.«

Drittes Kapitel

Allein in diesem riesigen Haus fühlte sich Clarinda allmählich etwas glücklicher. Natürlich war sie einsam, doch irgendwie war es auch tröstlich; sie empfand die Einsamkeit als heilend. Beruhigend war auch die lange Geschichte des Hauses, das vielen Generationen von Westhampton gehört hatte.

Auch andere hatten hier geliebt und gelitten. Oft ging sie in die Bibliothek und schaute das Bild der letzten Herzogin an. Es schien Mitgefühl auszudrücken für ihre Lage, als wisse diese Frau genau, was es heißt, ungeliebt zu sein. Sie hörte das Bild fast sagen: ›Du wirst die Tradition von Westhampton weiterführen. Sei stark. Zeig keine Schwäche.«

Außer den vielen Schätzen des Hauses gab es auch eine kleine Araberstute für Clarinda. »Temperament hat sie schon«, warnte der Reitknecht, »aber keine Spur Bosheit.« Die Stute spähte aus ihrer Box heraus, legte den Kopf schief und wieherte leise. Clarinda bot ihr einen Apfel an, den sie eigens mitgebracht hatte, und da schnaubte sie sanft in Clarindas ausgestreckte Hand.

Mrs. Scotney löste ein Problem für Clarinda. Natürlich hatte sie keine Reitkleidung. Ihre schäbigen, alten Sachen von Villiers Manor hatte sie erst gar nicht mitgebracht. Sie wollte aber gerne reiten. Immer war sie eine richtige Pferde- und Reitnärrin gewesen. Jetzt mußte sie sehen, etwas zu finden, was sie zum Reiten anziehen konnte.

»Euer Gnaden brauchen Reitkleidung?« fragte die Haushälterin freundlich. »Ich weiß, der Herzog wünscht, daß Sie reiten. Er selbst ist ein tollkühner Reiter, und ich bin überzeugt, er wird sich freuen, wenn Sie in Übung bleiben.«

Clarinda mochte nicht sagen, daß es dem Herzog wahrscheinlich herzlich gleichgültig sei, ob sie reite oder nicht, doch sie fragte: »Kann ich mir im Dorf Reitkleidung machen lassen?«

»Es gibt hier eine Schneiderin, doch ich glaube nicht, daß sie Reitkleidung nähen kann. Wenn ich meine Meinung sagen darf, dann brauchen Sie etwas, das in London geschneidert wurde.«

Clarinda seufzte. »Sie haben sicher recht. Aber ich kann noch nicht nach London reisen, und das heißt also, daß ich solange auch nicht reiten kann.«

»Aber ich kann Ihnen vielleicht helfen«, meinte die Haushälterin zögernd. Sie lief hinaus und kam wenig später mit einem etwas unmodernen, grünen Samtkostüm zurück, das trotzdem ausgesucht schön war. »Natürlich ist es nicht die letzte Mode, Euer Gnaden, doch ich denke, es paßt Ihnen.«

Als Clarinda es anzog, saß es wie angegossen. Sie schwebte die Treppe hinab und hielt graziös die Schleppe, und so zeigte sie sich Mrs. Scotney. »Oh, sehen Sie schön aus«, sagte die alte Dame. »Sie war aber auch sehr schön.«

»Wer war so schön?«

»Nun, die Dame, deren Kostüm Sie jetzt tragen.« Das klang ziemlich vorsichtig.

»Sagen Sie mir, wer sie war«, bat Clarinda leise.

Mrs. Scotney schaute sich erst in der leeren Halle um. »Es gehörte der letzten Herzogin, deren Porträt in der Bibliothek hängt. Als sie ging, wollte sie nicht einmal ihre Kleider mitnehmen. Ballroben, Reitkostüme, Pelze, Tageskleider, sogar ihre Nachthemden – alles ließ sie zurück. Sie war zu stolz, etwas mitzunehmen. Gott möge ihr verzeihen.«

Nun war Clarindas Interesse erst richtig erwacht. Sie zog die etwas schuldbewußt dreinsehende Haushälterin in den blauen Salon und schloß die Tür. »Die Mutter des Herzogs ist wohl jetzt tot?« fragte sie. »Wie und warum ging sie weg von hier?«

Mrs. Scotney schien darüber sehr traurig zu sein. »Euer Gnaden, es gehört sich an sich nicht für mich, Ihnen davon zu erzählen. Ich dachte auch, Sie wüßten es. Die ganze Welt wußte davon. Der Skandal konnte nicht vertuscht werden.«

»Ich habe sehr zurückgezogen auf dem Land gelebt«, erwiderte Clarinda. »Papa hatte kein Interesse an dem, was die Nobelwelt tat, und ich weiß noch weniger darüber. Aber ich glaube, ich sollte wissen, in welche Familie ich geheiratet habe. Vielleicht wäre dann für mich vieles leichter.« Jedenfalls wußte Clarinda, daß sie darüber besser nicht mit dem Herzog sprach.

Mrs. Scotney schien zu fühlen, was in ihr vorging. »Er war ein so liebevoller, zärtlicher Junge«, sagte sie traurig. »Als die Herzogin ging, brach ihm fast das Herz. Er war immer sehr offen und sehr verletzlich.

Verstehen Sie, die Herzogin war niemals glücklich. Der verstorbene Herzog... Nun, man muß zugeben, er war ein Wüstling. Er übersah sie völlig. Es waren auch nicht so sehr die anderen Frauen, die sie kränkten, sondern das Fehlen jeder Zuneigung für sie. Und sie war eine Dame, die Liebe und Zärtlichkeit so sehr brauchte, wie eine Blume das Sonnenlicht.

Später ging sie. Jahrelang hatte sie gelitten. Dann kam aus

Paris ein Marquis... Nun, jedenfalls endete es damit, daß sie Westhampton für immer verließ. Man erzählte mir, in Frankreich sei sie dann für kurze Zeit sehr glücklich gewesen, obwohl sie doch nur von Fremden umgeben war.«

»Was geschah mit ihr?« fragte Clarinda leise.

»Sie starb im Kindbett, sagen manche. Aber keiner von uns weiß das gewiß. Ein paar Jahre später begann die Französische Revolution, und niemand hat je erfahren, was mit ihr und dem Marquis geschah. Der alte Herzog wollte den Namen in seinem Haus niemals und aus keinem Grund mehr hören.

Master Julian, ich sollte sagen der Herzog, war zu jung und verstand das alles noch nicht, doch seine Spuren hat es hinterlassen. Deshalb waren wir ja so froh, als wir hörten, er habe schließlich doch geheiratet... Aber ich sollte nicht hier herumschwatzen. Sie werden doch schweigen, Euer Gnaden? Natürlich hätte ich auch nicht so offen sprechen dürfen, da Sie doch nichts wußten, aber vielleicht ist es doch besser so.«

»Ich werde schweigen«, versprach Clarinda. Sie wußte schon jetzt, daß es die Haushälterin gut mit ihr meinte. Niemand konnte loyaler sein als Mrs. Scotney. Erst hatte Clarinda geglaubt, sie möge vielleicht das halbe Kind nicht, das ihr praktisch vor die Nase gesetzt wurde, doch jetzt verstand sie alles besser.

Wenn Mrs. Scotney es für merkwüridig gehalten hatte, daß der Herzog seine junge Frau schon so bald verlassen hatte, so hatte sie keine Bemerkung darüber gemacht. Sie schien anzunehmen, Clarinda warte ganz zufrieden auf des Herzogs Rückkehr.

Der Reitanzug war ganz großartig. Jetzt konnte Clarinda viele glückliche Stunden damit verbringen, sich auf dem Besitz umzuschauen. Ein Reitknecht folgte ihr in achtungsvollem Abstand. Allmählich gewöhnte sie sich an die Formalität ihrer Umgebung, an die zahlreichen Dienstboten, die Zeremonien bei jeder Mahlzeit, die Hierarchie in der Dienstbotenhalle. Sie hatte entdeckt, daß alle den Herzog liebten.

Was immer er auch für die Augen der Welt sein mochte, in seinem Haus wurde er respektiert und – geliebt. Anders ließ sich das nicht ausdrücken. Seine Wünsche, sein Geschmack, seine Interessen waren der Mittelpunkt dieser großen Organisation, und jeder tat alles, was er konnte, daß es ihm gutgehen möge.

Als sie auf der kleinen Araberstute – sie hatte ihr den Namen Firefly gegeben – durch den Wildpark ritt, tat ihr der Herzog ein wenig leid. Als ihn seine geliebte Mutter verließ, mußte er, der kleine Junge, sehr traurig gewesen sein. Und ihren Namen durfte er niemals erwähnen. Sein Vater, der Weiberheld, hatte sicher die meiste Zeit bei seinen Vergnügen in London verbracht, und sein kleiner Sohn war bei den Dienstboten auf dem Land aufgewachsen. Kam es daher, daß er keiner Frau traute? Hatte er deshalb eine ›Landpomeranze‹ geheiratet, ohne sie vorher gesehen zu haben? War dies der Grund für seine Arroganz? Im Gasthaus hatte er gesagt, er habe deshalb eine Frau vom Lande genommen, weil er nicht wolle, daß sie ihm ›Ärger‹ mache. Fürchtete er, seine Herzogin könne ihn so verlassen, wie seine Mutter den Vater verlassen hatte?

Sie war hin und her gerissen zwischen Verzweiflung und Mitleid. Mitleid deshalb, weil die große Enttäuschung des kleinen Jungen ihn zu einem so kalten Erwachsenen gemacht hatte. Verzweiflung deshalb, weil sie, seine Frau, so allein auf dem Land zurückgelassen worden war.

Ein goldener Sommertag folgte dem anderen. Allmählich war Clarinda nicht mehr die verschüchterte, unscheinbare Frau, die sie gewesen war. Die gelben Locken, die sie sich so unbedacht gebleicht hatte, wuchsen allmählich heraus. Betty hatte gesagt: »Euer Gnaden, das Haar braucht die richtige Pflege«, als sie abends das Haar bürstete.

»Kannst du ein Geheimnis bewahren, Betty?«

»Oh, natürlich, Euer Gnaden. Sie wissen doch, daß ich alles für Sie tun würde.«

»Mein Haar ist eigentlich rot. Ich habe es blond gebleicht. Ich möchte viel lieber wieder meine natürliche Haarfarbe haben.«

Das Mädchen begriff sofort. Sie brachte Kräuterabsude, die das Haarwachstum förderten und dazu beitrugen, daß sie schneller wieder ihre richtige Haarfarbe bekam. Gleichzeitig riet sie Clarinda, einen großen Sonnenhut zu tragen, so daß die Dienstboten den Vorgang nicht so leicht beobachten konnten.

Nach einigen Tagen waren die goldroten Locken schon deutlich zu erkennen, und als Betty das trockene Blond abschnitt, sah Clarinda wieder aus wie vorher.

Richtig, ihr Haar war nicht mehr die großartige, rotgoldene Mähne von früher, sondern eine Masse kurzer roter Löckchen. »Wie ein Heiligenschein«, stellte Betty voll Bewunderung fest.

Clarinda war sehr erleichtert. Alles war besser als dieses strohgelbe, leblose Haar, das sie ausgewaschen hatte erscheinen lassen. Jetzt fühlte sie sich wesentlich wohler.

Ein Brief ihrer Schwester Emily machte sie richtig glücklich. Sie war so mit ihrem neuen Leben und dem Herzog beschäftigt gewesen, daß die Hochzeit mit Robert Willoughby fast in den Hintergrund getreten war. Eiligst riß sie den Brief auf. Sie las:

Liebste Schwester, nach Deiner Abreise haben wir sehr schnell geheiratet. Der Squire dachte, das sei die beste Lösung, falls die Gläubiger unser Haus belagern sollten. Mein Robert, der allerliebste Ehemann, den Du Dir denken kannst, bittet mich, Dir zu sagen, er sei ewig Dein Schuldner, denn erst Du hast die Heirat ermöglicht.

Wir haben den Herzog in London getroffen. Er besuchte uns und versprach, Roberts Patron zu sein. Er hat Robert

einen Posten bei der Admiralität verschafft, und wir haben uns daraufhin in London niedergelassen, wo ich Dich bald zu sehen hoffe.
Bitte, schreib mir bald einen Brief, denn ich möchte hören, daß Du in Deiner Ehe glücklich bist, so glücklich wie ich. Es ist wohl wahr, der Herzog ist ein bißchen steif, aber er ist auch ein überaus großzügiger Mann...

Es kamen dann noch Nachrichten aus Villiers Manor und eine Nachschrift des jungen Ehemannes, mit der er seiner ›lieben Schwester‹ viel Glück wünschte und ihr herzlichst dafür danke, daß sie sich beim Herzog für ihn eingesetzt habe. ›Der Herzog hat auch Jacks Schulden bezahlt, wir sind ihm überaus dankbar‹, schrieb er zum Schluß.

Also hat er das getan, was er mir versprochen hat, überlegte Clarinda. Er hätte es mir aber selbst sagen können, statt daß mir meine Schwester die gute Nachricht melden muß. – Sie wunderte sich immer wieder über den Herzog. Warum hatte er alles getan, worum sie ihn gebeten hatte? Sie hatte doch eine Ehe ohne Verpflichtungen gewollt, und das hatte sie bekommen. Und für ihre Familie war auch gesorgt. Jacks Schulden waren bezahlt, Emily und Robert konnten glücklich sein.

Ich muß aber dafür bezahlen, überlegte sie ärgerlich. Ich wurde zurückgelassen wie ein alter Handschuh, der gerade noch für das Land taugt, und der Herzog vergnügt sich in der Stadt...

Am nächsten Tag kam auch ein Brief von Jack, der bestätigte, daß der Herzog seine Schulden bezahlt hatte. ›Der Herzog war sehr großzügig‹, schrieb er, ›also tu jetzt Du auch Deine Pflicht und sei ihm eine gute Frau. Ich stelle mir vor, man muß sich ihm schon fügen. Dein Dich liebender Bruder...‹

Clarinda dachte viel über beide Briefe nach. Emily und Jack müßten jetzt in London sein und das vornehme Leben genießen. Und sie haben beide den Herzog öfter gesehen als ich, dachte sie zornig. Ich muß hier warten, bis Seine Gnaden mich zu besuchen geruht. Sie treffen ihn bei Gesellschaften, Bällen und überall – und ich...

An einem Morgen setzte sie sich an den kleinen Schreibtisch, um einen Brief an den Herzog zu schreiben. Das war eine recht schwierige Angelegenheit. Erst verschwendete sie ziemlich viel Papier, bis es ihr gelang, wohl freundlich, aber doch abstandwahrend ein paar Sätze zu schreiben. Sie bat ihn, zu ihm nach London kommen zu dürfen.

Die Antwort überraschte sie. Zwei Tage lang erhielt sie keinen Brief. Am dritten kam der Verwalter zu ihr und sagte: »Euer Gnaden, Seine Gnaden, der Herzog, bat mich, Sie zu unterrichten, daß er wünscht, Sie mögen in Westhampton bleiben, bis es in seine Pläne paßt, hierher zurückzukehren.«

»Wo ist sein Brief?« fragte Clarinda und gab sich Mühe, ihren Zorn nicht zu zeigen. Vor den Dienstboten tat man das auch nicht, das war ihr anerzogen worden.

»Es ist kein Brief da, Euer Gnaden«, sagte der Mann respektvoll. »Seine Gnaden schickte mit einem Reitknecht etliche Papiere über den Besitz und diese Nachricht. Falls sie unklar ist, schicke ich einen Mann, der fragen soll.«

Clarinda musterte ihn. Hatte der Mann ihren Zorn bemerkt? Sein Gesicht war ernst, und der Mann schien ihr wohlzuwollen. »Nein«, erwiderte sie. »Seine Gnaden hat recht. Ich bleibe sowieso vorerst lieber hier.«

Jetzt mußte sie aber handeln. Sie befahl eine Chaise, fuhr ins Dorf und bat die Schneiderin, ihr sofort und schnellstens zwei Tageskleider zu nähen. In drei Tagen, erfuhr sie, konnten sie fertig sein. Natürlich würden die Kleider nicht der letzte Schrei sein, ganz gewiß aber auch nicht so schäbig wie jene, die sie immer noch tragen mußte.

Danach war ihr wohler. Und nun formte sich in ihrem Kopf eine etwas ausgefallene Idee. Der Herzog sollte seine Lektion bekommen. Er sollte erfahren, daß er sie nicht wie einen Hund auf dem Land halten konnte; und daß er seine Pferde mit mehr Zuneigung behandelte als sie, paßte ihr schon gar nicht. Also würde sie nach London fahren, ihn jedoch nicht davon unterrichten.

Vor dem Bild der Herzogin in der Bibliothek sagte sie: »Er hat mich nicht gut behandelt. Er meint, es lohnt sich nicht, sich mit mir zu befassen. Nun, ich werde ihm zeigen, daß es sich lohnt. Ich gehe nach London – in Verkleidung. Und ich werde alles tun, damit sich der Herzog hoffnungslos in mich verliebt, und dann werde ich mich revanchieren.«

Klar, er würde das rothaarige Mädchen nicht als die graue Maus erkennen, die er geheiratet hatte. Ihr Haar war jetzt kurz, vorher hatte sie es sehr lang getragen, und die Farbe war ganz anders.

Natürlich, überlegte sie, brauche ich neue Kleider. Und mein Haar muß auch gut geschnitten werden. Ich brauche viele Kleider, denn die von der Dorfschneiderin genügen nur für meine Reise nach London. Er darf mich nie anders sehen, als sehr modern und überaus geschmackvoll gekleidet...

Auf Emilys und Roberts Hilfe konnte sie rechnen. Selbst wenn sie mit ihr nicht einverstanden waren, so würden sie doch alles für die Schwester tun, die ihnen die Ehe ermöglicht hatte. Auch Jack mußte helfen. Clarinda wußte, daß es ihm gar nicht passen würde, doch seine Familie hatte er noch nie im Stich gelassen, wenn jemand in der Klemme war.

Und wenn er sich weigern sollte, mir zu helfen, überlegte sie, werde ich dem Herzog sagen, er solle ihm niemals mehr mit Geld aushelfen. Auch Clarinda war sich darüber klar, daß Jack ein passionierter und hoffnungsloser Spieler war, und sie war auch überzeugt, daß Jack sicher wieder neue Schulden gemacht hatte, nachdem der Herzog die alten bezahlt hatte.

Und ein Pseudonym brauche ich, überlegte sie. Meine eigenen Initialen. De Vere als Familienname, Cecilia als Vorname. Und ich bin angeblich Emilys Schulfreundin, die der ganzen Familie sehr nahestand. Auf die Art wird sich niemand wundern, daß ich mit Jack so intim bin...

Je mehr sie darüber nachdachte, desto besser gefiel ihr die Idee. Sicher, sie ließ sich durchführen, war sie auch sehr schwierig, aber natürlich konnte es auch sein, daß ihr die List nicht gelang. Jedenfalls kam sie auf diese Art in die große Gesellschaft. Verdenken konnte es ihr niemand, wenn sie sich nach ein wenig Fröhlichkeit, einer Party oder zwei sehnte, nach der Stadt London mit ihren Sehenswürdigkeiten, nach dem Vergnügen, der großen Gesellschaft anzugehören. Ihr erschien es unfair, daß Bruder und Schwester alle Annehmlichkeiten genießen sollten, während sie ganz allein auf dem Land verbannt blieb.

Die ganze Nacht hindurch schlief sie kaum; sie plante. Alles mußte genau überlegt werden, jeder Schritt, jede Einzelheit. Nichts wäre schlimmer als das Fehlschlagen einer Kleinigkeit, denn dann wäre sie schlechter dran als vorher.

Mrs. Scotney konnte sie erzählen, sie müsse dringend nach Villiers Manor zurück, weil ihre Schwester erkrankt sei. Die Haushälterin würde es verstehen, daß sie ihre geliebte Schwester pflegen wolle. Aber Mrs. Scotney würde selbstverständlich vorschlagen, sie solle doch die zweite Reisekutsche des Herzogs benützen.

Damit wäre alles gefährdet. Sie mußte mit der Postkutsche reisen. Sie mußte Mrs. Scotney davon überzeugen, daß dies am besten wäre. Dann brauchte sie eine Begleitung. Clarinda de Villiers konnte wohl allein nach London reisen, nicht aber die Herzogin von Westhampton. Man würde ihr dies nie verzeihen und sie für sehr exzentrisch halten.

Mrs. Scotney konnte auf den Gedanken kommen, die Hilfe des Herzogs anzurufen, falls sie etwas ahnte. Also mußte sie, um unverdächtig zu bleiben, Bettys Hilfe in Anspruch nehmen. Kann ich ihr trauen? fragte sie sich.

Nun, das Mädchen schien sie sehr gern zu mögen, also mußte sie fragen...

Das war ihr letzter Gedanke, damit schlief sie ein.

Am nächsten Tag stellte sich die Sache sogar leichter dar, als sie geglaubt hatte. Es ging alles glatt. Mrs. Scotney schöpfte keinen Verdacht, sie war sogar voll Mitleid wegen der plötzlichen Erkrankung ihrer Schwester und bot ihr an, einen großen Korb voll schöner, tröstlicher Dinge wie Pfeilwurz, Kalbsfußaspik und Zitronen mitzuschicken. Aber Clarinda erklärte ihr, daß sie in der Postkutsche diese Köstlichkeiten kaum mitnehmen könne.

»Euer Gnaden, Sie werden Peter doch sicher anweisen, Sie mit der zweiten Reisekutsche zu fahren?«

»Ich möchte die Postkutsche benützen, und Betty soll mich natürlich begleiten.«

»Seine Gnaden würden aber sicher wünschen, daß Sie die Reisekutsche benützen«, meinte die Haushälterin noch einmal, und Clarinda hatte den Eindruck, sie wolle nur freundlich sein.

»Das weiß ich«, antwortete sie, »aber verstehen Sie, Mrs. Scotney, ich komme aus einer sehr stolzen Familie. Die de Villiers sind aber nicht reich. Ich möchte nicht, daß meine Schwester glaubt, ich wolle ihr mit neuen, reichen Verhältnissen imponieren, wenn ich in einer privaten Kutsche ankomme. Lieber wäre mir alles andere, nur meinen Angehörigen will ich ihre Armut nicht auch noch vorführen.«

»Ich kann Ihre Gefühle recht gut verstehen, Euer Gnaden«, antwortete Mrs. Scotney, »aber ich weiß nicht, was Seine Gnaden dazu sagen werden.«

»Ich werde ihn damit gar nicht belasten und vielleicht kehre ich mit der Kutsche zurück.« Mit diesem Kompromiß endete die Unterhaltung. Clarinda war einigermaßen sicher, daß sich Mrs. Scotney nicht beim Herzog beklagen würde. Als ob ihm das überhaupt etwas ausmachte, dachte sie.

Es ging auch glatt, als sie Betty in das Geheimnis einweihte. Das junge Mädchen hatte ihre neue Arbeit als Zofe der Herrin voll Begeisterung akzeptiert. Es war für ein Dienstmädchen schon ein großer Schritt vom Hausmädchen zur Zofe, und Mrs. Scotney hatte ihr erklärt, daß es die Chance ihres Lebens sei; davon war sie selbst überzeugt.

Sie wußte, wenn die Herrin zufrieden war, konnte sie diesen Posten behalten; also wollte sie ihr Bestes tun, auch wenn die neue Herzogin sehr anspruchsvoll wäre.

Clarinda erwies sich als perfekte Herrin. Als die Dorfschneiderin ein paar ganz erträgliche Tageskleider gefertigt hatte, erhielt Betty von Clarinda das graue Kleid, in dem sie getraut worden war und auch das rose Kleid, das sie auf der Reise getragen hatte.

Es war nicht nur diese Großzügigkeit, die Betty so anhänglich machte, sondern Clarindas höfliche Liebenswürdigkeit und weil sie den Dienstboten gegenüber gar nicht überheblich war. Diese unerschütterliche Freundlichkeit hatte ihr Bettys Herz gewonnen, und sie betete ihre sanfte Herrin leidenschaftlich an.

Am Abend, als Betty das nun wieder strahlend schöne Haar bürstete, fragte Clarinda sie: »Kann ich dir vertrauen, Betty? Würdest du etwas ganz Besonderes für mich tun? Und kannst du ein Geheimnis bewahren, wenn nötig, bis zum Tod?«

»Euer Gnaden, für Sie tue ich alles«, versicherte ihr das Mädchen voll Nachdruck. »Alles. Sie waren so gut zu mir. Niemals hätte ich gehofft, eine solche Herrin zu finden.«

»Ich weiß nicht recht, wie ich dir das erklären soll, Betty...« Clarinda war zwar kaum älter als das Mädchen, doch es fiel ihr schwer, die Wahrheit zu sagen. »Der Herzog liebt mich nicht. Er tat es nie. Unsere Ehe besteht nur auf dem Papier... Liebe gibt es nicht zwischen uns.

Ich habe beschlossen, nach London zu gehen, um zu sehen, ob ich des Herzogs Liebe gewinnen kann. Er scheint nicht oft hier zu sein. Er hält mich für ein junges, schäbig gekleidetes Mädchen mit gräßlichem gelbem Haar. Wenn ich nach London gehe und schöne, elegante Kleider kaufe, kann ich vielleicht an sein Herz rühren.«

»Oh, Euer Gnaden!« flüsterte das Mädchen.

»Aber es muß ganz geheim bleiben, und niemand darf davon etwas wissen, nur du und ich. Verstehst du Betty, ich gebe mich für eine andere aus, eine Miß de Vere, die der Herzog vorher noch nie gesehen hat. Da lernt er mich ganz neu kennen. Und erkennen wird er mich sicher nicht. Er hat mich nicht einmal richtig angeschaut, zweimal schon gar nicht.« Clarinda begann zu schluchzen. Aber sie riß sich sofort wieder zusammen. »Wüßte er aber, wer ich bin, würde er mich sofort wieder nach Westhampton zurückschicken. Bin ich für ihn aber eine Fremde, dann wird er – sich vielleicht – in mich verlieben.«

Betty schaute ihre Herrin voll Staunen und Bewunderung an.

»Und da gibt es noch einen Grund, weshalb niemand wissen darf, daß und wohin ich gehe. Wenn ich – keinen Erfolg habe, muß ich zurückkommen, die unscheinbare Frau spielen, die hier auf dem Land lebt, Kinder zur Welt bringt und ihren Ehemann selten sieht. Wenn niemand weiß, daß ich seine Beachtung zu finden versuchte, wird es leichter für mich sein.«

»Es wird Ihnen schon gelingen«, versprach Betty begeistert. »Sie sind jetzt so schön. Jeder Mann müßte sich in Sie verlieben, glaube ich.«

Clarinda lächelte. Es rührte sie und gab ihr Sicherheit, daß dieses Mädchen so treu und voll Zuneigung war. Nachdenklich schaute sie in den Spiegel. »Ob der Herzog wohl rotes Haar mag?« überlegte sie laut. »Meine Augen haben keine moderne Farbe. Hat denn schon jemand von einer eleganten Frau mit rotem Haar und grünen Augen gehört?«

Am nächsten Tag machte sie sich mit der aufgeregten Betty auf den Weg. Diesmal reiste sie sehr luxuriös. Statt der armseligen Lederkiste, mit der sie angekommen war, hatte sie jetzt ein recht eindrucksvolles Gepäck; Koffer aus den Beständen der Westhampton-Familie, und einen Beutel goldener Guineas, die ihr der Verwalter als Taschengeld ausbezahlt hatte.

Nach dem ersten Halt der Kutsche in einer größeren Stadt war es leicht, die Richtung zu ändern. Statt in südlicher Richtung nach Villiers Manor zu reisen, wandten sie sich nach Norden, also nach London; dazu wechselten sie die Kutsche.

Diesmal war die Reise weniger abenteuerlich und viel eindrucksvoller. Daß sie an die Kutscher und Gasthausangestellten Trinkgelder verteilen konnte, ließ alles glatt laufen. Betty schien diese Sache instinktiv richtig zu sehen und machte allen klar, daß ihre Herrin an Luxus und Respekt gewöhnt sei. Und Clarinda wußte sehr bald, daß Geld und ein Dienstbote ein ganz besonderer Schutz für eine Dame waren.

Als sie in London ankamen, hatten sie keine Schwierigkeiten, eine Mietdroschke zu finden, die sie zu dem kleinen Haus in Mayfair brachte, wo ihre Schwester jetzt wohnte. Natürlich war es kein Haus im Stil der Reichen, doch es war von bescheidener Vornehmheit.

Aber im Haus ihrer Schwester kam eine recht müde junge Herzogin an. Als das Mädchen sie in den kleinen, aber sehr hübschen Salon führte, begrüßte Emily sie mit einem Freudenschrei. Die beiden Schwestern umarmten einander, lachten und weinten vor Freude. Es war die erste wirklich von Liebe und Glück geprägte Begegnung seit Clarindas Abreise von Villiers Manor vor so langer Zeit. So schien es ihr wenigstens, obwohl erst einige Monate vergangen waren.

Dann hielt sie ihre Schwester auf Armeslänge von sich, um sie zu mustern. Emily errötete. Ihre Augen waren weich vor Glück, ihre Haut sah blühend aus. »Die Ehe bekommt dir, liebste Emily«, stellte Clarinda ein wenig sehnsüchtig fest.

Da kam auch Robert Willoughby. Er zerdrückte ihr fast die Hand vor Herzlichkeit, dann küßte er sie brüderlich auf die Wange. »Liebste Schwägerin«, sagte er bewegt, »ich weiß gar nicht, wie ich dir meine Dankbarkeit beweisen soll. Es ist wundervoll, dich zu sehen. Aber wo ist der Herzog. Erwartet er dich?«

Clarinda hüstelte nervös. »Möchtest du bitte so nett sein und dafür sorgen, daß sich jemand um meine Zofe Betty kümmert!« bat sie. »Ich weiß nicht, wo der Herzog ist, Robert. Er weiß auch nicht, daß ich nach London gekommen bin.«

Emily half ihrer müden Schwester in einen bequemen Sessel, nahm ihr den Mantel ab und gab dem Butler Anweisung, sich um Betty zu kümmern. »Wir wollen ein Glas Ratafia trinken, und da erzählst du uns alles, Clarinda. Du weißt, Robert und ich werden alles tun, dir zu helfen.«

Der süße mit Mandeln und mit Pfirsich- und Kirschkernen versetzte Likör belebte Clarinda wieder, und sie erklärte Emily und Robert alles, was geschehen oder nicht geschehen war – des Herzogs Gleichgültigkeit, seine Rückkehr nach London, seine Weigerung, sie nachkommen zu lassen und ihren Entschluß, dies doch zu tun.

»Wir wußten natürlich, daß der Herzog in der Stadt ist«, sagte Emily. »Ich dachte aber, du seist lieber auf dem Land geblieben. Es muß ein wundervoller Besitz sein, wie man hört. Aber, Clarinda, er wird sicher ärgerlich sein, daß du ihm nicht gehorcht hast und in die Stadt gekommen bist?«

Die sanfte Emily hätte wahrscheinlich nicht einmal im Traum daran gedacht, ihrem Ehemann nicht zu gehorchen. Clarinda sah, daß ihr Glück mit Robert überwältigend war, und Emily des Herzogs Gleichgültigkeit nicht verstehen konnte – und daß die Schwester Clarindas Bitterkeit begriff.

»Er wird nicht erfahren, daß ich hier bin«, sagte Clarinda voll Zuversicht. »Ich habe einen Plan, Emily.« Sie schilderte, daß sie einen falschen Namen benützen und vorgeben werde, sie sei Emilys Schulfreundin.

»Er hat mich ja nur als schüchternes, schäbiges kleines Ding gesehen, und er wird meinen, so bin ich noch immer. Wenn ich aber gut angezogen bin, und da jetzt mein Haar wieder die richtige Farbe hat, wird er schon bemerken, daß ich doch nicht so häßlich bin, wie er meint.« Sie wurde ein wenig rot und warf Robert einen flehenden Blick zu. »Ich plane, den Herzog in mich verliebt zu machen, ohne daß er weiß, wer ich bin.«

»Oh, Clarinda, hast du großartige Ideen! Du kannst dir immer Pläne ausdenken. Erinnerst du dich, daß Mama immer sagte, du hättest einen sehr klugen Kopf auf den Schultern?« Emily war sehr begeistert. Ihre Augen funkelten. Sie bewunderte wieder einmal ihre jüngere Schwester.

»Meinst du nicht auch, daß dies eine gute Idee ist?« fragte sie Robert. »Es ist schon wirklich häßlich, Clarinda ganz allein auf dem Land zurückzulassen, wo sie den Herzog nie zu sehen bekommt. Vielleicht kann sie auf die Art doch erreichen, daß ihre Ehe genauso glücklich wird wie die unsere.«

Clarinda hatte bei diesen Worten ein schlechtes Gewissen. Im innersten Herzen wußte sie, daß ihre Motive nicht so ideal waren, wie Emily glaubte. Der Herzog hatte ihren Stolz schwer verletzt. Romantische Liebe hatte sie von ihm nicht erwartet, aber auch nicht diese vollständige Gleichgültigkeit. Clarinda wollte, daß er sie lieben lernte, so sehr lieben, daß es ihn schmerzte.

Robert zweifelte erst an dem Plan. »Natürlich werden wir dir helfen, Clarinda. Du hast so viel für uns getan, daß ich dich nie im Stich lassen würde. Aber was dann, wenn sich der Herzog in dich verliebt? Oder was willst du tun, falls er sich verliebt?«

»Irgendwie wird es schon recht werden«, meinte Clarinda

ausweichend. »Robert, du mußt doch zugeben, daß ich sowieso ganz dringend einige gute Kleider brauche. Wer würde denken, daß ich mit einem der reichsten Männer Englands verheiratet bin?« Sie schnitt eine angewiderte Grimasse und deutete auf das einfache Tuchkleid, das sie anhatte. Natürlich ging es zur Not, doch man sah, daß es aus der Werkstatt einer Dorfschneiderin stammte. Emily sah das ganz klar, und sogar Robert bemerkte, daß es nicht besonders modern war.

»Und wenn es ganz schlimm kommt«, fügte Clarinda hinzu, »dann war ich wenigstens für kurze Zeit in London, habe einige Gesellschaften besucht, ehe ich mich für immer auf dem Land begrabe, und das müßt ihr verstehen.«

»Wenn du erst einige hübsche neue Kleider hast, kann dir der Herzog sicher nicht widerstehen«, sagte Emily überzeugt. »Dein Haar sieht schon sehr viel besser aus. Wirklich, es war jammerschade, es zu bleichen. Aber vielleicht war das doch ganz gut, und vielleicht hätte sich der Herzog doch gewundert, wenn in der Kirche eine rothaarige de Villiers erschienen wäre. Erstaunlich, wie sehr du dich verändert hast.«

Am nächsten Morgen besuchte Jack seine Schwester, da Robert ihm eine dringende Mitteilung geschickt hatte. Er fand beide in Emilys Zimmer, wo sie über einer Damenzeitschrift saßen. »Ich bin sicher, du würdest mit diesem Schnitt einfach zauberhaft aussehen«, sagte Emily und deutete auf eine lange, dünne Dame, die ein superelegantes Kleid trug.

»Ganz sicher, aber sie sollte nicht hier sein«, bemerkte Jack. »Für eine junge Frau paßt es sich nicht, auf eigene Faust loszuziehen und ihrem Ehemann nicht zu gehorchen. Das geht doch nicht.«

Beide Mädchen sprangen gleichzeitig auf. Clarinda rannte auf ihn zu und umarmte ihn stürmisch. »Sei nicht so streng, Brüderchen«, schmeichelte sie. »Und ich habe ja den Herzog gar nicht verlassen. Er ist lange vor mir abgereist.«

Jack lachte. »Na, ja, meine kleine Schwester. Du bist eben

ein ungebärdiges Füllen und hast dich schon losgerissen. Robert erzählte mir, ihr hättet einen Plan ausgeheckt, wonach sich der Herzog in dich verlieben soll. Klingt ganz wie ein Roman.«

»Es ist ein wundervoller Plan, Jack«, versicherte ihm Clarinda. »Und du mußt mir helfen. Du mußt mir das Tanzen beibringen und mich zu allen Gesellschaften der Stadt begleiten, Emily ist meine Anstandsdame, und Robert kommt auch mit.«

»Klingt ganz so, als bräuchtest du mich dann gar nicht mehr. Schwesterchen. Gesellschaften der obersten Kreise liegen mir nicht. Ich fühle mich viel behaglicher in einem kleinen, gemütlichen Klub mit einem Roulettrad.«

»Nein, ich brauche dich auch, Jack, denn du bist für meinen Plan unbedingt nötig. Es muß so aussehen, als hätte ich viele Bewunderer, und einer davon bist du. Schließlich habe ich ja den Herzog dazu gebracht, deine Schulden zu bezahlen. Und du willst mich jetzt im Stich lassen?« Das klang schon fast vorwurfsvoll.

Jack de Villiers war ein Spieler und Taugenichts, aber seine Freunde oder Familienmitglieder hatte er noch nie im Stich gelassen. »Ehrensache«, versprach er, »ich helfe. Klar, lieber würde ich mit dir zu Gesellschaften und Bällen gehen, als mit Winterstoke und Konsorten würfeln. Und was soll ich jetzt für dich tun? So, wie du angezogen bist, kannst du nirgends hingehen.«

»Ah, du verstehst also. Der erste Schritt in meinem Feldzug ist der, mir Kleider zu kaufen. Viele. Der Herzog wird mich kaum einmal anschauen, wenn ich nicht sehr elegant und nach der letzten Mode gekleidet bin. Ich habe viel Geld bei mir, und jetzt muß ich wissen, wer die beste Schneiderin von ganz London ist. Weißt du das?«

Jack überlegte. »Mademoiselle Fanny... Nein, die ist etwas zu frei, auch zu naiv... Du willst doch wohl etwas, das sehr elegant und eine Spur ausgefallen ist, nicht wahr?«

»Ja, genau.«

»Mrs. Berkeley ist viel zu – pingelig, und das weiß ich. Hm. Ha! Du mußt zu Madame Geneviève Latour gehen! Ihre Kleider haben etwas an sich, das alle bewundern.«

»Ist sie wirklich die beste Schneiderin Londons?«

»Sie ist so gut, daß sie Lady Lancaster anzieht, und zu der solltest du gehen, wenn du den Herzog auf dich aufmerksam machen willst.«

Lady Lancaster? Der Name kam ihr bekannt vor. »Was meinst du damit?« fragte sie. »Und wer ist Lady Lancaster? Was hat sie damit zu tun, daß ich den Herzog auf mich aufmerksam machen will?«

»Guter Gott!« stöhnte Jack. »Das hätte ich nicht sagen sollen. Verzeih, Schwesterchen. Der Herzog würde mich umbringen, wüßte er, daß ich diese Dame dir gegenüber erwähnt habe.« Er wußte aber und schloß dies auch aus ihrer Miene, daß sie mit Sicherheit weitere Fragen stellen würde. »Sei ein liebes Mädchen. Da ist nichts mehr dran«, fügte er schnell hinzu.

Diese letzte Bemerkung verstand Clarinda überhaupt nicht. »Was in aller Welt, meinst du damit? Nichts mehr dran? Soll das heißen, daß der Herzog Lady Lancaster verehrt?«

»Ja, genau. Und jetzt sage ich darüber kein Wort mehr. Schließlich sind doch alle Männer immer noch Männer, und du hast doch selbst gesagt, du wüßtest, was eine konventionelle Heirat sei.«

»Na, schön«, fügte sich Clarinda. Sie mochte natürlich nicht zugeben, daß sie gar nichts begriff. Ihre Mutter hatte zwar erwähnt, daß manche Männer auch nach der Hochzeit noch ihre Mätressen hatten, aber sie hatte auch erwähnt, die Frauen würden vorgeben, nichts von ihnen zu wissen.

Aber Mama hatte nie etwas gesagt von Freundschaften mit Frauen der großen Gesellschaft. Das mit den Operntänzerinnen hatte sie ja verstanden, aber vielleicht waren dies auch keine anderen Freundschaften als mit Rennreitern, Hahnenkampfexperten, Boxern und all den anderen Sportlern, die den Männern so imponierten. Aber warum sollte etwas Besonderes sein an einer Freundschaft mit einer hochgeborenen Dame?

»Dann willst du also damit sagen, Lady Lancaster sei so etwas wie meine Rivalin?« fragte sie Jack. »Du brauchst mir nichts weiter zu sagen, aber sicher hast du mir deshalb geraten, zu Madame Geneviève zu gehen, nicht wahr?«

»Ja, genau«, gab Jack zu und war ein wenig verlegen.

Da fiel ihr auch wieder die Unterhaltung damals im Gasthaus ein, die sie mitgehört hatte, als der Herzog seinem Freund erzählte, er werde heiraten.

»Aber Julian, was wird Lady Lancaster denken?« hatte der Freund gefragt, doch die Antwort des Herzogs hatte sie nicht gehört. Was hatte das alles zu bedeuten?

Viertes Kapitel

Das Atelier von Madame Geneviève Latour lag ein wenig abseits von den eleganten und immer überlaufenen Einkaufsstraßen von Mayfair. Es war ein vornehmes Haus im georgianischen Stil, und nichts verriet, daß die Besitzerin eine Schneiderin war; höchstens deuteten die vielen elegant gekleideten Damen darauf hin, die ständig kamen und gingen.

Madame Latour war keine gewöhnliche Schneiderin. Ihr Atelier war sehr bekannt und so berühmt, daß sie sich ihre Kundinnen aussuchen konnte. Man flüsterte sich sogar zu, daß sie einmal eine Gräfin nicht als Kundin annehmen wollte, weil ihre üppigen Formen ihre Schöpfungen nicht recht zur Geltung brachten.

Für Emily und Clarinda, die auf den Stufen des Ateliers warteten, war es eine Überraschung, daß die Tür von einem

Diener in Livree geöffnet wurde. Auch sonst sah alles eher nach Privathaus aus, als die beiden Mädchen in einen Damensalon geführt wurden.

Die Frau, die kam, sie zu begrüßen, war makellos, sehr einfach, sehr elegant und etwas streng gekleidet. An ihrem Kleid war nichts Auffälliges; es war von zurückhaltender Eleganz.

Madame Latour hatte ein ernstes Gesicht mit starken Zügen, dunkles Haar und sehr große Augen. Clarinda schätzte sie auf Ende Dreißig, vielleicht ein paar Jahre älter. Und sie war zweifellos eine Dame, keine Handwerkerin oder Geschäftsfrau.

Mit leiser, gepflegter Stimme und einem kleinen französischen Akzent stellte sie sich vor. Sie fragte, was sie für die beiden Damen tun könne und tat dies so, als sei sie deren Gastgeberin.

Clarinda konnte vor Staunen gar nichts sagen, doch Emily erklärte voll Zurückhaltung: »Ich bin Mrs. Willoughby, und das ist meine Schulfreundin, die zu ihrem Debüt nach London kam. Sie sehen, daß sie vom Land kommt und einige Kleider braucht.«

Die Französin hob andeutungsweise die Brauen. Eingehend musterte sie die beiden Mädchen. Emily war einfach, aber elegant gekleidet, denn der Squire war mit Hochzeitsgeschenken und Brautausstattung großzügig gewesen. Clarinda dagegen trug ein Kleid, das eiligst in Westhampton von der Dorfschneiderin genäht worden war, und unter dem prüfenden Blick von Madame Latour kam sie sich bestimmt nicht elegant, und erst recht nicht schön vor.

Madame Latour machte keine abfällige Bemerkung über die Dorfschneiderin, sondern erwähnte nur: »Verzeihen Sie, daß ich das sage, aber ist Ihnen bekannt, daß meine Modelle sehr teuer sind?«

»Das weiß ich«, erwiderte Clarinda, »aber ich will ja auch nicht nur irgendwelche Kleider. Ich will eine ganz andere

Frau sein, nichts weniger als die schönste Frau Londons. Ich weiß, nur Sie können das für mich tun, und dafür bin ich gerne bereit, ein kleines Vermögen zu bezahlen.«

»Warten Sie hier«, bat Madame und ging. Eine Assistentin kam herein und entnahm einem Wandschrank etliche halbfertige Kleider.

»Glaubst du, wir haben einen Fehler gemacht?« flüsterte Emily, die über die Abwehrhaltung der Schneiderin sehr erstaunt war.

»Nein. Ich glaube, wir sind hier ganz richtig. Madame Latour ist eine hochintelligente Dame.«

Da kam Madame mit etlichen Kleidern über dem Arm zurück. Sie warf einen prüfenden Blick auf die Kleider, die von der Assistentin ausgelegt worden waren und winkte ab. Dann musterte sie Clarinda eingehend, ging um sie herum wie ein Kenner, der eine Statue bewundert; bei jeder anderen Person hätte das ungehörig gewirkt, doch bei ihr gehörte es zur künstlerischen Arbeit.

Sie nahm ein blaßgrünes Kleid und hielt es an Clarindas Gesicht. *»Non, ce n'est pas exacte«*, sagte sie. »Besser schon, aber nicht genau.«

Sie wiederholte dasselbe mit einem orangefarbenen Sarsenett, dann mit einem gelbgrünen Satin mit Brüsseler Spitze. Beide legte sie weg. Schließlich holte sie aus dem Kleiderstapel ein blaßgrünes Seidenkleid heraus, dessen Farbe mit dem Licht zu spielen schien.

»Eau de Nil«, sagte sie und wies ihre Assistentin an, es an Clarindas Gesicht zu halten. Sie trat zurück und musterte sie lange. »Ja, Mademoiselle«, sagte sie im Ton einer Künstlerin, die zu einer Entscheidung gekommen war. »Ich kann Ihnen helfen.«

»Danke, Madame«, antwortete Clarinda. Die beiden Frauen sahen einander an, und ein elektrischer Funke schien zwischen ihnen überzuspringen. Beide lächelten.

»Vielleicht probieren wir dieses hier einmal richtig an«,

schlug Madame Latour vor. »Wenn Mademoiselle mich bitte in meinen Umkleideraum begleiten würden... Madame kann hier warten. Wir haben hier viele Illustrationen, um die Wartezeit zu verkürzen«, sagte sie zu Emily.

Clarinda folgte ihr also in ein kleineres Zimmer, und hier wurde mit Hilfe zahlreicher Stecknadeln das nilgrüne Kleid um sie herum festgesteckt. Es war erst halb fertig. »Eine solche Farbe habe ich noch nie gesehen«, sagte Clarinda und sah Madame Latour fragend an.

»Das ist die Farbe des Nilwassers«, bekam sie zur Antwort. »Zwischen Tag und Nacht gibt es einen Moment, da die Sonne über dem Nil hängt. Da leuchtet dann das Wasser in dieser Farbe. Grünes Feuer, nennen sie viele Leute. Andere sagen, diese Farbe sei auch an anderen Stellen der Welt zu finden, und sprechen dann von einem grünen Sonnenuntergangsblitz.

Aber nur in Ägypten weiß man diese herrliche, strahlende Farbe richtig zu schätzen – und in diesem Stoff. Ich ließ ihn eigens in Frankreich weben, in der Provence. Wenn Sie genau hinschauen, dann sehen Sie die Lichter phosphoreszierenden Wassers.«

Und das stimmte. Die blaßgrüne Farbe schien mit gelben, orangefarbenen und goldenen Lichtern zu glühen. Im Lichtschein schienen die Farben zu funkeln. Und die Seide schmiegte sich geradezu zärtlich an den jungen Körper. Die Assistentin steckte schließlich noch den Saum fest und hatte den Mund voller Stecknadeln, als sie vor Clarinda auf dem Boden kniete.

»Madame nebenan wird eine Erfrischung brauchen«, sagte sie und schickte die Assistentin weg. Dann führte sie Clarinda vor den hohen Spiegel. »Dieses Kleid ist ein Meisterwerk«, erklärte sie. »Ich habe darauf gewartet, eine Dame zu finden, die es zu tragen versteht.«

Im Spiegel sah Clarinda eine fremde und so schöne Person, daß es ihr den Atem verschlug. Die weichen Falten legten sich wunderschön über ihre jungen Brüste und unterstrichen ihre delikate Unreife. Die schmalen Schultern stiegen weiß, sanft und makellos aus einem weiten Ausschnitt, der für den Abend gedacht war, aber nicht gewagt wirkte. Und bei jeder Bewegung schillerte das Grün und paßte sich genau dem Licht an, das darauf fiel. Clarinda sah aus wie eine wunderschöne, jungfräuliche Mondgöttin. Zum erstenmal sah sie sich nicht mehr als junges Mädchen, sondern als noch nicht ganz erblühte Frau.

»Oh, ich bin ja schön«, flüsterte sie. »Sogar der Herzog wird mir jetzt nicht widerstehen können.«

Am liebsten hätte sie sich die Zunge abgebissen, doch die Worte waren gesprochen. Madame Latour hatte sie verstanden.

»So, Mademoiselle, es geht also um einen Herzog? Und um Liebe? Ich habe viele Damen, die meine Kleider kaufen wollen. Aber wenn mir eine Dame sagt, sie müsse schön, ja sogar die schönste Frau Londons sein, dann ist es der Liebe wegen. Es ist doch so, nicht wahr?«

Was sollte sie tun? Sie holte tief Atem und beschloß, sich dieser Französin auszuliefern. »Es ist eigentlich keine Frage der Liebe oder meiner Liebe«, erklärte sie. »Ich suche seine Liebe... Verstehen Sie, ich bin die Herzogin von Westhampton.«

Erst war das Gesicht der Frau ausdruckslos, dann begriff sie plötzlich. »Dann sind Sie also die geheimnisvolle Herzogin, und es ist nicht so, wie ich glaubte. Der Stadtklatsch hat also einmal nicht recht.«

Clarinda errötete vor Verlegenheit. »Was flüstert man sich in der Stadt zu?« fragte sie voll Bitterkeit.

»Glauben Sie, es wird Sie glücklich machen, wenn ich es Ihnen verrate?«

»Ich muß es wissen. Wie soll ich sonst um mein Glück kämpfen?«

»Man sagt«, erwiderte Madame Latour, und Mitleid war

in ihren Augen, »der Herzog habe aus Zorn geheiratet und ein Landmädchen gewählt, von dem nie jemand gehört hatte, von dem auch nie jemand hören sollte. Sie sagen, die Herzogin sei eine – eine – wie sagt man? – ein Nichts und wird sich nicht mit der Geliebten des Herzogs anlegen.«

»Seine Geliebte?« fragte Clarinda leise.

»Das sagt man. Ich gehe nicht in Gesellschaften. Ich habe beschlossen, auf eine Art Geld zu verdienen, die von der Gesellschaft nicht als vornehm anerkannt wird. Ich will nicht von der Wohltätigkeit anderer Menschen leben.

So ist es also, aber natürlich höre ich, was man in der Gesellschaft spricht. Wer hat dazu besser Gelegenheit als ich? Zu mir kommen die reichen Damen und beklagen sich über ihre Männer. Ich erkläre ihnen, daß sie schön sein müssen – für diesen Mann oder einen anderen. Ich bin verschwiegen. Und da ich eben nur eine Kleidermacherin bin, erzählen sie mir alles.

Aber Sie, Madame, haben mir noch nicht verraten, weshalb Sie zu mir kamen.« War es Verlegenheit oder Mitleid, was in ihrer Stimme mitschwang? Clarinda konnte es nicht sagen.

»Ich hörte, daß Lady Lancaster bei Ihnen arbeiten läßt«, platzte Clarinda heraus.

Madame Latour nickte. »Ja. Lady Lancaster trägt meine Kleider und bezahlt meine Rechnungen – ziemlich spät meist. Aber sie ist eine gute Reklame für meine Modelle. Meine Liebe, ich will Sie über diese Frau nicht täuschen, sie hat die Schönheit einer fremdländischen Orchidee. Die Wahrheit muß man sehen. Aber diese Schönheit geht nicht unter die Haut. Ich glaube nicht, daß der Herzog eine *veritable grande passion* für sie empfindet. Ich glaube eher an eine *petit amour de plaisir*.«

Clarinda verstand nicht alles, aber ihre ärgsten Befürchtungen waren bestätigt. Der Herzog hatte sich also in diese Lady Lancaster verliebt. Das mußte eine sehr raffinierte Dame von Welt sein. »Vielleicht ist das, was ich vorhabe, ein Fehler«, sagte sie. »Ich war nicht ganz sicher wegen dieser – Freundin meines Mannes. Nun, ich verstehe das alles ja auch nicht ganz. Ich weiß nur, daß der Herzog mich nicht liebt, aber ich dachte, Sie könnten mich vielleicht so kleiden, daß er seine unscheinbare Frau nicht mehr erkennt. Dann könnte er sich vielleicht in mich verlieben. Ich bin überzeugt, die Landpomeranze, die er geheiratet hat, schaut er ein zweites Mal nicht an, aber wenn ich als Unbekannte in der Gesellschaft erscheine. – Aber vielleicht ist Lady Lancaster zu schön?«

»Schön ist sie, das ist wahr, aber Sie, Madame, werden noch viel schöner sein. Das ist ein Versprechen, *ma chére*. Man kann nur um Liebe kämpfen, aber den Sieg versprechen – das kann man nicht. Wollen Sie mir vertrauen? Ich werde Sie zu einer Schönheit machen. Aber ich muß nachdenken, eine Nacht lang. Über diesen Plan muß ich viel nachdenken.«

»Ich vertraue Ihnen«, erklärte Clarinda einfach. Sie hatte das Gefühl, in den Händen einer fähigen, aufrichtigen Frau zu sein. »Kennen Sie den Herzog?«

»Ich habe ihn kennengelernt – unter Umständen, von denen ich jetzt wohl besser nicht spreche«, wich Madame Latour aus. In diesem Moment kam die Assistentin zurück und brachte Emily mit.

»Ich konnte nicht mehr warten«, sagte die Schwester. »Oh, Clarinda, du siehst bezaubernd aus. Wenn dich nur Mama in diesem Kleid hätte sehen können! Sie wäre so stolz auf dich gewesen!«

Madame Latour lächelte. »Ihre Freundin, Mrs. Willoughby, muß morgen noch einmal kommen. Dann wird das Kleid fertig sein, und ich habe meine Stoffe für weitere Kleider durchgesehen. Und mit Ihrer Erlaubnis möchte ich Ihre Freundin auch einem sehr guten, alten Freund von mir vorstellen, einem Monsieur Lafayette, der ihr einigen Unterricht geben kann.«

»Ist er Tanzlehrer?« fragte Emily.

»Nein, das ist er gewiß nicht. Er ist ein hochgeborener Mann, aber sehr alt und er lebt ganz zurückgezogen. Ich denke, es würde ihm gefallen, diese junge Dame kennenzulernen.«

Darauf konnten sich Clarinda und Emily keinen Reim machen, doch Clarinda versicherte ihr höflich, sie werde sich freuen, Monsieur Lafayette morgen zu sehen.

Als sie am nächsten Tag in Mayfair ankam, wurde sie sofort in das hintere Zimmer geführt.

Ein großer Stapel von Stoffen, Kleidern und anderem Zubehör wartete auf sie. Es war wie in Aladins Höhle. Clarinda hatte nie vorher so ungeheuer viele verschiedene Stoffe und Accessoires gesehen. Es gab einfachen Musselin, Seiden, Tüll, verschiedene Arten Leinen, Satin mit Brüsseler Spitzen, Sarsenetts und bestickten indischen Musselin, in den auch noch Spitzen eingearbeitet waren.

Madame Latour begrüßte sie sehr herzlich, aber mit warnenden Worten. »Mademoiselle, da Sie ja so genannt werden wollen, Sie müssen sich auf eine ziemlich langweilige Sache einrichten. Wir müssen um Sie herum arbeiten.«

Sie sagte die Wahrheit. Endlose Stunden lang stand Clarinda da, es wurde Maß genommen, anprobiert und noch einmal anprobiert; es gab Tageskleider, Ausgehkleider, Mäntel, Jacken, Paletots, Capes, Reisemäntel und natürlich Ballroben.

Und Pelze – Zobel als Mantelbesatz, Stolen zum Ausgehen, riesige Muffe statt Handschuhen, doch am aufregendsten war ein wundervoller honigfarbener Zobel-Abendmantel, der bis zum Boden reichte.

Es folgten Handschuhe, Beutel, Hauben, einfarbige und bunte Schals, die man lässig um die Schultern legen konnte, und herrliche, weiche, indische Kaschmirschals. Bänder, die in die Locken gebunden wurden, trugen Namen wie *amour de Venus* und *Pas ma faute*. Clarinda schien eine Unzahl von Kleidern und Zubehör zu brauchen. Alles wurde durchgesehen, probiert, ausgesondert oder zum Kauf weggelegt. »Statten Sie alle Ihre Kundinnen so sorgfältig aus?« fragte Clarinda.

»Sie sind ja keine gewöhnliche Kundin«, erwiderte Madame Latour. »Sie haben mich gebeten, aus Ihnen eine neue Frau zu machen, und das versuche ich auch – von Kopf bis Fuß. Natürlich könnten Sie alle diese Dinge auch außerhalb meines Ateliers kaufen, doch wenn sie schön sein wollen, muß eine führende Hand da sein, die sich auch um die geringste Kleinigkeit kümmert.« Sie brachte noch einen Stapel entzückend bestickter Taschentücher herbei und einen Stoß seidener Strümpfe.

»Brauch' ich wirklich sechs Paar?« fragte Clarinda verwirrt über soviel Aufwand.

»Sie werden, um wirklich vollkommen auszusehen, von allem ziemlich viel brauchen«, erklärte die Französin. »Zweifellos ist das alles sehr teuer, doch an diesen Ausgaben darf nicht gespart werden, wenn Sie ganz oben in der feinen Gesellschaft ankommen wollen. So billig können Sie sich Ihren Herzenswunsch nicht erfüllen, verstehen Sie.«

Allmählich wurde Clarinda neugierig. »Verzeihen Sie, Madame Latour, darf ich fragen, wie Sie dazu kamen, große Mode zu machen? War das Ihr ursprünglicher Beruf?«

Madame Latour lachte. »Sie meinen, ich sei doch eine Lady und keine Geschäftsfrau, nicht wahr?«

Clarinda wurde rot.

»Das ist richtig? Nun, ich will es Ihnen sagen. Ich bin eine Lady und von höherer Geburt als viele von denen, für die ich Kleider entwerfe. Meine Familie, die Latours, gehörte zu den ältesten Familien in Bordeaux. Wir konnten unsere Ahnen zurückverfolgen bis zu Anne von Bordeaux«, erklärte sie stolz.

»Aber wie kam es dann...?«

Clarinda fand nicht die richtigen Worte. »Wie kamen Sie zu diesem Beruf?«

»Das ist eine ziemlich alte Geschichte. Die Französische Revolution hat meine Familie ruiniert. Meine Eltern starben auf der Guillotine. Ich warf elf, als der Schrecken begann, und einige Freunde schmuggelten mich, als Zigeunerkind verkleidet, mit einer Zigeunertruppe nach England.

Viele meiner Schicksalsgenossen kehrten nach der Revolution nach Frankreich zurück, ich aber nicht. Meine Eltern waren tot, und ich hatte mich leidenschaftlich und verzweifelt in einen älteren Mann, einen englischen Aristokraten verliebt. Wir heirateten. Oder ich dachte, wir hatten geheiratet, doch er hatte mich mit einer falschen Zeremonie betrogen. Die Einzelheiten? Die können Sie erraten.«

»Was geschah mit diesem Mann?« fragte Clarinda interessiert.

»Als ich den Betrug entdeckte, riß ich die Liebe zu ihm aus meinem Herzen. Ich sah ihn niemals wieder. Ich glaube, er starb an einem Schlagfluß. Nach seinem Tode fanden mich seine Verwandten und überwiesen mir eine beträchtliche Summe, weil diese Verwandten der Meinung waren, sie stünde mir rechtlich zu. Damit wurde ich Modistin. Das ist keine Beschäftigung, die mir den Zugang zur großen Gesellschaft ermöglichte. Aber die Alternative wäre gewesen, daß ich als Gouvernante oder als Gesellschafterin einer alten Dame hätte arbeiten müssen. Ich schätze meine Unabhängigkeit sehr.«

»Das war aber sicher nicht leicht«, sagte Clarinda.

»Nein, leicht war es nicht. Aber ich war auf meine Art erfolgreich. Ich wähle meine Kundinnen sehr genau aus, meine Kleider sind alles Originale, ich habe meinen Wirkungskreis immer mehr erweitert, und daher kann ich sehr hohe Preise verlangen. Gelegentlich kann ich es mir auch erlauben, grob zu meinen Kundinnen zu sein. Das ist für sie ein Beweis meiner Exklusivität.«

»Es sind aber auch sehr schöne Kleider«, sagte Clarinda nachdenklich, und besah sich ein überaus einfaches ockergelbes Tageskleid mit Flitterverzierung am Saum und am kleinen Halsausschnitt. »Wenn Kleider Schönheit verleihen können, dann tun es ihre hier ganz bestimmt.«

»Schönheit liegt im Herzen, nicht in der äußeren Erscheinung«, erhielt sie zur Antwort. »Wenn Sie schön sein wollen, müssen Sie Ihrem Herzen treu sein. Aber das Herz ist eine gefährliche Sache, ich weiß es aus eigenem Erleben. Es kann eine Frau täuschen und ins Verderben führen; natürlich auch einen Mann. Haben Sie ein Herz? Oder nennen Sie sich glücklich, wenn Sie nichts fühlen?«

»Ich weiß es nicht«, flüsterte Clarinda. »Wenn ich etwas fühle, dann ist es, glaube ich, Haß und nicht Liebe. Ich will, daß der Herzog sich in mich verliebt, weil er mich übersah und verachtet und weil ihm nichts an mir liegt. Er soll seine Lehre haben. Liebe fühle ich für ihn nicht.«

»Ausgezeichnet«, meinte Madame Geneviève. »Ihr Herz ist noch unberührt. Um so besser. Sie können also heiter, selbstbewußt und herzlos sein, und wenn Sie Ihre eigenen Gefühle zurückhalten, werden Sie ihn viel leichter bezaubern, in die Falle locken und – verführen können. Die Kunst der Verführung läßt sich lernen.«

»Wer wird mich lehren?« fragte Clarinda bekümmert. »Ich habe auch nicht viel Zeit dazu. Und mir scheint, meine Rivalin, Lady Lancaster, ist ziemlich stark.«

»Ich habe Ihren Lehrmeister.« Madame Latour ging zum Tisch und läutete mit einem Silberglöckchen nach einem ihrer Mädchen.

»Dobson, bring bitte Monsieur Lafayette hierher«, sagte sie.

»Monsieur Lafayette ist ein sehr alter Freund von mir«, erklärte sie. »Jetzt ist er wirklich schon alt, aber vor der Revolution war er vielleicht der größte Modeschöpfer Frankreichs. Seine beste Zeit war vorbei, als er die Frau verlor, die er liebte.

Dann kam die Revolution. Auch er entkam nach England,

und auch er will nicht in sein Vaterland zurückkehren. Er lebt jetzt sehr einsam und zurückgezogen. Seinen Titel hat er vergessen. Aber manchmal besucht er mich, dann sprechen wir von alten Tagen. Ich habe ihm von Ihnen erzählt und Ihrem Verlangen nach Liebe.«

Ein sehr aufrechter alter Gentleman betrat den Raum. Er war ganz schwarz gekleidet, trug Kniehosen und den etwas ausgestellten Rock früherer Tage. Sein Gesicht war tief gefurcht; auffallend war seine Adlernase. Aber in seinen Augen lag der hellwache, scharfe Blick eines Falken. Seine langen, schlanken, weißen Hände zeugten von erstklassiger Rasse und Herkunft. Er verkörperte einen gewissen Stolz, und Clarinda erkannte sofort, daß diesen Mann auch ein Unglück nicht beugen konnte.

Mit einer tiefen Verbeugung nahm er Clarindas Hand und führte sie leicht an die Lippen. Clarinda errötete. »Sie sind also die junge Dame, die ihren Ehemann erobern will«, sagte er mit starkem Akzent, aber überaus liebenswürdig. »Ich sehe soviel Schönheit, daß Sie jeden Mann einfangen könnten, obwohl Sie noch sehr jung sind. Ist denn Ihr Gatte blind?«

»Für mich schon«, antwortete Clarinda. »Aber ich bin entschlossen, ihm die Augen zu öffnen. Er muß mich wenigstens bemerken.«

»Bravo!« rief Monsieur Lafayette. »Sie haben Mut, mein Kind. Das ist ausgezeichnet. Nun, wenn meine liebe Freundin Madame Latour uns verlassen will, werden wir mit dem Unterricht beginnen. Ich denke, es ist leichter ohne Zuschauer.«

Clarinda war verlegen. Was, beim Himmel, meinte er mit Unterricht? Und warum sollte Madame Latour gehen? Sie sah sie fragend an, erhielt jedoch nur die Antwort: »Vertrauen Sie Monsieur Lafayette, meine Liebe. Es gibt nichts, was er nicht über Galanterie wüßte.«

»Ja, mein Kind, Sie dürfen vertrauen«, meinte der alte

Herr lächelnd. »Ich bin alt genug, Ihr Großvater sein zu können, und Leidenschaft interessiert mich seit langem nicht mehr. Aber ich kann Sie einiges lehren über das, wie Sie sich verhalten sollten.«

Clarinda kam sich ziemlich närrisch vor. Natürlich war ihre Angst lächerlich, also lächelte sie, wenn auch ziemlich verlegen.

»Dann beginnen wir mit dem Hofknicks. Den werden Sie jetzt so vollziehen, als sei ich der Prinzregent«, begann Monsieur Lafayette.

Gehorsam versank Clarinda in den Hofknicks. Was sollte das alles bedeuten?

»Und nun machen Sie einen Knicks vor einem Verehrer oder Geliebten.« Sie hielt ihn, wenn sie ehrlich war, für ein bißchen verrückt, doch sie spielte mit. Sie machte also – einen Hofknicks.

»Aber nein, nein, nein! Madame, das war der gleiche Hofknicks wie vorher. Oder stellen Sie sich etwa vor, der Prinzregent sei Ihr Geliebter? Nein, so geht es nicht.«

»Was meinen Sie damit?« fragte Clarinda ungeduldig.

»Es gibt viele Arten des Knickses, wie es auch große Unterschiede gibt zwischen Prinzen und Männern, Männern und Frauen. Es gibt einen formellen Knicks, den Sie vor dem Prinzen machen. Dann einen – angedeuteten für die Dame, die Ihre Rivalin ist, den gehorsamen für den Gatten. Und, er ist der wichtigste, der Knicks der Leidenschaft für den Mann, der Sie liebt, den Sie ermutigen wollen. Also versuchen wir's noch einmal mit dem Knicks für den Geliebten. – Langsam hinab – tiefer – heben Sie die Augen – lächeln – ja, das ist schon besser.«

Gehorsam hatte Clarinda einen sehr tiefen Knicks gemacht und seine Ratschläge befolgt. »Und jetzt üben wir den Knicksflirt mit dem Fächer.« Aus seiner Tasche nahm er einen entzückenden Elfenbeinfächer. »Jetzt müssen Sie aufschauen, aber nur andeutungsweise lächeln – den Fächer ein wenig vor den Mund halten – die Augen sehen gerade noch über den Rand...«

Und so ging es weiter. Sie erfuhr, wie sie die Hand ausstreckt, die geküßt werden durfte, wenn geknickst wurde. Dann lernte sie, wie man einen Spitzenschal um die Schultern legte – ziemlich tief in lässiger Eleganz, etwas höher in freudiger Begeisterung.

Clarinda probte, wie man einen Salon mit vielen Menschen durchquert, wie man durch einen Ballsaal schreitet, das Boudoir einer Dame – oder, und auch daran dachte Monsieur Lafayette, einen Garten im Mondschein.

Langsam dämmerte ihr, daß er sie nichts anderes lehrte, als die Kunst der Liebe, die intuitive Antwort auf eine Situation, die Ermutigung, Zorn, Stolz oder Gleichgültigkeit erforderte, und alles sollte mit winzigen Gesten ausgedrückt werden. Eine kleine Bewegung des Fächers, ein Senken der Augen, ein halbes Lächeln – das alles konnte unendlich viel bedeuten.

»Das müssen Sie lernen«, erklärte ihr der alte Herr. »Ohne diese Dinge ist die Schönheit einer Frau die einer Statue, kalt und tot. Die Bewegung ist es, die Grazie der Bewegung, die die Schönheit erst zum Leben bringt.«

Als Clarinda zu ihrer Schwester zurückkehrte, hatte sie das Gefühl, tausend Jahre an Erfahrung und Feinheit älter geworden zu sein. »Ich danke Ihnen, Monsieur Lafayette«, sagte sie. »Sie haben mir etwas so Wertvolles gegeben wie Madame Latour durch ihre Kleider.«

»Es war mir ein Vergnügen, mein Kind. Es ist möglich, daß meine kleine Hilfe einmal etwas von dem Unrecht gutmacht, daß ich vor vielen Jahren begangen habe.«

»Was war das?« fragte sie schüchtern.

»Das, mein Kind, werde ich Ihnen vielleicht später erzählen; wenn Sie das Herz Ihres Herzogs gewonnen haben«, antwortete der alte Herr.

Jack wartete schon, als sie ins Haus ihrer Schwester

kam. »Ich warte seit Stunden auf dich«, sagte er vorwurfsvoll. Dann wurden seine Augen immer größer. »Du lieber Himmel, Clarinda, du siehst ja ganz entschieden anders aus«, sagte er voll brüderlicher Taktlosigkeit. »Viel schöner!«

Clarinda mußte unwillkürlich lachen, weil er das so herausgesprudelt hatte. »Das ist ein Lob, noch dazu von einem Bruder!« rief sie lachend, reichte ihm die Hand zum Kuß und sank in einem würdevollen, anmutigen Knicks bis zum Boden. Sie schien ihren Bruder über alle Maßen erstaunt zu haben.

»Oh, Clarinda, lieber Gott! Ich glaube, du wirst beim Herzog Erfolg haben. Wo hast du all dies gelernt? Diese Anmut, diese Sicherheit?«

»Bei Monsieur Lafayette«, antwortete Clarinda.

»Nie gehört. Oder ist es dieser Franzose, der die Spielhölle in der Clifford Street unterhält?«

»Du, paß auf, was du sagst, Jack«, warnte Clarinda. »So jemand ist er nicht. Er ist ein sehr aristokratischer alter Herr, der mich lehrt, wie ich mich verhalten soll. Mit deinen Spielhöllen hat er nichts zu tun.«

»Das wollte ich dich ja fragen, Clarinda«, sagte er schuldbewußt. »Ich weiß selbst nicht, wie es kommt, aber in letzter Zeit hab' ich beim Würfeln überhaupt kein Glück mehr. Winterstoke sagt mir immer, es müsse sich jetzt drehen, aber davon habe ich noch nichts bemerkt. Ich fürchte, ich muß beichten. Ich habe schon wieder Schulden, sogar mehr als vorher.«

Clarinda musterte ihn traurig. Jack war sonst ein netter Kerl, aber er war eben in diese Kreise geraten, in denen man viel trank und hoch spielte. Und schon mit seinen zweiundzwanzig Jahren zeigten sich die Spuren der Nächte, die er sich um die Ohren schlug. »Ich meine, Jack, du mußt etwas zu tun haben, damit du nicht nur immer spielst und zu Pferderennen gehst.«

»Ja, was soll ich denn tun? Ohne Geld kann ich nichts anfangen – oder nur zum Teufel gehen.«

»Wenn mein Plan gelingt, werde ich den Herzog fragen«, versprach Clarinda. »Er war bei der Hochzeit sehr großzügig, und wenn er einmal deine Schulden bezahlt hat, wird er es wohl noch einmal tun. Aber dazu brauche ich deine Hilfe, Jack.«

»Die habe ich dir doch schon versprochen. Aber ich warne dich, lange mache ich dir den Narren nicht. Länger als zwei Wochen halte ich das nicht aus.«

»Zwei Wochen müßten mir reichen, um herauszufinden, ob mein Plan überhaupt Aussicht auf Erfolg hat«, meinte Clarinda optimistisch. »Aber jetzt mußt du mir alles über das Leben des Herzogs in London erzählen; alles, was du weißt. Wie verbringt er seine Zeit? Wo kann man ihm begegnen? Wo ist er zu finden?«

»In Jackson's Sportclub, aber da kann eine Lady nicht hingehen«, bemerkte Jack ein wenig zögernd. »Du kannst ihm vielleicht im Hyde Park begegnen, wenn er mit seinen Grauen ausfährt. Am Abend besucht er meistens eine Gesellschaft, manchmal auch mehrere nacheinander. Nächste Woche ist er zum Ball des Prinzregenten im Carlton House. Prinny würde es gar nicht wagen, ohne den Herzog zu einer großen Gesellschaft einzuladen.«

»Was meinst du damit?« fragte Clarinda.

»Der Prinzgemahl behandelt ihn so wie einen – Moderatgeber. Er braucht immer den Herzog, der seine Fräcke und seine Pferde begutachten und sie auch gutheißen muß. Und der Herzog sagt ihm da, wie man hört, gelegentlich recht offen die Meinung. Wenn du zu diesem Ball im Carlton House gehst, dann mußt du aber vorher tanzen lernen, Schwesterchen. Sonst hast du kein Glück beim Herzog.«

»Die Quadrille kann ich und den Kotillon«, antwortete Clarinda. »Aber vom Walzer habe ich, fürchte ich, keine Ahnung. Das heißt, die Schritte habe ich wohl mit Emily probiert, aber wir hatten ja keinen, der sie uns zeigte. Und mit einem Mann habe ich noch nie getanzt.«

In diesem Moment kamen Emily und Robert Willoughby herein. »Du kannst jetzt sofort und hier zu lernen anfangen«, schlug Emily vor. »Ich spiele Klavier, und Robert wird mit dir tanzen. Jack kann zuschauen und uns dann als Außenstehender sagen, wie du dich anstellst.«

»Das wäre ja wunderbar!« rief Clarinda und klatschte in die Hände.

Sie wußte, es war lebenswichtig für ihr Debüt, daß sie anmutig Walzer tanzen konnte. Dieser Tanz war ziemlich neu und ungeheuer beliebt. Erst 1807 war er eingeführt worden, und die gesellschaftlichen Führer hatten vorhergesagt, daß er zu den ernstesten Konsequenzen führen werde.

Aber alle jungen und modernen Leute tanzten mit Eifer und Leidenschaft Walzer. Zwar beklagten sich die Eltern, doch die Ballsäle waren angefüllt mit jungen Leuten, die in diesem Tanz herumwirbelten, bis sie davon schwindlig waren, erhitzt und schließlich auch erschöpft. Häßlich und grob sei der Tanz, hatte jemand geschrieben, aber beliebt war er allgemein.

Clarinda ließ sich von Robert zum Tanz führen. So nahe war sie noch niemals einem Mann gewesen – bis auf ihren Vater. Es war seltsam. Aber Robert hielt sie auf brüderliche Art fest, und bald verlor sie ihre Schüchternheit.

Eine Stunde später erklärte Jack, sie tanze nun recht ordentlich. »Die Idee hat sie begriffen, aber sie braucht für einen richtigen Ball noch einige Übung. Und das Klavierspiel ist auch anders als ein ganzes Orchester.«

Niemand zweifelte daran, am wenigsten Emily, aber wo sollte Clarinda üben? »Ich weiß es!« rief Emily plötzlich. »In Vauxhall Gardens. Da ist morgen eine Art Maskenball. Ich habe das Programm gesehen.«

»Aber da sind nur gewöhnliche Leute«, wandte Jack ein.

»Ja, schon, aber wir sind ja maskiert«, sagte Emily. »Und

genau das braucht Clarinda. Einen Ort, wo sie üben kann, ohne daß sie von jemandem erkannt wird.«

Jack war damit nicht einverstanden, doch Willoughby sagte auch seine Meinung. »Wenn wir maskiert hingehen, kann es nicht schaden. Niemand wird einen von uns erkennen. Das ist ein idealer Ort für Clarinda, mit uns beiden zu üben.«

»Danke, Robert, das klingt ja wirklich aufregend!« rief Clarinda. »Bitte, können wir gehen? Mein allererster Ball! Und mit der Maske ist es noch viel romantischer. Wird der Herzog auch dort sein?«

»Der Herzog von Westhampton?« fragte Jack sarkastisch. »Nicht um sein Leben, Clarinda. Seine Gnaden würden niemals den Fuß in ein so vulgäres Etablissement setzen.«

Fünftes Kapitel

Aber Seine Gnaden der Herzog von Westhampton war doch in Vauxhall Gardens; maskiert natürlich, doch nicht zu verwechseln. Die große, arrogante Gestalt schien alle anderen Männer zu überragen, die gespreizten Dandies, die behäbigen älteren Herren, die jungen Stutzer. Seine schwarze Maske, durch die Clarinda seine Augen glitzern sah, verlieh ihm ein satanisches Aussehen.

Allein seine Kleidung verriet ihn schon. Alle anderen trugen etwas zu auffallende Kleidung, doch der Herzog war makellos zurückhaltend und geschmackvoll angezogen. Die engsitzenden Trikothosen waren so vorzüglich geschnitten, daß mindestens zwei Mann zum Anziehen nötig waren, und auch der Rock stammte von einem Meister. Nur mit Champagner und einer Rußpaste konnte man schwarze Stiefel zu einem so wundervollen Glanz bringen. Nichts an seiner Kleidung war auffallend, aber alles war erstklassig und teuer.

Die breiten Schultern und die herrische Anmut seiner Bewegungen hätten ihn zum Mittelpunkt jeder Gesellschaft gemacht. So, wie er stand und ging, bewies er immer Rasse und Kraft und vor allem sehr ausgeprägtes Selbstbewußtsein.

An seiner reichbestickten Weste hing das Einglas, durch das der Herzog immer wieder die Szene musterte. Er schien gelangweilt zu sein. Aber Clarinda sah nicht nur ihn, sondern auch die Frau, die bei ihm war.

Auch sie war dunkel mit rabenschwarzen Haaren. Gekleidet war sie überaus gewagt. Ihr blutrotes Kleid war so tief ausgeschnitten, daß fast ihr ganzer cremiger Busen enthüllt wurde. Um den Hals trug sie ein Rubinkollier, über den Augen eine scharlachrote Maske.

Mit dem Herzog sprach sie sehr angeregt. Aus ihren Gesten konnte Clarinda schließen, daß sie ihn herausforderte. Einmal warf sie ihre dichten schwarzen Locken zurück und lachte dazu laut; da sie sich dazu auch ein wenig vorbeugte, stellte sie ihren Busen so zur Schau, daß es Clarinda äußerst unpassend vorkam.

Beide sahen großartig aus, beide waren vollendet elegant, beide auch sehr arrogant. Der dunkle Herzog, der zynisch lächelte, und die raffinierte Frau, die ihm unter halb gesenkten Lidern immer wieder heiße Blicke zuwarf, hätten aus einem Märchen aus Tausendundeiner Nacht stammen können.

Während Clarinda die beiden beobachtete, sah ihn die Frau mit so verzehrenden Blicken an, daß Clarinda verlegen wurde. Der Herzog erwiderte den Blick, verlor dabei sein zynisches Lächeln jedoch nicht, aber seine Augen verdunkelten sich so, daß sie auch seinen Hunger verrieten. Clarinda fröstelte. War dies die Liebe, die sie nicht kannte? Diese nackte Gier? Nein, das war ein grausames Gefühl, sehr stark, aber irgendwie erschreckend. Und sie kam sich sehr jung und unwissend vor.

Erst war der Abend recht unterhaltsam und fröhlich. Emily, Robert, Jack und Clarinda waren schon maskiert mit dem Boot angekommen. Sie hatten eine Barke mit sechs Ruderern in Westminster gemietet und ließen sich über den Fluß setzen. Die Ruder platschten leise und im Takt ins Wasser, und nur ab und zu murmelte einer der Ruderer ein paar Worte. Es war zauberhaft, bei Einbruch der Dämmerung die Vergnügungsstätten mit ihren bunten Lichtern zu sehen.

Vauxhall Gardens selbst kam der auf dem Land aufgewachsenen Clarinda schrecklich vollgestopft vor. »Es sind so viele Menschen da«, sagte sie zu Jack.

Der sah sich um. »Ich würde sagen, in London sind zur Zeit nicht viele Menschen, nur die Bürger und Kaufleute.«

Auch er gab aber zu, daß die Gärten schön waren. Zwischen den Bäumen und im dichten Laub hingen zahllose bunte Lampen, und überall spazierten Damen in fröhlichen Farben herum und sahen aus wie bunte, exotische Blumen.

Clarinda trug das wundervolle nilgrüne Kleid, das unter ihren kleinen Brüsten zusammengehalten war und dann in graziösen Falten bis auf ihre Schuhe fiel. Sie erregte Aufsehen, doch ihr kamen die vielen bewundernden Blicke gar nicht richtig zu Bewußtsein. Sie und Emily waren auch ein sehr hübsches, reizvolles Geschwisterpaar. Beide Mädchen trugen keinen Schmuck, nur einfache Bänder im Haar. Emilys blonde Locken lagen dicht um ihren Kopf, und das blaue Band paßte in der Farbe genau zu ihren Augen. Sie sah aus wie eine Märchenprinzessin.

Ihre Schwester verströmte einen fast unheimlichen Charme. Zwischen ihren roten Locken schimmerte ein weißes Band; im Lampenlicht war ihre Haut von der Farbe edlen Elfenbeins. Durch die Augenschlitze der Maske funkelte das Grün ihrer Augen und vereinte sich mit dem schillernden Grün des Kleides zu einer erregenden Harmonie. Jeder wahre Kenner weiblicher Schönheit musterte sie voll Begeisterung.

Es war dann Robert Willoughby, der das aussprach, was alle dachten. »Niemand hier kann sich mit euch beiden Schwestern vergleichen.« Er lächelte, als er sah, wie Clarinda errötete, und jetzt sah sie noch schöner aus.

Sie schlenderten zu viert um die Rotunda, und der Abend hatte sehr schön begonnen – bis sie den Herzog sah. Nun konnte sie sich nicht mehr friedlich freuen, denn in ihrem Herzen raste eine Hölle einander widersprechender Gefühle.

Sollte sie es den anderen sagen, daß sie ihn gesehen hatte? Nein, entschied sie, denn sie wollte ihnen nicht den Abend verderben. Die Masken boten ja auch ausreichenden Schutz.

Er hat mich nicht gesehen, sagte sie sich, und trotzdem hatte sie plötzlich große Angst. Es kostete sie übermenschliche Anstrengung, sich auf den Beinen zu halten und nichts anmerken zu lassen.

Sie mußte gegen diese Angst ankämpfen. Da sie den Plan hatte, den Herzog auf sich aufmerksam zu machen, mußte sie ihm früher oder später doch gegenübertreten. Emily sagte etwas zu ihr, und Clarinda gelang es trotz allem, ein wenig zu lächeln.

»Was ist denn, liebe Clarinda?« erkundigte sich Emily besorgt.

»Nichts, nichts«, flüsterte Clarinda zurück. »Nur die vielen Menschen hier. – Ich war noch niemals in einer solchen Menge...«

Robert Willoughby führte seine Gruppe zu einem Pavillon, wo ein Abendimbiß serviert wurde, und da bemerkte Clarinda, daß sich das auffallende Paar irgendwo in der Menge verloren hatte. Da kehrte auch wieder ihre Vernunft zurück, und sie war fähig, sich mit ihren Verwandten fröhlich zu unterhalten.

Willoughby hatte für einen guten Tisch gesorgt, wo sie die vorüberziehende Menge gut beobachten konnten. Er bestellte den berühmten Vauxhall-Punsch und das traditionelle

Schinkengericht. Dieser Schinken war wegen seines feinen Geschmacks, und weil er hauchdünn geschnitten war, berühmt. Man behauptete, der Küchenchef könne *einen* Schinken so fein aufschneiden, daß der ganze Garten damit belegt werden könne.

Anschließend gab es Limonade für die Damen, Törtchen, Käsekekse und anderes Kleingebäck, und zum Schluß stellte Jack fest, der Imbiß sei eines Prinzregenten würdig gewesen. Und tatsächlich hatte der Prinz erst vor kurzem die Vauxhall Gärten besucht. Auch Clarinda hatte Schinken und Käsekekse genossen.

Als alles abgeräumt war, legte ihr Robert eine brüderliche Hand auf die Schulter. »Vielleicht sollten wir jetzt einen kleinen Spaziergang machen. Die Baumgruppen und Gebüsche sind jetzt besonders schön in der Dunkelheit, denn die Lampen sind gelöscht.«

»Oh, ja!« rief Clarinda. »Es ist so schön hier. Ich hoffe, Robert, du gibst mir dann Gelegenheit, mit dir zu tanzen. Deshalb kamen wir ja her. Ich muß die Walzerschritte üben.« Sie lachte leise. Ihre Ängste waren geschwunden, der Herzog war nirgends mehr zu sehen. Jetzt konnte sie entspannt genießen.

Es war aber auch ein märchenhafter Abend. Sie schlenderten an den Statuen vorbei, und auch sonst gab es so vieles anzuschauen und zu bewundern. Es war ein angenehm lauer Abend mit einer leichten Brise, die keine Schwüle aufkommen ließ. Und der Wind spielte in ihren roten Löckchen.

Als sie auf dem Hauptweg waren, stellte Clarinda zu ihrem Entsetzen fest, daß sie ihren Beutel am Tisch zurückgelassen hatte. »Warte auf mich, Jack!« rief sie, »ich muß meinen Beutel finden!« Und fort war sie.

»Sie ist die gleiche wilde Range wie früher«, brummte Jack. »Ich hätte ihn doch geholt, wenn sie gewartet hätte.« Aber die schlanke Gestalt im nilgrünen Kleid war schon in der Menge untergetaucht.

Clarinda drängte sich durch die Menge, und zu ihrer großen Erleichterung sah sie die kleine, elegante Beuteltasche, die genau zu ihrem Kleid paßte, auf dem Stuhl liegen, auf dem sie gesessen hatte. Unwillkürlich hielt sie nach der hohen Gestalt des Herzogs Ausschau, doch sie sah ihn nicht. »Jetzt kann ich den Abend erst richtig genießen«, sagte sie halblaut. »Er muß gegangen sein.«

Sie kehrte zurück zum Hauptweg, wo sie die anderen zurückgelassen hatte. Nach einem ganzen Stück stellte sie fest, daß sie wohl in die falsche Richtung gegangen sein müsse, denn es war kein Jack zu sehen, auch keine Emily und kein Robert. Aber vielleicht waren sie in einen schmäleren Weg eingebogen. Sie ging also wieder zurück, und da glaubte sie drei Gestalten zu sehen und lief ihnen entgegen. »Wartet auf mich!« rief sie.

Einer der beiden Männer wandte sich um. Es war ein Fremder, und dem Aussehen nach nicht einmal ein Gentleman. »Nun, natürlich, meine Liebe, werden wir warten«, erklärte er sehr vertraulich.

»Oh, Verzeihung!« rief Clarinda. »Ich habe mich geirrt. Ich hielt Sie für meine Angehörigen.« Wieder wandte sie sich ab, und der Mann rief hinter ihr drein: »He, Süße, mit mir bist du wohl nicht zufrieden?«

Ihr Herz klopfte wie wild, und sie kannte sich nun gar nicht mehr aus. Die bunten Lampen, die hier noch hingen, verwirrten sie nur noch mehr. In ihrem Licht sah sie die Leute nicht genau genug. Sie lief ein Stück weiter und kam schließlich zu einer Wegkreuzung, an der sie mit Sicherheit vorher noch nicht gewesen war.

Ihr kam eine Gruppe junger Männer entgegen. Sie hatten sich eingehängt und schienen nicht mehr ganz nüchtern zu sein. Schon von weitem hörte sie das Gelächter und Geschrei. Verzweifelt hielt Clarinda nach Hilfe Ausschau, doch niemand sonst war zu sehen, und so bog sie in einen schmalen Weg ein.

Als sie um die Ecke bog, stieß sie frontal mit einem Gentleman zusammen. Zu ihrer Erleichterung sah sie, daß er offensichtlich nüchtern, aber teuer gekleidet und wesentlich älter war als die Gruppe, der sie gerade entkommen war.

»Oh, Sir«, keuchte sie, »Ich habe mich verirrt. Können Sie mir helfen?«

Der Herr verbeugte sich elegant. »Ganz zu Ihren Diensten, schöne Dame. Bei soviel Charme muß man doch helfen.«

Sein Ton war höflich, trotzdem klang eine gewisse Frechheit durch. Richtig, er war älter, aber in seinen Augen lag nichts Väterliches, als er sie musterte.

»Danke, Sir«, erwiderte sie steif. »Ich wäre Ihnen außerordentlich dankbar, wenn Sie mich zum Hauptweg zurückbringen könnten. Ich bin mit Freunden hier, habe mich aber leider verirrt.«

Betont schwungvoll reichte er ihr den Arm. Clarinda zögerte ein wenig, seine Hilfe anzunehmen, doch sie hörte das Geschrei der betrunkenen jungen Leute, und deshalb legte sie ihre Hand vorsichtig in seine Armbeuge.

Er führte sie ruhig den dunklen Weg entlang. »Sind Sie sicher, daß dies die Richtung zum Hauptweg ist?« fragte sie, denn es wurde immer dunkler, die Lampen waren weniger zahlreich, auch die Menschen.

»Venus, Sie sind in guten Händen«, versicherte er ihr. »Ich bin Lord Winterstoke.« Durch die Schlitze seiner dunklen Maske sah sie seine Augen glitzern.

Der Name war ihr bekannt. Es war kein anderer als Jacks Freund, dessen Einfluß sich auf ihren Bruder so verheerend ausgewirkt hatte. Fast wollte sie ihm schon sagen, wer sie war, aber sie überlegte noch rechtzeitig, daß das vielleicht nicht besonders klug wäre.

»Danke, Lord Winterstoke«, sagte sie kühl. »Wirklich, ich bin für Ihre Begleitung sehr dankbar. Aber ich glaube, wir entfernen uns vom Hauptweg. Ich sehe schon, ich muß selbst nach meinen Angehörigen suchen.«

Als sie ihm ihren Arm entziehen wollte, riß er sie an sich. »Wahrscheinlich sind Sie mit Ihrem Liebhaber hier«, sagte er mit plötzlich belegter Stimme. Vielleicht war er betrunken? »Laß doch den blöden Hund laufen. Komm mit mir, meine Schöne.«

»Sir, ich bin mit Verwandten hier.« Clarinda schaute sich verzweifelt um, doch sie sah keinen Menschen. »Ich muß zu ihnen zurück«, flehte sie.

Seine Hand griff so fest um ihren Arm, daß es schmerzte. Er stellte sich so vor sie, daß er ihr den Weg versperrte, und seine Finger gruben sich tief in ihr Fleisch. »Lassen Sie mich los, Sir!« rief sie. »Wenn Sie ein Gentleman sind, dann lassen Sie mich sofort los!«

»Sie sind viel zu hübsch«, sagte er, hielt sie auf Armlänge von sich und musterte sie so gründlich, als wolle er sie mit den Augen ausziehen. Unwillkürlich wurde sie unter diesem frechen Blick rot.

Sie schrie vor Angst, doch das heizte ihn erst recht an. Er schwang sie herum, als wolle er sie umarmen. Clarinda stemmte sich mit aller Kraft gegen ihn, doch er war stark wie ein Löwe. In ihrer Angst schlug sie ihm ins Gesicht. Es klatschte ziemlich laut, und ihre Finger zeichneten sich deutlich auf seiner Wange ab.

Er lachte nur. »Ich mag mutige Frauen«, sagte er mit einer Stimme, die sie frösteln machte. »Um so zauberhafter wird es dann später. Mein liebe Kleine, dich werde ich schon noch zähmen.«

Sie wußte nun, daß sie ihm nicht entkommen konnte. Sein dünner Mund hatte sich zu einem gierigen Lächeln verzogen, seine Augen glitzerten lüstern. Und dann spielte seine Zunge zwischen seinen Lippen, was ihr noch mehr Entsetzen bereitete.

»Lord Winterstoke, ich flehe Sie an...«, rief sie, doch da fühlte sie seinen heißen Atem auf ihrem Gesicht, und seine Züge verschwammen vor ihren Augen. Sein gieriger Mund preßte sich so wild auf den ihren, daß es sie schmerzte. Sie fühlte seine Hände an ihrem Körper, eine Hand verkrallte sich dann in ihrem Haar, so daß sie sich nicht bewegen konnte. Sie versuchte sich loszureißen, doch er hielt sie wie mit Eisenklammern fest.

Gerade als sie glaubte, sie könne es nicht mehr ertragen, verschwand sein lüsternes Gesicht aus ihrem Blickfeld. Sie fühlte eine kühle Fingerspitze auf ihrem Arm. »Ich glaube, Lord Winterstoke hat sie belästigt«, hörte sie eine kalte, formelle Stimme.

»Ich hatte so furchtbare Angst«, flüsterte Clarinda, und da schwamm vor ihr die Welt, die Bäume und Büsche, die bunten Lampen, die hohe Gestalt des Mannes, der neben ihr im Schatten stand. »Bitte, verlassen Sie mich nicht«, flehte sie. Verzweifelt klammerte sie sich an seinen Arm, weil sie fürchtete, ohnmächtig zu werden. Aber sie riß sich zusammen. Eine billige Szene wollte sie unter allen Umständen vermeiden.

Lord Winterstoke lag vor ihr im Gras. Der Fremde mußte ihn niedergeschlagen haben. Langsam stand er auf und klopfte sich den Rock ab. Jetzt funkelten seine Augen vor Haß. Clarinda fühlte eine große Feindschaft zwischen den beiden Männern. Nun mußte sie versuchen zu verhindern, daß sie einander an die Kehle gingen.

Sie nahm ihre Hand vom Arm des Neuankömmlings. Etwas kam ihr an ihm bekannt vor, doch im Schock des Moments wußte sie nicht, was es war. Außerdem war es so finster, daß sie nur die hohe Gestalt sah.

»Lord Winterstoke hatte mir angeboten, mich zu meinen Angehörigen zurückzubringen«, log sie glatt, doch ihre Stimme verriet noch immer große Angst. »Er kann sich verirrt haben. – Aber ich wäre Ihnen dankbar, wenn Sie mir helfen könnten.«

»Ich weiß genau, was vorgefallen ist«, erwiderte ihr Retter kurz. »Ich kenne Lord Winterstoke zu genau. Ich bringe Sie sicher zu Ihren Angehörigen zurück, aber ich denke, Lord Winterstoke wird sich vorher bei Ihnen wegen dieses Zwischenfalles entschuldigen wollen.« Seine Stimme klang so hart, daß der andere wohl nicht anders konnte, als gehorchen.

Es war der Herzog. Nun wußte es Clarinda. Die hohe Gestalt, diese Stimme, die ein wenig gelangweilte Sprechweise. Nicht zu verwechseln...

Sei musterte den älteren Mann, der nun vor ihr stand; ja, er war wesentlich älter als der Herzog, sein Gesicht faltig, und seine ausschweifende Lebensweise hatte ihren Stempel darauf eingedrückt. Die dünnen Lippen wirkten brutal. Sie schüttelte sich entsetzt.

»Ich entschuldige mich gerne für meine unglückliche Begegnung mit Ihnen, Herzog«, sagte Lord Winterstoke mit seidiger Stimme. »Darf ich den Namen der Lady erfahren, die ich so unbeabsichtigt erschreckt habe?« Das klang aber nicht nach Entschuldigung, sondern eher nach Enttäuschung, daß ihm nicht mehr gelungen war.

Clarinda schob aggressiv ihr Kinn vor. »Ich akzeptiere Ihre Bitte um Entschuldigung, Lord Winterstoke«, sagte sie voll Festigkeit. »Aber mein Name ist für Sie uninteressant.« Sie hatte das Gefühl, er wolle ihr jetzt die Hand küssen, doch da fiel ihr die Unterrichtsstunde bei Monsieur Lafayette ein. Sie sank in einen sehr tiefen, sehr förmlichen und würdigen Knicks.

Der alte Wüstling konnte nicht anders, er mußte gehen. Clarinda legte ihre Hand auf des Herzogs Arm und fragte mit einigermaßen sicherer Stimme: »Wer ist Lord Winterstoke?«

»Ein sehr alter, sehr reicher Mann und ganz bestimmt keine Begleitung für ein junges Mädchen«, erklärte der Herzog kurz. »Ich kann Ihnen nur raten, ihm aus dem Weg zu gehen. Mit ihm sollte keine junge Dame etwas zu tun haben.«

»Ich war mit Freunden hier«, sagte Clarinda. »Da ließ

ich meinen Beutel am Tisch liegen und lief zurück, ihn zu holen. Dann fand ich meine Freunde nicht mehr. Ich hatte mich verirrt. Ich begegnete ihm, und er bot mir seine Hilfe an.«

»Es war aber außerordentlich töricht, überhaupt mit ihm zu sprechen«, sagte der Herzog streng.

Nun näherten sie sich dem helleren Teil der Gärten. Er blieb einen Augenblick stehen. »Sie riechen nach Rosenwasser«, stellte er ziemlich barsch fest. »Wie alt sind Sie?«

Clarinda hatte das merkwürdige Gefühl, er wolle sie küssen, doch er tat nichts dergleichen.

»Wie alt sind Sie?« wiederholte er.

»Ich glaube nicht, daß Sie das etwas angeht«, erwiderte sie trotzig. »Aber ich bin siebzehn.«

»Viel zu jung. Man dürfte Ihnen nicht erlauben, allein in Vauxhall herumzulaufen. Ihre Freunde haben nicht gut auf Sie aufgepaßt«, stellte er kalt fest.

Clarinda hatte ihn noch nie so gehaßt wie eben jetzt, doch die Höflichkeit gebot ihr, sich bei ihm zu bedanken. »Ich danke Ihnen, daß Sie mir geholfen haben«, sagte sie steif. »Und ich werde daran denken, daß Sie mir, wie ich hoffe, freundlichen Herzens Ihren Rat angeboten haben. Aber ich glaube, Sie haben kein Recht, mir Vorträge zu halten.«

»Mein liebes Mädchen, dazu habe ich alles Recht. Was dann, wenn ich Sie nun so behandle, wie es Lord Winterstoke versuchte? Kommen Sie! Wenn ich Ihnen einen Vortrag halte, sollten Sie dankbar sein, daß ich kein Winterstoke bin. Nehmen Sie meinen guten Rat lieber an und seien Sie froh, daß Sie in mir einen Gentleman vor sich haben.«

»Ich halte Sie für unglaublich unverschämt«, erwiderte Clarinda. »Und da wir jetzt auf dem Hauptweg sind, ist Ihre weitere Begleitung, glaube ich, nicht mehr nötig. Ich kann jetzt zu meinem Tisch zurückkehren, meine Freunde werden sich inzwischen wohl dort eingefunden haben.«

»Sie dummes Ding, ich werde Sie dorthin begleiten. Sie

haben nicht mehr Verstand als ein Kätzchen. Ob es Ihnen nun paßt oder nicht – Sie brauchen meinen Schutz.«

Clarinda kochte vor Zorn und flüchtete sich in Schweigen. Natürlich mußte sie zugeben, daß er recht hatte, aber daß er so grob war, begriff sie nicht. Nicht einmal die übliche Höflichkeit schien er für sie aufbringen zu wollen.

Aus den Augenwinkeln heraus musterte sie ihn. Des Herzogs Miene war gelangweilt und ausdruckslos wie sonst auch, und sie hätte nicht annähernd erraten können, was er dachte. Er schien absolut unempfindlich zu sein für die Gefühle anderer Menschen, und deshalb wollte sie ihn unter allen Umständen demütigen.

»Wer sind Sie?« fragte er einmal. »Und wer sind die Freunde, die so schlecht auf Sie achtgeben?«

»Das werde ich Ihnen nicht sagen«, erklärte Clarinda entschieden. Jetzt durfte sie auf keinen Fall verraten, wer sie war, und sie war sehr froh, daß die Maske sie schützte.

»Das werde ich schon herausfinden«, bemerkte der Herzog.

»Tun Sie nur, was Ihnen gefällt«, erwiderte sie. Ob er ihren Bruder Jack und ihre Schwester Emily erkennen würde? Vermutlich nicht, denn auch sie trugen ja Masken. Emily hatte er nur einmal gesehen, Jack ein paarmal. Warum sollte er die beiden mit der unbekannten jungen Frau in Verbindung bringen, die er vor Lord Winterstokes Umarmung gerettet hatte?

Als sie sich dem Pavillon näherten, entdeckte Clarinda zu ihrer großen Befriedigung, daß Emily, Robert und Jack ängstlich nach ihr Ausschau hielten. Als sie am Arm des Herzogs zu ihnen trat, hätte sie am liebsten laut gelacht, weil die drei so verblüfft dreinsahen.

»Emily«, sagte sie, »dieser Gentleman war so liebenswürdig, mich zurück zum Tisch zu begleiten. Ich hatte mich verirrt. Er und ich haben unser Inkognito beibehalten, aber ich bin sicher, du willst dich bei ihm bedanken.«

Emily wurde rot. »Wir haben uns solche Sorgen gemacht.« Sie wandte sich an den Herzog und streckte ihre Hand aus. »Vielen Dank, daß Sie sich gekümmert haben. Ich fürchte, hier gibt es ziemlich viel grobe Leute.«

»Ich würde Ihre Freundin sowieso warnen, sie solle sich sehr viel vorsichtiger benehmen«, sagte der Herzog kalt. »Sie ist wohl unter Ihrer Betreuung, nehme ich an. Es ist leicht, Ihre Dankbarkeit zu zeigen. Ich würde gerne mit der Dame tanzen, die ich gerettet habe.«

Emily sah etwas besorgt drein. Sie schien den Herzog nicht erkannt zu haben. Wie sonderbar, überlegte Clarinda, und ich hätte doch geschworen, jeder müßte ihn sofort erkennen...

»Bitte, Emily, laß mich!« bat Clarinda. »Dieser Gentleman war so liebenswürdig.«

»Aber Sie bringen sie doch sehr bald zurück?« fragte Emily besorgt.

»Madame, wenn Sie sich meiner Absichten wegen Sorgen machen, so kommen Sie doch mit zur Rotunda und beobachten Sie uns auf der Tanzfläche«, schlug er trocken vor. Damit bot er Clarinda den Arm, und sie ging mit ihm zum Orchester. Sie fühlte sich unbeschreiblich glücklich. Der Abend, die Menschenmenge und die ganze Aufregung waren ihr wie Wein in den Kopf gestiegen. Daß sie diesem Lord Winterstoke knapp entkommen war, hatte sie schon vergessen, und jetzt war ihr, als schwebe sie in der Luft.

»Es wird das erste Mal sein, daß ich den Walzer in der Öffentlichkeit tanze«, vertraute sie dem Herzog an. »Sie müssen mir also schon jetzt verzeihen, wenn ich Ihnen auf die Zehen trete.«

Seine harten Züge wurden weicher. »Es wird mir eine Ehre sein, daß ich der erste Mann bin, der mit Ihnen Walzer tanzt«, sagte er. »Das ist also Ihr Debüt in London. Ich bin überzeugt, daß ich mich in wenigen Tagen in einer langen Schlange eifriger Tanzpartner werde anstellen müssen.«

Er legte seine Hand auf ihre Taille und zog sie mit sich auf den Tanzboden. Anfangs war Clarinda ängstlich, keinen falschen Schritt zu tun, und konzentrierte sich darauf. Dann wurde sie sich seiner Nähe bewußt. Sehr ernsthaft und ganz selbstverständlich schaute sie zu ihm hinauf.

»Warum sind Sie eigentlich so kurz angebunden mit mir?« fragte sie ihn. »Ich glaube, Ihre Schelte habe ich nicht verdient, als Sie mich vor diesem Lord Winterstoke gerettet hatten. Das war nicht sehr galant von Ihnen.«

Eine Weile schwieg er, doch dann flog ein winziges Lächeln um seinen Mund. »Ich glaube, Sie brauchen einen gewissen Schutz«, meinte er ernsthaft. »Sie sind sehr jung. Sie müssen erst noch lernen, daß es hier Männer gibt, die zwar dem Rang nach Gentleman sind, sich aber nicht so benehmen. Auf Maskenbällen gibt es immer wieder solche Szenen. Ich meine also, dies ist Ihr erster Besuch in London.«

»Nein, nicht mein erster Besuch«, erwiderte Clarinda und dachte an den Alptraum, als dieser Mann sie zu seiner Frau gemacht hatte. »Aber es ist mein erster fröhlicher Besuch. Der andere Ausflug nach London war eher so etwas wie eine geschäftliche Angelegenheit.«

»Ich sehe schon, Sie necken mich«, antwortete der Herzog. »Sie sind viel zu jung für geschäftliche Angelegenheiten.«

Eine weitere Erklärung wagte Clarinda nicht, das war gefährlicher Grund. Da spielte die Musik immer schneller und schneller, und sie hatte alle Mühe, mit ihrem Tänzer Schritt zu halten, denn die Übungen mit Robert waren im Vergleich dazu recht zahm gewesen.

Jetzt wurde sie von einem sehr geschickten Tänzer geführt, und sie hatte das Gefühl, wie ein Vogel hoch zu den Wolken zu fliegen. Jede seiner Bewegungen lag genau im Takt der Musik, und sie reagierte auf ihn, als kenne sie ihn schon ein Leben lang. Ob sich etwas so Schwereloses je wieder einmal erleben ließe? Es war herrlich, in solch wundervoller Harmonie mit einem Mann zu tanzen.

»Ich bin so glücklich«, sagte sie unwillkürlich.

»Ich freue mich, daß Sie's genießen.« Der Herzog sprach kalt, als mißbillige er die zu deutlich zur Schau gestellten Gefühle. Und dann fügte er noch hinzu, als wolle er ihr Vergnügen dämpfen: »Sie sollten, glaube ich, nicht auf einem Maskenball sein. Es ist nicht das Richtige für Sie.«

»Sie können einem aber recht unangenehme Dinge sagen«, erklärte Clarinda gekränkt.

Sie glaubte, in des Herzogs Augen ein wenig Überraschung zu erkennen. Anscheinend sprachen nur wenige Leute mit ihm so wie sie. »Bravo, ich sehe, Sie sind ein mutiges Mädchen«, bemerkte er nur.

»Wollen Sie etwa mit mir flirten?« fragte sie keck.

»Absolut nicht. Oder sollte ich das tun? Ich freue mich immer, wenn ich einer Dame einen solchen Wunsch erfüllen kann, wenn ich auch meine, nach dem Erlebnis mit Lord Winterstoke hätten Sie dazu keine Lust.«

Sie wurde rot. Eine solche Antwort hätte sie nicht erwartet. Der Herzog bemerkte ihre Verlegenheit und fügte freundlicher hinzu: »Wissen Sie, Sie sind viel zu jung und unschuldig für einen Flirt – falls ich mich nicht sehr irre. Ich flirte nur mit Damen, die die Spielregeln kennen; es ist zwar eine vergnügliche Sache, kann aber recht gefährlich werden.«

Die Musik hörte zu spielen auf, deshalb fühlte sich Clarinda der Notwendigkeit einer Antwort enthoben. Ziemlich erhitzt kehrte sie an des Herzogs Arm zu Emily zurück. Sie fand, daß der wundervolle Tanz mit ihm ein wenig unter der streitbaren Unterhaltung gelitten hatte.

Sie nickte ihm dankend für den Tanz zu, und er antwortete förmlich: »Es war mir ein Vergnügen. – Ich denke«, wandte er sich an Emily, »sie bedarf einer besseren Aufsicht, das wäre vorteilhaft.«

»Wie unfreundlich von Ihnen!« rief Clarinda. »Ich dachte, Sie würden mein Geheimnis wahren. Das ist Betrug«, sagte sie zornig.

»Absolut nicht Betrug, nur Vernunft. Ich fand nämlich Ihre Freundin halb ohnmächtig in den Armen des betrunkenen Lord Winterstoke auf einem dunklen Weg. Ich weiß nicht, was geschehen wäre, wenn ich nicht zufällig und rechtzeitig gekommen wäre«, erklärte er Emily. Dann sagte er wieder zu Clarinda: »Wenn ich geglaubt hätte, daß Sie mit einem Winterstoke fertig werden könnten, hätte ich Ihr Geheimnis gewahrt. Aber ich weiß, daß Sie viel zu unerfahren sind und nicht wissen, wie Sie auf sich selbst aufpassen sollen.«

Emily war verwirrt und ärgerlich. Auch Jack war wütend, doch er schwieg, sehr zu Clarindas Erleichterung. Es war dann Robert, der für alle sprach: »Wir sind Ihnen sehr und von Herzen dankbar für Ihre Hilfe«, sagte er ruhig. »Ich kenne Lord Winterstoke ein wenig, und was ich von ihm weiß, gefällt mir absolut nicht. Ich würde mich freuen, wenn ich Sie morgen besuchen dürfte, um Ihnen meine Dankbarkeit zum Ausdruck zu bringen, wenn es Ihnen gefällig wäre, Ihr Inkognito zu lüften.«

»Nein, das nicht!« rief Clarinda. »Ich glaube, es ist viel romantischer, wenn wir einander fremd bleiben. Und es gibt auch gar keinen Grund für ein nochmaliges Zusammentreffen.«

Es schien, als wolle der Herzog etwas sagen, aber plötzlich bemerkten sie, daß eine sechste Person anwesend war. Es war eine Parfümwolke, die von einer fremdartigen dunklen Frau ausging, und es war die Frau, die Clarinda vorher mit dem Herzog am Tisch gesehen hatte.

»Julian«, sagte die Frau zu ihm, ohne auf die anderen Rücksicht zu nehmen, »ich langweile mich ganz entsetzlich. Du mußt mich sofort retten«, befahl sie ihm. »Nein, was heute alles hier ist an ganz gewöhnlichen Leuten. Ich schwöre, Vauxhall Gardens ist so unangenehm und langweilig wie immer.«

Sie nickte Robert und Jack beiläufig zu, nahm aber gar keine Notiz von Emily oder Clarinda. Der Herzog musterte sie einen Augenblick. »Nun, wenn es für dich unangenehm ist, sollten wir gehen.« Er sah Emily und Clarinda an. »Leben Sie wohl, meine schönen, unbekannten Damen. Ich nehme an, Sie benötigen meine Dienste nicht länger.«

»Vielen Dank«, antwortete Emily leise, und Clarinda sagte gar nichts. Warum sollte sie sich auch besonders bei ihm bedanken?

Als er sich mit der Dame zum Gehen wandte, hörte Clarinda sie laut und deutlich sagen: »Julian, wo hast du diese ungewöhnlich langweiligen Leute aufgelesen? Ich möchte behaupten, du entwickelst einen Geschmack für das kleine Bürgertum.«

»Wir sind keine außergewöhnlichen Leute, aber auch keine kleinen Bürger«, sagte Clarinda zu ihrer Schwester. »Ich denke, sie ist vulgär, nicht wir sind es. Hast du je ein so tief ausgeschnittenes Kleid gesehen?«

»Ich möchte schwören, ich kenne die beiden«, bemerkte Jack. »Sie habe ich schon irgendwo gesehen, ihn auch. Er ist offensichtlich ein Mann der Oberschicht. – Aber was ist das für ein Unsinn mit Winterstoke, Clarinda? Ich sehe schon, du bist wieder einmal in Schwierigkeiten geraten. Du bist unverbesserlich.«

»Das ist kein Unsinn. Dein kostbarer Freund Lord Winterstoke hat mich – zu küssen versucht.« Clarinda schämte sich furchtbar. »Und ich glaube auch, daß er betrunken war.«

»Du lieber Himmel, natürlich sind heute sehr viele leichte Mädchen hier«, sagte Jack, denn er fühlte sich recht unbehaglich. »Mit dieser Maske und höchstens dem Verstand eines Schmetterlings kann Winterstoke dich für eine von ihnen gehalten haben.«

»Eine von welchen?« fragte Clarinda unschuldig, doch sie bekam keine Antwort.

Clarinda tanzte mit Jack, dann mit Robert und fand es sehr vergnüglich. Der Abend war noch immer warm, und wo die Lampen brannten, war es sehr schön. Aber irgendwie war mit dem Weggang des Herzogs der Zauber verschwunden.

Nein, eine romantische Figur war er nicht, ganz sicher nicht. Er hatte sich recht altmodisch benommen und ihr einen Vortrag über korrektes Benehmen gehalten. Man müsse besser auf sie aufpassen, hatte er behauptet.

›Aber man kann ihn nicht übersehen‹, meinte sie für sich, als sie mit ihrem Bruder im Tanz herumwirbelte. ›Er ist sicher hassenswert, langweilig aber bestimmt nicht. Und nicht dumm. Und ganz anders als dieser gräßliche Lord Winterstoke.‹ Sie schüttelte sich vor Ekel, als sie an den heißen Atem des alten Lüstlings und an den brutalen Druck seiner Lippen dachte.

»Ich hoffe, diesen Lord Winterstoke nicht noch mal sehen zu müssen«, sagte sie zu Emily, als das Boot mit den müden Tänzern an den Stufen von Westminster anlegte.

»Das hoffe ich auch«, erwiderte Emily so leise, daß Jack es nicht hörte. »Man erzählt sich schreckliche Geschichten über ihn. Es heißt, er habe eine Frau ins Elend getrieben und sei ganz und gar skrupellos.«

In der Nacht kam sie in Clarindas Zimmer und gab ihr einen Gutenachtkuß. In ihrem weißen Baumwollnachthemd sah ihre kleine Schwester lächerlich jung aus. »Ich muß dir etwas erzählen, aber das darfst du Jack nicht sagen«, flüsterte Clarinda. »Der Mann, der mich gerettet hat – vor Lord Winterstoke –, war der Herzog von Westhampton. Glaubst du – er hat mich gemocht?«

»Ich weiß nicht«, meinte Emily erstaunt. »Bist du auch sicher, Clarinda? Oh, ich hoffe, es wird alles gut. Aber der Herzog wird sehr zornig sein, wenn er entdeckt, welchen Streich wir ihm spielen.«

»Wer ist wohl die Dame gewesen?« fragte Clarinda.

»Ich habe keine Ahnung. Aber es ist schon spät, und du solltest längst schlafen.«

»Ich glaube, das war Lady Lancaster«, sagte Clarinda ein bißchen mutlos.

»Ist doch egal, wer sie war«, lenkte Emily ab. »Und vielleicht war es auch gar nicht der Herzog. Ich habe ihn jedenfalls ebensowenig erkannt wie Jack. Du bildest es dir vielleicht nur ein.«

»Nein, ich bilde es mir nicht ein«, erklärte Clarinda bestimmt. »Ich weiß, es war der Herzog, und er hat sich recht langweilig benommen.«

Als ihre Schwester nach einem herzlichen Kuß gegangen war, kuschelte sich Clarinda in die Decken, doch der kleine rotlockige Kopf mußte sich eingestehen, daß die letzte Bemerkung eine Lüge war. Der Gedanke an den Herzog warf alle ihre Gefühle – Angst, Haß, Liebe – auf einen wirren Haufen.

»Nein, er ist nicht langweilig«, sagte sie laut in ihr Kissen hinein.

Sechstes Kapitel

»Es ist Zeit«, kündigte Clarinda am nächsten Morgen an, »daß ich den Herzog treffe und ihn auf mich aufmerksam mache. Aber wie soll ich damit anfangen?«

»Gehen wir doch zum Hyde Park«, schlug Emily vor. »Der Herzog ist für seine wundervollen Pferde bekannt, und meistens findet man ihn dort mit seinen grauen Pferden und dem Phaeton. Er ließ es eigens für diese Pferde bauen.«

»Dann muß Jack mitkommen«, sagte Clarinda. »Ein Morgenspaziergang wird ihm guttun.«

Die beiden Mädchen saßen im Frühstückszimmer des kleinen, eleganten Londoner Hauses von Robert Willoughby. Die ›besseren‹ Leute von Lodons Gesellschaft lagen jetzt sicher noch im Bett und nippten genießerisch an ihrer Schokolade, doch Clarinda und Emily waren auf dem Land aufgewachsen und Frühaufsteher. Und beide meinten, es sei ein hübscher Abend gewesen, aber doch nicht erschöpfend.

Auch wenn die Mädchen früh aufstanden, Bruder Jack tat es gewiß nicht. Er mußte also erst aufgeweckt werden, als ihm die Botschaft überbracht wurde. »Kinder, ein Mann muß doch Zeit haben, seine Krawatte zu binden«, beklagte er sich, als ihn der Butler zu ihnen führte. »Ich brauche dazu immer mindestens eine halbe Stunde, und eine ganze zum Anziehen.«

»Für dich ist es viel besser, früh aufzustehen«, meinte Clarinda. »Wenn ich nach dem Tanz aufstehen kann – warum du nicht?«

»Es ist doch nicht nur der Tanz. Ich mußte noch im Klub vorbeigehen, dann gab es noch eine Wette mit Black Bess, und ein Mann muß seine Schulden bezahlen. Ich wurde erwartet.«

»Ich hätte nie geglaubt, daß du jemals Schulden bezahlst, Jack«, rief Clarinda.

»Das war eine Ehrenschuld, da ist es anders. Ich würde niemals mein Geld hinauswerfen und Kaufleute bezahlen. Übrigens, ich sehe, daß ihr euch selbst noch nicht zum Ausgehen angezogen habt, aber mich spornt ihr zur Eile an. Ich werde mir ein Glas Madeira genehmigen, bis ihr fertig seid.«

Clarinda wollte ihm schon eine zornige Antwort geben, doch dann fiel ihr ein, daß sie Jack ja für den Ausflug in den Park brauchten; also durfte sie ihn nicht erzürnen. Sie lief nach oben, zog ihre neuen weichen Lederhalbstiefelchen an und ihren neuen, dunkelgrünen Mantel mit dem Schwanenpelzchen am Saum, dazu eine kokette Haube mit dem gleichen Schwanenpelz um die rotgoldenen Locken. Sie drehte sich prüfend vor dem Spiegel.

Madame Geneviève ist ein Genie, dachte sie, denn alles an ihr war erlesen, angefangen von der fast absurd frivolen kleinen Haube bis zu den Stiefelchen. Dazu gehörte dann noch ein ebenso frivoler und furchtbar teurer Schirm, und sie war fertig für den Hyde Park.

Jack hatte an jedem Arm eine schöne Schwester, aber er brummte brüderlich unwillig vor sich hin. Es war ein herrlicher Tag mit weißen Flaumwolken am tiefblauen Himmel. Der Wind war gerade kräftig genug, daß er die Schwanendaunen ein wenig zauste und die Wangen der beiden Mädchen zum Glühen brachte.

Emily hatte recht gehabt; das sah Clarinda, als sie den Park betraten. Die ganze Modewelt schien hier versammelt zu sein. Gruppen von Gentlemen begleiteten die Ladys, sie schlenderten über den Rasen, bewunderten Blumen und hielten Ausschau nach Freunden wie auch die drei de Villiers. Andere zeigten auf der Rotten Row ihre neuen, herrlichen Pferde vor; die einen allein, andere in Gruppen zu drei oder vier Paaren.

Hier schien es alle Arten von Fahrzeugen und Equipagen zu geben. Ältere Herrschaften bevorzugten die Barouche oder den Landauer oder andere offene Fahrzeuge, die es ihnen ermöglichten, oft anzuhalten und mit Freunden Grüße oder ein paar Worte zu wechseln. Am häufigsten sah man die Phaethons; die leichten vierrädrigen Wagen, die entweder mit tiefgelegtem Sitz gebaut wurden, oder – für die sportlichen Fahrer – mit einem hohen Sitz, der aber ziemlich gefährlich war. Meistens wurden diese leichten Fahrzeuge von einem Reitknecht begleitet, der vom Wagen absprang, wenn der Fahrer anhalten wollte, um Freunde zu begrüßen.

Ein Phaethon war sehr bemerkenswert. Er hatte einen besonders hohen Sitz und schwankte in den Kurven recht bedenklich, doch er war schneller als die anderen. »Wer ist das?« fragte Clarinda.

»Herrje, daß ein Mädchen diese Pferde nicht erkennen

kann!« rief der Bruder zornig. »Ich dachte, auf deiner Reise nach London seist du von ihnen überholt worden. Das sind natürlich die Grauen des Herzogs, und er fährt auch selbst. Also genau der Mann, den wir brauchen. Clarinda, ich muß schon sagen, vielleicht ist er kein guter Ehemann, jedenfalls aber ein großartiger Fahrer. Schau dir nur diese herrlichen leichten Hände an! Und wie er die Kurven nimmt!«

Das erstaunliche Fahrzeug kam ihnen direkt entgegen. Der Herzog fuhr rücksichtslos. Als er sich näherte, erkannte Clarinda natürlich die Grauen. Welches andere Gespann würde so sicher und schnell durch die Menge gelangen?

Als sie schon glaubte, die edlen Tiere würden sie alle drei über den Haufen rennen, hielt der Wagen an. Der Reitknecht sprang ab und rannte nach vorne, um die schwitzenden, stampfenden Pferde zu halten, die so ungeduldig waren, daß sie gerne weitergerannt wären.

Der Herzog lehnte sich herab. »Guten Morgen, Villier«, sagte er. »Ich hoffe, Sie machen mich mit Ihren schönen Begleiterinnen bekannt.«

Da erst schien er Emily zu erkennen. »Oh, verzeihen Sie, Mrs. Willoughby. Ich war so mit den Zügeln beschäftigt, daß ich Sie nicht sofort erkannte. Wir haben einander zwar nur kurz gesehen, doch ich hoffe, das gibt mir doch das Recht, Ihnen viel Glück für Ihre junge Ehe zu wünschen.«

»Danke, Euer Gnaden.« Emily errötete leicht. »Darf ich die Gelegenheit benützen, eine meiner liebsten Freundinnen vorzustellen, Miß de Vere, die eine Weile bei uns bleiben wird. Sie hat Ihre Grauen so bewundert, wie wir alle.«

»Ja, es sind herrliche Tiere«, bestätigte Clarinda lächelnd. Es war ihr gar nicht so sehr nach Lächeln zumute, denn sie war sehr nervös und fürchtete, der Herzog erkenne sie als die junge Frau, mit der er am Abend zuvor Walzer getanzt hatte. Der Gedanke, daß er sie getroffen hatte, als sie Lord Winterstoke abwehrte, ließ sie erröten. Aber sie wußte, daß sie sich so benehmen mußte, als seien sie einander ganz und gar fremd.

Der Herzog war, wie immer, makellos und unnachahmlich elegant gekleidet. Seine schneeweiße Krawatte war so erstaunlich einfach, daß Jacks Halsschmuck dagegen ziemlich absurd wirkte. Clarinda ahnte jedoch, daß gerade des Herzogs betonte Einfachheit das Ergebnis eines vorzüglichen Geschmacks und vielen Nachdenkens war.

»Wenn Sie meine Pferde bewundern, Miß de Vere, darf ich Sie dann einladen, sie selbst auszuprobieren? Es wäre mir ein Vergnügen, wenn ich Sie zu einer Fahrt um den Park mitnehmen dürfte«, sagte der Herzog.

Clarinda war verwirrt. »Ich weiß nicht recht, ob es sich schickt, mit Euer Gnaden zu fahren«, erklärte sie zurückhaltend.

»Oh, es schickt sich«, beeilte sich Emily zu versichern. »Schau dich nur um. Du wirst sehen, daß die Gentlemen es als Ehre ansehen, die Damen ein wenig herumzufahren.«

Clarinda kletterte auf den Sitz neben dem Herzog. Er war sehr hoch oben, und ihr schien es abenteuerlich zu sein. »Ich würde Ihnen ja helfen«, sagte der Mann neben ihr, »doch ich muß die Pferde fest in der Hand behalten.«

Das war sicher wahr. Die Pferde wollten laufen, sie waren ungeduldig. Der Reitknecht trat zurück, und die Pferde ruckten an, aber der Herzog hatte sie gut in der Hand.

Sie hatte beschlossen, dem Herzog zu verraten, wer sie war – natürlich nicht, daß sie seine Frau war, sondern die unbekannte Fremde, der er am Abend vorher in Vauxhall Gardens geholfen hatte. »Sie waren der Gentleman, der mich gestern gerettet hat«, sagte sie mit ihrer musikalischen Stimme. »Ich bin Ihnen viel Dank schuldig.«

»Glauben Sie, ich hätte Sie nicht erkannt?« antwortete der Herzog ungeduldig. »Das hätten Sie gar nicht zu sagen brauchen. Ein Blick auf diese roten Locken, und ich wußte, daß nur Sie es sein konnten. Ich sagte Ihnen ja, ich würde herausfinden, wer Sie sind.«

Er war so sicher, daß Clarinda gerne gelächelt hätte, denn daß er mit seiner Frau sprach, ahnte er ja nicht. Er glaubte, die Landpomeranze sei auf dem Land und weit weg.

»Oh, ich habe ein gutes Auge für Schönheit«, fuhr er fort. »Meine Freunde behaupten, mein Geschmack sei in dieser Hinsicht absolut sicher.«

»Aber ich glaube, eine solche Unterhaltung sollten wir doch lieber nicht führen«, sagte Clarinda. »Wir sollten uns gut benehmen. Letzten Abend schalten Sie mich, weil ich so unvorsichtig sei, und jetzt machen Sie mir Komplimente, weil ich mit Ihnen in Ihrem Phaethon ohne weiteren Schutz bin. Meinten Sie gestern nicht, ich sollte niemals ohne ältere Frauenspersonen irgendwohin gehen?«

»Das sind die normalen Verhaltensvorschriften für junge Damen wie Sie, Miß de Vere«, antwortete der Herzog lächelnd. »Aber man hält es für ziemlich sicher, wenn eine Dame im Park herumgefahren wird und der Gentleman ein paar Pferde hat, die er gut beherrscht. Übrigens ist mein Platz in der Gesellschaft so, daß es Regeln für andere Leute gibt, die ich selbst nicht zu beachten brauche. Miß de Vere, ich möchte Ihnen sagen, daß es Ihnen ganz gewiß nicht schadet, wenn jemand bemerkt, daß Sie mein Interesse finden. Im Gegenteil. Sie sind in der Gesellschaft sofort oben.«

Was sollte sie nun darauf sagen? Sie versuchte kühl und amüsiert zu wirken, doch sie sah auf entzückende Art verwirrt aus.

In diesem Moment lief ein kleines Kind direkt vor die Pferde, als es seinem Reifen nachrannte. Der Herzog bog scharf aus, um das Kind nicht umzureißen, dann auf die andere Seite, um nicht mit einem anderen Phaethon zusammenzustoßen.

»Sie fahren viel zu schnell«, sagte Clarinda ernst und klammerte sich an ihren Sitz.

»Und Sie sind nicht sehr höflich, Miß de Vere«, antwortete

der Herzog und lachte laut. »Ich bin absolut nicht daran gewöhnt, von Damen so viele harte Worte zu hören. Meistens sind sie sehr viel liebenswürdiger als Sie. Erst weigern Sie sich, mir zu sagen, wer Sie sind, obwohl ich Sie aus den Klauen des Lord Winterstoke gerettet habe. Dann beschuldigen Sie mich, ich sei ein schlechter Fahrer.«

»Ich glaube natürlich, daß ich höflicher zu Ihnen sein sollte«, gab Clarinda zögernd zu. »Sie sind offensichtlich überaus beliebt und umschwärmt, wenn ich auch meine, Ihr Leben ist ziemlich zwecklos. Sicher sind Sie überaus begehrenswert.« Ob er nun erwähnte, daß er verheiratet sei?

Das tat er nicht. »Für Jack de Villiers galt dies aber nicht. Er ist absolut nicht begehrenswert, und sein Leben ist noch sehr viel zweckloser als das meine. Ich habe nicht mein Vermögen verspielt, so wie dieser junge Mann es tut, falls er Vermögen hat, das er verspielen kann. Ich rate Ihnen gut, in der Stadt nicht mit ihm herumzulaufen, Miß de Vere. Sie waren doch gestern abend mit ihm in Vauxhall Gardens und mit dem jungen Willoughby und dessen Frau. Willoughby scheint ja ein vernünftiger junger Mann zu sein, doch vor Jack de Villiers muß ich Sie warnen.«

Clarinda war wütend. Für wen hielt er sich? »Ich kenne Jack und seine Schwester seit Jahren«, sagte sie, und das war ja die reine Wahrheit. »Wir wurden fast zusammen erzogen. Er und ich sind wie Bruder und Schwester.«

»Oh, die Intimität einer gemeinsam verbrachten Jugend kann leicht zur Intimität der Ehe führen«, bemerkte der Herzog grimmig. »Das gleicht aber nicht die Tatsache aus, daß Jack de Villiers ein armer Teufel und zudem ein notorischer Spieler ist.«

»Er kommt aber aus einer ausgezeichneten Familie. Die de Villiers sind würdig, sich mit den besten Familien des Landes zu verbinden.« Clarinda hätte zu gerne erwähnt, daß er selbst ja die Familie für würdig gehalten hatte, in sie hineinzuheiraten. Ob er jetzt von seiner Ehe sprechen würde?

»Auch die beste Abkunft kann nicht entschädigen dafür, daß einer ein Spieler ist und dabei auch noch kein Geld hat«, antwortete er ihr. »Außer, Miß de Vere, Sie haben ein Vermögen, das Sie Ihrem Ehemann zur Verfügung stellen können. Aber ich meine, Sie wären gut beraten, nach einem wohlhabenderen Mann Ausschau zu halten.

Armut ist schwer zu ertragen. So ist es nun einmal in der Welt. Sie sollten es nicht so machen wie die jungen, romantischen Damen, die sich gedankenlos in die Armut stürzen.«

»Aber es ist eine hassenswerte Welt, die Menschen veranlaßt, nur wegen des Geldes zu heiraten«, fuhr Clarinda hitzig auf. Viel zu hitzig. Sie fürchtete schon, sie habe sich durch ihre Heftigkeit verraten.

Zu ihrer Überraschung sagte der Herzog: »Vielleicht ist die Welt in dieser Beziehung hassenswert, aber etwas Gutes ist doch in ihren Spielregeln. Wenn Sie sich von mir etwas sagen lassen wollen, Miß de Vere, dann werden Sie in Zukunft Sir Jack de Villiers aus dem Weg gehen. Oh, ich weiß, er hat Charme und Energie, doch ich bin überzeugt, er wird jede Frau unglücklich machen, die sich und ihr Vermögen mit ihm verbindet.«

Insgeheim mußte sie ihm rechtgeben. Es war natürlich nicht schön, doch sie konnte nicht leugnen, daß Jack, der von seinen Schwestern vielleicht zu sehr idealisiert wurde, ein berüchtigter Spieler und ein Tunichtgut war. Das gab sie selbstverständlich laut nicht zu. Sie war zu zornig. Wie kam er überhaupt dazu, so mit ihr zu sprechen?

»Warum sollte ich mir von Ihnen Vorschriften machen lassen, Euer Gnaden?« rief sie. »Ihr Rang als Herzog gibt Ihnen noch lange nicht das Recht, andere zu kommandieren.«

»Ich weiß, wovon ich rede. Außerdem gibt mir mein Rang ganz gewiß einige Rechte, und nur eine Unwissende wie Sie wird das leugnen. Zehn Jahre lang wurde ich gejagt von Heiratsvermittlern, und das hat mich veranlaßt, meinen Rang und mein Vermögen so einzusetzen, daß beides jeden Fehler in meiner Persönlichkeit verdeckt. Für die Mütter unverheirateter Töchter bin ich die Vollkommenheit schlechthin, egal was ich auch tue.

Ist ein gewöhnlicher Gentleman unerzogen, so wird er verdammt. Mich entschuldigt man damit, ich sei originell. Flirte ich unverschämt mit ihren Töchtern, dann sagen die Mamas, ich sei charmant und außerordentlich liebenswürdig. Wäre ich ein Offizier mit halbem Sold, so würden die gleichen Mamas ihren Töchtern auf die Seele binden, nur ja nichts mit mir zu tun zu haben. Weil ich ein Herzog bin, kann ich flirten, soviel ich mag.

Ich versichere Ihnen, Miß de Vere, ich, der Herzog, kann mich wie ein Reitknecht benehmen und bin doch überall willkommen.«

»Nur weil alle Sie anhimmeln, heißt das noch lange nicht, daß ich auch damit anfange«, erklärte Clarinda gekränkt. »Ich bin Ihnen für Ihre Hilfe gestern sehr dankbar, doch ich halte Sie trotzdem für arrogant, wenn Sie glauben, mir raten zu müssen. Aber vielleicht ist Ihr Rat väterlich gemeint, da Sie doch soviel älter sind als ich«, fügte sie boshaft hinzu. »Vielleicht, wirklich vielleicht, sollte ich ihn in diesem Sinn annehmen.«

»Mein liebes Mädchen, ich bin kaum so alt«, antwortete der Herzog und sah doch ein wenig überrascht drein.

Clarinda gewann den Eindruck, sie sei das erste weibliche Wesen, das ihm so grob kam. Nun wollte sie genau wissen, wie weit sie gehen durfte, und fuhr fort: »Vielleicht sind Sie nicht so alt an Jahren, doch Ihr Benehmen ist so nüchtern und formell, daß es nicht typisch ist für junge Männer, sondern eher für Herren mittleren Alters.«

Jetzt konnte der Herzog seine Verblüffung nicht mehr verbergen. Clarinda rechnete schon damit, daß er ihr eine ziemlich ungehobelte Antwort geben könnte, aber er sagte nur: »Werden Sie zum Ball des Prinzregenten im Carlton House kommen, Miß de Vere?«

»Ich hoffe, Euer Gnaden«, erwiderte Clarinda kühl. »Warum wollen Sie das wissen?«

»Ich würde gerne mit Ihnen tanzen«, erklärte der Herzog, nun aber nicht mehr gelangweilt.

»Das werden Sie nicht!« rief Clarinda wütend. »Ist Ihnen nie der Gedanke gekommen, daß ich gar nicht mit Ihnen tanzen will? Oder erwarten Sie, daß ich mich so benehme wie die jungen Damen, die, wie Sie sagen, so unverschämt mit Ihnen flirten?«

»Miß de Vere, denken Sie lieber noch einmal nach«, sagte der Herzog. Jetzt wußte Clarinda, daß er mit ihr kämpfte, wie mit Degen. »Denken Sie doch, wie sehr ein Tanz mit mir Ihnen hilft bei Ihrer Karriere als Modeschönheit! Vielleicht wollen Sie wirklich nicht mit mir tanzen, doch wenn man sieht, daß Sie meinem wählerischen Geschmack entsprechen, dann wird der Rest der Welt meinem Beispiel folgen.«

Darin lag soviel Arroganz, daß Clarinda fast explodiert wäre. Es kostete sie große Anstrengung, sich zu beherrschen. Dieser Herzog war unerträglich. Sie hätte gerne sein Angebot, mit ihr zu tanzen, lächelnd abgelehnt, doch leider ging das nicht. Und es gehörte auch nicht zu ihrem Plan. Also würde sie wohl mit ihm tanzen – und ihn zu ihrem ergebenen Sklaven machen!

»Ich sehe, Sie haben recht, nachdem Sie mir das erklärt haben«, antwortete sie vernünftig und freundlich. »Vielleicht habe ich nicht den Wunsch, mit Ihnen zu tanzen, aber ich muß es eben mit der modernen Langeweile ertragen. Deshalb, Euer Gnaden, werde ich entzückt sein, mit Ihnen zu tanzen. Werden Sie mich ebenso in Mode bringen, wie Sie das mit Lady Lancaster taten?«

»Das ist eine sehr törichte Bemerkung, Miß de Vere«, antwortete der Herzog kalt. »Es gehört sich nicht, daß ein junges Mädchen, das kaum dem Kinderzimmer entwachsen ist, meinen Namen mit dem von Lady Lancaster in einem Atemzug nennt.«

»Aber ganz London verbindet Ihren Namen mit dem der Lady. Ich bin erstaunt, daß Sie sagen, Ihre Freundschaft mit ihr sei ungehörig.«

Da wußte Clarinda, daß sie ihn getroffen hatte. Er runzelte ärgerlich die Brauen. »Ich verstehe nicht, weshalb Sie so sind, Miß de Vere«, bemerkte er spöttisch. »Legen Sie's etwa darauf an, daß ich Sie bemerke? Ist das etwa eine neue Form weiblicher Aufmerksamkeit?«

Jetzt war Clarinda fast sprachlos vor Wut. Er schien anzunehmen, daß jede Frau es darauf anlegte, ihn zu angeln. »Kommt es Ihnen nie in den Sinn, Herzog, daß es vielleicht Frauen gibt, die sich von Ihrem Charme nicht hinreißen lassen? Und daß meine Reaktion nur die Antwort auf ihr rüdes Benehmen ist?«

»Miß de Vere, mir scheint, Sie sind ein ganz freches Gör«, sagte er.

»Und Sie sind ein arroganter Wüstling«, entgegnete sie.

Zum Glück hatten die Grauen fast den ganzen Park umrundet. Der Rest des Weges wurde schweigend zurückgelegt. Beide hatten ihre Wut aus sich herausgesprudelt. Aber der Herzog fand seine äußerliche Ruhe wieder, ehe sie bei Emily und Jack ankamen, die ihnen entgegengingen. »Ich hoffe, Sie haben es genossen, hinter meinen Grauen zu fahren, Miß de Vere«, sagte er vollendet höflich und kalt.

»Wirklich, das habe ich. Es sind ganz wundervolle Pferde.« Es lag gerade soviel Nachdruck in ihrer Stimme, daß er wußte, den Besitzer der Pferde finde sie nicht ganz so wundervoll. Dann, um ihn noch mehr zu ärgern, fügte sie mit seelenvoller Stimme hinzu: »Wie entzückend der Park um diese Jahreszeit doch ist! Wie reizend die Blumen sind, wie köstlich die Schatten der Bäume...«

Darauf gab der Herzog keine Antwort, doch ein Winkel seines spöttischen Mundes zuckte verräterisch; er schien genau zu wissen, daß diese Bemerkung eine Provokation war. Als sie bei Jack und Emily ankamen, hatte sie wieder das Lob der Grauen gesungen, das des Sonnenlichtes und des herrlichen Wetters. Auch jetzt sagte der Herzog nichts.

Nun, wenn der Herzog sie mit seiner kühlen Formalität strafen wollte, so würde sie ihm schon zeigen, daß sie das nicht untertänigst annahm. Der Mann neben ihr mochte ermüdend sein, aber das Wetter war schön, der ganze Tag herrlich. Und sie konnte nicht übersehen, daß es die allgemeine Aufmerksamkeit erregt hatte, sie hinter den Grauen zu sehen. Einige junge Böcke beäugten sie ganz schamlos, und einige ältere Damen musterten sie voll beifälligen Interesses.

Es paßte ihr nicht ganz, zu wissen, daß des Herzogs Arroganz begründet war. Vielleicht hatte er recht. Vielleicht wurde sie nur deshalb von der Gesellschaft akzeptiert, weil sie von ihm bemerkt wurde.

Die Grauen kamen zum Stehen, der Reitknecht lief heran, sie zu halten, und sie kletterte anmutig herab. Sie sah ein wenig erhitzt aus, aber das kam vorwiegend daher, weil sie ungeduldig war, Emily die Unterhaltung zu erzählen.

Der Herzog nickte Jack zu und beugte sich zu Emily hinab. »Da Sie Miß de Vere unter Ihren Schutz genommen haben, halte ich es für gut, Ihnen zu sagen, daß mir Miß de Vere einen Tanz beim Ball des Prinzregenten versprochen hat.«

»Wir freuen uns darauf, Sie dort zu sehen«, antwortete Emily liebenswürdig und erntete dafür einen vorwurfsvollen Blick ihrer Schwester und einen ärgerlichen des Herzogs. Er lachte und fuhr davon; sein Reitknecht konnte gerade noch rechtzeitig auf den Sitz springen.

»Ich muß schon sagen, seine Manieren sind manchmal wirklich unerfreulich«, beklagte sich Emily. »Hab ich denn etwas Unrechtes gesagt?«

»Ich habe ihm gar keinen Tanz versprochen. Ganz im Gegenteil. Ich sagte ihm, er solle nur ja nicht annehmen, daß ich mit ihm tanzen möchte, und falls ich mit ihm tanze, dann nur aus dem einen Grund, weil er mich damit groß herausstellt«, erklärte ihr Clarinda. »Er ist unglaublich arrogant.«

»Hast du mit ihm gestritten?« fragte Jack, der seine Schwester ja kannte. »Das dachte ich mir doch, weil du gar so erhitzt bist. Manche Leute mögen denken, du hast mit ihm geflirtet, aber ich weiß es besser. Clarinda, du bist ein wildes Ding. Wenn du deinen Herzog einfangen willst, mußt du dir vielleicht doch eine sanftere Art angewöhnen. Du schreckst ihn sonst ab, verstehst du.«

»Wir haben unter anderem deinetwegen gestritten. Er hatte die Frechheit, mich vor dir zu warnen. Er sagte, du seist ein notorischer Spieler und keine geeignete Gesellschaft für ein guterzogenes Mädchen. Das war unerträglich, Jack. Oh, natürlich, er sagte auch noch, du würdest mich nicht glücklich machen, falls ich dich heiraten wollte.«

»Damit hat er absolut recht«, gab Jack offen zu. »Aber ich kann mir nicht vorstellen, weshalb du überhaupt mit ihm streiten mußtest. Schließlich würde ich dich gar nicht heiraten wollen; selbst falls es ginge; aber es geht zum Glück nicht. Ich meine damit, ich würde keiner meiner Schwestern erlauben, mich zu heiraten.«

»Oh, Jack, jetzt redest du aber Unsinn!« rief Clarinda. »Darum geht es doch überhaupt nicht. Vielleicht ist es wahr, daß du ein Spieler bist, aber er hat nicht das Recht, mir Vorschriften zu machen. Er ist nicht mein Bruder, nicht einmal mein Verehrer. Er ist ein verheirateter Mann mit einer Landpomeranze als Frau, und er kann noch lange nicht herumlaufen und die Mädchen vor dir warnen, nur weil er zufällig ein Herzog ist.«

Jack wollte gerade seiner Schwester erklären, daß der Herzog vielleicht doch recht haben könnte, doch er unterließ es, weil sie viel zu hitzig war. »Der Herzog muß aber sehr erstaunt gewesen sein. Weißt du was? Vielleicht bist du ihm jetzt gar nicht mehr sympathisch.«

»Es ist gut und schön, daß du sagst, du würdest deiner Schwester nicht erlauben, dich zu heiraten, aber warum hast du zugelassen, daß ich den Herzog heirate?«

Sie gingen schweigend nebeneinander her, und als Clarinda sah, wie ihr Bruder sehr verlegen geworden war, ließ sie sich erweichen. Daß er einmal wirklich ein schlechtes Gewissen hatte, war nicht üblich.

»Clarinda«, sagte er ernst, »ich weiß, es war falsch, meine Zustimmung zu geben, daß du dich für die Familie opferst. Ich hätte nie zulassen dürfen, daß du den Herzog heiratest. Du warst viel zu jung, jawohl. Aber unsere Lage war so verzweifelt, daß ich keinen anderen Ausweg sah. Du mußt mir glauben, daß ich es auch für dein Bestes hielt. Der Herzog ist reich und sieht sehr gut aus, und ich dachte, er wird vielleicht ein guter Mann für dich. Ich hatte keine Ahnung, daß er so gefühllos an dir handelt, daß alles so kommen würde.«

Ehe Clarinda noch antworten konnte, wurden sie von einer sehr elegant gekleideten Dame in einem Landauer gegrüßt. Sie kam Clarinda bekannt vor, doch sie wußte nicht, wo sie die Dame schon gesehen hatte.

»Jack«, sagte die Dame, »Sie müssen mich mit den jungen Damen bekannt machen.«

Nach der Vorstellung nickte sie Emily höflich zu. »Ich hörte von Ihrer Hochzeit, meine Liebe, wenn wir einander auch noch nicht kannten. Willkommen in London. Ich hoffe, Sie kommen nächste Woche zu einer kleinen Gesellschaft. Nichts Großes, nur ein paar Freunde.«

Emily war von soviel Aufmerksamkeit überwältigt. »Es wird mir ein Vergnügen sein«, antwortete sie leise.

»Und bringen Sie Miß de Vere mit. Aber nicht vergessen, daß ich Sie beide erwarte. Wissen Sie, es kommen auch einige junge Männer, wenn man erfährt, daß sie kommt. Wirklich, eine ungewöhnliche Schönheit. Ich sehe aber, der Herzog hat sie schon entdeckt. Ich möchte schwören, das gibt einen richtigen Aufruhr ihn ein oder zwei Wochen.«

Beide Mädchen waren etwas verlegen ob dieser Offenheit. Als der Landauer weiterfuhr, fragte Clarinda: »Wer, in aller

Welt, war das? Sie kommt mir irgendwie bekannt vor, doch ich weiß nicht, wer sie sein könnte.«

»Oh, das ist Lady Claremont«, sagte Jack. »Hast du sie denn nicht bei der Hochzeit kennengelernt? Sie ist sehr exzentrisch, aber in der Gesellschaft ganz oben. Eine Cousine oder so was zum Herzog. Sie nimmt jetzt an, du bist sein neuester Flirt. Wirklich, es ist eine Ehre, in ihr Haus eingeladen zu werden. Sie nimmt wohl an, der Herzog wird dich groß in Mode bringen.«

Clarinda fühlte sich selbstverständlich sehr geschmeichelt. Klar, diese Modewelt war hassenswert, wenn man sie von außen her besah, doch andererseits war sie äußerst aufregend.

Vor kurzem war sie noch ein unscheinbares Mauerblümchen gewesen, von ihrem Mann verlassen wegen des raffinierten Charmes einer Lady Lancaster. Und jetzt hatte sie plötzlich einen Platz in der Gesellschaft. Das war schon ein sehr großer Schritt vorwärts.

Daß sie dies alles dem Herzog verdankte, trübte ihr Vergnügen etwas. Er hatte sich gerühmt, sie in Mode zu bringen. Damit schien er recht zu behalten.

Lange konnte sie nicht zornig bleiben. Sie war erst siebzehn, und das Leben fand sie noch aufregend. Eine Gruppe junger Offiziere blieb bei Jack stehen, um mit ihm zu sprechen. Sie wurden den beiden Mädchen vorgestellt, und einer fing sofort Feuer.

Es war Lord Rudolph Chiltern, und er hatte gerade Urlaub; er diente bei der Garde. Den Mädchen erzählte er, daß er furchtbar faul sei und gar nichts tauge, aber gesellschaftlich sei er, falls sie nicht mit ihm in seiner eigenen Beurteilung übereinstimmten, ein Gewinn. Er hatte eine nette Art, über sich selbst zu spötteln.

Clarinda war amüsiert und fasziniert, weil Jack mit den anderen Offizieren offensichtlich so freundschaftlich stand. »Ich wußte gar nicht, daß Jack so viele Freunde bei der Armee hat«, sagte sie und vergaß ganz, daß es nicht selbstverständlich war, einen jungen Mann mit dem Vornamen zu nennen, wenn man nicht gerade Bruder und Schwester war.

»Oh, der ist ganz verrückt nach der Armee. Kennt genauestens alle Siege Wellingtons. Hält uns Vorträge über Marloboroughs Taktik. Wir machen immer Witze mit ihm und sagen, daß er auch bald zu den Soldaten gehen wird.«

Es stimmte. Jack diskutierte mit den anderen über den richtigen Einsatz der Artillerie, zeichnete Diagramme in den Sand und wußte über alles Bescheid. Clarinda wunderte sich, daß ihr bisher noch nie aufgefallen war, wo seine Interessen wirklich lagen. Sie mußte ihm irgendwie ein Offizierspatent verschaffen. Vielleicht bezahlte der Herzog dafür.

»Kennen Sie Jack schon lange, Miß de Vere?« fragte Lord Chiltern höflich, aber voll schlecht verhüllter Neugier.

»Ja, gewiß. Ich bin seit Jahren eine enge Freundin der Familie. Jack und ich sind praktisch Bruder und Schwester.« Das schien sie zu allen zu sagen. Merkwürdig.

»Oh, du bist es, Winterstoke.« Lord Chilterns Stimme war gar nicht mehr herzlich, als er sich umdrehte, um zu sehen, wer da noch zur Gruppe gestoßen war. Dies war der Mann, überlegte Clarinda unangenehm berührt, der sie in seiner Trunkenheit – zu küssen versucht hatte. Sie wußte, daß sie in der Öffentlichkeit kein Wort des Vorwurfes zu ihm sagen konnte.

»Wenn ich mich nicht irre, so habe ich Miß de Vere bereits kennengelernt«, sagte Lord Winterstoke, ohne verlegen zu werden. Ganz im Gegenteil: Seine Augen wanderten so hungrig über ihren Körper, daß sie unwillkürlich ihren Mantel fester um sich zog.

Sie war stark versucht, die für Winterstoke beschämenden Umstände dieses Kennenlernens zu enthüllen, aber da sagte Lord Chiltern schon: »Glücklicher Hund, Winterstoke, du bist mir also einen Schritt voraus. Ich hatte eben erst das Glück, Miß de Vere vorgestellt zu werden.«

»Ich hoffe, daß ich die Dame bald viel besser kennenlerne«, sagte der alte Wüstling augenzwinkernd. Clarinda wußte nur zu genau, was er dachte...

»Das wollen wir alle«, stellte Lord Chiltern fröhlich fest. Daß er sich selbst als Taugenichts hinstellte, hatte aber nur zu bedeuten, daß er nicht auf der Suche nach einer Frau war. Für diese Ehrlichkeit mochte sie ihn. Er schien ein fröhlicher, offener Mensch zu sein und ein gutes Herz zu haben. Deshalb lächelte sie auch Lord Chiltern an und wandte sich damit fast unmerklich von Lord Winterstoke ab.

»Werden Sie beim Ball des Prinzregenten sein, Lord Chiltern?« fragte sie.

»Ja, natürlich. Darf ich hoffen, daß ich dann mit Ihnen einen Walzer tanzen darf? Und ich hoffe, Robert Willoughby wird mir auch erlauben, mit seiner schönen Frau zu tanzen«, wandte er sich ausgesucht liebenswürdig an Emily. »Sie beide werden alle anderen Schönheiten an Glanz übertreffen.«

»Ah, das würde mir gefallen«, antwortete Clarinda ohne jede Verlegenheit.

»Werden Sie auch mit *mir* tanzen?« Diese Frage kam von Lord Winterstoke. Clarinda musterte ihn und fand ihn alt, eklig und verlebt. Sie antwortete nichts, sondern verbeugte sich nur kurz.

»Natürlich, da der Herzog von Westhampton so großes Interesse an Ihrem Charme zeigte, Miß de Vere, kann es uns gewöhnlichen Sterblichen nicht vergönnt sein, die Augen zu Ihnen zu erheben.« Jedes Wort von Winterstoke war eine Frechheit.

»Ja, richtig.« Lord Chiltern schien den Sarkasmus des anderen zu überhören. »Schade. Westhampton ist ein Glückspilz. Weißt du, daß er heute Miß de Vere in seinem Phaethon herumgefahren hat? Das ist einmalig. Noch nie hat der Herzog eine Dame mitgenommen. Wenn das bekannt wird, wird die ganze Weiblichkeit vernehmlich mit den Zähnen knirschen.«

»Nein, wirklich? Es war ganz amüsant, vom Herzog herumgefahren zu werden. Aber ich finde, mir liegt nicht soviel an ihm, wie man vielleicht meinen könnte. Ich denke, in dieser Beziehung bin ich recht unmodern, Gentlemen. Ich habe wenig Zeit für so tonangebende Männer wie den Herzog.«

»Ah, Miß de Vere, Sie sind viel zu streng«, erklärte Lord Chiltern in gespieltem Entsetzen.

»Miß de Vere findet den Herzog vielleicht *mal adroit*?« bemerkte Lord Winterstoke höhnisch. »Er ist ja dafür bekannt, daß er sich auf seine arrogante Art überall einmischt.«

Damit hob er den Hut vor Emily, übersah Jack ganz und gar und näselte nur: »Auf Wiedersehen, die Damen. Wir sehen uns dann wieder auf dem Ball im Carlton House.«

»Ich hoffe, Sie werden mir verzeihen«, sagte Lord Chiltern ein wenig verlegen, »aber Winterstoke ist ein Weiberheld und Wüstling. Natürlich sollte ich das nicht sagen, und ich habe auch kein Recht dazu, aber Sie müßten es wissen.« Dann ratterte er viele Komplimente herunter und erzählte kleine amüsante Geschichten und ersparte den Mädchen damit eine verlegene Pause, bis sich Jack endlich aus seiner militärischen Unterhaltung losriß und seinen beiden Schwestern die Arme bot.

»Diesen Winterstoke solltest du wirklich nicht ermutigen«, riet Jack Clarinda, als sie sich von Lord Chiltern verabschiedet hatten. »Vielleicht sollte ich ihn warnen, daß er meine Schwestern in Ruhe zu lassen hat.«

»Er ist doch dein Spielfreund«, bemerkte Clarinda voll Bitterkeit. »Ich habe ihn ganz gewiß nicht ermutigt. Er ist ein alter, ekelhafter Mann. Ich kann ihn natürlich nicht daran hindern, daß er sich im Park in unsere Unterhaltung einmischt.«

»Ja, wirklich, Jack. Clarinda hat ihn sehr kühl behandelt.«

»Vielleicht ist es auch besser, wenn ich ihn viel seltener sehe, solange du hier bist«, meinte Jack. Clarinda stellte erleichtert fest, daß er mißbilligend die Brauen runzelte. Er selbst mochte Lord Winterstoke vielleicht recht amüsant finden, doch es paßte ihm ganz gewiß nicht, wenn sich dieser alte Wüstling an die Damen seiner Familie heranmachte. Clarinda hielt das für ein gutes Zeichen und meinte, vielleicht entwickle er doch so etwas wie ein gewisses Verantwortungsbewußtsein.

»Lord Chiltern war reizend, und wir mögen ihn«, bemerkte Emily.

»Chiltern ist ein Gentleman und ein guter Freund. Bei ihm, Clarinda, kommst du bestimmt nicht zu Schaden. Ich mache mir nur darüber Sorgen, wie das alles noch enden wird. Der Herzog hat nun in aller Öffentlichkeit gezeigt, daß er an dir interessiert ist, und jetzt werden alle versuchen, etwas über diese Miß de Vere herauszufinden. Was werden wir den Leuten erzählen, Emily? Da müssen wir uns etwas ausdenken. Sie wird ein Geheimnis sein.«

»Das will ich ja auch«, sagte Clarinda. »Ich will ein Mädchen sein, das aus dem Nirgendwo aufgetaucht ist. Wenn der Herzog sieht, daß andere Männer mich attraktiv finden, verliebt er sich vielleicht selbst in mich. Dann werde ich wissen, daß er mich um meiner selbst willen liebt und nicht wegen meiner Herkunft.«

»Schön und gut, aber was passiert dann? Ich habe schon darüber nachgedacht«, erklärte Jack. »Mir scheint, wir haben uns da ziemlich viel Ärger eingehandelt, mehr, als wir glaubten. Wie sollen wir dann der ganzen eleganten Welt erklären, daß du sowieso die Herzogin bist? Was wird zum Beispiel Lady Claremont denken?«

»Irgendwie werden wir das schon schaffen«, meinte Clarinda. »Der Herzog war schrecklich unverschämt zu mir, aber in seinen Phaethon hat er mich eingeladen, und Lord Chiltern sagt, dies sei zum erstenmal passiert. Vielleicht zappelt er schon an der Angel.«

»Vielleicht will er nur wieder einmal recht exzentrisch sein«, wandte Jack düster ein. »Jeder weiß doch, daß Westhampton nichts lieber tut, als Leute an der Nase herumzuführen.«

»Wartet nur bis zum Ball beim Prinzregenten«, warf Emily ein. »Clarinda wird alle mit ihrer Schönheit erstaunen. Was näht Madame Latour für dich?«

Die zwei Mädchen unterhielten sich angeregt über Musselin und Spitzen, bunte Bänder und Rüschen, und Jack pfiff wenig höflich auf dem ganzen Heimweg eine Melodie. Dann beklagte er sich, daß ihn noch nie im Leben eine Unterhaltung mehr gelangweilt habe.

Als er gegangen war, erinnerte sich Clarinda an das, was Lord Chiltern gesagt hatte. »Glaubst du, Jack wäre in der Armee nicht doch viel besser aufgehoben, statt immer nur in London herumzulungern?« fragte sie ihre Schwester.

»Vielleicht hätte ich doch in Westhampton bleiben und auf den Herzog warten sollen«, meinte sie dann etwas besorgt. »Er hätte Jack möglicherweise ein Offizierspatent kaufen können, wenn ich ihn in einem günstigen Moment darum gebeten hätte.«

Dann dachte sie an die Fahrt mit dem Herzog und lachte leise, als ihr seine finstere Miene bei der Erwähnung Lady Lancasters einfiel.

»Vielleicht gewinne ich diesen Kampf doch«, flüsterte sie. »Die Landpomeranze Clarinda de Villiers wird sich den großen, mächtigen Herzog Westhampton erobern...«

Siebentes Kapitel

Es war ein Ballkleid, das einer Märchenprinzessin gut angestanden hätte.

Über weißen Satin, in dem sich das Licht fing, hatte Madame Geneviève silbriges Schleiermaterial drapiert. Am Saum, am Rand der winzigen Puffärmelchen und am tiefen Halsausschnitt hielt eine Silberstickerei die Silberfalten zusammen.

Am entzückendsten waren jedoch die winzigen Zuchtperlen, die wie Tränen über die Stickerei verteilt waren. Alles zusammen wirkte wie ein duftiges, geheimnisvolles Silberwölkchen, in dem unzählige Regentropfen funkelten.

Clarinda fühlte sich nicht ganz sicher. »Da sehe ich ja noch jünger aus«, meinte sie, als sie vor dem hohen Spiegel mit den vergoldeten Cupidos und Blumen stand. »Ich fürchte, der Herzog wird mich eben nur für ein – ganz junges Mädchen halten.«

Damit hatte sie natürlich recht, denn das silbrige Material unterstrich die Jugend ihres Körpers. Ihr nilgrünes Kleid hatte sie fraulicher aussehen lassen, doch das hier wirkte so, als sei sie aus einer elfenhaften Un-Welt.

Aber Madame Latour lächelte nur. »Lady Lancaster ist doch viel älter, nicht wahr? Man darf Feuer nicht mit Feuer bekämpfen, meine Kleine. Sie haben das, was sie nicht mehr hat und auch niemals mehr haben kann – Unschuld und Jugend. Sie würde alles geben, wenn sie das wiedererlangen könnte, was Sie so reichlich haben.

Vertrauen Sie mir nur. Ich kenne mich mit den Männern ein wenig aus. Manchmal muß man sie aufregen, manchmal ist es nötig, daß sie einen anbeten. Dieses Kleid hier bewirkt Anbetung.«

Clarinda seufzte und beschloß, dem Geschmack der Französin zu trauen. Außerdem war keine Zeit mehr, ein anderes Kleid zu fertigen. Am Abend schon sollte der große Ball stattfinden. Sie hatte sowieso die Möglichkeiten des Ateliers von Madame Latour bis zum Äußersten ausgeschöpft, damit sie dieses Kleid noch bekam.

»Und jetzt noch eine kleine Ergänzung.« Madame Latour brachte winzige Tanzschuhe aus Satin, auf denen die gleichen Perlen angenäht waren. Clarinda gab zu, daß sie entzückend und wunderschön waren. »Sie sind ja fast wie Aschenbrödels Glaspantoffel«, sagte sie voll Freude.

Da kam Monsieur Lafayette herein. Sie benahm sich ihm

gegenüber so, wie es einer *grande dame* zukommt, aber dann tanzte sie ihm fröhlich entgegen. Er nahm ihre Hand und führte sie an die Lippen. Seine tiefliegenden Augen lachten sie an. »*Eh bien,* meine Mühe war also nicht verschwendet. Fast wünsche ich mir, auch an diesem großen Ball teilnehmen zu können. Geneviève, du hast deine Sache großartig gemacht. Sie sieht aus wie die jungfräuliche Göttin des Mondes. Ich bin glücklich, sie gesehen zu haben, ehe ich mich zurückziehe.«

»Wohin gehen Sie?« fragte Clarinda interessiert.

»Meistens verbringe ich meine Tage in einem kleinen Landhaus in Little Repton«, antwortete er. »Da ich der Gesellschaft abgeschworen habe, versuche ich dort in meinem Garten meinen Seelenfrieden zu finden. Das Haus liegt nicht weit entfernt von Westhampton, mein Kind. Die Gegend dort erinnert mich an glücklichere Tage, an die ich nicht ohne Bedauern denke.«

»Vielleicht besuchen Sie mich einmal in Westhampton?« fragte Clarinda. Es tat ihr unendlich leid, daß der alte Herr London verlassen wollte. »Gelingt mein Plan nicht, dann bin ich dort sehr einsam, und da brauche ich sicher einen guten Freund.«

»Sie werden mich besuchen, mein Kind«, antwortete der alte Aristokrat. »Vergessen Sie nicht, ich bin immer Ihr Freund, und Sie können mich jederzeit aufsuchen. Und wenn Ihr Plan gelingt, und Sie haben des Herzogs Erlaubnis, dann werde ich vielleicht Westhampton wiedersehen.«

»Sie waren früher schon dort?«

»Oft, aber das ist schon sehr lange her«, erwiderte Monsieur Lafayette voll Sehnsucht. »Sie sehen mich als alten Mann, der sich von der Welt zurückgezogen hat, und nun können Sie sich nicht vorstellen, daß ich einst ebenso galant und tonangebend war wie Ihr Herzog. Ehe die Revolution mein Land zerriß, besuchte ich Westhampton oft – und verlor mein Herz.

Damals tat ich ein großes Unrecht, aber aus Liebe. Ich wurde dafür bestraft. Ich hoffe, daß ich vielleicht durch Sie wieder Liebe und Fröhlichkeit nach Westhampton bringen kann. Aber das ist eine lange Geschichte. Seien Sie glücklich, mein Kind. Kommen Sie, ich möchte mit Ihnen den Walzer probieren.«

Es war ein merkwürdiger Anblick. Der elegante alte Edelmann, ganz in Schwarz, und das schöne, zauberhafte junge Mädchen in einer Wolke aus Silberweiß tanzten im Salon zu einer imaginären Musik. Monsieur Lafayette beugte den Kopf und küßte sie sanft auf die Stirn.

»Ich bin nicht der Prinz, der das schlafende Dornröschen aufweckt. Aber erlauben Sie einem alten Mann, der längst Ihr Vater sein könnte, dieses Recht«, sagte er leise.

Seine Geste erschien Clarinda fast wie ein Segen. Sie hatte das merkwürdige Gefühl, daß ihre Reise zur Suche nach Liebe vielleicht für andere unternommen worden war; für das seltsame Paar, diesen alten französischen Edelmann, der die Frau seines Herzens unter geheimnisvollen Umständen verloren hatte, und die charmante Französin, deren Leben von einem ungetreuen, rücksichtslosen Mann ruiniert worden war.

»Sie waren beide außerordentlich liebenswürdig zu mir«, sagte sie, »und ich weiß gar nicht, warum.«

»Vielleicht deshalb, weil wir unser altes Selbst in Ihnen sehen«, antwortete Madame Geneviève, als habe sie Clarindas vorherige Gedanken gelesen. »Wir haben unsere große Liebe verloren. Vielleicht haben auch wir eine Schuld zu bezahlen, weil unsere Liebe nicht weise war. Aber wir haben geliebt. Wir können nicht anders, wir fühlen mit jenen, die noch das suchen, was ihr Herz sich ersehnt. Hören Sie auf Ihr Herz, Clarinda. Das ist eine gefährliche Sache, doch nur Ihr Herz kann Sie ins Glück führen. Viel Glück, meine Kleine«, fügte sie hinzu, und auch sie küßte Clarinda zum Abschied.

Als sie zu Emilys Haus kam, stellte Clarinda fest, daß sie

einen Gast versäumt hatte. Darüber war sie sehr froh, denn es war Lord Winterstoke gewesen. Er war nur ein paar Minuten geblieben, als er erfuhr, daß sie nicht da war, und zu Emily war er nur gerade noch freundlich gewesen.

Dann war Lord Chiltern gekommen, der ihrer Schwester noch immer die kühnsten Komplimente machte und ihr amüsante Geschichten aus der großen Gesellschaft erzählte.

»Sieh mal, was er dir mitgebracht hat!« rief Emily. »Das sind einfach zauberhafte Blumen.« Es war ein riesiger Strauß weißer, duftender Rosen, die den ganzen Salon mit ihrem zarten Duft füllten. Die Blüten hatten sich noch nicht ganz geöffnet. Ein breites weißes Seidenband mit großer Schleife hielt die Blumen zusammen.

Clarinda begrub ihr keckes Näschen in den herrlichen Blüten. »Sie sind himmlisch«, sagte sie, »aber ich muß sie dem Butler bringen, damit er sie ins Wasser stellt, sonst welken sie.« Und da hatte sie eine Idee. »Vielleicht könnte ich heute abend einen Kranz davon im Haar tragen – wenn es Ihnen recht ist, Lord Chiltern. Sie sind so zauberhaft, und sie passen genau zu meinem neuen Kleid.«

»Miß de Vere, wenn Sie heute abend meine Rosen in Ihrem Haar tragen, werde ich platzen vor Entzücken. Etwas noch Hübscheres hätten Sie mir wahrlich nicht sagen können.« Daß er dazu ein wenig blinzelte, tat seinem Kompliment keinen Schaden.

Clarinda errötete. »Wissen Sie, ich hätte sie noch sehr viel lieber, wenn Sie nicht immer solche Dinge sagen würden«, meinte sie ernsthaft.

Lord Chiltern lachte. »Die meisten Damen glauben, auf Komplimente gewissermaßen einen Anspruch zu haben.« Er wandte sich an Emily. »Ihre Freundin ist einmalig. Noch nie habe ich solch eine junge Dame kennengelernt.« Er meinte das als ganz ernstes Kompliment.

Clarinda reichte dem Butler die Rosen und fragte ihn: »Waren noch andere Besucher da?«

»Nein, Miß de Vere.«

Also war der Herzog nicht gekommen. Vielleicht hatte Jack recht, und er hatte ihre freimütigen Reden im Hyde Park nicht geschätzt. Lord Chiltern mochte es, daß sie ›einmalig‹ war, aber der Herzog war vielleicht mehr für die konventionellen Schönheiten. Wie Lady Lancaster, schoß es ihr durch den Kopf.

Lord Chilterns Blumen waren nicht die einzigen, die Clarinda an diesem Tag bekam. Als sie sich zum Ball ankleidete, trafen zwei weitere Sträuße ein. Der eine war ein großes Bouquet Treibhausorchideen in merkwürdigen Formen und Farben. Clarinda wußte nicht recht, ob sie diese exotischen Blumen mochte, aber sie wußte, daß sie eine gewaltige Summe gekostet haben mußten. Zwischen den Blüten steckte eine Karte mit den Worten: ›In der Hoffnung auf eine nähere Freundschaft und in Bewunderung Ihrer Schönheit.‹ Die Unterschrift war die von Lord Winterstoke.

Das andere Bouquet war einfacher, eher ein Ansteckstäußchen aus kleinen, wilden Lilien, wie man sie manchmal auf ganz versteckten Wiesen findet. Auf der Karte stand nur ein Name: Westhampton.

»Die Orchideen sehen an dir nicht passend aus«, sagte Emily. »Entweder die Rosen oder auch die Lilien sehen in einem Kranz sehr schön aus. Vielleicht trägst du besser die Lilien, da sie vom Herzog sind? Woher er die nur hat!«

»Ich trage die Rosen«, bestimmte Clarinda. »Sie sind hübscher als die Orchideen, und die Lilien sind viel zu empfindlich. Und es tut dem Herzog ganz gut, wenn er sieht, daß ich seine Blumen nicht trage.«

»Wirklich, Clarinda, manchmal muß ich mich über dich wundern«, sagte Emily. »Du sagst, du möchtest den Herzog in dich verliebt machen. Aber warum? Manchmal meine ich wirklich, du wolltest dich nur an ihm rächen.«

Clarinda wurde rot und fühlte sich unbehaglich. »Ich bin nur der Meinung, daß der Herzog unerträglich eingebildet ist. Und außerdem habe ich Lord Chiltern schon versprochen, seine Blumen zu tragen.«

Der Prinzregent hatte für Carlton House buchstäblich ein Vermögen ausgegeben; es war erstaunlich. Immer wieder hatte er sich in Schulden gestürzt, meistens für Carlton House, später für seinen Pavillon in Brighton.

Allein die Möbel für das Haus hatten – geschätzt – hundertsechzigtausend Pfund gekostet. Der große Salon war mit chinesischen Möbeln und Stoffen ausgestattet; die Möbelbezüge hatten siebentausend Pfund gekostet, vierhundert Pfund etwa waren allein für die Öllampen ausgegeben worden.

Clarinda war von soviel Großartigkeit ganz verwirrt. Der Ballsaal war reich mit Vorhängen und Portieren geschmückt, überall standen herrliche Blumenarrangements. Eisgekühlter Champagner wurde von Dienern herumgereicht, die dunkelblaue Livreen mit Goldspitzen trugen.

Noch nie zuvor hatte sie so viele elegant und kostbar gekleidete Menschen gesehen. Die Frauen sahen in ihren herrlichen Kleidern alle sehr schön aus; trugen Juwelen in den Haaren und an Hals und Armen. Es waren viele Armeeoffiziere da, die in ihren Regimentsfarben prachtvoll wirkten, dann auch exotisch aussehende Botschafter ferner Länder mit Orden an der Brust, und sogar ein indischer Radscha mit edelsteinbesetztem Turban nahm am Ball teil. Auch Jack und Robert blieben, von soviel Glanz geblendet, einen Moment unter den breiten Türen des Ballsaales stehen.

Dann erblickte sie den Herzog. Er war einfach gekleidet, trug einen schwarzen Frack und nur eine Diamantnadel in der Krawatte. Diese Krawatte war nicht einmal mit Spitzen besetzt, wie es der Mode entsprach, aber sie war so geschickt gefaltet, daß sie wie ein Wasserfall von seinem Hals fiel.

Mit einer Dame, in der Clarinda Lady Lancaster erkannte, stand er an einem der hohen Terrassenfenster. Der Herzog hatte ihr den Rücken zugewandt, und so konnte sie zum erstenmal das nun maskenlose Gesicht seiner Begleiterin studieren.

Lady Lancaster war zweifellos eine außerordentliche Schönheit. Auch in der Maske war sie schon schön gewesen, ohne sie war sie jedoch noch viel schöner. Rabenschwarzes Haar zu milchweißer Haut und roten Lippen – wie Blut auf Schnee, dachte Clarinda und fröstelte unwillkürlich.

Aber eine warme Schönheit war sie nicht, wild und hitzig sicher, doch sie machte den Eindruck einer überaus leidenschaftlichen, aber nicht gütigen oder warmherzigen Frau.

Sie und der Herzog unterhielten sich ernsthaft miteinander und kümmerten sich um niemanden sonst im Saal. Von der anderen Saalseite her konnte Clarinda feststellen, daß es wohl um wichtige Dinge ging, vielleicht um ihre persönliche Beziehung.

Clarinda beobachtete, wie der Herzog die Hand ausstreckte und sie für einen Moment auf Lady Lancasters nackte Schulter legte. Diese Geste war unglaublich intim. Ein Ehemann konnte seine Frau in der Öffentlichkeit so berühren. Unwillkürlich fiel ihr der Abend ein, als der Herzog an ihrer Schlafzimmertür vorbeigegangen war…

Was immer die Beziehung von Mann und Frau ausmachte, der Herzog und Lady Lancaster schienen dies alles zusammen erlebt zu haben. Clarinda fühlte sich entsetzlich jung.

Dann schauten sich beide kurz im Saal um und gingen zusammen weg. Der Herzog öffnete die hohe Terrassentür für die Dame, dann gingen sie in den Garten hinaus.

Lady Lancaster sah ihn voll Verlangen an, des Herzogs Miene war undurchdringlich wie immer. Ehe die schweren Vorhänge zurückfielen, erhaschte Clarinda noch einen Blick auf die Szene. Lady Lancaster streckte dem Herzog die Arme entgegen, um ihn zu umarmen.

»Darf ich dich um die Ehre bitten, dich zum Kotillon zu

führen?« fragte Robert Willoughby in diesem Moment, und Clarinda wurde auf den Tanzboden geführt. Sie tanzte voll Anmut; was draußen auf der Terrasse vorging, konnte sie nicht mehr sehen.

Hätte sie das tun können, so hätte sie vielleicht eine sehr blasse Lady Lancaster entdeckt, die durch die gleiche Terrassentür in den Raum gestürzt kam. Aus ihrem Gesicht sprach unbeschreibliche Wut. Einige Minuten später, als sie sich in der Menge verloren hatte, kam auch der Herzog, kühl wie immer. Nichts war in seinem Gesicht zu lesen, höchstens ein wenig Langeweile.

Clarindas nächster Tanzpartner war Lord Chiltern. »Ich sehe, daß Sie meine Rosen tragen«, stellte er sentimental fest. »Jetzt werden sie nie verwelken.«

»Sie sind sehr hübsch«, erwiderte Clarinda. »Aber darf ich Ihnen eine ernste Frage stellen? Glauben Sie, daß Jack einen guten Soldaten abgeben würde? Ich frage nur deshalb, weil ich die Familie de Villiers sehr liebe und mir ihre Interessen am Herzen liegen«, erklärte sie hastig.

»Sie sind sehr erbarmungslos mit Ihren Anbetern, Miß de Vere«, klagte Lord Chiltern. »Sie überhören die Komplimente und dann stellen Sie Fragen aus Interesse an anderen Männern. Was bedeutet Ihnen Jack de Villiers?«

Clarinda lachte höflich. »Lord Chiltern, necken Sie mich nicht so! Ich habe Ihnen doch schon erklärt, Jack sei eine Art Bruder für mich. Das ist alles.«

»Nun ja, Miß de Vere, dann kann ich Ihnen sagen, daß Jack ein ebenso guter Offizier wäre wie er ein schlechter Spieler ist.«

»Vielen Dank, Lord Chiltern«, sagte Clarinda voll aufrichtiger Dankbarkeit. »Genau das habe ich nämlich vermutet.«

Ein Walzer folgte dem anderen, ein junger Mann nach dem anderen schwenkte Clarinda im Tanz, und allmählich überkam sie eine leichtherzige Fröhlichkeit. Sie vergaß den Herzog, ihre Kränkung und ihren Plan, sich an ihm zu rächen. Sie war jetzt nur noch ein junges Mädchen, das seinen ersten richtigen Ball erlebte. Als Jack an die Reihe gekommen wäre, bat sie ihn, diesen Tanz auslassen zu dürfen. Jack war recht froh darüber, denn dieses ›ewige Lämmerhüpfen‹, wie er es nannte, machte ihm nur bis zu einem gewissen Grad Spaß. Während sie sich das erhitzte Gesicht fächelte, ging er weg, um für sie ein Glas Limonade zu holen.

»Miß de Vere, ich möchte meinen Tanz beanspruchen«, sagte eine Stimme neben ihr. Es war Lord Winterstoke.

»Entschuldigen Sie, Lord Winterstoke, ich glaube, Sie sind im Irrtum«, erwiderte Clarinda hochmütig. »Diesen Tanz habe ich Jack de Villiers versprochen, der nur so freundlich ist, Limonade für mich zu holen.«

»Aber, meine Schöne, seine Abwesenheit ist meine Gelegenheit«, erwiderte der alternde Lüstling mit Spott in der Stimme. Und schon wollte er den Arm um ihre Taille legen.

Ein fester Griff an der Schulter hielt ihn zurück. Vor ihm stand der Herzog. »Sie irren beide«, erklärte er voll würdevoller Festigkeit. »Das ist mein Tanz. Miß de Vere, ich schäme mich, daß Sie's vergessen haben.«

Sie war einerseits dankbar, daß sie auf die Art Lord Winterstoke entging, aber doch aufgebracht wegen des Herzogs Auftreten, und plötzlich fand sie sich in seinen Armen. Es war, als hypnotisiere der Mann sie irgendwie. Winterstoke schaute am Rand der Tanzfläche finster drein, und Jack stand erstaunt da, als er mit seiner Limonade zurückkam.

Es war ihr gleichgültig. Der Herzog hatte sie gerufen, und sie war gekommen.

Der Walzer war noch viel aufregender als jener, den sie mit ihm in Vauxhall Gardens getanzt hatte. Diesmal trugen sie ja beide keine Maske. Es war also eine sozusagen nackte Erfahrung. Vielleicht, meinte sie, hielt er sie etwas fester in den Armen, aber vielleicht, gab sie zu, bildete sie sich das auch nur ein.

Sie wußte, daß die Leute um sie herum ihre Kommentare

zu dem schönen Paar abgaben – das Mädchen in Weiß, der Herzog in Schwarz. Immer war sie sich seiner starken Arme bewußt, als er sie durch die schwierigen Schritte führte, und seinen starken Körper fühlte sie sehr intensiv.

Schon den ganzen Abend hatte sie den Tanz genossen, doch dies war ein Erlebnis besonderer Art; auf fast magische Weise anders. Es war so, als seien sie beide in perfekter Harmonie mit der Welt, während alle übrigen aus dem Schritt geraten waren. Die Musik schien die beiden Seelen miteinander vereint zu haben.

Ganz im Hintergrund ihres Bewußtseins erfaßte Clarinda, daß dies eine schweigende Verzückung war. Sie hätte sich jetzt vielleicht nichtssagend mit ihrem Tänzer unterhalten sollen, etwa so wie mit Lord Chiltern, und sie wußte, daß er sie für unbeholfen oder naiv halten konnte, weil sie nicht sprach.

Das, was sie mit dem Herzog erlebte, war für Worte viel zu tief; die Momente waren köstlich, fast heilig, als schwebten sie in einem Himmel aus Musik und Rhythmus.

Als die Musik aufhörte, standen sie wieder auf der Erde. Der Herzog führte sie von der Tanzfläche, aber auch er schwieg. Die eleganten Leute lächelten, verbeugten sich und machten Bemerkungen. Clarinda fühlte sich wie im Traum. Sie hatte die magischen Augenblicke des Walzers noch im Herzen.

Erst als sie den Saal hinter sich hatten, sprach der Herzog. Seine Stimme war leise und drängend. »Ich muß mit Ihnen sprechen, sonst werde ich noch verrückt«, sagte er.

Er führte sie in einen kleinen Raum mit einem Kartentisch, doch niemand spielte hier. Sie waren ganz allein. Der Herzog schloß die Tür nicht, denn er wußte, dies würde Clarinda kompromittieren. Durch die offene Tür konnten sie die Leute tanzen sehen.

Sie schüttelte den Kopf, denn sie mußte nun denken. Vielleicht konnte sie jetzt den Herzog noch ganz bezaubern. Aber sie hatte doch ein wenig Angst vor ihm. Trotzdem lächelte sie wie in einem Traum, sie schlug die Augen mit den langen, dichten Wimpern zu ihm auf, schaute ihn an und hoffte, daß ihr Blick nur ein wenig herausfordernd sein möge. Nur ein wenig.

Plötzlich lag sie in seinen Armen, sie wußte es selbst nicht, wie dies gegangen war. Sie hob ihr Gesicht zu ihm auf wie eine Blüte, die sich der Sonne zuwendet. Seine Lippen berührten die ihren so zart wie die Flügel eines Schmetterlings, und da blieb ihr fast das Herz stehen.

Dann aber wurde sein Kuß härter, fordernder. Seine Augen funkelten vor Leidenschaft, und er zog sie noch fester an sich. Die Knöpfe seines schwarzen Fracks drückten sich gegen ihren Körper.

Sie wußte, sie müßte nun gegen ihn kämpfen, sich wehren... Sie konnte es nicht. Sie atmete keuchend, und sein Atem ging so schnell, als sei er gerannt. Sie war sich seiner Kraft voll bewußt, doch dies war nicht der Grund, weshalb sie sich nicht seinen Armen entzog. Innerlich stöhnte sie, weil ihr Körper auf seine unausgesprochene Forderung die Antwort gab. Sie würde alles für ihn tun... Mit einem kleinen, halb gedämpften Schrei erwiderte sie seinen Kuß und schmiegte sich in seine Arme.

Abrupt riß er sich von ihr los und schob sie von sich. »Das ist verrückt«, sagte er streng. »Gehen Sie zurück in den Ballsaal.« Es konnte nur eine Sekunde gedauert haben, doch Clarinda erschien es wie eine kleine Ewigkeit, als sie dastand und über seine brutalen Worte nachdachte.

Sie wollte ihn schon anflehen, da hörte sie eine zornige weibliche Stimme: »Aber Julian, warum machst du mich nicht bekannt mit deiner neuen Freundin?«

Es war Lady Lancaster.

Sie stand unter der Tür, ihr Busen wogte vor Zorn, ihre Diamanten glitzerten im Kerzenlicht. Ihr Mund war zu einer häßlichen Grimasse verzogen, ihre großen Augen blitzten wütend.

Ohne sich dessen bewußt zu sein, machte der Herzog eine Bewegung, als wolle er Clarinda wieder in den Schutz seiner Arme nehmen. Doch dann besann er sich. »Sie gehen jetzt besser«, sagte er ausdruckslos zu Clarinda.

Sie wandte sich zum Gehen, doch Lady Lancaster versperrte ihr den Weg. »Nein, Sie bleiben, Sie gemeines kleines Flittchen. Glauben Sie, ich wüßte nicht, daß Sie das Mädchen in Vauxhall Gardens waren, und daß Julian sie in den Büschen küßte? Sie haben ihn also hierher verfolgt, um mehr zu fordern?«

Clarinda sagte nichts. Vor Entsetzen vermochte sie sich kaum zu bewegen. Das war ja ein Alptraum. – Flehend sah sie den Herzog an. »Ich kann nicht weggehen«, sagte sie.

Der Herzog ging vor ihr her und schob Lady Lancaster weg. »Hier ist nicht der richtige Ort für dramatische Szenen«, sagte er leise. »Wir wollen hier weggehen, Würde bewahren und Miß de Vere hierlassen. Kommen Sie, ich begleite Sie in den Ballsaal.«

Aber Lady Lancasters Wut nahm noch zu. »Immer willst du nur Szenen vermeiden, Julian. Du spielst den Wüstling, aber immer so diskret, daß keiner davon erfahren soll.

Glaubst du, ich hätte in Wien nichts gewußt von deiner Operntänzerin und der Sängerin und der Französin? Jetzt bin ich an der Reihe, mein Lieber. Ich soll also weggeworfen werden wie ein alter Handschuh, weil du mich satt hast? Werde ich auch in Pension geschickt wie deine anderen Frauen?

Aber ich warne dich, Julian.« Ihre Stimme zitterte vor Erregung. Clarinda schien sie vergessen zu haben. »Mich kannst du nicht so behandeln, wie du's mit den anderen getan hast.«

Er hörte gar nicht auf sie, verbeugte sich ironisch und schwieg.

»Dann gehen Sie nur, Sie ehrenwerter Herzog von Westhampton. Aber vergiß nicht, ich werde dir nie verzeihen. Nie, nie, nie!«

Ruhig ging der Herzog zurück in den Saal. Er ging nur. Er verließ sie also, ohne nur einen Blick zurück zu tun. Sie mußte sich nun einer vor Wut irren Rivalin stellen.

Lady Lancaster warf ihre rabenschwarzen Locken zurück und lächelte. Es war kein gutes Lächeln, eher das Zähneblecken eines Tigers, der sich die Lippen leckt, weil er sein Opfer sicher unter den Tatzen hat.

»Soll ich Ihre Unschuld über den Herzog erleuchten?« sagte Lady Lancaster höhnisch. »Soll ich Ihnen von meinen Beziehungen zu ihm erzählen?«

»Darüber weiß ich schon Bescheid«, sagte Clarinda, schaute aber nicht auf.

»Ah, Sie wissen Bescheid, und doch lassen Sie sich küssen? Sie sind ein raffiniertes kleines Luder.« Sie spielte nun mit Clarinda wie eine Katze mit einer gefangenen Maus. Eine Flucht schien nicht möglich zu sein. Sie blieb felsenfest unter der Tür stehen.

»Sie wissen vielleicht gar nichts über den Herzog? Er hat viele Geliebte, wissen Sie, aber wenige von so hohem Stand wie ich. Nein, sein gewöhnlicher Geschmack ist sehr vulgär. Bis ich ihn kennenlernte, besuchte er immer diese schönen jungen Frauen, die mehr zerbrechliche Schönheit als Namen haben.

Frauen?

Nicht auf des Herzogs Hand und meinten, da könne ich nicht mithalten? Da kann ich Ihnen nur sagen, wie sehr Sie irren.

Sie kommen zu spät, meine Liebe. Hat es Ihnen der Herzog nicht gesagt? Oder hat er etwa angedeutet, Sie könnten Erfolg haben? Schlimm, schlimm, aber das wäre reiner Betrug.«

Die gehässige Stimme redete immer weiter und fügte eine Bosheit an die andere. Clarinda hatte nur den einen Wunsch, diese Bosheit zum Schweigen zu bringen.

»Nun, bei mir ist es wenigstens möglich, daß mich der

Herzog heiratet«, platzte sie heraus. »Anders als Sie bin ich mit keinem anderen verheiratet.«

Da wurde Lady Lancaster blaß und zuckte zusammen. Clarinda hatte fast Mitleid mit ihr. Aber nun mußte Clarinda fürchten, von dieser Frau körperlich angegriffen zu werden, so wütend war sie.

Hinter der wütenden Frau entdeckte sie eine recht unwillkommene Gestalt – Lord Winterstoke.

»Aber, aber, meine Damen«, höhnte seine Stimme. »Sie pflegen sicher eine sehr angenehme Unterhaltung über Mode, Stickereien und ähnliche weibliche Themen. Sie haben beide viel Gemeinsames. Das hoffe ich doch, nicht wahr?« Die Frage war an Clarinda gerichtet.

»Lady Lancaster hatte die große Freundlichkeit, mich vor den Wüstlingen der Gesellschaft zu warnen«, sagte Clarinda. Ihre Stimme zitterte zwar ein wenig, doch sie blickte Lord Winterstoke furchtlos in die Augen.

Fast so etwas wie Dankbarkeit ließ sich für einen Moment in Lady Lancasters Zügen erkennen. Die ältere Frau war entsetzlich verlegen gewesen über Lord Winterstokes Auftauchen, und dieser ekelhafte Kerl würde Lady Lancaster sicher quälen oder gar erpressen, wüßte er, was hier vorgefallen war. Die Augen der Dame flehten Clarinda an, doch zu schweigen.

»Ah? Über Wüstlinge haben Sie gesprochen? Etwa über den Herzog von Westhampton?« höhnte der Lord.

»Es gibt viele derartige Wüstlinge«, erwiderte Clarinda. »Man hat mir gesagt, daß einige Leute, die offensichtlich nicht gut unterrichtet sind, sogar Sie dazu zählen.«

»Das ist richtig«, warf Lady Lancaster ein. Vielleicht war sie nun müde, jedenfalls sah sie nicht mehr so großartig aus wie vorher. »Unsere Unterhaltung geht Sie nichts an, Lord Winterstoke. Und ich glaube, für uns beide ist es Zeit, wieder in den Ballsaal zurückzukehren.«

»Darf ich Ihnen den Arm reichen, verehrte Damen?«

schnurrte Lord Winterstoke. »Es wird mir ein Vergnügen sein, zwei so enge Freundinnen zu begleiten.« Beide Damen schwiegen. »Oder sollen wir diesen kleinen Schwatz fortsetzen? Oh, ich bleibe gerne hier, denn ich fühle mich an ein altes Lied erinnert: ›Wie glücklich wär' ich mit jeder, verstünd' ich's nur, die andre wegzuzaubern.‹ Kein Zweifel, der Herzog von Westhampton würde liebend gerne die Begleitstimme dazu singen.«

Diesen Spott durfte man ihm nicht hingehen lassen, meinte Clarinda. »Ich wäre zufrieden, wenn Sie mich zur Gesellschaft zurückbringen wollten«, sagte Clarinda eisig.

»Ich auch«, pflichtete ihr Lady Lancaster zögernd bei.

Es war eine seltsame Gruppe, die in den Ballsaal kam. Jack fielen vor Verblüffung fast die Augen aus dem Kopf und lief ihnen entgegen, als Lady Lancaster mit einem hochmütigen Nicken die Hand von Lord Winterstokes Arm nahm. »Es war sehr angenehm, Sie kennengelernt zu haben, Miß de Vere«, sagte sie zu Clarinda.

Und die hatte das sonderbare Gefühl, ganz unaufrichtig seien diese Worte nicht gemeint. Lord Winterstokes Erscheinen schien da einiges verändert zu haben.

»Ergebenst, Winterstoke!« rief Jack nicht sehr überzeugend und fuhr fort: »Aber, Miß de Vere, Sie hatten mir doch wirklich diesen Tanz versprochen!«

Clarinda wollte schon die Hand von des Lords Arm nehmen, als dieser seine Hand auf die ihre legte. »Nein, Sir Jack, ich trete sie nicht an Sie ab. Miß de Vere schuldet mir diesen Tanz. Ich glaube, sie wird mich auch nicht verlassen wollen, ehe wir nicht ein paar Kleinigkeiten miteinander besprochen haben. Es wäre wirklich eine Schande, wenn ich erzählen müßte, was ich gesehen habe.«

Das war eine unverhüllte Drohung. Clarinda wurde rot. »Was Lord Winterstoke sagt, ist richtig«, wandte sie sich an Jack. »Vielleicht den nächsten Tanz dann?« Jack runzelte die Brauen. »Bitte, Jack...« Da ging er weg.

»Oh, Sie sind aber mit dem jungen Jack de Villiers sehr intim«, stellte Lord Winterstoke spöttisch fest.

»Ich bin praktisch mit ihm aufgewachsen«, erwiderte Clarinda automatisch. »Wir sind wie Bruder und Schwester.«

Diese Erklärung schien ihn zu befriedigen. »Aber Sie sind auch mit dem Herzog von Westhampton sehr intim.«

»Da müssen Sie wohl irren«, widersprach ihm Clarinda, sie konnte es jedoch nicht verhindern, daß sie errötete.

»Wenn ich sehe, daß der Herzog eine Dame aus dem Ballsaal in einen stillen Raum führt, so ist das wohl nicht mißzuverstehen. Das ist sehr unvorsichtig für eine so junge Dame wie Sie es sind, Miß de Vere.

Nicht nur ich habe das gesehen, sondern auch die entzükkende Lady Lancaster. Oh, Sie drei müssen eine sehr interessante Unterhaltung geführt haben...«

»Ich glaube nicht, daß Sie das etwas angeht, was der Herzog tut«, entgegnete Clarinda. Der Tanz mit dem alternden Wüstling, der sie in Vauxhall so brutal überfallen hatte, war für sie kein Vergnügen. Sie mochte ihn nicht anschauen, denn seine gierige Lüsternheit widerte sie ebenso an wie seine feuchten, heißen Hände.

»Sie vergessen, Miß de Vere, daß ich an Ihrem Wohlergehen sehr interessiert bin«, behauptete der Lord. »Der Herzog interessiert mich dagegen nicht oder nur dann, wenn sich seine Interessen mit den meinen kreuzen. Er und Lady Lancaster können tun, was sie wollen, soweit es mich betrifft. Aber für das, was er mit Ihnen tut, gilt das nicht. Ich möchte lieber nicht denken, daß er Sie betrogen hat. Hoffentlich glauben Sie nicht, daß er Ihnen so etwas wie eine Heirat bietet.«

»Er hat mich nicht betrogen«, erwiderte sie.

»So. Er bietet Ihnen also keine Heirat an, und doch lassen Sie sich von ihm umarmen.« Sie bemerkte sein widerliches Lächeln. »Aber wissen Sie, gerade das interessiert mich sehr. Miß de Vere, ich dachte, Sie seien vielleicht auf eine Heirat aus und zögerten deshalb mit einem Angebot, das Sie vielleicht unter Ihren Wünschen finden könnten. Aber nun wäre es doch möglich, daß Sie mein Angebot wohlwollend aufnehmen?«

»Ich weiß nicht, was Sie meinen«, erwiderte Clarinda, und sie wußte es in der Tat nicht. Ihr war so elend zumute, daß sie nicht denken wollte und konnte.

»Oh, vielleicht wissen Sie das wirklich nicht. Wie erfrischend Sie sind, Miß de Vere! Die eifrige Unschuld. Sie haben keine Ahnung, wie ausgerechnet dies meine Erfahrungen anspricht. Ich sehe, ich muß mich deutlicher ausdrükken, doch jetzt ist wohl nicht die richtige Zeit dafür. Kann ich morgen vorsprechen, Miß de Vere?«

Clarinda wollte ihn ganz und gar nicht sehen, und das muß er wohl auch aus ihrer Miene geschlossen haben. »Nein, weisen Sie mich nicht ab. Ich könnte es sonst für nötig halten, meinen Freunden die merkwürdige Szene zu schildern, deren Zeuge ich war. Ihrem Ruf würde das nicht dienlich sein, Miß de Vere. Auch nicht dem Ruf des edlen Herzogs von Westhampton.«

»Sie können morgen vorsprechen«, sagte Clarinda widerwillig, denn sie wollte das Aufsehen vermeiden, ihn einfach stehenzulassen und wegzugehen. Eine Szene durfte sie schon Emilys wegen nicht machen. Aber wo war der Herzog? Immer wieder hoffte sie ihn zu sehen, doch er war verschwunden.

Unendlich froh war sie, als der Walzer endete und Lord Winterstoke sie ihrem wartenden Bruder mit einem formellen Dank übergab. »Jetzt tanzen aber wir«, sagte Jack, weil die Musik sofort wieder begann. »Du hast schon genug dazu getan, um allerhand Gerüchte in Umlauf zu bringen.« Es war ein Bauerntanz, und die Schritte waren so kompliziert, daß sie genau aufpassen mußten und zu einer Unterhaltung keine Gelegenheit hatten.

Danach brachte er sie zu Emily zurück. »Bisher«, brummte er, »hielt ich Lord Winterstoke immer für amüsant, aber es paßt mir gar nicht, daß er jetzt so hinter dir her ist, Clarinda. Sein Benehmen ist unmöglich. Fast den ganzen Abend über habe ich ständig nach dir gesucht. Erst verschwindest du mit dem Herzog, dann glaube ich, mich holt der Teufel, als du mit Lady Lancaster und Lord Winterstoke zurückkommst. Mädchen, laß dir raten und halte dir beide vom Leib. Welchen Streich hast du dir jetzt wieder ausgedacht?«

Emily kam ihr zu Hilfe, als sie sah, wie Jack der armen Clarinda zugesetzt hatte. »Quäl sie nicht, Jack. Sie wird morgen alles erklären. Es war ein langer Abend, und ich bin sehr müde. Ich denke, wir sollten nach Hause gehen.«

Wirklich, sie waren müde, Jack bockte ein wenig, Clarinda war erschöpft und wollte auch nicht mehr reden. Robert und Emily mußten im Wagen die Unterhaltung bestreiten.

Zu Hause sah Clarinda, daß ihre Zofe Betty auf sie gewartet habe, obwohl sie dem Mädchen gesagt hatte, sie solle schlafengehen. »Vielen Dank, liebe Betty«, sagte sie, als sie erschöpft in ihrem Zimmer auf das Bett fiel. Das Mädchen legte ihr noch einen Schal um die Schultern und steckte die Decken fest. Jetzt fühlte sich Clarinda wieder etwas wohler. »Oh, Betty«, seufzte sie. »Ich war eine richtige Närrin. Ich glaube nicht, daß mein gescheiter Plan gelingt.«

»Nun, Euer Gnaden, die Sorgen stellen Sie besser bis morgen zurück«, meinte das Mädchen. »Wenn Sie ausgeschlafen haben, sehen Sie schon wieder einen Weg. Alles regelt sich meistens von selbst. Morgen ist auch noch ein Tag, vergessen Sie das nicht.«

Achtes Kapitel

Am frühen Morgen sah der Hyde Park sehr schön aus, meinte Clarinda. Alle hatten noch geschlafen, als sie sich aus dem Haus gestohlen hatte, um in Ruhe nachzudenken.

Im Park war um diese Zeit niemand von der eleganten Welt zu sehen. Auf der Rotten Row trainierten ein paar Reitknechte die Pferde ihrer Herren, und ab und zu erschien ein Trüppchen Soldaten aus einer der nahen Kasernen. Manchmal kam ein Vertreter, Geschäftsmann oder kleiner Angestellter auf dem Weg zur Arbeit vorbei, ein Diener beeilte sich, um einen Auftrag auszuführen. Ein paar Hausmädchen hatten sich zu einem kleinen Schwatz auf eine Bank gesetzt.

Alles war sehr friedlich, nur Clarinda war von tiefer Unruhe erfüllt. Schweren Herzens erinnerte sie sich an die Vorgänge des gestrigen Abends.

Ich bin eine Närrin, schalt sie sich. Der Herzog war nur ein Wüstling, er spielte mit Lady Lancaster herum, mit kleinen Operntänzerinnen und Sängerinnen. Vielleicht hatte er das auch mit Miß de Vere vor, dieser neuen Kleinen aus London, die dumm genug war, ihm zu zeigen, daß seine Küsse sie bezauberten.

War sie verliebt? Nein, das war nicht das richtige Wort...

»Ist mir egal«, sagte sich Clarinda, doch als sie das sagte, wußte sie schon, daß dies eine Lüge war. Es war ihr nicht egal, sie hatte ihn auf quälende, verzweifelte Art und von ganzem Herzen... gern? Nein, sie liebte ihn.

Oh, sie hatte von Anfang an gewußt, daß der Herzog auf gefährliche Art gut aussah, doch wie gefährlich dies war, wußte sie erst jetzt. Wie eine Motte war sie um die Flamme geflattert und hatte nicht geahnt, daß sie sich daran ernstlich verbrennen könnte. Jetzt wurde ihr klar, daß sie von der Flamme verzehrt wurde. Dieser eine Kuß hatte sie über den Zustand ihres Herzens aufgeklärt.

»Ich liebe ihn«, sagte sie laut zu den Büschen und den Amseln, die nach Käfern pickten. »Es tut weh. Oh, es tut sehr weh!« Eine Träne rollte ihr über die Wange.

Nein, sie durfte nicht weinen, nicht kindisch sein. Tapferkeit war es, was sie brauchte. Mut. Sie mußte lächeln, auch wenn ihr Herz weinte. »Nun, außer meinem Herzen habe ich nichts verloren«, erzählte sie laut den Büschen, als suche sie bei ihnen Trost.

»Reiß dich zusammen, Clarinda de Villiers«, schalt sie sich. Dann fiel ihr ein, daß sie ja längst nicht mehr so hieß. Sie war die Herzogin von Westhampton und gehörte einer edlen Familie an.

Die letzte Herzogin, die Mutter des jetzigen Herzogs – diese geheimnisvolle Frau. Als ihr Bild gemalt wurde, hatte sie gelächelt, aber sie war so unglücklich gewesen, daß sie davonlief. – Jetzt mußte sie wohl bald nach Westhampton zurückkehren.

Sie versuchte, an den ekelhaften Lord Winterstoke zu denken, den sie vom ersten Augenblick an abgelehnt hatte. Sein gemeiner Spott, die kalten, frechen Augen. – Sie hatte Angst vor ihm. Und seine Worte waren eine ziemlich unverhüllte Drohung gewesen, daß er alles über den Kuß zwischen ihr und dem Herzog weitererzählen wolle.

Nun, da konnte man sie ganz bestimmt nicht erpressen. Es war ihr auch egal, was man über sie sprach. Sie hatte nichts zu verlieren, und da sie nun entdeckt hatte, wie sehr sie in den Herzog verliebt war, spielte nichts mehr eine Rolle.

Nichts mehr? Ihre Pläne waren schiefgegangen. Es ging nun um ihre Würde. Sie hatte so sehr auf Rache gehofft. Der Herzog hätte sich in sie verlieben sollen, damit sie ihn für seine Lieblosigkeit ihr gegenüber bestrafen konnte.

Wie dumm! Wie lächerlich! Sie hatte Rache gesucht und war jetzt selbst hoffnungslos verliebt. Der Herzog hielt sich frei, konnte sich ganz nach Belieben andere Frauen nehmen – und sie hatte ihr Herz verloren. Alles war verpfuscht, alles.

Was kann ich jetzt tun? überlegte sie, als sie sich nach Hause wandte. Bliebe sie in London, so brachte ihr das neues Herzweh. Kehrte sie auf das Land zurück, so war dies das

Ende ihrer Hoffnungen. Auf keinen Fall hatte sie vom Herzog etwas zu erwarten, höchstens seine Lust, aber ohne Herz.

Vielleicht – vielleicht, dachte sie, wird sich alles ändern, und Lust wird zur Liebe. – Sie wußte, damit betrog sie sich nur selbst. Sie hatte ihr Herz verraten und belogen, sie war selbst schuld an ihrer Lage.

Vielleicht kann ich ganz einfach davonlaufen, überlegte sie, und dieser Lady Lancaster würde das recht gefallen. Vielleicht auch dem Herzog. Er war dann frei und hatte seine Landpomeranze endgültig los.

Ob ihm das junge Mädchen fehlen würde, auf das sein Auge in London gefallen war? Ein bißchen vielleicht. Aber es gab genug andere Frauen, die ihn ablenken konnten, Operntänzerinnen, Sängerinnen und dazwischen sicher auch eine Lady.

Sie wußte nicht, was sie tun sollte oder wollte. Erst wollte sie auf jeden Fall mit Emily sprechen. – Sonst fragte Emily oft Clarinda um Rat. Ach, dachte sie, wäre nur Monsieur Lafayette noch in London... Er könnte mir vielleicht helfen.

Als wäre dies schon ein Entschluß, straffte sie sich und schritt energischer aus. Der Sommertag war jetzt nicht mehr ganz so klar, und es sah nach Regen aus. Die Leute im Park eilten nach Hause oder an ihre Arbeit. Sie mußte auch auf dem schnellsten Wege nach Hause gehen. Leise würde sie durch die Hintertür hineinschlüpfen. Der Spaziergang im Park war keine verschwendete Zeit gewesen. Sie fühlte sich irgendwie getröstet und entschlossen...

Als Betty die Morgenschokolade brachte, hatte ihre kleine Herzogin schon wieder rote Wangen. Sie hatte gefürchtet, sie werde sie traurig und recht verhärmt vorfinden. Aber Clarinda war eigentlich ganz fröhlich.

»Betty, ich möchte, daß du meine Sachen einpackst«, sagte sie. »Leg meinen alten Reisemantel heraus und auch das Kleid, das ich bei meiner Ankunft in London trug.«

»Reisen wir schon ab?« fragte Betty erstaunt.

»Höchste Zeit, daß ich zurückkehre«, antwortete Clarinda. »Ich habe London sehr genossen, neue Kleider gekauft und die Londoner Gesellschaft kennengelernt. Was soll ich sonst noch hier tun?«

»Aber ich dachte, Euer Gnaden...« Sie war verlegen und konnte nicht weitersprechen. Und sie wollte ihre Herrin auch nicht mit Fragen verletzen. Natürlich hätte sie nur zu gerne mehr gewußt.

»Es war eine törichte Idee, Betty«, sagte Clarinda offen und mit sicherer Stimme. »Es ist Zeit, daß ich nach Westhampton zurückkehre und meinen Pflichten nachkomme. Aber ich hatte wundervolle Ferien in London.«

Betty war eine Weile mit der Antwort nicht recht zufrieden, aber als sie das rotgoldene Haar bürstete und ein grünes Band hineinband, vergaß sie es wieder. »Euer Gnaden, Sie sehen wieder ganz entzückend aus«, erklärte sie voll aufrichtiger Bewunderung, und Clarinda fand das tröstlich.

Unten entdeckte Clarinda zu ihrem Mißfallen, daß Lord Winterstoke schon gekommen war. Er und Emily führten eine gestelzte Unterhaltung über den Ball im Carlton House.

»Ich sagte Lord Winterstoke, daß ich nicht wüßte, wann du herunterkommst«, sagte Emily ein wenig verlegen. »Er bestand aber darauf, zu warten.«

»Ich bin sehr erstaunt, Sie so früh hier zu finden«, sagte Clarinda da ein wenig mißmutig, und Emily sah erstaunt drein.

»Es fällt mir nicht schwer, früh aufzustehen, wenn ich Ihre reizende Gesellschaft genießen kann«, antwortete Lord Winterstoke in einem Ton, aus dem Clarinda nicht nur Galanterie, sondern auch eine kaum verhüllte Drohung heraushörte.

Zu Emily sagte er: »Madame, ich möchte mit Miß de Vere allein sprechen. Ob sie es Ihnen nun anvertraut hat oder nicht, was gestern abend geschah, weiß ich nicht, doch ich versichere Ihnen, daß es dringend nötig ist, ein paar Worte unter vier Augen mit ihr zu sprechen.«

Emily sah angstvoll und verwirrt drein, denn sie wußte gar nichts. »Ich habe Mrs. Willoughby gar nichts erzählt«, erklärte Clarinda ruhig. »Ich hatte weder Zeit, noch Gelegenheit dazu. Aber liebe Emily, Lord Winterstoke hat recht. Ich muß mit ihm privat sprechen. Ich weiß, das gehört sich nicht, doch es ist sehr wichtig.«

»Na, schön«, sagte Emily. »Ich bin nebenan im grünen Zimmer, falls du mich brauchst«, ergänzte sie bedeutsam.

»Glaubt Ihre Freundin etwa, daß meine Leidenschaft für Sie dazu führt, daß ich Sie vergewaltige?« fragte Lord Winterstoke ziemlich unverschämt, als Emily gegangen war. »Meine Liebe, ich bin doch nicht so dumm, und wir sind auch nicht mehr auf den dunklen Wegen von Vauxhall Gardens; mein Benehmen dort ist wohl mit meiner Leidenschaft für Sie zu entschuldigen. Sie sind nämlich entzückend.«

»Ich habe Ihre Komplimente satt«, erwiderte Clarinda ungehalten. »Ich habe versprochen, Sie zu empfangen, weil Sie mir mit Bloßstellung drohten. Nun, ich bin hier. Genügt Ihnen das nicht?«

»Wir wollen doch nicht streiten. Ich habe Ihnen einen Vorschlag zu machen.« Er machte eine bedeutungsvolle Pause. »Gestern fragte ich Sie, ob der Herzog Sie täuschte, falls er Ihnen eine Heirat versprochen hat. Es ist möglich, daß Sie immer noch einem Mißverständnis bezüglich des Herzogs unterliegen. Schließlich sind Sie als Neuling in die Gesellschaft gekommen, und es wäre erstaunlich, wenn Sie viel über seinen Hintergrund wüßten. Er ist, falls Sie das zu hören interessiert, bereits verheiratet.«

Clarinda schwieg. Er verstand ihr Schweigen als Verblüffung und fuhr fort: »Ich dachte mir doch, daß Sie das nicht wissen. Vielleicht hat der Herzog keine Gelegenheit gefunden, es zu erwähnen.

Ich hörte, er spricht kaum einmal über seine Frau oder seine Heirat. Aber ich habe entdeckt, daß er erst vor kurzem eine unscheinbare, kleine Landpomeranze geheiratet hat; und die ließ er dort zurück, wohin sie gehört, auf dem Land.

Sie scheint genau die Frau zu sein, die am wenigsten zu Westhampton paßt. Sie muß häßlich und dumm sein und vor allem überaus langweilig. Aber in seiner Verrücktheit liegt vielleicht ein Plan.

Die meisten Leute wissen, daß er diese lächerliche Heirat dazu benutzt hat, den Ruf von Lady Lancaster zu schützen. Seine Heirat soll die Leute glauben machen, ihm liege nichts mehr an ihr.

Als er seine langweilige Frau auf dem Land zurückließ, konnte er die raffinierten Reize der Lady Lancaster in der Stadt um so sicherer genießen. Der Klatsch konnte unterbunden werden, indem er auf seine Heirat verweist, und er kann in aller Ruhe sein Verhältnis fortsetzen.

Kommt Ihnen das alles sehr überraschend?« fragte er abschließend.

»Ich bin natürlich interessiert, Lord Winterstoke«, antwortete Clarinda kalt und wahrheitsgetreu. Was er gesagt hatte, schien verständlich zu sein. Aber er brauchte nicht zu wissen, wie sehr sie interessiert war. »Und jetzt wollen wir weiterreden. Diese Einzelheiten über des Herzogs Liebesleben mögen sehr faszinierend sein, aber ich sehe nicht ein, was Sie das angeht.«

»Wenn der Herzog Sie nicht heiraten kann, habe ich trotzdem einen Vorschlag für Sie, Miß de Vere«, fuhr der Lord lüstern fort. »Reisen Sie mit mir ins Ausland. Vergessen Sie diesen ausgestopften Kerl, den Herzog von Westhampton. Seine Küsse sind nicht die einzigen, die Sie erregen können.

Ich schwöre, ich bin ein ebenso erfahrener und leidenschaftlicher Liebhaber wie er. Und mehr noch: ich bin viel großzügiger. Ich biete Ihnen jede Summe zu Ihrer Verfügung. Sehen Sie, Miß de Vere, ich bin ebenso reich wie der

Herzog, und ich will Sie haben. Oh, ja, ich will Sie sogar viel mehr haben als er.«

Unwillkürlich schüttelte sich Clarinda. Jetzt mußte sie etwas sagen. »Soll dies – etwa ein Heiratsantrag sein, Lord Winterstoke?« fragte sie.

Er sah einen Augenblick lang verlegen drein, doch dann siegte seine normale Frechheit wieder. »Ich meine, ich bin eher zum Liebhaber als zum Ehemann geeignet«, antwortete er. »Aber es könnte durchaus zu einer Heirat kommen. Später, wenn wir gut miteinander zurechtkommen.

Überlegen Sie, Miß de Vere. Sie sind ein Niemand. Ihre Familie und Ihr Vermögen sind absolut unbekannt. Ich habe mich nämlich in den letzten Tagen eingehend danach erkundigt.

Andere Leute könnten Sie als Abenteuerin bezeichnen. Ich tue das nicht. Ich bewundere Ihre Bemühungen, Zugang zur großen Gesellschaft zu finden. Ich würde Ihnen nur raten, keine Zeit mit dem Herzog zu verlieren. Meine Liebe, ich wäre, sozusagen, ein viel besseres Geschäft.« Dazu lächelte er selbstgefällig.

Clarinda wußte nicht recht, was sie sagen sollte. Sie begriff jedenfalls, daß ihr dieser Mann keinen ehrlichen Heiratsantrag machte, nein, er trug ihr, Clarinda de Villiers an, für Geld seine Geliebte zu werden.

»Wenn ich Sie richtig verstehe«, sagte sie schließlich, »so ist Ihr Vorschlag weder schmeichelhaft für meine Moral, noch meinem Ehrgeiz dienlich. Ich glaube, Sie verlassen jetzt besser dieses Haus, Lord Winterstoke.«

»Ich werde gehen«, antwortete er, nahm seine Handschuhe und griff nach seinem Stock. »Aber überlegen Sie gut, Miß de Vere, ehe Sie einen solchen Ton mir gegenüber anschlagen. Ich kann der ganzen Welt erzählen, daß ich Sie in den Armen eines verheirateten Mannes gesehen habe.«

»Dafür würde der Herzog Sie töten«, entgegnete Clarinda wütend. »Er würde Sie zum Duell fordern.«

»Das glaube ich nicht.« Lord Winterstoke lachte breit. »Ich brauche nämlich die Duellforderung eines Mannes nicht anzunehmen, der die hohe Gesellschaft auf diese Art hintergangen hat.«

»Was meinen Sie damit?«

»Was glauben Sie, Miß de Vere? Die Angehörigen dieser großen Gesellschaft können sehr hart mit Leuten sein, denen der richtige Familienhintergrund fehlt. Der Herzog hat Sie in Mode gebracht, Miß de Vere. Was werden seine modischen Freunde denken, wenn sie entdecken, daß er mit einer kleinen, billigen Abenteuerin getanzt hat?

Und was werden sie sagen, wenn ich erzähle, daß Sie keine Familie haben, daß niemand etwas über Ihre Herkunft weiß? Und wenn ich weiterhin erzähle, daß Sie keine Skrupel haben, die Amouren eines verheirateten Mannes anzunehmen? Er ist erledigt. Ruiniert.«

»So grausam und gemein würden Sie wohl nicht sein!« rief sie.

»Nein?« Er lachte höhnisch. »Kommen Sie, Miß de Vere, ich würde doch alles tun, um Sie zu gewinnen. Denken Sie über meinen Vorschlag nach. Nennen Sie Ihre Bedingungen. Ich versichere, ich werde sehr großzügig sein. Wägen Sie die Vorteile dessen, was ich zu bieten habe, gegen die Nachteile ab, die Sie sonst erfahren werden. Und auch der Herzog, nicht nur Sie. Ich werde es genießen, ihn zu ruinieren.«

Clarinda starrte ihn ungläubig an. Jetzt konnte sie nichts mehr sagen oder tun. Lord Winterstoke lachte noch einmal höhnisch, nahm ihre Hand und drückte seine heißen Lippen darauf. Es war ihr sehr unangenehm. Sie empfand diesen Handkuß als Frechheit. Und was sollte sie jetzt tun?

Er ging und schloß die Tür hinter sich. Sie lauschte seinen Schritten durch die Halle, dann hinaus zur Haustür. Angewidert schüttelte sie die Hand, die er geküßt hatte, als müsse sie eine Giftnatter abschütteln. Und da kam Emily herein.

»Oh, Emily!« rief Clarinda. Sie weinte nicht, war aber sehr blaß. Ihr ganzer Körper zitterte wie eine Espe im Sturm.

»Was wollte dieser gräßliche Mensch?« fragte Emily. »Oh, meine arme Clarinda!«

»Er wollte – er wollte – ich soll – seine Geliebte werden. Ist das nicht entsetzlich, Emily? Er hat mir gedroht, und ich habe Angst vor dem, was er tun will.« Nun brach Clarinda zusammen und schluchzte bitterlich. Emily führte sie zu einem Sofa und setzte sich zu ihr.

»Erzähl mir jetzt alles«, drängte sie.

Und Clarinda erzählte, wie der Herzog sie aus dem Ballsaal hinausgeführt hatte in ein kleines Zimmer, weg von den Gästen, daß er sie geküßt und sie seinen Kuß erwidert habe. Ihre Stimme war fast unhörbar, als sie das zugab.

Sie erzählte Emily auch alles, was dann folgte, wie der Herzog sie plötzlich von sich geschoben habe, wie Lady Lancaster kam und eine Szene machte, und wie dann auch noch Lord Winterstoke erschienen sei und behauptete, er habe alles gesehen. »Sie sagte dann auch, er sei ein Wüstling«, schluchzte Clarinda, und Emily hütete sich zu fragen, wer dieser *Er* denn sei. Sie wußte es sowieso. »Und sie hat gesagt, er habe Operntänzerinnen und Sängerinnen verführt und auch eine französische Dame.«

»Hörte Lord Winterstoke das alles?«

»Nein, da war er noch nicht da, doch er sagt, er habe uns beobachtet. Und ich sei nichts anderes als eine Abenteuerin, die sich den Herzog schnappen wolle, denn niemand wisse etwas über eine Familie de Vere.

Und wenn ich nicht einwillige, seine Geliebte zu werden, dann wird er mich überall in Verruf bringen und allen erzählen, daß ich mich vom Herzog habe küssen lassen. Und der Herzog werde auch ruiniert, weil er einer Person wie mir in der Stadt vor anderen den Vorzug gegeben habe, und das hieße dann auch, daß Robert darunter leiden würde.«

»Oh, Clarinda!« konnte Emily nur sagen. Erst nach einer

Weile fragte sie: »Was können wir tun? Ich kann kaum glauben, daß ein Edelmann unseres Königreiches so gemein handeln könnte. Robert und Jack sind nebenan. Was soll ich ihnen erzählen? Das ist eine ganz furchtbare Geschichte.«

»Sag ihnen die Wahrheit«, flüsterte sie, dann aber wischte sie sich die Augen trocken. »Sag ihnen die Wahrheit über ihre Schwester. Wenn sie mich lieben, werden sie alles verstehen.«

Emily ging nach nebenan zu Jack und Robert, und Clarinda überlegte, wie sie wohl diese schreckliche Zeit überstehen könne. Lord Winterstokes gemeiner Vorschlag war ein richtiger Schock für sie gewesen. Reichte denn ein Kuß aus, daß alle sie verachteten? War sie denn schlecht, weil sie einen Augenblick lang auf die Stimme ihres Herzens gehört hatte?

Sie glaubte, die Antwort werde ›ja‹ heißen. Dieser eine unkluge Kuß konnte sie für immer und vor aller Welt ruinieren, und ebenso den Herzog. Er würde leiden. Sein Stolz war so groß, daß ihn gemeiner Klatsch wirklich kränken würde. Und auch der Ruf seiner Familie stand auf dem Spiel.

Wie betrübt wäre Mrs. Scotney, wenn sie hörte, daß ihr Herr wegen einem kleinen Mädchen in Schwierigkeiten geraten sei! Wenn von einer Geliebten die Rede wäre, das würden alle verstehen. Dienstboten wußten sowieso immer alles, und von jedem Herrn erwarteten sie eine Geliebte oder auch zwei. Daß der Herzog aber die ganze hohe Gesellschaft getäuscht haben sollte, das würden sie nicht verstehen.

Jetzt, da sie ihn liebte, hatte sich für Clarinda alles geändert. Noch vor einem Monat hätte sie sich gar nichts aus dem Namen und Ansehen der Familie Westhampton gemacht, denn da war er noch nicht so kostbar für sie gewesen wie der Name de Villiers. Jetzt war dies aber auch ihr eigener Name, und es lag ihr sehr viel daran. Sie verstand des Herzogs Stolz, auch ihr war er teuer. Er durfte nicht gekränkt werden...

Jack stürmte herein. »Diesen Winterstoke, wenn ich ihn in

die Finger bekomme!« schrie er. »Meine Schwester beleidigen! Dem werde ich's schon beibringen! Die ganze Welt wird es erfahren!«

»Für ihn bin ich nicht deine Schwester«, sagte Clarinda, »nur eine obskure Miß de Vere, erinnerst du dich? Ich bin ein Nichts von Nirgendwoher, habe keine bekannte Familie, keinen Hintergrund, kein Vermögen.«

»Ich werde ihn deshalb zur Rede stellen, weil er einen Gast meiner Schwester Emily beleidigt hat«, antwortete Jack wütend.

»Jack, das wirst du nicht tun. Keiner wird Lord Winterstoke zur Rede stellen. Verstehst du nicht, daß ein Duell meinem Ruf erst recht schaden würde? Es wäre ein riesiger Skandal. Und auch den Herzog würde es ruinieren.«

»Lord Winterstoke ist ein ekelhafter Wurm, aber er weiß nicht, wer ich bin. Er kennt mich nur als Mädchen ohne Familie, das er ertappt hat, als es einen verheirateten Mann wiederholt küßte.«

»Weißt du, Jack, sie hat ganz recht«, meldete sich nun Robert zu Wort. »Ein Duell zieht alle Aufmerksamkeit auf sich. Wir wollen doch nicht wissen lassen, daß jemand es wagte, ihr einen Vorschlag zu machen, der eher für ein – eine Kokotte paßt als für eine anständige junge Dame.«

»Etwas müssen wir aber tun«, erwiderte Jack. »Himmel! Wenn ich diesen Winterstoke wieder einmal treffe, wird es mir schwerfallen, meine Hände von ihm zu lassen.«

»Es gibt nur eine Möglichkeit.« Clarinda wußte, daß sie den Weg, den sie zu gehen hatte, schon immer kannte. Sie hatte sich dieses Wissen nur nicht eingestehen wollen. »Miß de Vere muß für immer verschwinden. Ich werde wieder Clarinda Westhampton sein, das ruhige, unscheinbare Eheweib auf dem Land.«

»Aber dem Herzog wirst du es wohl sagen, nicht wahr?« meinte Robert. »Emily meint, ihm liege sehr viel an dir.«

»Nein, ihm liegt gar nichts an mir. Vielleicht würde er sich gerne mit Miß de Vere amüsieren, aber mehr ist nicht dran. Und er hat Miß de Vere auch nicht gesagt, daß er eine Frau hat. Benimmt sich so ein Mann, der liebt? Und von einem Wüstling kann man doch nichts anderes als List und Täuschung erwarten. Außerdem hat er mich angewidert von sich geschoben. Er lehnt mich ab.«

»Aber wenn er dir wieder begegnet, erkennt er dich doch«, meinte Robert.

»Das glaube ich nicht. So, wie ich jetzt bin, wird er mich nicht sehen. Ich kehre zurück, trage meine langweiligen Kleider, und vielleicht bleiche ich sogar wieder mein Haar. Ich werde also meine Täuschung fortführen. Wer weiß, vielleicht erträgt er mit der Zeit sogar seine Landpomeranze. Es kann sein, daß wir doch noch ein paar Gemeinsamkeiten finden.«

»Willst du's ihm denn nie sagen?« fragte Emily.

»Nein, niemals – außer ich erfahre, daß er Miß de Vere richtig geliebt hat. Das halte ich jedoch nicht für wahrscheinlich.«

»Oh, Clarinda, das ist sehr hart für dich!« rief Emily.

Clarinda sah von einem bedrückten Gesicht zum anderen und hoffte auf Trost. »Es wird mir immer eine Freude sein, daß ich euch helfen konnte. – Schließlich war der Herzog meiner Familie gegenüber sehr großzügig. Vielleicht, Jack, kann ich ihn sogar überreden, dir eine Offiziersstelle zu kaufen. Es würde mich freuen, wenn meine Heirat dir helfen würde, das Glücksspiel aufzugeben.«

Jack wußte nicht recht, was er sagen sollte. Sein Gesicht leuchtete kurz auf. Dann meinte er: »Clarinda, ich enttäusche dich bestimmt nicht mehr. Du hast für Emily und mich schon so viel getan, daß ich wenigstens mit dem Spielen aufhören werde. Ich verspreche dir: keine Wette mehr.«

Clarinda wußte, daß dies ein großes Opfer für ihn war. Sie fühlte sich zwar furchtbar elend, aber ein Lächeln gelang ihr doch. »Du bist ein guter Bruder«, sagte sie mit aller Überzeugung, die sie aufbringen konnte. »Es wird mir ein Trost sein, wenn ich daran denke. Und wenn ich in Westhampton bin, wird es deshalb dort für mich ganz anders sein.«

»Aber was sollen wir inzwischen tun?« fragte Robert.

»Ich werde so schnell wie möglich nach Westhampton zurückreisen. Jack wird mich begleiten, nicht wahr? Ich will nicht allein reisen. Deine Gesellschaft – wird mich davor bewahren, belästigt zu werden. Ich fürchte, Lord Winterstoke könnte mich verfolgen, wenn er von meiner Abreise wüßte.«

»Was wirst du aber mit deinen schönen Kleidern tun?« fragte Emily. »Heute solltest du wieder zur Anprobe, und die Hälfte der anderen ist noch nicht fertig.«

»Auf dem Lande brauche ich sie nicht. Und ich will auch nichts mehr davon. Ich könnte sie nicht ertragen. Lady Lancaster sagte, der Herzog habe eine Französin verführt. Wen kann sie damit gemeint haben?«

»Ich habe keine Ahnung«, antwortete Emily.

»Ich schon. Madame Latour sagte mir, sie kenne den Herzog. Sie erzählte mir von einer unglücklichen Liebe zu einem englischen Aristokraten. Sie behauptete, er sei ein älterer Mann gewesen, aber sie wollte mich wohl nur von der Spur weglocken. Ich fürchte, sie gehört zu den vielen Frauen, die mehr von meines Mannes Liebe genossen haben als ich.«

»Das kann ich nicht glauben. Madame Latour ist zu alt.«

»Nein, so alt ist sie nicht«, widersprach ihr Clarinda. »Ich habe jedenfalls diesen Verdacht, und selbst wenn es nicht wahr ist, so ist es doch Grund genug für mich, ihre Kleider nicht mehr zu tragen. Ich brauche sie auch gar nicht mehr. Alle Welt weiß, daß die Herzogin von Westhampton eine häßliche, unscheinbare Person ist. Sie muß also häßlich, unscheinbar und langweilig bleiben.«

»Oh, Clarinda!« stöhnte Emily. »Bist du sicher, daß du das Richtige tust? Solltest du dich nicht doch lieber dem Herzog anvertrauen?«

»Lieber würde ich sterben. – Ich gehe jetzt nach oben und sehe nach, ob Betty schon gepackt hat. Sie muß mit der Kutsche vorausfahren.«

Emily wandte sich an Robert, als sie gegangen war. »Können wir Clarinda wirklich so abreisen lassen?« fragte sie.

»Ich weiß nicht recht«, antwortete er nachdenklich. »Ich meine aber, sie muß selbst entscheiden. Mischen wir uns ein, könnten wir nur Schaden anrichten. Was könnten wir schon tun?«

»Sollten wir es nicht doch dem Herzog sagen?« meinte Emily.

»Ich weiß nicht, ob wir auf sein Verständnis zählen dürften. Ich kenne ihn nicht gut genug, aber alle sagen, er sei stolz wie ein Teufel. Was würde er von Clarindas Benehmen halten? Müßte er es nicht als extrem ansehen? Und würde er uns verzeihen, daß wir bei diesem Schwindel mitgespielt haben? Ich glaube, sie kehrt wirklich am besten nach Westhampton zurück. Jack, du mußt eine Kutsche besorgen.«

Jack nickte und ging. Was hätte er auch sonst tun können? Als er fort war, sprach Robert Willoughby weiter: »Es ist eine ganz irre Sache, Emily. Nur weil ich dich so liebe und deiner Schwester so dankbar bin, habe ich mitgespielt. Wir wären nie damit durchgekommen.«

Emily war sehr nachdenklich. Sie legte ihre Hand auf die Roberts. »Ich glaube, Robert, daß nicht nur Lord Winterstoke mit seinen erpresserischen Drohungen die Schwierigkeit ist. Die liegen bei Clarindas eigenen Gefühlen. Sie scheint sich in den Herzog verliebt zu haben. Und wenn das so bei ihr ist, könnte er sich dann nicht auch in sie verliebt haben?«

»Ich bin überzeugt, er findet sie sehr anziehend. Sonst hätte er sie doch nicht geküßt. Aber sie hat auch recht, wenn sie meint, ihm ist es damit nicht ernst, denn er hat mit ihr ja noch nicht über seine Ehe gesprochen. Ich fürchte, er spielt mit ihr, und das ist alles.«

»Trotzdem meine ich, wir sollten dem Herzog alles sagen«, wiederholte Emily. »Weißt du, Robert, er ist kein hartherziger Mensch, ein bißchen formell und kühl, aber nicht unfreundlich. Wenn wir uns seiner Barmherzigkeit ausliefern, ohne es Clarinda zu sagen...«

In diesem Moment erschien Clarinda unter der Tür. Sie war sehr einfach und bescheiden angezogen und trug das Kleid, in dem sie gekommen war. Auch den gleichen unscheinbaren Mantel hatte sie an. Der neue, dunkelgrüne Mantel mit dem Besatz aus Schwanenpelz war ebenso zurückgelassen worden wie die kokette kleine Haube und die süßen Halbstiefelchen. Wirklich, ohne diese eleganten Dinge sah sie ganz anders aus. Schön war sie noch, aber diese Schönheit wurde nun nicht mehr herausgestrichen.

»Emily, du wirst dem Herzog nichts hinter meinem Rücken sagen«, forderte sie bestimmt. »Wenn du das tust, verzeihe ich es dir nie. Ich will dein Wort darauf. Auch Roberts Wort. Versprecht mir beide, daß ihr ohne meine Erlaubnis und unter keinen Umständen etwas davon verraten werdet.«

Beide schwiegen.

»Ich glaube, ich muß es euch sagen, obwohl ich euch nie daran erinnern wollte. Das schuldet ihr mir«, sagte sie traurig.

»Oh, Clarinda, natürlich versprechen wir es dir!« Emily umarmte ihre Schwester. »Wir wissen, wie tief wir in deiner Schuld stehen. Du hast dein eigenes Glück für das unsere geopfert. Es ist nur so, daß ich dachte, vielleicht wird der Herzog mit all dem besser fertig. Ich weiß doch, daß du ihn liebst...«

»Nein, nicht...« Ein Ausdruck großen Schmerzes prägte ihr Gesicht. Sie schwiegen eine Weile. Dann sprach Clarinda ruhig weiter: »Ich habe alle meine neuen Kleider einpacken lassen. Ich will sie nicht mehr. Vielleicht findest du eine Möglichkeit, sie zu verkaufen – bis auf das nilgrüne Kleid. Das nehme ich mit als Erinnerung an meinen Aufenthalt in London.«

Neuntes Kapitel

In der ratternden Mietkutsche forderte Clarinda von Jack dasselbe Versprechen wie von ihrer Schwester und Robert Willoughby. »Du wirst mir schwören, daß du dem Herzog nicht sagst, wer ich bin. Er könnte dich fragen, nachdem ich jetzt verschwunden bin, aber ich muß mich auf dich verlassen können, daß du nichts ohne meine Erlaubnis sagst.«

Sie fürchtete, er könne, genau wie Emily, der Meinung sein, es wäre die beste Lösung, dem Herzog alles zu erzählen. Ihr schien, ihre ganze Familie habe einen rührenden Glauben an den Herzog, der alle Schwierigkeiten beseitigen werde. Sie wußte es besser. Sie konnte sich genau den angewiderten Blick des Herzogs vorstellen.

»Schwörst du?« fragte sie Jack.

»Na, schön, Clarinda, du hast mein Wort«, versprach er.

Sie wußte nicht, weshalb, aber die Langsamkeit der Mietkutsche machte sie überaus besorgt. Verglichen mit den Grauen des Herzogs waren die armen Tiere die reinsten Schnecken. Wenn sie nur ein bißchen schneller laufen würden!

Sie hatte eine vage Ahnung, daß jede Verzögerung sich unheilvoll auswirken könne. Immer wieder überschlug sie im Geist, wie lange es noch dauern würde, bis sie in Westhampton ankäme. Konnte die Kutsche etwa überholt werden? Von Lord Winterstoke? Nein, an den dachte sie nicht, sondern an den Herzog, der sie ständig verfolgte.

»Seit wann bist du denn an der Armee interessiert?« fragte sie Jack, um sich ein wenig abzulenken.

»Oh, seit ungefähr drei Jahren, als Wellington Napoleon in der Schlacht von Waterloo schlug. Da wurde mir klar, wie glorreich es wäre, für das Vaterland zu kämpfen. Von da an las ich viele Bücher über die großen Generäle und die Militärgeschichte.«

»Warum hast du in Villiers Manor nie davon gesprochen?«

»Ich wußte, daß das sinnlos war. Mama war ja schon leidend, und ich wußte, der Gedanke, daß ich Offizier werden wollte, hätte ihr nicht gefallen. Sie hätte sich dauernd um meine Sicherheit gesorgt. Außerdem war ja auch das Geld nicht da.«

Clarinda nickte. Für einen Moment hatte sie vergessen, daß dafür ja Geld nötig war. Man mußte ja ein Offizierspatent kaufen. Das war zwar ein sonderbares System, aber Tradition in der britischen Armee.

Verfluchtes Geld, dachte sie. Überall und immer schien man es zu brauchen. Jack schien ernstlich über eine militärische Laufbahn nachgedacht zu haben, und er hatte offensichtlich großes Interesse. Nun, vielleicht könnte dies helfen, ihm dieses unverantwortliche Spielen abzugewöhnen. Aber das liebe Geld!

Plötzlich, und mitten in diese Gedanken hinein, kam die Kutsche ächzend und quietschend zum Stehen. »Was, zum Teufel, ist da los?« brummte Jack und sprang hinaus.

Nein, es waren keine Wegelagerer, sondern mitten auf der Straße stand eine hohe Gestalt, ganz schwarz gekleidet und hielt eine Pistole in der Hand. Aber ein Räuber war es nicht, sondern der Herzog persönlich.

»Guten Tag, Sir Jack de Villiers«, sagte er mit gelangweilter und doch scharfer Stimme. »Ich muß unbedingt mit Ihnen sprechen. Ich glaube, ich sehe in dieser Kutsche Miß de Vere.«

»Was, zum Teufel, geht das Sie an, Herzog?« antwortete Jack, doch ihm war recht mulmig zumute. Wußte der Herzog, wer Clarinda war?

»Ich möchte Sie hier und jetzt fordern«, knirschte der Herzog. »Bei Gott, wäre ich nicht Ihr Schwager, würde ich Sie jetzt mit meinem Degen durchbohren. Aber wenn ich das tue, bringe ich nur einen Skandal über Miß de Vere. Deshalb habe ich im White Hart, eine Meile weiter an dieser Straße, einen Raum reservieren lassen. Ich schlage vor, dort unterhalten wir uns.«

»Solange Sie mich mit der Pistole bedrohen, bleibt mir keine andere Wahl«, antwortete Jack verdrossen. Er kletterte wieder in die Kutsche, und der seltsame Geleitzug fuhr weiter. Der Herzog hatte die Pistole weggesteckt, ritt aber neben der Kutsche her. Nur des Postkutschers Miene ließ ahnen, daß etwas ganz Ungewöhnliches vorgefallen war.

Jack wisperte seiner Schwester zu. »Es ist der Herzog. Er besteht darauf, daß wir anhalten. Was kann er nur wollen?«

»Ich weiß es nicht. Glaubst du, er weiß, wer ich bin?«

»Nein, er hält dich für Miß de Vere. Er ist aber sehr wütend. Ich habe keine Ahnung, weshalb.«

Im White Hart war ein Raum reserviert, denn der dicke Wirt kam heraus, verbeugte sich tief und oft und sprach von der Ehre, die der Herzog seinem bescheidenen Haus erweise. Jack sagte diplomatisch: »Wir sind froh, daß unser guter Freund, der Herzog, uns noch eingeholt hat. Er scheint sehr dringende Nachrichten zu haben.«

Der Wirt sah etwas skeptisch drein, Clarinda verwirrt. Als die Tür des Privatsalons sich hinter ihm geschlossen hatte, sagte sie zu ihrem Bruder: »Sag mal, was soll das alles?«

»Ich mußte doch den neugierigen Wirt von der Spur ablenken«, erklärte Jack. »Ich muß schon sagen, Herzog, Ihre dramatische Intervention paßt uns gar nicht. Wollen Sie uns jetzt bitte erklären, was das alles zu bedeuten hat?«

»Ja«, sagte auch Clarinda. »Sie behindern Jack und mich. Wir wollen unsere Reise fortsetzen.«

Der Herzog sah sehr grimmig drein und stand den beiden wütend gegenüber. »Miß de Vere, Sie sollten mir dankbar sein. Ich bin gekommen, Sie vor Ihrer eigenen Dummheit zu retten. Eine Heirat mit Jack de Villiers wäre an sich schon töricht, aber mit ihm durchzubrennen, grenzt schon an Wahnsinn.«

»Durchbrennen?« wiederholte Clarinda verblüfft.

»Ja, durchbrennen. Sie wissen, de Villiers, wovon ich spreche, selbst wenn Miß de Vere unschuldig ist.« Die Stimme des Herzogs klang furchtbar böse vor kaum gebändigter Wut. »Ich war dabei, Sie diesen Morgen in London aufzusuchen, als ich sah, wie Sie mit Jack de Villiers eine Mietkutsche bestiegen. Deshalb war ich sofort entschlossen, diesen Unsinn zu stoppen.«

Jack de Villiers lächelte. Ihm fiel ja in erster Linie die komische Seite daran auf. »Haha. Durchbrennen. Das ist großartig!« Er schaute seine Schwester an, ob sie auch lachte, aber das tat sie nicht. Sie war weiß wie ein Laken.

»Ich sehe nicht ein, was daran so lustig sein soll, de Villiers«, fauchte der Herzog. »Miß de Vere zu überreden, mit Ihnen durchzubrennen, das finde ich ekelhaft. So etwas schafft einen Skandal, der ihren Ruf für ewig untergräbt.«

»Nun«, wandte sich Jack an Clarinda, »willst du's erklären, oder soll ich es tun?«

Clarinda sprach ebenso wütend wie der Herzog. »Ich werde nichts dergleichen tun. Ich sehe keinen Grund, weshalb das, was Miß de Vere tut, den Herzog von Westhampton etwas angeht. Er hat hier kein Recht.«

Dann wandte sie sich an den Herzog. »Sie, Sir, scheinen zu denken, Sie können mir vorschreiben, wie ich mich zu benehmen habe. Warum? Das weiß ich nicht. Und schmeichelhaft finde ich Ihre Sorge auch nicht gerade. Ist Ihre Einmischung etwa das Ergebnis einer Wette? Oder wollen Sie mich nur demütigen?

Ich bin keine Ihrer Operntänzerinnen oder Sängerinnen, auch nicht Lady Lancaster. Die Aufmerksamkeit eines verheirateten Mannes, wie Sie einer sind, ist für mich eine Beleidigung. Jedenfalls widert sie mich an. Ich finde Sie und alles, wofür Sie stehen, abstoßend.«

Sie keuchte vor Zorn. Der Herzog war blaß geworden. Für einen Moment glaubte sie in seinen Augen einen Ausdruck zu erkennen, der irgendwie an Elend grenzte. Aber als er sprach, tat er das so kalt und beherrscht wie immer. »Ich wußte nicht, Miß de Vere, daß Sie meine Aufmerksamkeit abstoßend fanden.«

Da wurde sie noch wütender. Jetzt wollte sie dieser Wüstling auch noch daran erinnern, daß sie seinen Kuß erwidert hatte! Wie konnte sie ihn nur kränken? Denn zurückschlagen wollte sie.

»Sie sind viel zu arrogant, Euer Gnaden«, bemerkte sie mit der gleichen Kälte, die er zur Schau stellte. »Ein Weiberheld wie Sie nimmt natürlich an, daß alle Frauen hinter ihm her sind. Nun, ich bin da eine Ausnahme. Ich begehre Sie nicht. Und wenn Sie der letzte Mann auf der ganzen Welt wären, ich würde Sie zurückweisen. Ihre Reichtümer und Ihr Titel sind keine Versuchung für mich. Ich habe nie einen Mann kennengelernt, den ich so verabscheue wie Sie. Ich hasse Sie.«

Sie wußte nicht, wie sie diese Worte heraussprudelte, und sie dachte auch nicht darüber nach. Sie wußte nur, dieser Mann hatte ihren Stolz so sehr verletzt wie noch niemand vor ihm, und selbst dieser schändliche Lord Winterstoke hatte dies nicht fertiggebracht. War das etwa Liebe? Sie haßte ihn mit einer tödlichen Leidenschaft.

Und doch sehnte sich etwas in ihr nach einer Erklärung, nach einem Grund für sein Verhalten, damit sie ihm verzeihen konnte. Und wenn er nur sagte, er liebe sie mehr als alle anderen Frauen zusammen. Wenn er nur verstünde, wie sehr er sie gedemütigt hatte mit der selbstverständlichen Annahme des Rechtes, über ihr Verhalten zu richten.

Sein Schweigen steigerte ihre Wut noch weiter. »Lord Winterstoke war so freundlich, mir zu erzählen, daß Sie verheiratet sind, Sir. Es war beschämend, daß ich das von ihm erfahren mußte, statt von Ihnen. Aber vielleicht hatten Sie einen Grund, dies vor mir zu verbergen.«

Statt einer Antwort bat er sie: »Entschuldigen Sie bitte, Miß de Vere, wenn ich vom Wirt Erfrischungen erbitte. Ich hoffe, Sie geben mir die Gelegenheit zu einer Erklärung. Ich glaube, ich kann Sie von meinen ehrenhaften Motiven überzeugen.« Damit verließ er den Raum.

»Du wirst es ihm wohl sagen müssen«, meinte Jack, der jetzt gar nicht mehr lachte. »Du bist ein sonderbares Mädchen. Warum hast du unbedingt davon reden müssen, daß er verheiratet ist? Ich hielt es für einen Witz, als er meinte, wir wollten durchbrennen. Himmel, das ist wie ein schlechtes Theaterstück oder ein Roman. Durchbrennen mit der eigenen Schwester!«

»Ich habe nicht die Absicht, ihm die Wahrheit zu sagen.« Sie stampfte mit dem Fuß auf. Jack hatte sie noch nie so zornig gesehen. »Seine Arroganz verzeihe ich ihm nie. Und dir werde ich auch nie verzeihen, wenn du deinen Eid brichst.«

»Etwas müssen wir ihm doch erzählen, Clarinda«, wandte ihr Bruder ein. »Verdammt noch mal, wir müssen ihm ausreden, daß wir durchbrennen wollten.«

»Du kannst ihm sagen, du wolltest mich nach Hause bringen, aber sag ihm nur ja nicht, wo das ist. Ich werde meine Reise ohne ihn fortsetzen, und ich verlasse mich auf dich, daß du ihn solange festhältst, daß ich fliehen kann.«

»Das kannst du nicht, Clarinda«, aber Jack redete zu einem leeren Raum, denn Clarinda hatte schon die Tür hinter sich zugeknallt. »Du Höllenkatze«, murmelte er. »Sie wird zurückkommen müssen, weil die Pferde ausgespannt sind. Vielleicht beruhigt sie sich dann.«

Aber Clarinda brauchte die Pferde nicht. Sie dachte nicht daran, in einer Kutsche zu reisen, die er nur allzu leicht entdecken und einholen konnte. Sie hielt scharf nach dem Herzog Ausschau und lief die Hintertreppe in den Hof hinab. Dort stand er und unterhielt sich mit dem Wirt, der ständig Kratzfüße machte. Wie sie alle doch unterwürfig sind, dachte sie.

Sie lief zur Vordertür des Gasthauses. Einen Plan hatte sie nicht, aber etwas würde sich schon ergeben, meinte sie. Und in der Tat, eine Postkutsche wollte gerade wegfahren.

Ohne jede Rücksicht auf Würde rannte sie ihr nach und winkte. Der Kutscher schaute um und hielt an. »Wohin wollen Sie, Miß?« fragte er.

»Soweit ich für einen Sovereign kann«, rief Clarinda, denn mehr hatte sie außer ein paar kleinen Münzen nicht bei sich.

»Steigen Sie ein!« Das tat sie und quetschte sich zwischen einen alten Geistlichen und eine knochige Frau mit Schürze.

Nachdem sie eine Weile dahingerumpelt waren, fühlte sie sich sicher. Ein Verfolger ließ sich nicht erkennen. Jack würde bestimmt nicht annehmen, daß sie einfach mit der nächsten Kutsche weiterfuhr. Er würde eher glauben, sie habe eine Mietkutsche oder gar ein Pferd genommen.

Nun mußte sie aber wissen, in welche Richtung die Kutsche fuhr. »Wohin sind wir unterwegs?« fragte sie daher den Geistlichen.

Der schaute sie verblüfft an. »Sie wissen nicht, wohin Sie reisen, junge Dame?«

»Nein, Sir. Ich hatte es sehr eilig, um – einem Verfolger zu entkommen, einem sehr lästigen Gentleman, deshalb sprang ich so hastig auf. Ich habe nur einen Sovereign bei mir, also muß ich wissen, wohin ich etwa komme.«

»Ich denke, etwa bis nach Little Repton«, sagte der zweite, jüngere Geistliche in der Kutsche, der auch schon etwa sechzig war.

Little Repton – der Name klang vertraut, doch es dauerte ein paar Minuten, bis ihr einfiel, daß dies das Dorf war, wo Monsieur Lafayette sein Landhaus hatte.

»Das ist ja wunderbar. Little Repton – genau dorthin will ich. Dort habe ich einen guten Freund, der mir weiterhilft.«

»Hoffentlich ist Ihr guter Freund ein respektabler Mann, Miß«, sagte die knochige Frau mit der Schürze.

»Oh, das ist er gewiß.« Bei Monsieur Lafayette war sie sicher, und er würde ihr raten, was sie tun solle. Welch ein Glück, daß sie gerade diese Kutsche erreicht hatte? Einen besseren Ratgeber als ihn hätte sie sich in ihrer schwierigen Lage nicht wünschen können.

Die beiden Geistlichen stiegen aus, ein Bauer und ein kleiner Händler nahmen deren Plätze ein. Die Frau mit der Schürze war eine nette Person und versprach Clarinda, sie wissen zu lassen, wann sie Little Repton erreichten.

Es war ein kleines Dorf, fast nur ein Weiler. Clarinda stieg aus, begleitet von vielen guten Wünschen der Frau mit der Schürze. Es gab zehn oder zwölf strohgedeckte Häuschen, eine Kirche, daneben ein Pfarrhaus und so etwas wie eine Farm mit kleinem Herrenhaus. Monsieur Lafayette würde hier wohl nicht leben. Es gab nur noch ein einziges größeres Haus. Es war auch kein Herrenhaus, hatte aber Stil. Die Fenster waren groß und in Stein gesetzt, die Zufahrt erwies sich als kurz, aber elegant. Ich hoffe nur, er ist zu Hause, überlegte Clarinda.

Ein hübsch gekleidetes Zimmermädchen öffnete ihr die Tür. »Monsieur Lafayette ist zu Haus«, erhielt Clarinda zur Antwort. »Wen darf ich melden?« Offensichtlich war das Mädchen erstaunt, daß sie keinerlei Gepäck hatte.

»Sagen Sie Monsieur Lafayette, es sei die Herzogin von Westhampton«, erklärte sie energisch.

Das Mädchen sah recht verwirrt drein, ging aber, um ihrem Herrn zu berichten, daß eine merkwürdige junge Dame da sei, die behaupte, die Herzogin von Westhampton zu sein. »Mon Dieu!« hörte Clarinda ihn rufen, und im nächsten Moment war er schon an der Tür.

»Oh, mein Kind, Sie sind in Schwierigkeiten, das sehe ich Ihrem Gesicht an«, sagte er. »Mary, bring der Dame etwas zu essen. Biskuits und Claret. Oh, und einen warmen Schal.«

»Bin ich froh, daß Sie zu Hause sind«, sagte Clarinda und seufzte erleichtert. Im Wohnzimmer brannte ein Holzfeuer im Kamin. Der alte Herr schob ihr einen großen, behaglich aussehenden Sessel zurecht. »Ich habe Ihnen so vieles zu erzählen«, sagte sie.

»Jetzt nicht«, wehrte er ab, fand einen Schemel für ihre Füße und ein Kissen für ihren Rücken. Seine freundliche Besorgtheit tat ihr wohl.

Das Mädchen kam mit Wein und Biskuits zurück; Monsieur Lafayette goß ein Glas für Clarinda ein, eines für sich. »Nun trinken Sie das«, befahl er, »essen ein Biskuit dazu und erzählen mir dann in aller Ruhe, weshalb Sie hier sind.« Gehorsam aß und trank sie.

»Ich wußte gar nicht, daß ich so müde bin«, sagte sie einfach. »Vielen Dank, Monsieur Lafayette. Was täte ich ohne Sie?«

»Nun, erzählen Sie mir alles. Vertrauen Sie mir, damit ich Ihnen einen guten Rat geben kann. Denn dafür sind Sie ja hier, nicht nur, um einen alten Mann zu besuchen, nicht wahr?«

Clarinda nickte. »Ich brauche Ihren guten Rat sehr dringend«, gab sie zu.

»Also, was ist passiert? Ich will die ganze Wahrheit wissen. Als ich Sie zuletzt sah, bereiteten Sie sich für den Ball des Prinzregenten vor, nicht wahr? Und jetzt sind Sie allein, ohne Zofe, ohne Gepäck, ohne Begleitung. Erzählen Sie.«

Clarinda seufzte. Konnte alles, was sie erlebt hatte, erst einen Tag her sein? Sie riß sich zusammen und begann zu erzählen. Sie berichtete ihm alles. Nur einmal stellte er eine Zwischenfrage.

»Dieser Kuß des Herzogs hat Sie abgestoßen?« wollte er wissen.

Sie wurde rot. »Nein, Monsieur«, gab sie zu. »Nein, abgestoßen hat er mich nicht.«

Als sie bei Lady Lancaster angelangt war, machte er eine Bemerkung. »Daß sie die Opernsängerinnen, Tänzerinnen in Wien und diese Französin erwähnte – haben Sie das alles geglaubt?«

»Warum nicht?« entgegnete Clarinda müde. »Sie ist doch aus der großen Gesellschaft, ich bin es nicht. Selbst mein

Bruder gibt zu, es sei allgemein bekannt, daß der Herzog immer Verhältnisse mit schönen Frauen hatte. Ich glaube auch, daß dies wahr ist. Aber Sie können sich denken, welcher Verdacht mir kam, als Lady Lancaster eine französische Dame erwähnte.«

»Weiter«, befahl der alte Herr nur. Sie hatte geglaubt, er würde seine Freundin, Madame Latour, sofort nachdenklich verteidigen.

Sie erzählte weiter, auch des Herzogs plötzliches Erscheinen auf der Straße und ihre Fahrt nach Little Repton.

Aus seiner Miene konnte sie nicht schließen, was er dachte.

»Das ist alles«, sagte sie schließlich mit einem Seufzer. »Ich kam zu Ihnen, weil ich nicht weiß, wohin ich sonst gehen soll. Ich konnte es nicht ertragen, daß mein Bruder dem Herzog sagte, wer ich bin. Der Gedanke, ihm beichten zu müssen, wäre entsetzlich gewesen. Nein, seine Verachtung hätte ich nicht ertragen.«

Zur Geschichte selbst machte der alte Herr keine Bemerkung, seine ersten Worten waren nur praktisch. »Wir müssen sicherstellen, daß Ihr Bruder und Ihre Schwester wissen, daß Sie in Sicherheit sind. Ich werde meinen Reitknecht mit einem Brief wegschicken, den Ihre Schwester gegen Abend haben wird.«

Er ging zu einem polierten Nußbaumschreibtisch und legte ein Blatt parfümiertes Schreibpapier und einen Gänsekiel auf. So schrieb Clarinda ihrer Schwester, daß sie Zuflucht bei Monsieur Lafayette gefunden habe, alles sei gut, und sie werde am folgenden Tag nach Westhampton weiterreisen. ›Ich flehe Dich an, liebste Schwester, Robert und Jack an ihren Eid zu erinnern und nicht zu verraten, daß Miß de Vere und die Herzogin von Westhampton ein und dieselbe Person sind. Und versuch, wenn Du kannst, unseren Bruder davon abzuhalten, Lord Winterstoke zu fordern.‹ Den Herzog erwähnte sie in diesem Zusammenhang nicht.

Als sie fertig war, rief der alte Herr das Mädchen herbei und gab Anweisung, den Brief sofort durch den Reitknecht nach London bringen zu lassen.

»Und jetzt zum Geschäft«, sagte er und setzte sich ans Feuer. »Sie sagen mir jetzt, wie Ihre Gefühle in dieser Sache sind. Zum Beispiel gegenüber Lord Winterstoke. Hassen Sie diesen Mann?«

»Hassen?« Clarinda lächelte. »Nein, er ist zwar ein ekliger Wurm, aber unwichtig. Gefährlich ist nur seine Bosheit. Ich fürchte das, was er dem Herzog an Schaden zufügen könnte. Hassen kann ich nur den Herzog. Noch nie habe ich einen Menschen so gehaßt wie ihn.«

»Seltsam, daß Sie ihn so sehr hassen«, meinte Monsieur Lafayette und musterte sie fragend. »Haß auf den Ehemann ist kein guter Anfang für eine Ehe, glaube ich.«

»Meine ganze Ehe ist doch purer Hohn«, erwiderte sie voll Bitterkeit. »In London dachte ich, ich hätte mich in den Herzog verliebt, doch als er unsere Kutsche aufhielt, wußte ich, daß ich ihn hasse.«

»Aber Sie flohen aus London, um seinen Ruf zu retten?«

»Ja, ich glaube schon. Ich verstehe das selbst nicht, es ist alles ein so schreckliches Durcheinander. Manchmal liebe ich ihn mit meiner ganzen Seele, dann wieder hasse ich ihn. Oh, wie verwirrt meine Gefühle sind! Ich hatte gehofft, Sie könnten mir da helfen.«

»Liebe ist ein großer Täuscher«, sagte der alte Herr langsam. »Wenn wir lieben oder hassen – es ist sehr schwierig, den Grund dafür zu erkennen.« Dann wechselte er das Thema. »Vielleicht könnten Sie mir helfen, ein paar von meinen Rosen im Garten zu schneiden. Ich bin ein alter Mann und schätze Ihre Gesellschaft sehr. Ich werde den Korb halten, und Sie pflücken die Rosen.«

Clarinda meinte für sich, vielleicht könne er sich in seinem Alter nicht mehr recht konzentrieren, als sie mit ihm in den Garten ging. Natürlich half sie ihm gern, doch sie war sehr ungeduldig. Sie war um Rat zu ihm gekommen, und jetzt spannte er sie zum Rosenschneiden ein! Aber der Garten hinter dem Haus war entzückend. Es gab alle nur denkbaren Arten von Blumen; Wicken und Malven, Vergißmeinnicht, Buschnelken und Thymian, Ringelblumen und große blaue und weiße Glocken und vieles andere. Sie füllten die Luft mit köstlichem Duft, die Hummeln und Bienen steuerten ihr Summen bei.

Die Rosen waren unvergleichlich schön. Links und rechts von einem Mittelgang waren herrliche Rosenbüsche. Kletterrosen rankten an hölzernen Spalieren empor, und die bereits verblühten Rosen hatten ihre Blütenblätter zu einem dichten Teppich auf den Boden geworfen.

»Ich habe hier Gloire-de-Dijon-Rosen«, sagte der alte Herr und reichte ihr eine Gartenschere. »In unserem Garten am Familienschloß gab es unendlich viele Rosen vor dem großen Terror.«

Clarinda schnitt die Rosen. Das war ein wenig schwieriger als sie geglaubt hatte. Als sie genug für eine große Vase geschnitten hatte, bluteten ihre zarten Finger an manchen Stellen, aber aus Höflichkeit erwähnte sie das nicht.

Im Haus gab Monsieur Lafayette den Blumenkorb dem Mädchen, damit sie die Blüten in die Vasen fülle. »Danke, für Ihre Hilfe, meine Liebe«, sagte er zu Clarinda. »Ich fürchte nur, Sie haben sich an den Dornen gestochen.«

»Das macht nichts«, wehrte sie höflich ab. »Aber die Dornen sind sehr spitzig. Schade, daß solch unvergleichlich schöne Blüten so spitze Dornen haben.«

»Meine Liebe, daß ich Sie bat, mir beim Rosenschneiden zu helfen, war nicht nur die Laune eines alten Mannes. Sie haben recht. Die Blüten sind von der edelsten Sorte, die in Europa zu finden ist, und ihr Duft ist einmalig. Und die Dornen sind die schärfsten, so, als könne soviel Schönheit nicht ohne Dornen sein.«

»Wollen Sie mir damit sagen, daß es mit der Liebe ebenso ist?« fragte Clarinda.

»Das haben schon alle großen Dichter gesagt. Jene, die diese herrlichen Blumen pflücken, müssen auch bereit sein, die Dornen in Kauf zu nehmen. Für schwache und kleine Herzen ist die Liebe nichts, denn es gibt kein Glück ohne Schmerz, Clarinda. Deshalb sage ich Ihnen, Sie müssen zurückkehren nach Westhampton. Sie können sich hier nicht vor dem Lebenskampf verstecken, wenn Sie die Chance haben wollen, Ihre wahre Liebe zu finden.

Mein Kind, drei Dinge habe ich zu sagen. Erstens über die Frau, die ich liebte, denn Ihr Schicksal ist damit verbunden. Jetzt ist sie tot, doch oft fühle ich noch ihre Nähe. Sie war so schön... Und sie war die Herzogin von Westhampton.«

Clarinda holte tief Atem. Es war also des Herzogs Mutter, von der er sprach, diese schöne, ungeheuer lebendige und doch so traurige Dame auf dem Porträt in der Bibliothek von Westhampton. »Dann müssen Sie ja – ja...«

»Ja, ich bin der Marquis de Rochefoucauld de la Lafayette«, sagte der alte Herr stolz. »Aber, meine Liebe, meinen Titel habe ich längst vergessen. Er gehört der Vergangenheit an, und die Erinnerung schmerzt. Aber ich bin der Marquis, mit dem die Herzogin durchgebrannt ist.

Es war vor mehr als dreißig Jahren. Die Herzogin war mit ihrem Gatten sehr unglücklich. Er war ein barscher Mann und ein Weiberheld. Seine Weibergeschichten waren sprichwörtlich in London. Er konnte einfach darüber nicht schweigen.

Als ich die Herzogin kennenlernte, verliebte ich mich sofort in sie. Ich war damals ein junger Mann und ein bißchen töricht. Ich flehte sie an, mit mir zu kommen. Sie tat es. Vielleicht aus Liebe, vielleicht aus Verzweiflung. Ich weiß es nicht.«

»Was geschah mit ihr? Und wie starb sie?«

»Sie starb bei der Geburt ihrer Tochter, das Kind mit ihr.« Seine Stimme zitterte ein wenig vor Schmerz. »Ich sage Ihnen das, weil ich glaube, ich kann Ihnen helfen.«

»Sehen Sie, mehr als ich litt, hat ihr kleiner Sohn gelitten, der seine Mutter verloren hatte, denn sie konnte ihn nicht mitnehmen. Der Vater war kein liebevoller Mann. Für den kleinen Jungen muß es sehr schwer gewesen sein. Sehen Sie, da haben wir ihm ein Unrecht getan, Marie und ich. Mir kam das nicht so zu Bewußtsein wie ihr. Sie war sicher niemals ganz glücklich bei mir. Und ich weiß nun auch, daß wir uns das Glück nicht auf Kosten ihres kleinen Jungen hätten stehlen dürfen. Sehen Sie, das ist mit ein Grund, weshalb ich nicht wünsche, daß Sie leiden sollen.«

»Aber da ist ein Unterschied, Monsieur le Marquis«, sagte Clarinda. »Ich glaube nicht, daß der Herzog mich liebt.«

Er tätschelte ihr lächelnd die Hand. »Glauben Sie? Das wollen Sie doch eigentlich herausfinden? Sie dürfen nicht zu früh aufgeben.«

»Ja, ich muß es herausfinden.« Vorher hatte sie zu Emily gesagt, sie würde wieder die unscheinbare Herzogin werden, und die Miß de Vere würde für ewig verschwinden. Jetzt sah sie einen Weg: Gut, sie konnte wieder die unscheinbare Herzogin werden, aber nun konnte sie die Maske benützen, die Wahrheit über den Herzog herauszufinden. Sie würde ihn nach Miß de Vere in London fragen. Sagte er ihr, das sei nur ein Flirt gewesen, dann wollte sie die langweilige Landpomeranze bleiben. Gab er aber zu, daß er sich in sie verliebt habe, konnte sie ihm ihre wahre Identität bekennen. Sie wußte nun, was sie zu tun hatte.

Der alte Herr sprach schon weiter. »Und jetzt zu Madame Geneviève Latour. Mein Kind, heute ist ein Tag für Bekenntnisse. Sehen Sie, Ihre Vermutung, sie sei die Geliebte des Herzogs gewesen, trifft zu.«

»Dann war es also ein Komplott von ihrer Seite?«

»Sachte, sachte, mein Kind. Ihr Geliebter war nicht der Sohn, sondern sein Vater. Natürlich kennt sie Ihren Herzog, aber nur als Wohltäter, nicht als Liebhaber. Er half ihr, nachdem sein Vater sie verlassen hatte und gestorben war. Damals war der Herzog ein ganz junger Mann mit sehr viel Gerechtigkeitssinn. Deshalb gab er ihr das Geld, damit sie ihr Atelier einrichten konnte.«

»Ich dachte, vielleicht...«

»Ich weiß, Kleines. Ihr Verdacht war unbegründet. Lady Lancaster wollte Sie nur verletzen. – Ach ja, und diese Operntänzerinnen. Männer sind anders als Frauen, und das muß man berücksichtigen.«

»Mama hat das auch immer gesagt.«

»Sie war wohl eine sehr kluge Frau. Wenn Frauen lieben, gilt das für ein ganzes Leben, und sie hören nicht einmal zu lieben auf, wenn alle Hoffnung vorbei ist. Aber es gibt eine Liebe, die auch ein Mann fühlen kann. Ich möchte sagen, Männer können ihren Körper ohne Liebe geben. Ein Spiel ist für sie unwichtig. Sicher, Ihr Herzog mag eine kurze Affäre dann und wann mit einer Sängerin oder Tänzerin gehabt haben, so wie auch mit Lady Lancaster. Aber das heißt noch lange nicht, der Herzog habe kein Herz. Wenn er tief und wahr liebt, sind alle Affären der Vergangenheit unwichtig. Mein liebes Kind, die Frau, die er liebt, muß ihn so nehmen, wie er ist, und muß seinet- und ihretwegen alle diese törichten Affären vergessen. Sie darf immer nur nach vorne schauen, dem Glück entgegen, das eine solche Liebe bringt. Ihr Herzog hat ohne Mutterliebe aufwachsen müssen und von seinem Vater auch keine Liebe erfahren. Sie können nicht erwarten, daß er versteht, wie schlecht er sich benommen hat.«

Das Mädchen kam und kündigte an, daß das Essen serviert sei. Im holzgetäfelten Eßzimmer bemerkte Clarinda erst richtig, wie schön das Haus war, wie gut es gehalten wurde. Ein feiner Rosenduft schwebte in der Luft.

Das Essen war einfach und konnte nicht mit dem verglichen werden, was in Westhampton serviert wurde, doch sie genoß es sehr; die feine Hühnersuppe ebenso wie das frische, noch warme Brot und den Landkäse. Und sie war hungrig. Beim Essen erzählte ihr Monsieur Lafayette von Büchern und von den alten, guten Zeiten vor der Revolution.

Nach dem Essen mußte sie ihm etwas auf dem Klavier vorspielen und dazu singen. Sie hatte keine geschulte Stimme, aber sie war süß und glockenhell.

Ein Schlafzimmer war für sie vorbereitet worden, und die Rosen, die sie geschnitten hatte, standen auf einer schönen, alten Kommode. Die unteren Schubladen dufteten nach Gewürzen. Säckchen mit verschiedenen Kräutern lagen zwischen dem Leinen, um die Motten fernzuhalten. Und ein kleiner Lederband mit Auszügen aus Shakespeare-Dramen lag da. Sie fand ihre Lieblingsverse ›Sein oder Nichtsein‹, las sie laut und legte das Buch unter ihr Kopfkissen. »Ich werde kämpfen«, sagte sie, ehe sie einschlief.

Zehntes Kapitel

Der Garten von Westhampton war der sauberste, den Clarinda je gesehen hatte; der vorige Herzog hatte wohl die Gärten von Versailles zum Vorbild genommen. Als Clarinda zwischen den Blumenrabatten herumschlenderte, genoß sie die Schönheit und den Duft der köstlichsten Blumen.

Sie pflückte Blumen, hier eine, dort eine, denn sie schien sonst nichts zu tun zu haben. Im großen Herrenhaus war es sehr still und friedlich, denn der Herzog war noch nicht da.

Vor zwei Tagen war sie angekommen und voll Begeisterung von der ganzen Dienerschaft begrüßt worden. Monsieur Lafayette hatte dafür gesorgt, daß sie in des Herzogs Reisekutsche abgeholt wurde. Niemand schien zu wissen, wann der Herzog selbst zurückkehren wollte, doch alles war für ihn bereit. Immer war alles für ihn bereit. Niemand, nicht einmal Mrs. Scotney, schien zu ahnen, was in der Zwischenzeit vorgefallen war. Die Haushälterin hatte sich nach der

Gesundheit ihrer Schwester erkundigt, aber sonst schien die Welt außerhalb von Westhampton nicht zu existieren.

Clarinda war wieder die unscheinbare Herzogin geworden, trug Hüte, wann immer das möglich war, und kleine Hauben, um ihr goldrotes Haar zu verstecken. Dazu zog sie die Kleider der Dorfschneiderin an. Und jetzt trug sie einen Strohhut mit Krempe, der auch ihre Augen beschattete.

Von Monsieur Lafayettes Garten hatte sie einen Steckling der Gloire de Dijon mitgebracht. »Hoffentlich blüht sie für Sie so herrlich, wie sie für mich geblüht hat«, sagte der alte Herr dazu. »Das glaube ich, denn ich bin da ein wenig Hellseher. Im Moment sehe ich für Sie Wolken und Gewitter, aber danach kommt der Regenbogen.«

Sie war entschlossen, ihre Pflichten als Herzogin zu erfüllen. Am Tag vorher hatte sie den Vikar besucht, um zu erfahren, welche Familien Hilfe brauchten, und er hatte sich sehr darüber gefreut. Und dann hatte sie sich entschlossen, mit ihrem selbstsüchtigen Leben Schluß zu machen. London hatte sie nun genossen, und jetzt wußte sie, wieviel Heimweh oft dem ganzen Flitter folgt, wieviel Laster und Unmoral sich unter feinen Kleidern und polierten Manieren verstecken. Lord Winterstoke hatte sie vieles gelehrt.

Ein Gutes hatte die ganze Geschichte gehabt, denn sie hatte, als sie in Westhampton ankam, einen eiligen Brief von Jack erhalten. Er hatte sein Versprechen wiederholt, nicht mehr zu spielen. Nun habe er Winterstoke und seine Freunde durchschaut, er wolle nichts mehr mit ihnen zu tun haben. Dem Herzog habe er nichts erzählt, wer Miß de Vere in Wirklichkeit war. Der Herzog habe ihn wohl zum Duell gefordert, doch er habe sich geweigert. ›Das habe ich selbst nicht für möglich gehalten, und ich hätte mich geschämt, hätten die Leute davon erfahren. Ich dachte schon, der Herzog werde mich schlagen, aber er schwieg, und ich weiß nicht, ob er dabei an Miß de Vere oder seine Herzogin dachte; das kannst du dir selbst aussuchen. Er leidet sehr, und im

Herzen tut er mir auch wirklich leid. Er war ganz verzweifelt über Dein Verschwinden und schickte Diener zu allen Gasthäusern der weiteren Umgebung. Ich habe ihm von weiteren Schritten abgeraten, um jeden Skandal zu vermeiden.‹

Unwillkürlich lächelte Clarinda zu diesem Brief. Für den schreibfaulen Jack war der Brief eine Heldentat. Sie schrieb ihm zurück, es werde schon alles gut gehen, ob sie es nun dem Herzog selbst erzähle, oder ob Miß de Vere für ewige Zeiten begraben werde.

Sie dachte noch an ihren Bruder, als sie die Hufschläge eines galoppierenden Pferdes hörte, die vor dem Haupteingang des Hauses anhielten. Das konnte nur des Herzogs Grauer sein. Sie nahm also ihre Blumen, drückte sie so an sich, daß ihr Gesicht beschattet war.

Der Herzog lief über den Rasen zu den Blumenbeeten und war lange nicht so sorgfältig gekleidet wie sonst. Statt einer makellos geknoteten Krawatte trug er ein lose geschlungenes Halstuch. Seine Stiefel waren staubig. Sein Gesicht wirkte unglücklich und hager. Er sah elend aus.

Seine Manieren waren so poliert wie immer. »Ihr Diener, Madam.« Die Verbeugung war makellos. Dieser Mann war entschlossen, seine Wunden nicht zu zeigen.

»Ich glaube, Herzogin, es gibt da eine Sache, die ich in einem offenen Gespräch mit Ihnen diskutieren muß«, sagte der Herzog, nahm ihr den Blumenkorb ab und bot ihr den Arm. Er führte sie zu einer Steinbank unter dichten Rankrosen. »Madam«, sagte er, »es wird Sie vermutlich erzürnen, was ich zu sagen habe. Ich möchte die Scheidung.«

»Eine Scheidung?« Daran hatte Clarinda nicht gedacht.

»Oh, ich weiß, ich benehme mich schlecht«, fuhr der Herzog fort. »Eine Schande, dies einer Dame anzutun, die mir nichts zuleide getan hat. An Ihrem Verhalten, Madam – in unserer Ehe – ist nichts zu bemängeln. Es ist nur keine richtige Ehe. Wir haben geheiratet, weil es mir paßte. Aber Liebe – kann es nicht geben.«

»Liebe, Euer Gnaden? Liebe schien keine Rolle zu spielen, als Ihr großzügiges Angebot mich in Villiers Manor erreichte. Sie wurde mir von Ihnen auch nie angeboten. Wir kannten einander nicht, und es lag Ihnen auch nichts an einer Begegnung vor der Hochzeit. Das Wort ›Liebe‹ hört sich jetzt seltsam an aus Ihrem Mund.«

»Sie haben alles Recht, mir Vorhaltungen zu machen, und ich bedaure mein Verhalten. Ich hielt Liebe bei diesem Handel für unnötig, ich sah in ihr nur ein Thema für Poeten. Jetzt weiß ich, daß Liebe sehr wichtig ist. Ich habe entdeckt, was Liebe ist.«

»Und was ist es? Sprechen Sie von einer Affäre, die sich nicht glatt abwickeln läßt? Ist das bei Ihnen Liebe?«

»Das habe ich gefürchtet«, antwortete der Herzog. »Ich kenne ja meinen Ruf, zu dem eine gewisse – Sorte Frauen gehört. Die Vorwürfe habe ich herausgefordert. Ich hielt Liebe für etwas Amüsantes, einen Zeitvertreib für noble Müßiggänger. Jetzt weiß ich es anders.«

»Dann sind Sie also nicht mehr interessiert an Tänzerinnen und an – Lady Lancaster?«

»Meine Liebe, Sie lebten so zurückgezogen auf dem Land, daß Sie nicht verstehen können, wie wenig in diesen kleinen Vergnügungen liegt. Mit Jungen und Unschuldigen habe ich nicht herumgespielt.«

»Niemals?«

»Mein Gott, bis jetzt stimmt es. Aber nun habe ich mich in ein Schulmädchen verliebt, und alles ist ein Chaos.«

»Sie wird nicht lange unschuldig bleiben. Sie wird wohl bald so werden wie Lady Lancaster.«

»Deuten Sie niemals mehr so etwas an!« fauchte er. »Das Mädchen, das ich liebe, ist so rein und göttlich unschuldig, daß sie nicht in einem Atemzug mit Lady Lancaster genannt werden darf. Sie tanzte so graziös, als schwebe sie auf Wolken. Ist sie zornig, dann sprühen ihre Augen Blitze.«

Clarinda konnte es kaum glauben, daß er vor ihr stehen

konnte, ohne sie zu erkennen. Sie schrumpfte in ihrem schlecht geschneiderten Kleid zusammen und schaute zu Boden. Aber seine Worte waren Nektar für sie.

»Als ich sie kennenlernte, hielt ich sie für ein kleines, billiges Mädchen, doch bald wußte ich, daß bei ihr Freiheit und Mut aus der Unschuld kamen, nicht aus Erfahrenheit. Die Familie kenne ich nicht, doch ist sie gut erzogen. Ihr Blut wird wohl nicht so blau sein wie das meine, doch das ist egal.«

Clarinda unterbrach ihn. »Das erklärt noch lange nicht, weshalb Sie die Scheidung wünschen. Warum erzählen Sie mir, Ihrer Frau, von diesem jungen Mädchen? Mir scheint, es gibt zwei Möglichkeiten. Sie können dieses unbekannte Mädchen vergessen – oder sie zu Ihrer Geliebten machen. Ich halte das alles nur für eine vorübergehende Laune. Ich bin bereit, so zu tun, als hätten wir nie darüber geredet.« Damit stand sie auf und ging. Der Herzog folgte ihr nicht.

Er ließ sich auf die Bank fallen, und sie sah ihn dann, wie er an einer der Rosen roch. Das erinnerte ihn vielleicht an den leisen Duft nach Rosenwasser. Ja, er litt jetzt, das wußte sie. Ihr ganzer Zorn war verflogen, als sie an sein Unglück dachte. Wo war seine Arroganz geblieben? Dafür war sie so glücklich, daß ihr Herz sang.

Die getreue Betty wartete ganz aufgeregt. Das Mädchen wußte oder ahnte, daß dieser Abend für ihre Herrin sehr bedeutsam werden mußte. Sie hatte schon, ohne auf Anweisung zu warten, das nilgrüne Kleid herausgelegt, auf dem Toilettentisch stand Rosenwasser, und ihre Bürste ließ die roten Locken glühen.

Eigentlich erstaunlich, wie sich die unscheinbare Herzogin in eine Schönheit verwandeln konnte. Mit einem leichten Schal um die Schultern und mit den wippenden Locken war sie wieder die Schönheit, die der Herzog so anbetete.

»Warte nicht auf mich, Betty«, sagte sie dem Mädchen, und Betty wußte, was das hieß. Sie half ihrer Herrin ins Kleid und zupfte die Locken zurecht. Was würde der Herzog wohl sagen, wenn er entdeckte, daß seine unscheinbare Gattin seine angebetete Miß de Vere war? Würde ihn das sehr erzürnen? Oder hielt er es für ein gewagtes Spiel? Jedenfalls hing am Ausgang dieses Spiels das Glück ihres ganzen Lebens. Es war die Chance für ihre Liebe.

Langsam ging sie die Treppe hinab. Der Herzog war nicht zu sehen. Sie wollte ihn so vieles fragen. Was würde etwa aus Lady Lancaster? Lag dem Herzog gar nichts mehr an ihr?

Sie gab dem Butler Bescheid, er möge dem Herzog melden, daß sie ihn vor dem Dinner in der Bibliothek erwarte. Er komme sicher. Und während sie wartete, dachte sie an Villiers Manor, doch ihr Elternhaus war weit, sehr weit weg. Sie gehörte jetzt hierher. Die Liebe für Westhampton war gewachsen, ohne daß es ihr zu Bewußtsein gekommen war. Sie liebte das Haus, die Dienstboten, die treue Betty, die gewissenhafte Mrs. Scotney – alle.

Sie wäre überaus unglücklich, müßte sie nun gehen.

Das Bild der letzten Herzogin. – Wenn Monsieur Lafayette es nur sehen könnte! Die lächelnde Frau mit der Tragik im Herzen schaute auf sie herab, als wünsche sie ihr, der jungfräulichen Braut, alles Glück der Erde.

Clarinda stand am Fenster, als der Herzog kam. Er sah nur die Konturen ihres Körpers vor dem Licht, aber nicht das Gesicht. Er schaute sie auch gar nicht an. »Ich muß Sie noch einmal um die Scheidung bitten, Madam. Es ist die einzige Möglichkeit«, sagte er. »Gott weiß, ich habe mir das Gehirn zermartert, doch ich sehe keinen anderen Weg.«

»Ich will mich aber nicht scheiden lassen«, antwortete Clarinda. »Ich verstehe nicht, wie man seine Meinung so plötzlich ändern kann.«

»Ich glaube jetzt an die Liebe und halte unsere Ehe für eine Sünde gegen diese Liebe.«

»Weiß sie das? Ahnt sie, daß diese Liebe der Ruin unserer Ehe ist? Weiß sie, daß Sie mich der Schande der Scheidung aussetzen wollen?«

»Nein. In meiner Torheit sagte ich ihr nicht, daß ich verheiratet bin. Sie hörte es von anderen Leuten. Aber ich habe sie nicht absichtlich belogen, ich wollte es ihr sagen. Ich konnte nicht die richtigen Worte finden. Sie ist so rein, so...«

»Wo ist sie jetzt?«

»Ich habe sie verloren. Ich dachte, sie gehe mit einem – unpassenden jungen Mann durch und verfolgte die beiden wie ein Idiot. Ich wollte sie vor einer Narrheit beschützen. Ich war irr vor Eifersucht, und sie floh vor mir. Ich suchte sie im ganzen Land von London bis Brighton, bestach Dienstboten, Fuhrleute, Kutscher und Wirte. Ich fand sie nicht.«

»Und trotzdem wollen Sie die Scheidung. Ist das nicht Besessenheit?«

»Nein, ich liebe sie«, sagte der Herzog müde. »Ich weiß nicht, ob sie mich liebt, aber ich kann mich nur freimachen für sie – und auf sie warten.« Er war jetzt sehr demütig. »Du brauchst nicht lange zu warten«, sagte sie leise und drehte sich zu ihm um. Sie tat einen Schritt vorwärts, hinein in den Lichtkreis eines Kandelabers mit vielen Kerzen.

Der Herzog sah sie an, als könne er seinen Augen nicht trauen. Das Licht fing sich in ihren rotgoldenen Locken, zwischen den grünen Falten ihres Kleides und in ihren riesigen grünen Augen. Ein scheues Lächeln blühte in ihrem Gesicht auf. »Hier ist das Mädchen, das du suchst«, sagte sie, tat zwei Schritte vorwärts und sah aus wie ein junges Reh, das zum erstenmal aus dem Wald tritt.

»Jetzt weiß ich, daß ich irr bin«, sagte er. »Das ist eine Illusion...«

»Nein, keine Illusion. Ich bin die Herzogin von Westhampton, die Clarinda de Villiers, die du geheiratet und auf dem Land zurückgelassen hast. Aber ich bin auch die Miß de Vere, die du in Vauxhall Gardens gerettet, mit der du in Carlton House getanzt hast. Und dort – hast du mich geküßt.«

Mit einem Riesenschritt war er bei ihr, kniete vor ihr nieder und schaute zu ihr auf. Das war also der arrogante Herzog. Seine Demut machte ihr keine Freude. »Nein, nein!« rief er. »Du mußt mir verzeihen! War ich so blind, daß ich nicht einmal das Licht meines Herzens erkannte?«

»Bitte, steh auf, Julian«, bat Clarinda. Der Herzog erhob sich. Gerade rechtzeitig, denn der Butler hüstelte an der Tür. Aber der Herzog hob die Brauen, als sei gar nichts geschehen. »Was ist?« fragte er hoheitsvoll, aber doch verlegen.

»Das Dinner ist serviert, Euer Gnaden«, meldete der Butler. Und da er ein guter Diener war, begrub er die Szene, die er am Rand miterlebt hatte, tief in seinem Herzen.

Der Herzog und die Herzogin waren etwas geistesabwesend, für die Außenwelt waren sie jedoch ein Ehepaar, das gemütlich und ruhig zu Abend aß.

»Wie geht es Jack? Hast du ihn gesehen?« fragte Clarinda.

»Dein Bruder hätte sicher seine Grüße geschickt, hätte er geahnt, daß wir heute gemeinsam speisen«, antwortete der Herzog vom anderen Tischende her. »Jack hat jedenfalls geschwiegen. Dabei war ich richtig böse auf ihn. Nur weil er dein Bruder ist, blieb ihm ein Duell erspart.«

»Ich glaube, er hat sich kürzlich geweigert, ein Duell anzunehmen«, bemerkte sie boshaft.

»Das ist richtig. Ich war höllisch zornig auf ihn. Jetzt weiß ich natürlich, daß er auch in einer schwierigen Lage war. Weißt du, daß er mir über Winterstoke berichtet hat?«

Sie wurde rot. »Da bin ich aber froh«, sagte sie. »Wegen Winterstoke reiste ich so überstürzt aus London ab. Er – bedrängte mich in einer gewissen Sache. Ein Gutes ist dabei: Jack will nichts mehr mit ihm zu tun haben. Er versprach auch, das Glücksspiel aufzugeben. Aber in diesem Zusammenhang wollte ich dich um einen Gefallen bitten – für ihn. Ich bitte dich, ihm ein Offizierspatent zu besorgen.«

»Welch gute Idee!« sagte der Herzog.

Später, als sie im blauen Salon allein waren, sagte er: »Ich glaube, ich habe schon einmal erwähnt, daß mich die Familie de Villiers teuer zu stehen kommt. Erst heiratest du mich, damit ich die Schulden deines Bruders bezahlen kann, jetzt soll ich ihm eine Offiziersstelle kaufen.«

»Nein, ich bin keine Söldnerin!« protestierte sie. »Ich – liebe dich.«

»Wirklich?« fragte er. »Warum hast du mich dann so an der Nase herumgeführt?«

»Erst wollte ich mich an dir rächen. Ich hielt dich für ein arrogantes Biest, weil du nicht einmal wissen wolltest, welche von uns beiden Schwestern du heiraten wolltest.« Er unterbrach sie mit einem Kuß. Danach fuhr sie unbeirrt fort: »Ich wollte dir eine gute, pflichtbewußte Frau sein, aber du ließest mich allein hier auf dem Land zurück. Verstehst du, ich wollte doch auch einmal nach London. Immer haben Emily und ich von der großen Gesellschaft dort geträumt, und ich mußte mich dann hier begraben. Ich beschloß, allein nach London zu gehen und dich auf mich aufmerksam zu machen. Emily, Robert und Jack mußten mir helfen. Aber bald entdeckte ich, daß die große Welt doch nicht so war, wie ich sie mir vorgestellt hatte. Verstehst du, ich wußte überhaupt nichts von den Menschen, ich tat nur so. Dann entdeckte ich, was Liebe ist, als du mich im Carlton House küßtest. Es war wundervoll. Ich hätte nie geglaubt, daß ein Kuß so schön sein kann.«

Er bewies es ihr sofort wieder, und sie begrub ihr Gesicht an seiner Schulter.

»Komm, meine kleine Clarinda«, flüsterte er, »du kannst mir doch nicht meinen Rock verknittern«, meinte er lachend.

»Ich liebe dich«, sagte sie leise, und er zeigte ihr, daß er sie auch liebte. Sie glaubte zu sterben, weil eine Flamme in ihr brannte und ihr Körper und Seele zu verzehren drohte. Da hob sie der Herzog kurzerhand auf die Arme, und so trug er seine Frau nach oben...

Sehr viel später sah er auf die schlanke Frau hinab, die nun neben ihm lag. Die langen Wimpern beschatteten ihre

Wangen und verdeckten ihre herrlichen grünen Nixenaugen. Er wartete, bis sie die Augen aufschlug. »Oh – ich wußte nicht, daß – es so – sein könnte«, wisperte sie. »So wundervoll zwischen Mann und Frau.«

Sanft strich er ihre Locken zurück. »Mein Liebling, ich wußte es ja selbst nicht.«

»Nein, wirklich? Darf ich fragen? Sei nicht böse, wenn ich frage. Ist es immer so?«

»Liebe, ich werde niemals mehr böse mit dir sein. Und frag nur, was du willst, meine schöne Herzogin.«

»War es denn so – bei Lady Lancaster? Sie tut mir leid.«

»Nein, bei keiner, meine Süße. Aber Lady Lancaster wird dir keine Sorgen mehr machen. Ihr Mann wurde als Botschafter nach Paris geschickt, und sie geht mit. Sie wird Paris genießen. Tut sie dir denn wirklich leid?«

»Mir tut jede leid, die dich verlieren mußte.«

»Sie verlor mich nicht, denn ich gehörte ihr nie, und sie liebte mich auch nicht. Oh, natürlich, sie war leidenschaftlich, doch Leidenschaft ist noch lange keine Liebe. Ich liebte sie auch nicht. Warst du eifersüchtig, Liebes?«

»Ich bin ganz schrecklich eifersüchtig«, bekannte sie.

»Das ist nicht nötig. Ich lernte die Liebe erst kennen, als ich der geheimnisvollen Miß de Vere begegnete. Oh, die anderen Frauen, die ich je kannte, bedeuten gar nichts. Du hast mich alles gelehrt.«

»Ich dich gelehrt? Die kleine Landpomeranze Clarinda de Villiers lehrt den edlen Herzog von Westhampton die Liebe?« Clarinda lachte leise. »Du hast mich gelehrt, Liebster.«

»Vielleicht die Leidenschaft, Kleines. Aber ehe ich dich kennenlernte, wußte ich nie, was Liebe ist. Ich wurde dazu erzogen, sie als sündiges Gefühl zu sehen. Und nun habe ich dir soviel zu verdanken.«

Ein schlanker weißer Arm legte sich um seinen Nacken und zog seinen Kopf hinab...

Caroline Courtney
Meisterin des romantischen Liebesromans

Geboren wurde Caroline Courtney in Indien als jüngste Tochter eines englischen Offiziers. Nur wenig ist über ihr Leben bekannt. Doch wer ihre Bücher liest, erfährt viel über die sensible und phantasievolle Autorin.

Ihre bezaubernden Liebesromane faszinieren durch den Reichtum an Handlungsmotiven, Liebe und Leidenschaft, Verzweiflung und Glück erlebt der Leser hautnah. Vor einem farbenprächtigen Hintergrund beschreibt Caroline Courtney einfühlsam und nachvollziehbar Menschen mit ihren Sehnsüchten und Hoffnungen. Fesselnd schildert sie den Kampf um Macht und Einfluß.

Die Handlungsfäden sind geschickt gesponnen. Sieg und Niederlage fügen sich zu einer spannungsgeladenen Einheit. So ist es nicht weiter verwunderlich, daß Caroline Courtney eine Millionenleserschaft für sich gewonnen hat.

Ihr Hauptanliegen ist es, die Menschen zu unterhalten, sie aus ihrem Alltag in eine Welt des Abenteuer und der Liebe zu entführen.

Caroline Courtney
Verzeichnis lieferbarer Titel

Stand Februar 1989

Amanda. Die russische Affäre (01/5995)

Angelina. Entführung bei Nacht

Antoinette. Der Ruf des Herzens (01/5962)

Arabella. Ein Herz fängt Feuer

Auf zärtlichen Pfaden (01/6561)

Beatrice. Sieg des Herzens

Camilla. Das Geheimnis des Blutes (01/6047)

Carina. Die Liebeswette

Clarinda. Die Herzogin in der Maske (01/5789)

Clarissa. Liebe im Schatten der Angst (01/5829)

Davinia. Königsweg der Liebe

Diana. Flucht ins Glück

Francesca. Die zwei Gesichter einer Frau (01/6085)

Helene. Der Hunger nach Liebe (01/6728)

Isabell. Braut wider Willen

Jeanette. Die Liebe einer Nacht (01/6247)

Jessica. Die widerspenstige Erbin

Lady Tara (01/6669)

Madeleine. Rettung aus höchster Not

Mariella. Die Macht der Leidenschaft (01/6305)

Marilyn. Die schöne Lady und der Lord

Melissa. Der geheimnisvolle Ring des Ahnherren

Miranda. Auf verbotenen Wegen

Olivia. Triumph der Liebe

Roxana. Flucht ins Abenteuer

Selina. Flammen der Leidenschaft

Stella. Sehnsucht des Herzens

Vanessa. Doppelspiel des Glücks

Verena. Die Königin der Ballnacht (01/5878)

Die Bandnummern der Heyne-Taschenbücher sind jeweils in Klammern angegeben.